Seine Stories sind clever, unerwartet, einfallsreich, sie sind anarchisch, absurd und bewegend, erzählt mit wilden Ideen und großer menschlicher Tiefe. Etgar Keret, der unvergleichliche Meister der kurzen Form, kann auf wenigen Seiten sagen, wofür andere Romane brauchen. Bei ihm gewinnt am Ende immer das Leben. Mit »Bumerang« erscheinen Kerets beste und meistgefeierte Geschichten aus den frühen Jahren – erstmals kompakt versammelt in einem Band.

*Etgar Keret* wurde 1967 in Ramat Gan, Israel, geboren und ist einer der bedeutendsten zeitgenössischen Schriftsteller Israels. Er schreibt Kurzgeschichten, Graphic Novels und Drehbücher. Bei S. Fischer erschienen die beiden Storybände »Die sieben guten Jahre« sowie »Plötzlich klopft es an der Tür«. Keret lebt mit seiner Frau und seinem Sohn in Tel Aviv.

*Weitere Informationen finden Sie auf www.fischerverlage.de*

# ETGAR KERET

# BUMERANG

*Die ersten 146 Geschichten*

Aus dem Hebräischen
von Barbara Linner

FISCHER Taschenbuch

Erschienen bei FISCHER Taschenbuch
Frankfurt am Main, September 2018

Das vorliegende Buch enthält Stories aus Etgar Kerets Bänden »Pizzeria Kamikaze« (erstmals auf Deutsch erschienen 2000), »Alles Gaza« (2006), »Mond im Sonderangebot« (2003), »Gaza Blues« (1996) und »Der Busfahrer, der Gott sein wollte« (2001)



Satz: Pinkuin Satz und Datentechnik, Berlin
Druck und Bindung: CPI books GmbH, Leck
Printed in Germany
ISBN 978-3-596-29992-8

*Inhalt*

**PIZZERIA KAMIKAZE**

**GAZA BLUES**

**DER BUSFAHRER, DER GOTT SEIN WOLLTE**

# PIZZERIA KAMIKAZE

Ich glaube, sie hat geweint bei meinem Begräbnis, nicht dass ich angeben will, aber ich bin mir sogar fast sicher. Manchmal kann ich mir richtig vorstellen, wie sie jemandem, dem sie sich nahefühlt, von mir erzählt, von meinem Tod. Davon, wie sie mich ins Grab hinuntersenkten, so klein und erbärmlich, wie eine kaputte Schokoladentafel. Davon, wie wir es nie wirklich geschafft haben. Und danach verpasst er ihr einen Trostfick.

## 1. KAPITEL
## *In dem Chaim Arbeit findet und einen Pub mit Niveau*

Zwei Tage nach meinem Selbstmord habe ich hier Arbeit gefunden, in so einer Pizzeria, die *Kamikaze* heißt und Teil einer Kette ist. Der Verantwortliche für die Schicht war echt in Ordnung und half mir auch dabei, eine Wohngemeinschaft zu organisieren, zusammen mit so einem Deutschen, der auch hier in der Filiale arbeitet. Die Arbeit ist nicht berauschend, aber für eine Übergangszeit gar nicht schlecht, und dieser Ort hier, ich weiß auch nicht so recht, immer wenn über ein Leben nach dem Tod geredet wurde, das ganze Sein-Nichtsein und so Zeug, hatte ich nie eine Meinung. Sicher ist jedoch, wenn ich überhaupt daran dachte, dass es eines gibt, dann habe ich mir immer so Töne vorgestellt, wie ein Sonargerät, und Leute, die im Raum treiben, wogegen das hier, ich weiß nicht, mehr als an sonst alles erinnert mich das an die Allenbystraße, in Südtelaviv. Mein Mitbewohner, der Deutsche, hat zu mir gesagt, dieser Ort sei genauso ein Volltreffer wie Frankfurt. Anscheinend ist auch Frankfurt ein ziemliches Loch. Am Abend habe ich hier irgendsoeinen Pub gefunden, der sogar ganz nett ist, den *Kadaver.* Die Musik dort ist nicht mal übel. Vielleicht nicht ultrahip, aber hat was, und es kommen viele Mädchen allein dorthin. Es gibt welche, denen du wirklich ansehen kannst, wie sie Schluss gemacht haben, mit Narben an den Handgelenken und so Zeug, aber ein Teil sieht echt spitze aus. Tatsache ist, dass mir bei meiner ersten Nacht hier eine schöne Augen gemacht hat, allerdings umsonst, ihre Haut war irgendwie ein bisschen locker, hing so schlaff dran, als hätte sie per Ertränken Schluss gemacht, aber der Körper war wirklich hundert pro, auch die Augen. Doch ich habe nichts angefangen. Innerlich sagte ich mir, es sei wegen Orga, dass dieser ganze Tod mich bloß dazu gebracht hat, sie noch mehr zu lieben, aber weiß man's, vielleicht verdränge ich auch bloß.

## 2. KAPITEL

## *In dem Chaim einen wahren Freund trifft und im Snooker verliert*

Uzi Galfand lernte ich fast irrtümlich im *Kadaver* kennen. Er war furchtbar freundschaftlich drauf und lud mich zu einem Bier ein, was mich total in Stress brachte. Ich war sicher, dass er versuchte, mich abzuschleppen oder so, aber ich habe schnell kapiert, dass ich völlig falsch damit lag, dass ihm schlicht und einfach langweilig war. Er war ein paar Jahre älter als ich und hatte einen beginnenden Kahlkopf, was die kleine Narbe an der rechten Schläfe vom Einschussloch der Kugel betonte, ebenso wie die vom Austrittsloch an der linken Schläfe, die viel größer war. »Dum-Dum«, zwinkerte Galfand den zwei jungen Mädchen zu, die an der Bar direkt neben uns standen und Diät-Cola tranken, »wenn schon – denn schon.« Erst nachdem sich die beiden zugunsten des Tisches von irgendsoeinem Blonden mit Nackenschwänzchen abgesetzt hatten, gestand er, dass er mit mir überhaupt nur zu reden angefangen hatte, weil er dachte, ich sei mit ihnen zusammen gekommen. »Nicht dass es was ändern würde«, Uzi hieb mit dem Kopf gegen die Bar, so eine kleine Übersprungshandlung zum Trost, »auch wenn du sie mit mir bekannt gemacht hättest, am Ende wären sie sowieso mit irgendeinem Blonden abgeschoben. So ist das, auf jedes Mädchen, das ich glücklich und endlich kennengelernt habe, hat irgendwo immer irgendein Blonder gewartet. Aber glaub nicht eine Sekunde, das hätte mich zu einem bitteren Menschen gemacht, ein klein wenig verzweifelt vielleicht, aber nicht bitter.« Nach weiteren vier Bier gingen wir Snooker spielen, und Uzi erzählte mir von sich. Es stellte sich heraus, dass er gar nicht weit weg von mir wohnt, bei seinen Eltern, was wirklich extrem selten ist. Die meisten Leute hier wohnen allein, maximal mit Freundin oder Mitbewohner. Uzis Eltern brachten sich fünf Jahre vor ihm um. Seine Mutter hatte irgendeine schlimme Krankheit, und sein Vater wollte nicht allein zurückbleiben. Auch sein kleiner Bruder wohnt mit ihnen zusammen, er ist gerade erst vor kurzem angekommen, auch er hat sich erschossen, mitten in der Rekrutenausbildung. »Es ist ja nicht hübsch, so was zu sagen«, lächelte Uzi und versenkte die schwarze Kugel im linken Loch, »aber als er kam, was haben wir uns da gefreut. Du hättest meinen Vater sehen sollen, ein Mensch, der nicht einmal mit der Wimper zuckt, wenn du ihm einen Fünf-Kilo-Hammer auf den Fuß haust, wie der meinen kleinen Bruder umarmt und buchstäblich geflennt hat wie ein Baby.«

## 3. KAPITEL

## *In dem Kurt anfängt zu jammern und Chaim zu ermüden*

Seit dem Tag, an dem ich Uzi kennengelernt habe, machen wir jede Nacht eine Pubrunde. Es gibt hier gerade mal drei, und wir achten streng darauf, sie alle abzuklappern, um sicherzugehen, dass wir nichts versäumen. Am Ende landen wir immer im *Kadaver*, der am meisten lohnt und auch am längsten offen hat. Gestern war die Tour richtig mies, denn Uzi brachte diesen Freund von sich mit, Kurt. Uzi hält echt eine Menge von ihm, weil er der Solosänger von *Nirwana* und so was war, aber in Wahrheit ist er ein ganz schöner Tiefflieger. Ich bin ja auch nicht gerade wild glücklich hier, aber er jammert in einem fort, und wenn er einmal damit angefangen hat, hast du null Chance, ihn zu stoppen. Alles, was man sagt, erinnert ihn ständig an irgendeinen Song, den er mal geschrieben hat, und er muss ihn natürlich immer zum Besten geben, und dass du auch ja von den Worten beeindruckt bist, und manchmal geht er dann auch noch zum Barmann hin und bittet ihn, irgendeines von seinen

Liedern aufzulegen, und dann weißt du echt nicht mehr, wo du dich verbuddeln sollst. Die Wahrheit ist, das bin nicht nur ich, alle hassen ihn außer Uzi. Ich glaube, die Sache ist so, dass wenn du Schluss gemacht hast, mit den ganzen Schmerzen dazu – und ehrlich, ihr habt keinen Schimmer, wie weh das tut –, dann ist das Letzte, was auf dich Eindruck macht, irgendsoeiner, dem sein ganzes Ding darin besteht zu singen, wie arm er doch dran ist. Wenn diese Sachen auch nur eine halbe Arschbacke von dir gerührt hätten, wärst du noch am Leben geblieben mit einem depressiven Poster von Nick Cave überm Bett, anstatt hier zu landen. Aber die Wahrheit ist, es ist auch nicht nur er, gestern war ich einfach mies drauf. Sowohl die Arbeit in der Pizzabude als auch diese ganze Umgebung, alles ödet mich langsam an. Jede Nacht die gleichen Leute sehen, die Cola ohne Kohlensäure trinken, bei denen du, sogar wenn sie dir direkt in die Augen schauen, das Gefühl hast, sie glotzen einfach bloß. Ich weiß nicht, vielleicht bin ich zu negativ eingestellt, aber wenn du sie anschaust, sogar in den Momenten, wo echt was abgeht, wenn sie sich küssen oder tanzen oder mit dir lachen, irgendwie haben sie immer so was an sich. Als sei schlicht gar nichts so ein Big Deal, als würde nichts wirklich was ändern.

## 4. KAPITEL

## *Abendessen bei den Galfands*

Am Freitagabend lud mich Uzi zum Schabbatessen bei seinen Eltern ein. »Acht Uhr abends«, sagte er, »und komm nicht zu spät. Es gibt Tscholent.« Die Wohnung der Galfands sieht aus, wie so eine polnische Wohnung eben aussieht, mit Holzregalen, die Uzis Vater selber gemacht hat, und Wänden mit einem höllenmäßigen Rauputz. Die Wahrheit ist, dass ich eigentlich gar nicht wirklich kommen wollte. Eltern meinen von mir immer, ich hätte einen schlechten Einfluss auf ihre Kinder, warum, weiß ich auch nicht. Ich erinnere mich an das erste Abendessen bei Orgas Familie. Das ganze Essen über betrachtete mich ihr Vater mit dem Blick eines Prüfers, der mich gleich aufs Kreuz legt, und dann, beim Nachtisch, versuchte er herauszufinden, so ganz beiläufig, ob ich versuchte, seine Tochter auf Drogen zu bringen. »Ich weiß, wie das ist«, er schenkte mir das Lächeln eines verdeckten Ermittlers, einen Moment, bevor er die Verhaftung vornimmt, »auch ich war einmal jung. Ihr geht auf eine Party, tanzt ein bisschen, die Stimmung heizt sich auf, und dann bringst du sie in irgendein Zimmer und schlägst ihr vor, irgendeinen Point zu rauchen.« »Joint«, versuchte ich ihn zu korrigieren. »Wie immer man das nennt … du musst wissen, Chaim, ich mag vielleicht unschuldig wirken, aber ich kenne die ganzen Tricks durchaus.« Mein großes Glück bei der Familie Galfand war, dass ihre Kinder schon derart abgestürzt waren, dass die Eltern praktisch ausgesorgt hatten. Sie freuten sich total, dass ich kam, und versuchten bloß die ganze Zeit, mich mit Essen vollzustopfen. Hausgemachtes Essen hat so was Nettes, es ist schwer zu erklären, aber irgendwie so was Einmaliges, so ein Gefühl. Als ob auch dein Magen ein Essen unterscheiden könnte, für das du nicht bezahlt hast, das jemand irgendwie mit Liebe hergestellt hat. Und mein Magen, nach den ganzen Pizzas, Chinesenfraß und Take-aways, die er durchgewalkt hat, seit ich hier angekommen bin, wusste die Geste zu schätzen und reagierte mit einer Hitzewelle, die er immer mal wieder in Richtung Brust schickte. »Ein echtes Talent, unsere Mutter«, nahm Uzi seine winzige Mutter liebevoll in den Arm, ohne auch nur das Besteck aus der Hand zu legen. Uzis Mutter lachte und fragte, ob wir noch ein bisschen von den Kischkes wollten, und sein Vater nützte die Gelegenheit, um noch irgendeinen geselligen Standardwitz abzulassen, und eine Sekunde lang sehnte ich mich plötzlich nach meinen Eltern, nach ihrer Nervtötigkeit, die mich früher, bevor ich Schluss gemacht habe, immer zum Ausrasten brachte.

## 5. KAPITEL

### *In dem Chaim und Galfands kleiner Bruder sich um das Geschirr kümmern*

Nach dem Essen saß ich mit der Familie von Galfand im Wohnzimmer. Uzis Vater schaltete im Fernsehen irgendeine matte Talkshow ein und fluchte die ganze Zeit über die Leute, die darin auftraten. Uzi, der so in etwa eine komplette Flasche Wein zum Essen vernichtet hatte, döste neben ihm auf dem Sofa. Es war grausam langweilig, und ich und Ra'anan, Uzis kleiner Bruder, meldeten uns freiwillig, das Geschirr wegzuräumen, trotz der Proteste von Uzis Mutter. Ra'anan spülte, und ich trocknete ab. Ich fragte ihn, wie er hier zurechtkomme, denn ich wusste, dass er erst vor kurzem Schluss gemacht hatte, und die meisten Leute, die hier landen, haben so eine Art Schock, wenigstens am Anfang. Ra'anan zuckte mit den Schultern und sagte, er denke, gut. »Wenn Uzi nicht gewesen wäre«, sagte er, »wäre ich schon längst hier.« Wir waren mit dem ganzen Geschirr schon fertig und fingen an, es in die Schränke zu räumen. Ra'anan erzählte mir eine komische Geschichte, wie er einmal, als er gerade mal zehn Jahre alt war, allein mit einem Linientaxi losfuhr, um das Derby von Petach Tikva zu sehen. Er war damals ein Fan von Maccabi, mit Kappe und Schals und allem Drum und Dran, und sie belagerten das ganze Spiel über das Tor der Poal-Mannschaft, der es nicht mal gelang, auch nur zwei Pässe hinzulegen. Und dann, acht Minuten vor Schluss, schossen die Poal, bei ihrem einzigen Angriff in dem Spiel, ein Tor aus dem Abseits. Kein Grenzfall. Ein echt eindeutiges Abseits, von der Sorte, wo nachher im Fernsehen eine Dissensminute dazu eingelegt wird. Die Spieler von Maccabi versuchten noch zu diskutieren, aber der Schiedsrichter bestätigte es auf der Stelle. Die Poal hatten gewonnen, und Ra'anan fuhr betäubt und niedergeschlagen nach Hause. Zu dieser Zeit machte Uzi die ganze Zeit Fitnesstraining, denn er wollte sich zu einer Kampfeinheit melden, und Ra'anan, der ihn verehrte, nahm sich sein Sprungseil, machte eine Schlinge hinein und knüpfte das Seil an das Reck, das Uzi im Hof aufgebaut hatte. Dann rief er Uzi, der gerade versuchte, für irgendeine Abschluss- oder Aufnahmeprüfung oder was auch immer zu lernen, und erzählte ihm die ganze Story von dem Spiel, von dem Tor und von dem großen Unrecht. Danach zeigte er Uzi das Seil, das er ans Reck geknüpft hatte, und erklärte, er habe keine Lust, in einer Welt weiterzuleben, die so dermaßen unfair sei, dass die Mannschaft, die du liebst, einfach verlieren kann, auch wenn sie es gar nicht verdient hat. Und dass er das Uzi deshalb erzähle, weil er vielleicht der klügste Mensch sei, den er, Ra'anan, kenne, und drum, wenn ihm jetzt auch Uzi keinen guten Grund zum Leben finden könne, werde er gleich damit Schluss machen, und das war's dann. Die ganze Zeit, während er redete, sagte Uzi kein einziges Wort, und auch dann, als er eigentlich irgendetwas hätte sagen müssen, schwieg er einfach weiter und machte, anstatt etwas zu sagen, einen Schritt nach vorn und verpasste Ra'anan eine solche Ohrfeige, dass er gut und gern zwei Meter rückwärts geschleudert wurde, und danach drehte sich Uzi um und ging in sein Zimmer zurück, um für die Prüfung zu lernen. Ra'anan erzählte, dass er eine Weile gebraucht hatte, um sich von dem Schlag zu erholen, aber als er dann aufgestanden war, hatte er das Seil vom Reck gelöst, es wieder aufgeräumt und war duschen gegangen, und seitdem hatte er mit Uzi nie mehr über den Sinn des Daseins geredet. »Ich weiß nicht, was genau er mir mit dieser Ohrfeige zu sagen versucht hat«, lachte Ra'anan und trocknete sich die Hände am Geschirrtuch ab, »aber was auch immer, bis zur Rekrutenausbildung hat es so ziemlich funktioniert.«

## 6. KAPITEL

## *In dem Chaim aufhört auszugehen und anfängt durchzudrehen*

Schon seit fast zwei Wochen ziehe ich in der Nacht nicht mehr durch die Gegend. Uzi ruft mich trotzdem jeden Tag an, verspricht mir geile Frauen, allerlei Scherze und dass er Kurt nicht mitbringt, aber vorläufig lasse ich mich nicht erweichen. Einmal so alle drei Tage schaut er auch irgendwann gegen drei Uhr morgens auf einen Sprung vorbei, trinkt mit mir ein Bier aus dem Kühlschrank und erzählt von irgendeiner witzigen Sache, die ich gerade im Pub versäumt habe, oder von einer Bedienung, die er beinah rumgekriegt hätte, und das Ganze in aller Ausführlichkeit, wie ein kleiner Junge, der seinem kranken Freund die Hausaufgaben bringt, und am Schluss, bevor er geht, versucht er mich dann zu überreden, mit ihm auf irgendeinen kleinen Espresso zum Nachtisch runterzugehen.

Gestern habe ich ihm erklärt, dass mir diese ganze Ausgeherei nicht mehr passt. Dass mit diesen ganzen geilen Frauen am Ende sowieso nichts läuft und ich bloß fix und fertig heimkomme. »Und so bist du vielleicht nicht fixfertig«, hielt mir Uzi knallhart vor, »schau dich doch an, wie du jeden Morgen vor dem Fernseher wegschnarchst wie so ein alter Pavian. Verstehst du, Chaim, dass nichts passiert, das ist das Axiom. Aber wenn schon nichts passiert, dann sollte das wenigstens ein bisschen mit geilen Tussis und Musik sein, ist doch so, oder?«

Nachdem er gegangen war, versuchte ich noch einmal, das Buch zu lesen, das ich mir von meinem deutschen Mitbewohner geholt habe. So was Deprimierendes über einen, der an Schwindsucht erkrankt und zum Sterben irgendwohin nach Italien fährt. Auf Seite dreiundzwanzig gab ich mich geschlagen und schaltete den Fernseher ein. Es lief gerade so eine Art Bekanntschafts-Entertainment, wo alle möglichen Leute zusammengebracht wurden, die genau zum gleichen Datum Schluss gemacht hatten, und jeder von ihnen erzählte, weshalb er es getan hatte, aber in witziger Form, und sagte, was er mit dem ersten Preis anfangen würde, sollte er ihn gewinnen. Und ich dachte mir, Uzi hat recht, einfach zu Hause bleiben ist auch nicht das wahre Glück, und wenn nicht irgendwas passiert, und zwar schnell, werde ich noch wahnsinnig.

## 7. KAPITEL

### *In dem Chaim aus Versehen einen Raub vereitelt und fast eine Prämie erhält*

Der Tag, an dem sich alles zu ändern begann, nahm damit seinen Anfang, dass ich einen Raub verhinderte. Ich weiß, das hört sich ein bisschen abseitig an, aber es ist wirklich passiert. Ich war gerade mit meinen Einkäufen im Supermarkt fertig, als so ein dicker Rothaariger mit einer fetten Narbe am Hals mit mir zusammenstieß, und aus seinem Mantel fielen so an die zwanzig Fertigmenüs für die Mikro. Wir standen uns erstarrt gegenüber. Ich glaube, von uns beiden war ich eine Spur verwirrter. Die Kassiererin neben uns schrie: »Zadok! Komm schnell. Ein Dieb! Ein Dieb!« Ich wollte mich bei dem Dicken entschuldigen, ihm sagen, dass ich froh für ihn sei, dass er nicht in echt dick war, dass ich mich bloß durch die Fertigmenüs, die er unterm Mantel versteckt hatte, hatte täuschen lassen und dass er sich beim nächsten Mal, wenn er klaute, mehr ans Gemüse halten solle, denn das Fleisch kommt irgendwie immer matschig und feucht aus der Mikro. Aber statt all dem zuckte ich bloß mit den Schultern. Und der Dicke, der jetzt sogar fast ein bisschen mager aussah, zuckte gleichfalls mit den Schultern, auf eine Art, wie es nur jemand fertigbringt, der sich mal das Genick gebrochen hat, und machte, dass er wegkam. Eine Minute später kam Zadok an, mit einem Stock in der Hand, und betrachtete kummervoll die auf dem Boden verstreuten Fertiggerichte. »Wie kann man bloß?« Er ließ sich auf die Knie nieder und flüsterte halb zu sich, halb zu den tiefgefrorenen Erbsen, die auf dem Boden herumkugelten, »wie kann ein Mensch so was tun? Stehlen an sich schon, aber auch noch auf die Moussaka drauftreten, wozu soll das gut sein?« Bevor es mir gelang, mich zu verdrücken, kam die Kassiererin und umarmte mich. »Ein Glück«, sagte sie zu mir, »ein Glück, dass du hier warst. Siehst du, Zadok, das ist der Mann, der den Dieb aufgehalten hat.« »Schön«, murmelte Zadok, ohne den Blick von dem zertrampelten Moussaka zu heben, »sehr schön, die *Super-Deal*-Kette bedankt sich bei dir, wenn du mit mir ins Büro kommst und deine Personalien dalässt ...« »Es lohnt sich«, ging die Kassiererin dazwischen, »man kriegt eine Prämie.« Zadok sammelte unterdessen die Fertiggerichte ein und versuchte, den Schaden zu überschlagen. Ich erwiderte das Lächeln der Kassiererin und sagte ihr, wirklich danke, aber es sei nicht nötig, ich hätte es zudem furchtbar eilig. »Bist du sicher?«, fragte sie enttäuscht. »Die Prämie ist ziemlich was wert. Ein Weekend zu zweit im Hotel.«

Als ich Galfand später davon erzählte, bekam er fast einen Anfall. »Ein Weekend zu zweit im Hotel – hä?« Er schälte sich eine Banane. »Deutlicher kann es wohl kaum sein. Das Mädel ist schlicht hin und weg von dir.« »Was heißt hier hin und weg«, sagte ich, »das ist doch einfach bloß Politik der Ladenkette.« »Wie schaut sie aus?« Galfand blieb unbeeindruckt. »Geil?« »Ich glaube, ganz ordentlich, aber ...« »Nichts aber«, beharrte Galfand, »genauer. Wie alt sieht sie aus?« »Fünfundzwanzig«, gab ich nach. »Erkennbare Narben? Adern, Einschusslöcher, so was?« »Nichts, was ich gesehen hätte.« »Unverdorben«, Galfand ließ einen anerkennenden Pfiff los. Unverdorben, so nennt man hier die Selbstmörder per Pillen oder Gift, wie mich, solche, die ohne irgendwelche Narben hier ankommen. »Sowohl jung als auch unverdorben, und geil dazu ...« »Ich hab nicht gesagt, dass sie geil war«, protestierte ich. »Komm«, überging mich Galfand völlig und zog seinen hässlichen Fliegermantel an. »Wohin?«, versuchte ich, Zeit zu schinden. »Zum *Super-Deal*«, bestimmte er, »die Prämie verlangen, die uns zusteht.« »Uns?«, fragte ich. »Halt den Mund und komm«, befahl mir Galfand, der tief in seiner assertorischen Phase steckte. Also hielt ich den Mund und kam mit. Im *Super-Deal* hatte inzwischen die Schicht gewechselt. Zadok und die Kassiererin waren nicht mehr da, und die anderen Angestellten wussten von nichts. Galfand versuchte ein wenig zu diskutieren, und als es echt peinlich zu werden begann, ging ich uns ein Bier besorgen. Beim Karpfenaquarium traf ich Ziki, meinen Wohnungsgenossen aus der Zeit, als ich noch am Leben war. Es war eine ziemliche Überraschung, dass er mir hier über den Weg lief. Ziki ist einer der grässlichsten Typen, die ich je getroffen habe, von diesen Mitbewohnern, die dir deswegen eine Szene hinlegen können, weil du Haare in der Badewanne gelassen oder was von ihrem Cottage gegessen hast, doch er war auch der letzte Mensch auf der Welt, von dem man geglaubt hätte, er würde sich einmal umbringen. Ich tat so, als sähe ich ihn nicht, und ging weiter, aber er entdeckte mich und stoppte mich mit einem Schrei. »Chaim! Ich hab gehofft, dass wir uns irgendwann mal treffen!« »Großer Gott!« Ich fabrizierte ein falsches Lächeln. »Ziki, wie geht's, wie steht's, was machst du hier?« »Das Gleiche wie alle«, murmelte Ziki, »wie alle. Es hängt sogar ein bisschen mit dir zusammen.« »Was ist passiert?«, fragte ich. »Habe ich die Küche dreckig hinterlassen, bevor ich Schluss gemacht habe, oder was?« »Uff«, griente Ziki, »du warst schon immer ein Scherzkeks«, und erzählte mir in allen Einzelheiten, wie er aus dem Fenster unserer gemeinsamen Wohnung, dritter Stock auf Hochparterre, auf die Straße hinuntergesprungen war und dabei die ganze Strecke lang gehofft hatte, er würde gleich ex sein, jedoch unglücklich landete, halb auf dem Auto des Nachbarn, halb auf der Hecke, und es sich gut ein paar Stunden lang hinzog, bis es zu Ende war. Ich sagte zu ihm, dass ich immer noch nicht verstand, wie das mit mir zusammenhing, und er sagte, das tue es auch nicht wirklich, aber trotzdem, »weißt du«, sagte er, wölbte seine Wirbelsäule nach hinten und stützte sein Genick auf das Regal mit den Frühstücksflocken, »es gibt so eine Art Spruch, dass Selbstmorde immer im Dreierpack kommen. Und da ist was dran. Leute um dich rum sterben, und du fängst an, über dich selbst nachzudenken, inwiefern du anders bist als sie, was dich eigentlich am Leben hält. Bei mir hat das eingeschlagen wie so ein Scud-Schauer, ich hatte schlicht keine Antworten. Weniger dein Selbstmord als der von Orga ...« »Orga?«, unterbrach ich ihn. »Ja, Orga. So was wie einen Monat nach deinem Begräbnis. Irgendwie war ich sicher, du wüsstest es.« Hinter der Theke haute einer der *Super-Deal*-Angestellten so einem armen Karpfen einen Hammer auf den Kopf, und ich spürte, dass mir Tränen aus den Augen liefen. Seit ich hier angekommen war, hatte ich nicht ein einziges Mal geweint. »Sei nicht traurig«, Ziki berührte mich mit seiner schweißigen Hand an der Schulter, »die Ärzte haben gesagt, dass sie nichts gespürt hat, weißt du, dass sie sofort ex war.« »Wer ist hier traurig? Du Knallkopf«, ich küsste ihn auf die Stirn, »sie ist hier, kapierst du nicht, ich muss sie bloß noch finden.«

Von weitem konnte ich den Schichtleiter sehen, wie er Galfand etwas erklärte, der zustimmend nickte und gelangweilt wirkte. Anscheinend hatte er schon geschluckt, dass wir die Prämie nicht kriegen würden.

## 8. KAPITEL

*In dem Uzi versucht, Chaim etwas über die Existenz beizubringen, und sehr bald verzweifelt*

»Du wirst sie im Leben nicht finden«, sagte Galfand und nahm sich ein Bier aus dem Kühlschrank, »da wette ich mit dir, um was du willst.« »Um ein Bier«, lächelte ich und fuhr fort, die Tasche zu packen. »Um ein Bier«, äffte Galfand meine Stimme nach. »Du debiler Sack, weißt du, wie viele Leichen es hier gibt? Du hast doch überhaupt keine Ahnung, ich und du rennen hier schon wer weiß wie lang auf einem Pflasterstück herum, mit Mühe einen Meter auf einen Meter, und wir kennen nicht mal die Hälfte der Leute. Also wo sollst du sie suchen gehen, in der Hölle? Kann auch sein, dass diese Olga überhaupt ein Stockwerk über dir wohnt.« »Orga«, korrigierte ich. »Orga, Olga, Nadine, Tusnelda. Macht doch keinen Unterschied«, Galfand öffnete das Bier an der Tischkante, »bloß noch so eine Tussi aus Nord-Tel Aviv.« Ich ignorierte ihn und packte weiter. »Was soll das überhaupt, Orga?«, griente Galfand. »Das ist wie ein Orgasmus, nur die hebräische Version, oder wie?« »So was in der Art«, sagte ich, denn ich hatte keine Lust, mit ihm zu streiten. »Was für abseitige Eltern geben ihrer kleinen Tochter einen solchen Namen? Hör zu, Chaim, wenn du sie findest, musst du mich mit ihrer Mutter bekannt machen.« »Versprochen«, ich hielt drei Finger meiner rechten Hand in die Höhe, »Pfadfinderschwur.« »Also, wo gedenkst du anzufangen?« Ich zuckte die Achseln. »Orga hat immer gesagt, dass sie die Stadt hasst, dass sie an einem freieren Ort wohnen möchte. Hund, Garten, du weißt schon.« »Das besagt gar nichts«, hielt Galfand dagegen, »Frauen sagen das immer, und am Schluss mieten sie eine Wohnung in Ramat-Aviv mit einem Reservisten als Mitbewohner. Ich sag's dir, es kann sein, dass sie hundert Meter weiter von hier wohnt.« »Ich weiß nicht, ich bin mir fast sicher, dass sie nicht in der Stadt ist.« Ich klaute ihm einen Schluck von dem Bier. »Intuition. Im höchsten Fall haben wir eben einen Ausflug gemacht.« »Wir haben gemacht?«, fragte Galfand misstrauisch. »Das war bloß so eine Redensart«, beruhigte ich ihn. »Ich hab nicht eine Sekunde lang daran gedacht, dass du mitkommst, bloß wegen noch so einer Tussi aus Nord-Tel Aviv. Außerdem bin ich mir dessen bewusst, dass du ein Mann mit vielen Verpflichtungen bist.« »Jetzt komm«, fuhr Galfand wütend auf, »kriech mir nicht in den Arsch.« »Im Gegenteil«, sagte ich, »gerade hab ich's dir erklärt. Ich erwarte nicht einmal von dir, dass du mitkommst.« »Nenn mir einen einzigen guten Grund, und ich komme mit, nicht dass ich ein Arschloch wäre oder was.« »Weil ich sie liebe«, probierte ich es. »Du liebst sie nicht.« Galfand schüttelte den Kopf. »Das ist genau wie mit deinem blöden Selbstmord. Du stopfst dir einfach bloß den Kopf mit Wörtern voll.« »Warum? War dein Selbstmord vielleicht intelligenter?« »Ich versuche nicht, mit dir zu diskutieren, Chaim. Ich versuche nur, etwas zu sagen, ich weiß nicht, ich habe nicht mal eine Ahnung, was«, Galfand ließ sich neben mir nieder, »sagen wir es mal so – seit du hier angekommen bist, mit wie vielen Frauen hast du gevögelt?« »Warum?« »Bloß so.« »Richtig gevögelt, glaub ich, mit keiner.« »Glaubst du?« »Keine«, räumte ich ein. »Aber was hat das damit zu tun?« »Es hat was damit zu tun. Denn dein Körper platzt momentan vor Sperma, verstehst du? Du schlägst die Augen auf und siehst Grau. Das hat bereits solche Ausmaße erreicht, dass es sich dir stark genug aufs Hirn im Schädel schlägt, um dich meinen zu lassen, du würdest irgendeine emotionale Erfahrung machen, die vor dir noch keiner jemals im Universum erlebt hat. Eine derart gewaltige Erfahrung, dass es sich lohnt, dafür zu sterben, alles aufzugeben, in den Galil zu ziehen. Hast du mal im Galil gelebt? Du weißt, dass ...« »Hör auf, Uzi, ich hab wirklich keinen Nerv dafür«, unterbrach ich ihn, »gib mir einfach nur das Auto, in Ordnung? Und ohne Hirnwichserei von wegen der Versicherung, wenn was im Arsch ist, zahle ich.« »Jetzt werd nicht beleidigend«, Galfand fasste mich an der Schulter, »ich hab schließlich nur gesagt, dass das kein guter Grund ist. Ich hab nicht mal gesagt, dass ich nicht mitkomme. Vielleicht hast du recht, vielleicht wichse ich dir ja bloß ins Hirn, vielleicht ist diese Olga ja wirklich was Besonderes ...« »Orga«, korrigierte ich ihn wieder. »Richtig«, lächelte Galfand, »entschuldige.« »Weißt du was? Ich verschone dich mit Nord-Tel Aviverinnen, Liebe und dem Scheiß«, änderte ich die Taktik, »ich habe vielleicht einen anderen Grund, der dich überzeugen wird mitzukommen.« »Nu?« Galfand versuchte, interessiert zu klingen, während er die leere Bierflasche in den Mülleimer schoss.

»Hast du was Besseres vor?«

## 9. KAPITEL

## *In dem sich die zwei Gefährten aufmachen, um Orga zu suchen, und stattdessen Araber finden*

Galfand versprach seinen Eltern, jeden Tag anzurufen, und gleich ab dem ersten Kilometer begann er, nach einem Telefon zu suchen. »Mensch, beruhig dich wieder«, sagte ich zu ihm, »du warst in Südamerika, du warst in Indien, du hast dir ein Dumdumgeschoss ins Hirn verpasst. Das entspricht nicht deinem Profil, dich wie ein kleiner Junge im großen weiten Pfadfinderlager aufzuführen.« »Chaim, ich warne dich – leg dich nicht mit mir an«, zischte Galfand, während er fuhr, »schau dir diese Gegend an, was für Typen hier herumlaufen. Ehrlich, ich weiß echt nicht, warum ich überhaupt mitgekommen bin.« Draußen waren Leute unterwegs, die denen, die in unserem Viertel herumliefen, sehr ähnlich waren, mit etwas erloschenem Blick und schleppendem Schritt. Der einzige Unterschied bestand darin, dass Galfand sie nicht kannte, und allein davon kriegte er schon die Paranoia. »Das ist keine Paranoia, kapierst du nicht? Das sind alles Arabs hier. Ich hab's dir gesagt, wir hätten nach Norden fahren sollen. Alle geilen Tussis sind im Norden, das ist bekannt. Im Osten gibt's rein gar nichts außer Orientalen.« »Und wenn es Arabs sind«, sagte ich, »was dann?« »Ich weiß nicht, Arabs – als Selbstmörder, beunruhigt dich das nicht? Nicht einmal ein klitzeklein wenig? Und wenn sie draufkommen, dass wir Israelis sind?« »Dann bringen sie uns eben noch mal um. Kapierst du nicht, dass sie das nicht am Hintern kratzt? Sie sind tot, wir sind tot, finito.« »Ich weiß nicht«, murmelte Galfand, »ich mag keine Arabs. Das ist nicht mal Politik, das ist was Ethnisches.« »Sag mal, Uzi, hast du nicht schon genug schlechte Eigenschaften, auch ohne ein Rassist zu sein?« »Ich bin kein Rassist«, wand sich Uzi, »ich bin einfach … Weißt du was, vielleicht bin ich ein bisschen ein Rassist. Aber echt nur eine winzig kleine Spur.« Es begann, dunkel zu werden, und an Galfands klapprigem altem Prinz funktionierte schon seit langem kein Licht mehr, also mussten wir für die Nacht anhalten. Er verriegelte die Türen von innen und beharrte darauf, dass wir im Auto übernachteten. Wir kippten die Sitze nach hinten und versuchten so zu tun, als schiefen wir ruckzuck ein, gelegentlich inszenierte Uzi sogar irgendwelche Dehn- und seitlichen Wälzbewegungen, es war regelrecht pathetisch. Nach einer Stunde hatte sogar er die Nase voll. Er brachte den Sitz in die Senkrechte und sagte, »los, komm, wir gehen hier irgendeinen Pub suchen.« »Und die Arabs?«, fragte ich. »Scheiß auf die Arabs«, sagte er. »Höchstenfalls besorgen wir's ihnen, wie in der Armee.« »Du warst nicht beim Militär«, stellte ich mich stur, »sie haben dich wegen deines Psychoprofils freigestellt, und zu Recht.« »Man muss nicht dabei gewesen sein«, Uzi stieg aus dem Prinz und knallte die Tür hinter sich zu, »ich hab's im Fernsehen gesehen.«

## 10. KAPITEL

### *In dem es Uzi bereut, keinen Militärdienst gemacht zu haben, und entdeckt, wie schwierig es ist, die Toten aus der Ruhe zu bringen*

Am Ende stellte sich heraus, dass Uzi recht gehabt hatte und es wirklich ein Araberviertel war. Doch auch ich behielt recht, denn es interessierte tatsächlich echt keine müde Menschenseele, was in unserem Pass gestanden hatte, bevor wir Schluss machten. Ihr Pub hieß *Dschin*, was sowohl der Geist ist, den Aladin aus der Lampe befreite, als auch dieses Getränk, das Mädchen und Weicheier, die Angst vor Whisky haben, mit Tonic mischen. Uzi sagte, das Wortspiel sei ja wohl nicht gerade überwältigend, aber die Wahrheit ist, dass neben *Kadaver* alles gut klingt. Wir setzten uns an die Bar, der Barmann sah aus wie einer, der besonders übel Schluss gemacht hatte, in ziemlich vielen Einzelteilen. Uzi versuchte, mit ihm Englisch zu reden, doch er checkte den Akzent sofort und antwortete ihm ungerührt auf Hebräisch. »Gibt kein Flaschenbier, nur Fass«, murmelte er. Sein Gesicht sah aus wie ein Puzzle, bei dem jemanden mitten drin die Lust verlassen hat, mit einem halben Schnurrbart links von der Nase, und rechts nichts. »Dann bring eins vom Fass, Kumpel«, Uzi klopfte ihm auf die Schulter, »wir werden eins auf das Wohl der Truppe kippen, Achmad.« »Nasser«, berichtigte der Barmann förmlich und begann, die Gläser zu füllen. »Was heißt hier Truppe? Warst du in der Armee?«, fragte er während des Einschenkens. »Ja«, log Uzi, »bei der Tarneinheit in den Gebieten, bis irgendwann im August … *Wallah*, ich weiß nicht mal, was mir alles entfallen ist.« »*Wallah*«, Nasser reichte Uzi das Bier, und als er mir meines hinstellte, flüsterte er, »er ist ein bisschen meschugge, dein Freund, oder?« »Ein bisschen?«, lächelte ich. »Lass gut sein«, sagte Nasser beruhigend, »das ist, wie man bei euch sagt, sein Charme.« »*Wallah*«, Uzi kippte das halbe Glas mit einem einzigen Schluck hinunter, »das ist mein Charme.« »Als er gelebt hat, war er nicht beim Militär, und das frisst ihn auf«, erklärte ich. »Aber sicher war ich«, beharrte Uzi,

»ich hab mich sogar regulär verpflichtet. Der Revolver«, er deutete auf seine durchlöcherte Schläfe und imitierte eine Schussbewegung, »alles mit Sportpunkten der Armee bezahlt. He, Nasser, sag mal, wie hast du den Laden dichtgemacht?« Es war völlig klar, dass Uzi Streit suchte, denn wenn es etwas gibt, das man hier niemanden fragt, dann ist es das, wie er Schluss gemacht hat. Doch dieser Nasser schien dermaßen abgewrackt, dass nicht einmal Uzi eine Chance hatte, sich mit ihm anzulegen. »Kabumm!«, lächelte er müde und ließ seinen zerfetzten Leichnam ein wenig tanzen, »wieso, sieht man das vielleicht nicht?« »*Wallah*«, sagte Uzi, »kabumm! Wie viele hast du getötet?« Nasser schüttelte den Kopf und schenkte sich einen Wodka ein, »woher soll ich das wissen?« »Was denn«, staunte Uzi, »hast du niemand hier gefragt? Es sind doch bestimmt schon ein paar nach dir angekommen.« »So was fragt man nicht«, Nasser stürzte den Wodka auf einen Satz hinunter. »Sag mir, wann und wo«, bohrte Uzi weiter, »wenn ich nach dir Schluss gemacht habe, könnte ich dir vielleicht sagen, wie viele …« »Jetzt hör auf«, Nasser verhärtete sich für eine Sekunde, »wozu?« »Na ja«, versuchte ich das Thema zu wechseln, »voll hier, heute Abend.« »Brechend voll«, lächelte Nasser, »jede Nacht, aber was soll's? Fast nur Männer. Einmal alle ewigen Zeiten vielleicht irgendwelche zwei Frauen. Manchmal eine Touristin, aber so gut wie kaum.« »Sag mal«, forschte Uzi nach, »stimmt das, was gesagt wird, dass sie dir bei euch, bevor du so eine Aktion startest, siebzig geile nymphomanische Jungfrauen in der nächsten Welt versprechen? Nur für dich, Solonummer?« »Tun sie«, erwiderte Nasser, »und schau dir an, was daraus wird. Ich bin auf Alkohol abgesackt.« »Dann warst du am Ende also der Depp, Nasser«, sagte Uzi schadenfroh. »*Wallah*«, Nasser nickte, »und du, was haben sie dir versprochen?«

## 11. KAPITEL

## *In dem Chaim träumt, dass er und Orga ein Sofa kaufen, und in der grausamen Wirklichkeit erwacht*

In der Nacht, im Auto, habe ich geträumt, wie Orga und ich ein Sofa kaufen gehen, und der Verkäufer in dem Laden ist dieser Araber aus dem Pub, den Uzi angemacht hat. Er zeigt uns alle möglichen Exemplare, und es fällt uns wahnsinnig schwer, uns auf was zu einigen. Orga beharrt auf einem furchterregenden Ding mit rotem Stoffbezug, doch ich will was anderes, ich erinnere mich nicht genau daran, was. Wir fangen mitten im Laden darüber zu debattieren an, und nicht bloß so, mit Gebrüll. Die Diskussion wird immer hässlicher, wir beginnen, uns gegenseitig zu beleidigen und verletzend zu werden, und dann im Traum fange ich mich plötzlich, höre auf und sage zu ihr, »lass doch, was spielt das überhaupt für eine Rolle? Alles bloß Sofa. Hauptsache ist, wir beide sind zusammen.« Und als ich das zu ihr sage, lächelt sie. Und dann, anstatt zurückzulächeln, bin ich im Auto aufgewacht. Auf dem Sitz neben Uzi, der sich im Schlaf herumwälzte und alle möglichen Leute verfluchte, die ihn im Traum quälten. »Du hältst den Mund«, sagte er zu einem, der es offenbar wirklich übertrieb, »noch ein Wort und ich setz dir 'nen Keks auf den Kopf.« Anscheinend machte derjenige weiter, denn Uzi versuchte aufzustehen und knallte mit den Rippen gegen das Lenkrad. Nachdem auch er wach geworden war, öffneten wir die Fenster und rauchten eine Zigarette. »Morgen kaufen wir einen Wigwam oder Iglu, oder wie immer man diesen Plastikkack nennt, den sie in den Campingläden verkaufen«, bestimmte Uzi. »Zelt«, sagte ich. »Ja, ein Zelt. Das ist das letzte Mal, dass wir im Auto schlafen.« Uzi nahm einen Abschiedszug von der Zigarette und warf sie aus dem Fenster. »Der war tatsächlich mal in Ordnung, dieser Arab im Pub. Das Bier war beschissen, aber dieser Nasser war echt spitze. Weißt du, was ich geträumt habe?« »Ja«, sagte ich und saugte an dem Stummel, der von der Zigarette noch übrig war, »dass du ihm auf den Kopf scheißt.«

## 12. KAPITEL

### *In dem die Gefährten eine scharfe Anhalterin aufgabeln und versuchen, ein Gespräch anzuleiern*

Am Morgen lasen wir eine Tramperin auf, was ziemlich merkwürdig ist, wenn man mal einen Moment darüber nachdenkt, denn eigentlich fährt kein Mensch hier wirklich per Anhalter. Uzi sah sie bereits von weitem. »Schau dir die an«, sagte er durch die Zähne, »was für eine geile Tussi, ich fall tot um.« »Unverdorben?«, fragte ich ihn mit halbgeschlossenen Augen. »Nicht bloß das«, ereiferte sich Uzi, »erste Sahne. Ich schwör dir, so eine, bei der ich nie im Leben draufkommen würde, dass sie Schluss gemacht hat, wenn wir nicht hier wären.« Uzis Geilheit verleitet ihn meistens zu Übertreibungen, aber diesmal hatte er tatsächlich recht. Sie hatte etwas derart Lebendiges in den Augen, das du hier nicht allzu oft zu sehen bekommst. Als wir an ihr vorbeifuhren, schaute ich sie mir weiter im Spiegel an, langes schwarzes Haar mit so einem Rucksack, wie ihn Ausflügler haben, und auf einmal sah ich, dass sie die Hand hob. Auch Uzi hatte es gesehen und stieg auf die Bremse. Das Auto hinter uns hätte uns fast das Gehirn zermanscht, konnte aber in letzter Sekunde ausweichen. Uzi legte den Rückwärtsgang ein, und wir hielten neben ihr. »Steig ein, Schwester«, sagte er in einem Ton, der nonchalant klingen sollte, aber nicht so recht überzeugte. »Wo fahrt ihr hin?«, fragte sie misstrauisch. »Nach Osten«, sagte ich. »Wohin im Osten?«, fragte sie weiter, während sie ihren Rucksack ins Auto stopfte und hinter ihm einstieg. Ich zuckte die Achseln. »Habt ihr eine Ahnung, wo ihr überhaupt hinfahrt?« »Du bist noch nicht lang hier, hä?«, lachte Uzi. »Warum?«, fragte sie beleidigt. »Weil du sonst schon geschnallt hättest, dass niemand hier wirklich eine Ahnung hat. Weiß man's, vielleicht wären wir, wenn wir eine hätten, überhaupt nie hier gelandet.«

Sie hieß Lihia, und sie erzählte uns, dass sie wirklich erst vor kurzem eingetroffen war und seitdem per Anhalter herumfuhr, weil sie die Leute suchte, die für diesen Ort verantwortlich waren. »Die Leute, die für diesen Ort verantwortlich sind?« Uzi lachte. »Was glaubst du denn, dass das ein Country Club ist und du die Büros von der Geschäftsleitung suchst? Dieser Ort ist genauso wie vorher, bevor du Schluss gemacht hast, bloß eine Spur grässlicher. Sag mal, als du noch am Leben warst, hast du je versucht, Gott zu finden?« »Nein«, sagte Lihia und bot mir einen Kaugummi an, »aber damals hatte ich auch keinen echten Grund dazu.« »Und welchen Grund hast du jetzt genau?«, lachte Uzi und nahm auch einen Kaugummi. »Hast du's bereut? Denn weißt du, wenn das die Story ist und du schon den Rucksack gepackt hast und nur noch jemanden suchst, der dir ein Visum zurück besorgt …« »Sag mal«, unterbrach ich ihn, bevor er anfing, echt beleidigend zu werden, »warum hast du die Hand zum Trampen erst gehoben, als wir schon vorbei waren?« »Ich weiß nicht«, Lihia zuckte mit den Schultern, »irgendwie war ich mir nicht sicher, dass ich bei euch einsteigen will. Von weitem habt ihr mir ein klein wenig so ausgesehen … so ein bisschen …«

»Zweifelhaft?«, probierte es Uzi.

»Nein«, lächelte Lihia verlegen, »wie Nervensägen.«

## 13. KAPITEL

### *In dem Chaim fortfährt, nicht die Hoffnung zu verlieren, Uzi, sich zu beklagen, und Lihia, mit langen Ärmeln herumzulaufen*

Schon fünf Tage sind vergangen, seitdem wir Lihia mitgenommen haben. Uzi sammelt weiter haufenweise Kleingeld und ist ständig auf der Suche nach einem Telefon. Es gibt keinen Tag, an dem er nicht mindestens ungefähr eine Stunde mit seinen Eltern telefoniert, und wenn ich oder Lihia versuchen, mit ihm darüber zu witzeln, ist er auf der Stelle beleidigt. Allerdings stellt er sich nicht mehr mit dieser Kiste von wegen Fahrzeugversicherung an, und wir wechseln uns alle drei beim Fahren ab. Unser Tempo ist nicht übel, obwohl wir wegen der Scheinwerfer des Prinz nicht nachts fahren können. Um uns herum verliert sich die Stadt allmählich, es gibt weniger Menschen und mehr Himmel, niedrige Häuser mit Gärten, auch wenn alles dort irgendwie immer verwelkt ist. Das Zelt, das wir gekauft haben, ist relativ gelungen, und wir haben angefangen, uns daran zu gewöhnen. Jede Nacht träume ich diesen blöden Traum vom Streit mit Orga, und jede Nacht versöhnen wir uns am Ende, und danach, wenn ich aufwache, sagt Uzi, dass wir sie nie im Leben finden werden, dass es ihn jedoch nicht störe, so lange weiterzumachen, bis es mir reichen würde. Er redet hartnäckig immer dann von Orga, wenn Lihia dabei ist. Lihia allerdings glaubt schon, dass ich eine Chance habe, aber Uzi hält nicht wirklich was davon.

Gestern, als er und ich aus dem Wagen stiegen, um zu pinkeln, fing er an, sich zu beklagen, dass das Ganze, seit sie sich uns angeschlossen hat, allmählich ein bisschen mühsam würde. »Sie flachlegen«, sagte er, während er abschüttelte, »flachlegen tun wir sie schließlich beide nicht. Also, wo wir allein waren, konnte man wenigstens ordinär sein.« »Das kannst du jetzt auch«, sagte ich, »völlig frei, wer hindert dich daran?« Wir waren beide schon mit dem Pinkeln fertig, blieben aber in der Position stehen, um weiterreden zu können. »Im Prinzip hast du recht«, gab Uzi zu, »aber im Grunde unseres Herzens wissen wir beide, dass es nicht wirklich dasselbe ist, neben einer geilen Tussi mit Schweinkram anzufangen. Wenn so eine dabei ist, klingt es immer irgendwie weniger spontan und mehr nach Provokation.«

Danach kehrten wir zum Auto zurück, und ich löste Uzi beim Fahren ab. Während dieser ganzen Zeit döste Lihia in ihrem Trainingsanzug hinten drin. Seit wir sie mitgenommen haben, habe ich sie nie kurzärmlig gesehen. Uzi sagt, er sei bereit, den Prinz darauf zu verwetten, dass sie sich die Adern aufgeschnitten hat, aber wir haben alle beide nicht den Mut, sie zu fragen, wie und warum sie Schluss gemacht hat, es ist ja auch nicht so wichtig. Sie ist goldig, wenn sie schläft, so entspannt, und abgesehen von diesem Trip, dass sie die Verantwortlichen finden will, was wirklich ein bisschen komisch ist, ist sie echt in Ordnung. Trotz Uzis ganzer Stänkerei glaube ich, dass er ein bisschen in sie verliebt ist, vielleicht stänkert er gerade deswegen, damit ich ihm nicht draufkomme. Die Wahrheit ist, dass ich auch manchmal auf solche Gedanken komme, dass ich Orga vielleicht tatsächlich nicht finden werde und dass sich Lihia vielleicht auch ein bisschen in mich verlieben könnte, aber ich höre gleich am Anfang wieder damit auf. Außerdem kann ich spüren, dass Orga schon ganz nah ist. Uzi sagt, das sei reine Dummschwätzerei, garantiert sei sie auf der völlig entgegengesetzten Seite und, wo sie auch immer sei, hätte schon jemanden, bestimmt einen Bimbo, der sich am Schwanz erhängt hat. Doch ich kann es echt riechen, wie nah sie mir ist und dass ich sie finden werde, und bloß weil mein bester Freund hier verzweifelt und fertig ist, besagt das noch lange nicht, dass ich das auch sein muss.

## 14. KAPITEL

## *Das mit einem Wunder anfängt und beinahe mit einem Unglück endet*

Am Abend, als wir schon anfingen, einen Platz zum Parken zu suchen, geschah etwas Merkwürdiges. Lihia saß gerade am Steuer, und irgendein Laster, der überholen wollte, ließ einen wüsten Hupton los, ziemlich beängstigend, und Lihia fuhr auf den Seitenstreifen, um ihn vorbeizulassen, und als sie beim Versuch, wieder einzuscheren, den Blinker betätigte, gingen plötzlich die Scheinwerfer des Prinz an. Uzi, der hinten saß, verfiel schlicht in Ekstase. »Du bist eine Zauberkünstlerin, ein Genie«, er küsste Lihia, die wegen seiner wilden Begeisterung fast die Kontrolle über den Wagen verloren hätte, »du bist die Florence Nightingale der Autos, ach, was sag' ich, Nightingale? Du bist Marie Curie, Mania Schochat, eine Pionierin der Nationalgeschichte!« »Uzi, beruhig dich mal«, lachte Lihia, »es sind bloß Scheinwerfer.« »Bloß Scheinwerfer«, Uzi blickte sie mitleidig an, »was bist du für ein Unschuldsengel. So genial – und so naiv. Weißt du, wie viele Mechanikerfritzen unter die Motorhaube dieses alten Prinz getaucht sind? Vergiss die Mechanikerfritzen, Atomingenieure, holistische Therapeuten der schwergewichtigen Mechanik, Leute, die den Motor von einem Mac Diesel in zwanzig Sekunden mit verbundenen Augen zerlegen und wieder zusammensetzen, haben es nicht geschafft, das zu reparieren, bis du daherkommst«, er knetete ihren Hals, »mein genialer Engel.« Aus meiner Ecke schien es, dass sich Uzis spontane Begeisterung schon etwas gelegt hatte und er bloß weitertobte, um einen Vorwand zu haben, Lihia noch ein wenig anzufassen. »Weißt du, was das heißt«, bemerkte ich, »dass wir jetzt auch in der Nacht fahren können.« »Bei Gott«, sagte Uzi, »und der erste Ort, den wir heute Nacht ansteuern, mit unseren Scheinwerfern, die so wunderschön sind, dass es schon weh tut, da werden wir uns die Birne vollknallen.« Wir setzten die Fahrt fort, auf der Suche nach irgendeinem Pub. Außerhalb der Stadt war alles ziemlich öde, so in etwa alle halbe Stunde mal kamen wir an einem Schild mit einem Pfeil zu irgendeiner Hamburgeria oder Pizzeria vorbei. Nach vier Stunden brach Uzi zusammen, und wir hielten an, um in so einer Lokalität zu feiern, wo sie Eiscreme und Frozen Joghurt verkauften. Uzi fragte, was von dem, was sie hatten, Alkohol am nächsten käme, und die Verkäuferin erwiderte, das sei Eis mit Kirschlikörgeschmack. »Sag mal, Sandra«, sagte Uzi, der auf den Namenssticker der Angestellten gelinst hatte, »wie viele Waffelbecher, meinst du, muss man wohl schlucken, um sich echt die Birne vollzuknallen?« Unter dem Namen auf dem Sticker befand sich das Abbild des Logos der Kette – ein Seehund mit Clownshut auf einem Einrad und darunter der Slogan »Wenig Geld – viel Geschmack«. »Ich weiß nicht«, Sandra zuckte die Achseln. »Dann bring uns vier Kilo«, orderte Uzi, »sicher ist sicher.« Sandra füllte die Kühlbehälter mit geübten Bewegungen. Ihr Körper wirkte etwas müde, aber ihre Augen blieben die ganze Zeit über weit offen, fast überrascht. Wie auch immer sie Schluss gemacht hatte, es musste plötzlich gewesen sein.

Auf dem Weg zum Auto blieb Lihia vor so einem Anschlag von der Sorte stehen, die besagte, was die Angestellten dieser Lokalität tun sollten: höflich zu Kunden sein, Hände waschen nach dem Klogehen und so Zeug. Als ich in der Pizzeria *Kamikaze* gearbeitet habe, hatten wir auch so was neben den Toiletten hängen, und immer, wenn ich dort beim Kacken gewesen war, habe ich mir nicht die Hände gewaschen, bloß so, um mich als Individualist zu fühlen. »Solche Orte haben etwas leicht Tristes an sich«, sagte Lihia, als wir im Auto schon an dem Eis löffelten, »immer wenn ich so wo reingehe, hoffe ich, dass irgendwas Unerwartetes passiert. Und wenn es nur eine Kleinigkeit ist. Dass der Verkäufer sein Namensschild verkehrtrum anstecken hat, dass er vergisst, die Mütze aufzusetzen, oder dass er einfach mal sagt, ›lass es lieber, das Essen hier ist zu eklig‹. Aber das passiert nie in echt. Wisst ihr, was ich meine?« »Ganz ehrlich?« Uzi schnappte ihr den Eisbehälter weg. »Nicht wirklich. Vielleicht wechseln wir ein bisschen ab?« Man sah, dass er schon ganz versessen darauf war, mit den neuen Lichtern zu fahren. Einen knappen Kilometer, nachdem wir getauscht hatten, kam so eine Art Rechtskurve, und direkt dahinter lag quer über die Straße, schlafend, ein großer, dünner Mann mit Brille, der auch nicht zu schnarchen aufhörte, als Uzi auswich und gegen einen Baum fuhr. Wir stiegen aus dem Auto, keiner von uns war wirklich verletzt, aber der Prinz war total geschrottet. »Sag mal«, Uzi rannte zu dem Mann hin, der auf der Straße lag, und schüttelte ihn, »du bist wohl wahnsinnig.« »Das genaue Gegenteil«, sprang der Große, der mit plötzlich verblüffender Geschwindigkeit aufgewacht war, auf die Füße und hielt Uzi eine Hand hin, »ich bin Rafael, Rafael Kneller. Aber ihr könnt mich Rafi nennen.« Und als er sah, dass Uzi seine ausgestreckte Hand nicht drückte, kniff er die Augen zu und sah sich forschend um. »Was ist das für ein Geruch? Wie Eiscreme.« Und unmittelbar darauf, ohne eine Antwort abzuwarten, »sagt mal, habt ihr hier vielleicht zufällig einen Hund gesehen?«

## 15. KAPITEL

*In dem Kneller viel Gastfreundschaft und wenig Paranoia beweist und erklärt, weshalb sein Haus nicht wirklich ein Ferienheim ist*

Nachdem sich Uzi etwas beruhigt hatte, untersuchten wir alle zusammen das Auto und stellten fest, dass es Zeitverschwendung war. Kneller war total unangenehm berührt, als er begriff, was passiert war, und das Ganze nur wegen ihm, und schlug uns übergangslos vor, mitzukommen und bei ihm im Haus zu übernachten. Auf dem Weg dorthin hörte er nicht mehr auf zu reden, und bei jedem Schritt flog sein Körper in alle Richtungen, als wollte er an einen Haufen Orte gleichzeitig und hätte Schwierigkeiten zu entscheiden, wohin. Überhaupt sah er total verrückt aus, dieser Kneller, aber extrem harmlos. Sogar sein Geruch war irgendwie unschuldig, so wie ein Babypopo. Ich konnte mir nur schwer vorstellen, dass so einer Schluss macht. »Meistens laufe ich nicht zu dieser Tageszeit hier herum, aber ich bin gerade losgezogen, um meinen Hund zu suchen, Freddy, der verlorengegangen ist, ihr habt ihn nicht vielleicht zufällig gesehen? Und auf einmal hat mich diese ganze Pastorale ringsherum etwas übermannt. Na gut, das ist nur natürlich, wer möchte nicht gerne ein bisschen zwischen den Bäumen schlummern, ihr wisst schon, im Schoß der Natur«, versuchte Kneller, die Ereignisse mit viel Händegefuchtel zu erklären, »aber so? Mitten auf der Straße? Also wirklich, das ist schon sehr, sehr unverantwortlich. Zu viele leichte Drogen«, zwinkerte er uns zu, doch als er sah, dass Uzi bedrohlich ernst blieb, fügte er hastig hinzu, »Drogen als Metapher, das heißt, niemand raucht hier wirklich was.«

Knellers Haus sah haargenau wie diese bescheuerten Häuser aus, die wir im Kindergarten immer malten, mit Ziegeldach, Schornstein, einem Laubbaum im Hof und diesem gelben Licht in den Fenstern. Am Hauseingang war ein riesiges Schild mit schwarzem Aufdruck, »Zu vermieten«, und jemand hatte mit blauer Farbe darüber gekritzelt, »Knellers Ferienheim«. Kneller erklärte uns, das Haus sei nicht wirklich zu vermieten, das heißt, es war mal, aber dann kam Kneller und mietete es, und er habe auch nicht wirklich ein Ferienheim, das sei bloß so eine Art nicht unbedingt witziger Scherz von irgendsoeinem Freund von ihm, der schon seit langer Zeit bei ihm wohnte und beschlossen hatte, wegen der ganzen Gäste, die ständig kamen, und wegen der Aktivitäten, die Kneller immer für sie organisierte, dass dieser Ort ein bisschen wie ein Ferienheim war. »Wartet, bis sie das Eis sehen«, lächelte er und deutete auf den Kühlbehälter, den Lihia in der Hand hielt, »sie werden echt ausflippen.«

## 16. KAPITEL
## *In dem Lihia ein kleines Wunder vollbringt und Uzi sich in eine Eskimofrau verliebt*

Wir sind schon fast einen Monat hier, und Kneller hat angefangen, sich damit abzufinden, dass sein Hund Freddy nicht vorhat zurückzukommen, und es sieht auch nicht so aus, als ob der Abschleppwagen, den Galfand bestellt hat, irgendwann einmal käme. In der ersten Woche machte Uzi noch allen hier das Leben zur Hölle, probierte es mit allen möglichen Anrufen und suchte nach einem anderen Weg, um wieder heimzukommen, aber dann lernte er hier eine Eskimofrau kennen, zum Fürchten schnucklig, die zu sehr nicht von hier ist, um seinen Charakter zu durchschauen, und seitdem sie zusammen sind, macht er schon viel weniger Druck, sich abzusetzen. Und obwohl er weiterhin einmal pro Tag mit seinen Eltern telefoniert, geht es jetzt meistens um sie. Am Anfang hat dieser Ort mich auch gestresst, lauter so positive Leute aus aller Welt, die, nachdem sie Schluss gemacht hatten, die andere Seite vom Schöner Leben entdeckten. So was zwischen United Colours of Benetton und verlorenen Inseln. Bloß dass die Leute hier tatsächlich nett sind, ziemlich erloschen, aber sie versuchen, aus dem bisschen, das sie haben, das Maximum herauszuholen. Und dazwischen, als dirigiere er ein Orchester, läuft Kneller mit seinen wedelnden Armen herum. Ich habe Lihia erzählt, dass wir, als ich aufs Gymnasium ging, im Physikbuch so eine Aufgabe hatten über einen Wundermenschen, wie er in dem Buch genannt wurde, der vom Dach eines Gebäudes fiel und seine Fallzeit mit einer Stoppuhr maß. Es stand nicht da, wie er aussah, aber irgendwie stellte ich ihn mir wie Kneller vor – stark bei der Sache, aber so ganz und gar nicht von dieser Welt. Lihia fragte mich, was am Ende bei der Frage in Physik herausgekommen sei, und ich antwortete ihr, dass ich mich nicht so genau erinnere, jedoch sicher sei, dass der Wundermensch am Schluss gerettet wurde, denn es war ein Physikbuch für die Jugend. Worauf Lihia zu mir sagte, wenn es so sei, dann sei es bestimmt Kneller, denn sie könne mit Leichtigkeit vor sich sehen, wie er vom Dach eines Gebäudes marschiert, sich ihn jedoch einfach nicht wirklich vorstellen, wie er am Boden aufschlägt. Am Morgen gingen wir mit ihm ein bisschen in seinem Garten arbeiten, in dem es ihm bis heute nicht gelungen ist, irgendwas außer Gras zum Rauchen zu züchten. Mitten unter der Arbeit drehte Lihia den Wasserhahn auf, um daraus zu trinken, und statt Wasser kam Soda heraus. Lihia und ich waren ziemlich begeistert davon, aber Kneller zeigte sich nicht beeindruckt. »Das könnt ihr ignorieren«, sagte er geringschätzig, »das passiert hier die ganze Zeit.« »Was?«, fragte ich erstaunt. »Solche Dinge«, Kneller fuhr fort, die Beete umzugraben. »Wunder?«, fragte ich. »Denn weißt du, Rafi, es ist ja nicht direkt so, dass Lihia hier Wasser in Wein verwandelt hätte, aber es ist auch nicht ganz weit davon.« »Weit genug«, erwiderte Kneller, »wenn du willst, nenn es Wunder, aber es ist kein bedeutendes Wunder, die gibt es hier wie Müll. Komisch, dass ihr es überhaupt bemerkt habt, den meisten Leuten fällt es nicht einmal auf.« Lihia und ich verstanden das nicht so recht. Aber Kneller erklärte, dass das eine der hervorstechenderen Eigenheiten dieser Gegend sei, dass Leute imstande waren, hier ziemlich verblüffende Dinge anzustellen, wie Steine in Pflanzen verwandeln, die Farbe von Tieren verändern, sogar ein wenig in der Luft schweben, jedoch nur, solange es nicht wirklich grundsätzlich war oder etwas änderte. Ich sagte zu ihm, das sei ziemlich verblüffend und wenn das hier tatsächlich so häufig passiere, dann könne man doch versuchen, daraus so eine Vorstellung zu organisieren, wie bei Zauberkünstlern, es vielleicht sogar im Fernsehen ausstrahlen. »Aber das versuche ich dir doch gerade zu erklären«, Kneller schaufelte energisch Erde, »dass es eben nicht möglich ist, denn in dem Moment, in dem man Leute eigens dafür herbringen würde, um es zu sehen, würde es nicht mehr funktionieren. Die Dinge geschehen nur, wenn sie tatsächlich absolut nichts ändern. Das ist, wie wenn wir mal annehmen, du findest dich plötzlich übers Wasser gehend wieder, was eine Sache ist, die hier hin und wieder passiert, doch nur unter der Bedingung, dass dich auf der anderen Seite nichts erwartet oder dass nicht irgendein Hysteriker in der Gegend ist, der daraus ein Affäre macht.« Lihia erzählte ihm von den Lichtern des Prinz in der Nacht, in der wir uns begegnet waren, und Kneller sagte, das sei ein klassischer Fall. »Die Scheinwerfer von einem Auto zu reparieren klingt mir aber doch ziemlich bedeutend«, wandte ich ein. »Hängt davon ab, wohin du fährst«, lächelte Kneller, »wenn du fünf Minuten später gegen einen Baum donnerst, dann nicht wirklich.«

## 17. KAPITEL

## *In dem Lihia Chaim etwas Intimes erzählt und Uzi darauf beharrt, dass es bloß Geschwätz ist*

Seit der Unterhaltung mit Kneller habe ich angefangen, mir dieser ganzen Wunder bewusster zu werden. Gestern gingen Lihia und ich außer Haus spazieren. Lihia hielt eine Sekunde an, um sich den Schuh zuzubinden, und plötzlich sahen wir, wie das Stück Felsen, auf den sie gerade eine Sekunde zuvor den Fuß gestellt hatte, verkehrtrum in den Himmel hinauffiel, bis es verschwunden war, einfach so, ohne Grund. Und einen Tag vorher, als Uzi die Kugeln auf dem Billardtisch anordnen wollte, sah ich plötzlich, dass sich eine von ihnen in ein Ei verwandelt hatte. Ehrlich gesagt, ich bin schon ganz wild darauf, mein erstes Wunder zu vollbringen, wobei mir ziemlich egal ist, was, und sei es noch so blöde. Kneller sagt, dadurch, dass ich es so unbedingt will, wird es zu etwas von Bedeutung, und deswegen wird es mir nie gelingen. Vielleicht hat er recht, aber etwas an seiner ganzen Erklärung klingt schon sehr unfundiert und verwirrend. Kneller sagt, es liege nicht an der Erklärung, es sei dieser Ort rings um uns, der ein wenig unfundiert und verwirrend ist. Im einen Augenblick beendet der Mensch sein Leben und zackbumm! Eine Sekunde danach ist er schon hier, samt Narben und Hypothek. Und überhaupt, warum nur Selbstmörder, warum nicht einfach generell Tote? Irgendwie scheint auch dahinter nicht allzuviel Logik zu stecken. So ist es eben, und das war's. Alles in allem ist das vielleicht nicht unbedingt der Schlager, doch es hätte auch noch viel schlimmer sein können. Uzi ist die ganze Zeit mit seiner neuen Freundin zugange. Es gibt nicht weit von hier einen Fluss, und sie bringt ihm Kajakfahren und Fischen bei, was ziemlich komisch ist, da zumindest ich hier so gut wie noch nie Tiere gehört oder gesehen habe, abgesehen vielleicht von Knellers Hund, bei dem ich aber auch nicht sicher bin, ob er wirklich existiert. Uzi hat ihr als Gegenleistung nicht viel anzubieten, und damit er sich nicht als Ausbeuter fühlt, bringt er ihr Namen von Ex-Fußballergrößen bei und auf Arabisch zu fluchen. Die meiste Zeit verbringe ich mit Lihia. Kneller hat ein paar Fahrräder im Schuppen, und wir fahren häufig damit spazieren. Sie hat mir erzählt, wie sie Schluss machte, und es hat sich herausgestellt, dass sie sich gar nicht umgebracht hat, sondern an einer Überdosis gestorben ist. Jemand schlug ihr vor, irgendetwas zu spritzen, was für beide das erste Mal war, und anscheinend präparierten sie es nicht richtig. Deswegen glaubt sie auch, dass sie irrtümlich hier gelandet ist, und wenn sie bloß irgendeinen Jemand finden würde, den sie darauf ansprechen könnte, würde man sie umgehend von hier wegbringen. Ehrlich gesagt, ich glaube nicht, dass sie echt eine Chance hat, so jemanden zu finden, aber ich glaube auch, es ist besser, ihr das nicht zu sagen. Lihia hat mich gebeten, niemandem davon zu erzählen, aber ich habe es Uzi verraten, und der meinte, das sei Blödsinn, niemand lande hier irrtümlich. Ich erzählte ihm, was Kneller darüber sagt, nämlich dass dieser ganze Ort ein einziger großer Irrtum sei, und wenn dieser Ort merkwürdig genug ist, um eine Billardkugel in ein Ei zu verwandeln, dann kann es ebenso sein, dass Lihia irrtümlich hier gelandet ist. »Weißt du, an was mich das erinnert?«, murmelte Uzi, während er sich den Mund mit Toast vollstopfte. »An diese Filme, wo der Held ins Gefängnis kommt und alle möglichen Leute daherkommen und ihm erzählen, dass sie echt aus Versehen und total unschuldig dort sind, aber du siehst es ihrem Gesicht an, dass sie die Allerschuldigsten sind. Du weißt, ich bin verrückt nach Lihia, aber was soll dieses ganze Geschwätz von Überdosis? Hast du in Tel Aviv mal jemanden spritzen sehen? Die Leute hierzulande fürchten sich ja schon vor der Tetanusimpfung, wenn sie bloß eine Nadel sehen, fallen sie schon in Ohnmacht.« »Aber es ist ja nicht so, dass sie ein Junkie wäre oder so was«, wandte ich ein, »es war das erste Mal bei ihr.« »Das erste Mal«, Uzi nahm einen Schluck Kaffee, »glaub mir, Chaim, keiner stirbt vom ersten Mal, egal an was, außer er will's ganz unbedingt.«

## 18. KAPITEL

### *In dem Chaim träumt, in einem Gefängnisfilm zu sein, der ein schlechtes Ende nimmt, und alles deshalb, weil er keinen Charakter hat*

In jener Nacht träumte ich, Uzi, Lihia und ich würden aus irgendeinem Gefängnis fliehen. Zuerst brechen wir aus unserer Zelle aus, was noch verhältnismäßig leicht war, aber danach, als wir in den Gefängnishof gelangen, gehen alle möglichen Alarm- und Lichtanlagen los. Auf der anderen

Seite des Zauns wartet ein Transit auf uns, und ich mache die Steigleiter für Uzi und Lihia, die über den Zaun klettern. Dann will auch ich hinüberklettern, aber es ist niemand mehr da, der mir helfen könnte, und da plötzlich sehe ich Kneller neben mir, und bevor ich zu ihm sagen kann, er solle mir mal Hilfestellung geben, erhebt er sich von selber in die Luft und schwebt auf die andere Seite hinüber. Und jetzt sind bereits alle draußen, Orga eingeschlossen, die den Transit fährt, und alle warten nur noch darauf, dass ich komme. Hinter mir höre ich die Sirenen und die Hunde und dieses ganze Zeug, was man in Gefängnisfilmen so hört, und es kommt ständig näher. Und Uzi, auf der anderen Seite des Zauns, schreit mir zu, »los, Chaim, bei Gott, stell dich nicht so an, flieg ein bisschen!« Und wie um mich zu ärgern, schwebt Kneller über dem Transit und macht allerlei Loopings und Flickflacks. Auch ich probiere es, aber es will mir nicht richtig gelingen. Und dann fahren sie alle ab, oder die Familie von Uzi kommt plötzlich – ehrlich gesagt, von dem Teil ab erinnere ich mich nicht mehr so genau. »Weißt du, was dieser Traum sagen will«, sagt Uzi zu mir, »dass du ein gestörter Typ bist. Leicht beeinflussbar und gestört. Leicht beeinflussbar, denn es reicht, dass ich einmal ›Gefängnis‹ zu dir sage, und sofort träumst du davon. Und gestört, denn genau das sagt der Traum an sich aus.« Uzi und ich sitzen am Fluss, mit Wäscheleinen in der Hand, und versuchen, nach irgendeinem Patent zu fischen, das seine Freundin ihm beigebracht hat. Wir sind schon zwei Stunden hier und haben nicht einmal einen Schuh geangelt, was Uzi grausam gemein werden lässt. »Überleg mal, im Traum schaffen es alle, sich zu befreien, denn sie nehmen ihre Existenz leicht. Und bloß du, wegen der permanenten Leier in deinem Hirn, bleibst stecken. Der Traum ist ganz einfach, fast schon pädagogisch, würde ich sagen.« Es fängt langsam an, kühl zu werden, und ich frage mich, wann es Uzi wohl reicht mit diesem schwachsinnigen Angeln, denn um ehrlich zu sein, mir reicht es schon längst, und es ist ziemlich klar, dass es hier keine Fische gibt. »Ich will dir noch was sagen«, fährt Uzi fort, »es ist nicht nur der Traum, der das zeigt. Auch, dass du dich an ihn erinnerst und nachher davon erzählst. Es gibt eine Menge Leute, die träumen, aber nicht alle machen eine solche Affäre daraus. Ich habe Träume, aber ich bestehe nie darauf, sie dir zu erzählen, und deswegen bin ich auch ein glücklicherer Mensch.« Und wie zum Beweis zieht er seine Leine durchs Wasser, und es hängt ein Fisch daran. Es ist zwar ein kleiner, hässlicher Fisch, aber es reicht, um Uzis sowieso schon platzendes Ego noch zu mästen. »Hör einmal auf deinen Freund – vergiss für einen Moment deine Träume und diese ganze infantilen Wunder und mach dich an Lihia ran. Lebe den Augenblick, was ist schlecht daran? Sie sieht gut aus, ein wenig daneben, aber echt positiv, und sie ist bestimmt mit bei der Sache. Unter uns, sie wird nie im Leben Gott finden, um ihm eine Klage reinzuwürgen, und du wirst den Kadaver deiner Nord-Tel Aviverin nicht finden, ihr sitzt beide hier alleine fest, also könntet ihr wenigstens ein bisschen voneinander profitieren.« Während wir reden, verwandelt sich der hässliche Fisch, der sich in Uzis Hand windet, in einen anderen, rot und eine Spur größer, allerdings nicht weniger hässlich. Uzi drückt ihn auf den Boden und schlägt ihm mit einem Stein auf den Kopf, bis er zu zappeln aufhört, noch so ein Eskimotrick. Er hat nicht einmal bemerkt, dass sich der Fisch verändert hat, oder? Vielleicht hat er recht, vielleicht macht das auch wirklich keinen Unterschied. Aber in Sachen Orga, ich spüre echt, dass sie hier ist, dass es genügt, den Kopf umzudrehen, und schon ist sie irgendwo hinter mir. Und dieser ganze Zynismus von Uzi kratzt mich nicht die Bohne, denn ich weiß ganz einfach, dass ich sie finden werde. »Sag mir nur eins«, sagt Uzi auf dem Heimweg zu mir, »dieser Kneller, auf was für einem Trip ist der eigentlich? Dass er die ganze Zeit happy ist und Leute umarmt, ist der ein Homo oder was?«

## 19. KAPITEL

## *In dem Kneller Geburtstag feiert und Chaim und Lihia beschließen, die Reise fortzusetzen*

In den letzte Tagen trafen haufenweise Leute hier ein. Kneller hat nämlich Geburtstag, und alle sind fürchterlich aufgeregt, backen Kuchen oder überlegen sich originelle Geschenkideen. Die meisten hier haben nicht einmal genügend Koordination zum Schnaufen, und Lihia sagt, dass es ein großes Glück sein wird, wenn dieser gesamte kreative Irrsinn ohne ein Unglück endet. Bisher gab es bereits zwei, die sich geschnitten haben, und einen, der sich so in etwa sämtliche Finger durchbohrt hat, als er versuchte, Kneller eine Tasche zu nähen. Und außer ihnen ist da auch noch Jan, irgendsoein holländischer Astronaut, der gestern früh mit einem Schmetterlingsnetz loszog, sagte, er gehe in den Wald, um für Kneller einen neuen Hund einzufangen, und von dem man seitdem nichts mehr gehört hat. Auch Kneller selbst wirkt ganz aufgeregt. Am Abend, als wir den Tisch für das Festessen deckten, fragte ich ihn, wie alt er wird, und er begann zu stottern und entdeckte plötzlich, dass er sich eigentlich nicht mal erinnert.

Nach dem Essen und den Geschenken wurden Platten aufgelegt, und die Leute tanzten allen Ernstes, wie auf Klassenfesten. Sogar ich tanzte einen Schieber mit Lihia. Gegen vier Uhr früh fiel jemandem ein, dass Kneller einmal Geige spielen gelernt hat und dass er seine Geige im Geräteschuppen herumliegen sah. Zuerst wollte Kneller nicht spielen, aber er fiel sehr schnell um und spielte *Heart of Gold*. Tatsache ist, ich bin kein großer Musikkenner, aber in meinem ganzen Leben habe ich noch nie jemanden so spielen hören. Nicht dass er nicht gemogelt hätte, denn ein bisschen falsch spielte er schon, aber man spürte es an den Tönen, dass er mit vollkommener Andacht spielte. Und nicht bloß ich, alle standen wir einfach schweigend da, wie bei der Sirene am Holocausttag. Sogar Uzi, der in solchen Momenten liebend gerne stört, machte keinen Mucks und hatte ganz nasse Augen. Nachher sagte er zu mir, das komme von der Allergie, doch es war klar, dass er das bloß so sagte. Nachdem Kneller zu spielen aufgehört hatte, hatte keiner mehr Lust, noch allzuviel zu machen. Die meisten gingen ins Bett, und Lihia und ich halfen ein bisschen beim Aufräumen. Während wir in der Küche waren, fragte sie mich, ob ich mich nach all diesen Dingen von früher, bevor ich Schluss gemacht hatte, sehnte. Ich sagte ihr die Wahrheit, dass ich zwar mein Leben dafür geben würde, zurückzukehren, mich jedoch an nicht viel dort erinnerte, außer an Orga, und dass ich mich jetzt, wo sie hier sei, eigentlich nach gar nichts mehr sehnte. »Oder vielleicht«, sagte ich zu ihr, »ein bisschen nach mir selber. Wie ich war, bevor ich Schluss gemacht habe. Sicher bilde ich mir das ein, aber irgendwie habe ich mich als mehr … irgendwas mehr in Erinnerung. Nicht einmal daran erinnere ich mich noch.« Lihia sagte, sie sehne sich nach allem, sogar nach den Dingen, die sie hasste, und dass ihr schien, sie sollte am besten gleich morgen von hier weg, denn wenn sie jemand finden wollte, der ihr helfen konnte, musste sie weitersuchen. Ich sagte zu ihr, dass sie recht habe und dass auch ich mich besser wieder auf den Weg machen sollte, wenn ich Orga tatsächlich finden wollte. Wir hatten alles Geschirr ins Spülbecken gestellt, aber es fehlte uns beiden die rechte Lust, ins Bett zu gehen. Im Wohnzimmer saß Kneller auf dem Boden und spielte wie ein kleiner Junge mit seinen Geschenken, als auf einmal Jan hereinstürmte, sein bescheuertes Schmetterlingsnetz in der Hand, und sagte, dass auf der anderen Seite des Waldes der König Messias wohne und dass er Knellers Hund als Geisel halte.

## 20. KAPITEL

### *In dem Freddy unter falscher Identität Schawarmas verdrückt*

Jan schaute uns keuchend an. Er war rot im Gesicht. Wir setzten ihn ins Wohnzimmer und brachten ihm ein Glas Wasser, und er erzählte uns, wie er im Wald auf der Suche nach einem neuen Hund für Kneller den Weg verloren hatte und wie er am Schluss, als er auf der anderen Seite herauskam, so eine große Villa mit einem Schwimmbecken sah und die Leute dort bitten wollte, ihn beim Ferienheim anrufen zu lassen, damit ihn jemand abholen käme. Doch in der Villa gab es kein Telefon, nur viel Musik und Lärm, und alle dort hatten sie diese Nackenschwänzchen, waren braungebrannt und sahen wie Australier aus, außer den Mädchen, die in Bikinis ohne Oberteil herumliefen. Sie waren schrecklich nett und gaben Jan ganze Berge zu essen, und sie erzählten ihm, dass dieses Haus das Haus des König Messias sei und dass sie alle hier zu seinem Kreis gehörten und dass der König Messias bloß Trance liebe, weswegen sie auch die ganze Zeit diese Musik in voller Lautstärke hörten. Sie erzählten auch, dass der König Messias Gideon hieße, ihn aber alle Gido riefen, ein Name, den irgendeine mal für ihn erfunden hatte und der voll einschlug, und dass Gido ursprünglich aus irgendeinem Mizpe-Kaff im Galil käme, aber schon lange Zeit hier sei, und heute in einer guten Woche würde er ein bedeutendes und gezieltes Wunder vollbringen, nicht nur einfach so irgendwas, das einem versehentlich auskommt, und dass sie nicht verraten dürften, was es sei, aber es würde was echt Großes werden, und Jan sei eingeladen, zu bleiben und zuzuschauen. Jan, der sich langsam aber sicher an die Musik zu gewöhnen begann, war stark begeistert, schon auch von dem Wunder, hauptsächlich aber von den Halbnackten. Sie besorgten ihm ein Zimmer in der Villa zusammen mit noch so einem netten Glidersporttypen, der, bevor er Schluss machte, Geschäftsführer von einem Ableger des *Hardrock-Café* in Edmonton, New Zealand, gewesen war. Am Abend gingen sie alle nackt im Pool schwimmen, und Jan, der sich ein bisschen schämte, war draußen geblieben, als er plötzlich Freddy, Knellers Hund, sah, der aus einer Plastikschüssel neben dem Pool Schawarma fraß. Jan erklärte ihnen, dass Freddy der Hund seines guten Freundes sei, der vor einigen Wochen verlorengegangen war. Und alle dort sahen ziemlich verwirrt drein, weil der König Messias diesen Hund adoptiert und ihnen gesagt hatte, er sei ein Genie, und ihm sogar das Reden beigebracht hatte. Jan wusste, dass Knellers Hund ein paar Worte sprechen konnte, die er aber auch nicht wirklich verstand, aber er wusste ebenso genau, dass er davon abgesehen echt dämlich war. Es wollte das nur nicht so sagen, um den König Messias nicht zu beleidigen, der gerade eintraf. Dieser König Messias, Gido, war so ein großer Blonder mit blauen Augen und langen Haaren, und er hatte auch eine Freundin, leicht verbogen, aber sehr hübsch, und die beiden hörten sich geduldig Jans Geschichte an, bis Gido am Ende sagte, wenn das tatsächlich der entlaufene Hund sei, würde er ihn mit Freuden zurückgeben, und dass es ganz einfach sei, das herauszufinden. Er fragte Jan, wie der Hund heiße, und Jan sagte zu ihm, Freddy. Und dann rief Gido Freddy, der gerade fertig gefressen hatte, und fragte ihn, wie er heiße, und der dämliche Hund wedelte mit dem Schwanz und sagte »Nasser«, ein beschränkter Witz, den irgendeiner von der Golani-Kampftruppe, der mitten im Kompanieführerkurs Schluss gemacht und danach eine Weile bei Kneller gewohnt hatte, Freddy beigebracht hatte, als er noch ein Welpe war. Jan versuchte, auch das zu erklären, aber Gido war offenbar bereits überzeugt, dass es ein anderer Hund war, und Freddy machte auch die ganze Zeit Zeichen, dass er nicht mit Jan mitgehen wollte, denn bei Kneller hatte er nie Schawarma gekriegt. Also hatte sich Jan gedacht, es sei das Beste, so schnell er nur konnte, hierher zurückzukommen und uns das Ganze zu erzählen. »König Messias, bedeutende Wunder, Trance«, erregte sich Kneller, »die ganze Geschichte klingt für mich wie ein einziges großes Gewäsch. Das Einzige, was überhaupt nicht überrascht, ist, dass Freddy nicht zurückkommen will, ich habe immer von ihm gesagt, er ist ein undankbarer Köter.«

## 21. KAPITEL

## *In dem Chaim und Lihia ausziehen, um den König Messias zu suchen, und aus Versehen das Meer finden*

Um sieben Uhr morgens, als die meisten Partygäste noch schlafend auf dem Teppich flachlagen, stand Kneller mit einem Rucksack mitten im Wohnzimmer und sagte, er habe keine Geduld mehr, er wolle jetzt Freddy sehen. Lihia und ich schlugen vor, uns ihm anzuschließen. Lihia, obwohl sie diese ganze Geschichte mit dem König Messias nicht so recht glaubte, sagte, sie habe nichts zu verlieren, wenn sie ihn nach den Verantwortlichen frage und wie man sie finden könne, und ich dachte mir, wenn es dort wirklich so viele Leute gab, wie Jan das geschildert hatte, dann konnte das ein guter Ort sein, um nach Orga zu suchen. Außerdem, bei der Koordinationsfähigkeit von Kneller und Jan würde es garantiert nicht schaden, wenn jemand auf sie aufpasste. Kneller wollte mit dem Auto von irgendeinem Freund fahren, aber Jan sagte, er wisse nur zu Fuß dorthin. Und so schleppte er uns über zehn Stunden lang durch den Wald hinter sich her, bis es anfing, finster zu werden, und er selbst zugab, dass er den Weg verloren hatte. Kneller meinte, das sei ein gutes Zeichen, denn auch beim vorigen Mal habe Jan den Weg verloren, und um das zu feiern, holte er aus seinem Rucksack eine improvisierte Jointspitze. Jan und er zogen sich jeder vier satte Tüten rein und brachen zusammen. Lihia und ich fingen an, ein paar dürre Zweige aufzusammeln, weil wir versuchen wollten, ein Lagerfeuer anzuzünden. Unser einziges Licht war das Feuerzeug, das wir Kneller abgenommen hatten, der wie ein Baby schlief. Als wir uns ein wenig von ihm und Jan, der neben ihm schnarchte, entfernt hatten, begannen wir, ein anderes Geräusch zu hören, ein bisschen von weiter weg, etwas Brechendes, aber auch Beruhigendes, und Lihia sagte, für sie höre sich das nach Meer an. Wir drangen weiter in die Richtung vor und erreichten tatsächlich nach einigen hundert Metern das Meer. Komisch, aber niemand in dem ganzen Feriencamp, Kneller selbst eingeschlossen, hat jemals erwähnt, dass wir nahe am Meer sind, kann sein, dass sie es nicht wussten, dass es außer uns keiner weiß. Wir zogen die Schuhe aus und gingen ein bisschen am Strand entlang. Bevor ich Schluss gemacht habe, bin ich immer viel ans Meer gegangen, fast jeden Tag. Und als ich mich daran erinnerte, verstand ich besser, was Lihia gestern alles über die Sehnsucht und darüber gesagt hatte, dass sie zurückkehren musste. Ich erzählte Lihia von Uzis Vater, der diesen Ort hier Schattenwelt nennt, und davon, dass die ganzen Leute hier so dermaßen überhaupt nichts wollen, dass du die meiste Zeit, wenn du mit ihnen zusammen bist, das Gefühl hast, als sei alles in Ordnung, während du im Grunde genommen schon halb tot bist. Lihia lachte und meinte, die meisten Leute, die sie kennengelernt habe, sogar schon bevor sie Schluss machte, seien halb oder ganz tot gewesen, so dass meine Lage noch verhältnismäßig gut sei, und als sie das sagte, berührte sie mich wie aus Versehen, doch es war keines.

Ich habe immer gehofft, dass es, würde ich Orga einmal betrügen, mit einer sein würde, die wirklich schön ist, so dass ich mich hinterher, wenn Reue angesagt wäre, damit trösten könnte, dass diejenige derart schön war, dass es keiner geschafft hätte, nein zu ihr zu sagen. Und die Wahrheit ist, dass Lihia ganz genau so eine war. Und in jener Nacht, als sie mich berührte, hatte ich das Gefühl, dass sie wirklich recht hatte und meine Lage noch verhältnismäßig gut war.

## 22. KAPITEL

## *In dem Kneller Freddy die ganze Wahrheit ins Gesicht sagt*

Lihia und ich erwachten bei Sonnenaufgang, genauer gesagt, von Knellers Geschrei. Wir schlugen die Augen auf, und der Strand ringsherum war nicht mehr unser Privatissimo. Nicht dass da jemand gewesen wäre, doch jetzt, bei Licht, konnten wir sehen, dass er total voller gebrauchter Kondome war. Sie trieben im seichten Wasser wie Quallen, lagen um uns herum im Sand eingebettet wie Muscheln, und mit einem Mal war alles von dem Geruch nach benutztem Gummi erfüllt, der gestern irgendwie erfolgreich im Geruch des Meeres untergegangen war. Ich riss mich zusammen, um nicht zu kotzen, wegen Lihia, und drückte sie ganz fest an mich. So lagen wir da, ohne uns zu rühren, ich weiß nicht, wie lange, wie so ein Touristenpärchen, das in einem Minenfeld festgenagelt ist und auf die Rettung wartet. »Da seid ihr ja«, tauchte Kneller plötzlich zwischen den Bäumen auf, »ich habe mir schon schreckliche Sorgen gemacht, warum antwortet ihr denn nicht, wenn man euch ruft?« Er führte uns zu der Stelle, wo er mit Jan zum Übernachten zurückgeblieben war, und erklärte uns unterwegs, dass dieser Strand früher einmal die Meile der Nutten und Drogensüchtigen gewesen, allerdings mit der Zeit derart abstoßend geworden sei, dass sogar die davon Abstand nahmen. »Jetzt erzählt mir bloß nicht, ihr habt wirklich da geschlafen«, er verzog das Gesicht, während Lihia und ich uns vom Sand und allem, was sonst noch so an den Kleidern klebte, säuberten, »wozu denn?« »So ist das eben, wenn man das Meer liebt«, Lihia schenkte ihm ein halbes Lächeln. »So ist das, wenn man Krankheiten liebt«, berichtigte Kneller und marschierte kräftig weiter voran, »dass uns bloß Jan jetzt nicht verschwindet.« Jan war tatsächlich verschwunden, doch bevor wir anfangen konnten, uns Sorgen zu machen, kam er bereits freudestrahlend angerannt und sagte, es sei ihm gelungen, das Haus des Königs Messias zu finden, es sei ganz nah. Die Villa des Königs Messias war wirklich groß, wie diese Häuser, die Orga mir immer zeigte, wenn wir ihre Onkel in Caesarea besuchen fuhren, die Art von Örtlichkeit, die außer einem Pool, einem Squashplatz und einem Jacuzzi immer irgendeinen atomaren Schutzraum im Keller hat. Als wir dort ankamen, waren über hundert Leute am Swimmingpool zugange, bei so einer Art von halb Cocktailparty, halb Büfett, das offenbar schon gestern angefangen hatte. Es waren viele dabei, die wie Freaks aussahen, eine Menge Gleitschirmtypen, auch Nord-Tel Aviver, und noch alle möglichen Arten von Leuten, die allesamt ganz aufgeregt schienen. Und zwischen den ganzen Gästen trieb sich Freddy herum, schnitt erbarmungswürdige Gesichter und bettelte jeden um Futter an. Als Kneller ihn sah, rastete er schlicht aus. Er stellte sich vor Freddy hin und begann, ihn anzubrüllen, wie er es wage, ihm das anzutun, und noch dazu an seinem Geburtstag, dass er undankbar sei, und kramte alle möglichen peinlichen Details über Freddy noch aus seiner Zeit als Welpe heraus, während Freddy ihn die ganze Zeit über seelenruhig anschaute und gemächlich ein Stück Sushi wiederkäute, wie so ein alter Jemenit sein Qat. Die Leute ringsherum versuchten, Kneller zu beruhigen, und sagten, Gido würde in Kürze alles in Ordnung bringen. Und als sie sahen, dass es nichts half, versuchten sie, ihn für das bedeutende Wunder zu erwärmen, das dieser Gido demnächst vollbringen würde, was Kneller nur noch mehr erboste. Währenddessen standen Lihia und ich am Rand und machten uns über die Häppchen her, denn wir hatten schon einen ganzen Tag lang nichts gegessen. Es gab eine Menge Dinge, die wir sagen wollten und, so wie es aussah, wegen des Durcheinanders und Lärms nicht sagten, doch es war klar, dass es nicht nur deswegen war. Und dann kam plötzlich Jan daher und sagte, dass Gido und seine Freundin Kneller und Freddy in ihren Salon riefen, um herauszufinden, was da los war, und dass wir am besten auch mitkämen, denn Kneller habe versprochen, einen Zirkus zu veranstalten. Schon bevor wir eintraten, hörten wir Knellers Gebrüll und eine leise hündische Stimme, die hin und wieder murmelte, »kein Stress, Mann, kein Stress«. Ich konnte auch Orgas Stimme erkennen.

## 23. KAPITEL

### *In dem Chaim endlich Orga trifft*

Ich weiß nicht, wie oft ich mir diese Begegnung ausgemalt habe, mindestens eine Million Mal. Bei jedem Mal nahm es ein gutes Ende, und auch wenn ich mir durchaus alle möglichen Verwicklungen in der Mitte vorgestellt hatte, so dachte ich doch, auf alles, was nur passieren könnte, was auch immer sie sagen würde, gefasst zu sein. Orga erkannte mich sofort, rannte auf mich zu, umarmte mich und fing an zu weinen. Sie stellte mich Gido vor, der mir die Hand drückte und sagte, er habe viel von mir gehört, und der Mann schien ganz in Ordnung zu sein. Ich machte Orga mit Lihia bekannt, was ein bisschen peinlich war. Lihia sagte gar nichts, aber ich sah, dass sie sich, so verwickelt das Ganze auch war, doch auch für mich freute. Wir ließen alle zurück und traten auf die Terrasse hinaus. Durch die Tür konnten wir Kneller monologisieren hören, und Gido, der offenbar schon längst auf Freddy verzichtet hatte, murmelte zustimmende Worte. Orga erzählte mir, was passiert war, nachdem ich Schluss gemacht hatte, wie sie nicht wusste, was sie mit sich anfangen sollte, wie sie sich so schuldig fühlte, dass sie sterben wollte. Die ganze Zeit über, während sie redete, betrachtete ich sie, sie sah haargenau so aus, wie ich sie in Erinnerung hatte, sogar dieselbe Frisur, außer ihrer Haltung, die jetzt etwas eigenartig wirkte, weil sie mit einem Sprung vom Dach des Galil-Krankenhauses Purija Schluss gemacht hatte. Orga erzählte mir, dass sie nach meinem Begräbnis in den Galil gefahren war und die ganze Strecke nur geweint und geweint hatte. Und als sie in Mizpe ankam, war das Erste, das sie sah, Gideon, und in der gleichen Sekunde beruhigte sich etwas in ihr, und sie hörte auf zu weinen. Es war nicht so, dass sie aufgehört hätte, traurig zu sein, aber es war kein hysterischer Kummer mehr, wurde zu etwas, was zwar nicht weniger tief war, das man jedoch bewältigen konnte. Gideon glaubte daran, dass wir alle in der Welt des Lebens gefangen seien und dass es eine erhabenere Welt gebe, die er erreichen könne, und in Mizpe gab es noch ein paar, die an seine Kräfte glaubten. Gideon gedachte, zwei Wochen, nachdem sie sich kennengelernt hatten, die Verbindung zwischen seinem Körper und seiner Seele zu durchtrennen, die andere Welt zu erfahren und wieder zu seinem Körper zurückzukehren, um allen den Weg zu weisen, nur dass etwas in die Hosen ging und seine Seele nie zurückkam. Im Krankenhaus, als man seinen endgültigen Tod bestätigte, fühlte sie, wie er sie rief, von dem Ort aus, an den er gelangt war, und sie fuhr mit dem Aufzug zum Dach hinauf und sprang von dort hinunter, um mit ihm zusammen zu sein. Und jetzt waren sie wieder zusammen, und heute wollte Gideon das, was er im Galil zu tun versucht hatte, noch einmal machen. Nur dieses Mal war sie auch sicher, dass es ihm gelingen und er den Weg finden würde, der aus dieser Welt hinausführte, dass er zurückkommen und ihn allen zeigen würde. Danach sagte sie noch mal, wie wichtig ich ihr sei, und dass sie wisse, dass sie mich verletzt habe, und erst nachdem ich Schluss gemacht hatte, begriffen hätte, wie sehr, und dass sie sich freue, mich wiedersehen zu können, damit sie mich um Verzeihung bitten könne. Und ich lächelte die ganze Zeit nur und nickte. Als ich mir diese Begegnungen immer ausmalte, hatte ich mir oft vorgestellt, dass sie mit jemand anderem zusammen war, doch bei all den Malen hatte ich den Kampf aufgenommen, ihr gesagt, wie sehr ich sie liebte, dass niemand sie je so lieben würde, hatte sie gestreichelt, sie berührt, bis sie nachgab. Aber als es nun tatsächlich geschah, auf der Terrasse, wollte ich nur noch schnell zu dem Teil kommen, wo sie mir diesen freundschaftlichen Kuss auf die Wange drücken würde, und dass es damit dann vorbei wäre. Und wie um mich zu retten, ertönte plötzlich ein Gong, und Orga erklärte, dass wir zurückmüssten, weil das hieße, dass Gideon gleich anfinge, und statt eines Kusses begnügte sie sich mit einer Umarmung.

## 24. KAPITEL

## *In dem Gido verspricht, ein bedeutendes Wunder zu vollbringen*

Als wir in das Zimmer zurückkamen, waren Lihia und Kneller nicht mehr da. Gido, der jetzt eine bestickte Robe trug, sagte, sie seien schon unten, und als ich hinunterging, um sie am Swimmingpool zu suchen, sah ich, dass sich das Publikum in Männer und Frauen geteilt hatte. Kneller entdeckte ich sofort, und von weitem konnte ich auch Lihia sehen, die so eine Handbewegung in der Art und-wie-war's zu mir hin machte. Mir fiel absolut keine Geste ein, die erklärt hätte, was mit Orga gelaufen war, ich wollte ihr aus der Ferne zu verstehen geben, dass ich sie liebte, doch dann sah mir das allzu sehr nach etwas aus, das man in Filmen macht, also lächelte ich nur und signalisierte, wir würden nachher reden. Kneller sagte, sie habe Gido danach gefragt, wie man in die Welt der Lebenden zurückkehre, und Gido habe zu ihr gesagt, das sei Zeitverschwendung, denn er würde allen den Weg in eine bessere Welt zeigen, und als sie hinausgingen, sagte sie zu Kneller, dass ihr dieser Gido ein schlichter Knallkopf zu sein schien. Die Musik hatte eine derartige Lautstärke erreicht, dass ich sogar Kneller kaum noch hören konnte. Er machte sich ein bisschen lustig über mich und Lihia, sagte, das sei das erste Mal, dass er Leute treffe, die noch naiver seien als er, ich mit meinen Wundern und sie mit ihren Träumen. »Statt Schluss zu machen«, schrie er, »hättet ihr nach Kalifornien fahren sollen.« Ich sah, dass er Freddy streichelte, was besagte, dass der ganze Streit zwischen ihnen schon beendet war. Die Bühne bestieg nun Gideon in seine Robe gehüllt, Orga kletterte ihm hinterdrein, mit so einem gekrümmten Messer in der Hand wie auf den Bildern von Isaaks Opferung in »Bibelgeschichten für das Kind«. Sie reichte Gideon das Messer, und die Musik brach mit einem Schlag ab. »Was soll denn der Schwachsinn?«, murmelte Kneller neben mir. »Der Mann ist doch schon tot, was will er denn jetzt, tot sein im Quadrat?« Die Leute um uns herum drehten sich um und baten ihn, still zu sein, was mir echt unangenehm war, Kneller jedoch überhaupt nicht rührte, der sagte, er sei bereit, jede Wette einzugehen, dass Gido das nie im Leben machen würde, denn wer einmal Schluss gemacht hätte und wüsste, wie weh das tut zu sterben, würde das nicht noch einmal probieren. Und in der Sekunde, in der er das ausgesprochen hatte, nahm Gido das Messer und bohrte es sich selbst ins Herz.

## 25. KAPITEL

## *In dem ein weißer Transit eintrifft und der ganze Zirkus anfängt*

Komisch, aber obwohl sämtliche Leute, die um den Swimmingpool herumstanden, die ganze Zeit genau wussten, was passieren würde, waren wir alle überrascht. Es gab so eine Stille und danach Gemurmel im Publikum. Von der Bühne aus rief Orga allen zu, ruhig zu bleiben, denn Gido würde jeden Moment in seinen Körper zurückkehren, aber das Gemurmel im Publikum legte sich nicht. Inzwischen sah ich Kneller mit Freddy flüstern, und dann sprach er plötzlich in sein Feuerzeug, und in Sekundenschnelle kam ein weißer Transit an, der vor der Villa hielt und dem zwei große dünne Leute in weißen Overalls entstiegen, von denen einer ein Megaphon hielt. Kneller rannte zu ihnen hin und fing an, mit seinen großartigen Handbewegungen mit ihnen zu reden. Ich begann mich in Richtung der Frauen durchzudrängen, auf der Suche nach Lihia, doch ich konnte sie nirgendwo entdecken. Der eine Mann mit dem Megaphon forderte alle auf, ruhig auseinanderzugehen. Auf der Bühne saß Orga neben Gidos Leiche und weinte. Ich sah, dass sie versuchte, an das Messer zu kommen, aber der zweite Overalltyp kam ihr zuvor. Er nahm das Messer an sich, lud sich Gidos Leichnam auf die Schulter und gab Kneller ein Zeichen, Orga zum Wagen zu begleiten. Der Mann mit dem Megaphon bat noch einmal darum, sich zu zerstreuen, ein Teil fing an wegzugehen, doch viele blieben auch auf der Stelle erstarrt stehen. Neben dem Mann mit dem Megaphon sah ich jetzt Lihia, die mich auch bemerkte und zu mir kommen wollte, aber der Fahrer des Transits, der ebenfalls einen Overall anhatte und in eine Art Funkgerät sprach, rief sie offenbar zu sich. Lihia signalisierte mir, sie komme gleich, und ich begann mich in Richtung des Wagens vorzuarbeiten, drängte die Leute beiseite, die im Weg standen. Doch bis ich es schaffte, in die Nähe zu gelangen, waren Kneller, der Freddy unter den Arm geklemmt hielt, und der Overallträger mit dem Megaphon in den Transit eingestiegen und fuhren ab. Durchs Fenster konnte ich Lihia sehen, die versuchte, mir etwas zuzurufen, ich konnte nicht hören, was. Das war das letzte Mal, dass ich sie sah.

## 26. KAPITEL

## *Und mit einer optimistischen Note*

Ich wartete dort noch ein paar Stunden, denn am Anfang dachte ich, der Transit sei nur weggefahren, um Gido und Orga an irgendeinem Ort abzuladen, und Lihia würde gleich zurückkommen. Auch andere Leute blieben noch da, alle sahen betäubt aus, keiner hatte richtig begriffen, was passiert war. Wir saßen alle auf Liegestühlen um den Swimmingpool herum, ohne ein Wort zu sagen. Ganz allmählich verschwanden die Leute, und zuletzt, als ich sah, dass ich allein zurückgeblieben war, begann ich, in Richtung von Knellers Haus zu gehen.

Als ich dort ankam, war es schon Abend. Uzi erzählte mir, dass Kneller ins Haus gestürzt war, um sich ein paar Sachen zu holen, allen gesagt hatte, dass sie bleiben könnten, solange sie wollten, und danach wollte er mit Uzi allein reden und bat ihn, sich um Freddy zu kümmern. Er enthüllte Uzi, dass er in Wirklichkeit gar nie Schluss gemacht hatte und die ganze Zeit hindurch eigentlich ein verdeckter Engel gewesen war, doch jetzt, wegen des Zirkus mit dem König Messias, aufgeflogen sei und wohl wieder ein gewöhnlicher Engel werden würde. Über Gido sagte er zu Uzi, er beneide ihn nicht, denn wenn der Ort hier beschissen zu sein schien, dann sei der Ort für die, die ein zweites Mal Schluss machen, tausendmal ätzender, denn dort gebe es ganz wenige Menschen und alle seien abartig seltsam. Ich fragte Uzi, ob

Kneller etwas über Lihia gesagt hatte, und am Anfang behauptete Uzi, nein, hätte er nicht, aber nachher erzählte er, Kneller habe ihm gesagt, dass Lihia, während dieser ganze Zirkus ablief, zu einem von Knellers Leuten hingegangen war und darum gebeten hatte, ihren Fall zu überprüfen, und so unwahrscheinlich sich das auch anhören mochte, es stellte sich heraus, dass da wirklich eine Schlamperei passiert war und keiner so recht wusste, was man mit ihr anfangen sollte, aber es bestand eine reelle Chance, dass man sie von hier weg und zurück ins Leben bringen würde. Uzi sagte, er habe mir das zunächst nicht sagen wollen, um mich nicht zu deprimieren, aber eigentlich seien es doch auch gute Nachrichten, denn Lihia habe erreicht, was sie wollte.

Uzi beschloss, mit seiner Freundin in Knellers Haus zu bleiben, und ich kehrte allein in die Stadt zurück. Unterwegs gelang es mir sogar per Zufall, ein Wunder zu vollbringen, und erst als es passierte, verstand ich, was Kneller mir damals zu erklären versucht hatte, dass es nämlich überhaupt nichts änderte. Uzi hatte mir ein Paket mitgegeben, das ich seinen Eltern bringen sollte, und sie freuten sich unheimlich, dass ich kam, und baten mich, ihnen alles zu erzählen, hauptsächlich von seiner Freundin. Uzis Vater sagte, Uzi habe sich für ihn am Telefon richtig glücklich angehört und die ganze Familie plane, nächsten Monat auf Besuch zu ihm zu fahren. Inzwischen haben sie mich zu den Schabbatabendessen bei ihnen eingeladen, aber auch unter der Woche, wann immer ich nur will. Auch in der Pizzeria *Kamikaze* haben sie sich gefreut, dass ich zurückgekommen bin, und haben mich gleich zu den Schichten eingeteilt.

In der Nacht träume ich nie von ihr, aber ich denke viel an sie. Uzi sagt, das sei charakteristisch für mich – mich auf Frauen einzuschießen, wo keine Chance besteht, dass ich je mit ihnen zusammenkomme. Kann sein, dass er recht hat und die Chance wirklich ziemlich minimal ist. Doch andererseits hat sie einmal zu mir gesagt, halb tot sei gut genug für sie, und als sie in den Transit gestiegen ist, hat sie mir mit der Hand ein Zeichen gemacht, dass sie gleich wieder zurückkommt, also wer weiß. Um ganz sicherzugehen, mache ich jedes Mal, wenn ich eine Schicht anfange, irgendwas Kleines – stecke das Namensschild verkehrtrum an, binde die Schürze nicht richtig zu, so was eben, damit sie, sollte sie trotz allem einmal hereinkommen, nicht traurig ist.

# ALLES GAZA

*Asthmaanfall*

Wenn du einen Asthmaanfall hast, kriegst du keine Luft. Wenn du keine Luft kriegst, ist es schwierig zu reden. Dein Satz ist von der Luftmenge eingesperrt, die du aus deinen Lungen herausholen kannst. Und das ist nicht viel, so etwas zwischen drei und sechs Wörtern. Das flößt dir Achtung vor dem Wort ein. Du gehst die Haufen von Wörtern durch, die dir in den Kopf kommen. Wählst die allerwichtigsten. Und auch die kosten dich einiges. Nicht wie bei gesunden Menschen, die die ganzen Wörter, die sich in ihrem Kopf angehäuft haben, wie Müll ausstoßen. Wenn jemand während so eines Anfalls »Ich liebe dich« oder »Ich liebe dich schrecklich« sagt, macht das einen Unterschied. Den Unterschied eines Wortes. Ein Wort ist eine Menge, denn so ein Wort kann »hinsetzen«, »Seretide« oder sogar »Ambulanz« sein.

## *Mein Bruder ist deprimiert*

Es ist nicht so, wie wenn dir irgendein Typ auf der Straße erzählt, dass er deprimiert ist. Es ist mein Bruder, und er will sich umbringen. Und von allen Leuten kommt er ausgerechnet zu mir, um mir das zu erzählen. Denn mich liebt er am meisten, und ich liebe ihn auch. Aber es ist die Härte. Echt die Härte.

Ich und mein kleiner Bruder stehen zusammen im Scheinkin-Park, und mein Hund Hendrix zerrt mit aller Kraft an der Leine, versucht, irgendein Kleinkind im Overall ins Gesicht zu beißen. Und ich kämpfe mit einer Hand mit Hendrix, und mit der zweiten suche ich in sämtlichen Taschen nach dem Feuerzeug.

»Tu's nicht«, sage ich zu meinem Bruder. Das Feuerzeug ist in keiner der Taschen zu finden.

»Warum nicht?«, fragt mein kleiner Bruder. »Meine Freundin hat mich wegen eines Feuerwehrmanns verlassen. Ich hasse das Studium an der Uni. Hier, da hast du Feuer. Und meine Eltern sind die erbärmlichsten Menschen auf der Welt.« Er wirft mir sein Cricket-Feuerzeug zu. Ich fange es auf. Hendrix reißt aus. Er fällt das Kleinkind im Overall an, wirft es auf den Rasen und lässt seinen furchterregenden Rottweilerrachen um das Gesicht des Kindes zuschnappen. Ich und mein Bruder versuchen, Hendrix von dem Kind runterzuzerren, aber er bleibt stur. Die Mutter von dem Overall schreit. Das Kind selbst ist beängstigend still. Ich trete Hendrix mit aller Gewalt, aber das rührt ihn überhaupt nicht. Mein Bruder findet eine Eisenstange im Gras und drischt sie ihm auf den Kopf. Es macht ein ungesund knackendes Geräusch, und Hendrix bricht zusammen. Die Mutter schreit. Hendrix hat ihrem Kind die Nase weggeputzt, aber total. Und jetzt ist Hendrix tot. Mein Bruder hat ihn umgebracht. Und außerdem will er auch sich selber umbringen, weil es ihm wie die erniedrigendste Sache auf der Welt vorkommt, dass ihn seine Freundin mit einem Feuerwehrmann betrogen hat. Für mich klingt Feuerwehrmann eigentlich durchaus ehrenwert, nach Menschenretter und dem Ganzen. Aber von seiner Warte aus hätte sie genausogut mit einem Mülllaster vögeln können. Jetzt fällt die Mutter von dem Kind über mich her. Sie versucht mir mit ihren langen Fingernägeln, die mit einem widerlich weißen Lack angemalt sind, die Augen auszukratzen. Mein Bruder hebt die Eisenstange hoch und zieht auch ihr eins über den Kopf. Er darf das, er ist deprimiert.

# MOND IM SONDERANGEBOT

*Das Dickerchen*

Überrascht? Na klar war ich überrascht. Du gehst mit einem Mädchen aus. Das erste Date, das zweite, ein Restaurant hier, ein Film dort, immer nur die Nachmittagsvorstellung. Ihr fangt an, miteinander zu schlafen, das Vögeln ist echt bombig, und danach stellt sich auch das Gefühl ein. Und dann, eines Tages, kommt sie weinend zu dir. Du umarmst sie und sagst, sie soll sich beruhigen, alles in Ordnung, doch sie antwortet, sie kann nicht mehr, sie hat ein Geheimnis, und nicht einfach nur irgendein Geheimnis, was Finsteres, ein Fluch, etwas, das sie dir die ganze Zeit schon gestehen wollte, aber nicht den Mut dazu hatte. Und diese Sache lastet auf ihr wie zwei Tonnen Ziegel. Sie muss es dir sagen, muss ganz einfach, aber sie weiß auch, in dem Augenblick, in dem sie es sagt, wirst du sie verlassen, und zwar mit Recht. Und fängt sofort darauf wieder zum Weinen an. »Ich verlass dich nicht«, sagst du zu ihr, »bestimmt nicht, ich liebe dich doch.« Du schaust vielleicht ein bisschen betroffen drein, aber du bist es nicht, und wenn doch, dann wegen ihres Weinens und nicht wegen des Geheimnisses. Die Erfahrung hat dich bereits gelehrt, dass diese Geheimnisse, die Frauen regelmäßig zu einem Häufchen Elend zusammenkrachen lassen, meistens etwas in der Größenlage von Bumsen mit einem Tier oder einem Verwandten oder mit sonst irgendjemand sind, der ihnen dafür Geld bezahlt hat. »Ich bin eine Nutte«, sagen sie am Schluss immer, und du nimmst sie in die Arme und sagst:

»Aber nein, nicht du, doch nicht du«, oder »Schschsch…«, wenn sie weiterweinen.

»Es ist wirklich etwas ganz Schlimmes«, beharrt sie, als ob sie deine Gemütsruhe, die zu verbergen du dich echt bemüht hast, mitbekommen hätte. »In deinem eigenen Bauch hört sich das vielleicht schlimm an«, sagst du zu ihr, »aber das ist wegen der Akustik. Du wirst sehen, in der Sekunde, in der du es rauslässt, hört es sich plötzlich nach viel weniger an.« Sie glaubt es fast schon, zögert eine Sekunde und sagt dann: »Und wenn ich dir sagen würde, dass ich mich in der Nacht immer in einen behaarten, halslosen Gnom mit einem Goldring am kleinen Finger verwandle, würdest du mich dann auch noch lieben?« Und du sagst zu ihr, aber klar doch. Denn was sollst du sonst zu ihr sagen, vielleicht nein? Sie versucht nur zu testen, ob du sie bedingungslos liebst, und du warst schließlich immer ein Crack in Prüfungen. Und wirklich, wie du das so zu ihr sagst, schmilzt sie, und ihr vögelt, gleich im Wohnzimmer. Danach bleibt ihr umarmt liegen, und sie weint, wegen der Erleichterung, und du weinst auch, weiß der Kuckuck warum.

Und im Gegensatz zu sonst immer steht sie nicht auf und geht. Sie bleibt über Nacht bei dir. Du bleibst im Bett wach und schaust ihren schönen Körper an, die Sonne, die draußen untergeht, den Mond, der plötzlich wie aus dem Nirgendwo auftaucht, das silberne Licht, das ihren Körper berührt, du streichelst ihr Haar auf dem Rücken. Und innerhalb von weniger als fünf Minuten findest du neben dir einen kleingewachsenen, dicklichen Mann im Bett. Dieser Mann steht auf, lächelt dir zu, zieht sich halb verschämt an. Er geht aus dem Zimmer, und du, wie hypnotisiert, hinterher. Jetzt ist er schon im Wohnzimmer, drückt mit seinen pummeligen Fingern auf die Knöpfe der Fernbedienung und schaut sich Sport im Fernsehen an. Fußball, Meisterschaftsliga. Bei Abseits flucht er, bei Toren springt er auf und macht La Ola. Nach dem Spiel erzählt er dir, wie trocken sein Mund ist und was für ein Loch er im Bauch hat. Er hätte Lust auf irgendeinen Grillspieß, Hühnchen, falls möglich, aber auch Rind käme ihm gerade recht. Du steigst also mit ihm ins Auto und fährst zu irgendeinem dieser Steakhäuser im Azurviertel, das er kennt. Die neue Situation verstört dich, verstört dich gewaltig, aber du weißt nicht recht, was du tun sollst, deine Entscheidungszentren sind praktisch lahmgelegt. Die Hand wechselt die Gänge, robotermäßig, während ihr zum Ajalon hinunterfahrt, und er, neben dir auf dem Beifahrersitz, trommelt mit dem Goldring am kleinen Finger, und an der Ampel der Beit-Dagon-Kreuzung lässt er das elektrische Fenster runter, zwinkert dir zu und schreit in Richtung irgendeiner Soldatin, die zu hitchen versucht: »Ey Süße, hättest du gern, dass wir dich von hinten rammeln wie 'ne Ziege?«

Danach, im Azurviertel, isst du Fleisch mit ihm, bis dir der Bauch platzt, und er genießt jeden Bissen, gluckst wie ein Baby. Und die ganze Zeit über sagst du dir, dass das nur ein Traum ist – ein reichlich merkwürdiger Traum, das ist wahr, aber so einer, aus dem du demnächst aufwachen wirst.

Auf dem Rückweg fragst du ihn, wo er aussteigen will, worauf er so tut, als ob er es nicht gehört hätte, aber er schaut ganz jämmerlich drein. Das Ende vom Lied ist, dass du doch mit ihm zu dir heimfährst. Es ist schon fast drei Uhr morgens. »Ich geh jetzt schlafen«, sagst du zu ihm, und er winkt dir zum Abschied aus dem Knautschsitzsack und glotzt weiter in den Modekanal. In der Früh wachst du ziemlich müde auf, mit leicht schmerzendem Bauch. Und sie ist im Wohnzimmer, schlummert noch. Aber bis du dich geduscht hast, ist sie schon aufgestanden. Sie umarmt dich, schuldbewusst, und du bist zu daneben, um irgendwas zu sagen.

Die Zeit vergeht, und ihr seid immer noch zusammen. Das Vögeln wird bloß noch besser, sie ist nicht mehr die Allerjüngste und du auch nicht, und plötzlich ertappst du dich dabei, wie du anfängst, von einem Kind zu reden. Und in der Nacht amüsiert ihr euch, du und das Dickerchen, wie du dich noch selten amüsiert hast. Er nimmt dich in Lokale und Nachtclubs mit, die du vorher nicht mal dem Namen nach gekannt hast, und ihr tanzt zusammen auf den Tischen und zerschmeißt Teller, als gäbe es kein Morgen. Er ist echt nett, der kleine Dicke, ein bisschen ordinär, hauptsächlich mit Frauen. Er hat manchmal so Bemerkungen drauf, dass du nicht weißt, wo du dich eingraben lassen sollst. Aber abgesehen davon ist es voll der Hit, mit ihm zusammenzusein. Wie ihr euch am Anfang kennengelernt habt, hast du dich nicht besonders für Fußball interessiert, aber jetzt kennst du schon die ganzen Teams. Und jedes Mal, wenn die Mannschaft, die ihr favorisiert, gewinnt, fühlst du dich, als ob dir ein Herzenswunsch in Erfüllung gegangen ist, was ein unheimlich seltenes Gefühl ist, besonders für jemanden wie dich, der die meiste Zeit überhaupt nicht weiß, was er will. Und so knackst du jede Nacht müde mit ihm vor den Spielen der argentinischen Liga weg und wachst am Morgen wieder neben einer schönen und nachsichtigen Frau auf, die du auch dermaßen liebst, dass es schon weh tut.

## *Kopfschuss für Tuvja*

Tuvja habe ich zu meinem neunten Geburtstag von Schmulik Ravia bekommen, der höchstwahrscheinlich der geizigste Junge in der ganzen Klasse war und dem seine Hündin gerade an dem Tag von meinem Fest Junge warf. Er hatte so um die vier Welpen, und sein Onkel ging los, um sie alle von der Brücke in den Ajalon zu schmeißen, und da griff sich Schmulik, der bloß an das eine dachte, nämlich wie er sich das Geld für das Geschenk sparen könnte, das die ganzen Kinder in der Klasse gemeinsam gekauft hatten, einen Welpen und brachte ihn mir mit. Er war schrecklich klein, und wenn er bellte, kam so ein Gefiepse heraus, aber wenn ihn jemand ärgerte, konnte er auf einmal ein Knurren hinlegen, und für einen Moment wurde seine Stimme irgendwie ganz tief und leise, überhaupt nicht wie die von einem Welpen, was ziemlich lustig war, als ob er einen anderen Hund nachmachte. Deswegen taufte ich ihn auch Tuvja, nach dem Tuvja Zafir im Fernsehen, der auch so Imitationen machte. Mein Vater konnte ihn vom ersten Tag an nicht ausstehen, und auch Tuvja liebte ihn nicht gerade. Die Wahrheit ist, dass Tuvja eigentlich niemanden mochte außer mir. Gleich am Anfang, als er noch ein Welpe war, bellte er ständig alle an, und kaum war er ein bisschen größer, ging es schon damit los, dass er probierte, Bisse zu verteilen, und zwar an jeden, der nah genug dran war. Sogar Sahar, der echt nicht so einer ist, der bloß mies daherredet, hat über ihn gesagt, dass er ein abartiger Köter ist. Mir hat er nie im Leben was getan. Er sprang nur andauernd an mir hoch und schleckte mich ab, und jedes Mal, wenn ich bloß von ihm wegging, fing er mit dem Heulen an. Sahar hat gesagt, das ist keine große Kunst, weil ich derjenige bin, der ihn füttert. Aber ich kannte viele Hunde, die auch die anbellen, die sie füttern, und ich wusste, dass dieses Ding zwischen mir und Tuvja nichts mit dem Fressen zu tun hatte, dass er mich wirklich gern hatte. Einfach so, ohne Grund, wer versteht schon, was im Kopf von einem Hund abgeht, aber es war was Starkes. Tatsache ist, dass auch Batscheva, meine Schwester, ihn fütterte, und die hasste er bis aufs Blut.

In der Früh, wenn ich in die Schule ging, wollte er immer mitkommen, aber ich sperrte ihn zu Hause ein, denn ich hatte Angst, dass er dort einen Zirkus machen würde. Wir hatten so einen Gitternetzzaun im Hof, und manchmal, wenn ich heimkam, sah ich gerade noch, wie Tuvja irgend so einen armen Typ ankläffte, der es wagte, durch unsere Straße zu gehen, und dann raste er und warf sich an den Zaun wie ein Irrer. Aber ab der Sekunde, in der er mich sah, schmolz er dahin und fing auf der Stelle an, auf dem Boden zu kriechen, mit dem Schwanz zu wedeln und mir bellend von den ganzen Tieffliegern zu erzählen, die auf der Straße vorbeigegangen waren und ihn um den Verstand gebracht hatten, und wie sie am Schluss per Wunder davongekommen waren. Schon damals hat er zwei gebissen, aber ich hatte Glück, und sie machten keine Anzeige, denn mein Vater war auch so schon stinksauer auf ihn und suchte bloß einen Vorwand.

Am Ende kam er. Tuvja biss Batscheva, und sie brachten sie zur Erste-Hilfe-Station zum Nähen. Gleich wie sie von dort zurückkam, packte mein Vater Tuvja ins Auto. Ich spannte sofort, was Sache war, und fing an zu weinen. Und Mama sagte zu Papa: »Schaul, du liebe Güte, lass ihn doch, bitte. Das ist der Hund des Jungen, schau, wie er weint.« Doch Papa gab ihr keine Antwort, sondern bat meinen großen Bruder mitzukommen. »Ich brauche ihn auch«, versuchte es Mama, »er ist ein Wachhund, gegen Diebe.« Mein Vater hielt eine Sekunde inne, bevor er ins Auto einstieg, und sagte zu ihr: »Für was brauchst du einen Wachhund, hat in dem Viertel schon mal einer eingebrochen? Gibt's bei uns überhaupt irgendwas zum Stehlen?«

Tuvja schmissen sie von der Brücke in den Ajalon, und danach schauten sie zu, wie er mit der Strömung davongetragen wurde. Ich weiß es, denn mein großer Bruder hat's mir erzählt. Ich habe mit niemandem auch nur ein Wort darüber geredet, und außer in der Nacht, wo sie ihn wegbrachten, habe ich auch überhaupt nicht geweint.

Nach drei Tagen kreuzte Tuvja an der Schule auf. Ich hörte ihn unten bellen. Er war ziemlich dreckig und stank auch fürchterlich, aber abgesehen davon war er haargenau der Alte. Ich war stolz darauf, dass er zurückgekommen war, das bewies auch, dass alles, was Sahar darüber gesagt hatte, dass er mich nicht wirklich liebte, einfach nur Scheiß war. Denn wenn es Tuvja nur ums Fressen ging, hätte er nicht extra zu mir kommen brauchen. Es war auch echt schlau von Tuvja, dass er zur Schule gekommen war. Denn wenn er ohne mich zu Hause aufgekreuzt wäre, ich weiß nicht, was mein Vater mit ihm angestellt hätte. Auch so, als ich mit ihm ankam, wollte er ihn sofort wieder loswerden. Aber Mama sagte zu ihm, vielleicht hätte Tuvja ja was gelernt aus dem Ganzen und würde jetzt ein braver Hund sein. Danach spritzte ich ihn im Hof mit dem Schlauch ab, und Papa sagte, dass er von heute ab die ganze Zeit angebunden würde und wenn er noch einmal auch nur irgendwas anstellte, dann sei er weg. Die Wahrheit ist, dass Tuvja überhaupt nichts gelernt hatte aus dem, was passiert war, bloß noch ein bisschen verrückter geworden war, und jeden Tag, wenn ich von der Schule heimkam, sah ich, wie er tollwütig jeden anbellte, der bloß vorbeiging, bis ich eines Tages zurückkam und er nicht da war, und Papa auch nicht. Mama sagte, es sei jemand von der Grenzschutztruppe gekommen, um ihn zu rekrutieren, weil sie gehört hätten, dass er so ein scharfer Hund ist, genau wie es in dieser Geschichte bei Azit, der Fallschirmspringerhündin, passiert war, und dass er jetzt ein Spürhund sei und Terroristen beiße, die versuchten, sich über die Grenze im Norden reinzuschmuggeln.

Ich tat so, als würde ich es glauben, und als Papa am Abend mit dem Auto zurückkam und ihn Mama beiseite nahm und was zuflüsterte, machte er »Nein« mit dem Kopf. Diesmal war mein Vater hundert Kilometer gefahren, bis hinter Gedera, und hatte Tuvja dort ausgesetzt. Ich weiß es, denn mein großer Bruder hat's mir erzählt. Mein Bruder hat mir auch gesagt, dass es deswegen war, weil es Tuvja am Mittag geschafft hatte, sich loszureißen und einen städtischen Inspektor zu beißen.

Hundert Kilometer ist auch mit dem Auto schon viel, aber zu Fuß erst – tausendmal mehr, besonders für einen Hund, bei dem jeder Schritt gerade mal ein Viertel vom Schritt eines Menschen ausmacht, aber nach drei Wochen kam Tuvja wieder zurück. Er wartete am Schultor auf mich, bellte nicht einmal, weil er sich vor lauter Schwäche kaum rühren konnte, wedelte bloß mit dem Schwanz, ohne aufzustehen. Ich brachte ihm Wasser, und er schlürfte so in etwa an die zehn Schüsseln weg. Papa war wie vor den Kopf geschlagen, als er ihn sah. »Dieser Köter ist wie ein Fluch«, sagte er zu Mama, die Tuvja sofort Knochen aus der Küche brachte. In der Nacht ließ ich ihn bei mir im Bett schlafen. Er schlief vor mir ein, und die ganze Nacht jaulte und knurrte er im Schlaf, versuchte alle die zu beißen, die ihn im Traum ärgern wollten.

Am Schluss musste er sich von allen Menschen ausgerechnet mit Großmama anlegen. Er biss sie nicht mal, sondern sprang nur an ihr hoch und warf sie auf den Rücken. Sie bekam einen ernsthaften Schlag am Kopf ab, und zusammen mit allen anderen half ich ihr aufzustehen. Mama schickte mich in die Küche, um ihr ein Glas Wasser zu holen, und als ich zurückkam, sah ich schon, wie Papa Tuvja wutschnaubend zum Auto schleifte. Ich machte nicht mal einen Versuch, und Mama auch nicht, wir wussten, dass es ihm recht geschah. Papa bat wieder meinen Bruder mitzukommen, nur sagte er diesmal auch noch zu ihm, dass er das Gewehr holen sollte. Mein großer Bruder war bloß ein Stubenhengst, aber weil er in einer entfernteren Basis diente, fuhr er immer mit der Waffe nach Hause. Als Papa zu ihm sagte, er solle das Gewehr mitnehmen, verstand er es in der ersten Sekunde gar nicht und fragte Papa, für was denn, und da sagte Papa zu ihm, dafür, dass Tuvja aufhört zurückzukommen.

Sie brachten ihn zur Müllkippe und schossen ihn in den Kopf. Mein Bruder sagte, dass Tuvja überhaupt nicht checkte, was da im Gange war. Er war richtig gutgelaunt und entzückt von dem ganzen Zeug, das er im Abfall fand. Und dann – bumm! Von der Sekunde an, in der mir mein Bruder das erzählte, dachte ich fast gar nicht mehr an ihn.

Davor hatte ich immer noch an ihn gedacht, mir versucht vorzustellen, wo er war und was er wohl machte. Aber jetzt gab es nichts mehr zum Vorstellen, also probierte ich, so wenig wie möglich an ihn zu denken.

Nach einem halben Jahr kam er zurück. Wartete im Schulhof auf mich. Er zog ein Bein nach, ein Auge war zu, auch die Kinnlade schaute komplett gelähmt aus. Aber als er mich sah, freute er sich so richtig, als ob überhaupt nichts wär. Als ich ihn nach Hause brachte, war Papa noch nicht von der Arbeit zurück, und Mama war auch nicht daheim, aber auch als sie dann kamen, sagten sie nichts.

Und das war's dann. Ab da blieb Tuvja, zwölf Jahre lang, bis er am Ende in ordentlichem Alter starb. Er hat niemand mehr gebissen. Einmal alle heiligen Zeiten, wenn jemand draußen auf einem Fahrrad vorbeistrampelte oder einfach irgendeinen Lärm machte, konnte man ihn noch dabei beobachten, wie er einen Anfall kriegte und versuchte, auf den Zaun loszustürmen, aber irgendwie, mittendrin, ging ihm immer die Puste aus.

*Ein Kuss auf den Mund in Mombasa*

Für einen Moment geriet ich in Stress. Aber sie beruhigte mich gleich und sagte, kein Grund dazu. Sie würde mich heiraten, und wenn es wichtig sei, wegen der Eltern, dann sogar samt Festsaal und dem ganzen Drumherum. Gar kein Thema. Der Knackpunkt lag ganz woanders – vor drei Jahren in Mombasa nämlich, wo sie und Lihi ihren Trip nach der Armee hingemacht hatten. Nur sie beide waren gefahren, denn der Typ, der damals ihr Freund war, hatte sich gerade zur Berufsarmee verpflichtet. Er machte irgendwas Technisches bei der Luftwaffe. In Mombasa wohnten sie die ganze Zeit über am selben Ort, so eine Art Siedlung, die gesteckt voll mit jungen Leuten war, hauptsächlich aus Europa. Lihi wollte nicht weg von dort, weil sie sich gerade in irgendeinen Deutschen verliebt hatte, der in einer der Hütten wohnte. Ihr selber machte es nichts weiter aus zu bleiben, sie genoss die Ruhe ziemlich. Und obwohl diese Herberge vor Drogen und Hormonen nur so platzte, belästigte sie keiner. Anscheinend brachte sie es rüber, dass sie allein sein wollte. Keiner – außer so einem Holländer, der ungefähr einen Tag nach ihnen eintraf und dablieb, bis sie abreiste. Aber auch der belästigte sie nicht wirklich, sondern schaute sie bloß echt viel an. Was sie nicht störte. Der Typ schien ganz in Ordnung zu sein, ein bisschen traurig, aber einer von der Sorte Trauriger, die sich nicht beklagen. Drei Monate blieben sie in Mombasa, und sie hörte ihn nicht ein Wort sagen. Außer ein Mal, eine Woche bevor sie zurückflogen, aber auch da hatte das etwas unheimlich Zartes, so absolut überhaupt nichts Aufdringliches an sich, wie er sie ansprach, dass es fast war, als ob er nichts gesagt hätte. Sie erklärte ihm, dass es nicht passte, erzählte von ihrem Freund, dass er sich gerade verpflichtet hatte und dass sie beide sich schon seit der Schule kannten. Er lächelte nur, nickte mit dem Kopf und kehrte zu seinem Stammeck auf den Stufen der Hütte zurück. Mehr redete er nicht mit ihr, aber er schaute weiter. Obwohl eigentlich, wo sie es jetzt so erwähnte, hatte er doch noch einmal mit ihr geredet, an dem Tag, an dem sie abflog, und das war wohl das Lustigste, was sie je im Leben gehört hatte. Ungefähr so, dass es zwischen allen zwei Menschen auf der Welt immer einen Kuss gäbe. Was er ihr genau genommen zu sagen versuchte, war, dass er sie schon drei Monate lang anschaute und an den Kuss zwischen ihnen dachte, wie er schmecken würde, wie lange er dauern würde, wie er sich anfühlen würde. Und jetzt fuhr sie weg, und sie hatte einen Freund und das Ganze, was er schon verstand, aber nur mit diesem Kuss, das hätte er so gerne gewusst, falls sie dazu bereit sei. Es war fürchterlich komisch, wie er redete, so durcheinander, vielleicht weil er nicht wirklich Englisch konnte, oder er war einfach kein großer Redner. Aber sie war damit einverstanden. Sie küssten sich. Und danach probierte er tatsächlich nichts mehr, und sie kehrte mit Lihi nach Israel zurück. Ihr Freund holte sie beide vom Flughafen ab, in Uniform, mit seinem Renault. Sie zogen auch zusammen, und wegen der Abwechslung führten sie in ihr Sexualleben alle möglichen neuen Dinge ein. Einer band den anderen am Bett fest, sie vertröpfelten ein bisschen Milch, und einmal probierten sie es sogar anal, aber das tat echt höllisch weh und mittendrin begann Scheiße rauszukommen. Am Ende trennten sie sich, und als sie dann zu studieren anfing, hatte sie mich kennengelernt. Und jetzt würden wir demnächst heiraten. Sie hätte kein Problem damit.

Sie sagte, ich solle den Festsaal und das Datum und was immer ich wollte aussuchen, denn für sie spiele das nicht wirklich eine Rolle. Das sei überhaupt kein Thema. Und auch dieser Holländer nicht, da war nichts, worauf man eifersüchtig sein musste. Er war sicher schon an irgendeiner Überdosis gestorben oder lag sturzbetrunken auf irgendeinem Bürgersteig in Amsterdam herum, oder er war hergegangen und hatte irgend so einen Abschluss in irgendwas gemacht, was sich sogar echt noch schlimmer anhörte. Jedenfalls, es war überhaupt nicht er, es war diese Zeit in Mombasa. Da sitzt ein Mensch drei Monate lang da und schaut dich an und stellt sich einen Kuss vor.

## *Dein Mann*

Als Re'ut sagte, dass sie Schluss machen wollte, war ich voll geschockt. Das Taxi hielt gerade vor ihrem Haus, und sie stieg auf der Bürgersteigseite aus und sagte, sie wollte nicht, dass ich mit raufkam, und sie wollte auch nicht wirklich darüber reden und am besten eigentlich nie wieder etwas von mir hören, nicht einmal zu Neujahr oder Glückwünsche zum Geburtstag, und danach knallte sie die Tür des Taxis dermaßen brutal zu, dass ihr der Fahrer einen Fluch nachwarf. Ich blieb völlig paralysiert auf dem Rücksitz. Wenn wir wenigstens vorher gestritten hätten oder so was, dann wäre ich vielleicht eher darauf gefasst gewesen, aber der Abend war echt gelungen. Stimmt schon, der Film war nicht so besonders, aber abgesehen davon war alles wirklich ganz friedlich gewesen. Und dann auf einmal dieser Monolog, das Türknallen und peng! Unser ganzes letztes gemeinsames halbes Jahr im Eimer. »Also was machen wir?«, fragte der Fahrer und linste in den Rückspiegel. »Soll ich dich nach Hause bringen? Hast du so was überhaupt? Zu deinen Eltern? Zu Freunden? In einen Massagesalon auf der Allenbystraße? Du bist der Boss, du bist der King.« Ich wusste nicht, was ich mit mir anfangen sollte, ich wusste nur, dass es nicht fair war. Nach der Trennung von Hila hatte ich mir geschworen, ich würde keine mehr nah genug an mich ranlassen, dass sie mich so verletzen könnte, aber dann war Re'ut aufgetaucht, und alles war dermaßen optimal, ich hatte das einfach nicht verdient. »Recht hast du«, knurrte der Fahrer. Er schaltete den Motor aus und verstellte die Sitzlehne nach hinten, »warum sollen wir fahren, wo es doch so nett hier ist. Mir persönlich ist das scheißegal, der Zähler läuft.« Und exakt da gaben sie im Funk diese Adresse durch: »Wagen für Hebräische Kompanie 9, wer ist in der Nähe?« Diese Adresse, die hatte ich schon einmal gehört, und sie war mir voll im Gedächtnis geblieben, als ob sie jemand mit einem Nagel da eingestanzt hätte.

Auch als ich mich von Hila getrennt hatte, war es so, im Taxi beziehungsweise, genauer, in dem Taxi, das sie zum Flughafen brachte. Sie sagte, das ist das Ende, und ich habe tatsächlich nichts mehr von ihr gehört. Auch damals blieb ich so zurück, allein, festgenagelt auf dem Rücksitz. Der Fahrer damals redete in einer Tour, endlos viel, und ich bekam kein Wort mit. Aber diese ätzende Adresse im Funk, ausgerechnet an die erinnere ich mich ganz hervorragend – »Hebräische Kompanie 9, wer übernimmt?« Und jetzt auch, kann sein, dass es Zufall war, aber ich sagte trotzdem zum Fahrer, dass er losfahren sollte, ich musste einfach wissen, was dort war. Genau als wir ankamen, sah ich ein anderes Taxi davonfahren, und drinnen, auf dem Rücksitz, die Silhouette eines kleinen Kopfes, wie der von einem Kind oder Säugling. Ich bezahlte den Fahrer und stieg aus.

Es war ein privates Haus. Ich machte das Tor auf, ging den Pfad entlang, der auf die Tür zuführte, und drückte auf die Klingel. Es war ziemlich bescheuert, ich weiß nicht, was ich gemacht hätte, wenn mir jemand aufgemacht hätte, was ich gesagt hätte. Ich hatte dort nichts verloren, und ganz sicher nicht zu einer solchen Zeit in der Nacht. Aber ich war dermaßen wütend, dass es mir scheißegal war. Ich drückte noch mal auf die Klingel, ausgiebig, danach klopfte ich vehement an die Tür, wie in der Armee, wenn wir Durchsuchungen von Haus zu Haus machten, aber es machte keiner auf. In meinem Kopf begannen sich die Gedanken an Re'ut und Hila mit anderen Trennungen zu verwirren, und das Ganze wurde zu einer Art Klumpen. Und dieses Haus, wo sie nicht aufmachten, an dem regte mich echt was auf. Ich fing an, es zu umrunden, suchte nach einem Fenster, durch das man hineinspähen könnte. Dieses Teil hatte aber keine Fenster, nur so eine Hintertür aus Glas. Ich versuchte durchzuschauen – alles drinnen war finster. Ich blieb beharrlich, aber meine Augen wollten sich nicht anpassen. Es schien so, als ob, je mehr ich es versuchte, da drinnen alles bloß noch dunkler wurde. Das trieb mich zum Wahnsinn, komplett zum Wahnsinn. Plötzlich sah ich mich selber wie von außen, wie ich mich bückte, einen Stein aufhob, ihn ins Sweatshirt einwickelte und die Scheibe einschlug.

Ich griff mit der Hand nach innen, passte auf, damit ich mich nicht an den Glaskanten schnitt, und machte die Tür auf. Drinnen tastete ich nach dem Lichtschalter, doch als ich ihn gefunden hatte, ging nur ein mickriges gelbes Licht an. Eine einzige Glühbirne für den ganzen großen Raum. Exakt das war dieser Ort – ein riesiger Raum ohne irgendwelche Möbel, total leer, außer einer Wand, die völlig mit Bildern von Frauen bedeckt war. Ein Teil der Fotos war gerahmt, ein Teil einfach mit einem Stück Tesa an die Wand geklebt, und ich kannte sie alle: Da war Roni, meine Freundin beim Militär, und Daniela, mit der ich ging, als ich noch in der Oberstufe war, Stefanie, eine Freiwillige in unserem Kibbuz, und Hila. Sie waren alle da, und in der linken Ecke der Wand, in einem zarten Goldrahmen, hing ein Bild von Re'ut, lächelnd. Ich machte das Licht aus und kauerte mich, am ganzen Leibe zitternd, in einer Ecke des Raumes zusammen. Ich wusste nicht, wer der Mann war, der hier lebte, warum er mir das antat, wie er es bloß immer schaffte, alles zu ruinieren. Aber plötzlich fügte sich alles zusammen, diese ganzen Trennungen, dieses Verlassen, das aus dem Nichts auftauchte – Daniela, Hila, Re'ut. Das war nie eine Sache zwischen uns gewesen, es war immer nur er.

Ich weiß nicht, wie lang es dauerte, bis er ankam. Zuerst hörte ich, wie das Taxi davonfuhr, und danach das Schlüsselgeräusch an der Vordertür, dann ging das Licht wieder an, und da stand er vor mir und lächelte, der miese Wichser, schaute mich einfach an und lächelte. Er war kleinwüchsig, hatte die Größe von einem Kind, mit riesigen Augen ohne Wimpern, und in der Hand hielt er eine bunte Plastikmappe. Als ich aus meiner Ecke hochkam, kicherte er bloß wie so ein Perversling, den man gerade auf frischer Tat ertappt hatte, und fragte, wie ich hierhergelangt sei. »Auch sie hat dich verlassen, was?«, sagte er, als ich schon ganz nah bei ihm war, »nicht so tragisch, es kommt immer eine andere.« Und ich, ich knallte ihm statt einer Antwort den Stein auf den Kopf, und als er umfiel, hörte ich gar nicht mehr auf. Ich wollte keine andere, ich wollte Re'ut, wollte, dass ihm das Lachen verging. Und die ganze Zeit, wo ich mit dem Stein auf ihn eindrosch, heulte dieser Typ bloß: »Was machst du, was machst du, was machst du denn, ich bin dein Mann, dein Mann«, bis er dann aufhörte. Danach kotzte ich. Und als ich mit Kotzen fertig war, empfand ich eine riesige Erleichterung, wie bei den Manövern in der Armee, wenn dich jemand unter der Bahre ablöst, und plötzlich fühlst du dich so leicht, dass du dich nicht mal dran erinnerst, wie man sich überhaupt so fühlen kann. Leicht, wie ein Kind. Und der ganze Hass, die Schuld und die Angst, dass sie mich vielleicht erwischen würden, alles wurde einfach von dieser Leichtigkeit verschluckt.

Hinter dem Haus, nicht weit weg, war so eine Art Gebüsch, und dort warf ich ihn rein. Den Stein und das Sweatshirt, die voller Blut waren, verbuddelte ich im Hof. In den Wochen danach suchte ich die ganze Zeit in den Zeitungen nach ihm, auch in den Nachrichten und den Vermisstenanzeigen, aber nirgendwo stand was. Re'ut reagierte nicht auf meine Nachrichten auf ihrer Konserve, und einer aus der Arbeit erzählte mir, dass er sie auf der Straße mit irgendeinem großen Blonden gesehen hätte, was mir einen herben Stich versetzte, aber ich wusste, da war nichts zu machen, das war schon Vergangenheit. Kurz danach fing ich an, mit Mia auszugehen. Von Anfang an war das Ganze mit ihr unheimlich vernünftig, so dermaßen okay. Und anders als sonst meistens bei Mädchen, war ich vom ersten Augenblick an echt offen zu ihr, ohne Verteidigungsmechanismen. In der Nacht träumte ich hin und wieder von diesem Zwerg, wie ich seine Leiche ins Gebüsch geschmissen hatte, und wenn ich aufwachte, dann hatte ich in der ersten Sekunde total Angst, aber eine Sekunde darauf sagte ich mir, dass es keinen Grund dazu gab, denn er war nicht mehr da, und danach umarmte ich Mia und schlief weiter.

Mia und ich trennten uns im Taxi. Sie sagte, ich sei voll zu und würde aber auch schon dermaßen überhaupt nichts überreißen, dass sie manchmal am allerschlimmsten auf der ganzen Welt leiden könnte, und ich sei trotzdem sicher, dass sie gut drauf ist, bloß weil ich in dem Moment gut drauf war. Sie sagte, dass wir schon seit längerer Zeit Probleme hätten, aber dass sie mir gar nie auffielen. Und danach fing sie zu weinen an. Ich versuchte, sie zu umarmen, aber sie rückte von mir ab und sagte, wenn mir irgendwas an ihr liegen würde, dann würde ich sie gehen lassen. Ich wusste nicht, ob ich ihr hinterherrennen und hartnäckig bleiben sollte. Im Taxifunk gaben sie eine Adresse durch: »Kampf 4«. Ich sagte zum Fahrer, er solle mich dorthin bringen. Als wir ankamen, stand da schon ein anderes Taxi, in das ein Junge und ein Mädchen, ungefähr in meinem Alter, vielleicht ein kleines bisschen jünger, einstiegen. Ihr Fahrer sagte etwas, und sie lachten. Ich ließ mich zur Hebräischen Kompanie 9 weiterfahren. Ich suchte seine Leiche im Gebüsch, aber sie war nicht da. Das Einzige, was ich finden konnte, war eine rostige Stange. Ich hob sie auf und beschloss, zum Haus zu gehen.

Das Haus schaute genau wie damals aus, stockfinster, mit der zerbrochenen Glasscheibe an der Hintertür. Ich steckte die Hand hinein, suchte die Klinke, wobei ich aufpasste, dass ich mich nicht schnitt. Den Lichtschalter fand ich binnen einer Sekunde. Es war immer noch leer, außer den Bildern an der Wand, der hässlichen Mappe des Zwergs und einem dunklen, klebrigen Fleck am Boden. Ich betrachtete die Fotos – sie waren alle da, genau in der gleichen Anordnung. Nachdem ich mit den Bildern durch war, machte ich die Tasche des Zwergs auf und stöberte darin herum. Ein Fünfzigschekelschein fand sich dort, eine halb abgezwickte Streifenkarte, ein Etui mit einer Brille und ein Foto von Mia. Auf dem Bild war ihr Haar hinten zusammengefasst, sie sah ein bisschen einsam aus. Und urplötzlich ging mir auf, was er damals zu mir gesagt hatte, bevor er starb, was er damit meinte, dass es immer eine andere geben würde. Ich versuchte, ihn mir vorzustellen in der Nacht damals, in der ich mich von Re'ut trennte, wie er sonstwo hinfuhr und mit dem Bild zurückkam, dafür sorgte, wie, weiß ich nicht, dass ich Mia kennenlernte. Bloß dass ich es auch dieses Mal erfolgreich geschafft hatte, Scheiße zu bauen. Und nun war es tatsächlich nicht mehr so ganz sicher, dass ich eine andere kennenlernen würde. Denn mein Mann war tot, ich selber hatte ihn umgebracht.

## *Eine gute Tat pro Tag*

Da war dieser alte Schwarze in San Diego, der uns das ganze Polster vollblutete, als wir ihn ins Krankenhaus brachten, und die dicke Pennerin in Oregon, der Avichai sein hässliches Sweatshirt vermachte, das mit dem Emblem der Fernmeldeeinheit, das er am Schluss vom Funkerkurs bekommen hatte, und dann noch ein Junge, der kaum aus den Augen schauen konnte vor lauter verheult, in Vegas, der sagte, dass er alles verspielt hatte und eine Karte für den Autobus brauchte, und dem Avichai am Anfang nichts geben wollte, weil er sagte, er sei ein Schwindler, und da war diese Katze mit der Augenentzündung in Atlanta, für die wir einen Halt einlegten, um Milch zu kaufen. Es waren viele, ich erinnere mich nicht mal mehr an alle, das meiste waren keine großen Sachen, bloß so wie einen Tramper mitnehmen oder einer alten Bedienung ein sattes Trinkgeld dalassen. Eine gute Tat pro Tag. Avichai sagte, das sei gut für unser Karma und dass jemand, der einen Trip von Küste zu Küste macht, so wie wir, ein gutes Karma braucht. Nicht dass die Vereinigten Staaten irgendwie ein gefährlicher Dschungel in Südamerika sind oder ein Aussätzigendorf mitten in Indien, aber trotzdem.

In Philadelphia liefen wir wirklich in letzter Sekunde vor Ende unseres Trips ein. Wir hatten geplant, von dort nach New Jersey weiterzufahren, wo Avichai einen Freund hatte, der versprochen hatte, uns beim Autoverkaufen zu helfen. Von dort aus würde ich mich dann auf die Rückreise über New York nach Israel machen. Avichai hatte vor, noch ein paar Monate in New York zu bleiben und Arbeit zu finden. Es war ein Wahnsinnstrip. Noch viel besser, als wir geplant hatten. Mit Skifahren in Reno, Alligatoren in Florida und was sonst nicht noch alles. Und das Ganze mit viertausend Dollar pro Mann. Ehrlich wahr, obwohl wir zwischendurch manchmal wie die Hunde vegetierten, bei den wirklich wichtigen Dingen sparten wir an nichts. In Philadelphia schleppte mich Avichai in ein ödes Naturmuseum, von dem sein Freund aus New Jersey gesagt hatte, es sei gigantisch. Von dort gingen wir zu irgendeinem Chinesen, der ein Mittagessen für sechs Dollar neunundneunzig – »Iss, so viel du kannst« – anbot und von draußen ganz annehmbar roch.

»Hey, lasst euer Auto nich hier stehn«, schrie uns irgendein klapperdürrer Schwarzer zu, der nach voll abgefucktem Stromhippie aussah. Er erhob sich vom Bürgersteig und kam auf uns zu. »Parkt es gegenüber, sonst zerlegn sie's euch ratzfatz. Ihr habt Glück, dass ich euch grad noch erwischt hab.« Ich sagte danke zu ihm und wollte in Richtung Auto gehen, aber Avichai meinte zu mir, ich solle eine Sekunde warten, der Schwarze würde doch bloß Blech reden. Der Schwarze geriet tierisch unter Druck, weil ich stehen blieb und auch wegen der komischen Sprache, die wir redeten, und er sagte noch mal, wir sollten das Auto da wegfahren, sonst würde man es uns auseinandernehmen, und das sei ein guter Rat, ein echt hervorragender Rat, einer, der uns das Auto retten würde, und dass so ein Rat wenigstens fünf Dollar wert sei. Fünf Dollar für einen Menschen, der uns ein komplettes Auto rettete, fünf Dollar für einen entlassenen hungrigen Soldaten, und dass Gott uns dafür segnen würde.

Ich wollte weg dort, ich hatte mörderisch die Schnauze voll von dieser Geschichte von ihm mit dem Auto, bei der ich mir wie ein ziemlicher Vollidiot vorkam, aber Avichai redete mit ihm weiter. »Du hast Hunger?«, sagte Avichai, »dann komm mit uns essen.« Wir hatten so eine Art grobe Regel, dass wir Junkies kein Geld in die Finger gaben, damit sie sich damit keinen Schuss kauften. Avichai legte ihm eine Hand auf die Schulter und versuchte, ihn zu dem Lokal zu führen. »Chinesisch mag ich nich«, schreckte der Schwarze zurück, »gebt mir einfach ’nen Fünfer, um Gottes willen. Seid nich so schlecht, ich hab Geburtstag heut. Ich hab euch das Auto gerettet. Ich hab’s verdient-verdient-verdient, an meim Geburtstag wie ein Mensch zu essen.«

»Glückwunsch«, lächelte Avichai mit seiner endlosen Geduld, »Geburtstag, das ist echt was zum Feiern. Komm, sag uns, auf was du Lust hast, und wir gehen mit dir zum Essen.«

»Lusthab-Lusthab-Lusthab-Lusthab«, schwankte der Schwarze, »gebt mir einfach ’nen Fünfer, bitte, jetzt seid nich so, ich hab echt ’nen weiten Weg.«

»Kein Problem«, sagte ich zu ihm, »wir haben ein Auto. Wir fahren zusammen dorthin.«

»Ihr glaubt mir nich, was?«, fuhr der Schwarze fort. »Ihr denkt, ich bin ein Lügner. Das is nich schön. Und schon gar nich, wo ich euch das Auto gerettet hab. Das ist keine Art, sich zu jemand an seinem Geburtstag zu benehmen. Ihr seid schlecht-schlecht-schlecht. Ihr habt kein Herz.« Und urplötzlich, praktisch aus heiterem Himmel, fing er an zu weinen. Da standen wir beide neben diesem dürren Schwarzen, der flennte. Avichai bedeutete mir mit dem Kopf ein Nein, aber ich zog trotzdem aus der Gürteltasche einen

Zehner heraus. »Hier, nimm«, sagte ich zu ihm, und danach fügte ich noch hinzu, »tut uns leid«, obwohl mir nicht ganz klar war, was. Aber der Schwarze weigerte sich, das Geld anzurühren, er weinte nur und weinte und sagte, wir hätten ihn einen Lügner genannt und wir hätten kein Herz und dass man sich so nicht zu einem entlassenen Soldaten benahm. Ich versuchte, ihm den Schein in eine der Taschen zu stopfen, aber er ließ mich nicht an sich heran, sondern ging die ganze Zeit bloß rückwärts. Ab irgendeinem Punkt begann er regelrecht, die Flucht zu ergreifen, mit so einer Art langsam stolperndem Lauf, und bei jedem Schritt fluchte und heulte er nur noch mehr.

Nachdem wir in dem chinesischen Büfett gegessen hatten, gingen wir die Freiheitsglocke anschauen, die eine der wichtigsten Sehenswürdigkeiten in der amerikanischen Geschichte sein sollte. Wir standen drei Stunden lang Schlange, und am Schluss, als wir drankamen, zeigten sie uns irgendeine hässliche Glocke, die irgend so jemand Berühmtes geläutet hatte, nachdem die Amerikaner die Unabhängigkeit ausgerufen hatten oder so was in der Art. In der Nacht, im Motel, zählten ich und Avichai das Geld, das wir noch übrighatten. Zusammen mit den dreitausend Dollar, die wir, wie wir schätzten, für das Auto kriegen würden, hatten wir fast fünftausend. Ich sagte zu ihm, dass er von mir aus alles behalten und mir meinen Teil auch zurückgeben könnte, wenn wir wieder in Israel wären. Avichai sagte, dass wir zuerst mal das Auto verkaufen sollten, und danach würden wir weitersehen. Er blieb auf dem Zimmer, um sich eine Science-Fiction-Serie anzuschauen, und ich machte einen Sprung zu dem AM-PM gegenüber vom Motel, um uns Kaffee zu holen. Als ich aus dem Laden kam, sah ich über mir einen riesigen Vollmond. Aber wirklich riesig. In meinem ganzen Leben hatte ich noch keinen solchen Mond gesehen. »Große Sache, was?«, sagte ein Puertoricaner mit roten Augen und Narben zu mir, der auf dem Gehsteig vor dem Haus saß. Er hatte ein kurzes Leibchen mit einem Bild von Madonna drauf an, und seine Arme waren komplett zerlöchert.

»Riesig«, sagte ich, »ich hab noch nie einen solchen Mond gesehen.«

»Der größte auf der Welt«, sagte der Puertoricaner und versuchte aufzustehen. »Willst ihn kaufen? Zwanzig Dollar, weil du's bist.«

»Zehn«, sagte ich und hielt ihm den Schein hin.

»Weißt du was?«, lächelte mich der Puertoricaner mit verfaulten Zähnen an, »dann eben zehn, du schaust mir wie ein netter Mensch aus.«

## *Schriki*

Darf ich euch Reuven Schriki vorstellen? Ein Mensch, also ein Mensch ist das, echt nicht bloß irgendeiner. Ein ganz besonderes Killerkaliber. Einer, der es gewagt hat, Träume zu verwirklichen, die sich die meisten von uns nicht einmal zu träumen trauen. Schriki hat Geld wie Heu, aber das ist nicht das Thema. Er hat auch ein französisches Model als Freundin, die sich nackt für Journale fotografieren lässt, und wenn ihr euch noch keinen drüber runtergeholt habt, dann absolut bloß deswegen, weil ihr nie auch nur in den angenäherten Dunstkreis von selbigen gelangen werdet, aber auch das ist es nicht, was ihn zum Helden macht. Was so besonders ist bei Schriki, ist, dass er im Gegensatz zu anderen, die es geschafft haben, nicht so einer ist, der viel klüger und schöner, mehr auf Draht oder ausgekochter als ihr wäre, nicht mal Glück hat er mehr als ihr. Schriki ist genau, aber auch haarscharfgenau wie ich und ihr – in jedem Parameter –, und wie so einer wie er dermaßen weit gekommen ist, das weckt den allergrößten Neid. Und wer versucht, mit Erklärungen von der Sorte richtiges Timing oder Wahrscheinlichkeit daherzukommen, quatscht einfach bloß Mist. Das Geheimnis von Schriki ist viel einfacher: Er hatte Erfolg, weil er mit seiner Gewöhnlichkeit bis ans Ende gegangen ist. Anstatt sie zu verleugnen oder sich wegen ihr zu schämen, hat sich Schriki gesagt, das bin ich, und das bleib ich. Er ist weder rauf noch runter im Niveau, er ist einfach vor sich hin geschwappt, so wie er ist, quasi naturale.

Er hat gewöhnliche Erfindungen gemacht, und ich betone, gewöhnliche. Keine brillanten, sondern ganz gewöhnliche, und das ist haargenau, was die Menschheit braucht. Geniale Erfindungen sind ja vielleicht gut für Genies, aber wie viele Genies gibt es schon? Die ganz gewöhnlichen Erfindungen dagegen, die sind für alle gut.

Eines schönen Tages saß Schriki im Wohnzimmer seines Hauses in Rischon Lezion und aß Oliven, gefüllt mit roter Paprika. Schrikis Genuss an den gefüllten Oliven war nicht völlig ungeteilt. Er mochte die Oliven selber viel lieber als die Paprikafüllung, zog andererseits aber die Paprika dem ursprünglichen harten und bitteren Olivenkern vor. Und so tauchte in seinem Hirn die erste Idee in einer Serie von Ideen auf, die in Zukunft sein und unser Leben verändern sollten – eine Olive mit Olive gefüllt, ganz einfach, eine Olive ohne Kern, die im Inneren mit einer anderen Olive gefüllt war. Es dauerte ein Weilchen, bis die Idee einschlug, aber als sie es dann tat, ließ sie nicht mehr aus, wie ein Pitbull, der seine Kiefer um den Knöchel seines Opfers geschlossen hat. Und gleich nach den Oliven, gefüllt mit Oliven, kam die Avocado, gefüllt mit Avocado, und zu guter Allerletzt, süß und schnucklig – die Aprikose, gefüllt mit Aprikose. Innerhalb von weniger als sechs Jahren verlor das Wort »Aprikosenkernschussern« seine Bedeutung, und Schriki, wie auch nicht, wurde Millionär. Nach dem Knaller, den er auf dem Nahrungsmittelsektor gelandet hatte, ging Schriki zu Investitionen im Immobilienbereich über, auch dort ohne extra Höhenflüge. Er sah zu, dass er kaufte, wo es teuer war, und klar, innerhalb von ein, zwei Jahren wurde es dort noch teurer. So wurde das Vermögen von Schriki immer größer und größer, und mit der Zeit ergab es sich für ihn, dass er in fast allen potentiellen Bereichen investierte, außer Hightech, ein Gebiet, das er aus dermaßen urzeitmenschlichen Gründen ablehnte, dass er sie nicht mal in Worte hätte fassen können.

Wie jeden gewöhnlichen Menschen veränderte das Geld auch Schriki. Er wurde arroganter, lächelte mehr, wurde mildtätiger und dicker, kurzum, mehr von allem. Die Leute liebten ihn zwar nicht heiß und innig, aber sie mochten ihn so ziemlich, was ja auch nicht gerade wenig ist. Einmal, im Laufe eines Fernsehinterviews, das ein bisschen nachhakte, wurde Schriki gefragt, ob er meine, dass viele danach streben, so wie er zu sein. »Sie brauchen nicht danach streben«, lächelte Schriki halb den Moderator an, halb in sich hinein, »sie sind schon wie ich«, und im Studio brandete ein stürmischer Applaus auf, der aus einem elektronischen Gerät an der Kontrolltafel brach, das von den Produzenten des Programms eigens für überzeugend ehrliche Antworten von dieser Sorte angeschafft worden war.

Stellt euch Schriki mal vor, wie er auf einem Liegestuhl an seinem privaten Swimmingpool sitzt, einen Teller Labane verdrückt, ein Glas frisch gepressten Saft trinkt, während sich seine Gefährtin mit den megageilen Kurven nackt auf einer Badematte bräunt. Und nun versucht, euch euch selber an Schrikis Stelle vorzustellen, an dem frisch gepressten Saft nippend, der nackten Französin irgendeinen Schwachsinn auf Englisch zuwerfend. Echt kinderleicht, oder? Und jetzt versucht mal, euch Schriki an eurer Stelle vorzustellen, dass er sich genau da befindet, wo ihr euch befindet, nämlich diese Geschichte liest, an euch dort in der Villa denkt und sich sich selber am Rand des Swimmingpools an eurer Stelle vorstellt, und schwupps! Da seid ihr wieder hier beim Lesen der Geschichte, während er zurück dort ist.

Ganz stinknormal, oder wie seine Freundin, die Französin, so gern sagt, tranquil-tranquil, isst er noch eine Olive und spuckt nicht mal den Kern aus, denn es gibt ja keinen.

## *Acht Prozent von nichts*

Makler-Chezi wartete fast eine halbe Stunde lang am Hauseingang auf sie, und als sie dann kamen, versuchte er, sich den Anschein zu geben, als ob ihn das in keinster Weise verärgert hätte. »Das ist alles ihre Schuld«, lachte der ältere Herr und reichte ihm die Hand zu einem geschäftsmäßigen, kompromisslosen Händedruck. »Glauben Sie Butschi bloß nichts«, beschwor ihn die Wasserstoffblondine, die um mindestens fünfzehn Jahre jünger aussah als der Mann, »wir waren vorher schon mal da, aber wir haben es einfach nicht geschafft, einen Parkplatz zu finden.« Und Makler-Chezi schenkte ihr so ein schlitzohriges, neugieriges Lächeln, als ob es ihm nicht total am Arsch vorbeigehen würde, warum sie und Butschi zu spät gekommen waren. Er zeigte ihnen die Wohnung, die teilmöbliert war, mit einer hohen Decke und einem Fenster in der Küche, von dem aus man fast das Meer sehen konnte. Bereits in der Mitte der üblichen Besichtigungsrunde zog Butschi sein Scheckbuch heraus und sagte, dass sein Entschluss feststand, und er habe nicht mal ein Problem damit, ein Jahr im Voraus zu bezahlen, er wollte bloß, dass es ein bisschen nach unten abgerundet würde, damit er das Gefühl hatte, dass man ihm entgegenkam. Makler-Chezi erklärte ihm, dass sich der Wohnungsbesitzer nicht im Lande befand und er deswegen nicht befugt war, mit dem Preis runterzugehen. Butschi beharrte darauf, dass es sich nur um ein paar Groschen handelte. »Von mir aus«, sagte er,

»ziehen Sie das von Ihrer Kommission ab. Wie viel Prozent kriegen Sie?«

»Acht«, sagte Makler-Chezi nach leichtem Zögern, wobei er es dann doch vorzog, sich nicht auf eine Lüge einzulassen.

»Dann haben Sie eben fünf«, bestimmte Butschi und schrieb den Scheck fertig aus, und als er sah, dass der Makler nicht die Hand ausstreckte, um ihn entgegenzunehmen, fügte er hinzu: »Denken Sie drüber nach. Der Markt ist jetzt im Keller, und fünf Prozent von etwas sind mehr als acht Prozent von nichts.«

Butschi, oder Tuvja Minster, wie auf dem Scheck stand, sagte, dass die Wasserstoffblondine morgen in der Früh bei ihm vorbeischauen würde, um den Zweitschlüssel zu holen. Makler-Chezi sagte, kein Problem, es müsste bloß vor elf sein, denn danach habe er einen Termin. Am nächsten Tag kam sie nicht, es war schon zwanzig nach elf, und Makler-Chezi, der dringend hätte wegmüssen, aber auch niemand wirklich so richtig versetzen wollte, holte den Scheck aus der Schublade. Auf dem Scheck war auch die Telefonnummer der Arbeit eingedruckt, aber er zog es vor, sich ein weiteres ermüdendes Gespräch mit Butschi zu ersparen, und wählte gleich die Privatnummer. Erst als sie sich meldete, fiel ihm auf, dass er nicht einmal wusste, wie sie eigentlich hieß, und deshalb entschied er sich kurz entschlossen für »Frau Minster«. Irgendwie klang sie am Telefon weniger dumm, aber sie erinnerte sich trotzdem nicht daran, wer er war, oder dass sie für heute früh etwas vereinbart hatten. Makler-Chezi verlor die Geduld nicht und rief ihr langsam, wie einem Kind, ins Gedächtnis, wie er sich gestern mit ihrem Mann und ihr getroffen hatte und mit ihnen über die

Wohnung handelseinig geworden war. Als sie am anderen Ende der Leitung schwieg und ihn danach bat, ihr zu beschreiben, wie sie aussah, begriff er, dass er gnadenlos ins Fettnäpfchen getreten war. »Die Wahrheit ist«, wich er aus, »dass hier offenbar ein Irrtum meinerseits vorliegt. Wie haben Sie gesagt, heißt Ihr Mann? Ah, das ist es, ich suche nämlich Schaul und Tirza. Die Telefonauskunft hat mich schon wieder mal zum Narren gehalten. Sie entschuldigen und Schalom«, und damit legte er den Hörer auf, bevor sie ihm etwas darauf antworten konnte. Die Wasserstoffblondine traf eine Viertelstunde danach im Büro ein, mit halb geschlossenen Augen und einem Gesicht, das an diesem Morgen garantiert noch nicht gewaschen worden war. »Tut mir echt leid«, gähnte sie, »es hat mich eine halbe Stunde gekostet, ein Taxi aufzutreiben.«

Am nächsten Tag in der Früh, als er ankam, um sein Büro aufzusperren, wartete schon jemand auf dem Bürgersteig auf ihn. Sie wirkte so um die vierzig, und etwas an der Art, in der sie angezogen war, an ihrem Geruch, war so absolut nicht von hier, dass er sie, als er sich an sie wandte, völlig ohne nachzudenken, auf Englisch ansprach. Allerdings konnte sie Ivrit, und sie sagte, sie suche eine Wohnung mit zwei, drei Zimmern, bevorzugt zum Kauf, aber es mache ihr auch nichts aus, eine zu mieten, sofern der Einzug in die Wohnung sofort stattfinden könnte. Makler-Chezi sagte, er habe gerade ein paar relativ gute Wohnungen zu verkaufen und da der Markt momentan schwach sei, sei auch ihr Preis annehmbar. Er fragte sie, wie sie ausgerechnet an sein Büro geraten sei, und sie sagte, sie habe in den Gelben Seiten nachgeschaut. »Sind Sie Chezi?«, fragte sie. Er sagte, nein, es gebe hier schon seit langem keinen Chezi mehr, aber als er das Geschäft kaufte, habe er den Namen behalten, um den Ruf nicht zu verlieren. »Ich heiße Michael«, lächelte er, »doch um die Wahrheit zu sagen, bei der Arbeit vergesse sogar ich das irgendwie manchmal.«

»Ich heiße Lea«, erwiderte die Frau sein Lächeln, »Lea Minster. Wir haben gestern am Telefon miteinander gesprochen.«

»Ist sie hübsch?«, fragte Lea Minster später aus heiterem Himmel. Die erste Wohnung war für ihren Geschmack zu dunkel gewesen, und sie waren gerade mitten auf dem Weg zu einer zweiten. Makler-Chezi versuchte, sich blöd zu stellen, und fing an, von Lage und Ausrichtung und ähnlichem zu faseln, als ob ihre Frage der Wohnung gegolten hätte. »Nachdem Sie angerufen haben«, überging das Lea Minster, »habe ich versucht, mit ihm über das Ganze zu reden. Am Anfang hat er geleugnet, aber dann reichte es ihm, und er hat es zugegeben. Deswegen die Wohnung jetzt. Ich verlasse ihn.« Makler-Chezi fuhr weiter, ohne etwas zu sagen, und dachte sich im Stillen, dass ihn das nichts anging und dass eigentlich nichts vorlag, weswegen er sich unter Druck hätte fühlen müssen. »Ist sie jung?«, probierte es Lea Minster wieder, und da schüttelte er den Kopf und sagte: »Sie ist weitaus weniger hübsch als Sie. Es ist mir nicht gerade angenehm, so etwas von einem Klienten zu sagen, aber er ist schlicht ein Idiot.«

Die zweite Wohnung war heller, und als er ihr die Himmelsrichtungen zeigte, spürte er, wie sie ihm nahe kam, ihn nicht wirklich berührte, aber nah genug. Und obwohl ihr die Wohnung gefiel, bat sie darum, noch eine weitere zu sehen. Im Auto stellte sie ihm alle möglichen Fragen über die Wasserstoffblondine, und Makler-Chezi versuchte, sie schlechtzumachen, gleichzeitig aber zugeknöpft zu bleiben. Er fühlte sich nicht so recht wohl dabei, doch er machte weiter, weil er sah, dass es sie freute. In den Augenblicken, in denen sie schwiegen, bestand so eine gewisse Spannung, besonders an den Ampeln, und irgendwie gelang es ihm nicht, so wie er es sonst durchaus immer beherrschte, irgendein leichtes Plauderthema zu finden, das sie beide vergessen ließ, dass sie festsaßen. Stattdessen starrte er nur die Ampel an und wartete darauf, dass sie umsprang. An einer, auch als es Grün geworden war, fuhr der Mercedes vor ihnen nicht an, und Makler-Chezi hupte zweimal und rief dem Fahrer einen Fluch aus dem Fenster zu. Als der Fahrer des Mercedes keinerlei Zeichen machte, dass ihn das irgendwie rührte, stieg er wütend aus dem Auto. Nur war niemand da zum Streiten, denn der Fahrer, der am Anfang nur zu dösen schien, wachte auch nicht auf, als Makler-Chezi ihn berührte. Danach kamen die Leute von der Ambulanz und sagten, dass es ein Schlaganfall war. Sie durchsuchten die Kleider des Fahrers und das Auto, konnten aber keinen Ausweis finden. Makler-Chezi fühlte sich ziemlich unwohl, dass er diesen namenlosen Mann verflucht hatte, und er bereute auch die schlechten Dinge, die er über die Wasserstoffblondine gesagt hatte, obwohl das nicht wirklich etwas miteinander zu tun hatte.

Lea Minster saß blass neben ihm im Auto. Er fuhr sie zum Büro zurück und machte für sie beide Kaffee. »Die Wahrheit ist, dass ich nichts zu ihm gesagt habe«, sagte sie und trank von ihrem Nescafé, »ich habe bloß gelogen, damit Sie mir etwas über sie erzählen. Ich möchte mich entschuldigen. Ich musste es einfach wissen.« Und Makler-Chezi lächelte und sagte sich und ihr, es sei ja eigentlich nichts passiert, alles in allem hätten sie ein paar Wohnungen und irgendeinen bedauernswerten Kerl gesehen, der tot war, und wenn man aus dem Ganzen etwas lernen könne, dann wohl, dass sie Gott sei Dank am Leben waren oder so etwas in der Art. Sie trank den Kaffee aus, entschuldigte sich noch einmal und ging. Und Michael, der mit dem Rest seines Kaffees zurückblieb, betrachtete sein Büro, einen Verschlag von eins siebzig auf drei Meter mit Schaufenster auf die Ben-Jehuda-Straße. Mit einem Mal kam ihm dieser Ort ganz klein und durchsichtig vor, wie der Ameisenbau, den er einmal, vor einer Million Jahren, zu seiner Bar-Mizwa bekommen hatte. Und das mit dem Ruf und Namen des Büros, was er im vollen Ernst gerade erst vor zwei Stunden erklärt hatte, klang jetzt auch wie ein ziemlicher Blödsinn. In letzter Zeit hatte es angefangen, ihn zu stören, dass die Leute ihn Chezi nannten.

*Stolze Freude*

Ende des ersten Jahresdrittels war Liam Davidovitsch schon das größte Kind in seiner Klasse, vielleicht sogar in der ganzen Grundstufe. Abgesehen davon hatte er ein neues Superrennrad mit Carbongabel, einen langhaarigen, zwergbeinigen Hund mit dem Blick eines alten Mannes in der Warteschlange bei der Krankenkasse, eine Freundin in der Klasse, die sich nicht auf den Mund küssen, aber ihre nicht vorhandenen Titten anfassen ließ, und ein Zeugnis mit überall Sehr gut, außer in Heimatkunde, aber das auch bloß deswegen, weil die Lehrerin eine fiese Schlampe war. Kurz gesagt, Liam konnte sich echt nicht beschweren, und auch seine Eltern platzten fast vor stolzer Freude. Man konnte ihnen nicht begegnen, ohne dass sie irgendeinen Geniestreich von ihrem gelungenen Jungen zum besten gaben. Und die Leute, wie die Leute eben so sind, nickten dann immer mit einer Mischung aus Langeweile und aufrichtiger Anerkennung und sagten: »Alle Achtung, Herr/Frau Davidovitsch, wirklich alle Achtung.« Aber was in Wahrheit wichtig ist, ist nicht das, was dir die Leute ins Gesicht sagen. Wichtig ist, was sie hinter deinem Rücken sagen. Und hinter ihrem Rücken war das Erste, worüber die Leute in Zusammenhang mit Jechiel und Chalina Davidovitsch prompt immer redeten, dass sie die ganze Zeit kleiner wurden. Innerhalb eines Winters, so schien es, hatten sie wenigstens fünfzehn Zentimeter pro Kopf eingebüßt. Frau Davidovitsch, die einmal als hochgewachsen galt, kam jetzt kaum mehr an das Regalfach mit den Frühstücksflocken im Lebensmittelladen, und auch Jechiel, der früher die einsachtzig gestreift hatte, stellte den Sitz im Auto schon bis zum Anschlag vor, um überhaupt das Gaspedal zu erreichen. Nicht sehr angenehm, und die ganze Sache wurde noch augenfälliger neben ihrem Titanensohn, der erst in der vierten Klasse war und seine Mama schon um einen ganzen Kopf überragte.

Jeden Dienstagnachmittag ging Liam mit seinem Vater auf den Schulsportplatz zum Basketballspielen. Sein Vater hielt ihn für talentiert, weil Liam sowohl groß als auch klug war. »Die Juden haben im Laufe der Geschichte immer als kluges, aber sehr kleinwüchsiges Volk gegolten«, erklärte er Liam immer mit Vorliebe während der Wurfübungen, »und wenn schon mal alle Jubeljahre einmal aus Versehen irgendein Lulatsch geboren wurde, dann kam irgendwie immer ein derartiger Holzkopf dabei heraus, dass man ihm nicht mal beibringen konnte, was ein Eineinhalb-Schritt ist.« Liam konnte man das nun durchaus beibringen, und er wurde von Woche zu Woche besser. Und in der letzten Zeit, seit sein Vater schrumpfte, wurden die Spiele ausgewogen. »Du«, sagte sein Vater oft zu ihm, wenn sie vom Sportplatz heimgingen, »du wirst noch ein ganz großer Spieler, wie Michael ›Air‹ Jordan oder, noch besser, wie Tanchum Cohen-Minz, bloß ohne Brille.« Liam war sehr stolz auf diese Komplimente, obwohl er diesen Cohen-Minz nie im Leben hatte spielen sehen, aber beunruhigt war er noch mehr. Beunruhigt von dieser beängstigenden Verkleinerung seiner Eltern. »Kann ja sein, dass das bei allen Eltern so ist«, sagte er manchmal als Beruhigungsversuch laut zu sich selber, »und dass wir das dann nächstes Jahr im Naturkundeunterricht lernen.« Aber tief im Herzen wusste er, dass etwas nicht stimmte. Vor allem nachdem Jara, der er vor fünf Monaten vorgeschlagen hatte, dass sie zusammen gingen und die damit einverstanden war, ihm bei den fünf Büchern Mose schwor, dass ihre Eltern seit ihrer Kindheit mehr oder weniger gleich geblieben waren. Die Wahrheit war, dass er gern mit ihnen darüber geredet hätte, aber das Gefühl hatte, dass es Dinge gibt, über die man lieber nicht spricht. Jara zum Beispiel hatte so ein bisschen hellblonden Haarflaum auf den Wangen, wie ein Bart, und Liam tat immer so, als ob er das nicht merkte, denn er dachte, dass sie es ja vielleicht nicht mal selber wusste, und wenn er es ihr sagte, würde es ihr bloß Kummer machen. Möglicherweise war es mit seinen Eltern das Gleiche. Oder falls sie es wussten, dass sie trotzdem froh waren, dass es ihm nicht auffiel. So ging das bis nach Pessach. Liams Eltern wurden weiterhin kleiner, und er benahm sich immer noch so, als ob gar nichts wäre. Und die Wahrheit ist, dass kein Mensch jemals dahintergekommen wäre, wäre da nicht Zejde gewesen.

Seit er ein Welpe war, hatte sich der Hund von Liam zu alten Leuten hingezogen gefühlt. Deswegen hatte er auch die Spaziergänge in den König-David-Park am allerliebsten, wo die ganzen Altersheimbewohner herumhingen. Zejde hätte stundenlang neben ihnen sitzen und ihren Bandwurmgeschichten zuhören können. Sie waren es auch, die den Namen »Zejde« für ihn erfunden hatten, was eigentlich Großväterchen hieß, einen Namen, den er dem ursprünglichen »Jimmy«, wie sie ihn im Tierasyl getauft hatten, weitaus vorzog. Von den ganzen Alten hatte Zejde so einen schrulligen Sonderling mit Käppi am liebsten, der mit ihm in Jiddisch redete und ihn mit Blutwurst fütterte. Auch Liam mochte diesen Alten sehr gern, der ihn gleich beim ersten Mal, als er sie traf, hatte schwören lassen, dass er mit Zejde nie im Aufzug fahren würde, denn laut dieses Alten waren Hunde nicht imstande, die Konzeption von Aufzug zu überreißen, und die Tatsache, dass sie an einem Ort in so eine Art Kämmerchen hineingingen und sich, wenn man es wieder öffnete, an einem ganz anderen Ort befanden, erschütterte bei ihnen die Sicherheit in ihr räumliches Sehen und brachte ihnen generell eine ganze Menge Minderwertigkeitskomplexe ein. Liam bot er keine Blutwurst an, aber er verwöhnte ihn mit Schokolade in Form von Goldtalern und Schokolinsen. Anscheinend starb dieser Alte dann oder zog in ein anderes Altersheim um, denn im Park trafen sie ihn nicht mehr. Manchmal raste Zejde noch los und bellte hinter einem anderen Greis her, der hinreichend Ähnlichkeit besaß, und jaulte ein bisschen, wenn er seinen Irrtum entdeckte, aber damit war es vorbei. Eines Tages, nach Pessach, kam Liam genervt aus der Schule zurück, und nachdem er mit Zejde die Runde gedreht hatte, war er zu faul, die Treppen hinaufzugehen, und betrat mit ihm den Aufzug. Er fühlte sich ein wenig schuldbewusst, als er auf den vierten Knopf drückte, aber er sagte sich im Stillen, dass dieser Alte wohl ohnehin schon tot war, was ihn garantiert von dem Schwur befreite. Als sich die Aufzugtür öffnete, linste Zejde hinaus, zog sich wieder zurück, grübelte eine Sekunde und fiel in Ohnmacht. Worauf Liam und seine Eltern völlig verstört, ohne lang nachzudenken, zum Tierarzt vom Dienst rannten.

In allem, was den Hund betraf, beruhigte sie der Tierarzt augenblicklich. Nur war dieser Tierarzt nun viel mehr als bloß ein irgendein einfacher Veterinär. Er war ein Familien- und Frauenarzt aus Südamerika, der in einem gewissen

Stadium seines Lebens aus persönlichen Gründen beschlossen hatte, sich auf die Behandlung von Tieren zu verlegen. Und dieser Arzt brauchte kaum mehr als einen Blick, um zu begreifen, dass die Davidovitschs an einer seltenen Familienkrankheit litten, einer Krankheit, die zur Folge hatte, dass Liam immer weiter wuchs und wuchs, allerdings auf Kosten seiner Eltern. »Klarer Fall«, erläuterte der Veterinär, »jeder Zentimeter, den der Junge länger wird, ist ein Zentimeter, um den die Eltern kürzer werden.«

»Und dieser Prozess«, forschte Liam nach, »wann ist der zu Ende?«

»Zu Ende?« Der Tierarzt versuchte, das Bedauern in seiner Stimme mit einem schweren argentinischen Akzent zu kaschieren. »Erst wenn die Eltern verschwinden.«

Den ganzen Nachhauseweg über weinte Liam, während seine Eltern sich bemühten, ihn zu beruhigen. Merkwürdigerweise störte sie das furchtbare Schicksal, das sie erwartete, überhaupt nicht. Im Gegenteil, es schien sogar, als freuten sie sich ein klein wenig darüber. »Viele Eltern würden ihr Leben für das Wohl ihrer Kinder opfern«, erklärte ihm seine Mutter, als er schon im Bett lag, »aber nicht alle haben die Chance. Weißt du, wie entsetzlich das ist? Wie bei Tante Rutke, die mitansehen musste, wie aus ihrem Sohn ein kleingewachsener, unbegabter Dummkopf wurde, genau wie sein Vater, und überhaupt nichts dagegen tun konnte? Und wenn wir am Ende also verschwinden, na und? Am Schluss sterben doch ohnehin alle, und ich und dein Vater, wir werden nicht einmal sterben, wir verschwinden einfach.«

Am nächsten Tag ging Liam ohne große Lust in die Schule, und in der Heimatkundestunde flog er wieder aus der

Klasse. Er saß auf den Stufen neben der Turnhalle und tat sich selber leid, als es ihm plötzlich dämmerte: Wenn jeder Zentimeter, den er größer wurde, auf Kosten seiner Eltern ging, dann war alles, was er tun musste, um sie zu retten, mit dem Wachsen aufzuhören! Liam eilte ins Krankenzimmer und bat die Schulschwester mit gespielter Unschuld um alle Informationen, die sie zu dem Thema verfügbar hatte. Den Broschüren, die sie ihm in die Hand drückte, entnahm Liam, dass er, wollte er dem Wachstum echt den totalen Kampf ansagen, viel rauchen, wenig und unregelmäßig essen und noch weniger und vorzugsweise sehr spät schlafen musste.

Die Sandwichs für die Zehn-Uhr-Pause gab er Schiri, einem lieben, pummeligen Mädchen aus der Klasse 4b. Beim Essen zu Hause beschränkte er sich auf ein Minimum, und damit seine Eltern keinen Verdacht schöpften, reichte er das Fleisch und den Nachtisch immer an seinen treuen Hund weiter, der mit traurigen Augen zuverlässig unter dem Tisch wartete. Die Sache mit dem Schlaf regelte sich von selber, denn seit dem Treffen mit dem Tierarzt war er sowieso nicht imstande, länger als zehn Minuten zu schlafen, ohne dass ihn irgendein angstvoller und schuldgefühlbeladener Traum wieder aufweckte. Was blieb, war nur das Kapitel mit den Zigaretten. Also rauchte er zwei Päckchen Nobel pro Tag. Zwei komplette, nicht eine einzige Zigarette drunter. Seine Augen wurden rot, sein Mund füllte sich mit einem bitteren Geschmack, und er fing davon auch zu husten an, so ein Altmännerhusten, aber er dachte nicht einen Moment daran aufzuhören.

Etwas über ein Jahr danach, bei der feierlichen Zeugnisverleihung, waren Sassi Zlotnatziky und Ja'isch Samara schon größer als er. Ja'isch wurde auch der neue Freund von Jara, die Liam verließ, weil er einen so unguten Mundgeruch bekommen hatte. Ganz generell nahm der gesellschaftliche Status von Liam etwas Schaden im Laufe dieses Jahres. Um die Wahrheit zu sagen, die Kinder hatten einen Boykott über ihn verhängt, weil sie sagten, dass sein chronischer Husten echt ätzend sei, und außerdem war er auch im Unterricht und im Sport schlechter geworden. Das einzige Mädchen, das noch mit ihm redete, war Schiri, die ihn am Anfang wegen der Sandwichs mochte, aber nachher auch wegen seines Charakters und noch anderer Sachen, und sie verbrachten Stunden zusammen und redeten über alle möglichen Sachen, über die er mit Jara nie im Leben geredet hatte. Die Eltern von Liam blieben bei einer Höhe von fünfzehn Zentimetern stehen. Nachdem das der Arzt bestätigt hatte, versuchte Liam sogar, mit dem Rauchen aufzuhören, aber er schaffte es nicht. Er ging zu einem Akupunkteur und zu einem Hypnotiseur, die beide sagten, dass sein Problem mit dem Aufhören im Prinzip ein Problem von verwöhntem Charakter sei, aber Schiri, die den Zigarettengeruch geradezu liebte, tröstete ihn und sagte, dass das echt nichts ausmachte.

Am Schabbat setzte Liam seine Eltern immer in seine Hemdentasche und nahm sie auf einen Fahrradausflug mit. Er fuhr langsam genug, damit der mopsige Zejde es schaffte, ihnen nachzukommen, und wenn seine Eltern in der Brusttasche stritten oder einfach einer vom anderen genug hatte, steckte er einen von ihnen in eine andere Tasche. Einmal kam sogar Schiri mit, und sie fuhren bis zum Le'umi-Park und machten dort richtig Picknick. Und auf der Heimfahrt, als sie anhielten, um den Sonnenuntergang anzuschauen, flüsterte der Vater von Liam ihm nicht gerade leise aus der Tasche zu: »Jetzt küss sie, küss sie«, was schon ein bisschen peinlich war. Liam versuchte umgehend, das Thema zu wechseln, redete mit ihr über die Sonne, wie heiß und groß sie war, und noch lauter solches Zeug, bis der Abend hereinbrach und seine Eltern tief und fest in der Tasche eingeschlafen waren. Als ihm die Geschichten über die Sonne ausgingen und sie schon fast bei Schiris Haus angelangt waren, erzählte er ihr auch von Mond und Sternen und ihrem Einfluss aufeinander, und danach, als ihm auch diese Geschichten ausgingen, hustete er und schwieg. Und da sagte Schiri zu ihm: »Küss mich«, und er küsste sie.

»Gut gemacht, Sohn!«, konnte er seinen Vater aus den Tiefen der Tasche flüstern hören, und er spürte, wie seine gefühlvolle Mutter ihn mit dem Ellbogen anstieß und vor stolzer Freude zart weinte.

## *Überraschungsei*

Für Dani, in Liebe

Dies ist eine wahre Geschichte. Vor drei Monaten fand eine etwa zweiunddreißigjährige Frau ihren Tod während eines Selbstmordanschlags, der sich an einer Autobushaltestelle ereignete. Nicht nur sie fand ihren Tod, viele andere fanden ihn auch. Doch diese Geschichte ist über sie.

Die Menschen, die bei Terroranschlägen getötet werden, werden ins pathologische Institut nach Abu Kabir zur Autopsie gebracht. Eine Menge Leute in Schlüsselpositionen der israelischen Gesellschaft wundern sich über diesen Brauch, und auch diejenigen, die in Abu Kabir arbeiten, verstehen nicht immer genau, wozu das gut ist. Schließlich ist die Todesursache bei solchen Anschlägen bekannt, und eine Leiche ist kein Überraschungsei, bei dem man nicht weiß, ob man beim Öffnen ein Segelboot, ein Rennauto oder ein Koalapüppchen darin findet. Wenn man sie obduziert, findet man eigentlich immer die gleichen Dinge – Eisenstückchen, Nägel und andere Sorten von Splittern. Kurz gesagt, extrem wenig Überraschungen. Doch in diesem Fall, in dem der zweiunddreißigjährigen Frau, fand man noch etwas anderes. Diese Frau hatte neben all jenen Metallteilchen, die sich den Weg in ihr Fleisch gebahnt hatten, in ihrem Körper auch Dutzende Wucherungen, wirklich riesige. Tumore, die in Magen, Leber und Gedärmen saßen, hauptsächlich aber im Kopf. Als der Pathologe in ihren Schädel spähte, sagte er als Erstes: »O du lieber Himmel«, denn es war schlicht beängstigend. Er sah Dutzende Tumore im Gehirn wie eine Horde grausamer Maden, die unersättlich schlicht alles verschlingen wollen.

Und damit tritt man in das Stadium der wissenschaftlichen Erörterung ein: Wäre diese Frau nicht bei dem Anschlag gestorben, wäre sie noch in dieser Woche zusammengebrochen und innerhalb von maximal ein bis zwei Monaten an ihren Tumoren gestorben. Es ist schwer erklärbar, wie eine junge Frau wie sie an einem derart fortgeschrittenen Krebs leiden konnte, ohne dass er überhaupt diagnostiziert wurde. Vielleicht gehörte sie zu denen, die ärztliche Untersuchungen nicht mögen, oder sie dachte, dass die Schmerzen und die Schwindelgefühle, an denen sie litt, ein gewöhnliches Phänomen seien, das von allein vergehen würde. Jedenfalls, als ihr Ehemann eintraf, um sie im Leichenschauhaus zu identifizieren, kämpfte der Pathologe mit sich, ob er es ihm erzählen sollte oder nicht. Einerseits konnte man in dieser Entdeckung ein bisschen Trost finden – du musst dich nicht mit reuigen Gedanken von der Sorte »Wenn sie an dem Tag bloß nicht zur Arbeit gegangen wäre« herumschlagen oder »Hätte ich sie doch mit dem Auto hingefahren«, wenn du weißt, dass deine Frau ohnehin gestorben wäre. Andererseits konnte eine solche Nachricht noch mehr Kummer verursachen und diesen willkürlichen, schrecklichen Tod in einen zwar weniger willkürlichen, aber noch um vieles schrecklicheren verwandeln: Schließlich starb die Frau sozusagen doppelt, unausweichlich, als wollte der Himmel ihren Tod amtlich garantieren, und keinerlei Überlegung von »Was wäre gewesen, wenn« hätte ihr Leben retten können, nicht einmal in der Phantasie. Und außerdem, dachte sich jener Pathologe, was änderte es eigentlich? Die Frau war tot, ihr Mann Witwer, ihre Kinder waren verwaist, das war von Bedeutung, das war das Traurige, und der ganze Rest war Geschwätz.

Der Ehemann wollte die Frau an ihrem Fuß identifizieren. Die meisten Menschen identifizieren ihre Liebsten am Gesicht. Er aber wollte sie am Fuß identifizieren, denn er dachte, wenn er ihr totes Gesicht sähe, würde ihn dieser Anblick bis an sein Lebensende verfolgen – oder genauer gesagt, das, was davon übrig war. Er liebte sie und kannte sie so gut, dass er sie an jedem einzelnen Körperteil hätte identifizieren können, und ihr Fuß erschien ihm von allen Körperteilen am entferntesten, neutralsten und fremdesten. Er betrachtete ihren Fuß noch ein paar Sekunden, auch nachdem er bereits die fast unmerklich gewellte Struktur ihrer Zehennägel, den pummeligen und leicht krummen großen Zeh und den perfekten Bogen ihrer Sohle erkannt hatte. Vielleicht war es ein Fehler, dachte er bei sich, während er noch auf die kleine Fußsohle (Größe 35) blickte, vielleicht war es doch ein Fehler gewesen, den Fuß zu wählen, denn das Gesicht eines Toten gleicht dem eines schlafenden Menschen, aber beim Fuß eines Toten kann man sich unmöglich über den Tod hinwegtäuschen, der sich unter jedem einzelnen Zehennagel verbirgt. »Das ist sie«, sagte er schließlich zu dem Pathologen und verließ den Raum.

Zum Begräbnis der Frau kam auch der Pathologe. Nicht nur er, auch der Bürgermeister von Jerusalem war vertreten, ebenso der Minister für die innere Sicherheit. Beide versprachen dem Ehemann ganz persönlich, unter unzähligen Wiederholungen seines Vornamens und des Namens der Verstorbenen, ihren grausamen Tod zu rächen. Sie schilderten auf dramatische und plastische Weise, wie sie die Hintermänner des Mörders finden und bestrafen würden (an dem Selbstmordattentäter konnte man sich nicht mehr gut rächen). Der Ehemann schaute ziemlich betreten drein bei diesen Versprechungen. Es schien, als interessierten sie ihn nicht wirklich und als sei der einzige Grund, aus dem er sich bemühte, das zu kaschieren, die Rücksichtnahme auf die Gefühle all dieser erregten öffentlichen Persönlichkeiten, die in ihrer Einfalt wirklich glaubten, dass ihre zornigen Reden ihm irgendeinen Trost bieten würden.

Beim Begräbnis geschah es zum zweiten Mal, dass sich der Pathologe überlegte, dem Mann zu erzählen, dass seine Frau ohnehin an der Schwelle des Todes gestanden hatte und damit vielleicht die Atmosphäre der Peinlichkeit und Rachgier etwas zu entspannen, die über dem Ereignis lag, doch er schwieg auch diesmal. Auf dem Rückweg versuchte er sich an philosophischen Gedanken über das, was passiert war. Was ist Krebs, dachte er sich, wenn nicht ein göttlicher Anschlag mit terroristischem Hintergrund? Was macht Gott anderes, als uns zu terrorisieren aus Protest gegen … etwas. Etwas so Erhabenes und Transzendentales, das zu erfassen wir überhaupt nicht imstande sind? Ähnlich wie seine Arbeit im pathologischen Institut war auch dieser Gedanke stringent und exakt, änderte jedoch nichts an irgendwas.

In der Nacht nach dem Begräbnis hatte der Ehemann einen traurigen Traum, in dem der Fuß der Verstorbenen sein Gesicht streichelte, ein Traum, der ihn dazu brachte, erschreckt und aufgewühlt aufzuwachen. Er ging ganz leise in die Küche, um die Kinder nicht zu wecken, und machte sich ein Glas Tee, ohne das Licht einzuschalten. Auch nachdem er den dampfend heißen Tee ausgetrunken hatte, blieb er in der dunklen Küche sitzen. Er bemühte sich, an etwas zu denken, das er machen wollte, etwas, das ihn froh machen würde, irgend etwas. Sogar Dinge, die er sich nicht wirklich erlauben konnte wegen der Kinder oder wegen Geldmangels, aber es wollte ihm nichts dergleichen einfallen. Er fühlte sich voll von einer dichten, sauren Masse, die seine Brust verstopfte, und es war keine Trauer. Es war etwas viel Gravierenderes als Trauer. Nach all den Jahren, die er hinter sich hatte, erschien ihm das Leben jetzt nicht mehr als eine Falle oder ein Labyrinth, nicht einmal als ein Labyrinth, bloß als ein Raum, der ganz aus Wänden bestand, ohne Tür. Es muss etwas geben, beharrte er für sich, etwas, von dem ich gern hätte, dass es passiert, auch wenn es mir im Leben nicht gelingt, irgendwas.

Es gibt Menschen, die sich umbringen, nachdem jemand, der ihnen nahesteht, gegangen ist, es gibt solche, die sich der Religion zuwenden, und es gibt andere, die die ganze Nacht in der Küche sitzen und nicht einmal darauf warten, dass die Sonne aufgeht. Das Licht von draußen begann in die Wohnung einzusickern, und bald schon würden die Kinder wach werden. Er versuchte, sich wieder die Berührung des Fußes aus dem Traum ins Gedächtnis zu rufen, doch wie das mit Träumen immer so ist, gelang es ihm nur, sie zu rekonstruieren, nicht wirklich zu erleben. Wenn sie an dem Tag bloß nicht zur Arbeit gegangen wäre, dachte er, während er sich dazu zwang aufzustehen. Hätte ich ihr doch vorgeschlagen, sie mit dem Wagen hinzufahren, dann wäre sie jetzt noch am Leben. Würde hier bei mir in der Küche sitzen.

## *Schmutzige Wäsche*

Mal angenommen, dass ich jetzt entweder sterbe oder einen Selbstbedienungswaschsalon aufmache, den ersten im Land. Ich miete eine kleine Bude, ein bisschen runtergekommen, natürlich im Süden der Stadt, und mal das Ganze blau an. Am Anfang gibt es dort bloß vier Waschmaschinen und einen speziellen Apparat, um Münzen zu kaufen. Nachher stell ich dann auch einen Fernseher rein, und sogar einen Spielautomaten, Flipper. Oder ich lieg auf dem Boden in meinem Bad mit einer Kugel im Kopf. Mein Vater findet mich. Er merkt am Anfang gar nichts von dem Blut. Er meint, ich bin eingeschnarcht oder treibe eines meiner blöden Spielchen mit ihm. Erst als er mich am Nacken anfasst und etwas Warmes, Klebriges zwischen seinen Fingern in Richtung Arm runterlaufen spürt, dämmert ihm, dass was nicht in Ordnung ist. Leute, die kommen, um in einem Selbstbedienungswaschsalon ihre Sachen zu waschen, sind einsame Menschen. Man braucht kein Genie sein, um da draufzukommen. Und ich, ich bin nun ehrlich echt kein Genie und bin trotzdem draufgekommen. Deswegen versuch ich die ganze Zeit, in dem Waschsalon eine Atmosphäre zu schaffen, die das Einsamkeitsgefühl abschwächt. Viel Fernseher. Ein Apparat, der dir mit menschlicher Stimme dankt, wenn du die Waschmünzen kaufst, Bilder von riesigen Demonstrationen an den Wänden. Die Tische fürs Wäschezusammenlegen sind so gemacht, dass viele Leute dazu gezwungen sind, sie gleichzeitig zu benützen. Das ist nicht aus

Sparsamkeit so, das ist mit Absicht. Viele Paare lernen sich bei mir dank dieser Tische kennen. Menschen, die einmal einsam waren und heute jemand haben, manchmal sogar mehr als einen, der in der Nacht neben ihnen einschläft, sie im Schlaf schubst. Das Erste, was mein Vater tut, ist Händewaschen. Erst danach ruft er die Ambulanz. Dieses Händewaschen wird ihn teuer zu stehen kommen. Bis zu seinem Tod wird er sich das nicht verzeihen. Er wird sich sogar schämen, es andren zu erzählen. Wie sein Sohn neben ihm verröchelte, und er, anstatt irgendwie Kummer, Mitleid oder Furcht zu empfinden, wenigstens etwas eben, es nicht fertiggebracht hat, irgendwas anderes außer Ekel zu verspüren. Dieser Waschsalon wird zu einem Kettenladen. Eine Kette, die hauptsächlich in Tel Aviv ganz stark sein wird, aber auch in der Peripherie Erfolg hat. Die Erfolgslogik dahinter ist simpel – überall, wo es einsame Leute und schmutzige Wäsche gibt, werden sie immer zu mir kommen. Nachdem meine Mutter dann tot ist, wird sogar mein Vater in eine von diesen Filialen zum Waschen kommen. Er wird dort nie eine Partnerin oder einen Freund kennenlernen, aber die Aussicht darauf wird ihn jedes Mal von neuem hintreiben und ihm irgendwie ein Quäntchen Hoffnung geben.

*Ganz lib*

Das Erste, was seinen Verdacht erregte, war der Geruch. Es war nicht so, dass sie plötzlich nach einem anderen Mann gerochen hätte, nach irgendeinem heftigen Aftershave oder haarigem Schweiß. Nur dass ihr Geruch, der immer so fein, kaum spürbar war, mit einem Mal dermaßen stark wurde, dass einem schwindlig werden konnte davon. Und außerdem verschwand sie auch immer, nicht für lang, eine Viertelstunde oder ein bisschen drüber, und danach kam sie zurück, als wäre nichts geschehen. Der Gipfel war, als sie ihn einmal, mitten in »Blickpunkt«, als sie ihn bat, ihr einen Hundert-Schekel-Schein zu wechseln. Er zog langsam und misstrauisch seine Brieftasche hervor und fischte zwei Fünfziger heraus. »Danke«, sagte sie und gab ihm einen kleinen Kuss auf die Wange.

»Bitte sehr«, sagte er, »aber sag mal, wozu musst du das wechseln, einfach so, mitten in der Nacht?«

»Bloß so«, lächelte sie, »ehrlich, ohne Grund, ich hatte gerade Lust dazu«, und verschwand auf die Küchenveranda.

Sie schliefen nicht weniger miteinander, was, wie ja immer gesagt wird, das beste Mittel ist, um herauszufinden, ob sie einen anderen hat, und wenn sie es taten, war es mit der gleichen Leidenschaft. Sie bat ihn auch nicht um mehr Geld, was das zweite Zeichen dafür ist, dass etwas faul ist, sogar im Gegenteil: Sie wurde sparsamer. Und die Unterhaltungen zwischen ihnen, nun, die Wahrheit war, dass sie nie wirklich viel miteinander geredet hatten, so dass es eigentlich auch hier kein Verdachtsmoment gab. Aber trotzdem, er wusste, dass da etwas war, ein finsteres Geheimnis, so stockfinster, dass es ganz schwarz unter ihren Fingernägeln wurde, wie in diesen Filmen, wo sich am Schluss herausstellt, dass deine Frau eine Nutte oder eine Geheimagentin ist, oder irgend so was.

Er hätte ihr nachspionieren können, aber er wartete lieber ab. Vielleicht hatte er zu viel Angst vor dem, was er entdecken könnte. Bis eines schönen Tages, als er mitten in der Arbeit wegen eines Migräneanfalls heimfuhr und das Auto gerade am Hoftor ihres Hauses parkte, neben ihm ein silberfarbener Mitsubishi mit einem Aufkleber der Zentrumspartei stehen blieb und zu hupen anfing, »Jetzt komm, mach schon, beweg deine Karre, siehst du nicht, dass du den Weg versperrst?« Die Wahrheit war, dass es da nicht viel zu versperren gab, an der Hofeinfahrt zu seinem Haus, aber aus einem Reflex heraus fuhr er ein wenig zur Seite und ließ den Mitsubishi passieren. Als er aus dem Auto ausstieg, dachte er, dass es sich, auch wenn ihm der Kopf platzte, vielleicht lohnen würde nachzuschauen, was dieser Zentrumsfuzzi bei ihm im Hof zu suchen hatte. Er war eben erst ein paar Schritte weit gegangen, als er sie plötzlich sah, mitten in ihrem heruntergekommenen Hof, genau dort, wo er ihr einmal einen Maulbeerbaum hinzupflanzen versprochen hatte, und sie beugte sich in einem schmutzigen blauen Overall mit einem schwarzen Schlauch in der Hand über den Mitsubishi. Als er seine Augen ein bisschen höher wandern ließ, entdeckte er, dass der Schlauch zu einer Benzinpumpe führte. Neben der Tanksäule war auch eine Luftpumpe und dazwischen eine kleine Bude mit einem Schild. Und auf dem Schild stand in kindlichen Druckbuchstaben geschrieben:

BILLIGES BENZIN. »Voll, randvoll!«, hörte er den Fahrer rufen. »Lass es vollaufen bis zum Absaufen!« Er starrte sie so um eine Minute lang an. Sie sah ihn nicht, weil sie ihm den Rücken zukehrte, und als die Benzinpumpe klingelte, zum Zeichen, dass der Tank voll war, fuhr er wie aus einem schlechten Traum auf, stieg in sein Auto und kehrte in die Arbeit zurück, als wäre nichts geschehen.

Er redete nicht mit ihr darüber, obwohl er ziemlich oft sogar gute Lust dazu gehabt hätte. Er schwieg nur und wartete darauf, dass sie es erzählte. Alles fügte sich für ihn nun mit einem Mal zusammen: der Geruch, der Schmutz, ihre ständigen kurzen Abwesenheiten. Nur eines gelang ihm nicht zu begreifen, warum sie ihn nicht eingeweiht hatte. Und je mehr Erklärungen er dafür zu finden versuchte, desto stärker spürte er die Kränkung anschwellen. Es hat schon etwas bös Kränkendes, wenn die Liebste hinter deinem Rücken ein Geschäft eröffnet. Und daran ändert keine Erklärung oder Psychologie was. Nichts zu machen, es ist einfach verletzend, Punkt und basta. Beim nächsten Mal, als sie fragte, ob er Geld zum Wechseln hätte, sagte er, er habe keins, obwohl seine Brieftasche vor Zwanzigern und Fünfzigern praktisch platzte. »Tut mir leid«, sagte er mit geheuchelter Anteilnahme, »für was, hast du gesagt, brauchst du's?«

»Bloß so«, lächelte sie, »ich weiß nicht, ich hatte plötzlich so einen Drang«, und danach verschwand sie wieder auf der Veranda. Nutte.

Das Geschäft betrieb sie nicht allein. Es gab noch so einen, der ihr half, einen Arab. Er wusste es, denn er spionierte ihr ein bisschen nach. Einmal, als sie zum Einkaufen auf den Markt gegangen war, kam er sogar mit dem Auto angefahren, als sei er bloß irgendein Kunde, und redete mit Muni – so wollte er genannt werden, der Arab –, was ja fast die Abkürzung von Munir war.

»Hübsch, diese Tankstelle von dir«, schmeichelte er Muni hinterlistig.

»Bei Allah, danke«, freute sich Muni, »aber sie gehört nicht bloß mir. Halbe-halbe, ich und die Frau.«

»Du bist verheiratet?«, stellte er sich ahnungslos.

»Bei Allah«, nickte Muni und holte die Fotos der Kinder aus der Brieftasche, doch dann begriff er, hielt inne und erklärte, dass die Frau, mit der er im Geschäft war, nicht seine Frau, sondern eine andere sei. »Schade, dass meine Partnerin nicht da ist«, lächelte Muni, »sie ist immer gut drauf, echt ganz lib.«

Seitdem besuchte er die Tankstelle recht häufig, immer wenn sie nicht da war. Er und Muni freundeten sich sogar ein bisschen an. Muni hatte einen Abschluss in Philosophie und Psychologie von der Universität Haifa, weswegen er zwar nicht mehr Dinge auf der Welt verstand, aber er konnte immerhin alles, was er nicht verstand, beim Namen nennen.

»Sag mal«, fragte er Muni einmal, »wenn du entdecken würdest, dass jemand Nahestehender etwas vor dir verbirgt, dich zwar nicht betrügt, aber trotzdem was verheimlicht, was würdest du tun?«

»Ich glaub, nichts«, meinte Muni.

»Bei Allah«, sagte er, »aber warum?«

»Weil ich sowieso nicht wüsste, was ich tun soll«, erwiderte Muni, ohne nachzudenken, so wie man eine kinderleichte Frage beantwortet.

Danach vergingen ein paar Jahre, und sie bekamen

ein Kind, zwei sogar, eineiige Zwillinge. Gegen Ende der Schwangerschaftszeit wurde der Stress an der Tankstelle wirklich zu viel, und er half Muni immer, ohne dass sie es wusste. Auch die Zwillinge waren ganz lib und platzten nur so vor Energie. Als sie ein bisschen größer waren, fingen sie an, sich oft zu prügeln, wobei aber die ganze Zeit klar war, dass sie einander furchtbar liebten. Als sie ungefähr neun waren, schlug einer von ihnen dem anderen ein Auge aus, und ab da hörten sie auf, sich wie ein Ei dem anderen zu gleichen.

Manchmal tat es ihm leid, dass er den Maulbeerbaum nicht gepflanzt hatte, damals, als er es versprochen hatte. Kinder lieben nun mal Klettern und Maulbeeren, doch er erwähnte es nie. Ganz überhaupt war er nicht mehr böse auf sie und wechselte ihr immer Geld, wenn er welches hatte, ohne Fragen zu stellen.

## *Glitzeraugen*

Das ist die Geschichte von einem Mädchen, das mehr als alles andere glitzernde Dinge liebte. Sie hatte ein Kleid mit Glitzer, Socken mit Glitzer und Ballettschuhe mit Glitzer. Eine schwarze Puppe, die Christie hieß, nach ihrer Haushaltshilfe, mit Glitzer. Sogar ihre Zähne glitzerten, obwohl ihr Vater darauf beharrte, dass sie »glänzten« und das nicht wirklich das Gleiche sei. Glitzer, dachte sie sich, das ist die Farbe der Feen, und deshalb ist das die schönste aller Farben.

Als Purim kam, verkleidete sie sich als kleine Fee. Im Kindergarten bestreute sie jedes Kind, das an ihr vorbeikam, mit Glitzer und sagte, es sei ein besonderer Wunschstaub und wenn man ihn mit Wasser vermische, dann würden die Wünsche wahr, und wenn das Kind jetzt heimgehen und ihn mit Wasser vermischen würde, würde auch sein Wunsch wahr. Es war eine äußerst überzeugende Kostümierung, die den ersten Platz im Kostümwettbewerb des Kindergartens gewann. Und selbst die Kindergärtnerin Hila sagte, wenn sie sie nicht schon vorher gekannt und sie einfach so auf der Straße getroffen hätte, dann hätte sie ihr schnurstracks geglaubt, dass sie wirklich eine Fee sei.

Als das Mädchen nach Hause kam, legte es das Kostüm ab, behielt nur die Unterhose an, warf alles, was von der Glitzerpracht geblieben war, in die Luft und schrie: »Ich will glitzernde Augen haben!« Sie schrie so laut, dass ihre Mutter angerannt kam, um nachzuschauen, ob alles in Ordnung war. »Ich will glitzernde Augen«, sagte das Mädchen, diesmal leise, und sagte es weiter während der ganzen Dusche, aber auch danach, als ihre Mutter sie abgetrocknet und ihr den Schlafanzug angezogen hatte, hatte sie immer noch normale Augen. Ganzganz grün und sehrsehr schön, aber glitzern taten sie nicht. »Mit glitzernden Augen könnte ich ganz viele Sachen machen«, versuchte sie, ihre Mutter zu überzeugen, die ein wenig ungeduldig wirkte, »ich könnte mit ihnen in der Nacht auf der Straße gehen und die Autos würden mich von weitem sehen, und wenn ich größer bin, könnte ich damit im Dunkeln lesen und eine Menge Strom sparen, und wenn ich euch verlorengehe im Kino, könntet ihr mich immer ganz leicht finden, ohne den Platzanweiser rufen zu müssen.«

»Was soll dieser ganze Quatsch von glitzernden Augen«, sagte ihre Mutter und steckte sich eine Zigarette in den Mund, »so etwas gibt es doch gar nicht, wer hat dir diesen Unfug in den Kopf gesetzt?«

»Gibt es schon!«, schrie das Mädchen und sprang aufs Bett. »Gibt es, gibt es, gibt es, und außerdem, du darfst nicht neben mir rauchen, weil das nicht gesund für mich ist.«

»In Ordnung«, sagte ihre Mutter, »in Ordnung. Schau her, ich hab sie nicht mal angezündet«, und legte die Zigarette in die Schachtel zurück. »Und jetzt komm, leg dich wie ein braves Mädchen ins Bett, und erzähl mir, von wem du gehört hast, dass es glitzernde Augen gibt. Sag bloß nicht, von der Kindergärtnerin, dieser Dicken?«

»Sie ist nicht dick«, widersprach das Mädchen, »und von ihr nicht, und ich hab's auch nicht gehört, ich hab es selber gesehen. So ein schmutziger Junge bei uns im Kindergarten hat solche.«

»Und wie heißt er, dieser schmutzige Junge?«

»Ich weiß nicht«, zuckte das Mädchen die Achseln, »er ist so schmutzig und sagt nichts und sitzt immer weit weg. Aber seine Augen glitzern, das ist sicher, und solche will ich auch.«

»Dann frag ihn morgen, wo er sie herhat«, schlug ihre Mutter vor, »und wenn er es dir sagt, fahren wir hin und bringen dir auch welche mit.«

»Und bis morgen?«, fragte das Mädchen.

»Bis morgen schläfst du«, sagte seine Mutter, »und ich gehe zum Rauchen nach draußen.«

Am nächsten Tag zwang das Mädchen seinen Vater, es in aller Früh in den Kindergarten zu bringen, denn es hatte keine Geduld mehr, sie wollte den schmutzigen Jungen endlich fragen, wo man glitzernde Augen herbekam. Es nützte nur nichts, denn der schmutzige Junge traf als Letzter ein, lange nach allen anderen. Und an diesem Tag war der schmutzige Junge nicht einmal schmutzig. Das heißt, seine Kleider waren immer noch ein bisschen alt und fleckig, aber er selber sah richtig frisch gewaschen aus, sogar fast gekämmt. »Sag mal, Junge«, sagte sie zu ihm, ohne auch nur eine Sekunde zu warten, »woher hast du solche glitzernden Augen?«

»Das ist nicht mit Absicht«, entschuldigte sich der fast gekämmte Junge, »das passiert von selber.«

»Und was muss ich tun, damit es auch bei mir von selber passiert?«, fragte das Mädchen aufgeregt.

»Ich glaube, dass du was ganzganz fest wollen musst, und wenn es nicht passiert, dann werden deine Augen glitzernd.«

»Blödsinn«, brauste das Mädchen auf, »da, ich will zum Beispiel, dass ich glitzernde Augen habe, und habe keine, also warum werden meine Augen davon dann nicht glitzernd?«

»Weiß ich nicht«, sagte der Junge ganz verschreckt, weil sie böse geworden war, »ich weiß es nur bei mir selber, nicht bei anderen.«

»Es tut mir leid, dass ich geschrien habe«, beruhigte ihn das Mädchen und berührte ihn mit ihrer kleinen Hand, »kann sein, dass es nur dann so ist, wenn man Sachen von einer bestimmten Art will. Sag mir mal, was ist das denn, das du ganzganz fest willst und das nicht passiert?«

»Ein Mädchen«, stammelte der Junge, »dass sie meine Freundin wird.«

»Das ist alles?«, wunderte sich das Mädchen. »Aber das ist doch ganz einfach. Sag mir, wer das Mädchen ist, und ich befehle ihr sofort, dass sie deine Freundin wird. Und wenn sie nicht einverstanden ist, verhänge ich einen Bann über sie.«

»Ich kann nicht«, sagte der Junge, »ich trau mich nicht.«

»Na gut«, meinte das Mädchen, »ist ja nicht so wichtig. Und es löst auch nicht gerade mein Problem mit den Augen. Denn ich kann schließlich schlecht wollen, dass eine meine Freundin wird, und dass das dann nicht passiert, weil alle meine Freundinnen sein wollen.«

»Du«, murmelte der Junge da auf einmal, »ich will, dass du meine Freundin bist.«

Das Mädchen schwieg einen Augenblick, denn der schmutzige Junge hatte es fertiggebracht, sie zu überraschen, und dann berührte sie ihn wieder mit ihrer kleinen Hand und erklärte mit einer Stimme, die ihr Papa immer benützte, wenn sie versuchte, auf die Straße zu rennen oder eine Steckdose anzufassen: »Aber ich kann nicht deine

Freundin sein, weil ich ein sehr kluges und beliebtes Mädchen bin und du bloß ein schmutziger Junge, der immer am Rand sitzt und die ganze Zeit schweigt und an dem das einzig Besondere ist, dass er glitzernde Augen hat, und auch das würde sofort verschwinden, wenn ich damit einverstanden wäre, deine Freundin zu sein. Obwohl, das muss ich sagen, heute bist du viel weniger schmutzig als sonst.«

»Ich hab mich mit Wasser vermischt«, sagte der vielwenigerschmutzige Junge, »damit mein Wunsch wahr wird.«

»Tut mir leid«, sagte das Mädchen, dem schon die Geduld ausging, und kehrte an seinen Platz zurück.

Den ganzen Tag lang war das Mädchen traurig, denn es begriff, dass es wohl nie glitzernde Augen haben würde. Die ganzen Geschichten und Lieder und Rhythmikspielchen vermochten nicht, diesen Kummer zu vertreiben. Und immer wieder einmal dazwischen, wenn sie es schon fast geschafft hatte, mit dem Darandenken aufzuhören, sah sie den schweigenden Jungen auf der anderen Seite im Kindergarten stehen, der sie anschaute, und seine Augen, wie gerade zum Fleiß, wurden bloß immer glitzernder und glitzernder.

*Benni Bagage*

Ich fahre auf der alten Straße nach Süden, Richtung Aschkelon. Neben mir sitzt Benni Bagage, hört sich eine Kassette an und trommelt aufs Armaturenbrett. Er kennt diese Straße praktisch auswendig, hat er mir gesagt, noch aus seiner Zeit vor dem Militär, als er hier in der Gegend gewohnt hat und jeden Freitag mit seinen Freunden rauf nach Tel Aviv fuhr. Sie waren es, die diesen Namen für ihn erfunden haben, »Benni Bagage«. Heute nennt ihn keiner mehr so, nicht mal einfach »Benni«. Heute nennen ihn die meisten Leute »Herr Schuler« oder bloß »Schuler«. Seine Frau ruft ihn »Benjamin«, wobei es mir so vorkommt, als ob er es nicht besonders mag, dass sie ihn so nennt.

Wir fahren jetzt zu irgendeinem Gemeinderat bei Gedera, um eine geschäftliche Transaktion abzuschließen. Richtiger gesagt, er fährt hin, um sie abzuschließen, ich fahre ihn hin. Das ist mein Job, ich bin Fahrer. Davor hatte ich eine Tour zur Auslieferung von Milchprodukten, was viel mehr Kohle bringt, aber es entspricht echt nicht meinem Charakter, jeden Tag um vier auszustehen und mich mit allen möglichen geizigen Krämerfritzen wegen zehn Groschen herumzustreiten. Benni Bagage hat einmal zu mir gesagt, ich sei ein Mensch ohne Ambitionen und darum würde er mich beneiden, und ich glaube, das war das einzige Mal im Leben, wo ich das Gefühl hatte, dass er überheblich zu mir war. Sonst ist er durchaus in Ordnung.

Gleich am ersten Tag, an dem ich angefangen habe, bei

ihm zu arbeiten, und ihm die Wagentür aufmachte, hat er zu mir gesagt, ich solle ihm keine Türen öffnen, und auch, dass er immer vorn sitzt, sogar wenn er liest oder Papiere durchgeht. Wenn wir zum Essen anhielten, hat er mich immer eingeladen. Gerade das hatte ich aber nicht so gern, und am Ende haben wir eine Vereinbarung getroffen, dass auf alle fünf Mal, wo er mich einlädt, ich einmal ihn einlade, denn er verdient ungefähr fünfmal so viel wie ich. Es war seine Idee, und ich war einverstanden, denn das klang logisch.

Das erste Mal, als ich mit Einladen dran war, war in der Steakbude von irgendeiner Tankstelle, natürlich im Süden der Stadt. Ein Scheißfraß, und dann der Kellner plötzlich, genau bevor wir zahlen wollten: »Du großer Gott, ich fall glatt tot um, wenn das nicht Benni Bagage ist.«

Schuler lächelte ihn pseudomäßig an und nickte, aber ich sah, dass er nicht unbedingt begeistert war von dieser Begegnung. Die Abmachung zwischen uns war, dass, wenn der eine einlädt, der andere das Trinkgeld übernimmt, und auf dem Weg nach draußen bekam ich mit, dass er dem Kellner überhaupt nichts daließ.

»Was für eine Pest«, sagte ich nachher im Auto zu ihm.

»Warum, der Typ ist eigentlich schon in Ordnung«, gab Schuler zur Antwort, ohne es wirklich zu meinen, »er war vielleicht der beste Schüler in unserer Stufe, komisch, dass er hier als Kellner gestrandet ist.« Ich wollte ihn wegen des Trinkgeldes fragen, aber dann erschien es mir irgendwie nicht so passend, also fragte ich dafür nach dem Namen. »Ich mag diesen Namen nicht«, sagte er, anstelle einer Antwort, »nenn mich nie so, okay?«

Am Abend, bevor ich ihn zu Hause ablieferte, war er ein

wenig milder gestimmt und erzählte mir, dass er als Junge einmal ohne Grund zu spät in die Schule gekommen war. Auf dem Gang schlug ihm einer vor, zu sagen, dass sein Vater ihn absetzen wollte und auf dem Weg was am Auto kaputtging, und genau das sagte er auch. Und als die Lehrerin fragte, was denn am Auto kaputtgegangen sei, erzählte ihr der Junge Benni, der Bagage, der Kofferraum, sei halt kaputtgegangen – und landete in hohem Bogen beim Direktor.

Seit dieser Geschichte nenne ich ihn zwar weiter Schuler, aber in meinem Inneren bin ich nicht mehr imstande, an ihn mit irgendeinem anderen Namen außer »Benni Bagage« zu denken.

»Dem werd ich einen derartigen Preis reinwichsen, diesem Samson, dass ihm das Käppi hochgeht«, sagt Benni und trommelt im Takt des Liedes aufs Armaturenbrett, »die von den Gemeinderäten hier tun immer so wie arme Schlucker, aber die platzen vor Geld.«

Nach seinem Termin, das haben wir schon ausgemacht, wollen wir in irgendeinem russischen Restaurant in Aschdod zu Abend essen, von dem man sagt, es sei echt was. Benni Bagage ist dran mit Einladen. Vielleicht trinke ich sogar ein bisschen was, nicht zu viel, denn ich muss ja nachher noch nach Tel Aviv fahren.

Als Benni Bagage zu dem Termin weg ist, parke ich den Wagen. Die ganze Fahrt über hat sich das Steuerrad irgendwie ungut angefühlt, und jetzt sehe ich, dass an einem Vorderreifen fast die ganze Luft raus ist. Einen Reservereifen hätte ich sogar, aber der Wagenheber ist verschwunden. Man könnte mit dem Auto zwar auch so bis Tel Aviv holpern, aber ich muss ohnehin die Zeit totschlagen.

»He, Junge«, sage ich zu irgendeinem Magerling, der im

Hof einen Ball dribbelt, »geh und frag deinen Vater, ob er einen Wagenheber hat.« Der Junge sprintet los und kommt mit jemand in kurzen Hosen und Holzpantinen zurück.

»Jetzt sag mir mal eins, du Irrer«, sagt Holzpantine und wedelt mit seinen Autoschlüsseln in meine Richtung, »wie komm ich denn dazu, dir mit 'nem Wagenheber auszuhelfen, hä?«

»Weil es viel mehr Freude und Spaß macht, wenn sich nette Leute gegenseitig helfen«, probiere ich es bei ihm ein bisschen mit der menschlichen Tour, nachher sagen sie von sich noch, dass sie nett sind in der Peripherie.

»Du erinnerst dich nicht an mich, hä?«, sagt er, während er den Wagenheber aus seinem Auto holt und ihn mir vor die Füße wirft. »Zweimal ganz durch ohne Knochen auf dem Teller, eine Cola, eine Diätcola, einmal Halva mit zwei Löffeln. Und von Trinkgeld nie was gehört, hä, Mister Nett?« Da raffe ich es plötzlich, es ist der Kellner aus der Steakbude. Er ist sogar richtig nett, flucht sich einen ab am laufenden Band, aber er hilft mir mit dem Reifen. Ich bin ganz schön mies in solchen Sachen.

»Alles Gute für dein Auto«, sagt er, als wir fertig sind. Und wie ich ihm erkläre, dass ich nur der Fahrer bin, wirkt er überrascht. »Dann warst du also mit dem Boss im Lokal«, er lächelt plötzlich, »Benni Bagage – das ist dein Boss? Alles Gute fürs Auto und alles Gute für ihn. Der Arme.«

Sein Junge kommt jetzt mit einer Cola-Familienflasche fast ohne Kohlensäure und zwei Gläsern zurück.

»Hat er dir mal erzählt, warum sie ihn ›Benni Bagage‹ nennen?«, fragt Holzpantine, während er mir eingießt. Ich nicke bejahend mit dem Kopf. »Was für Irre wir waren, hä?« Er gibt ein ziemlich hässliches Lachen von sich.

»Fährst du ihn noch manchmal im Bagage, bloß so, zwecks der Nostalgie?«

Dann, als er sieht, dass ich nur Bahnhof verstehe, erzählt er mir, wie sie in der Mittelstufe sechs Kameraden waren, die jeden Freitag zusammen nach Tel Aviv losdüsten. Fünf vorn drin, und Benni. »Er hat sich immer zusammengefaltet, so da hinten drin, mit den Ausgehklamotten«, Holzpantine lächelt, »und wir haben den Kofferraum zugeklappt und ihn erst wieder in Tel Aviv aufgemacht. Und nachher bei der Rückfahrt das Gleiche. Bist du mal betrunken im Bagage von einem Auto gefahren?« Ich schüttle verneinend den Kopf. »Ich auch nicht«, Holzpantine nimmt mir das leere Glas ab, »na ja, nicht weiter tragisch, wenigstens jetzt fährt er ja vorn drin.«

Ich fahre auf der alten Straße nach Norden, Richtung Tel Aviv. Neben mir sitzt Benni Bagage, hört sich eine Kassette an und trommelt aufs Armaturenbrett. Er kennt diese Straße praktisch auswendig, hat er mir gesagt, noch aus seiner Zeit vor dem Militär, als er hier in der Gegend gewohnt hat und jeden Freitag mit seinen Freunden rauf nach Tel Aviv fuhr. Sie waren es, die diesen Namen für ihn erfunden haben, »Benni Bagage«. Heute nennt ihn keiner mehr so.

## *Korrekttuttur*

Ich glaub, bei mir im Computer ist was kaputtutt. Anscheinend ist es nicht mal der Computer selber, sondern bloß die Tastattuttur. Dabei hab ich ihn gar nicht vor langer Zeit gekauft, aus zweiter Hand, von irgend so einem, der ihn in die Zeittuttung gesetzt hat. So ein komischer Typ, hat mir die Tür im seidenen Morgenmantel aufgemacht wie eine Edelnuttutte in einem Schwarz-Weiß-Film. Machte mir einen Tee, mit Minze, die er selber auf dem Fensterbrett züchtet. Hat zu mir gesagt: »Dieser Computer ist eine echte Gelegenheit. Das lohnt sich, es wird dir nicht leid ttuttun.« Also stellte ich ihm einen Scheck aus, und jetzt ttuttutt es mir aber schon ziemlich leid. In der Anzeige in der Zeittuttung stand geschrieben, dass es um den Verkauf eines Wohnungsinventars wegen einer Auslandsreise ging, aber der Morgenmanteltyp sagte zu mir, in Wahrheit sei der Verkauf, so ganz eigentlich, deswegen, weil er in Nullkommafix an irgendeiner Krankheit sterben würde, nur dass das nun nicht gerade was war, was man in eine Zeittuttungsanzeige reinschreibt, und schon garantiert nicht, wenn man wollte, dass jemand kam. »Eigentlich«, sagte er, »ist der Tod ja auch so ein bisschen wie eine Reise nach irgendwohin, also ist es keine wirkliche Lüge.« Als er das sagte, hatte er irgendwie so eine Art Zittern, ein optimistisches, in der Stimme, als ob es ihm für eine Sekunde gelungen sei, sich den Tod wie so einen hübschen Abstecher an einen neuen Ort vorzustellen, und nicht bloß einfach als irgendein zappendusteres Stück

Nichts, das dir im Nacken keucht. »Gibt es irgendwie eine Hafttuttung?«, fragte ich ihn, worauf er kicherte. Ich hatte das zwar im Ernst gefragt, aber als er kicherte, weil er sich nicht besonders guttutt dabei fühlte, tat ich so, als ob es ein Witz gewesen wäre.

## *Der Mann ohne Kopf*

Hinter den Büschen vom Basketballplatz unserer Schule haben sie einen Mann ohne Kopf gefunden. Ich sage »sie«, als ob das irgendeine Million Leute gewesen wäre, aber es war eigentlich bloß mein Cousin, Gilead, dem der Ball aus Versehen ins Gebüsch flog. Und er hat mir auch gesagt, dass dieser Mann das widerlichste war, was er je im Leben gesehen hat. Denn der Ball fiel genau dorthin, wo sein Kopf hätte sein müssen, und als er sich bückte, um ihn aufzuheben, flitzte ihm plötzlich so eine Art nasse Eidechse über die Hand, die da aus dem Hals von dem herauskam. Das war dermaßen ekelerregend, dass er sich nachher bald eine halbe Stunde lang die Hände am Wasserhahn im Hof waschen musste, und sogar dann blieb ihm immer noch so ein Geruch wie von verdorbenem Essen an den Händen kleben.

Die Polizei sagte im Fernsehen, dass es Mord war. Echt wahr? Man braucht kein Columbo sein, um da draufzukommen. Ein Mensch kriegt nicht von Krebs keinen Kopf. Aber außer dass es Mord war, wusste die Polizei überhaupt nichts zu sagen – ob es kriminell oder terroristisch oder dieses dritte Dingens war, das sie immer in den Nachrichten sagen. »Und abgesehen davon«, sagte der Polizeiberichterstatter, »gibt es noch ein weiteres, das der Kriminalkommission nicht zu entdecken gelungen ist, und das ist der Kopf.« Eine der Theorien, die die Polizei anzubieten hatte, war, dass der Mord überhaupt ganz woanders geschah und auf dem Weg, als der tote Mann transportiert wurde, der Kopf verlorenging. Das ist eine Theorie, die sogar einigermaßen in Ordnung klingt, bloß wissen Gilead und ich, dass sie nicht stimmt. Denn als Gilead ihn im Gebüsch gefunden hat, war der Kopf noch da. Nicht so richtig fest verbunden, aber in der Gegend. Nur dass eben, bis es die Polizei geschafft hat zu kommen, Zuri, der mit meinem Cousin Basketball gespielt hat und ihn auslachte, dass er sich wie irgend so eine Tussi wegen ein bisschen Blut und Eidechse gleich die Hände unterm Wasserhahn schrubbte, den Kopf einfach an den Haaren gepackt und sich davongemacht hat. Die Wahrheit ist, dass Gilead ihn nicht wirklich direkt dabei gesehen hat, aber fast ganz sicher war es so. Und um absolut sicherzugehen, hat er auch von dem Kopf nichts der Polizei erzählt, damit er, wenn Zuri es wirklich getan hat, nicht hinterher Prügel beziehen würde.

Gilead hat mir gesagt, dass der Kopf zusammenhängende Augenbrauen hatte und so eine Art Mulde im Kinn wie dieser eine Schauspieler aus »Black Rain«, und dass die Augen zu waren, als er sie sah, was ein Riesenglück gewesen sei, denn wenn dich jemand ohne Körper mit so einem Blick von einem Toten anglotzt, dann kannst du dir praktisch auf der Stelle blind in die Hosen scheißen. Und das Allerletzte, was ein Mensch neben Zuri möchte, ist, sich in die Hosen zu scheißen. Denn wenn der das sieht, weiß es innerhalb von fünf Sekunden die ganze Schule, einschließlich aller Mädchen.

Gilead ist ein Jahr älter als ich, und er ist einer der wenigen Jungen in der ganzen Klasse, der eine feste Freundin hat, Einat, nicht aus unserer Schule, von der Hagiv'a. Und nicht, dass sie vögeln oder so was, aber immerhin, auch sich aneinander reiben ist schließlich kein Spaziergang.

Ich würde mich gern dafür umbringen lassen, wenn ich eine hätte, die bloß halb so ausschauen täte wie sie und die mich ein bisschen hinfassen lassen würde, sogar wenn es durch die Kleider wäre. Und Gilead sagt, wenn sie wegen irgendwas was von ihm hält, dann deswegen, weil er sich zu helfen weiß, weil er sie immer ins Vereinsschwimmbad der Maccabi reingeschmuggelt hat und solche Sachen, und dass sie ihn, falls er, nur mal angenommen, sich in die Hosen scheißen würde und sie das wüsste, innerhalb einer Sekunde verlassen würde. Er hat also wirklich echt Glück gehabt. Und ich dachte mir nur im Stillen, was für ein ekliges Drecksstück dieser Zuri ist, dass er einem Menschen, den er nicht kennt, den Kopf klaut, als wäre es irgendeine Schokolade, die er aus dem Supermarkt mitgehen lässt. Dass das eine ziemlich schmutzige Sache ist, auch weil ein Kopf ohne Körper, brrr … Und auch wegen der Familie von dem Mensch, denn mal angenommen, dieser Mann hatte ein Kind, dann ist es nicht genug damit, dass es sehen muss, wie sein Vater begraben wird, es muss auch noch an seinen Kopf denken, der wer weiß wo herumkugelt, und alle möglichen Kinder bolzen damit herum oder rauchen und benützen ihn als Aschenbecher. Als wir Zuri in der Schawarma-Sonne getroffen haben, hab ich ihm das auch gesagt. Ich hab zu ihm gesagt: »Du meinst wohl, du bist echt witzig. Aber wenn das dein Vater wäre, dem sie den Kopf geklaut hätten, dann würdest du das überhaupt nicht witzig finden.« Und Zuri, der mittendrin im Abbeißen war, hob seine Augendeckel und sagte: »Fühlst dich als Held, was, Schostak? Wozu hast du denn auch deinen Basketballer-Cousin dabei. Aber sogar der weiß, dass ihm, falls ihr noch hier sein solltet, wenn ich die Pita verdrückt habe, sein ganzer

Meter achtzig plus Zerquetschte nichts hilft, wenn ich euch zwei die Fresse poliere.« Worauf Gilead zu Zuri sagte: »Was gehst du denn gleich so auf? Rani hat doch bloß gesagt, was er denkt, das ist alles.« Aber Zuri ging überhaupt nicht auf ihn ein, beugte sich nur mit der Pita zu mir vor und sagte zu mir, ich sollte bloß auf mein Mundwerk aufpassen, sonst wüsste er echt nicht.

Ich und Gilead sind dann weggegangen, und ich habe nichts erzählt. Und der Mann ohne Kopf, bei dem haben sie nie rausgefunden, wer er war. Seinem Schwanz nach, hat die Polizei gesagt, dass es ein Goi war, aber keiner konnte sagen, wer das mit ihm gemacht hat und warum. Mein Vater hat gesagt, dass früher in Israel eine Frau mitten in der Nacht allein auf der Straße gehen konnte, ohne sich vor irgendwas fürchten zu müssen, außer vor Arabs. Aber heute sei das hier schon wie in Amerika geworden – Leute, die Drogen rauchen, Leichen ohne Kopf im Schulhof. Und niemand regt sich überhaupt noch drüber auf, einen Tag steht es in der Zeitung, und einen Tag danach erinnert sich schon keiner auch nur mehr an irgendwas. Mama, die bei allem immer zu beruhigen versucht, hat zu ihm gesagt, dass sich vielleicht ja trotzdem alle irren und dieser Kopflose sich einfach umgebracht hat oder im Finstern hingefallen ist und irgendein Tier ihm den Kopf weggenommen hat. Als Papa darüber redete, habe ich einen Moment daran gedacht, ihm das von Zuri zu sagen, aber dann ist mir eingefallen, wie Gilead geschlottert hat, und ich hab mir gesagt, wozu? Wenn er ein Goi ist, dann hat er bestimmt keine Kinder, und sogar wenn er welche hat, dann wissen die gar nicht, dass er überhaupt tot ist. Wenn ich also das mit Zuri sagen würde, dann würde ich sowohl Prügel beziehen als auch irgendwelchen

Kindern eins reinwürgen, die in Rumänien oder Polen wohnen und glauben, dass ihr Papa jetzt arbeitet oder gerade Highlife macht in irgendeinem fernen Land.

Nach den großen Ferien rückte ich in die Neunte vor, und Gileads Freundin fing schon an, ihn ranzulassen. Zuri hörte mit dem Lernen auf und begann, am Parkplatz vom All-Kauf zu arbeiten, und ich, ich hatte auch eine Freundin abgekriegt, die mich überhaupt nichts machen ließ, mit viel Mühe gerade mal küssen. Sie hieß Meirav, und sie hatte die grünsten Augen, die ihr je im Leben gesehen habt, und Lippen, die immer so irgendwie feucht ausschauten, und ein Grübchen in der Mitte vom Kinn, genau so eins, wie Gilead gesagt hat, dass dieser Mann ohne Kopf hatte.

## *Heilbutt*

Seit ich in Israel zurück bin, kommt mir alles anders vor. So irgendwie stinkig, traurig, matte Sache. Sogar die Mittagessen mit Ari, die mir früher mal den Tag verschönt haben, sind zur Last geworden. Er wird demnächst seine Nesja heiraten, und das will er mir heute, total überraschend, sagen. Und ich, wie könnte ich anders, ich werde dermaßen überrascht sein – als ob es mir der zwinkernde Ofer nicht streng geheim schon vor vier Tagen erzählt hätte. Er liebt sie, seine Nesja, wird Ari sagen und mir seinen Blick tief in die Augen tauchen. »Diesmal«, wird er mit seiner sonoren und ungemein überzeugenden Stimme tönen, »diesmal ist es echt das Wahre.«

Wir verabredeten uns in einem Fischlokal am Meer. Es gibt momentan eine Wirtschaftsflaute, und die Läden sind auf geradezu lächerliche Preise runtergegangen, bloß damit wir kommen. Ari sagte, dass die Rezession für uns nur gut ist, denn wir – auch wenn wir das vielleicht noch nicht so ganz gefressen hätten –, wir sind reich. Eine Rezession, erklärte Ari, ist schlimm für die Armen, was heißt hier schlimm – tödlich. Aber für die Reichen? Das ist wie ein Bonus bei Flugmeilen. Alle Sachen, die du einmal gemacht hast, kannst du ohne Preisaufschlag eine Nummer aufwerten. Und hopp! Der Johnny Walker wechselt das Etikett von Rot zu Schwarz, und die vier Tage plus Halbpension werden zu einer Woche, wenn du nur kommst, bloß kommen, kommen sollst du. »Ich hasse dieses Land«, sagte ich zu ihm, während wir auf die Speisekarte warteten, »ich würde für immer die Kurve kratzen, wenn das Geschäft nicht wär.«

»Also du liebe Zeit, aber echt«, Ari legte einen Fuß samt Sandale auf den Stuhl neben sich, »wo sonst auf der Welt findest du so ein Meer?«

»In Frankreich«, sagte ich zu ihm, »in Thailand, in Brasilien, in Australien, in der Karibik ...«

»Na gut, dann fahr eben«, unterbrach er mich unbekümmert, »nach dem Essen, noch ein kleiner Kaffee, und los!«

»Ich habe gesagt«, betonte ich, »dass ich fahren würde, wenn das Geschäft nicht ...«

»Das Geschäft«, Ari ließ einen Lacher los, »das Geschäft«, und winkte sofort der Bedienung nach der Speisekarte.

Die Bedienung kam mit den Empfehlungen des Tages, und Ari musterte sie mit dem komplett interesselosen Blick von jemandem, der in eine andere verliebt ist. »Und als Hauptgang«, sie zeigte ein natürliches, gewinnendes Lächeln, »gibt es rote Thunfischscheiben in Butter und Peffergratin, Heilbutt auf Tofubett in Kräuterduft und sprechender Stockfisch an Salz und Zitrone.«

»Ich nehme den Heilbutt«, sagte Ari wie aus der Pistole geschossen.

»Was ist ein sprechender Stockfisch?«, fragte ich.

»Das ist ein roh angerichteter Fisch. Er ist ein wenig gesalzen, aber nicht eingelegt ...«

»Und der sprechende Stock?«, unterbrach ich sie.

»Ich kann den Heilbutt sehr empfehlen«, fuhr die Bedienung mit einem Nicken fort, »den Stockfisch habe ich noch nie probiert.«

Gleich beim ersten Gang erzählte Ari von der Heirat mit Nesja, beziehungsweise mit Nasdaq, wie er sie gerne nennt.

Den Namen hat er erfunden, als das Nasdaq-System noch im Aufschwung war, und hat sich nie die Mühe gemacht, ihn zu aktualisieren. Ich wünschte ihm viel Glück und sagte, dass ich mich freute. »Ich auch«, Ari versank noch ein klein wenig weiter im Sessel, »ich auch. Was geht uns denn ab im Leben, uns zwei, ha? Ich mit Nasdaq, du ... allein, vorübergehend. Eine gute Flasche Weißwein, Klimaanlage, Meer.«

Die Fische trafen eine Viertelstunde später ein, der Heilbutt war, Aris werter Ansicht nach, überragend. Der Stockfisch – schwieg. »Dann redet er halt nicht«, zischte Ari, »dann eben nicht. Du meine Fresse, fang mir jetzt bloß nicht an, diese Glubschaugen zu machen. Ganz ehrlich wahr, da hab ich keinen Nerv für.« Und als er sah, dass ich weiter nach der Bedienung winkte, schlug er vor: »Nimm einen Bissen – wenn's nicht schmeckt, lass es zurückgehen. Aber probier wenigstens vorher.« Die Bedienung näherte sich mit dem gleichen gewinnenden Lächeln wie beim vorigen Mal. »Der Fisch ...«, sagte ich zu ihr.

»Ja?«, fragte sie und reckte ihren ohnehin schon langen Hals.

»Er spricht nicht.« Die Bedienung kicherte etwas komisch und beeilte sich mit der Erklärung: »Das Gericht nennt man sprechender Stockfisch als Indikation für die Art von Fisch, der in diesem Fall von einer Gattung ist, die eigentlich sprechen kann, aber nur weil er es kann, besagt das noch lange nicht, dass er auch jederzeit spricht.«

»Ich verstehe nicht ...«, setzte ich an.

»Was gibt es da zu verstehen«, überrollte mich die Bedienung, »das ist ein Restaurant hier, kein Karaoke. Aber wenn er Ihnen nicht schmeckt, tausche ich ihn gerne aus ...

wissen Sie was? Ich tausche ihn auch einfach so gern für Sie um …«

»Ich will aber nicht, dass Sie ihn austauschen«, beharrte ich unsinnigerweise, »ich will, dass er redet.«

»Das geht in Ordnung«, intervenierte Ari, »man braucht nichts auszutauschen. Alles hier ist ganz ausgezeichnet.« Die Bedienung schenkte ein drittes identisches Lächeln aus und entfernte sich. Ari sagte: »Mensch, ich heirate. Kapierst du das? Ich heirate die Liebe meines Lebens. Und diesmal«, er schob eine Pause von zwei Sekunden ein, »diesmal ist es echt das Wahre. Das ist ein Festmahl, dieses Essen, also komm und iss gefälligst mit mir, du Saftarsch. Ohne Fische und ohne Gezeter über Israel. Freu dich einfach mit mir, mit deinem besten Freund, in Ordnung?«

»Ich freu mich ja«, sagte ich, »ehrlich.«

»Dann iss jetzt endlich diesen hässlichen Fisch«, flehte er.

»Nein«, sagte ich und verbesserte mich sofort, »noch nicht.«

»Jetzt, jetzt gleich«, drängte mich Ari, »jetzt sofort, bevor er kalt wird – oder lass ihn zurückgehen. Aber nicht so. Nicht mit ihm auf dem Tisch und mit dir stockstumm …«

»Er wird nicht kalt«, berichtigte ich, »er ist praktisch roh. Und ich muss ja nicht stumm sein, wir können doch reden …«

»Gut«, sagte Ari, »nicht nötig«, und stand entnervt vom Tisch auf, »mir ist sowieso die Lust vergangen.« Er zückte eine Hand nach der Brieftasche, aber ich hielt ihn zurück. »Lass mich dich einladen«, bat ich, ohne aufzustehen, »zu Ehren der Hochzeit, trotz allem.«

»Fick dich doch ins Knie«, zischte Ari, ließ jedoch von der Brieftasche ab, »wieso versuch ich überhaupt, dir was von

Liebe zu erklären. Du Homoscheißer, gebe Gott, du wärst wenigstens einer – du Asexueller …«

»Ari …«, versuchte ich, ihn zu stoppen.

»Jetzt schon«, Ari stach mit einem Finger in die Luft, »ich weiß jetzt schon, dass ich's nachher bereuen werde, dass ich das gesagt hab. Aber nur weil ich's bereuen werde, ist es nicht weniger richtig.«

»Viel Glück.« Ich versuchte, ihn mit einem dieser natürlichen Lächeln wie die von der Bedienung anzulächeln, er machte eine halb abwinkende, halb verabschiedende Bewegung und ging.

»Alles in Ordnung?«, signalisierte die Bedienung pantomimisch von weitem. Ich nickte. »Rechnung?«, setzte sie in Zeichensprache fort. Ich schüttelte den Kopf. Ich blickte durch die Glasscheibe aufs Meer hinaus – ein bisschen dreckig, aber mit ganz schön Power. Ich blickte auf den Fisch – er lag mit geschlossenen Augen auf dem Bauch, sein Leib hob und senkte sich, als ob er atmen würde. Ich wusste nicht, ob es ein Rauchertisch war, aber ich zündete mir trotzdem die Zigarette danach an. Ich war nicht wirklich hungrig. Es war nett hier, gegenüber dem Meer – bloß schade wegen des Glases dazwischen und der Klimaanlage statt einer Brise. Ich hätte stundenlang so vor dem Wasser sitzen können. »Mach hier die Fliege«, flüsterte mir der Fisch zu, ohne die Augen zu öffnen, »nimm dir ein direktes Taxi zum Flughafen und steig in das erste Flugzeug, das ausläuft, egal wohin.«

»Aber ich kann nicht so einfach«, erklärte ich mit langsamer, deutlicher Stimme, »ich habe Verpflichtungen hier, ein Geschäft.« Der Fisch verfiel wieder in Schweigen und ich auch. Nach fast einer Minute fügte er hinzu: »Lass es, lass mich in Ruh. Ich hab eine Depression.«

Sie setzten mir den Fisch nicht auf die Rechnung. Statt dessen boten sie mir einen Nachtisch an, und als ich den nicht wollte, zogen sie mir ganz einfach fünfundvierzig Schekel ab. »Es tut mir leid ...«, sagte die Bedienung und setzte sofort mit der Erläuterung nach, »dass Sie keine Freude hatten.« Und nach einer weiteren Sekunde präzisierte sie: »An dem Fisch.«

»Nein, nein«, protestierte ich, während ich auf dem Handy eine Taxinummer wählte, »der Fisch war hundert pro. Überhaupt, ihr habt einen echt netten Platz hier.«

Den »Goldstreifen« nennt man das, und du musst das beiliegende Heftchen für den Verbraucher durchackern, bevor deine Freundin drüberpinkelt. Danach macht man erst mal Kaffee, Kekse, als gäb's überhaupt keinen Stress, schaut sich zusammen was auf dem Videoclipkanal an, lästert über den Sänger, umarmt sich, singt mit ihm zusammen den Refrain. Und zurück zum »Goldstreifen«. Er hat so ein kleines Fenster drin. Wenn es da nur einen Streifen gibt, heißt das, dass alles in Ordnung ist, und wenn es zwei sind – also mal ehrlich, du wolltest doch schon immer Vater werden.

Die Wahrheit war, er liebte sie. Aber echt, wirklich, nicht so ein dahergestottertes Aber-klar-doch-lieb-ich-dich. Er liebte sie für immer und ewig, wie im Märchen, hätte sie gleich morgen samt Rabbiner geheiratet, nur dass diese ganze Geschichte mit dem Baby ihn höllisch in Bedrängnis brachte. Auch ihr fiel es nicht gerade leicht, aber eine Abtreibung jagte ihr sogar noch mehr Angst ein. Und wenn sie ohnehin wussten, dass sie auf eine Familie zusteuerten, dann war das eben einfach eine Vorwegnahme des Späteren. »Es bringt dich ganz schön in Druck«, lachte sie, »schau, wie du schwitzt.«

»Klar bringt es mich in Druck«, er versuchte, ebenfalls zu lachen, »du tust dir leicht, du Luder, du hast eine Gebärmutter, aber ich, du kennst mich ja, ich komme auch unter Druck, wenn gar nichts ist, und jetzt, wo es schon …«

»Ich hab auch Angst«, sie kuschelte sich an ihn.

»Vergiss es«, er umarmte sie, »am Schluss wird alles glatt laufen, du wirst schon sehen. Wenn es ein Junge wird, werde ich ihm Fußballspielen beibringen, und wenn es ein Mädchen ist, dann – weißt du was, auch ihr würde es nichts schaden.« Danach weinte sie ein bisschen, er beruhigte sie, und dann schlief sie ein, er aber nicht. Hinten, tief drinnen, konnte er seine Hämorrhoiden spüren, wie sie sich eine nach der anderen öffneten wie Knospen im Frühling.

Am Anfang, als noch kein Bauch da war, versuchte er immer, nicht daran zu denken, nicht dass es was geholfen hätte, aber wenigstens hatte er was, woran er sich halten konnte. Danach, als man schon eine Spur zu sehen anfing, begann er sich ihn vorzustellen, wie er bei ihr im Bauch saß, so ein kleiner Irrer mit Funktionärsanzug. Und wirklich, woher nahm er denn eigentlich, dass er da nicht irgend so eine Pest in die Welt setzen würde, denn mit Kindern ist das wie beim russischen Roulette, du weißt nie, was deine Birne abkriegt. Einmal, im dritten Monat, ging er was für den Computer kaufen im Canyon-Center, und dort sah er einen widerlichen Bengel im Overall, der seine Mutter zwang, ihm ein Videospiel zu kaufen, mit der leeren Drohung, dass er seinen mopsigen Körper über das Geländer der zweiten Etage werfen würde. »Na spring doch«, schrie er dem Jungen von unten zu, »zeig, dass du ein Mann bist, du lausiger Erpresser«, und machte sich umgehend aus dem Staub, bevor ihm die hysterische Mutter den Sicherheitsdienst auf den Hals hetzte. In der Nacht danach träumte er, dass er seine Freundin die Treppen hinunterstieß, damit sie einen Abgang hätte. Oder vielleicht war es kein Traum, sondern nur so ein Gedanke, der ihm durch den Kopf ging, als sie im Aufbruch waren, irgendwohin ausgehen wollten, und er begann sich zu überlegen, dass das kein Zustand war, dass er etwas tun musste. Etwas Ernsthaftes, nicht auf dem Niveau irgendeines Gesprächs mit Mama oder sogar Großmama, etwas, das nicht weniger als einen Besuch bei Urgroßmama verlangte.

Seine Urgroßmutter war so alt, dass es schon nicht mehr schön war, zu fragen, wie alt sie war, und wenn es etwas gab, das sie nicht ausstehen konnte, dann waren es Gäste. Den ganzen Tag saß sie nur daheim und verschlang Seifenopern. Und auch wenn sie schon mal einverstanden war, dass jemand sie besuchen kam, war sie nicht bereit, den Fernseher auszuschalten. »Ich hab Angst, Urgroßmama«, weinte er ihr auf dem Sofa im Wohnzimmer vor, »ich hab solche Angst, du machst dir gar keinen Begriff davon.«

»Vor was?«, fragte die Urgroßmutter und schaute weiter irgendeinem Victor mit Schnurrbart zu, der justament in der Sekunde einer, die in ein Handtuch gewickelt war, erzählte, dass er eigentlich ihr Vater war.

»Ich weiß nicht«, murmelte er, »dass irgendein Etwas geboren wird, das ich überhaupt nicht wollte.«

»Hör mir gut zu, Urenkel«, sagte seine Urgroßmama und wiegte ihren Kopf im Takt der Schlussmelodie der Fernsehserie, »in der Nacht, da wartest du, bis sie eingeschlafen ist, und dann legst du dich so hin, dass dein Kopf eng an ihrem Bauch liegt. Auf die Art werden alle Träume aus dem Kopf direkt in den Bauch übergehen.« Er nickte mit dem Kopf, obwohl er nicht so recht begriff, doch die Urgroßmutter erklärte: »Ein Traum ist im Wesentlichen ein starker Wunsch. Derart stark, dass man ihn nicht einmal in Worten aussprechen kann. Jetzt hat der Embryo, so lang er im Bauch ist, noch keine Meinung zu irgendwas, also ist er aufnahmebereit. Was du träumst, das wird sein – ohne Wenn und Aber.«

Seitdem schlief er jede Nacht mit dem Kopf an ihrem Bauch, der die ganze Zeit bloß noch größer wurde. An seine Träume erinnerte er sich nicht, aber er hätte jederzeit beschwören mögen, dass es gute waren. Er konnte sich auch an keine Phase in seinem Leben erinnern, in der er je so seelenruhig geschlafen hätte, nicht einmal zum Pinkeln stand er auf. Seine Frau verstand die lustige Position nicht so recht, in der sie ihn am Morgen immer vorfand, aber sie gab sich damit zufrieden, dass er sich wieder beruhigt hatte und die ganze Zeit über ruhig blieb, bis in den Kreißsaal. Es war nicht so, dass er gleichgültig gewesen wäre oder so was, er war durchaus schwer bei der Sache, nur dass eben die Ängste durch hoffnungsfrohe Erwartung ersetzt worden waren. Sogar als er den Entbindungsarzt mit den Schwestern flüstern und danach mit zögerndem Schritt auf ihn zukommen sah, verlor er keine einzige Sekunde lang die Sicherheit, dass alles gut werden würde.

Am Ende wurde ihnen ein Pony geboren, oder, vielleicht richtiger gesagt, ein Fohlen. Sie nannten es Chami, nach einem äußerst erfolgreichen Industriellen, der dank seiner mitreißenden Fernsehauftritte bei Urgroßmama sehr beliebt war, und sie zogen es mit viel Liebe groß. Am Schabbat ritten sie immer auf ihm in den Le'umi-Park und machten alle möglichen Spiele mit ihm, vor allem Cowboy und Indianer. Um die Wahrheit zu sagen, nach der Geburt war sie lange Zeit depressiv, und obwohl sie nie darüber redeten, wusste er, dass sie, sosehr sie Chami auch liebte, im tiefsten Herzen etwas anderes gewollt hatte.

Inzwischen hatte in der Seifenoper die eine mit dem

Handtuch auf Victor geschossen, gleich zwei Mal, zu Urgroßmamas Erbitterung, worauf der jetzt schon seit ziemlich vielen Folgen an einen Beatmungsapparat angeschlossen war. In der Nacht, wenn alle eingeschlafen waren, schaltete er den Fernseher aus und ging, um Chami zu betrachten, der auf dem Stroh schlief, das er auf dem Boden des Kinderzimmers ausgestreut hatte. Er war schrecklich komisch, wenn er schlief, wiegte seinen Kopf von einer Seite zu anderen, als würde er jemandem zuhören, der zu ihm sprach, und ab und zu wieherte er sogar mal aus irgendeinem besonders lustigen Traum heraus. Sie brachte ihn zu einer Menge von Spezialisten, die sagten, dass er nie wirklich groß werden würde. »Er wird ein Zwerg bleiben«, wie sie immer sagte, aber Chami war kein Zwerg, er war ein Pony. »Schade«, flüsterte er jede Nacht, wenn er ihn zu Bett brachte, »schade, dass nicht auch Mama irgendeinen Traum träumen konnte, der sich ein bisschen verwirklicht«, und danach streichelte er Chami die Mähne und summte ihm eine Serie von Kinder- und Pferdeliedern vor, eine Folge, die mit »Lauf, mein Pferdchen Susiko« begann und erst endete, wenn er selber einschlief.

## *Meine nackte Freundin*

Draußen scheint die Sonne, und drunten auf dem Rasen liegt meine Freundin, nackt. Es ist der einundzwanzigste Juni, der längste Tag im Jahr. Leute, die an unserem Haus vorbeikommen, schauen, zum Teil erfinden sie sogar einen Grund, um stehenzubleiben – sie müssen den Schuh zubinden, behaupten wir mal, oder sie sind in irgendeine Scheiße gestiegen und haben es auf einmal ganz dringend damit, sie von der Sohle zu kratzen. Aber es gibt auch welche, die ohne Vorwand stehen bleiben, die krass Aufrichtigen sozusagen. Vorher hat einer sogar nach ihr gepfiffen, aber meine Freundin hat es nicht beachtet, weil sie nämlich gerade bei irgendeiner spannenden Stelle im Buch war. Derjenige, der gepfiffen hat, wartete eine Sekunde, hat gesehen, dass sie weiterliest, und ist dann gegangen. Sie liest viel, meine Freundin, aber noch nie so, draußen, nackt. Und ich sitze auf unserem Balkon im dritten Stock nach vorn raus und versuche dahinterzukommen, was meine Meinung dazu ist. Ich bin ein bisschen seltsam, was diese Sache mit Meinungen angeht. Manchmal kommen Freunde am Freitag zu uns und diskutieren ganz erregt über alles Mögliche. Einmal ist sogar einer mittendrin stinkwütend aufgestanden und heimgegangen. Und während der ganzen Zeit sitze ich immer nur dabei und schaue Fernsehen ohne Ton, lese die Schriften. Manchmal, im Eifer der Debatte, kann es noch vorkommen, dass mich einer fragt, was ich denke. Und dann tu ich meistens so, als ob ich denken würde und mich mit dem Formulieren schwer tun würde, und es gibt immer irgend so einen, der sich das zunutze macht und losschwallt.

Aber da geht es um eine Meinung zu mehr generellen Themen, Politik und solches Zeug, während das hier immerhin meine Freundin ist, nicht bloß irgendwas, und zwar nackt. Es würde sich ernsthaft lohnen, denke ich, wenn ich eine Meinung hätte. Die Elisovs treten jetzt aus der Haustür. Die Elisovs wohnen zwei Stockwerke über uns, im Penthouse. Der Mann ist uralt, vielleicht hundert, ich weiß nicht mal, wie er mit Vornamen heißt, bloß dass er mit S. anfängt und dass er Ingenieur ist, denn neben ihrem normalen Briefkasten gibt es noch einen, einen größeren, auf dem steht, Ing. S. Elisov, und das kann nicht sie sein, denn der Nachbar von uns gegenüber hat mir einmal gesagt, dass sie eine Zollbeamtin ist. Auch sie ist kein junges Hühnchen mehr, die Madam Elisov, aber sie ist wassertoffblondiert. Das erste Mal, als wir die zwei im Aufzug getroffen haben, war meine Freundin ganz sicher, sie sei so eine von einem Begleitservice, weil ihre Kleider diesen bestimmten Geruch hatten, wie nach Desinfizierungsmittel. Jetzt bleiben die Elisovs stehen und schauen meine nackte Freundin auf dem Rasen an. Die beiden sind sehr dominierend im Eigentümerbeirat. Der Efeu am Zaun zum Beispiel war ihre Idee. Herr Elisov flüstert seiner Frau etwas ins Ohr, sie zuckt die Achseln, und sie gehen weiter. Meine Freundin merkt überhaupt nicht, dass sie an ihr vorbeigehen, sie ist tief in ihr Buch versunken. Also meine Meinung, wenn ich mich um eine Formulierung bemühe, ist, dass es schon optimal ist, wenn sie Farbe abkriegt, denn wenn sie braun ist, betont das bei ihr das Grün ihrer Augen besser. Und wenn sie sich schon bräunt, dann am besten nackt, denn wenn es was gibt, was ich hasse, dann sind es diese Bikinistreifen, alles ganz dunkelbraun und dann urplötzlich weiß. Das gibt einem immer dieses Gefühl, dass es gar nicht dieselbe Haut ist, sondern so eine Art Synthetikzeug, das man im Club Med kauft. Auf der anderen Seite lohnt es sich auch nicht, die Elisovs zu verärgern. Wir wohnen hier schließlich nur zur Miete, zwar mit der üblichen Option auf noch zwei Jahre, aber trotzdem. Wenn sie nämlich anfangen würden, von uns zu sagen, dass wir Probleme machen, dann kann uns der Besitzer hier mit einer Vorwarnung von sechzig Tagen rauswerfen. Das steht im Vertrag. Obwohl diese ganze Seite, die zweite, nichts mit irgendeiner Meinung zu tun hat, und ganz bestimmt nicht mit meiner, das ist mehr quasi ein Risiko, das man in Betracht ziehen muss. Meine Freundin dreht sich jetzt auf den Rücken. Am allermeisten liebe ich ihren Po, aber auch ihr Busen ist echt was. Ein kleiner Junge, der jetzt auf Rollerblades vorbeikommt, schreit ihr zu: »Hey, Frau, man sieht dir ins Loch!«, als ob sie das nicht wüsste. Mein Bruder hat mal zu mir gesagt, sie sei von der Sorte Mädchen, die nicht lang an einem Ort bleiben, ich soll mich also drauf einrichten, damit sie mir nicht das Herz bricht. Das war vor ziemlich langer Zeit, ich glaube, vor fast zwei Jahren. Und als dieser eine da unten nach ihr gepfiffen hat, ist mir das plötzlich wieder eingefallen, und für eine schlappe Sekunde lang hatte ich Angst, sie würde aufstehen und gehen.

Demnächst wird die Sonne weggehen, und dann kommt sie wieder nach Hause. Denn dann gibt es kein Licht mehr zum Bräunen und auch nicht zum Lesen. Und wenn sie zurückkommt, schneide ich für uns irgendeine Melone auf, und wir werden sie zusammen auf dem Balkon essen. Wenn das echt sehr bald geschieht, schaffen wir vielleicht sogar noch den Sonnenuntergang.

*Die Flasche*

Zwei Typen sitzen zusammen im Pub. Einer von ihnen studiert irgendwas an der Universität, der zweite klimpert einmal am Tag auf einer Gitarre rum und hält sich für einen Musiker. Sie haben schon zwei Bier getrunken, sie haben im Plan, mindestens noch zwei zu trinken. Der, der an der Universität studiert, hat gerade eine Depression, denn er ist in seine Mitbewohnerin verliebt, die aber so einen Freund Dumboohr hat, der jede Nacht bei ihnen schläft und in der Früh immer, wenn sie aus Versehen in der Küche aufeinander stoßen, dem von der Universität beleidigende Grimassen schneidet, was es bloß noch deprimierender macht. »Zieh um«, schlägt ihm der eine, der sich für einen Musiker hält, vor – er hat eine glorreiche Geschichte hinter sich, Konfrontationen auszuweichen.

Plötzlich, mitten im Gespräch, kommt irgend so ein Betrunkener mit einem Nackenschwänzchen daher, den sie noch nie getroffen haben, und schlägt dem von der Uni eine Wette um hundert Schekel vor, dass er es schafft, seinen Freund, den Musiker, in eine Flasche hineinzubefördern. Der von der Uni steigt sofort auf die Wette ein, die sich, oberflächlich betrachtet, schon leicht albern anhört, und innerhalb einer Sekunde hat der Nackenschwanz den Musiker in eine leere Goldstarflasche gesteckt. Der von der Uni hat nun nicht gerade viel Geld übrig, aber was fair ist, ist fair, und er zieht die hundert Schekel raus, zahlt und fährt fort, an die Wand zu starren und sich selber leidzutun.

»Sag was zu ihm«, schreit ihm sein Freund aus der Flasche heraus zu, »nu, schnell, bevor er geht.«

»Ihm was sagen?«, fragt der, der an der Universität studiert.

»Dass er mich rausholt, jetzt, aus der Flasche, na los«, aber bis der von der Uni da mitkommt, hat sich der Nackenschwanz schon verkrümelt. Also zahlt der von der Uni, nimmt seinen guten Freund in der Flasche mit, hält ein Taxi auf, und sie fahren zusammen los, um den Nackenschwanz zu suchen. So viel ist sicher, der Nackenschwanz hat nicht wie einer ausgesehen, der sich bloß mal eben aus Versehen hat volllaufen lassen, er war ein Profisäufer. Also ziehen sie von Pub zu Pub. Und überall, wo sie hinkommen, kippen sie noch einen Drink, damit keiner das Gefühl hat, dass sie bloß so gekommen sind. Der, der an der Universität studiert, schüttet sie auf einen Schlag runter und tut sich von Drink zu Drink bloß immer noch mehr selber leid, und der in der Flasche schlürft per Strohhalm, er hat keine allzu große Wahl.

Um fünf Uhr in der Früh, als sie den Nackenschwanz in einem Pub an der Jeremias finden, sind beide schon echt komplett besoffen. Auch der mit dem Nackenschwanz ist voll abgefüllt, und dazu ist es ihm auch wahnsinnig unangenehm. Er entschuldigt sich sofort und holt den Musiker aus der Flasche. Diese Kiste, dass er den Mensch da drin vergessen hat, ist ihm wirklich megapeinlich, also lädt er sie noch auf einen letzten Drink ein. Sie reden so ein bisschen, und der Nackenschwanz erzählt, dass ihm den Trick mit dem Flaschen-Reinundraus irgend so ein Finne beigebracht hat, den er in Thailand getroffen hat, und es stellte sich heraus, dass dieser Trick in Finnland als Peanuts angesehen wird.

Und seitdem bringt ihn der Nackenschwanz jedes Mal, wenn er auf Sauftour ist und ihm das Bargeld ausgeht, in einer Wette an. Der Nackenschwanz zeigt ihnen sogar, wie man den Trick macht, vor lauter Peinlichkeitsgefühl. Und ganz ehrlich: In dem Moment, in dem man bei dem Patent durchgestiegen ist, ist es echt verblüffend leicht.

Bis der, der an der Universität studiert, nach Hause kommt, ist schon beinah die Sonne aufgegangen. Und noch bevor er überhaupt einen Versuch schafft, den Schlüssel ins Türschloss zu fummeln, geht diese auf, und vor ihm steht Freund Dumboohr, von oben bis unten gewaschen und rasiert. Bevor Dumboohr die Treppen runtergeht, bringt er es auch noch fertig, dem betrunkenen Mitbewohner seiner Freundin einen Blick zuzuwerfen, der besagt: Ist-mir-ja-so-dermaßen-unangenehm-weil-ich-schon-weiß-dass-du-dir-die-Birne-wegsaufen-gegangen-bist-bloß-wegen-ihr. Und der, der an der Universität studiert, kriecht still in sein Zimmer, wobei er auf dem Weg noch einen Blick auf seine Mitbewohnerin erhascht, Sivan, so heißt sie, die in ihrem Zimmer zusammengerollt mit halb offenem Mund wie ein Baby schläft. Jetzt hat sie irgendwie eine besondere Schönheit an sich, ganz ruhig. Eine Schönheit, wie sie nur Schlafende haben, aber nicht alle. Und für einen Moment hat er Lust, sie so, wie sie ist, zu nehmen, in eine Flasche zu stecken und sie neben seinem Bett aufzuheben, so wie diese Flaschen mit den Bildern im Sand, die man früher mal vom Sinai mitbrachte. Wie das kleine Licht von Kindern, die sich fürchten, allein im Dunkeln zu schlafen.

## *Besuch im Cockpit*

Als wir in Ben-Gurion landeten, klatschte das ganze Flugzeug, und ich fing zu weinen an. Mein Vater, der am Gang saß, versuchte, mich zu beruhigen, und gleichzeitig jedem, der höflich genug war, zuzuhören, zu erklären, dass das für mich der erste Auslandsflug war, weshalb ich ein bisschen gestresst sei. »Beim Abheben ging es ihr richtig gut«, belästigte er irgendeinen Alten mit flaschendicken Brillengläsern, der nach Urin miefte, »und ausgerechnet jetzt, wo wir gelandet sind, ploppt der Korken raus.« Und im gleichen Atemzug legte er mir eine Hand auf den Nacken, wie man es bei einem Hund macht, und flüsterte quasi zärtlich: »Wein nicht, Schätzchen, Papa ist ja da.« Ich hätte ihn am liebsten umgebracht, ihn mit aller Gewalt so geschlagen, dass das Blut spritzte. Mein Vater fuhr fort, mir den Nacken zu kneten, und flüsterte dem Stinker neben ihm lautstark zu, meistens sei ich nicht so, beim Militär sei ich Zugführerin von Artilleriesoldaten gewesen und dass mein Freund, Giora, welch eine Ironie, sogar Sicherheitsoffizier bei der El-Al sei.

Eine Woche vorher, als ich in New York gelandet war, hatte mein Freund Giora, welch eine Ironie, gleich am Ausstieg vom Flugzeug mit Blumen auf mich gewartet. Da er am Flughafen arbeitet, hatte er das problemlos arrangieren können. Wir küssten uns auf der Treppe vom Flugzeug, wie in irgendeinem drittklassigen romantischen Streifen, und er brachte mich und die Koffer durch die Passkontrolle, ohne dass wir auch nur eine Sekunde warten mussten. Vom

Flughafen aus fuhren wir direkt in ein Restaurant mit Ausblick über ganz Manhattan. Das Auto, das er dort gekauft hatte, war ein großer amerikanischer Schlitten, ein 88er Modell, aber dermaßen poliert, dass er aussah wie neu. Im Lokal wusste Giora nicht so recht, was er bestellen sollte, und am Schluss entschieden wir uns für irgendwas mit so einem lustigen Namen, das ein bisschen nach Octopus ausschaute und grässlich roch. Giora versuchte, es zu essen und zu behaupten, dass es schmeckte, aber nach ein paar Sekunden verzweifelte auch er daran, und wir brachen beide in Lachen aus. In der Zeit, in der ich ihn nicht gesehen hatte, hatte er es fertiggebracht, sich einen Bart wachsen zu lassen, und er stand ihm sogar. Vom Restaurant gingen wir zur Freiheitsstatue und zum Museum of Modern Art, und ich tat so, als wär ich begeistert, aber die ganze Zeit fühlte ich mich eine Spur komisch. Immerhin hatten wir uns seit über zwei Monaten nicht gesehen, und statt dass wir zu ihm in die Wohnung gingen und vögelten oder einfach so zusammensaßen und ein bisschen miteinander redeten, klapperten wir plötzlich alle möglichen Touristenorte ab, an denen Giora bestimmt schon an die zweihundertmal gewesen war, und zu jedem gab er diese müden, gewohnheitsmäßigen Erklärungen ab. Am Abend, als wir in seiner Wohnung ankamen, sagte er, er müsse telefonisch noch was regeln, und ich ging duschen. Bis ich mit dem Abtrocknen fertig war, hatte er schon Spaghetti gekocht und den Tisch mit Wein und halb verwelkten Blumen gedeckt. Ich wollte schrecklich gern, dass wir miteinander redeten, ich weiß nicht, ich hatte irgendwie das Gefühl, als ob etwas Ungutes passiert wär und er es mir nicht erzählen wollte, so wie im Film, wo jemand stirbt und man versucht, es vor den Kindern zu verbergen. Aber Giora befand sich in einem solchen Redefluss, über die ganzen Orte, die er mir in der Woche zeigen müsste, und dass er echt Schiss hatte, dass wir es gar nicht schaffen würden, da diese Stadt dermaßen groß war, und dass es ja nicht mal eine ganze Woche war, gerade mal fünf Tage, denn ein Tag sei schon vorbei, und am letzten Tag würde ich ja am Abend schon fliegen, und mein Vater würde auch ankommen, und dann könnten wir sicher nichts mehr machen. Ich stoppte ihn mit einem Kuss, mir fiel kein anderer Weg ein. Sein Bart piekste mich ein bisschen im Gesicht. »Giora«, fragte ich, »ist alles in Ordnung?«

»Klar«, sagte er, »klar doch, es ist bloß, dass so schrecklich wenig Zeit ist, und ich hab echt Angst, dass wir zu nichts kommen.«

Die Spaghetti schmeckten sogar richtig gut, und nachdem wir gevögelt hatten, setzten wir uns auf den Balkon, tranken Wein und schauten auf die ganzen Leute, die klitzeklein auf der Straße unten vorbeigingen. Ich sagte zu Giora, dass es bestimmt schrecklich spannend sei, in so einer riesigen Stadt zu leben, dass ich stundenlang so auf dem Balkon sitzen und einfach nur diese ganzen kleinen Pünktchen unten anschauen könnte, in dem Versuch zu erraten, was ihnen durch den Kopf ging. Giora sagte: »Nichts weiter«, und ging, um sich eine Diät-Cola zu holen. »Weißt du«, sagte er dann zu mir, »gerade gestern Nacht war ich ungefähr zehn Straßen weiter östlich von hier, wo die ganzen Nutten sind. Man kann das von hier aus nicht sehen, es ist auf der anderen Seite des Gebäudes. Und irgend so ein Homeless, ein älterer, ist zu mir ans Auto gekommen, er sah sogar ziemlich in Ordnung aus für einen Homeless. Er hatte alte Kleider an und das alles und auch irgend so einen Karren vom Supermarkt mit lauter Papiertüten drin, wie sie ihn ständig von Ort zu Ort mit sich rumschieben, aber abgesehen davon wirkte er total zurechnungsfähig, irgendwie sauber, schwer zu erklären. Und dieser Homeless kam also zu mir und bot mir an, mir für zehn Dollar einen zu blasen. ›Ich mach das wirklich gut‹, sagt er zu mir, ›ich schlucke alles.‹ Und das Ganze in so einem sachlichen Ton wie jemand, der dir einen Fernseher zum Kaufen anbietet. Ich wusste echt nicht, wohin mit mir. Weißt du, zwei Uhr nachts, zwanzig Meter weit weg von ihm steht eine Reihe von um die zwanzig puertoricanischen Nutten, ein Teil davon echte Schönheiten, und dieser Mensch, der meinem Onkel schrecklich ähnlich schaut, bietet mir an, mir einen zu blasen. Und dann hat er das wohl auch mitgekriegt, mir kam's vor, als ob es das erste Mal wär, dass er so was angeboten hat, und plötzlich waren wir beide ziemlich verlegen. Und da sagt er zu mir, halb entschuldigend: ›Vielleicht könnte ich Ihnen statt dessen den Wagen waschen? Fünf Dollar. Ich habe wirklich Hunger.‹ Also habe ich mich plötzlich auf der stinkigsten Seite von Manhattan wiedergefunden, um zwei Uhr nachts, und ein Mann um die vierzig putzt mir das Auto mit einer Flasche Mineralwasser und einem Lumpen, der mal ein T-Shirt von den Chicago Bulls war. Ein Teil der Nutten ist langsam näher gerückt und auch irgend so ein Bimbo, der ausschaute wie ihr Zuhälter, und ich war sicher, dass es gleich Randale geben würde, aber keiner von ihnen hat was gesagt. Sie haben uns bloß still zugeschaut. Und als dieser eine Typ fertig war, sagte ich zu ihm, danke, habe gezahlt und bin einfach weggefahren.« Nach dieser Geschichte schwiegen wir beide, und ich schaute den Himmel an, der plötzlich richtig schwarz aussah. Dann fragte ich ihn, was er denn mitten in der Nacht in der Nuttenstraße gemacht hätte, und er sagte, darum ginge die Geschichte nicht. Ich fragte, ob er eine andere hätte, worauf er aber auch keine Antwort gab. Ich fragte ihn, ob sie eine Nutte sei. Er schwieg einen Moment, und dann sagte er, dass sie bei der Lufthansa arbeitete. Mit einem Mal konnte ich nun ihren Geruch spüren, an ihm, an seinem Körper, seinem Bart. Ein bisschen so wie der Geruch nach Sauerkraut, und jetzt, nachdem wir zusammen gevögelt hatten, klebte dieser Geruch auch an mir. Er beharrte darauf, dass ich trotzdem die ganze Woche in seiner Wohnung bleiben sollte, und ich war sofort damit einverstanden, ich hatte nicht viele Alternativen. Es gab nur ein Bett dort, und ich wollte nicht die blöde Zicke herauskehren, also schliefen wir zusammen darin, aber nicht miteinander, ich wusste, dass ich nie wieder mit ihm schlafen wollte, und auch er wusste es. Nachdem er eingeschlafen war, ging ich noch mal unter die Dusche, um ihren Geruch von mir abzuspülen, obwohl mir klar war, dass der Geruch, solange ich mit ihm im gleichen Bett schlief, klebenbleiben würde.

Am Tag des Abflugs zog ich meine schönsten Sachen an, damit Giora vielleicht ein bisschen zu spüren bekam, was ihm entging, aber ich glaube, es fiel ihm nicht mal auf. Als wir in das Hotel gingen, um meinen Vater zu treffen, war ich richtig froh. Ich umarmte ihn ganz fest, was ihn eine Spur überraschte, aber man konnte ihm ansehen, dass er sich ziemlich freute. Mein Vater stellte Giora ein paar dumme Fragen, und Giora wand sich ein bisschen und sagte, er müsste noch irgendwas Dringendes erledigen und es täte ihm echt leid, dass er uns nicht zum Flughafen fahren könnte. Danach ging er, um die Koffer aus dem Wagen zu holen, und als wir zum Abschied so taten, als ob wir uns küssten, merkte mein Vater überhaupt nichts. Als Giora weggefahren war, ging ich ins Zimmer von meinem Vater hinauf und duschte mich noch mal, und mein Vater bestellte uns ein Taxi zum Flughafen. Auf dem Flug war ich sehr still, und er redete die ganze Zeit. Diese Woche war für mich im Schneckentempo vorbeigekrochen, jeden Tag hatte ich mir gesagt: »Das ist dein letzter Freitag hier«, wie ich es mir, um mich aufzubauen, in der letzten Woche der Rekrutenausbildung ständig gesagt hatte, nur dass es diesmal nicht wirklich was half. Und auch jetzt, wo der Albtraum endlich vorbei war, spürte ich keinerlei Erleichterung. Sogar ihr Geruch war immer noch da. Ich schnüffelte an mir selbst, versuchte herauszufinden, woher er kam, und dann kapierte ich mit einem Mal, dass er von der Uhr stammte. Ihr Geruch war noch von der ersten Nacht da hängengeblieben.

Nach dem Essen ging mein Vater angeblich aufs Klo und kam mit einer Stewardess zurück, und es stellte sich heraus, dass er als Überraschung einen Besuch im Cockpit für mich arrangiert hatte. Ich war dermaßen fertig, dass ich nicht mal die Kraft hatte, mit ihm zu streiten. Ich schlurfte hinter der Stewardess her zur Pilotenkabine, und dort erklärten mir der Pilot und sein Flugnavigator alle möglichen langweiligen Sachen über die Instrumente und Messgeräte. Am Schluss fragte mich der weißhaarige Pilot, wie alt ich sei, und der Navigator fing plötzlich zu lachen an. Der Pilot schoss einen mörderischen Blick auf ihn ab, und er hörte sofort auf und entschuldigte sich. »Ich hab's nicht so gemeint«, sagte er, »ich bin es einfach gewöhnt, dass meistens Kinder hierherkommen, wissen Sie.« Der Pilot sagte dann, es sei jedenfalls sehr nett gewesen, dass ich sie im Cockpit besucht hätte, und fragte, ob es mir in New York gefallen hätte. Ich sagte ja. Der Pilot fuhr fort, er sei ganz verrückt nach dieser Stadt, denn dort gäbe es einfach alles. Und der Navigator, dem anscheinend ein wenig unbehaglich zumute war und der auch irgendetwas sagen wollte, meinte, dass er sich persönlich ein bisschen schwertat mit der ganzen Armut, die man dort sah, dass es das aber heute, mit den ganzen Russen, eigentlich auch in Israel gab. Danach fragten sie mich, ob ich dazu gekommen sei, in diesem neuen Restaurant, das sie gebaut hatten, zu essen, mit dem Ausblick über ganz Manhattan. Ich sagte ja. Als ich zu meinem Sitz zurückkehrte, lächelte mein Vater befriedigt und tauschte den Platz mit mir, damit ich die Landung besser sehen könnte. Als ich versuchte, den Sitz ein bisschen nach hinten zu stellen, streichelte er mir den Handrücken und sagte: »Schätzchen, das rote Licht leuchtet, du legst besser schon deinen Sicherheitsgurt an, wir werden in Nullkommanichts landen.« Und ich zurrte den Sicherheitsgurt ganz fest und spürte, wie ich in Nullkommanichts zu weinen anfing.

## *Ein Gedanke in Form einer Geschichte*

Das ist eine Geschichte über Leute, die einmal auf dem Mond gewohnt haben. Heute gibt es dort niemand mehr, aber bis vor nicht allzu vielen Jahren war es dort brechend voll. Die Leute auf dem Mond dachten, sie seien echt ganz besonders, denn sie konnten ihre Gedanken in jeder Form denken, die sie nur wollten. In Form eines Topfes oder in Form eines Tisches, sogar in Form von ausgestellten Hosen. Und so konnten die Leute auf dem Mond ihrer Freundin ein originelles Geschenk bringen, wie den Gedanken von Liebe in Form einer Kaffeetasse oder den Gedanken von Treue in Form einer Vase.

Es war ungemein beeindruckend, all diese geformten Gedanken, nur dass sich mit der Zeit bei den Leuten auf dem Mond eine Art Übereinkunft herauskristallisierte, wie jeder Gedanke auszusehen hatte. Der Gedanke von Mutterliebe hatte immer die Form eines Vorhangs, während der Gedanke von Vaterliebe als Aschenbecher modelliert war, so dass man, egal, in welches Haus man kam, immer schon ahnen konnte, welche Gedanken in welcher Form einen dort ordentlich auf dem Teewägelchen im Wohnzimmer erwarteten.

Von all den Leuten auf dem Mond gab es nur einen, der seine Gedanken in anderer Form gestaltete. Es war ein etwas sonderbarer junger Mann, der sich die meiste Zeit mit existentiellen und ein wenig lästigen Fragen abplagte. Der prinzipielle Gedanke, der ihm im Kopf herumging, war von der Kategorie, dass er glaubte, jeder Mensch müsste wenigstens einen einzigartigen Gedanken haben, der sich selbst und ihm gleichsah. Ein Gedanke mit einer Farbe, einem Volumen und einem Inhalt, den allein nur er denken konnte.

Der Traum dieses Mannes war es, ein Raumschiff zu bauen, damit im Raum herumzukreisen und all die einzigartigen Gedanken einzusammeln. Er ging nicht zu gesellschaftlichen Ereignissen oder zu Vergnügungen, seine gesamte Zeit widmete er ausschließlich dem Bau des Raumschiffs. Diesem Raumschiff baute er einen Antrieb in Form eines Gedankens der Neugier ein und einen Steuerungsmechanismus, der aus reiner Vernunft geformt war, und das war erst der Anfang. Er fügte noch eine Menge ausgeklügelter Gedanken hinzu, die ihm helfen sollten, im externen Raum zu navigieren und zu überleben. Bloß dass seine Nachbarn eben, die ihn überwachten, während er arbeitete, sahen, wie er sich die ganze Zeit irrte, denn nur jemand, der wirklich überhaupt nichts begriff, konnte einen Gedanken von Neugier in Gestalt eines Motors formen, wo es doch klipp und klar war, dass ein solcher Gedanke wie ein Mikroskop auszusehen hatte. Ganz zu schweigen davon, dass der Gedanke reiner Vernunft, wenn man nicht wollte, dass er nach schlechtem Geschmack aussah, als Regal geformt werden musste. Sie versuchten, ihm das zu erklären, doch er hörte einfach nicht zu. Sein Eifer, all die wahren Gedanken im Universum zu finden, ließ ihn einfach gegen seinen guten Geschmack verstoßen, um nicht zu sagen, brachte ihn völlig aus der Fassung.

Eines Nachts, während der junge Mann schlief, versammelten sich ein paar seiner Nachbarn auf dem Mond, und aus Barmherzigkeit zerlegten sie das Raumschiff, das fast vollendet war, in die Gedanken, aus denen es zusammengesetzt war, und ordneten sie von neuem an. Als der junge Mann am Morgen aufstand, fand er an der Stelle, an der das Raumschiff gestanden hatte, Regale, Vasen, Thermosflaschen und Mikroskope vor, wobei dieser ganze Haufen auch noch von dem Kummergedanken über seinen geliebten Hund, der gestorben war, bedeckt war, und zwar in Form einer bestickten Tischdecke.

Der junge Mann war ganz und gar nicht zufrieden mit der Überraschung. Anstatt sich zu bedanken, begann er zu toben und wie ein Wahnsinniger Dinge zu zerbrechen. Die Leute auf dem Mond schauten ihm entsetzt von der Seite zu. Sie schätzten Tobsuchtsanfälle überhaupt nicht. Der Mond ist, wie man weiß, ein Stern mit einer sehr geringen Schwerkraft. Und je geringer die Schwerkraft eines Sternes ist, desto mehr ist er auf Disziplin und Ordnung angewiesen, weil alle Dinge dort nicht mehr als einen leichten Schubser brauchen, um ihr Gleichgewicht zu verlieren. Und wenn jeder, der sich einen Funken erbittert fühlte, zu toben angefangen hätte, dann hätte das schlicht mit einer Katastrophe geendet. Zu guter Letzt, als sie sahen, dass sich der junge Mann gar nicht mehr beruhigen wollte, hatten sie keine andere Wahl und waren gezwungen, sich einen Weg auszudenken, um ihm Einhalt zu gebieten. Da dachten sie nun einen Gedanken von Einsamkeit in der Größe von drei auf drei und setzten ihn hinein, ein Gedanke in Größe einer Zelle mit einer sehr niedrigen Decke. Und jedes Mal, wenn er versehentlich eine der Seitenwände berührte, spürte er so eine Art Kältestoß, der ihn daran erinnerte, dass er eigentlich allein war.

Es war in dieser Zelle, dass er sich einen letzten Gedanken von Verzweiflung in Form eines Seiles erdachte, eine Schlinge damit bildete und sich erhängte. Die Leute auf dem Mond waren ganz begeistert von der Idee des Verzweiflungsseils und der Schlinge am Ende, dachten sich sofort einen eigenen Verzweiflungsgedanken aus und schlangen sich ihn um den Hals. Und so löschten sich alle Leute auf dem Mond aus, und alles, was übrigblieb, war nur diese Zelle der Einsamkeit. Erst nach etlichen hundert Jahren von Raumstürmen stürzte auch sie in sich zusammen.

Als das erste Raumschiff auf dem Mond ankam, fanden die Astronauten keine Menschenseele. Was sie schon fanden, war eine Million Löcher. Am Anfang dachten die Astronauten, diese Löcher seien urgeschichtliche Grabstätten von den Menschen, die einst auf dem Mond gelebt hatten. Erst als sie sie aus der Nähe untersuchten, entdeckten sie, dass diese Löcher schlicht Gedanken vom Nichts waren.

## *Gurs Theorie der Langweile*

Von allen meinen Freunden hat mein Freund Gur die allermeisten Theorien. Und von seinen ganzen Theorien ist die mit der größten Aussicht auf Richtigkeit bestimmt die Theorie der Langweile. Gurs Langweiletheorie behauptet, dass der Grund für fast alle Ereignisse auf der Welt die Langweile ist: Liebe, Krieg, Erfindungen, Wandverputz – fünfundneunzig Prozent von all dem ist die blanke Langweile. Unter die anderen fünf Prozent fallen für ihn, zum Beispiel, die mörderischen Prügel, die er vor zwei Jahren in der New Yorker U-Bahn eingesteckt hat, als irgendwelche zwei Schwarzen ihn ausraubten. Nicht dass den beiden da nicht auch ein bisschen langweilig gewesen wäre, aber viel mehr als alles andere schauten sie hungrig aus. Diese Anschauung mit sämtlichen Aspekten erklärt er ganz besonders gern am Meer, wenn er schon zu müde ist, um Pingpong zu spielen oder ins Wasser zu gehen. Und ich sitze dabei und höre es mir zum tausendsten Mal an, in der heimlichen Hoffnung, dass sich gerade heute irgendeine geile Tussi auch mal an unseren Strand verirrt. Nicht dass wir versuchen würden, sie aufzureißen oder irgendwas, bloß so, damit man was zum Beglotzen hätte.

Das letzte Mal, als ich die Gelegenheit geboten bekam, mir Gurs Theorie anhören zu dürfen, war vor einer Woche, als uns ein paar Zivilschergen auf der Ben-Jehuda mit einer Schuhschachtel voller Gras schnappten. »Die meisten Gesetze kommen auch von der Langweile«, erklärte ihnen

Gur auf dem Weg zum Streifenwagen, »aber das ist echt in Ordnung, denn das macht es richtig interessant. Die, die das Gesetz übertreten, stehen unter Druck, weil sie gefasst werden könnten, und das vertreibt ihnen die Zeit. Und die Polizisten – die Polizisten sind echt in Euphorie. Denn wenn sie das Gesetz vollstrecken, rennt die Zeit bekanntlich. Deswegen hab ich, auf prinzipieller Ebene, überhaupt kein Problem damit, dass ihr uns verhaftet habt. Nur bei einem tu ich mich ein bisschen hart mit dem Verstehen, für was habt ihr uns Handschellen anlegen müssen?«

»Halt's Maul«, bellte ihn der Scherge mit Sonnenbrille an, der mit uns hinten drin saß. Man sah ihm an, dass es ihm echt nicht in den Kram passte, jetzt mit zwei Hirnamputierten auf der Wache aufzukreuzen, die Gras rauchten, weil ihnen das Geld fürs Bier ausgegangen war, anstatt mit irgendeinem Serienvergewaltiger, einem öffentlichen Ärgerniserreger oder sogar auch bloß einem ordinären Bankräuber.

Beim Verhör gefiel es mir und Gur echt optimal, denn abgesehen davon, dass es eine Klimaanlage gab, war da auch so eine schnuckelige Polizistin, die ein paar Stunden lang mit uns zusammensaß und uns sogar Kaffee in Styroporbechern machte, und Gur erklärte ihr seine Theorie vom Krieg der Geschlechter und schaffte es, sie wenigstens zweimal zum Lachen zu bringen. Überhaupt, das Ganze war voll idyllisch, außer diesem einen Teil, das ein klein bisschen beängstigend war, als irgendein Polizist, der zuviel NYPD gesehen hatte, mittendrin ins Zimmer platzte und uns beide zusammenschlagen wollte. Aber wir waren schlauer und gaben alles zu, noch bevor er es überhaupt in unsere Nähe geschafft hatte. Jetzt, wo ich bloß die interessanten Dinger erzähle, hört sich das bestimmt so an, als ob das Ganze echt schnell abgelaufen wäre, aber die Wahrheit ist, bis dann diese Geschichte mit den Formularen ausgestanden war, war es schon Nacht geworden. Gur rief Orit an, die fast acht Jahre am Stück seine Freundin war und erst im letzten halben Jahr endlich genügend Hirn zusammenkratzte, um ihn zu verlassen und sich irgendeinen normaleren Freund zu suchen, und sie kam sofort auf die Polizeiwache, um uns gegen eine Kaution auszulösen. Sie kam allein, ohne ihren Freund, und tat die ganze Zeit so, als ob das bloß noch so ein Zentnerbrocken sei, den Gur ihr wieder mal aufgehalst hatte, und dass sie wunder wie angeätzt sei. Aber die Wahrheit ist, dass man ihr ansehen konnte, dass sie sich freute, ihn zu sehen, und schreckliche Sehnsucht hatte. Nachdem sie uns schließlich rausgeholt hatte, wollte Gur mit ihr Kaffeetrinken oder so was gehen, aber sie sagte, sie müsste flitzen, weil sie in der Super-Pharm Nachtschicht hatte, und vielleicht ein andermal. Gur sagte zu ihr, dass er sie ganz oft angerufen und ihr lauter Liebesnachrichten auf der Anrufkonserve hinterlassen hatte, dass sie aber nie zurückgerufen hatte und er sie, außer wenn er verhaftet wurde, überhaupt nie zu Gesicht kriegte. Darauf sagte sie zu ihm, am besten sollte er gar nicht anrufen, denn aus ihnen zwei würde nichts mehr Gescheites werden, und aus ihm auch nicht, solange er sich weiter mit Typen wie mir herumtreiben und nichts tun würde, außer Schawarma essen, Joints rauchen und Mädchen anglotzen. Ich war echt überhaupt nicht beleidigt, dass sie so über mich redete, denn sie sagte das mit so einer überzeugenden Liebenswürdigkeit, und stimmen tat es auch noch. »Ich bin echt schon spät dran«, sagte sie und stieg in ihren Käfer, und als sie losfuhr, hob sie noch die Hand zum Abschied aus dem Fenster.

Danach gingen wir den ganzen Weg von der Polizeiwache auf der Diezengoff bis nach Hause, ohne irgendwas zu reden, was bei mir ziemlich normal ist, bei Gur aber unheimlich selten.

»Sag mal«, sagte ich zu ihm, als wir am Eck von meiner Straße angekommen waren, »dieser Freund von Orit, willst du, dass wir ihn zu Brei schlagen?«

»Lass nur«, murmelte Gur, »der Kerl ist sogar eigentlich ganz in Ordnung.«

»Ich weiß schon«, sagte ich zu ihm, »aber trotzdem, wenn du willst, könnte man ihn zusammenprügeln.«

»Nein«, sagte Gur, »aber ich glaub, ich nehm mir von dir jetzt das Fahrrad und fahr damit ein bisschen Orit anschauen in der Super-Pharm.«

»Klar doch«, sagte ich und gab ihm den Schlüssel.

Das war eine Art fixer Zeitvertreib bei ihm, Orit anschauen gehen, wenn sie in der Nachtschicht arbeitet. Wobei, mal theoretisch betrachtet, die Wahrheit ist, wenn sich einer fünf Stunden lang hinter irgendeinem Busch versteckt, um einer zuzuschauen, wie sie auf einer Kasse tippt, was aufschreibt und Akamol und Q-Tips in Tüten steckt, dann muss das eigentlich von Langweile herkommen, bloß dass diese Theorien von Gur immer, wenn es dann um Orit geht, irgendwie nie so richtig griffen.

## *Die Brüste der Achtzehnjährigen*

»Es gibt echt nichts wie die Brüste von einer Achtzehnjährigen«, sagte der Taxifahrer und hupte eine an, die unbedarft genug war, sich umzudrehen, »glaub mir, wenn du pro Tag ein oder zwei solche flachlegst, dann verschwindet dir die Glatze.«

Danach lachte er und langte sich dorthin, wo einmal seine Haare gewesen sein dürften.

»Schau mich nicht so an, ich hab zwei Kinder in dem Alter. Und wenn meine Tochter mit irgend so einem guten Onkel in meinem Alter herumlaufen täte – ich weiß echt nicht, was ich mit ihr anstellen würde. Aber nichts zu machen, so ist das halt, das ist die Natur, so hat Gott uns erschaffen, oder nicht? Soll ich mich vielleicht dafür schämen? Da, schau dir die an«, er hupte eine mit Walkman an, die weiterging. »Wie viel würdest du der geben? Sechzehn. Und schau dir an, was für ein Arsch. Mal ehrlich, würdest du's der nicht besorgen?« Er hupte noch ein paar Mal, bevor er es aufgab. »Die hört überhaupt nichts«, erklärte er, »wegen den Kopfhörern, aber ich schwör's dir, wenn du eine wie die gesehen hast, wie soll man da wieder zur Frau heimgehen.«

»Du bist verheiratet?«, fragte ich und versuchte, anklagend zu klingen.

»Geschieden«, murmelte der Fahrer, gerade bemüht, im Spiegel noch ein bisschen was von der mit dem Walkman mitzunehmen, »glaub mir, wie kannst du da überhaupt noch dran denken, dass du zur Frau heimgehst.«

Im Radio wurde ein trauriges Lied gespielt, und der Fahrer, der versuchte mitzusingen, war zu fröhlich, um im Takt zu bleiben. Er wechselte den Sender, aber auf dem nächsten wartete ein weiteres Lied, das genauso trübselig war. »Das ist wegen dieser ganzen Scheiße mit den Militärhubschraubern«, erklärte er mir, als wäre ich gerade vom Mars gefallen, »diese Helikopters, die in der Luft zusammengekracht sind. Hast du's gehört? Sie haben es vorher in den Nachrichten gebracht.«

Ich nickte.

»Jetzt werden sie uns mit dem Radio die ganze Schicht vermiesen, ich schwör's dir. Bloß Berichte und Depression.« Er hielt an einem Fußgängerübergang für ein langes Mädchen mit einem Gestell zur Stabilisierung des Rückens. »Auch die wär's wert, oder?«, sagte er mit einem Hauch von Zögern. »Vielleicht noch ein, zwei Jahre tät ich ihr geben.«

Und dann hupte er auch sie an, zur Sicherheit. Er versuchte es weiter mit den Radiosendern und blieb bei irgendeinem, der vom Absturzort berichtete.

»Schau mich an, zum Beispiel«, sagte er, »ich hab jetzt grad einen Sohn in der Armee, Kampfeinheit. Seit zwei Tagen hab ich nichts von ihm gehört. Wenn ich also sag, dass man bei solchen Unglücken was Leichteres im Radio bringen muss, dann kann mir doch echt keiner was anhängen deswegen, oder? Ich sag's dir, die setzen die Leute hier bloß unter Druck. Denk mal an seine Mutter, meine Ex, die muss sich diese ganzen Lieder von Schlomo Arzi anhören, wie er die Frau von irgendeinem Freund von ihm vögelt, der im Krieg gefallen ist, anstatt dass sie was Beruhigendes für sie spielen täten. Komm«, er berührte mich plötzlich an der Hand, »komm, wir rufen sie an, wir machen sie wahnsinnig.«

Ich gab keine Antwort, ich war ein wenig erschrocken, dass er mich berührt hatte.

»Hallo, Rona, wie steht's?«, schrie er auch schon in sein Funksprechgerät. »Alles in Ordnung?« Er zwinkerte mir zu und deutete in Richtung einer Wasserstoffblondine, die neben uns an der Ampel in einem verbeulten Justy stand. »Ich mache mir Sorgen um Jossi«, kam eine etwas blecherne Stimme vom anderen Ende der Leitung, »er hat nicht angerufen.«

»Wie soll er denn anrufen? Er ist in der Armee, irgendwo in der Pampa. Was denkst du denn, dass die dort Telefonkarten haben im Libanon?«

»Ich weiß nicht«, antwortete die Frau, »ich habe ein ungutes Gefühl.«

»Das ist immer die Story mit dir, du und deine Gefühle«, der Fahrer zwinkerte mir wieder zu, »grad hab ich zu einem Fahrgast hier gesagt, so wie ich dich kenne, würd's zu dir passen, dass du dir Sorgen machst.«

»Warum, machst du dir keine Sorgen?«

»Nein«, lachte der Fahrer, »und weißt du, warum? Weil ich nicht wie du bin, ich hör auch zu, was sie im Radio sagen, nicht bloß bei diesen Trauerkloßliedern in der Mitte. Und was sie gesagt haben, ist, dass die in den Helikopters Fallschirmspringer gewesen sind, und unser Jossi ist überhaupt nicht bei dieser Truppe, was soll ich mir da also Sorgen machen?«

»Sie haben gesagt, auch Fallschirmspringer«, murmelte Rona, »das heißt nicht, dass nicht noch andere dabei waren.« Obwohl der Empfang grauenhaft war, konnte man sie am anderen Ende der Leitung weinen hören. »Tu mir einen Gefallen, es gibt dort so eine Art Zentralstelle für Eltern, wo man anrufen kann. Ruf sie an, und frag nach ihm. Nu, mir zuliebe.«

»Ich hab's dir doch gesagt«, beharrte der Fahrer, »sie haben gesagt, nur Fallschirmspringer. Ich werd sie doch jetzt nicht anrufen und einen Idioten aus mir machen.« Und nachdem er keine Antwort vom anderen Ende erhielt, fuhr er fort: »Hast du vielleicht Lust, als voll bescheuert dazustehen? Ruf doch selber an.«

»Gut«, sie versuchte, hart zu klingen, »dann mach die Leitung frei.«

»Wow!«, sagte der Fahrer und unterbrach die Verbindung. »Jetzt wird sie es bei denen in der Zentralstelle zehn Stunden lang probieren, bis sie's überprüfen«, er gab ein kurzes Lachen von sich, so ein bezeichnendes, »die ist ein Sturschädel, die hört auf überhaupt niemand.« Sein Blick suchte außerhalb der Windschutzscheibe nach irgendwas, das er hätte anhupen können, doch die Straßen waren fast völlig verödet. »Glaub mir«, sagte er, »auch ein hässliches junges Mädchen ist einer schönen Älteren vorzuziehen, und ich sag dir das aus Erfahrung. Eine junge, sogar eine hässliche, die hat noch eine straffe Haut, stehende Brüste, ihr Körper hat so einen gewissen Geruch, nach jungen Mädels. Ich sag's dir, es gibt viele schöne Dinge auf der Welt, aber der Körper einer Siebzehn-, Achtzehnjährigen ...« Er versuchte, eines der Lieder vor sich hinzusummen, das sie im Radio gespielt hatten, und nach zwei Strophen klingelte das Telefon. »Das ist sie«, lächelte er und zwinkerte mir wieder zu.

»Rona, meine Süße«, er näherte seinen Mund dem

Sprechgerät, als sei er ein Radiomoderator, der mit seinen Hörern flirtete, »wie geht's dir?«

»Gut«, antwortete die Frau mit einer glücklichen Stimme, die um förmlichen Ton bemüht war, »ich rufe nur an, um dir zu sagen, dass sie gesagt haben, er ist in Ordnung.«

»Sag mal«, lachte der Fahrer, »und deswegen rufst du an? Aber mein Dummerchen, ich hab's dir doch schon vor einer Viertelstunde gesagt, dass mit ihm alles in Ordnung ist.«

»Stimmt«, seufzte sie, »aber jetzt ist mir ruhiger.«

»Na wenn's dir bloß guttut«, versuchte er zu sticheln.

»Gut, ich geh jetzt schlafen, ich bin todmüde.«

»Dass du nur gute Träume hast«, der Fahrer richtete seinen Finger auf den Knopf, um die Verbindung zu trennen, »und beim nächsten Mal hörst du auf mich, ha?«

Wir waren nun schon ganz nah bei meinem Haus, und als er um die letzte Ecke bog, sah er eine Dünne im Mini, die sich erschrocken umdrehte, als er hupte. »Jetzt schau dir die an«, sagte er und versuchte, die Tränen zu verbergen, »würdest du's der nicht besorgen?«

*Kabudd*

Für Janiv kaufte er eine Affenpuppe mit Schirmmütze. Jedes Mal, wenn man dem Affen auf den Rücken drückte, ließ er ein komisches Knurren ertönen, streckte seine lange Zunge heraus, die bis zur Nase reichte, und schielte mit den Augen. Daphna meinte, es sei ein hässliches Spielzeug und dass sich Janiv davor fürchten würde. Aber Janiv schien sogar ziemlich glücklich. »Chrrr!«, versuchte er das Knurren des Affen nachzuahmen. Schielen konnte er nicht, also klimperte er dafür mit den Augen, und danach lachte er vergnügt. Die Freude von Kindern hat etwas so Vollkommenes, dass man damit nicht konkurrieren kann. Und bei Vater-Avners gegenwärtiger seelischer Verfassung hätte er auch mit einer etwas weniger vollkommenen Freude nicht wirklich konkurrieren können.

Daphna brachte er das Parfüm vom Duty-free mit, das sie ihm auf einen Zettel aufgeschrieben hatte. Es hatte eine kleine sowie eine große Flasche gegeben, und er kaufte, ohne zu zögern, die große – wenn es ums Geld ging, ließ sich Ehemann-Avner nie lumpen. »Ich wollte ein Eau de Toilette«, sagte Daphna, »das hatte ich auf den Zettel geschrieben.«

»Ja und ...?«, fragte er ungeduldig.

»Macht nichts«, erwiderte Daphna mit einem bitteren Lächeln, das genau das Gegenteil besagte, »du hast ein Parfüm mitgebracht. Es ist eine Spur zu stark für mich, aber es ist auch schön.«

Für seine Mutter brachte er eine Stange Kent extralang mit. Seine Mutter war unkompliziert mit Geschenken.

»Du musst wissen, dass ich sehr besorgt bin wegen Janiv«, sagte sie und riss vehement die Zellophanverpackung des Zigarettenkartons auf.

»Was ist nicht in Ordnung mit Janiv?«, fragte Sohn-Avner im gleichmütigen Ton von jemandem, der weiß, mit wem er es zu tun hat.

»In der Mütterberatungsstelle haben sie gesagt, dass er ziemlich kleinwüchsig für sein Alter sei, und wenn er geschlagen wird, haut er nicht zurück, aber das ist noch nicht so wichtig …«

»Was heißt hier, ›wenn er geschlagen wird‹? Schlägt ihn jemand?«

»Ich schlage ihn, ein bisschen, nicht richtig schlagen, so knuffen, um ihm beizubringen, sich zu verteidigen, aber er krümmt sich bloß in einer Ecke zusammen und brüllt. Ich sag dir eins, nächstes Jahr kommt er in die Kinderkrippe, und wenn er bis dahin nicht gelernt hat, sich zu verteidigen, werden die anderen Kinder Hackfleisch aus ihm machen.«

»Niemand wird gar nichts aus ihm machen«, erregte er sich, »und du hör mir gefälligst auf damit, eine hysterische Oma zu sein.«

»In Ordnung, ist ja gut«, sagte seine Mutter beleidigt und zündete sich eine Zigarette an, »aber wenn du mich hättest ausreden lassen, hättest du gehört, dass ich selber gesagt habe, dass das noch nicht so wichtig ist, aber was meiner Ansicht nach wirklich nicht zum Aushalten ist, das ist, dass der Junge nicht ›Papa‹ sagen kann. Hast du schon mal von einem Kind gehört, das nicht ›Papa‹ sagen kann? Und es ist ja nicht so, dass er nicht spricht. Er weiß viele Wörter –

›Schoko‹, ›Licht‹, ›Wasser‹ und was nicht sonst noch alles, aber ›Papa‹ weiß er nicht, und wenn ich nicht wäre, dann hätte er auch noch nie ›Oma‹ gesagt.«

»Er nennt mich nicht ›Papa‹, er nennt mich stattdessen mit einem Kosenamen«, er versuchte zu lächeln, »du musst das nicht gleich so überbewerten.«

»Jetzt entschuldige mal, Avner, aber ›Hallo!‹ ist doch kein Kosename. ›Hallo!‹ Das schreit man am Telefon, wenn man nichts hört. Weißt du, dass er Aviv, euren Nachbarn von unten, beim Namen nennt, und bloß seinen Vater schreit er mit ›Hallo‹ an! Als ob du irgend so ein Gangster wärst, der ihm den Parkplatz wegschnappt hat.«

»Dieser Staat ist wie eine Frau«, sagte Geschäftsmann-Avner zu dem deutschen Investor in bemühtem Englisch, »schön, gefährlich, unberechenbar – das ist Teil seines Zaubers. Ich würde ihn mit keinem Ort auf der Welt vertauschen wollen.« Wie bei vielen anderen Gelegenheiten wusste er nicht, ob er die Wahrheit sprach, möglich war es schon, aber so viel war sicher, dass diese Rede bei den Investoren viel besser zog als die anderen, die beängstigenden Gedanken, die ihm durch den Kopf gingen. »Dieser Staat ist das Schwarze unter den Fingernägeln der westlichen Welt – hält sich für Europa, ist aber eigentlich bloß ein Klumpen aus Schweiß und Dreck, der Bewusstsein entwickelt hat.« Nein, für solche Sprüche bekam man keine Dividenden. »Jetzt sagen Sie mir die Wahrheit, Hermann«, lächelte er und reichte der geschmackvoll tätowierten Bedienung seine Kreditkarte, »gibt es irgendeinen Platz in Ihrem Frankfurt, wo sie das Sushi derart gut zubereiten?«

Nachdem er gekommen war, verharrten sie in der gleichen Position. Sie auf allen vieren und er gebückt über ihr.

Sie rührten sich nicht und sagten auch nichts, als ob sie fürchteten, irgendetwas Gutes kaputtzumachen, das ihnen aus Versehen gelungen war. Als er ermüdete, stützte er seinen Kopf auf ihre Schulter und schloss die Augen. »Es geht uns gut«, flüsterte Daphna, wie zu sich selbst, aber eigentlich für ihn. Und er fühlte sich betrogen. Sollte sie sagen, dass es ihr gutging, dachte Mann-Avner, aber warum besteht sie darauf, auch mich mit hineinzuziehen, die Herrschaft zu übernehmen, zu benennen. Seine Augen blieben geschlossen, er konnte spüren, wie sie unter seinem Körper wegglitt und er in die Matratze sank. »Es geht uns gut zusammen«, musste sie auch noch deutlicher nachschieben und fuhr mit der Hand seine Wirbelsäule mit einer halb medizinischen Bewegung entlang, als messe sie den Abstand zwischen Schädeldeckenrand und äußerstem Steißbeinende. Er vergrub sich in der Matratze.

»Sag was«, flüsterte sie in sein Ohr.

»Was?«, fragte er.

»Egal«, flüsterte sie, »bloß sag was.«

»Kommt es dir nicht seltsam vor, dass er nicht ›Papa‹ sagen kann?«, fragte er und hob seinen Blick zu ihr. »Weißt du, dass er sogar schon ›Apfel‹ sagen kann und die Namen von der Hälfte der Leute, die im Haus wohnen?«

»Mir kommt das überhaupt nicht seltsam vor«, kehrte Daphna zu ihrer normalen, sachlichen Stimme zurück, »er ruft dich ›Hallo!‹, und du kommst – also denkt er, du heißt ›Hallo!‹. Wenn dich das stört, korrigiere ihn.«

»Stören nicht wirklich«, murmelte er, »ich frage mich nur, ob das üblich ist.«

Am Abend saß Zuschauer-Avner am Fernseher und sah Janiv zu, der mit der Affenpuppe spielte, die aus irgendeinem unklaren Grund zu knurren aufgehört hatte. »Hallo!«, schrie Janiv in seine Richtung und schwenkte die Affenpuppe. »Hallo!«

»Papa«, flüsterte Vater-Avner flehend, nahezu tonlos in sich hinein.

»Hallo!« Janiv blieb beharrlich und schüttelte den Affen wild. »Kabudd!«

»Sag ›Papa‹, und ich reparier ihn«, sagte Geschäftsmann-Avner mit überraschender Schärfe.

»Hallo!«, brüllte Janiv. »Hallllo! Ka-budd!«

»Such's dir aus«, er gab sich nicht geschlagen, »entweder ›Hallo!‹ und ›Kabudd‹, oder ›Papa‹ und ›Chrrr‹!«

Janiv lauschte dem Geschäftsmann-Avner, der das Knurren des Affen imitierte, erstarrte für einen Moment und brach dann in Lachen aus. Anfangs dachte Mensch-Avner, es sei ein Spottgelächter, aber nach einer Minute konnte er erkennen, dass es nur aus reiner Freude war.

»Chrrr!«, lachte Janiv, ließ die Affenpuppe auf dem Boden liegen und begann, mit entschlossenem, aber nicht so ganz festem Schritt auf ihn zuzugehen. »Chrrr! Hallo!«

»Chrrr!«, knurrte Papa-Hallo und schwang den lachenden Janiv in die Luft, »Chrrrrr!«

*Wie ein Baby*

An seinem neunundzwanzigsten Geburtstag wehte ein angenehmer Wind am Meer, und er wusste es. Er war zwar fern von dort, denn sie hasste Sand und Wasser, aber er wusste es trotzdem. Am Meer gibt es immer Wind. Sie waren gerade mit dem Taxi von irgendwoher zurückgekommen, und er hatte die ganze Strecke über die Schachtel in der Kaufhausverpackung festgehalten. Dieses Geschenk in dem Karton war das größte Geschenk, das er in seinem Leben je erhalten hatte. Nicht das Schönste, aber ganz entschieden das Allergrößte. Und er umarmte sie während der ganzen Fahrt, küsste sie auf die Wange, auf die Brust, bei jedem Kuss von neuem überrascht, dass sie gar nicht verlegen wurde. Als er zahlte, sagte der hässliche Fahrer zu ihm, dass er noch nie ein so passendes Paar getroffen habe. Er sei eine Menge auf der Straße unterwegs, ziehe seine Kreise um Groß-Tel-Aviv wie ein Geier überm offenen Grab, aber ein Paar wie sie hätte er noch nie gesehen. Und in der Sekunde, in der der Fahrer das sagte, spürte er so eine Art Wärmeaufwallung in seinem Körper. Eine latente Hitze, die sich nur in den raren Fällen einstellte, in denen eine große Wahrheit im Raum präsent war. Als er ihr nachher im Bett erzählte, wie er sich in jenem Augenblick gefühlt hatte, sagte sie, wenn er jetzt schon positive Verstärkungen von einem verpickelten Taxifahrer bräuchte, der nicht mal imstande war, seine Spur einzuhalten, dann sei ihre Liebe offenbar wirklich am Ende des Weges angelangt. Er lag dicht an sie gedrückt und sagte, sie habe ein hübsches Herz, er liebe es. Und sie weinte wie eine Prinzessin und sagte, sie hätte so gern gehabt, dass er sie, sie ganz und gar liebte, und nicht nur Körperteile. Sie hatten ihre Augen nun schon geschlossen, und der Wind vom Meer kühlte ihm das Gesicht, als er neben ihr einschlief, die Arme um sich selbst geschlungen wie ein Kind, wie ein Baby.

## *HOW TO MAKE A GOOD SCRIPT GREAT*

Meine Freundin findet, dass ich ein Schnulli bin, dass sie mich immer übers Ohr hauen, dass ich ein Gesicht habe, das danach verlangt. Vor vier Monaten, gleich wie wir aus der Armee entlassen wurden, sind wir auf einen Amerikatrip gegangen, und sie hat gesagt, dass sie mich mit den Tickets beschissen hätten. Sie findet auch, dass ich zu dünn bin. Aber ausgerechnet in der Beziehung hat sie keinen Zorn auf mich, denn da kann ich nichts dafür.

Gleich wie wir in New York gelandet sind, haben wir die Sachen in der Lobby abgestellt und sind spazieren gegangen. Und hundert Meter weg von unserem Hotel, mitten auf der Straße, saß ein Mensch auf dem Gehsteig, nicht bloß irgendeiner, sondern ein Schwarzer, und um ihn herum auf diesen krummen buckligen Pflastersteinen, die es bloß in Manhattan gibt, waren vielleicht an die hundert Bücher angeordnet, auf denen allen mit goldenen Buchstaben geschrieben stand: »HOW TO MAKE A GOOD SCRIPT GREAT«. Ich persönlich habe immer davon geträumt, ein Drehbuchautor zu sein, schon von Kindheit an. Ich habe sogar ein paar Mal versucht, Entwürfe zu schreiben. Aber es kam nie was dabei raus, und ganz bestimmt nichts in Richtung »GREAT«, weswegen ich mich am Schluss für Psychologie eingeschrieben habe, nur erschien mir diese ganze Angelegenheit mit dem Schwarzen und den Büchern schon ein bisschen mysteriös. Wie irgend so ein Tipp von Gott. Meine Freundin sagte zu mir, ich solle es bloß nicht wagen, was von ihm zu kaufen, denn diese Bücher, die er da verkaufte, wären garantiert geklaut oder Fälschungen oder mit Würmern. Kurz gesagt, irgendwas sei hier nicht koscher. Aber ich beharrte darauf. Ich hatte nicht so viele Erleuchtungen im Leben, dass ich es mir hätte leisten können, wählerisch zu sein. »Dann schau wenigstens nach, dass die Seiten drin nicht leer sind«, sagte sie. Ich schaute nach.

Das Buch kostete sieben Dollar. Ich hatte nur einen Hundert-Dollar-Schein. Der Schwarze hatte kein Wechselgeld. »Behalt die Bücher im Auge«, sagte er, »und ich flitz in den Zeitungsladen gegenüber zum Wechseln.«

Meine Freundin flüsterte mir auf Ivrit zu, ihn ja nicht gehen zu lassen. »Für einen Schwarzen sind hundert Dollar ein Vermögen«, sagte sie, »der überquert jetzt die Straße, und du kannst dich gleich von dem Geld verabschieden.«

Aber ich sagte nichts zu ihm. Der Typ ließ immerhin an die hundert Bücher auf dem Gehsteig zurück, hundert Bücher, die siebenhundert Dollar wert waren, ich wusste, er würde zurückkommen. Und er kam tatsächlich zurück. Als er über die Straße auf uns zukam, winkte er lächelnd mit einem kleinen Packen Zehnerscheinen. Und ich hätte echt unheimlich gern so was krass Giftiges zu meiner Freundin gesagt, aber exakt in der Sekunde überfuhr ihn ein Lastwagen.

Er war auf der Stelle tot. Das konnte man ziemlich leicht daran ablesen, dass seine Augen, obwohl er auf dem Bauch lag, zum Himmel hinaufschauten. Er lächelte auch immer noch, was schon ein bisschen beängstigend war. Der Fahrer des Lastwagens, der ihn überfahren hatte, war am ganzen Körper dünn, außer am Bauch. Von weitem schaute er aus wie eine Schlange, die einen Tennisball verschluckt hat. Er fiel neben dem Laster auf die Knie, weinte in einem fort und bat mit lauter Stimme Gott um Verzeihung, bis ein Streifenwagen kam und ihn wegbrachte. Vor dem Streifenwagen kam die Ambulanz. Der Arzt schloss dem Schwarzen die Augen und versuchte, die Finger zu öffnen, die das Geld festhielten, aber sie waren offenbar echt beinhart geschlossen. Am Schluss blieb ihnen keine andere Wahl, als ihn in den Krankenwagen zu hieven, während er unsere hundert Dollar in Zehnern umklammert hielt, und die Ambulanz fuhr davon.

Als die Polizisten ankamen, sagte meine Freundin, dass ich ihnen das wegen dem Geld sagen müsste, sonst würden die im Krankenhaus es für sich selber nehmen oder der Wohlfahrt spenden. Mir war es echt schon völlig egal, ich wollte bloß noch weg von dort, aber ich wusste, dass es bei ihr ums Prinzip ging und sie nicht nachgeben würde, also ging ich zu dem Vorgesetzten hin und erklärte ihm die ganze Sache. Er beschimpfte mich fluchend und sagte, ich sollte bloß machen, dass ich ihm aus den Augen käme. Ich denke nicht, dass er es glaubte. Meine Freundin sagte, ich müsste darauf bestehen, aber beim zweiten Mal war er noch viel weniger nett und sagte, wenn ich meine Klappe jetzt nicht halten würde, würde er mich wegen Ordnungswidrigkeit verknacken. Danach stiegen sie gemeinsam mit dem Kugelbauchdünnen in den Streifenwagen und fuhren los. Meine Freundin zwang mich, fünfzehn Exemplare vom Bürgersteig aufzusammeln – was das Geld war, das uns zustand, plus fünf Dollar Entschädigung dafür, dass wir nichts mit ihnen anfangen konnten – und sie ins Hotel mitzunehmen.

In der Nacht blieb ich wach und las das Buch. Jedes Kapitel aus einem anderen Exemplar. Am Morgen danach sagte ich ihr, dass ich nicht Psychologie studieren würde. Sie sagte zu mir, mein Problem sei, dass ich nicht wisse, was ich vom Leben wollte, und außerdem sei ich auch noch zu dünn und ein Schnulli. Und dass sie mir jetzt, weil mir das dermaßen spät eingefallen war, die Einschreibungsgebühr nicht mehr zurückerstatten würden. Als wir nach Israel zurückkehrten, verließ sie mich dann auch noch, und ich fing an, ein Drehbuch zu schreiben.

Das Skript handelte von Zwillingen, die einer Schwarzen und einem Weißen geboren wurden. Zwillinge, von denen einer weiß und einer schwarz war. Im Drehbuch hasst der weiße Großvater der Zwillinge Schwarze und zündet ihnen deswegen, als sie geboren werden, das Haus an, wobei die Mutter stirbt. Ihr Mann rennt in das brennende Haus hinein, um sie zu retten, aber er stirbt auch. Nur die Zwillinge werden gerettet. Diese Zwillinge werden voneinander getrennt und wachsen in verschiedenen Städten auf. Aber im Herzen wissen sie immer, dass sie nicht allein sind und sich am Schluss finden werden. Und tatsächlich, vierzig Jahre nachdem sie getrennt wurden, treffen sie sich, allerdings unter höchst bedauerlichen Umständen. Denn der weiße Zwilling überfährt aus Versehen den schwarzen mit dem Lastwagen. Bloß was? Eine Sekunde bevor der Lastwagen ihn tötet, kapiert der schwarze, dass er seinen Zwilling getroffen hat, und deswegen stirbt er mit einem glücklichen Lächeln. Einem Lächeln, das seinen Bruder die ganzen langen Jahre, die sie ihm im Gefängnis in den Hintern ficken, stark ermutigt.

Meine ehemalige Freundin hat inzwischen einen neuen Freund gefunden, der Dubi heißt und Medizinstudent ist. Ich habe ihn gefragt, ob so was sein kann, dass Zwillinge geboren werden, von denen einer ein Schwarzer und der zweite ein Weißer ist. Er hat gesagt, nein, und dass ich deswegen, wenn ich auch nur einen Funken professionellen Anstand im Leib hätte, dieses Drehbuch für immer und ewig in der Versenkung verschwinden lassen müsste. Während er das sagte, hüpfte so eine dicke Ader auf seiner Stirn. Ich glaube, er war ein bisschen neidisch.

## *Eiserne Regeln*

Normalerweise küssen wir uns nicht vor anderen Leuten. Cecile, trotz ihrer ganzen Huhuhahas, freizügigen Ausschnitten und ihrem rothaarigen Wesen, ist alles in allem schrecklich schüchtern. Und ich bin einer von denen, die sich immer jeder Bewegung um sich herum bewusst sind, denen es nie zu vergessen gelingt, wo sie sich befinden. Aber Tatsache ist, dass es mir an jenem Morgen gelang, und plötzlich fanden wir, Cecile und ich, uns eng umschlungen küssend an einem Tisch im Café wieder, wie so ein x-beliebiges pubertäres Schülerpärchen, das versucht, an einem öffentlichen Ort ein bisschen Intimität rauszuschinden.

Als Cecile aufs Klo ging, trank ich den Kaffee mit einem Schluck aus. Den Rest der Zeit nutzte ich dazu, um meine Kleider und Gedanken in Ordnung zu bringen. »Sie sind ein Glückspilz«, hörte ich eine Stimme mit schwerem texanischen Akzent direkt neben mir. Ich drehte den Kopf. Am Nachbartisch saß ein älterer Mann mit Baseballkappe. Während der ganzen Zeit über, wo wir uns geküsst hatten, war er praktisch in Griffweite von uns gewesen, und wir hatten uns aneinander gerieben und ihm in sein Schinkenomelett gekeucht, ohne es überhaupt zu merken. Das war voll peinlich, aber es gab keinen Weg, sich zu entschuldigen, ohne es damit nicht noch schlimmer zu machen. Also lächelte ich ihm verlegen zu und nickte stumm.

»Nein, wirklich«, fuhr der Alte fort, »es ist selten, dass

man sich das auch nach der Hochzeit bewahren kann. Viele Leute heiraten, und es verschwindet ganz einfach.«

»Wie Sie sagten«, ich lächelte weiter, »ich bin ein Glückspilz.«

»Ich auch«, lachte der Alte und hob die Hand mit dem Ehering hoch. »Ich auch. Zweiundvierzig Jahre sind wir zusammen, und es hat noch nicht mal angefangen, uns über zu werden. Wissen Sie, bei meiner Arbeit muss ich eine Menge fliegen, und jedes Mal, wenn ich von ihr wegfahre, ich sag's Ihnen, da ist mir einfach zum Weinen.«

»Zweiundvierzig Jahre«, ich gab einen höflich anerkennenden Pfiff von mir, »sie ist sicher etwas Besonderes.«

»Ja«, nickte der Alte. Ich sah, dass er mit sich kämpfte, ob er ein Foto herausholen sollte, und verspürte Erleichterung, als er darauf verzichtete. Es wurde von Minute zu Minute nur noch peinlicher, obwohl klar war, dass er es gut meinte. »Ich habe drei Regeln«, lächelte der Alte, »drei eiserne Regeln, die mir helfen, es lebendig zu erhalten. Wollen Sie sie hören?«

»Na klar«, sagte ich und winkte der Bedienung nach einem weiteren Kaffee.

»Nummer eins«, der Alte schwang einen Finger in die Luft, »ich versuche jeden Tag, etwas Neues zu finden, das ich an ihr liebe, sogar die allerkleinste Kleinigkeit, wissen Sie, wie sie sich am Telefon meldet, wie ihre Stimme ansteigt, wenn sie so tut, als wüsste sie nicht, von was ich rede, solche Dinge eben.«

»Jeden Tag?«, sagte ich. »Das ist bestimmt schwierig.«

»Gar nicht so arg«, lachte der Alte, »nicht, wenn man sich mal darauf eingelassen hat. Regel Nummer zwei – jedes Mal, wenn ich die Kinder treffe, und jetzt auch die Enkel, sage ich mir, dass die Hälfte meiner Liebe zu ihnen eigentlich für sie ist. Denn die Hälfte von ihnen ist sie. Und dann die letzte Regel –«, fuhr er fort, als sich Cecile, die von der Toilette zurückkam, neben mich setzte, »wenn ich von einer Reise zurückkehre, bringe ich meiner Frau immer ein Geschenk mit. Sogar wenn ich nur für einen Tag weggefahren bin.« Ich nickte wieder und versprach, es mir zu merken. Cecile betrachtete uns beide ein bisschen verwirrt, ich war schließlich nicht unbedingt jemand, der Gespräche mit Leuten an öffentlichen Orten anfängt, und der Alte, der das offenbar erfasste, erhob sich zum Gehen. Er tippte an seine Kappe und sagte zu mir: »Machen Sie weiter so.« Danach verbeugte er sich leicht vor Cecile und ging.

»Meine Frau?«, kicherte Cecile und verzog ihr Gesicht. »Machen Sie weiter so?«

»Nichts weiter« ich streichelte ihre Hand, »er hat den Ehering an meiner Hand gesehen.«

»Ach so«, Cecile küsste mich auf die Wange, »er hat ein bisschen seltsam gewirkt.«

Auf dem Rückflug saß ich allein, drei Sitze nur für mich, aber wie immer gelang es mir nicht, zu schlafen. Ich dachte an den Deal mit der Schweizer Gesellschaft, von dem ich nicht so recht glaubte, dass er steigen würde, und an die Playstation, die ich Roy gekauft hatte, mit dem elektronischen Joystick und dem Ganzen. Als ich an Roy dachte, versuchte ich die ganze Zeit, mich daran zu erinnern, dass die Hälfte von meiner Liebe zu ihm eigentlich für Mira war, und danach versuchte ich, an irgendeine kleine Kleinigkeit zu denken, die ich an ihr liebte – dieses scheinbar gleichgültige Gesicht, wenn sie mich bei einer Lüge erwischte. Ich kaufte ihr sogar ein Geschenk vom Duty-free im Flugzeug, ein neues französisches Parfüm, von dem die junge, lächelnde Stewardess sagte, dass das jetzt alle kauften und sogar sie selbst es benutze.

»Sagen Sie selber«, sagte die Stewardess und streckte mir ihren sonnengebräunten Handrücken hin, »ist das nicht ein toller Geruch?« Ihre Hand roch wirklich ganz wunderbar.

*Die Tür dachte: Ein schönes Paar*

Ich habe nichts zu verlieren, dachte sich das Mädchen und half ihm, mit einer Hand ihren Büstenhalter zu öffnen, während sie sich mit der zweiten am Türrahmen abstützte. Wenn das Vögeln mit ihm grässlich ist, kann ich wenigstens erzählen, dass ich grässlich gevögelt habe, und wenn es echt die Bombe wird, dann hab ich sowieso meinen Spaß und kann auch noch erzählen, dass ich bombig gevögelt habe, oder, wenn er nachher ekelhaft zu mir wird, dass er grässlich gevögelt hat, und mich so an ihm rächen.

Ich habe nichts zu verlieren, dachte sich der Junge, wenn das Vögeln mit ihr gut ist, dann ist es ein Vergnügen, wenn sie mir einen bläst – dann sowieso, und auch wenn das Vögeln beschissen wird, dann ist es trotzdem wieder eine mehr. Die zweiundzwanzigste, die dreiundzwanzigste sogar, falls man mitzählt, wenn man's dir mit der Hand macht.

Dinge passieren, dachte sich die Katze, Leute kommen herein, stoßen an Möbel, machen Lärm, das ist irgendwie so eine Nacht. Viel Lärm, aber Milch ist schon lang nicht mehr da und kaum Fressen in der Schüssel, und auch das bisschen, das drin ist, ist echt widerlich. Die Katze auf der leeren Konservendose mag ja vielleicht lächeln, aber ich, wo ich sie schon von innen ausgeleckt habe, weiß, dass sie keinen Grund dazu hat.

Ich bin optimistisch, dachte sich das Mädchen, seine Berührung ist angenehm, so zart, vielleicht fängt hier ja irgendetwas an, vielleicht ist es Liebe. Solche Dinge kann man nie wissen. Einmal hatte ich so etwas, aus dem eine große Liebesgeschichte wurde, aber auch das zerplatzte am Ende. Er war nett, aber egozentrisch, hauptsächlich nett zu sich selber.

Ich bin optimistisch, dachte sich der Junge, wenn wir bis hierher gekommen sind, wird sie nicht mehr mittendrin aufhören, obwohl, man kann nie wissen, auch solche gibt's. Und dann gibt es urplötzlich diese erniedrigenden Gespräche. Die langen Sitzungen im Wohnzimmer. Diese pseudomäßigen Versuche, als ob es hier eigentlich überhaupt etwas zu kitten gäbe. Auf der anderen Seite, sogar das war den Alternativen vorzuziehen. Besonders wenn sie sich im Moment in Fernsehglotzen und Bohnenkonserven erschöpften.

Ich hab's satt, dachte sich der Fernseher, ich hab's echt satt, dass sie mich einschalten und dann aus dem Zimmer gehen, dass sie, sogar wenn sie mir gegenübersitzen, nicht wirklich hinschauen. Wenn sie sich bloß die Mühe machen würden, dann würden sie entdecken, dass es dermaßen viel in mir gibt, viel mehr als Sport und Clips und Nachrichten, aber dafür muss man gründlich suchen. Aber sie, sie glotzen mich an wie irgend so eine Megatittentussi, und wenn es irgendeinen geilen Clip oder irgendein Fallrückziehertor gibt, dann ist alles ganz wunderbar, aber wenn nicht, dann hopp! Und schon haben sie das Interesse verloren.

Es ist kalt, dachte sich die Katze, zu kalt, vor drei Wochen war noch Sonne da, ich bin immer draußen auf dem ausgeschalteten Klimaanlagenkasten gesessen, rundherum glücklich mit mir wie ein König, aber jetzt erfriere ich, und sie, sie wärmen sich gegenseitig, haben ihre Freude, was macht es ihnen schon aus, dass es hier kalt ist in der Nacht und dass am Tag bloß die ganze Zeit Lärm ist, und Ruß. Ganz ehrlich, mir persönlich reicht es schon längst mit diesem Staat.

Warum bin ich immer so zynisch, dachte sich das Mädchen, warum habe ich sogar jetzt zynische Gedanken, so bewusste, anstatt zu genießen, schaue ihn durch die Schlitze meiner als-ob-geschlossenen Augen an, und das Einzige, das mir in den Sinn kommt, ist, was denkt er über mich?

Moment, dass ich bloß nicht zu schnell komme, dachte sich der Junge, das macht weniger Spaß und wäre außerdem echt eine schöne Scheiße, denn sie schaut so aus wie eine, die hingeht und es rumerzählt, wenn ihr was nicht gepasst hat. Es gibt Rezepte dafür, jemand hat mir das mal erzählt, vielleicht, wenn ich mich anstrenge, weniger zu genießen und nicht so voll bei der Sache zu sein, wird es das rauszögern.

Er hat mich zugesperrt, dachte sich die Tür, zweimal, von innen, meistens lässt er mich offen, vielleicht ist das wegen des Gastes. Vielleicht hat er ohne Nachdenken zugesperrt, weil er insgeheim wollte, dass sie bleibt. Sie schaut eigentlich gutherzig aus, ein bisschen traurig, ein bisschen verunsichert, aber gut. Eine von denen, wo man bloß den Kanaldeckel zu heben braucht, um zu entdecken, dass drunter alles voller Honig ist.

Ich würde gern aufstehen und aufs Klo gehen, dachte sich das Mädchen, aber ich trau mich nicht. Der Fußboden sieht ein bisschen grindig aus. Eine Männerwohnung, nichts zu machen. Und wenn ich jetzt damit anfange, mich bloß für die paar Schritte anzuziehen, dann sieht das hysterisch oder minderbemittelt aus. Und das passt nicht zu mir. Das passt echt nicht zu mir. Echt nicht.

Ich hätte jemand sein können, dachte sich der Junge, jemand wie ein Star, ein Erfolgstyp, ich hab was zu sagen, es steckt in mir drin, aber irgendwie gelingt es mir nicht, es zu sagen. Vielleicht würde sie es verstehen?

Mir scheint, ich mache jetzt Miau, dachte sich die Katze, was hab ich schon zu verlieren, vielleicht beachten sie mich und streicheln mich ein bisschen, füllen Milch in die Schüssel. Mädchen lieben oft Katzen, das weiß ich aus Erfahrung.

Was für ein schönes Paar, dachte sich die Tür, ich wäre eigentlich sogar froh, wenn was draus würde, wenn sie zusammenziehen würden. Dieser Wohnung würde der Touch einer Frau ungemein guttun.

Ich habe ganz umsonst Angst gehabt, dachte sich die Frau, der Boden ist sogar sauberer als bei mir, und auch das Klo. Und seine Augen, sie sind irgendwie gut, und noch dazu hat er mich noch weiter gestreichelt, auch nachdem er gekommen ist. Ich weiß nicht, ob irgendwas draus wird, aber auch wenn es damit enden sollte, war es hübsch.

Vielleicht wenn ich etwas spielen würde, dachte sich der Mann, damit weitergemacht hätte, als ich klein war. Ich habe manchmal so alle möglichen Melodien im Kopf. Wie nett sie ist, wenn sie geht. Steigt nur auf den Zehenspitzen, hat Angst, dass der Fußboden dreckig ist. Ein Glück, dass die Putzfrau am Freitag da war.

Gerade jetzt fängt ein schönes Programm in mir an, dachte sich der Fernseher, ausgerechnet jetzt, wo keiner da ist, der es sieht. Das ist ärgerlich. Schon mehr als ärgerlich. Wenn bloß der Ton leiser wäre, ich wäre glatt imstande zu schreien.

*Der Winkel*

Es ist nicht klar, warum die drei es »Snooker« nannten, wo doch der Name von dem Spiel eigentlich »Pool« war. Aber die Wahrheit ist, dass nicht der Name wichtig war, sondern die Beschäftigung. So konnten sie sich nämlich jeden Tag am Billardtisch im Café treffen, irgendein kleines Turnier auf die Beine stellen und das Gefühl haben, dass sie echt was taten. Die Spiele waren meistens ziemlich ausgeglichen, denn der Einzige von ihnen, der eine Spur Erfahrung hatte, weil er in der Vorstadt aufgewachsen war, hatte keine Koordination. Der zweite hatte zwar Koordination, aber keine echte Motivation. Und der dritte, der vor Motivation geradezu platzte, hatte keinen Winkel drauf. Was hieß, dass immer, wenn er an der Reihe war, der Stoß dermaßen unmöglich war, dass er nicht mal theoretisch eine Chance hatte.

Pool ist ein Spiel für zwei, so dass immer einer am Rand herumhockte, Kaffee trank und ins Handy quatschte. Der, der in der Vorstadtsiedlung aufgewachsen war, rief ständig seine Freundin an und quäkte ihr infantil ins Handy, legte den Finger auf das Plastikteil, wo man reinredet, und tat so, als ob er ihre Lippen berührte. Es ist echt gewaltig, wie abartig bescheuert sich Leute anhören können, wenn sie mit ihrer Freundin telefonieren, besonders wenn sie sie sehr lieben. Denn wenn man eine bloß so bumst, sorgt man noch irgendwie dafür, die Fasson zu wahren, aber wenn man richtig verliebt ist? Das kann sich echt schon ein bisschen arg abturnend anhören. Apropos vögeln, der Zweite, der mit der

Koordination, trank nie Milchkaffee, sondern einen kurzen, brutalen Espresso, und in der Zwischenzeit versuchte er, die Gespräche in der Warteschleife von den ganzen Mädchen, mit denen er in der Woche was angefangen hatte, auszutarieren. Und vor lauter Anstrengung, dass ja keine der Geschichten mit den diversen, die er im Schwebezustand hielt, zu ernst wurde, gelang es keiner, aber auch wirklich keiner davon, zu was sehr Ernstem zu werden. Was manchmal vom Rand aus betrachtet ziemlich traurig erschien.

Der Dritte, der mit der Motivation, war der Einzige, der nichts trank und auch fast nicht per Handy telefonierte, weil er so ins Spiel versunken war. Einmal versuchte er sogar, eine Regel einzuführen, dass während des Spiels die Handys ausgeschaltet sein sollten. Aber die anderen waren nicht damit einverstanden, was ein bisschen frustig war, denn vor lauter Freunden und verwickeltem Hin und Her waren sie nie hundertprozentig beim Spiel. Wenn er am Rand saß, verbrachte er seine Zeit, anstatt zu trinken und zu quasseln, damit, sich selber dafür zu zerfleischen, dass er im vorigen Spiel verloren hatte. Und irgendwie war es permanent dieselbe Story, dass er immer, wenn er den kritischen Stoß hätte hinlegen sollen, keinen Winkel zusammenbrachte. Die Wahrheit war, dass er nicht allzu oft am Rand saß, denn vor lauter Bei-der-Sache-Sein fing er, wenn es für ihn nicht lief, zu mogeln an. Und die anderen ließen es ihm fast immer durchgehen, denn wenn du drei Jahre mit der gleichen Freundin durchziehst oder wenn du das Gefühl hast, dass dir bei vier Mädels gleichzeitig irgendwie unbehaglich wird, dann kommt dir beim Snooker Verlieren plötzlich wie Peanuts vor. So dass, quasi theoretisch zumindest, eigentlich alles hätte hübsch weiterlaufen können.

Bloß dass der mit der Motivation im tiefsten Inneren eben wusste, dass er, um zu gewinnen, ganz oft linkte, und noch dazu seine besten Freunde. Und das quälte ihn, denn im Grunde seines Herzens war er ein sehr ehrlicher Mensch. Weil er deswegen ganz unbedingt eine andere Lösung finden wollte, blieb er jeden Tag, nachdem seine Freunde schon gegangen waren, noch da, übte und versuchte zu verstehen, was er denn nicht richtig machte. So von der Seite betrachtet sah das schon ein bisschen pathetisch aus: Ein kahlköpfiger Junge von zweiunddreißig ordnet Kugeln in einer Reihe an, versetzt ihnen Stöße mit der Stockspitze und verflucht sich jedes Mal, wenn er danebentrifft, fast tonlos selber.

So ging das viele, viele Tage lang, bis die Bedienung, die dort arbeitete, beschloss, ihm zu helfen. Sie brachte ihm einen einzigen simplen Trick bei – dass er immer eine Zehntelsekunde, bevor er zustieß, aufhörte, an den Stoß zu denken, und dafür an was anderes, etwas Hübsches dachte. Verblüffenderweise funktionierte dieser Trick fast immer, und plötzlich wurde er dermaßen gut, dass seine Freunde nicht mehr mit ihm spielen wollten. Beide sagten, dass es deswegen sei, aber die Wahrheit war, dass es schon noch andere Gründe gab. Der aus der Vorstadt erwartete demnächst ein Kind, und er war die ganze Zeit mit Ultraschalls, Wohnungskrediten und allen möglichen so Kursen vor der Geburt beschäftigt. Und der Zweite brachte vor lauter Mädels und Unannehmlichkeiten nicht mal mehr genug Konzentration zusammen, um auch nur den Stock gerade zu halten. So dass dem mit der Motivation nur die Bedienung zum Spielen übrigblieb. Und obwohl sie ihn die ganze Zeit besiegte, machte ihm das nicht mehr wirklich was aus. Diese Bedienung hieß Karen, und sie hatte eine eiserne Regel – nicht mit Kunden auszugehen –, aber weil der mit der Motivation ja nie etwas bestellte, betrachtete sie ihn nicht in echt als Kunden, so dass er, quasi theoretisch zumindest, eine Chance hatte.

## *Eine letzte Geschichte und Schluss*

In jener Nacht, als der Teufel kam, um ihm sein Talent wegzunehmen, diskutierte er gar nicht, er heulte auch nicht oder machte Theater. »Was fair ist, ist fair«, sagte er und bot dem Teufel eine Mozartkugel und ein Glas Limonade an. »Es war sehr schön, es hat mich sehr gefreut, es war schlicht superduper. Aber jetzt ist die Zeit gekommen, nun bist du da, und das ist deine Arbeit. Ich werde dir keine Schwierigkeiten machen. Nur, falls es möglich ist, hätte ich gern noch eine kleine Geschichte, bevor du sie mir wegnimmst. Eine letzte Geschichte und Schluss. So dass mir noch irgendwie etwas vom Geschmack im Mund bleibt.« Der Teufel betrachtete das Goldpapier der Schokoladenkugel und wusste, er hatte einen Fehler gemacht, dass er sie angenommen und gegessen hatte. Immer sind es die Netten, die dir am meisten Bauchweh machen. Mit den Widerlingen hatte er nie ein Problem. Man kommt, holt ihnen die Seele raus, macht ihr den Klettverschluss auf, zieht das Talent raus, und das war's. Der Kerl kann ruhig bis morgen fluchen und schreien. Er, in seiner Funktion als Teufel, kann schon ein Häkchen auf dem Formular machen und zum nächsten Namen auf der Liste übergehen. Aber die Netten? Alle die mit dem ruhigen Reden, mit den Süßigkeiten und den Limonaden, was kannst du zu ihnen schon sagen?

»Na gut«, seufzte der Teufel, »eine allerletzte. Aber dass sie kurz wird, ja? Es ist schon fast drei, und ich muss mindestens noch zwei Adressen heute schaffen.«

»Kurz«, lächelte der Mensch müde, »sogar superkurz. Drei, vier Seiten maximal. Du kannst inzwischen fernsehen.«

Nachdem er noch zwei Mozartkugeln vertilgt hatte, lümmelte sich der Teufel aufs Sofa und fing an, mit der Fernbedienung zu spielen. Inzwischen konnte er im anderen Zimmer den Menschen, der ihm die Schokoladenkugeln gebracht hatte, auf der Tastatur klopfen hören, in unaufhörlich stetem Rhythmus wie jemand, der irgendeinen Geheimkode von einer Million Zahlen in einen Geldautomaten eintippt. »Gebe Gott, dass ihm was echt Schönes gelingt«, dachte sich der Teufel und starrte auf die Ameise, die in einem Naturfilm auf Kanal acht über den Bildschirm stapfte. »So was in der Art mit viel Bäumen und einem kleinen Mädchen, das seine Eltern sucht. Etwas mit einem Anfang, der dich kalt an den Eiern packt, und einem dermaßen herzzerreißenden Ende, dass die Leute einfach zu heulen anfangen müssen.« Er war wirklich ein netter Kerl, dieser Mensch. Nicht bloß einfach nett, sondern einer mit Würde. Und der Teufel hoffte für ihn, dass er wirklich schon so gut wie am Schluss war. Es war nach vier, und innerhalb der nächsten zwanzig Minuten, maximal einer halben Stunde, fertig hin oder her, musste er dem Menschen die Klettverschlüsse öffnen, die Ware herausziehen und schleunigst den Abflug machen. Sonst würde er nachher im Lager dermaßen Scheiße zu fressen kriegen, dass er gar nicht mal daran denken wollte.

Bloß war der hier tatsächlich in Ordnung. Fünf Minuten darauf kam er auch schon schwitzend aus dem anderen Zimmer mit vier getippten Seiten in der Hand. Die Geschichte, die er geschrieben hatte, war wirklich eine schöne Geschichte. Nicht von einem kleinen Mädchen und nicht kalt an den Eiern packend, aber irrsinnig bewegend. Und als der Teufel ihm das sagte, freute sich der Mensch ganz furchtbar und zeigte es auch. Dieses Lächeln blieb ihm auch noch, nachdem ihm der Teufel das Talent herausgezogen hatte, es ganz klitzeklein zusammengefaltet und in der besonderen Schachtel mit den Styroporkügelchen verstaut hatte. Und während der ganzen Zeit machte der Mensch nicht ein einziges Mal diese leidende Künstlermiene, er brachte ihm bloß noch mehr Süßigkeiten.

»Richte deinen Bossen Dank aus«, sagte er zum Teufel, »sag ihnen, ich hab's wirklich genossen, das Talent und das Ganze. Nicht vergessen.« Der Teufel sagte zu ihm, ginge in Ordnung, und für sich dachte er, wenn er statt einem Teufel auch ein Mensch wäre oder wenn sie einfach Bekannte unter anderen Umständen wären, dann hätten sie Freunde sein können. »Weißt du, was du jetzt machen wirst?«, fragte der Teufel besorgt, als er schon in der Tür stand.

»Nicht wirklich, ich werde es sicher öfters ans Meer schaffen, meine Freunde sehen, solche Sachen. Und du?«

»Arbeit«, antwortete der Teufel und rückte die Kiste auf seinem Rücken zurecht, »außer Arbeit hab ich nichts im Kopf, das kannst du mir glauben.«

»Sag mal«, fragte der Mensch, »nur so aus Neugier, was machen sie denn am Schluss mit diesen ganzen Talenten?«

»Ich weiß nicht so recht«, bekannte der Teufel, »ich bring sie bloß ins Lager, dort zählen sie sie durch, stempeln den Lieferschein ab, und das war's. Was danach mit ihnen passiert, da hab ich echt keine blasse Ahnung.«

»Wenn dir bei der Zählung mal eins zu viel rauskommt, nehme ich es jederzeit gerne mit Freuden zurück«, lachte der Mensch und klopfte auf die Kiste. Auch der Teufel lachte, aber eher so ein freudloses Lachen, und die ganzen vier Stockwerke hinunter dachte er nur an die Geschichte, die der eine gerade geschrieben hatte, und an diesen Einsammeljob, der ihm früher mal sogar ganz gelungen schien.

## *ErIch*

Im Alter von einunddreißig fand Erich fast alle Träume verwirklicht, die die ihm Nahestehenden für ihn geträumt hatten.

Er war nicht weniger erfolgreich, als alle gehofft hatten, war dabei jedoch bescheiden geblieben, eine Tatsache, die einen Vater mit Stolz erfüllte. Ganz zu schweigen davon war er auch verheiratet, genau so, wie seine Eltern und seine Frau es sich immer erträumt hatten, und sogar gesund, außer dieser kleinen Geschichte mit den Hämorrhoiden. Und trotzdem – Erich war nicht glücklich, ein Faktum, das des Öfteren dazu führte, dass er durchaus ein Frustgefühl empfand. Seine Mutter hatte schließlich seit seiner Geburt immer gewollt, dass er glücklich wäre.

### ETWAS BEWEGENDES

Wenn Erich alles hätte verlangen können, was hätte er gewollt?

Stille? Stille, das ist Ruhe, das ist Badeschaum, sprießendes Gras, das ist, was in deinem Kühlschrank passiert, nachdem die Tür geschlossen wird und das kleine Licht erlischt. Kurz, Stille ist nichts, und von diesem Nichts werden wir irgendwann einmal noch genügend haben, so viel ist sicher, nachdem wir tot sind. Im Moment, so fühlte Erich, brauchte es hier etwas komplett anderes. Irgendwas, egal welchen Namens, nur zu Herzen sollte es gehen wie die Tränen eines Krokodils. Etwas Starkes, Schwieriges, Gefährliches – aber trotz allem Erfolgreiches. Etwas, das seine Seele überschwemmen, sie dazu bringen würde, über die Ufer zu treten, das man gleichzeitig aber auch drinnen behalten konnte. Etwas Bewegendes, aber wirklich und wahrhaftig Bewegendes, so wie Liebe oder eine Mission oder eine Idee, die die Welt um Lichtjahre vorwärtskatapultieren würde. Ganz genau irgend so was hätte er gebraucht. Mindestens eins davon, vielleicht sogar zwei, und zwar dringend. Denn der Mensch ging hier inzwischen langsam ein. Die Lage war, trotz seiner nonchalanten Fassade, wirklich sehr, sehr ernst.

»Ich habe gehört, dass Susan Vega nach Israel kommt«, sagte seine Frau, ohne den Blick von der Zeitung zu heben. »Hast du Lust?«

»Warum nicht?«, lächelte er und wischte sich den Schweiß vom Gesicht, bemüht, sie nicht merken zu lassen, wie aufgewühlt er war.

»Ihre erste Platte habe ich wirklich sehr gemocht«, sagte seine Frau, »die zweite weniger. Und die dritte hab ich nicht gehört, aber alle sagen, dass sie grässlich ist. Sie haben auch gesagt, dass sie ein Buch hat, das man nur im Internet kaufen kann. Wenn du willst, können wir Karten bestellen, auch für Jara, sie kommt sicher gern mit.«

Jara war eine gute Freundin seiner Frau. Nicht sehr hübsch, nicht so wahnsinnig interessant. Aber mit einer absolut glatten Haut und einem guten Geruch, von der willfährigen Sorte. Früher, bevor er geheiratet hatte, hatte er immer von solchen phantasiert, halb onaniert, halb gebetet, dass so eine kommen würde. Nicht dass ihm das viel geholfen hätte. Und heute, wo er treu verheiratet war, machte das nun wirklich keinen Unterschied mehr.

»Wie du möchtest, Liebes«, sagte er, wobei er das »du« auf fast unterwürfige Weise betonte.

Die Karten waren teuer, und die Vorstellung war etwas langweilig, aber doch auch bewegend. Sie sah traurig aus, als sie sang, und das ging Erich sehr zu Herzen. An irgendeinem Punkt malte er sich aus, dass er auf die Bühne ging und sie küsste. Ein elektrisierender Kuss, der sie sofort zur Seinigen machen würde. Danach wurde eine Zugabe verlangt. Aber obwohl sie klatschten, kam sie nicht wieder zum Singen heraus. Kehrte nach Amerika zurück. Vielleicht Selbstmord?, dachte er sich noch in der gleichen Nacht, als er versuchte, die Getränke von seiner Frau und Jara den ganzen Weg von der Bar zu balancieren, ohne etwas zu verschütten. Vielleicht tatsächlich Selbstmord?

## EIN GEBROCHENES HERZ

Einmal war er tatsächlich jemandem, der sich umbrachte, ganz nah gewesen. Nicht gefühlsmäßig, aber physisch. Es geschah beim Militär. Er diente damals im Regierungsviertel von Tel Aviv und war vom Stabsfeldwebel zu einer Verhandlung bei den Stiefelleckern beordert, weil er ohne Mütze angetroffen worden war. Und genau als er an dem hohen Gebäude mit der Antenne vorbeiging, fiel jemand direkt neben ihm herunter und zerschmetterte. Eine Soldatin, sie sagten, ein gebrochenes Herz, Unteroffizierin. Liat Nochwas. Im Nachhinein erinnerte er sich, dass er irgendwie so eine Art Schrei über sich gehört hatte, als sie fiel. Aber er hatte den Kopf nicht gehoben. Hatte nicht einmal die Töne richtig aufgenommen.

Zur Verhandlung traf er von oben bis unten mit ihrem

Blut bespritzt ein. Er wurde freigesprochen. Liat Atlas. Das war ihr Name. Er wurde nachher sogar vorgeladen, um eine Zeugenaussage bei der ermittelnden Militärpolizei zu machen. So konnte es nicht weitergehen, das stand fest. Vielleicht brauchte er eine Behandlung.

## VIEL GEDULD

Der Therapeut von Erich war stark behaart.

Der Therapeut von Erich kostete eine Stange Geld.

Der Therapeut von Erich sagte, dass es ganzganz viel Geduld brauchte.

Die meiste Zeit hörte er nur zu.

Wenn er dann mal was sagte, war es meistens Stuss oder irgendeine nervige Frage.

Es brauchte ganzganz viel Geduld.

Einmal sagte er zu seinem Therapeuten: »Vielleicht schweige ich jetzt ein bisschen, und Sie erzählen mir irgendwas über sich selbst?« Worauf der Therapeut von Erich ihn mit dem müden Lächeln von jemand anlächelte, der diesen schlauen Spruch schon des Öfteren gehört hatte, aber unter diesem Lächeln war auch klar erkennbar, dass er nicht viel zu erzählen hatte. So wie es aussah, war das Einzige, was dem Therapeuten von Erich zugute zu halten war, dieser matte Charme des Geheimnisvollen. Rätselhaften. Wie zwischen einem Jungen und einem Mädchen beim ersten Treffen, dieser Zweifel, wenn er versuchen würde, sie zu küssen, ob sie ihn ließe, und falls ja, wie würde ihr nackter Körper ausschauen? Geheimnisvoll, das war der einzige Trumpf, den sein Therapeut hatte, und er hatte nicht die Absicht, so einfach auf ihn zu verzichten.

Bei jener Sitzung schwiegen sie beide, fünfzig Minuten lang. Diese fünfzig Minuten vertrieb sich Erich mit dem Gedanken daran, was eigentlich wäre, wenn sein Therapeut eine schöne, reife Frau wäre und Erich von seinem Platz aufstehen und ihr den langen, glatten Hals küssen würde. Wie würde sie reagieren: Eine Ohrfeige? Vielleicht ein halb überraschter Seufzer? Nur dass sein Therapeut eben keine schöne, reife Frau war. »Es braucht viel Geduld«, sagte er zu Erich am Ende jener Sitzung, als er die Quittung ausschrieb, »viel Geduld.« Und beide zückten die Kalender und taten so, als hätten sie tatsächlich vor, sich in Zukunft zu treffen.

## SCIENCE FICTION

Einmal las er in der Zeitung ein Interview mit einer Partnerschaftsberaterin, die sagte, um in einer Beziehung etwas zu erneuern, müssten die Partner gemeinsam das Bad putzen, während sie nackt seien, oder spezielle, aus Zucker bestehende Unterhosen kaufen und sie sich gegenseitig ablecken, bis sie verschwunden seien. Erich und seine Frau taten nichts, was diesen komplexen Kombinationen, die er in der Zeitung las, irgendwie ähnlich gewesen wäre, aber auch so war es klar, dass sie nach einem äußerst müden halben Jahr plötzlich auf etwas kamen. Wie in den Science-Fictionfilmen, wo es immer diese Waffen gibt, die die Frequenzwelle des Menschen finden, und er fängt zu zittern an, bis am Schluss die Effekte kommen und er explodiert, so gelang es auch ihm und seiner Frau, einer beim anderen irgendeine geheime Wellenlänge zu finden. »Vielleicht sollten wir ins Ausland verreisen«, sagte seine Frau einschmeichelnd nach einem der Male, wo er gekommen war, »wir haben noch nie im Ausland gevögelt.«

»Wir haben am Sinai gevögelt«, machte er einen Versuch.

»Sinai gilt nicht«, sie näherte sich ihm und küsste seine Augen, »der Sinai ist im Prinzip Israel. Abtretung und alles hin oder her. Komm, wir fahren nach Griechenland.«

## HIER

Am Ende fuhren sie nicht nach Griechenland. Sie probierten es, aber es wurde nichts daraus, und zwar wegen ihr, ausgerechnet. Von der Arbeit aus boten sie ihm einen Internetanschluss daheim an, und er versuchte stundenlang, sich einzuloggen. Als er es geschafft hatte, suchte er hauptsächlich nach Namen von Menschen, die er kannte, aus der Arbeit und aus dem Leben. Einmal fand er in irgendeiner Homepage von anarchistischen DJs aus Holland den Namen seines Nachbarn über ihm, oder vielleicht war es auch ein anderer Reuven Lachiani. Seinen eigenen Namen fand er nirgendwo, aber er entdeckte ganz flink, dass es Einträge gab, wo er seinen Namen mit List hineinschmuggeln konnte, und ab da klickte er dermaßen viele davon an, bis er beim letzten Suchbefehl, den er eingab, über siebzig Homepages erhielt, auf denen sein Name erwähnt war. »Ich muss von hier fliehen«, dachte er, aber gleichzeitig wusste er auch, dass er, solange es ihm nicht wirklich zu begreifen gelang, was dieses Hier war, keinerlei Chance hatte.

Eines Nacht hatte er einen nahezu prophetischen Traum. In diesem Traum war er in einem fernen Land, saß nackt auf einem Bürgersteig. Es war nicht so recht klar im Traum, was er dort machte. Er schaute neben seine Füße, um zu sehen, ob dort Geld hingeworfen lag. Wenn ein bisschen Geld, auch nur eine Münze, da gewesen wäre, hätte er denken können, dass er ein Bettler war. Bloß dass dort überhaupt nichts war, was Erich dazu veranlasste zu denken, dass er im Traum vielleicht ein gescheiterter Bettler war oder sogar so ein Performancekünstler. Komisch, immer wenn er träumte, interessierte ihn am allermeisten, welchen Beruf er hatte. Sogar in den läppischsten Träumen, solche, wo dir die Zähne ausfallen oder wo du ertrinkst, war sein erster Gedanke sofort immer: »Bin ich ein ertrinkender Kapitän? Ein Regulärer auf einem Kriegsschiff? Vielleicht ein Fischer?« Und noch während er im Traum in den Strudel hinuntergesogen wurde, kämpfte er dagegen an und versuchte, aus den Einzelheiten seiner Kleidung seinen entschwundenen Beruf heraufzubeschwören.

Nur dass in diesem Traum, in dem er splitternackt auf dem Bürgersteig saß, klar war, dass der Beruf nicht die Hauptsache war. Auch dass er nackt war, war keine wilde Affäre. Das Entscheidende im Traum lag überhaupt an ganz anderer Stelle, einer Stelle, die sich nicht benennen ließ. Dieser Mensch, der im Traum Er war, empfand so Dinge, dass es schade um die Zeit war, und der echte Erich, der in dem Traum zu Gast war und bloß an Berufe dachte, schämte sich ein bisschen, dass er nicht mehr wie Er sein konnte. Komisch, dachte sich Erich, mich selbst im Traum zu beneiden. Und noch dazu um was? Darum, dass ich nackt bin? Darum, dass ich auf einem Bürgersteig sitze? Darum, dass ich ganz und gar allein bin?

## ANDERE GEDANKEN

Am Ende verließ sie ihn. Komisch. So viele Gedanken hatte er immer wieder und wieder gewälzt, über die sie, wenn sie bloß davon gewusst hätte, in hysterische Tränen ausgebrochen wäre oder ihm eine Ohrfeige gegeben hätte oder gleich beides, und während dieser ganzen Zeit, wo er sie angeschaut hatte, um zu prüfen, ob sie etwas mitkriegte, hatte sich die Frau von Erich ihre eigenen Gedanken gemacht. Seinen Augen waren sie ziemlich unschuldig erschienen: Gedanken über Kuchen und Nachspeisen, Erholung, Kurbäder, die Gesundheit ihrer Mutter. Aber zu guter Letzt stellte sich heraus, dass sie auch andere Gedanken gehabt hatte. Gedanken, wegen deren sie ihn verließ. Was heißt verließ, sie ließ sich scheiden. Wenn sie ein Kind gehabt hätten, hätten sie es sicher geschafft, eine Lösung zu finden oder es wenigstens weiter zu versuchen, für das Kind. Aber so, ohne Kind, war nicht mal jemand fürs Versuchen da.

## NISSIM

Am Abend, zwei Tage nachdem die Frau von Erich ihn verlassen hatte, erklang ein zögerndes Klopfen an der Tür. Erich ging gefasst zur Tür, bemüht, keinerlei Freude oder Hoffnung durchscheinen zu lassen, während er aufmachte, ohne vorher durch den Spion zu spähen. In der Tür standen Nissim Roman und seine kleine Tochter Levija, die Hände vollgepackt mit Milchprodukten. »Unser Kühlschrank ist auf einmal kaputtgegangen«, sagte Nissim Roman schüchtern, »ein Mistkühlschrank. Wenn der Techniker in der Früh kommt, werd ich ihm schon den Kopf waschen. Und ich hab gedacht, vielleicht, in der Zwischenzeit, wenn Platz ist, ein paar Sachen bei euch unterzustellen.« Als Erich den Kühlschrank vor ihnen öffnete, versuchte Nissim, sein Mitgefühl zu verbergen. »Ziemlich viel Platz«, lächelte er Erich verlegen an, und Levija räumte die Milchprodukte in hübschen Häufchen in eines der Fächer. »Wir holen sie morgen ab«, versprach Nissim, »gleich in der Früh«, und er und Levija gingen wieder, überließen Erich sich selbst.

Die ganze Nacht konnte Erich nicht einschlafen. Und als er doch endlich einschlief, träumte er, wie er sich zum Kühlschrank stahl und die Dickmilch von Nissim Roman und seiner Tochter mit den traurigen Augen aufaß, und er wachte mit einem Schlag ganz entsetzt auf. Es hatte etwas Beängstigendes, diese Begehrlichkeit, mit der er an diese Dickmilch dachte. Etwas stark Beängstigendes. In der Früh kam das Mädchen und holte alles. Erst dann gelang es Erich einzuschlafen. Fünf Minuten danach rief sein Vater an und weckte ihn auf.

## DIE ALTE GARDE

Wenn es etwas gab, worin der Vater von Erich wirklich gut war, dann war es das Verfassen von Nachrufen. Er hatte so eine Gabe, die Eigenschaften der Toten, wegen denen man sie vermisste, exakt zu identifizieren. In seiner Jugend hatte der Vater von Erich nicht viel Gelegenheit gehabt, dieses phantastische Talent zu benützen. Aber jetzt, wo er und seine Freunde schon die siebzig überschritten hatten, fand er sich stark beschäftigt. »Welwele ist gestern gestorben«, sagte er zu Erich am Telefon, »deine Mutter hat ihn gehasst, weißt du, und sie hat auch genau da eine Kartenrunde, also kommt sie nicht mit. Vielleicht könntest du mit mir zum Begräbnis kommen?« So fand sich Erich in Kirjat Schaul wieder, bei einer Temperatur von zweiunddreißig Grad, am offenen Grab von noch einem von denen, die sein Vater »die alte Garde« zu nennen pflegte, hörte allerlei absonderlichem Gemurmel eines Rabbiners zu, dem es an Sicherheit und Koordination mangelte, geduldig darauf wartend, dass sein Vater ihn und die anderen, wie stets, mit dem Gefühl von Verlust und Kummer füllen würde. Nur dass Erich im Falle von Welwele schon traurig von zu Hause gekommen war, so dass es praktisch fast schon ein gewonnenes Spiel war. Er versuchte, sich an Welweles Gesichtszüge zu erinnern, die er von Kindheit an kannte, aber es wollte ihm nicht so recht gelingen. An was er sich jedoch schon erinnerte, und zwar wirklich bis in die allerkleinsten Einzelheiten, das war Welweles seltenes Talent, fast jedem Menschen, den man kannte, zu ähneln. Jedes Mal, wenn Erich ihn auf der Straße traf, war er sicher, es sei Pinchas, irgendein anderer Freund von seinem Vater, oder Herr Pliskin, irgend so ein Jude, der früher mal einen Krämerladen auf der Bialikstraße gehabt hatte, oder alle möglichen anderen Leute. Auch der Vater von Erich geriet immer durcheinander. Alle verwechselten ihn. Frauen, die Welwele ein Kompliment machen wollten, sagten zu ihm, dass er sie an irgendeinen Filmschauspieler erinnerte, und tatsächlich, egal wer dieser Schauspieler war, er sah ihm immer ein bisschen ähnlich. Am offenen Grab von Welwele erzählte der Vater von Erich, dass Welwele schon derart daran gewöhnt war, dass er sich, wenn er jemand auf der Straße egal welchen Namen rufen hörte, immer umdrehte, da er wusste, dass sie eigentlich ihn riefen. »Einmal, als wir im Café Aviv saßen«, sprach der Vater von Erich mit feuchten Augen in seiner Trauerrede, »hat mich Welwele gefragt, ob ich denn meinte, dass alle diese Menschen, die ihn verwechselten, sich auch andersherum irrten und jemand anderem auf der Straße ›Welwele! Welwele!‹ hinterherrufen würden.«

## EIN HAUS OHNE KAKERLAKEN

Im Hof seines Wohnhauses standen Nissim Roman und seine kleine Tochter und schauten ziemlich hypnotisiert den Mann mit T-Shirt an, auf dem »Der Kakerlaken-Eichmann« stand, darunter das Bild von einer elefantösen Kakerlake, die auf dem Rücken zappelte. Der Terminator versuchte, den Deckel der Kanalisation zu heben, und unterdessen erzählte er den Romans, wie einmal der Oberentomologe im Gesundheitsministerium zu ihm gesagt hatte, dass es so etwas wie ein Haus ohne Kakerlaken nicht gebe. Es gibt immer ein paar Kakerlaken, aber weil sie nur im Dunkeln rauskommen, bemerkt man sie nicht, wenn sie an einem vorbeihuschen. Und wenn man es schon merkt, auch wenn es bloß eine oder zwei sind, dann besagt das im Grunde, dass es sie dort massenhaft gibt. Und tatsächlich, unter dem Kanaldeckel rannten so in etwa eine Million Kakerlaken herum. »Mammilein!«, schrie die kleine Levija auf und ergriff die Flucht, und Nissim Roman klapperte ihr auf den Fersen hinterher mit seinen offenen Pantinen. Im Hof waren jetzt nur noch der Terminator, ein panischer Schwarm Kakerlaken in letzten Todeszuckungen und Erich zurückgeblieben, der wie ein Irrsinniger schwitzte in seinem Trauerstaat, den sein Vater ihm leihweise aufgedrängt hatte. »Von Begräbnis zu Begräbnis, haha?«, lachte der Terminator, unterbrach sich für eine Sekunde dabei, in die Kanalisation hineinzusprühen, und deutete auf Erichs Schädel. Erst da ging Erich auf, dass er vergessen hatte, die Kippa aus Pappe abzunehmen, die er am Eingang zum Friedhof aufgesetzt hatte.

## ZEHNMAL SO VIEL

Ein- bis zweimal am Tag ging Erich aus dem Haus, um seiner Exfrau hinterherzuspionieren, spähte ihr von einem der Bäume gegenüber in die neue Wohnung. Die meiste Zeit machte sie nichts Besonderes. Alle möglichen Dinge, die er schon aus ihrer Ehe kannte: Fernsehen, viele Bücher, manchmal irgendein Film mit Jara. Nach dem Duschen betrachtete sie ihren Körper immer im Spiegel, kniff sich an allen möglichen Stellen und schnitt putzige Gesichter. Die Wahrheit war, dass es echt leicht war, sie zu mögen während dieser Zeremonie, und Erich fragte sich, ob das irgendwas Neues war oder ob sie das schon immer gemacht und er es einfach nicht bewusst registriert hatte, denn mit dem Beobachten hatte er erst angefangen, nachdem sie sich getrennt hatten. Kann sein, dachte er, dass es noch viele Dinge bei ihr gibt, die ich nicht weiß, Dinge, wegen denen ich sie, hätte ich sie gewusst, als wir zusammen waren, zehnmal soviel geliebt hätte. Und auch ich, kann sein, dass es eine Million solcher liebenswerter Sachen bei mir gibt und dass sie mich, wenn sie sie gekannt hätte, nie hätte verlassen wollen. Wer weiß, es kann gut sein, dass ganz viele liebenswerte Dinge zwischen ihnen, neben ihnen vorbeigegangen waren, im Dunkeln, wie die Kakerlaken. Und dass sie es nicht gemerkt hatten, besagte noch lange nicht, dass sie nicht da gewesen waren.

### MEHRWERTSTEUER

»Denk drüber nach«, sagte der Vater von Erich, »ich war noch nie in Indien, du wolltest immer reisen. Deine Mutter hat gesagt, sie wär auch ganz froh, für ein paar Wochen von mir zu verschnaufen. Was meinst du?« Als er sah, dass Erich zögerte, fuhr er fort: »Schau her, ich hab mein Leben schon beendet. Was mir jetzt noch bleibt, ist praktisch nur noch die Mehrwertsteuer. Ohne viel Verpflichtungen, ohne viel Sorgen. Mit ein paar scharfen Espressos, einem Tröpfchen Quality Time mit meinem liebenswürdigen Sohn, und vielleicht, wenn es sich ausgeht, sogar noch irgendein kleiner Treck auf einem Elefanten. Und auch du, mein Sohn, was hast du hier schon zu tun? Wie lange kannst du deiner Geschiedenen wohl noch heimlich in die Dusche linsen? Am Ende werden sie dich bloß noch verhaften, oder du fällst vom Baum runter. Wäre es da nicht vorzuziehen, stattdessen mit deinem Vater eines der sieben Weltwunder zu besichtigen?«

### INDIEN

In dem rotierenden Restaurant auf dem Dach ihres Hotels in Delhi spielten sie nur ein einziges Lied in Endlosschleife, »My Way« von Frank Sinatra. Das gleiche Lied, immer wieder und wieder, bei jedem Essen, drei Mahlzeiten pro Tag. Die potenzierte Wirkung des gehäuften Hörens des vervielfachten Lieds summierte sich bei Erich zu seelischer Pein. Der Vater von Erich nahm es dagegen relativ leicht und pfiff sogar immer wieder zusammen mit Sinatra, doch Erich weigerte sich, sich in sein Geschick zu fügen, und am dritten Tag verlangte er vom Geschäftsführer des Restaurants sogar eine Erklärung. »Why same song?«, wiegte der lächelnde Inder seinen Kopf von einer Seite zur anderen, wie es so die Art ist bei den Indern. »This is like asking why same restaurant go round and round. Restaurant go round and round because this is best restaurant in Delhi. Same with song. ›My Way‹ – best song, and we play only best song in best restaurant in Delhi.«

»Yes, but there are other songs. Also good songs«, versuchte es Erich.

»›My Way‹ – best song«, wiederholte der Geschäftsführer das Mantra mit unverrückbar lächelnder Entschiedenheit, »no second best for my guests.«

Außerhalb des sich drehenden Restaurants schien die Welt sogar noch seltsamer, und Erich musste feststellen, wie er sich im Hotel einsperrte, während sein Vater tollkühne Ausfälle nach draußen unternahm, von denen er voller neuer Erlebnisse und mit krätzigen Freunden zurückkehrte, die durchaus mit Freuden mit dem Aufzug in die vierzehnte Etage hinauffuhren, um seinen hochbegabten, wenn auch ein wenig depressiven Sohn kennenzulernen.

Als er das Gefühl hatte, Delhi ausgequetscht zu haben, schleppte der Vater von Erich seinen abgekapselten Sohn nach Norden, in die hinreißend schönen Dörfer, wo es sogar Erich zu gefallen begann. Diese Schönheit und die Gutherzigkeit und Aufgeschlossenheit der Inder, im Verein mit den Alte-Garde-Geschichten des Vaters von Erich, verschmolzen in seinem Gehirn zu einer Art irgendwie nicht fassbaren, aber zu Tränen rührenden Potpourri. Und so, während er auf einem Elefanten in den Sonnenuntergang ritt, vernahm er die traurige Geschichte vom Leben des knochendeutschen und äußerst korrekten Boxers, der von Freiburg nach Ramat-Gan gelangte und die Atom-Bar aus dem Nichts aufbaute, und wie er mit einem ungeheuren Haken und gespaltenen Herzen die zwei Gebrüder Sinkevitsch zu Boden gehen ließ, obwohl er in seinem geheimsten Innersten glaubte, dass das Niederschlagen von Bargästen dem Geschäft Unglück bringen würde – und tatsächlich, drei Jahre später wurde die Bar von einem gesichtstätowierten Kanakengoi bis auf die Grundmauern niedergebrannt, nachdem ihn eine lokale Nutte beleidigt hatte.

Auch die Inder, stellte sich heraus, liebten die Geschichten des Vaters von Erich. Sie lauschten ihnen konzentriert und lachten meistens an den richtigen Stellen, was Erich manchmal glatt vergessen ließ, dass sie kein Wort verstanden. Ein näher prüfender Blick offenbarte, dass sie sich mehr als aufs Zuhören auf den prachtvollen, entblößten Bauch von seinem Vater konzentrierten, auf die Art, wie er bebte, wenn er etwas Lustiges oder besonders Bewegendes erzählte. Am unteren Rand des Bauchs von seinem Vater lugte eine Blinddarmnarbe hervor, und einer der Inder erklärte Erich in gebrochenem Englisch, dass sie jedes Mal, wenn sich die Narbe rötete, wussten, dass etwas sehr Gefährliches in der Geschichte passierte. Der Vater von Erich nahm dieses ganze Publikum als vollkommen naturgegeben hin und fuhr fort, sich lauthals, während er wiederholt den Speichel hinunterschluckte, der ihm vor lauter Aufregung im Mund zusammenlief, an Schije Barbalt zu erinnern, den legendären Alte-Sachen-Händler aus der Mavdilstraße, der mitten in der Nacht klammheimlich mit seinem Karren loszog, mit einer Axt sämtliche Hinweisschilder demolierte, die »Kein Zutritt für Pferde« besagten, und ihre zerhackstückten Kadaver im Hinterhof des Verkehrsamts der Stadtverwaltung verstreute. Interessant, was die Inder darüber gedacht hätten, wenn sie es trotz allem verstanden hätten. Garantiert stellten sie sich dieses Ramat-Gan so wie einen exotischen Ort vor. Tatsache war, dass sogar für Erich, der am Derech Haschalom, nur drei Kilometer weit weg von dem Ort, wo sich diese ganzen Geschichten abspielten, aufgewachsen war, das Ramat-Gan seines Vaters sehr fern klang – nicht nur in Raum und Zeit, sondern auch in einer Million anderer Hinsichten, die er nicht einmal beim Namen nennen konnte.

## GLEICH SICH SELBST

Der Tod des Vaters von Erich kam aus dem Nirgendwo. Plötzlich fühlte sich sein Vater »ein bisschen mies«, auf einmal Schwindel, auf einmal Fieber, auf einmal suchte man einen Arzt, aber es gab keinen. Viel Trinken, im Zimmer ruhen. Der Vater von Erich lächelte die ganze Zeit. Das Fieber, sagte er zu Erich, war sogar ganz angenehm. »Das ist wie nach einer Flasche Chivas«, lachte er, »nur ohne dass einem schlecht wird.« Wenn Erich mit ihm allein war, sah es eigentlich nach nichts weiter aus, aber die Besorgtheit des Inders, bei dem sie wohnten, machte deutlich, dass es sehr ernst war. Der Vater von Erich war ganz ruhig, und das war keine Verstellung, aber es sagte auch überhaupt nichts über die Lage aus. Es war hier ja nicht von Tod die Rede, letztendlich war es bloß ein Aufzehren des Mehrwerts. Sein Leben hatte schließlich schon längst geendet, und alles, was seitdem passiert war, war ein Extraplus, eine Art qualitätsvoller Zeitvertreib mit seinem netten Sohn an den weiten Steuerrändern der Zeit.

Nachdem er gestorben war, begrub ihn Erich im Hof des Hauses, in dem sie logierten. Der indische Hauswirt versuchte, Erich davon zu überzeugen, dass er den Leichnam besser verbrannte, aber als er sah, dass Erich starrsinnig blieb, brachte er zwei Spaten an und half ihm eigenhändig beim Graben. Bis sie das Grab zugeschaufelt hatten, war es schon Abend geworden. Erich beschäftigte sich mit der Blase, die am Daumenansatz der Hand, mit der er gegraben hatte, aufgetreten war, und sann darüber nach, was er auf den Grabstein schreiben sollte. Komisch, dass sein Vater derart gut in Nachrufen gewesen war, während er nicht einmal an einen einzigen Satz denken konnte. Das Einzige, was ihm in Verbindung mit seinem Vater in den Kopf kam, war, dass er sich selbst gleich war. Eine Menge Gedanken schwirrten Erich im Kopf herum, ein Teil davon sagte ihm, dass es generell ein Fehler war, seinen Vater hier zu begraben, dass er die Leiche nach Israel zurückbringen und sofort zu Hause seine Mutter anrufen müsste, nach der er sich sehr sehnte, und vielleicht auch seine Geschiedene, die den Vater von Erich sehr gemocht hatte und die die gegenwärtige traurige Situation vielleicht dazu bewegen könnte zurückzukommen, und sei es nur für eine begrenzte Zeit aus Mitleid. Andere Gedanken waren mit Barbalt, Welwele und der Atom-Bar beschäftigt, mit dieser ganzen Welt, die Erich nie gekannt hatte und mit der sich der Vater von Erich nun vereinte. Und daneben gab es auch Gedanken an Pässe, Rupien, Und-was-jetzt sowie eine weitere kleine Überlegung – wie das Leben ihn bisher geschützt hatte, wie eine Zitrone in einer gepolsterten Kiste, und wie selten es ihn in seinen gesamten zweiunddreißig Jahren dazu gezwungen hatte, toten Menschen zu begegnen (zweimal): seinem Vater und der Soldatin mit dem gebrochenen Herzen, die im Regierungsviertel neben ihm zerschmettert war. Erich saß da und wartete darauf, dass alle diese Gedanken vorübergingen, aber als er sah, dass sie bloß ständig weiter- und weiterrotierten, stand er auf, steckte ein halbes Brett in die Erde des Grabes und schrieb in Druckbuchstaben mit schwarzem Filzstift darauf: »Die alte Garde«.

## LEVIJA

Auch nachdem der Vater von Erich gestorben war, gondelte Erich weiter in Indien herum, ohne irgendein bestimmtes Ziel. Zeitweise fühlte er sich gelangweilt oder beschissen, nur so, ohne Grund. Ganz oft auch verspürte er Glück, aber auch das ohne jeden wirklich guten Grund. In einer kleinen Stadt, unweit von Orangabad, traf er ein indisches Mädchen, das genau wie Levija, die Nachbarstochter, aussah. Sie spielte Himmel und Hölle mit einem anderen Mädchen, das ein bisschen größer als sie war, und genau wie Levija Roman blieb auch die indische Levija während des ganzen Spiels ernst, und sogar als sie gewann, blieben ihre Augen traurig. Nach dem Spiel folgte er ihr bis nach Hause und sah, dass auch die indische Levija im Parterre links wohnte. Weil er sie aus der Entfernung verfolgte, konnte er nicht sehen, wer ihr die Tür aufmachte, als sie geklingelt hatte. Die Stimme von demjenigen, der die Tür öffnete, sprach zwar Hindi, aber sie ähnelte auf verblüffende Weise der Stimme von Nissim Roman. Was besagte, dass, vielleicht, in der Wohnung gegenüber der indische Erich wohnte. Und Erich hätte unheimlich gern an seine Tür geklopft, aber er hatte nicht den Mut dazu.

Er saß auf den Stufen und versuchte sich auszudenken, wie der indische Erich so lebte. Und wie sehr er ihm wirklich glich. Ob er geschieden war, ob sein Vater noch lebte, ob auch der Vater von ihm voller Geschichten über das Orangabad von früher steckte und ob die indische Freundin von seiner Frau auch diesen Geruch von einer an sich hatte, die willfährig war. Nach drei Stunden öffnete sich die Tür, und heraus trat ein niedergeschlagener junger Inder mit einem riesigem Schnurrbart. Er schaute Erich an, und Erich ihn, ohne den Blick zu senken. Nach ein paar Sekunden stand Erich aus Verlegenheit auf und ging. Im tiefsten Herzen hoffte er, dass ihm dieser traurige Inder in gar nichts glich.

## NO ATTACHMENT

Während dieser ganzen Zeit, in der sich Erich ziellos herumtrieb, rief er kein einziges Mal seine Mutter in Israel an, und er fühlte sich schuldig und schlecht deswegen. Er rief auch seine Ex nicht an, praktisch eigentlich gar niemand. Und auch in Indien redete er nicht allzuviel mit den Leuten und verbrachte den größten Teil seiner Zeit allein. Bis er in diesem Guesthouse in Puna angelangte, wo eine Clique von drei israelischen Sanjassins anfing, gegen seinen Willen, mit ihm über die *existence* zu reden. Der schlimmste Dauerdummschwätzer unter ihnen hieß Baschir. Die anderen Sanjassins nannten ihn manchmal Zuri, aber er korrigierte sie jedes Mal. Baschir sagte, dass ein einziger Blick ausreichte, um zu sehen, dass er sich echt vom *center* entfernt hatte und dass es ihm leidtat um ihn, denn auch er war, früher mal, weit ab von seinem *center* gewesen und war auf eine Verwaltungsfachschule gegangen, und erst jetzt, im Nachhinein, wo er schon halb erleuchtet war, begriff er, dass er damals wahnsinnig gelitten hatte. Erich versuchte, auf Englisch so zu tun, als ob er nicht verstand, was Baschir sagte, und überhaupt, dass er eigentlich ein Tourist aus Italien war, aber sein Akzent verriet ihn. »Menschenskind«, Baschir legte ihm eine Hand auf die Schulter, »du musst unbedingt mehr im *trust* sein, *let-go* lassen, checkst du nicht, was du durchmachst? Du bist im *flip.*« Und Erich, der wahrhaftig nicht checkte, was er durchmachte und was flip sein sollte, entfernte sich noch mehr von seinem *center* und versuchte, Baschir eine Faust zu verpassen. Die Faust verfehlte Baschir, Erich rutschte aus und schlug mit dem Kopf an die Tischkantenspitze, exakt in der Sekunde, in der die drei Sanjassins zwei deutsche Touristinnen spotteten und losflitzten, um ihnen ein tantrisches Beziehungsset mit *no attachment* vorzuschlagen, das ihnen helfen würde, sich mit sich selbst zu vereinen.

Die Wahrheit war, dass Zuri oder Baschir, oder wie er auch immer hieß oder nicht, total recht hatte und Erich wirklich am Flippen war. Er schob einen Hass, er langweilte sich, er sehnte sich, und von allem dermaßen krass viel, dass er dachte, es müsste ihn demnächst zerreißen. Er fühlte sich als Opfer, er fühlte sich schuldig, er fühlte sich im Recht, er fühlte sich namenlos, und so viel er auch fühlte, denken tat er sogar noch mehr.

Ein typischer Gedanke zum Beispiel: In der Nacht, wenn wir sagen, dass wir schlafen gehen, ins Bett steigen und die Augen schließen, schlafen wir gar nicht wirklich. Wir tun nur so, als ob. Machen die Augen zu, atmen gleichmäßig, geben vor zu schlafen, bis diese Täuschung ganz langsam und allmählich Realität wird. Und es kann sein, dass es mit dem Tod ebenso ist. Auch der Vater von Erich war schließlich nicht gleich tot. Die ganze Zeit, in der er die Augen zuhatte und sich nicht rührte, hatte man immer noch den Puls spüren können. Kann sein, dass der Vater von Erich ganz genauso ans Sterben ging, wie jemand schlafen geht – er tat ganz einfach so, bis es wahr wurde. Und wenn dem so war, dann konnte es sehr gut sein, dass, wenn Erich ihn dabei gestört hätte, ihm wie ein kleiner Junge aufs Bett gesprungen wäre, ihm ein Auge aufgezogen hätte, um nachzuschauen, ›Pappipappi‹ geschrien und ihn gekitzelt hätte – dass dieser ganze Schwindel einfach danebengegangen wäre.

Erich kehrte mit blutender Stirn zu seinem Zimmer zurück. Er hatte keine Erste-Hilfe-Ausrüstung dabei und auch keine gesteigerte Lust, den Guesthouse-Besitzer zu suchen und ihn darum zu bitten. Am Eingang zu seinem Zimmer stieß er auf eine Touristin, die ihm schwach bekannt vorkam. Sie sagte in gebrochenem Englisch zu ihm, sie sei Französin und würde ihm gerne Verbandszeug leihen. Er sagte zu ihr, er sei Italiener und setzte am Ende sogar ›grazie‹ dazu. Aber beiden war sonnenklar, dass sie Israelis waren, die es satt hatten, im fernen Osten lauter Israelis zu treffen. Und so half sie ihm beim Verbinden, auf Englisch, und er lächelte sie an und versuchte sich zu erinnern, woher er sie kannte. Am Schluss, ohne dass einer von ihnen es wirklich geplant hätte, schliefen sie miteinander. Und danach, als sie sich gegenseitig dann ihre echten Namen sagten, da wusste er es. »Sivan Atlas?« Er lächelte schief: »Ich glaub, ich hab deine Schwester mal kennengelernt, selig ihr Andenken, aber bloß für eine Sekunde.«

In der Nacht weinte Sivan, ein Weinen, das zumindest von außen befreiend aussah, und Erich auch. Er trennte sich von den Tränen wie ein fliegender Ballon von einem weiteren Sandsack, einem besonders schweren, und als sie so umschlungen dalagen, konnte er sich durchaus vorstellen, wie er, wenn er sie nur losließ, in Richtung der Decke zu schweben anfangen würde. Am Morgen danach setzte Sivan ihren Weg gemäß Plan nach Dharamsala fort, während Erich, der keinen so rechten hatte, blieb.

Er zündete sich eine Zigarette an. Bis vor nicht allzu langer Zeit hatte er noch versucht, mit dem Rauchen aufzuhören, aber jetzt war er schon hinreichend erleuchtet, um zu begreifen, dass das nicht in echt was änderte.

»Hast du vielleicht auch für mich noch eine?«, fragte sein Baba, der ein notorischer Geizkragen war und ein bisschen nervig.

»Nein«, schwindelte er, »das war die letzte.« Eine besonders hübsche holländische Travellerin blieb neben ihnen stehen, um zu fragen, wo es eine Herberge gab. Der Baba gab ihr irgendeine nebulöse Antwort, so in etwa, die ganze Welt sei eigentlich eine Herberge, und erleichterte sie ganz nebenbei um eine Lucky Strike ohne Filter und ein Päckchen Kaugummi ohne Zucker. Auch Erich versuchte, ein bisschen mit ihr zu reden, aber als er sah, dass sie nicht interessiert war, zog er sich wieder in die Vergeistigung zurück. »Hübsch, wa?«, lächelte ihn der Baba an.

»Bei Gott«, nickte Erich mit dem Kopf, »aber was ändert das, ey Baba, ich existiere ja ohnehin nicht.«

»Der hättest du's schon besorgt, wa?«, griente der Baba und spuckte was von der Lucky Strike aus.

»Wie kann ich's ihr besorgen, wenn ich nicht in Wahrheit existiere«, gab er dem Baba zurück, »wenn sie nicht wirklich existiert? Glaub mir, diese ganze *existence* ist ein einziges Stück ernsthaftes *mind-fuck*. Gerade du, als Baba, musst damit doch konform gehen.«

»Ich würd sie von hinten bis vorn megasupergeil durchbumsen«, fuhr der Baba ungerührt fort, ohne zuzuhören. Komisch, dermaßen viele Babas hatte Schiwa in der Weltgeschichte verstreut, und von allen hatte er sich den einzigen Baba aussuchen müssen, der Taxifahrer war. Unendlich viele Wege führen zur Erleuchtung. Buddha, zum Beispiel, war über die Verzweiflung ins Nirwana gelangt, Tschang-Tschou mittels Inaktivität, interessant, was wohl der Weg seines Babas gewesen war. Die Wirklichkeit um ihn herum verschärfte sich zunehmend, ionisierte sich von jeglichem Schmutz oder Smog, während er gleichzeitig in einen Zustand von *no-mind* abzutauchen begann. »Ich brauch ein bisschen Geld, für Dal«, rüttelte ihn der Baba sanft, bis er reagierte, und danach kam er wieder und aß neben ihm, wobei er aufpasste, seine Kleider nicht zu bekleckern. »Was meinst du, wo ist diese Holländerin wohl hingegangen?«, fragte er mit vollem Mund.

»Sie existiert nicht in Wahrheit«, beharrte Erich, »sie ist bloß ein Gedanke.« Und der Baba, der wieder durstig geworden war, pumpte sich von ihn noch mal Geld für eine Cola.

»Einmal«, sagte er, »hatte ich eine Story mit so einer Touristin. Nichts Umwerfendes, ein bisschen dick. Aber sie hat ständig gelacht. Ich mag das, wenn Mädchen lachen.«

Erich spürte, wie alles um ihn herum sich zu verflüchtigen begann, wie ein alter Gedanke, eine beinah vergessene Erinnerung.

»Bin in einer Minute wieder da«, sagte der Baba, »ich will bloß mal was rausfinden.« Und obwohl Erich wusste, dass die Zeit letztendlich reine Illusion war, nickte er. »Wenn du mir ein bisschen Geld rüberwachsen lässt, kauf ich uns Zigaretten«, sagte der Baba und fing an, sich mit seiner einen Schuhsohle zu beschäftigen, »schau dir meine Schuhe an, total zerfetzt. Also, was hältst du von der Holländerin, ist es dir nicht auch so vorgekommen, als ob sie interessiert wär?«

In der Zeit, als der Baba Zigaretten kaufen ging, kam Buddha ihn besuchen, lächelnd und fett wie immer, mit dem Ende einer bekannten Narbe, die am unteren Bauchrand herauslugte, und Buddha brachte ihm sogar ein Geschenk – ein Bambuskörbchen voller gelber Margeriten. Er blies auf eine davon, und die ganze Welt verschwand.

## *Die zweite Gelegenheit*

Oberflächlich betrachtet handelte es sich alles in allem um ein weiteres Serviceangebot: topneu, revolutionär, pangalaktisch – nennt es, wie ihr wollt, aber ganz ehrlich, die »Zweite Gelegenheit« war der größte wirtschaftliche Erfolg des 21. Jahrhunderts. Im Gegensatz zu den meisten großen Einfällen, die fast immer einfach sind, war die Idee, die hinter der »Zweiten Gelegenheit« stand, eine Spur komplizierter: Die »Zweite Gelegenheit« ermöglichte jedem, der sie erwarb, in seinem Leben an eine Kreuzung zu gelangen und statt einen der Wege zu wählen – beide weiterzuverfolgen. Du weißt nicht, ob du abtreiben und deinen Freund verlassen oder heiraten und mit ihm eine Familie gründen sollst? Du weißt nicht, ob du ins Ausland übersiedeln oder hier weitermachen sollst, in Papas Geschäft? Jetzt ist es möglich, schon beides zu machen. Wie das funktioniert? Das ist so: Du erreichst die wichtige Kreuzung in deinem Leben, und du kannst dich nicht entscheiden? Du gehst in eine Filiale der »Zweiten Gelegenheit« nahe deinem Wohnort und gibst ihnen die gesamte Information über das Dilemma. Danach suchst du dir eine der Möglichkeiten aus, nach deinem eigenem Ermessen, und fährst fort, dein Leben zu leben. Keine Bange, die zweite Möglichkeit, die, die du nicht gewählt hast, verschwindet nicht. Sie wird in einen der »Hätt-ich-nur«-Computer (eingetragenes Markenzeichen) eingegeben, unter exaktem Ausbalancieren sämtlicher Daten und Fakten. Nachdem du dein volles Leben fertiggelebt hast, wird deine Leiche in eine der Hallen des »Nicht-eingeschlagenen-Wegs« (ebenso eingetragenes Markenzeichen) überführt, wo diese ganze Information in Realzeit in dein Gehirn gebeamt wird, das mit Hilfe eines singulären bio-elektronischen Prozesses, der speziell zu diesem Zweck entwickelt wurde, am Leben erhalten wird. So dass du im Grunde mittels deines Gehirns das andere Leben, das du hättest leben können, eins zu eins erleben kannst.

»Papperlapapp oder Larifari? Susi oder Miri?
Ein hochbetagtes Alter oder vielleicht Harakiri?
Hund oder Kind? Befruchten oder adoptieren?
Auf nach Miami oder Haus renovieren?
Schule des Lebens oder Uni absolvieren?
Bei unserer zweiten Gelegenheit
isst man vom Kuchen ein Stück
und kriegt ihn zur nächsten Gelegenheit
wieder ganz und rund zurück.«

Wunderbar. Echt, ohne einen Funken Zynismus, großartige Sache. Es gibt ganz wenig Erfindungen, denen es gelingt, tatsächlich eine echte Antwort auf irgendein menschliches Bedürfnis zu sein. Neunundneunzig Prozent davon sind einfach bloß eine hässliche Kombination aus aggressiver Vermarktung und schwachem Konsumentencharakter. Aber die »Zweite Gelegenheit« gehört ohne jeden Zweifel in das verbleibende Prozent, das bedeutsame und effektive, nur, was hat das nun eigentlich mit Oren zu tun?

Unser Oren lebt sein Leben schnurgerade wie ein Lineal, schnell wie eine Rakete, ohne Abweichungen, ohne innere

Konflikte, zumindest war das bis jetzt so. Der Vater von Oren – das war schon wieder eine völlig andere Geschichte. Der Vater von Oren nahm nicht nur die »Zweite Gelegenheit« in Anspruch, er hörte auch nicht für einen Moment auf, davon zu reden. »Wenn diese lausige ›Zweite Gelegenheit‹ nicht gewesen wäre, nie im Leben, aber auch echt nie hätt ich deine ekelhafte Mutter geheiratet«, sagte er ständig zu Oren, mindestens einmal am Tag. »Ich schwör's dir, manchmal hab ich gute Lust, mir eine Kugel in den Kopf zu jagen, nur um endlich schon an den ›Nicht-eingeschlagenen-Weg‹ ranzukommen.« (Eine Kugel in den Kopf ist übrigens, um es auf den Punkt zu bringen, eine höchst ungute Wahl. Die »Zweite Gelegenheit« ist keinesfalls für die Qualität des Services im Falle eines bedeutenderen Schadens des Hirngewebes verantwortlich.) Oren wusste, dass sein Vater es nicht wirklich so meinte, und hoffte, dass auch seine Mutter das verstand, doch auch wenn sie es verstand, machte das sein Benehmen nicht weniger verletzend.

»Wenn er die ›Zweite Gelegenheit‹ stattdessen in Bezug auf meine Geburt genommen hätte«, versuchte Oren, sie zu trösten, »würde er das ganz genauso ständig wiederkauen: ›Ich würd mir am liebsten selber eine Kugel in den Kopf jagen, bloß um mein Leben noch mal zu leben, ohne diesen egoistischen Jungen, der sich, wenn ich morgen tot umfall, nicht mal die Mühe machen wird, Kaddisch für mich zu sagen.‹ Du weißt doch, wie Papa ist, das hat überhaupt nichts mit dir zu tun.«

Die Wahrheit war, dass nun tatsächlich seine Mutter, was die Schwangerschaft mit ihm betraf, die »Zweite Gelegenheit« wahrgenommen hatte, aber sie war wenigstens diskret genug, um ihm das niemals zu verraten. In ihrem Fall hätte der »Nicht-eingeschlagene-Weg« zu einer schnellen Scheidung, zu erfolgreicher geschäftlicher Initiative und einer zweiten, glücklichen Ehe geführt. Aber nicht so tragisch, auch dieses Leben würde ihr noch vergönnt sein.

Oren hatte immer mollige, braune Frauen mit großem Busen und vollen Lippen geliebt, während Mika, die nebenbei bemerkt sehrsehr hübsch war, wie das genaue Gegenteil aussah: schlank, flach wie ein Brett, mit Lippen von der Dicke einer Kreditkarte. Doch die Liebe ist, wie man so schön sagt, blind, und Oren verliebte sich. Sie nahmen keine »Zweite Gelegenheit« vor der Hochzeit, auch nicht vor den Zwillingen. Oren hatte prinzipiell etwas dagegen, sagte, dass ein Mensch für seine Entscheidungen Verantwortung zu übernehmen hatte. Und Mika hatte die ihre schon längst an ihren früheren Freund verschwendet, dessen Heiratsantrag sie, im normalen Leben, abgelehnt hatte. Der Gedanke, dass sie nach ihrem Tod eine Ehe mit einem anderen erleben würde, frustrierte Oren nicht gerade wenig, aber er weckte auch zu Ambitionen bei ihm. Der Wunsch nach dem Gefühl, dass er die richtige Wahl gewesen war, trieb ihn viele Male dazu an, ein besserer Ehemann zu sein.

Jahre danach, an irgendeinem Pessach, ein halbes Jahr nachdem Mika ihre erste Gelegenheit abgeschlossen und Oren allein zurückgelassen hatte, fragten ihn die Enkel, was denn seine »Zweite Gelegenheit« gewesen wäre, worauf er sagte, dass es eine solche nie gegeben hatte. Sie glaubten ihm nicht. »Opa ist ein Schwindler«, schrien sie, »Opa traut sich nicht.« Danach klauten sie das aufbewahrte, versteckte Matzestück, und er tat so, als ob er es nicht finden würde, und machten die Tür auf für den Propheten Elias, der sich aber weigerte zu kommen.

In jenen Jahren hatten die Leute schon fast damit aufgehört, sich der »Zweiten Gelegenheit« zu bedienen, und waren zu »Eins aus Drei« (eingetragenes Markenzeichen) übergegangen, das einem noch einen dritten spannenden Lebensweg zum Beschreiten anbot, ohne jeden Aufpreis.

»Denn besser drei Vögel in der Hand
als zwei auf dem Baum nebenan,
geht heute noch zu ›Eins aus Drei‹,
und werft die Welt aus der Bahn.«

# GAZA BLUES

Für meinen Bruder Nimrod und für Uzi

## *Als das Schwein geschlachtet werden sollte*

Mein Vater war nicht damit einverstanden, mir eine Bart-Simpson-Puppe zu kaufen. Meine Mutter hätte schon gewollt, aber mein Vater war nicht einverstanden, er sagte, ich sei verwöhnt. »Warum sollten wir eine kaufen, hä?«, sagte er zu meiner Mutter. »Warum sollten wir ihm eine kaufen? Er braucht nur einen Pieps zu machen, und schon stehst du stramm.« Mein Vater sagte, ich könne nicht mit Geld umgehen und wenn ich das nicht lernte, solange ich klein sei, wann solle ich es dann lernen? Kindern, denen man einfach so Bart-Simpson-Puppen kaufe, würden nämlich schnell jugendliche Straßengangster, die Kioske beklauten, weil sie es gewohnt seien, alles, was sie nur haben wollten, auch sofort zu kriegen. Anstatt einer Bart-Simpson-Puppe kaufte er mir also ein hässliches Porzellanschwein mit einem Schlitz im Rücken, und jetzt wachse ich ordentlich auf, jetzt wird kein Gangster mehr aus mir.

In der Früh muss ich jetzt immer eine Tasse Kakao trinken, obwohl ich Kakao hasse. Kakao mit Haut bringt einen Schekel, ohne Haut einen halben Schekel, und wenn ich gleich danach kotze, gibt's überhaupt nichts. Die Münzen stecke ich dem Schwein in den Rücken, und wenn man es dann schüttelt, klimpert es. Wenn im Schwein einmal so viele Geldstücke sind, dass es kein Geräusch mehr macht, wenn man es schüttelt, dann bekomme ich eine Bart-Simpson-Puppe auf einem Skateboard. Mein Vater sagt, so sei es pädagogisch. Das Schwein ist eigentlich ganz nett, seine

Nase ist kalt, wenn man sie berührt; es lächelt, wenn man ihm einen Schekel in den Rücken steckt, und es lächelt, wenn man ihm nur einen halben hineinsteckt, am schönsten aber ist, dass es auch lächelt, wenn man gar nichts hineinsteckt. Inzwischen habe ich ihm auch einen Namen gegeben, ich nenne es Pessachson, nach einem Mann, der einmal mit auf unserem Briefkasten gewohnt hat und dessen Namensaufkleber abzukratzen meinem Vater nie gelungen ist. Pessachson ist nicht wie meine anderen Spielsachen, er ist viel ruhiger, hat keine Lichter, Sprungfedern oder auslaufende Batterien im Bauch. Man muss nur auf ihn aufpassen, dass er nicht vom Tisch springt. »Pessachson, sei vorsichtig! Du bist aus Porzellan«, sage ich zu ihm, wenn ich mitkriege, wie er sich ein bisschen vornüberbeugt und auf den Boden hinunterschaut, und er lächelt mich an und wartet geduldig, bis ich ihn hinunterhebe. Ich bin verrückt nach ihm, wenn er lächelt, ganz allein seinetwegen trinke ich jeden Morgen den Kakao mit der Haut, damit ich ihm den Schekel in den Rücken stecken und sehen kann, dass sich sein Lächeln nicht die Spur ändert. »Ich liebe dich, Pessachson«, sage ich dann immer zu ihm, »echt wahr, ich liebe dich mehr als Mama und Papa. Und ich werde dich auch immer lieben, egal, was ist, sogar wenn du einen Kiosk ausräumst. Aber wehe dir, wenn du vom Tisch runterspringst!«

Gestern kam mein Vater, nahm Pessachson vom Tisch und fing an, ihn verkehrt herum wild zu schütteln. »Vorsichtig, Papa«, sagte ich zu ihm, »er bekommt sonst Bauchweh.« Aber mein Vater schüttelte ihn weiter. »Da klimpert nichts mehr, weißt du, was das heißt, Joavi? Dass du morgen eine Bart Simpson auf einem Skateboard bekommst.«

»Toll«, sagte ich, »eine Bart Simpson auf einem Skateboard, echt toll. Aber bitte hör auf, Pessachson zu schütteln, ihm wird schlecht davon.« Mein Vater stellte Pessachson wieder hin und ging aus dem Zimmer. Nach einer Minute kam er zurück, zerrte mit einer Hand meine Mutter hinter sich her und hatte in der anderen einen Hammer. »Siehst du, ich hatte recht«, sagte er zu meiner Mutter, »so lernt er die Dinge schätzen, stimmt's, Joavi?«

»Klar lern ich's«, sagte ich, »sicher, aber wofür ist der Hammer?«

»Der ist für dich«, sagte mein Vater und legte mir den Hammer in die Hand, »aber sei vorsichtig.«

»Klar bin ich vorsichtig«, sagte ich, und ich war tatsächlich vorsichtig, aber nach ein paar Minuten reichte es meinem Vater, und er sagte: »Na los, jetzt schlag das Schwein endlich kaputt.«

»Was?«, fragte ich. »Pessachson?«

»Ja, wen denn sonst«, sagte mein Vater. »Na los, hau drauf. Du hast dir die Bart Simpson verdient, hast ja schwer genug dafür gearbeitet.«

Pessachson lächelte mich mit dem traurigen Lächeln eines Porzellanschweins an, das begreift, dass sein Ende naht. Soll doch die Bart Simpson sterben! Dafür werde ich nicht den Kopf eines Freundes mit dem Hammer einschlagen. »Ich will keine Simpson.« Ich gab meinem Vater den Hammer zurück. »Pessachson genügt mir.«

»Du hast mich offenbar nicht verstanden«, sagte mein Vater, »es ist wirklich in Ordnung, das ist jetzt pädagogisch, komm, ich schlag's dir kaputt.«

Mein Vater hob schon den Hammer, ich sah den wehen Blick meiner Mutter und Pessachsons müdes Lächeln und wusste, dass nun alles von mir abhing, wenn ich nichts unternahm, würde er sterben.

»Papa«, ich packte ihn am Bein.

»Was denn, Joavi?«, sagte mein Vater, die Hand mit dem Hammer noch in der Luft.

»Ich will noch einen Schekel, bitte«, flehte ich. »Gib mir noch einen Schekel zum Reinstecken, morgen, nach dem Kakao. Und dann schlag ich ihn kaputt, morgen, ich versprech's.«

»Noch einen Schekel?« Mein Vater lächelte und legte den Hammer auf den Tisch. »Siehst du? Ich habe dem Jungen was beigebracht.«

»Ja, hast du«, sagte ich, »ganz sicher morgen.« Die Tränen schnürten mir schon die Kehle zu.

Als sie aus dem Zimmer waren, nahm ich Pessachson ganz fest in die Arme und ließ den Tränen freien Lauf. Pessachson sagte nichts, zitterte nur still in meinen Händen. »Keine Angst«, flüsterte ich ihm ins Ohr, »ich werde dich retten.« In der Nacht wartete ich, bis mein Vater im Wohnzimmer den Fernseher ausschaltete und schlafen ging. Dann stand ich ganz leise auf und stahl mich zusammen mit Pessachson über den Balkon hinaus. Lange Zeit gingen wir gemeinsam durch die Dunkelheit, bis wir zu einem Dornenfeld kamen. »Schweine sterben vor Sehnsucht nach dem Feld«, sagte ich zu Pessachson, als ich ihn auf dem Feldboden absetzte, »vor allem nach Dornenfeldern. Hier wirst du es gut haben.« Ich wartete auf eine Antwort, aber Pessachson sagte nichts, und als ich ihm zum Abschied über die Nase strich, schenkte er mir nur einen traurigen Blick. Er wusste, er würde mich nie wiedersehen.

## *Korbis Freundin*

Korbi war ein Gauner wie alle Gauner. Von der Sorte, wo du nicht weißt, ist er mehr dumm als hässlich, oder umgekehrt. Und wie alle Gauner hatte er eine schöne Freundin, bei der niemand begreifen konnte, was sie an ihm fand. Sie war eine große Brünette, größer als er, und hieß Marina. Jedes Mal, wenn ich mit meinem großen Bruder Miron auf der Straße an ihnen vorbeikam, genoss ich den Anblick, wie er anschließend langsam den Kopf schüttelte. Als ob er sich im Inneren sagte, was für eine Verschwendung, was für eine Verschwendung. Anscheinend gefielen auch Korbis Freundin diese Kopfbewegungen, denn immer, wenn wir auf der Straße an ihr und Korbi vorbeigingen, lächelte sie meinem Bruder zu. Bis irgendwann mehr als ein Lächeln daraus wurde, sie zu uns nach Hause kam und mein Bruder anfing, mich aus dem Zimmer zu werfen. Am Anfang kam sie bloß kurz, nur über Mittag. Bald jedoch blieb sie stundenlang, und allmählich wussten es wirklich alle im Viertel. Alle, außer Korbi und sein bescheuerter Freund Krototschinsky, die den ganzen Tag auf umgedrehten Kisten vor dem Laden des Persers saßen, Tricktrack spielten und »Fruchtquelle« tranken. Als ob es überhaupt nichts anderes gäbe im Leben. Sie konnten stundenlang über dem Brett sitzen und zigtausend Punkte von Siegen und Niederlagen zusammenzählen, die niemand interessierten außer ihnen. Wenn man an ihnen vorbeiging, hatte man immer das Gefühl, dass sie, wenn der Perser seinen Laden nicht am Abend zugemacht hätte oder

Marina nicht vorbeigekommen wäre, noch bis in alle Ewigkeit dort sitzen geblieben wären. Denn außer Marina und dem Perser, der ihnen die Kiste unterm Hintern wegzog, brachte nichts und niemand Korbi zum Aufstehen.

So vergingen ein paar Monate, in denen Korbis Freundin täglich zu uns nach Hause kam. Dass mein Bruder mich aus dem Zimmer warf, schien schon so normal, dass ich dachte, es würde ewig so weitergehen oder mindestens, bis er zum Militär ging. Bis wir, mein Bruder und ich, eines Tages in den Jugendfreizeitpark gingen. Es war ein bisschen weit für uns von Ramat-Gan aus, so um die fünf Kilometer. Aber mein Bruder bestand darauf, dass wir zu Fuß gingen und nicht den Autobus nahmen, denn er meinte, das sei eine gute Aufwärmübung für die Freizeitpark-Meisterschaft im Dribbeln. Es war schon Abend, wir hatten beide Trainingsanzüge an, und als wir am Laden des Persers vorbeikamen, sahen wir, wie er den Putzeimer am Baum gegenüber dem Laden ausleerte und sich ans Zusperren machte. »Hast du Marina heute gesehen?«, fragte mein Bruder. Der Perser antwortete mit einem halb saugenden, halb zwitschernden Geräusch, einem Laut, bei dem du, auch ohne Persisch zu verstehen, weißt, dass das »nein« heißt. »Auch Korbi habe ich heute nicht gesehen«, sagte der Perser, »das erste Mal diesen Sommer, dass er nicht kommt. Ich weiß nicht, warum, dabei ist's doch ein schöner Tag.« Wir gingen weiter.

»Bestimmt sind er und Krototschinsky auch in den Freizeitpark gegangen«, sagte ich.

»Was schert mich, wo sie hingegangen sind?«, zischte mein Bruder, »kümmert das irgendjemand, wo sie hingegangen sind?«

Aber Korbi war nicht in den Jugendfreizeitpark gegangen. Ich weiß es, denn wir haben ihn unterwegs getroffen, im Jarkon-Park, nicht weit von dem künstlichen Teich. Er und Krototschinsky kamen uns auf dem Fußweg entgegen. Korbi hielt eine rostige Eisenstange in der Hand, Krototschinsky kratzte sich am Kopf, sie redeten miteinander, als wären sie auf irgendwas Wichtiges konzentriert. Wir grüßten sie nicht, und sie uns nicht. Erst als wir direkt neben ihnen waren, schon fast vorbei, machte Korbi den Mund auf und sagte: »Hurensohn.« Und bevor ich begriff, was passierte, zog er Miron die rostige Stange über den Bauch, mein Bruder fiel auf den asphaltierten Weg und krümmte sich vor Schmerzen. Ich wollte zu ihm hin und ihm helfen aufzustehen, aber Krototschinsky packte mich von hinten. »Du«, Korbi beförderte meinen Bruder mit ein paar Tritten vom Bauch auf den Rücken, »du hast mir meine Freundin ausgespannt, als ich mit ihr ging«, brüllte er, ganz rot im Gesicht, und bevor mein Bruder antworten konnte, hatte Korbi ihm schon den Schuh auf den Hals gesetzt und verlagerte fast sein gesamtes Gewicht darauf. Ich versuchte mich loszureißen, aber Krototschinsky hatte mich zu fest im Griff.

»Du weißt, Goldmann, dass es für das, was du gemacht hast, einen Vers in den Zehn Geboten gibt«, zischte Korbi. »›Du sollst nicht stehlen‹ heißt er. ›Du sollst nicht stehlen‹, aber du? An dir läuft das runter wie Wasser.«

»Du sollst nicht ehebrechen«, sagte ich, ich weiß nicht, warum. Am Boden sah ich meinen Bruder die Augen verdrehen. »Was hast du gesagt?« Korbi hielt inne. Als er sich zu mir drehte, nahm er ein wenig Gewicht vom Hals meines Bruders, der zu husten und zu röcheln anfing. »Ich habe gesagt, dass es ›du sollst nicht ehebrechen‹ ist, was du gemeint hast«, murmelte ich, »dass es ein anderes Gebot ist.« Ich flehte zu Gott, es möge Miron gelingen, jetzt aufzustehen und Korbi die Fresse zu polieren.

»Und wenn es ein anderes Gebot ist«, sagte Korbi, »meinst du, das ändert was? Dass ich deswegen deinem miesen Bruder den Fuß vom Hals nehme?« Er lehnte sich nochmals vor.

»Nein«, sagte ich zu Korbi, »das heißt, nicht deswegen. Aber geh von ihm runter, Korbi, du erwürgst ihn, du siehst doch, dass er erstickt!«

Korbi nahm den Fuß vom Hals meines Bruders und kam auf mich zu. »Sag mal, Goldmann, du bist doch ein guter Schüler, oder? Du hast zumindest das Gesicht von einem guten Schüler.«

»So lala«, murmelte ich.

»Sag nicht einfach so lala«, sagte Korbi und berührte mich mit dem Handrücken im Gesicht. Ich wich mit dem Kopf zurück. »Du bist ein glänzender Schüler.« Hinter ihm, auf dem Boden, sah ich, wie Miron versuchte aufzustehen.

»Also dann sag mir, Goldmann«, Korbi bückte sich und hob die Eisenstange vom Weg auf, »dann komm und sag du mir, was für eine Strafe steht in der Bibel für jemand, der die Gebote übertritt?«

Ich schwieg. Korbi begann, die Eisenstange in seiner Hand wippen zu lassen. »Na, Goldmann«, er verzog den Mund, »sag's mir, damit ich's weiß, weil ich nämlich blöd bin und nicht so stark im Lernen wie du.«

»Ich weiß es nicht«, sagte ich, »bei meiner Mutter. Ich weiß es nicht. Sie haben uns die Gebote beigebracht, und das war's. Sie haben uns nichts von Strafe erzählt.« Korbi drehte sich zu meinem Bruder um, der auf dem Asphalt lag, und versetzte ihm einen Tritt in die Rippen. Nicht wütend, sondern gelassen, wie jemand, der gelangweilt nach einer Colabüchse tritt. Mirons Mund entfuhr ein Röcheln, als hätte er schon keine Kraft mehr zum Schreien. Ich fing an zu weinen.

»Meine Güte, Goldmann, heul nicht«, bat Korbi, »gib bloß eine Antwort auf das, was man dich fragt.«

»Ich weiß nicht, blöder Arsch«, schrie ich, »ich weiß nicht, welche Strafe es auf deine bepissten Gebote gibt. Lass ihn doch endlich in Ruhe, du Stück Scheiße, du sollst ihn in Ruhe lassen.«

Krototschinsky drehte mir mit einer Hand den Arm auf den Rücken und zog mir mit der anderen eins über den Kopf. »Das ist für das, was du über die Bibel gesagt hast«, knirschte er, »und das«, und er landete einen zweiten Schlag, »für das, was du über Nissan gesagt hast.«

»Lass ihn in Ruhe, Kroto, lass ihn«, seufzte Korbi, »er ist sauer wegen seinem Bruder.«

»Bitte, sag's mir«, fuhr er mit gepresster Stimme fort, während er die Stange in die Luft hob, »bitte, sag's, sonst zerschlag ich deinem Bruder das Knie.«

»Korbi, nein«, weinte ich, »bitte nicht.«

»Dann sag's«, sagte Korbi und hielt die Stange in der Luft erhoben, »dann sag, was Gott gesagt hat, was man mit jemand machen muss, der einem die Freundin ausspannt.«

»Töten«, flüsterte ich, »wer das Gebot übertritt, der verdient den Tod.« Korbi fasste die Stange am äußersten Ende und schleuderte sie mit aller Kraft von sich. Sie landete im künstlichen Teich. »Hast du das gehört, Kroto?«, sagte Korbi. »Hast du den kleinen Goldmann gehört? Verdient den Tod. Und das«, und er deutete zum Himmel, »hab nicht ich gesagt, das hat Gott gesagt.« Es lag etwas in seiner Stimme, als ob auch er gleich zu weinen anfangen würde. »Los«, sagte er, »komm, wir gehen. Ich wollte bloß, dass du vom kleinen Goldmann hörst, wer recht hat.«

Krototschinsky ließ mich los, und die zwei wandten sich zum Gehen. Davor berührte Korbi noch einmal mit seinem heißen Handrücken mein Gesicht. »Du bist in Ordnung, Junge«, sagte er zu mir, »du bist total in Ordnung.«

Auf dem Parkplatz neben dem Park fand ich jemanden, der uns in die Notaufnahme brachte. Miron war glimpflich davongekommen. Mit einer orthopädischen Halsstütze für zwei Monate und ein paar blauen Flecken am Körper.

Korbi ließ sich von da an nicht mehr in der Nähe meines Bruders blicken, und auch nicht bei Marina. Sie und mein Bruder gingen über ein Jahr miteinander und trennten sich dann. Einmal, als sie noch zusammen waren, fuhren wir mit der ganzen Familie zum See Genezareth. Mein Bruder und ich saßen am Ufer und schauten Marina zu, wie sie mit meiner älteren Schwester im Wasser spielte. Wir sahen ihr zu, wie sie mit ihren sonnengebräunten Beinen das Wasser aufspritzen ließ, wie ihr langes Haar nach vorne fiel, ihr makelloses Gesicht fast völlig bedeckte. Und während wir ihr zuschauten, fiel mir plötzlich wieder Korbi ein, wie er fast geweint hatte. Ich erinnerte meinen Bruder an diesen Abend, an dem sie ihn im Park erwischt hatten, fragte ihn, ob er noch daran denke. Und mein Bruder sagte, ja. Wir schwiegen eine Weile und schauten weiter Marina im Wasser zu. Und dann sagte er, dass er sehr viel daran denke.

»Sag mal«, sagte ich, »jetzt, wo sie mit dir zusammen ist, glaubst du, dass es das, was damals im Park passiert ist, wert war?« Meine Schwester drehte sich weg und hielt schützend ihre Hände über den Kopf, aber Marina hörte nicht auf, sie lachend mit Wasser vollzuspritzen. »Diese Nacht damals«, sagte mein Bruder, während er den Kopf mit einer langsamen Bewegung von einer Seite zur anderen bewegte, »es gibt nichts auf der Welt, was diese Nacht wert ist.«

## *Schuhe*

Am Holocaust-Gedenktag fuhren wir mit der Lehrerin Sara mit dem 57er zum Haus der Juden von Wolhyn, und ich fühlte mich ungemein bedeutend. Alle Kinder in der Klasse waren Irakis, außer mir, meinem Vetter und noch einem, Druckmann, und ich war der Einzige, dessen Großvater im Holocaust gestorben war. Das Wolhyn-Haus war wunderschön, prachtvoll, ganz aus schwarzem Millionärsmarmor gemacht. Es gab eine Menge trauriger Schwarzweißbilder dort und Listen von Menschen und Ländern und Toten. Wir gingen paarweise zwischen all den Bildern hindurch, und die Lehrerin sagte, nichts anrühren. Aber ich habe eines angelangt, eines aus Pappe, mit einem mageren, blassen Mann darauf, der weinte und ein Sandwich in der Hand hielt. Die Tränen rannen ihm über die Backen wie Fahrspurstreifen, die man auf eine Straße malt, und meine Klassenkameradin, Orit Salem, sagte, sie würde es der Lehrerin petzen, dass ich hingefasst hätte. Ich sagte zu ihr, von mir aus könne sie es sagen, wem sie wolle, sogar der Direktorin, das sei mir egal. Das ist mein Großvater, und ich fasse an, was ich will.

Nach den Bildern brachten sie uns in einen großen Saal und zeigten uns einen Film über die kleinen Kinder, die man in einen Kastenwagen steckte und nachher alle mit Gas erstickte. Dann stieg irgendein magerer Alter auf die Bühne und erzählte, was für Schurken und Mörder die Nazis waren und wie er sich an ihnen gerächt und sogar einen Soldaten mit eigenen Händen gewürgt hatte, bis er tot war.

Dscherbi, der neben mir saß, sagte, der Alte lüge, denn so wie der aussehe, gebe es keinen einzigen Soldaten auf der Welt, den er erledigen könne. Aber ich schaute dem Alten in die Augen und glaubte ihm. Er hatte einen solchen Zorn in seinen Augen, dass mir alle pflastersteinschmeißenden Straßengangs der Welt daneben wie Lappalien vorkamen.

Am Schluss, als der Alte fertig erzählt hatte, was er im Holocaust getan hatte, sagte er, dass alles, was wir gehört hätten, nicht nur für die Vergangenheit, sondern auch für das, was jetzt passiere, von Bedeutung sei. Denn die Deutschen seien noch am Leben und sie hätten immer noch einen Staat. Der Alte sagte, er werde ihnen nie verzeihen und er hoffe, wir ebenso wenig, und dass wir um Gottes willen nicht in ihr Land fahren sollten. Als er vor über fünfzig Jahren mit seinen Eltern zusammen Deutschland besucht habe, sei alles sehr hübsch gewesen und habe doch in der Hölle geendet. Die Leute haben oft ein kurzes Gedächtnis, sagte er, besonders für unangenehme Dinge. Sie ziehen es vor zu vergessen. Aber ihr werdet nicht vergessen. Jedes Mal, wenn ihr einen Deutschen seht, werdet ihr euch an das erinnern, was ich euch erzählt habe. Und jedes Mal, wenn ihr ein deutsches Erzeugnis seht, egal, ob das ein Fernseher ist, denn die meisten Fernsehmarken sind aus Deutschland, oder etwas anderes, denkt immer daran, dass sich unter der eleganten Verpackung der Ware Teilchen und Röhrchen befinden, die aus den Knochen, der Haut und dem Fleisch toter Juden hergestellt sind. Auf dem Weg hinaus sagte Dscherbi noch mal, wenn der Alte auch nur eine Gurke erwürgt habe, dann sei er Goliath, und ich dachte daran, dass es eigentlich gut war, dass wir daheim einen israelischen Amkor-Kühlschrank hatten, denn wer will schon Ärger.

Zwei Wochen später kamen meine Eltern von einer Auslandsreise zurück und brachten mir Turnschuhe mit. Mein großer Bruder hatte Mama verraten, dass ich genau das wollte, und sie hatte die besten für mich ausgesucht. Mama lächelte, als sie mir das Geschenk gab, sie war sich sicher, dass ich nicht wusste, was es war. Aber ich erkannte es sofort an dem Adidas-Zeichen auf der Tüte. Ich zog die Schuhschachtel aus der Tüte und sagte danke. Die Schachtel hatte eine längliche Form wie ein Sarg. Und drinnen lagen zwei weiße Schuhe, jeder mit drei blauen Streifen, und auf der Seite stand »Adidas Rom«. Ich musste die Schachtel nicht erst aufmachen, um das zu wissen. »Komm, zieh sie an«, sagte Mama und entfernte das Papier aus den Schuhen, »damit wir sehen, ob sie passen.« Sie lächelte die ganze Zeit, sie verstand überhaupt nicht, was los war.

»Die sind aus Deutschland, weißt du«, sagte ich zu ihr und drückte ihre Hand ganz fest.

»Sicher weiß ich das«, Mama lächelte, »Adidas, das ist die beste Firma auf der Welt.«

»Auch Großvater war aus Deutschland«, versuchte ich anzudeuten.

»Großvater war aus Polen«, korrigierte mich Mama und wurde einen Moment lang traurig, aber es ging gleich wieder vorbei, und sie zog mir den einen Schuh an und begann, ihn zuzubinden. Ich schwieg. Ich hatte begriffen, dass es nichts helfen würde. Mama hatte keine Ahnung. Sie war nie im Haus der Juden von Wolhyn gewesen. Man hatte es ihr nie erklärt. Und für sie waren die Schuhe eben nur Schuhe, und Deutschland war grundsätzlich Polen. Also ließ ich mir von ihr die Schuhe zubinden und schwieg. Es hatte keinen Sinn, ihr was zu erzählen und sie noch trauriger zu machen.

Nachdem ich noch mal danke gesagt und ihr einen Kuss auf die Wange gegeben hatte, sagte ich, ich würde spielen gehen.

»Aber vorsichtig!« Papa lachte aus seinem Wohnzimmersessel herüber, »ruinier die Sohlen nicht gleich beim ersten Mal.« Ich betrachtete noch einmal die blassen Lederschuhe an meinen Füßen. Ich schaute sie an und erinnerte mich an alles, von dem der Alte, der einen erwürgt hatte, gesagt hatte, dass man sich daran erinnern müsse. Ich berührte noch einmal die Adidas-Streifen und erinnerte mich an meinen Großvater aus Pappkarton.

»Sind die Schuhe bequem?«, fragte Mama.

»Sicher sind die bequem«, sagte mein Bruder an meiner Stelle. »Diese Schuhe sind nicht bloß vulkanisiert, sie sind genau wie die Schuhe von dem Cruyff, dem Holländer.« Ich ging ganz langsam auf die Tür zu, auf Zehenspitzen, bemüht, die Schuhe so wenig wie möglich zu belasten. So ging ich vorsichtig bis zum Affengarten. Draußen bildeten die Borochov-Jungen drei Gruppen: Holland, Argentinien und Brasilien. Und ausgerechnet bei Holland fehlte ihnen ein Spieler, und sie waren damit einverstanden, mich dazuzunehmen, obwohl sie sonst nie Jungen mitspielen lassen, die nicht aus der Borochovschule sind.

Zu Beginn des Spiels dachte ich noch daran, aufzupassen und nicht mit der Spitze zu treten, um Großvater nicht weh zu tun, aber kurze Zeit später hatte ich es vergessen, genau wie der Alte im Wolhyn-Haus gesagt hatte, und ich platzierte sogar einen entscheidenden Treffer, gnadenloser Volleyschuss. Erst nach dem Spiel fiel es mir wieder ein, und ich betrachtete meine Schuhe. Auf einmal waren sie schrecklich bequem und auch irgendwie viel federnder, als sie in der Schachtel ausgesehen hatten. »Das war ein Volley, was?«, erinnerte ich Großvater auf dem Heimweg, »der Torwart wusste gar nicht, wie ihm geschah.« Großvater sagte nichts, aber dem Auftreten nach hatte ich das Gefühl, dass auch er zufrieden war.

*Abram Kadabram*

Um fünf kamen zwei Gerichtsvollzieher. Der eine, fett und schwitzend, überprüfte die Sachen im Haus und füllte Formulare aus. Der zweite lehnte am Kühlschrank und kaute Kaugummi.

»Hast dich ganz schön in Schwierigkeiten gebracht, eh?«, sagte er zu Abram.

»Nein«, schüttelte Abram den Kopf, »nicht ich, ein Freund. Ich habe die Bürgschaften für ihn unterschrieben.«

»Bürgschaften, eh? Dann bist du brutal in Schwierigkeiten«, sagte der gleichmütige Kaugummikauer und öffnete die Kühlschranktür. »Darf ich?« Er deutete auf eine offene Colaflasche.

»Nimm nur«, sagte Abram, »nimm, es gibt auch Obst im untersten Fach. Iss, dann ist er leichter beim Runtertragen.«

»Wow, daran habe ich gar nicht gedacht«, sagte der Gleichmütige und trank direkt aus der Plastikflasche. »Abgestanden«, bemerkte er enttäuscht. »Kaufmann«, sagte er zu dem Dicken, der gerade die Küche betrat, »willst du ein bisschen Cola, eh?«

»Um Himmels willen, Nissim, lass mich mit der Cola in Ruhe«, brauste der Dicke auf, »siehst du nicht, dass ich arbeite?«

»Musst ja nicht«, sagte Nissim und nahm noch einen Schluck.

Der Dicke ging zu Abram: »Sag mal, wie viel Inch hat der Bildschirm?«

»Bildschirm? Was für ein Bildschirm?«, fragte Abram verwirrt.

»Bildschirm, der Bildschirm vom Fernseher, der im Karton im Schlafzimmer«, sagte der Dicke ungeduldig. »Der Fernseher? Zweiundzwanzig Inch. Aber rührt den nicht an, der gehört nicht mir, das ist ein Geschenk für meine Mutter. Sie hat nächste Woche ihren sechzigsten Geburtstag, am fünfzehnten.«

»Hast du ihn gekauft?«, forschte der Dicke nach. »Ja, aber ich ...«

»Freundchen«, sagte der Dicke und klopfte Abram mit schweißfeuchter Hand auf die Schulter, »wer seine Schulden nicht zahlen kann, sollte besser keine Geschenke kaufen.«

Der Dicke ging aus dem Zimmer. Der andere bedachte Abram mit einem traurigen Blick. »Wie peinlich, der Mutter kein Geschenk zu bringen, und dann auch noch zum sechzigsten Geburtstag«, sagte er mit seiner monotonen Stimme.

Abram gab keine Antwort.

»Bist in Schwierigkeiten, eh?«, sagte der Gleichmütige wieder nach ein paar Minuten Stille.

Der Dicke kam in die Küche zurück: »Freund, komm mal einen Moment mit mir ins Wohnzimmer.«

Abram folgte ihm auf den Balkon, wo der Dicke neben der riesigen Zauberkiste stehen blieb.

»Was ist das?«, fragte er.

»Das ist meine Zauberkiste«, sagte Abram.

»Zauber«, der Dicke verengte misstrauisch den Blick, »was soll das denn, Zauber?«

»Der Zauber, mit dem ich auftrete«, sagte Abram. »Ich bin Zauberer, und in der Kiste ist meine Ausrüstung.«

»Wow!«, begeisterte sich der Gleichmütige, der ihnen auf den Balkon nachgeschlurft war. »Die ganze Zeit habe ich gedacht, du kommst mir bekannt vor, aber ich habe nicht gewusst, woher. Du bist Abram Kadabram, dieser Zauberer, der in der Kindersendung zusammen mit diesem Wuschelkopf mit dem Hund auftritt. Die ganze Woche gibst du Unterricht, wie man zaubert, stimmt's? Mein Sohn ist verrückt nach dir. Den ganzen Tag will er nur …«

»Ist diese Ausrüstung viel wert?«, unterbrach ihn der Dicke.

»Für mich ist sie eine Menge wert, mehr als Geld«, sagte Abram, »aber für jemand anderen …« Er zuckte die Achseln.

»Das entscheide ich«, sagte der Dicke. »Mach sie auf.« Abram öffnete die Kiste und fing an, alle möglichen Dinge herauszuholen, Halstücher, Taschentücher, Stäbe, Tiegel und Holzschachteln.

»Was ist das?«, fragte der Dicke und zeigte auf eine Holzschachtel mittlerer Größe, auf deren Deckel das Bild eines feuerspeienden Drachen prangte.

»Ich werd's dir zeigen«, sagte Abram und warf dem Dicken einen amüsierten Blick zu. »Das ist Zauber«, flüsterte er, wischte den Staub von dem schwarzen Zylinderhut und setzte ihn auf seinen Kopf, »Zauber aus dem Zauberland.« Abram Kadabram ging zu dem Radiowecker, der auf dem Büfett stand, zog den Stecker raus und legte ihn in die Schachtel. »Hokuspokus, Abrakadabra«, sagte er und klopfte mit einem der Stäbe, die er aus der Kiste gezogen hatte, zweimal auf den Deckel. Dann öffnete er die Schachtel wieder. Die Schachtel war leer. Nissim pfiff anerkennend.

»Hol sofort diese Uhr zurück! Aber sofort, hörst du?«,

schrie der Dicke und fuchtelte mit einem der Formulare vor Abrams Nase herum. »Ich hab schon eine Empfangsbestätigung dafür ausgestellt.«

Abram Kadabram lächelte und öffnete erneut die Schachtel, in der jetzt ein schwarzer Talar lag. Er hängte ihn sich über den Arm und ging ins Schlafzimmer. »Keine Faxen, Freundchen, hörst du? Hol die Uhr auf der Stelle zurück, und zwar sofort!«, brüllte der Dicke, der sich hinter ihm hergeschleppt hatte.

Kadabram breitete den Talar über den Karton, in dem sich der Fernseher befand, den er für seine Mutter gekauft hatte.

»Was glaubst du eigentlich, was du da machst?«, regte sich der Dicke auf. Kadabram sah ihm geradewegs in die Augen. »À-la-Kazam, à-la-Kazum«, flüsterte er und zog den Talar blitzschnell weg. Der Karton stand noch an Ort und Stelle. Der Dicke schnaufte erleichtert. Kadabram öffnete den Kartondeckel mit Hilfe des Stabes, den er in der Hand hielt. Der Karton war leer. Nissim, der dem Dicken über die Schulter spähte, klatschte begeistert Beifall.

»Jetzt hast du's wirklich zu weit getrieben«, sagte der Dicke. »Weißt du, Freundchen, dass das strafbar ist, was du da machst, das ist Diebstahl. Hörst du mich? Ich gehe jetzt und melde das der Polizei. Auf der Stelle, hörst du?«

Der Dicke verließ das Zimmer und warf die Tür hinter sich zu.

»Das war verblüffend, wirklich verblüffend«, begeisterte sich Nissim, »aber weißt du, dieser Kaufmann ist ein Schuft, der geht wirklich zur Polizei.«

»Nicht so schlimm«, sagte Abram und zerrte den Fernseher aus dem Versteck unterm Bett hervor. »Es kostet ihn mindestens eine halbe Stunde, bis er mit der Polizei zurückkommt, genügend Zeit, um ihn in die Wohnung meiner Eltern zu bringen.«

Nissim half Abram, den Fernseher hochzuheben. »Danke«, sagte Abram.

»Sag deiner Mutter von mir auch schöne Grüße zum Geburtstag, ja? Auch wenn ich sie nicht kenne.« Abram nickte und verließ das Zimmer.

»He, Abram«, schrie ihm Nissim hinterher, als er schon an der Wohnungstür war. Abram blieb stehen und drehte sich um. Am Ende des Korridors stand Nissim mit dem Zylinder auf dem Kopf und dem Stab unter die Achsel geklemmt. »Schau mal, was ich gefunden habe«, er winkte Abram mit dem Bündel Formulare zu, die der Dicke ausgefüllt hatte. »Kaufmann hat das hier vergessen.« Nissim zerknüllte die Formulare zu einem kleinen Ball und drückte sie in der Faust zusammen. »À-la-Kazam, à-la-Kazum«, flüsterte er und berührte die Faust mit dem Stab. Dann öffnete er sie. Die Formulare waren verschwunden. »Ta-damm!«, rief Nissim, nahm den Zylinder ab und verbeugte sich.

## *Durchgeladen und gesichert*

Er steht mitten auf der Straße, etwa zwanzig Meter von mir entfernt, die Kafija übers Gesicht gezogen, und bedeutet mir mit einer provozierenden Handbewegung näher zu kommen: »Golani-Homo«, schreit er mit dickem arabischen Akzent zu mir herüber.

»Was ist los, Golani? Hat dich rothaariger Feldwebel gestern zu fest in den Arsch gefickt? Hast du keine Kraft merr zum Laufen?« Er öffnet seine Hose und zieht sein Glied heraus: »Was ist los, Golani? Ist dirr mein Schwanz nicht gutt genug? Er war nicht gutt genug firr deine Schwester? Nicht gutt genug firr deine Mutter? Er war gutt genug firr deine Freund Abutbul. Wie geht es deine Freund Abutbul? Fühlt sich besser, der Arme? Ich hab gesehen, man musste einen Hubschrauber bringen, um ihn zu holen, wie der mirr nach ist. Die halbe Straße ist er runtergerannt wie Wüstenfuchs, und am Schluss? Benggg, ist ihm der Kopf geplatzt wie ein Wassermelone.«

Ich hebe das »Galil« an meine Schulter, justiere das Gewehr genau im Ziel.

»Schiss, du Homo«, schreit er, öffnet sein Hemd und lacht. »Schiss genau hirr«, er deutet auf sein Herz. Ich löse den Sicherungshebel und halte den Atem an. Er wartet vielleicht eine Minute lang auf mich, die Hände in den Hüften, gleichmütig. Sein Herz, tief unter der Haut im Fleisch, sitzt mir genau zwischen Kimme und Korn.

»Du wirst im Leben nicht schissen, du Feikling. Wenn du

schisst, vielleicht fickt dich der rote Feldwebel dann nicht merr in den Arsch?«

Ich nehme das Gewehr von der Schulter, und er macht eine geringschätzige Geste. »Na dann, ich geh. Homo. Wir treffen uns morgen. Wann hockst du hier im Bau? Zehn bis zwei? Ich komm.«

Er hat sich schon in Richtung einer der Seitenstraßen in Bewegung gesetzt, als er plötzlich stehen bleibt und lächelt: »Sag Abutbul Grüße von der Hamas, eh? Sag ihm viel Entschuldigung wegen dem Stein am Kobb.« Ich hebe hastig das Gewehr an die Schulter und ziele, das Hemd ist zwar wieder zu, aber sein Herz gehört immer noch mir. Plötzlich prallt was auf mich. Ich falle in den Sand und sehe auf einmal Eh, den Feldwebel, über mir. »Sag mal, Kramer, bist du übergeschnappt?«, brüllt er. »Was stehst du mit dem Gewehr an die Backe geklebt da wie ein Cowboy? Meinst du, das ist hier der Wilde Westen, und du kannst schießen, auf wen du willst?«

»Ich schwör's dir, Eli, ich hätte nicht auf ihn geschossen, ich wollte ihm nur Angst einjagen«, sage ich und wende meine Augen unter seinem Blick ab.

»Du willst ihm Angst einjagen?«, schreit Eli, schüttelt mich und zerrt am Gewehrriemen. »Dann erzähl ihm Geistergeschichten. Wozu richtest du eine geladene Waffe auf ihn, und noch dazu entsichert?« Er gibt mir eine Ohrfeige.

»Ich glaub, Rotschobb wird dich heute nicht arschficken, Homo«, höre ich den Araber schreien. »Alle Achtung, Rotschobb, hau ihm noch eine von mir mit rein.«

»Du musst lernen, sie zu ignorieren«, sagt Eli schwer atmend und steht auf. »Hörst du, Kramer?« Er verfällt in drohendes Flüstern. »Du musst lernen, ruhig zu bleiben.

Wenn ich noch einmal sehe, wie du so was machst, sorge ich höchstpersönlich dafür, dass sie dich vor Gericht stellen.«

In der Nacht hatte jemand aus dem Tel-Haschomer-Krankenhaus angerufen und gesagt, die Operation sei nicht sonderlich erfolgreich gewesen und Jackie würde wohl ein Idiot bleiben.

»Hauptsache ist, wir lernen, sie zu ignorieren«, sagte ich zu Eh, »nur weiter so, am Schluss ignorieren wir sie dann total, so wie Jackie.«

»Was für eine Nummer ziehst du hier ab, Kramer?« Eli straffte sich mit einem Mal. »Glaubst du, mir macht das nichts aus mit Abutbul? Er war mein Freund genauso wie deiner. Glaubst du vielleicht, ich hätte keine Lust, mir jetzt den Jeep zu schnappen, Haus für Haus abzufahren, sie rauszuzerren und jedem Einzelnen von ihnen eine Kugel in den Kopf zu jagen? Aber wenn ich das tue, bin ich genauso wie sie. Kapierst du das nicht? Du kapierst überhaupt nichts.« Und da kapiere ich plötzlich, begreife es noch viel besser als er.

Er steht mitten auf der Straße, etwa zwanzig Meter von mir entfernt, die Kafija übers Gesicht gezogen. »Gutten Morgen, Homo«, schreit er zu mir herüber. »Einen wunderschönen guten Morgen«, antworte ich flüsternd.

»Wie geht es Abutbul, Homo?«, schreit er. »Hast du ihm Grüße von der Hamas gesagt?« Ich löse die kugelsichere Weste und lasse sie zu Boden fallen, dann nehme ich den Helm ab.

»Was ist los, Homo«, schreit er mir zu. »Haben sie dir das Hirn rausgeblasen vor lauter Arschficken mit dem Rotschobb?«

Ich reiße die Hülle des persönlichen Verbandzeugs auf und wickle mein Gesicht darin ein, lasse nur meine Augen frei. Nehme das Gewehr. Spanne den Abzugshahn. Vergewissere mich, dass es gesichert ist. Packe es mit beiden Händen am Lauf, schwinge es ein paarmal über dem Kopf und lasse plötzlich los. Das Gewehr fliegt durch die Luft, schlittert kurz über den Boden und bleibt ungefähr auf halber Strecke zwischen uns liegen. Jetzt bin ich genau wie er. Jetzt habe auch ich eine Chance zu gewinnen.

»Das ist für dich, Wüstenfuchs«, rufe ich ihm zu. Er schaut mich einen Moment verwirrt an, und dann beginnt er, auf das Gewehr zuzulaufen. Er rennt auf das Gewehr zu, und ich renne auf ihn zu. Er rennt schneller als ich und wird das Gewehr vor mir erreichen. Aber ich werde gewinnen, denn jetzt bin ich genau wie er, und er, mit dem Gewehr in der Hand, wird genau wie ich sein. Seine Mutter und Schwester werden mit Juden bumsen, seine Freunde werden als Zombies in Krankenhäusern liegen, und er wird mir gegenüberstehen wie ein Homo, mit einem Gewehr in der Hand, und nichts machen können. Wie kann ich da verlieren? Er hebt das »Galil« auf, als ich keine fünf Meter mehr von ihm entfernt bin, entsichert es, zielt in der Hocke und drückt den Abzugshahn. Und dann entdeckt er, was ich letzten Monat in dieser Hölle entdeckt habe: Dieses Gewehr ist nicht mal deinen Arsch wert. Dreieinhalb Kilo überflüssiges Metall. Es ist absolut nichts damit anzufangen. Schlicht und ergreifend unmöglich. Ich erreiche ihn, noch bevor es ihm gelungen ist, sich wieder aufzurichten, und versetze ihm einen Tritt ins Gesicht. Während er zu Boden fällt, packe ich ihn an den Haaren und reiße ihm die Kafija herunter. Sehe sein Gesicht vor mir, und ich packe dieses

Gesicht und schlage es wild gegen einen Strommast. Einmal, zweimal, dreimal. Mal sehen, welcher Rotschopf ihn jetzt in den Arsch ficken wird.

## *Tropfen*

Meine Freundin sagt, in Amerika habe jemand ein Mittel gegen das Gefühl von Einsamkeit erfunden. Sie hat gestern in »Sechzig Sekunden« auf der Militärwelle davon gehört, und jetzt schickt sie gleich einen Expressbrief an ihre Schwester, damit sie ihr eine Kiste davon besorgt und mit der Post zuschickt. In den »Sechzig Sekunden« sagten sie, an der Ostküste sei es überall zu kaufen und in New York bereits der Hit. Es sei in zweierlei Form zu haben – als Tropfen oder als Spray. Meine Freundin hat sich Tropfen gewünscht, sie möchte sich nicht einsam fühlen, aber auch nicht gerade die Ozonschicht beschädigen.

Die Tropfen träufelt man sich ins Ohr, und innerhalb von zwanzig Minuten hört man auf, sich einsam zu fühlen. Es wirkt auf irgendeine Substanz im Hirn ein, erklärten sie im Radio, aber meine Freundin hat es nicht verstanden. Sie ist nicht gerade eine Marie Curie, meine Freundin, sie ist sogar ein bisschen dämlich. Die ganze Zeit sitzt sie bloß rum und meint, ich will sie betrügen und verlassen und so Zeug. Aber ich liebe sie, liebe sie wie verrückt. Jetzt ist sie von der Post zurück und sagt, sie könnte eigentlich aufhören, mit mir zusammenzuleben. Denn die Tropfen würden in Nullkommanichts ankommen, und sie fürchte sich nicht mehr vorm Alleinsein.

Mich verlassen?, sage ich. Für Tropfen? Warum? Ich liebe sie doch, liebe sie wie verrückt. Geh, wenn du willst, sage ich zu ihr, aber dass du's nur weißt, keine stinkigen Ohrentropfen der Welt werden dich je so lieben, wie ich dich geliebt habe. Nur dass Ohrentropfen sie eben auch nie betrügen werden. Sagt sie und geht. Als ob ich das tun würde.

Jetzt hat sie sich eine Dachwohnung in der Florentinstraße gemietet und wartet jeden Tag auf den Briefträger. Ich dagegen, ich erwarte keine Post, ich habe nichts zum Aufregen, ich habe auch keine Freunde im Ausland, die mir Sachen schicken würden. Wenn ich welche hätte, wäre ich schon längst zu ihnen gefahren. Ich würde mit ihnen zusammen etwas trinken gehen und ihnen von meinen Sorgen erzählen. Wir würden uns viel umarmen, und ich würde mich nicht schämen, mich bei ihnen auszuweinen und so Zeug. Jahre könnten wir so verbringen, unser ganzes Leben. Natur pur, besser als Tropfen.

## *Das Loch in der Wand*

In der Straße direkt neben dem zentralen Busbahnhof gibt es ein Loch in der Wand. Früher war dort ein Bankomat, aber er ging kaputt oder sonst was, oder er wurde einfach nicht mehr benutzt, und es kam ein Laster mit Leuten von der Bank, die ihn mitnahmen und nie wieder zurückbrachten.

Irgendjemand hatte einmal zu Udi gesagt, wenn man in dieses Loch in der Wand einen Wunsch hineinbrülle, dann ginge er in Erfüllung, aber Udi glaubte es nicht so ganz. Er hatte nämlich wirklich einmal, als er am Abend aus einem Film kam, in das Loch in der Wand hineingeschrien, er wünsche sich, dass sich Daphna Rimalt in ihn verliebe, und es war gar nichts passiert. Und ein anderes Mal, als er sich schrecklich allein fühlte, hatte er in das Loch gebrüllt, er wolle einen Engel zum Freund haben. Es stimmt zwar, dass nachher ein Engel kam, aber er war ganz und gar kein Freund, er war immer dann verschwunden, wenn Udi ihn wirklich gebraucht hätte. Dieser Engel war mager und krumm und lief die ganze Zeit in einem Regenmantel herum, damit man seine Flügel nicht sah. Manchmal, wenn sie alleine waren, zog er den Mantel aus, einmal ließ er Udi sogar die Federn seiner Flügel anfassen, aber wenn noch andere Leute im Zimmer waren, behielt er den Mantel immer an. Die Kinder der Kleins fragten ihn einmal, was er unter dem Mantel habe, und er sagte, es sei ein Rucksack mit Büchern, die nicht ihm gehörten, und er habe Angst, dass sie nass würden. Er log grundsätzlich und immer. Er erzählte Udi nervtötende Geschichten: von Orten im Himmel, von Leuten, die ihre Schlüssel im Zündschloss des Autos stecken lassen, wenn sie in der Nacht nach Hause gehen, um zu schlafen, von Katzen, die vor nichts Angst haben, die nicht einmal wissen, was »kschksch« bedeutet.

Was für Geschichten er immer erfand, und nachher beschwor er sie auch noch bei Gott!

Udi liebte ihn schrecklich und gab sich immer alle Mühe, ihm zu glauben, lieh ihm ein paarmal sogar Geld, als er in Verlegenheit war. Der Engel dagegen half Udi bei gar nichts, er redete bloß, redete und redete und erzählte seine ganzen schwachsinnigen Geschichten. In den sechs Jahren, die Udi ihn kannte, sah er ihn nicht ein Mal wenigstens ein Glas abspülen.

Während der Zeit, als Udi in der Rekrutenausbildung war und wirklich jemanden zum Reden gebraucht hätte, verschwand der Engel plötzlich für zwei Monate und kam danach unrasiert und mit einer Frag-bloß-nicht-was-passiert-ist-Miene im Gesicht zurück. Udi fragte nichts, und am Schabbat saßen sie traurig in Unterhosen auf dem Dach und wärmten sich in der Sonne. Udi betrachtete ringsum die Dächer mit dem Kabelverhau und den Wasserspeichertanks und schaute in den Himmel. Ihm fiel plötzlich auf, dass er den Engel in all den Jahren, die sie zusammen waren, nicht ein Mal hatte fliegen sehen.

»Vielleicht fliegst du mal ein bisschen durch die Luft«, sagte er zu dem Engel. »Das wird deine Stimmung heben.«

Aber der Engel sagte: »Hör auf, das würden doch die Leute sehen.«

»Um Himmels willen«, sagte Udi, »flieg halt ein bisschen,

für mich.« Aber der Engel produzierte nur ein widerliches Geräusch in seiner Mundhöhle und spuckte mit weißlichem Schleim vermischten Speichel auf das geteerte Dach.

»Na«, provozierte ihn Udi, »bestimmt kannst du gar nicht fliegen.«

»Natürlich kann ich«, sagte der Engel verärgert. »Ich will bloß nicht dabei gesehen werden.«

Auf dem Dach gegenüber sahen sie, wie Kinder eine Plastiktüte mit Wasser auf die Straße hinunterwarfen. »Weißt du«, Udi lächelte, »früher, als ich klein war, noch bevor ich dich kannte, bin ich oft hier raufgekommen und habe Tüten auf die Leute geschmissen, die unten auf der Straße vorbeigingen. Ich habe sie genau in der Lücke zwischen den beiden Vordächern durchgezwängt.« Udi beugte sich übers Geländer und deutete auf den Zwischenraum zwischen dem Vordach des Lebensmittelladens und dem Schuhgeschäft. »Die Leute haben immer den Kopf gehoben und nur das Vordach gesehen, sie wussten nicht, wo das herkam.«

Auch der Engel war aufgestanden und sah auf die Straße hinunter, er öffnete den Mund, um etwas zu sagen. Und plötzlich gab Udi dem Engel einen kleinen Schubs von hinten, und der Engel verlor das Gleichgewicht. Es war nur so, Udi wollte ihm nichts Böses tun, ihn nur dazu bringen, ein bisschen zu fliegen, nur zum Spaß. Aber der Engel fiel die fünf Stockwerke hinunter wie ein Sack Kartoffeln. Udi betrachtete ihn entsetzt, wie er unten auf dem Gehsteig lag. Sein Körper völlig reglos, nur die Flügel flatterten noch leicht in den letzten Zuckungen kurz vor dem Tod. Und da begriff er endlich, dass nichts von all dem, was der Engel ihm erzählt hatte, stimmte, dass er nicht einmal ein Engel war, sondern ganz einfach ein Lügenbold mit Flügeln.

## *Falsche Venus*

Sie hatten viel Würde, die Götter. Als sie ankamen, überschlugen sich alle, um ihnen zu helfen: die Jewish Agency, das Immigrationsbüro, das Wohnungsamt. Alle. Aber sie wollten gar nichts. Sie kamen mit nichts, baten um nichts, arbeiteten wie Araber und waren zufrieden. Und so endete schließlich Merkur als Bote und Atlas als Möbelträger, und Vulkan als Müllwerker, landete schlicht und ergreifend beim Müll. Venus kam in unser Büro. Zum Kopieren.

Ich hing damals ziemlich durch. Wusste nichts mit mir anzufangen. Ich war allein, so ungeheuer allein. Wünschte mir so sehr eine große Liebe. Meistens fange ich in einer solchen Situation etwas Neues an, Gitarre lernen oder Malen oder Ähnliches. Wenn es mir nämlich gelingt, bei so was einzusteigen, hat das zur Folge, dass ich mich wieder besser fühle, ich vergesse, dass ich eigentlich niemanden auf der Welt habe, aber dieses Mal, das wusste ich, würde mir kein Makrameekurs helfen. Ich brauchte etwas, an das ich glauben konnte. Irgendeine große Liebe, die mich nie verlassen, die niemals enden würde. Mein Therapeut lauschte interessiert und schlug mir schließlich vor, einen Hund zu kaufen. Ich ging nicht mehr hin.

Sie arbeitete von halb neun bis sechs, manchmal sogar noch länger. Kopierte dutzendfach irgendwelche Papiere und schichtete sie zu ordentlichen Stapeln auf. Sogar in dieser Haltung, wenn sie sich schweißüberströmt über den »Xerox« beugte und das Blitzlicht des Kopierers sie die Augen schließen ließ, war sie immer noch das Schönste, was ich je gesehen hatte. Ich wollte ihr das sagen, aber mir fehlte der Mut dazu. Am Ende schrieb ich es auf einen Zettel und legte ihn auf den Tisch. Am nächsten Morgen wartete der Zettel fünfzigmal kopiert auf mich.

Sie konnte nicht gut Hebräisch. Sie war eine Göttin, und sie verdiente tausendsiebenhundert Schekel brutto. Ich weiß es, denn einmal, als ich in der Rechnungsabteilung war, schielte ich auf ihren Gehaltszettel. Ich wollte sie heiraten, ich wollte sie retten. Ich glaubte felsenfest, sie könne mich retten. Ich weiß nicht, wie, aber schließlich fragte ich sie, ob sie mit mir ins Kino gehen wolle. Das Mädchen, das Paris zur schönsten Göttin erwählt hatte, lächelte mich mit dem zartesten und scheuesten Lächeln an, das man sich vorstellen kann, und sagte ja.

Bevor ich aus dem Haus ging, betrachtete ich mich im Spiegel. Ich hatte einen kleinen Eiterpickel auf der Stirn. Ich und die römische Schönheitsgöttin gehen heute Abend ins Kino, sagte ich mir, ich und die römische Göttin der Schönheit haben ein Date miteinander. Ich drückte den Pickel aus und stillte das schmierige Blut mit einem Tempo. Wer bist du, erbärmlicher Sterblicher, dass du ihr Popcorn zu kaufen begehrst, dass du es wagen könntest, in der Dunkelheit des Saales Hand an sie zu legen?

Nach der Vorstellung gingen wir noch irgendwo etwas trinken. Ich hoffte, sie würde nicht mit mir über die Handlung reden. Ich hatte keine Ahnung, was auf der Leinwand passiert war, den ganzen Film hindurch sah ich nur sie an. Wir sprachen ein bisschen von der Arbeit und über die Integration ihrer Familie in Israel. Sie war zufrieden hier. Sie wollte weiterkommen, und das würde sie auch, aber momentan war sie eindeutig zufrieden. Guter Gott, sagte sie und berührte mich am Arm, du weißt nicht, wie schlimm es dort für uns war. Unterwegs, als ich sie nach Hause fuhr, fragte ich sie, ob sie wirklich an Gott glaube. Sie lachte. Wenn du mich fragst, ob ich weiß, ob er existiert, sagte sie, dann lautet die Antwort: ja. Nicht nur er, viele Götter. Aber wenn du mich fragst, ob ich an ihn glaube, dann nein, ganz entschieden: nein.

Wir erreichten ihr Haus, und sie traf Anstalten, die Autotür zu öffnen. Ich verfluchte mich dafür, dass ich die kurze Strecke genommen hatte. Ich wünschte mir so sehr, sie würde noch ein Weilchen bei mir bleiben. Ich betete, irgendein Wunder möge geschehen. Dass uns die Polizei jetzt anhielte, dass man uns entführen würde, dass irgendwas passierte, damit wir zusammenbleiben könnten. Als sie bereits aus dem Auto ausgestiegen war, schlug sie vor, dass ich auf einen Kaffee mit zu ihr hinaufkäme.

Sie schläft jetzt, neben mir im Bett. Liegt auf dem Bauch. Ihr Kopf ist im Kissen vergraben. Ihre Lippen bewegen sich leicht, als spreche sie stumm mit sich selbst. Ihr rechter Arm umfasst mich, ihre Hand ruht auf meiner Brust. Und ich bemühe mich, nur so viel wie unbedingt nötig zu atmen, damit das Heben und Senken des Brustkorbs sie nicht aufweckt. Sie ist schön, wirklich wunderschön, vollkommen. Und auch ziemlich nett. Aber das ist auch alles. Morgen kaufe ich mir einen Hund.

## *Blasen*

In der Nacht, wenn seine Frau eingeschlafen ist, geht er zu seinem Auto hinunter und zählt die Blasen in der Windschutzscheibe. Im Autoradio stellten sie die ganze Zeit Quizfragen, und die Leute beantworteten sie und gewannen Preise. Einmal ein chinesisches Essen, einmal ein Kosmetikset, schöne Preise. Er hört zu und zählt die Blasen in der Scheibe, kann auf überhaupt nichts antworten. In seinem Herzen träumt er bereits von einer Klage gegen die Firma Peugeot.

Als er jung war, war er ziemlich gut in Quizfragen. Es gab damals viele dieser Sendungen, und er rief oft dort an. Alle Lösungen wusste er, aber meistens war besetzt. Er begriff einfach nicht, wieso er früher jedes Rätsel lösen konnte, und jetzt – nichts. Er wusste nicht, dass er kleine Schnecken im Kopf hatte, die ihm ständig mit einem Strohhalm das Gehirn ausschlürften. Niemand wusste es. Er hatte sie sich beim Militär eingefangen, bei einem Lehrgang, vom Wasser des Coolers im Feldmann-Haus. Aus diesem Cooler hatten mindestens noch tausend andere getrunken, sie hatten sicher auch Schnecken. Nicht, dass es jemandem aufgefallen wäre; es war etwas, auf das niemand kam: ohne Schmerzen, ohne Symptome, simple gelangweilte Schnecken, die dir das Hirn wegschlürfen.

Es gibt eine Menge solcher Dinge, alle Arten von Krankheiten, die man nicht entdeckt. Seine Frau zum Beispiel leidet bereits seit Jahren unter Makramee-Spinnen, was viel verbreiteter und auch viel ansteckender als die Schnecken ist. Sie werden durch Prospekte übertragen, lassen sich mitten in deiner Seele nieder und flechten dort lauter kleine Zöpfe. Überall, wo früher ein Gefühl verknüpft war, reißen sie es ab und fädeln stattdessen eine Perle auf. Die Seele seiner Frau sah aus wie Bob Marleys Kopf, und sie fühlte bereits nichts mehr, wirklich gar nichts, und weinen konnte sie nur über Dinge, die sie im Fernsehen sah. Niemand tat etwas dagegen. Die Ärzte waren viel zu beschäftigt, ihr Kalzium einzufangen, das ständig zu entweichen versuchte, und hatten keine Zeit für Mätzchen, schließlich lief sie davon nicht blau an oder so was und bekam auch keine Knoten in der Brust, sie hörte einfach bloß ein bisschen auf zu weinen. Ihr Mann fand es sogar schön, dass sie nur noch vorm Fernseher weinte, denn die Sachen in der Glotze waren nicht wirklich, also konnten sie auch nicht wirklich schaden. Nicht wie die Bläschen in der Windschutzscheibe, es kann sein, dass du eines Tages losfährst, und Peng! Das ganze Fenster kann dir ins Gesicht explodieren. Er zählte bereits 574, und jeden Tag tauchten neue auf. Im Radio war die Musik jetzt so laut, dass es unmöglich war, die Rülpser der Schnecken zu hören. Wenn er bei sechshundert anlangte, dachte er, würde er sie verklagen.

*Dinosauriereier*

Uzi kam heute nach der Schule mit einem Buch über Dinosaurier zu mir. Es sagte, die Dinosaurier seien zwar schon tot, hätten aber an allen möglichen Stellen auf der Welt ihre Eier hinterlassen, und wir würden sie finden und so unsere eigenen Privatdinosaurier haben, auf denen wir in die Schule reiten und denen wir Namen geben könnten. Uzi sagte, dass man die Eier der Dinosaurier normalerweise in Hofecken finde, ganz tief in der Erde. Also holten wir uns eine Spitzhacke aus dem Schuppen des Gärtners und fingen an, in der Ecke hinter dem Balkon von Natkovitsch aufzugraben, wo sie immer die Hütte für das Laubhüttenfest bauen. Wir gruben abwechselnd vielleicht zwei Stunden, bis es dunkel wurde, aber wir fanden nichts. Uzi sagte, es sei nicht tief genug und wir müssten später weitermachen. Wir gingen zum Wasserhahn im Hof, um uns das Gesicht und die Hände zu waschen. Während wir uns wuschen, kam Relis Freund auf seiner Klapperkiste von Motorrad an, das ständig kaputtgeht. »Hallo, Jungs«, versuchte er sich einzuschleimen, »was gibt's Neues?« Uzi stieß mich mit dem Ellbogen an, worauf ich antwortete, alles in Ordnung und wir würden gerade nichts tun. »Nichts mit der Hacke? Na gut. Wo ist deine Schwester?« Ich sagte zu ihm, sicher daheim, und er ging zu uns in die Wohnung hinauf. Reli liebt ihn, aber ich kann ihn nicht leiden. Es liegt nicht daran, dass er irgendwas macht, es ist etwas in seinem Gesicht. Er hat was in der Visage, das ihn wie die Schurken im Kino aussehen lässt.

»Wir müssen heute Nacht weitergraben«, sagte Uzi. »Wir treffen uns um Punkt zwölf Uhr im Hof, du versteckst die Hacke, und ich bringe eine Lampe mit.«

»Warum unbedingt heute?«, fragte ich.

»Darum eben«, sagte Uzi verärgert, »wer versteht was von Dinosauriern, ich oder du? Dinosaurier sind das Wichtigste überhaupt.«

Um Mitternacht war bloß ich da, denn Uzis Eltern ertappten ihn auf frischer Tat, als er versuchte, sich davonzuschleichen. Ich wartete lange auf ihn, ich weiß nicht, wie lange, und gerade als ich schon wieder heimgehen wollte, kamen Reli und der Widerling in den Hof. Ich befürchtete, sie würden mich sehen und mir Fragen stellen. Wenn ich irgendetwas von den Dinosauriern verraten hätte, würde Uzi mir das nie verzeihen. Ich hatte keine Angst, dass sie mich bei Vater verpetzen würden, denn wenn Reli etwas gesagt hätte, wäre auch sie aufgeflogen. Reli und der Widerling setzten sich auf die Bank, genau neben unser Loch, und dann fing der Widerling plötzlich an, Sachen mit ihr anzustellen. Er machte ihr die Kleider auf, schob seine Hände darunter und noch so alles Mögliche, und sie war damit einverstanden. Ich konnte gar nicht mehr hinschauen, also sagte ich mir, jetzt oder nie, tot oder lebendig, und kroch ganz leise über den Kinderzimmerbalkon zurück in mein Bett.

Wir gruben nur tagsüber, das heißt nachmittags. Jeden Tag außer samstags, weil Uzis Familie da immer Ausflüge machte. Fünf Monate lang ging das so. Wir buddelten ein schrecklich tiefes Loch, und Uzi sagte, wir hätten schon die Mitte der Erdkugel erreicht und eins-zwei-drei würden jetzt die Dinosauriereier kommen. Ich glaubte schon nicht mehr daran, aber es fiel mir um einiges leichter zu graben, als das zu sagen. Ich wünschte mir, jemand würde es Uzi sagen, aber allein hatte ich nicht den Mut dazu. Reli, die früher viel mit uns spielte, redete kaum mehr mit mir, und wenn sie überhaupt etwas sagte, nannte sie mich Jossi, obwohl ich das hasse. Am Anfang war sie die ganze Zeit mit dem Widerling auf der Klapperkiste unterwegs, und jetzt, in den letzten zwei Wochen, wo er nicht mehr kam, saß sie bloß die ganze Zeit herum und sagte, sie sei müde. Am Dienstag früh kotzte sie sogar ins Bett, als ob sie nicht mehr ganz dicht wäre.

»Iiih, ist ja eklig«, sagte ich zu ihr, »ich sag's Mama.«

»Wenn du irgendwas davon zu Mama sagst, bring ich dich um«, sagte sie ganz ernsthaft, und ich erschrak ein wenig.

Reli hatte mir noch nie gedroht. Ich wusste, es war alles wegen ihm, wegen dieses Widerlings mit der Klapperkiste und der Sachen, die er mit ihr gemacht hatte. Was für ein Glück, dass er nicht mehr kam.

Zwei Tage später fanden wir das Ei. Es war wirklich riesig, von der Größe einer Melone.

»Hab ich's dir nicht gesagt?«, schrie Uzi. »Hab ich's nicht gesagt?«

Wir legten es in die Hofmitte und tanzten im Kreis darum herum. Uzi sagte, jetzt müsse es ausgebrütet werden, also setzten wir uns abwechselnd zum Brüten drauf, über zwei Monate lang. Schließlich brach es auf, aber anstelle eines kleinen Dinosauriers war ein Säugling drin. Wir waren furchtbar enttäuscht, denn auf einem Säugling kann man unmöglich zur Schule reiten. Uzi sagte, wir hätten keine Wahl, wir müssten zu meinem Vater gehen und mit ihm reden. Mein Vater wurde böse, noch bevor wir überhaupt zu ihm hingehen und etwas sagen konnten.

»Woher habt ihr das Baby? He! Wo habt ihr's her?« Er brüllte die ganze Zeit, und jedes Mal, wenn wir versuchten, es ihm genau zu erklären, schrie er sofort, wir seien Lügner. Schließlich beugte er sich zu Uzi hinunter und drückte seine Schulter: »Hör mal, Uzi, Jossi hier«, und er deutete auf mich, »versteht sowieso nichts. Er ist ein Dummkopf, aber du bist doch ein kluger Junge. Sag mir, wem es gehört, wer die Eltern sind.«

»Eigentlich wir, ein bisschen«, sagte Uzi, »weil wir das Ei ausgebrütet haben, also sind wir Mutter und Vater.« Vater stierte Uzi mit einem Blick an, als wollte er ihn ermorden, aber schließlich drehte er sich zu mir um, die Ohrfeige kriegte ich.

Mein Vater fuhr mit dem Baby ins Krankenhaus und sagte zu mir, ich solle inzwischen in meinem Zimmer auf ihn warten. Es war bereits Mittag, aber Reli lag immer noch im Bett. »Du schläfst die ganze Zeit«, sagte ich zu ihr, »du bist wie Dornröschen.« Reli sagte nichts und rührte sich nicht.

»Du stehst sicher nur dann auf, wenn der Prinz kommt«, sagte ich, um sie zu ärgern, »der Prinz auf der Klapperkiste.«

Relis Lippen bewegten sich, aber aus ihrem Mund drang kein Laut, und ihre Augen blieben geschlossen. »Nur für ihn stehst du auf«, sagte ich, »und wenn er eine Panne hat, bleibst du ewig im Bett.«

Reli öffnete beide Augen, und ich war sicher, jetzt würde sie aus dem Bett kommen und mir Saures geben, aber sie sagte nur etwas, und während sie sprach, hatte sie einen leicht traurigen Ausdruck in den Augen.

»Wozu willst du denn, dass ich aufstehe, hm, Jo? Um das Zimmer aufzuräumen? Zum Bibelpauken für die Abschlussprüfung?«

»Ich dachte, du würdest vielleicht aufstehen wollen, um das Dinosaurierei anzuschauen, das Uzi und ich gefunden haben«, sagte ich. »Es hätte eine wissenschaftliche Entdeckung sein sollen, bloß zum Schluss war es das nicht. Ich habe gedacht, du wolltest es sehen.«

»Du hast recht«, sagte Reli, »für ein Dinosaurierei lohnt es sich wirklich aufzustehen.« Sie stieß die Decke mit den Füßen zurück und setzte sich am Bettrand auf. »Kotzt du noch?«, fragte ich.

Reli schüttelte den Kopf, und dann stand sie. »Komm«, sagte sie, »zeig mir das Dinosaurierei.«

»Aber das habe ich doch versucht, dir zu sagen«, sagte ich, »dass es am Schluss ein kaputtes Ei war und geplatzt ist, und Vater hat es mitgenommen und Uzi nach Hause gejagt und mir eine Ohrfeige gegeben.«

»Schon gut«, sagte Reli und streichelte meinen Nacken, »dann komm, wir gehen ein anderes Dinosaurierei suchen, eins, das nicht kaputt ist.«

»Vergiss es«, sagte ich, »das würde Papa bloß wieder ärgern. Komm, wir gehen auf einen Milkshake.«

Reli zog sich Sandalen an.

»Und was ist, falls genau dann, wenn wir gehen, der Prinz auf der Klapperkiste kommt?«, fragte ich.

Reli zuckte die Achseln. »Er wird schon nicht kommen«, sagte sie.

»Und wenn doch?«, beharrte ich.

»Wenn doch, dann wird er eben auf mich warten«, sagte sie.

»Sicher wird er warten«, sagte ich, »er kann ja auch schlecht weg. Sein Motorrad geht sowieso nie.« Und rannte auf der Stelle los, kaum dass ich den Satz beendet hatte. Reli verfolgte mich, aber sie holte mich erst am Eisladen ein, wo ich einen großen Becher mit Sahne verlangte, und Reli bekam einen Erdbeershake.

## *Der wahre Gewinner der Ausscheidungskämpfe*

Früher hatten sie viel über das Leben geredet, so allgemeines Zeug wie »mir geht's gut – nicht gut, sehne mich nach der und der, will dies und das, bin auf der Suche nach Herausforderungen«. In der Regel logen sie, nicht mit Absicht, es kam einfach so raus, doch im Lauf der Zeit hatten sie beide irgendwann genug davon. Also hörten sie auf damit und gingen zu anderen Themen über, hauptsächlich Börse und Sport. Bis Uzi mit der Idee von dem Vier-Bier-Test ankam. Die Idee war simpel: Alle drei Wochen gingen sie in eine Kneipe und bestellten jeder vier große Bier. Das erste leerten sie, ohne etwas zu sagen. Nach dem zweiten sagten sie dann, wie sie sich fühlten, und so ging es auch nach dem dritten und vierten. Sie hinterließen immer ein großzügiges Trinkgeld, manchmal übergaben sie sich, die Kneipenbesitzer waren bereits daran gewöhnt. Dann ging Eitan einen Monat lang zur Wehrübung, danach war Uzi ein bisschen im Stress bei der Arbeit, und so kam es, dass sie sich eineinhalb Monate nicht sahen. In diesen eineinhalb Monaten ließ sich Eitan einen Halbbart à la Boheme stehen, und Uzi hatte es inzwischen schon dreimal geschafft, mit dem Rauchen aufzuhören.

»Eigentlich müssten wir heute jeder acht trinken«, sagte Uzi, als sie die Kneipe betraten. »Zur Überbrückung.« Eitan lächelte. Sie waren keine großen Trinker, und auch zwei Liter Bier waren schon mehr als genug. In der Kneipe lief der Fernseher, allerdings ohne Ton. Sie zeigten einen

Zusammenschnitt der ersten GUS-Leichtathletikwettkämpfe.

»Schau dir diesen Engländer an, wie der sich freut«, lachte Uzi und deutete auf irgendeinen Magerling, der sich auf dem Bildschirm überschlug. »Was begeistert ihn denn so? Alles in allem ist er Erster in seiner Disziplin geworden, aber bei den Ausscheidungen der Ausscheidungen irgendeines entlegenen Wettbewerbs, irgendeiner Bambi-Olympiade der Leichtathletik. So wie der herumhüpft, könnte man meinen, er hätte mindestens drei Platinmedaillen bei der Olympiade gewonnen.«

»Die Europäer haben bei den Olympischen Spielen im Langstreckenlauf überhaupt keine Chance auf diesen Distanzen. Die Afrikaner verputzen sie einfach ohne Salz zum Frühstück«, sagte Eitan. »Was ihnen also bleibt, sind die Ausscheidungskämpfe der GUS-Staaten.«

»Na gut«, beharrte Uzi, »aber dass er überhaupt keine Chance hat, bei der Olympiade irgendwie Erfolg zu haben, ist doch wohl kein Grund zur Freude. Außerdem hat er noch überhaupt nichts gewonnen, das sind nur die Ausscheidungen.« Sie leerten ein Bier und dann noch eines. Uzi fragte Eitan, wie es bei der Wehrübung war, und Eitan sagte, einigermaßen annehmbar. Eitan fragte, wie sein Projekt liefe. »Ganz ordentlich«, sagte Uzi, »wirklich ganz gut. Aber in den letzten zwei Monaten habe ich irgendwie so einen Widerwillen gegen die Arbeit, komme lustlos, arbeite lustlos, gehe lustlos nach Hause, weißt du.«

Sie tranken das dritte Bier, und Eitan sagte, so sei das eben, es gebe solche Phasen, sie kämen und gingen. Er konnte das Trinken viel besser vertragen als Uzi. Wenn es ans Kotzen ging, war es normalerweise Uzi, der kotzte. Den Regeln nach hätte jetzt auch Uzi etwas sagen müssen, aber er sagte nichts, schnorrte nur eine Zigarette bei der Bedienung, zündete sie an und starrte in den Fernseher. Jetzt zeigten sie ein Unterhaltungsprogramm, etwas mit Dolly Parton und Kenny Rogers. Eitan sagte im Spaß, wenn er wolle, könne er den Wirt bitten, den Ton anzustellen. Uzi reagierte nicht einmal. »Ich dachte, du hättest gesagt, das Punktieren hätte was gebracht«, sagte Eitan und beobachtete Uzi, der seine Zigarette bis auf den letzten Rest aufgeraucht hatte und das, was davon übrig geblieben war, zwischen den Fingerspitzen hielt, bemüht, sich nicht zu verbrennen.

»Alles blödes Geschwätz von diesem Weiß«, sagte Uzi zwischen den Zähnen, »das Punktieren taugt einen Scheißdreck.«

Es war eine billige Zigarette, irgendwas ohne Filter. Uzi nahm einen letzten tiefen Lungenzug, und sie verschwand wie durch Zauberei. Er musste sie nicht einmal ausdrücken oder ähnliches, es blieb schlicht nichts übrig von ihr. Sie waren beim vierten Bier angelangt, Eitan konnte es kaum mehr austrinken, er verspürte einen furchtbaren Brechreiz, Uzi dagegen schien ganz entspannt und bat die Bedienung um eine weitere Zigarette.

»Um ehrlich zu sein«, sagte Uzi, nachdem er auch die zweite Zigarette hatte verschwinden lassen, »eigentlich habe ich die Nase voll.«

»Von den Zigaretten?«

»Von allem.« Uzi presste seinen Finger auf den Boden des Aschenbechers, als versuche er, ihn auszudrücken. »Von allem. Hat alles keinen Sinn, keinen, null. Kennst du dieses Gefühl, dass du irgendwo bist und dich fragst, was du dort machst? So ist es dauernd bei mir, ich möchte rasend gern weggehen. Weg von jedem Ort, wo ich bin, zum nächsten. Es nimmt kein Ende, ich schwör's dir, ich hätte mich schon längst umgebracht, aber ich bin zu feige dazu.«

»Hör auf«, brummte Eitan, »das bist nicht du, der da redet, das ist das Bier. Morgen früh wachst du mit einem riesigen Brummschädel auf und wirst sagen, dass alles, was du jetzt gerade gesagt hast, Unsinn ist. Wer weiß? Vielleicht beschließt du sogar, das Rauchen aufzugeben.«

Uzi lachte nicht. »Ich weiß«, sagte er gepresst, »ich weiß, dass das Bier aus mir spricht, dass ich morgen was anderes sagen werde. Ich dachte, das sei die ganze Idee dabei.«

Sie nahmen ein Taxi nach Hause. Das Taxi fuhr zuerst zu Uzis Wohnung.

»Pass auf dich auf, he?« Eitan umarmte Uzi, bevor er aus dem Wagen stieg. »Mach keine Dummheiten.«

»Keine Sorge«, Uzi lächelte, »ich bringe mich nicht um oder so was, ich habe nicht den Mut dazu. Wenn ich es könnte, hätte ich es schon längst getan.«

Dann fuhr das Taxi zu Eitans Haus, und er ging zu seiner Wohnung hinauf. Er hatte einen Revolver in der Schublade. Als er Offizier war, hatte er ihn durch Punkte im Sport erworben. Es war nicht so, dass er verrückt nach einer Waffe oder so etwas gewesen wäre, aber es hieß, entweder das oder jedes Mal, wenn er nach Hause fuhr, für ein M-16 zu quittieren. Eitan holte den Revolver aus der Unterhosenschublade und spannte den Hahn. Er legte den Lauf von unten ans Kinn, jemand hatte ihm einmal erklärt, wenn man von unten her schieße, radiere man tatsächlich das Gehirn aus. Schießt man sich in die Schläfe, geht es nur durch, man kann ein Zombie bleiben. Er löste den Sicherungshebel.

»Wenn ich jetzt will, schieße ich«, sagte er laut. Er übermittelte an das Gehirn den Befehl, den Abzug zu drücken. Der Finger gehorchte, hielt aber mittendrin inne. Er hätte es gekonnt, er hatte keine Angst, musste aber noch feststellen, ob er es tatsächlich wollte. Er überlegte ein paar Sekunden. Im großen fand er vielleicht keinen Sinn im Leben, aber im kleinen war er zufrieden, nicht immer, aber oft. Er wollte leben, er wollte es wirklich, und das war's. Eitan gab dem Finger nochmals den Befehl zu überprüfen, ob er das alles nicht bloß so hindrehte. Wieder reagierte der Finger bereitwillig, Eitan löste den Druck und sicherte die Waffe. Nie im Leben hätte er dieses Spielchen gemacht, wenn er vorher nicht vier Bier getrunken hätte, bestimmt hätte er irgendeine Ausrede erfunden, behauptet, das sei ein kindischer Test, das besage überhaupt nichts, obwohl das, wie Uzi gesagt hatte, ja der Witz an der Sache war. Er legte den Revolver in die Schublade zurück und ging aufs Klo, um sich zu übergeben. Dann hielt er Gesicht und Kopf im Bad unter den Wasserhahn. Bevor er sich abtrocknete, betrachtete er sich im Spiegel. Mager, mit nassem Haar, eine Spur blass im Gesicht, wie dieser Läufer im Fernsehen. Er hüpfte nicht herum und schrie und pfiff nicht, aber noch nie hatte er sich so gut gefühlt.

## *Bürgersteige*

Ich kam wie immer eine Woche zu spät. Ich bin noch nie rechtzeitig gekommen. Beim Begräbnis und der ersten Gedenkfeier war ich noch dabei. Aber all diese Blicke, die tapferen Händedrucke, die Mutter, die mir mit tränennassen Augen zulächelt und fragt, wann ich mit dem ersten Examen fertig sei – damals beschloss ich, das Theater nicht mehr mitzumachen. Dieses Datum sagt mir sowieso nichts, obwohl es leicht zu merken ist. Der zwölfte Zwölfte.

Ronens Schwester ist Ärztin in der Beilinson-Klinik, sie hatte gerade Dienst, als dein Puls zu schlagen aufhörte. Ich hörte, wie Ronen zu Jizhar sagte, dass du genau, aber auch ganz genau Punkt zwölf Uhr gestorben bist. Ronen war ganz begeistert davon: »Am zwölften Zwölften um zwölf Uhr, weißt du, was für ein Zusammentreffen von Zufällen das ist?«, flüsterte er so laut, dass alle es hörten. »Das ist wie ein Zeichen des Himmels.«

»Wirklich verblüffend«, sagte Jizhar gedämpft. »Wenn er nur noch zwölf Minuten und zwölf Sekunden durchgehalten hätte, hätten sie ihm zu Ehren bestimmt eine Briefmarke rausgegeben oder so was.«

Es ist wirklich leicht, sich daran zu erinnern, an das Datum, meine ich, und an das Verkehrsschild, das wir gemeinsam an Jom Kippur stahlen. Und auch an diesen blödsinnigen Bumerang, den sie dir aus Australien mitbrachten, den wir immer im Park schleuderten, als wir Kinder waren, und der nie zurückkam. Jedes Jahr komme ich, stehe an deinem Grab und erinnere mich, jedes Mal an etwas Neues. Ich erinnere mich, erinnere mich sehr gut. Wir haben jeder fünf Flaschen Bier getrunken, und danach hast du noch drei »Shots« Wodka gekippt. Ich fühlte mich einigermaßen in Ordnung an diesem Abend, ein bisschen benebelt, aber ansonsten in Ordnung. Du? Du warst total betrunken. Wir verließen die Kneipe und gingen in Richtung deiner Wohnung, die einige hundert Meter entfernt lag. Wir trugen die grauen Regenmäntel, die wir zusammen in der Nachalat-Binjamin-Straße gekauft hatten. Du hattest einen ziemlich unsteten Gang, hast mit der Schulter einen Telegraphenmast gerempelt, bist einen Schritt zurückgetreten und hast ihn mit verwirrtem Blick angestarrt. Ich schloss die Augen, die Schwärze unter den geschlossenen Lidern verfloss mit den dunklen Strömen des Alkohols. Ich versuchte mir vorzustellen, du seist weit weg von mir, nehmen wir an, in einem anderen Land, und der Gedanke entsetzte mich derartig, dass ich sofort die Augen öffnete und gerade noch mitbekam, wie du noch einen unsicheren Schritt machtest und nach hinten fielst. Ich erwischte dich, bevor du am Boden aufschlugst, und du hast mich angelächelt, dein Kopf hing nach hinten, ein Kind, das ein neues Spiel entdeckt hat. »Wir haben gewonnen«, hast du zu mir gesagt, als ich dir auf die Beine half. »Wir haben gewonnen.« Ich begriff überhaupt nicht, wovon du redetest. Dann gingen wir ein paar Schritte, und du bist wieder umgefallen, absichtlich. Du hast deinen Körper einfach nach vorne fallen lassen, aber ich packte dich am Mantelkragen, eine Zehntelsekunde, bevor dein Gesicht auf den Bürgersteig knallte. »Zwei zu Null«, hast du gesagt und dich auf mich gestützt. »Wir sind dermaßen gut, die Gehsteige haben überhaupt keine Chance.« Wir gingen weiter in Richtung deiner Wohnung, und alle paar Meter warfst du dich auf den Gehsteig, aber ich erwischte dich jedes Mal. Am Gürtel, an den Hüften, an den Haaren. Ich ließ nicht zu, dass du den Boden berührtest. »Sechs Null«, hast du gesagt, und später dann »Neun Null«. Es war ein herrliches Spiel, wir waren großartig. Wir konnten nicht verlieren. »Komm, wir sorgen dafür, dass es bei der Null bleibt«, flüsterte ich dir ins Ohr. Und wir schafften es tatsächlich, kamen bei dir daheim mit dem erstaunlichen Ergebnis von Einundzwanzig zu Null an. Wir betraten das Treppenhaus, hinter uns geschlagene Bürgersteige.

In deiner Wohnung war der Mitbewohner noch wach und saß vor dem Fernseher. »Wir haben sie geschlagen!«, hast du zu ihm gesagt, als wir hereinkamen, und er rieb sich die Augen hinter den Brillengläsern und sagte, wir sähen furchtbar aus. Ich ging mir das Gesicht waschen, aber bevor ich den Wasserhahn erreichen konnte, übergab ich mich in die Badewanne. Ich hörte dich auf dem Gang brüllen, so würdest du nicht pinkeln. Ich verließ das Bad und sah dich schwankend, mit bis unter die Knie heruntergelassenen Hosen dastehen. »Ich mach kein Pipi, wenn du mich hältst«, hast du zu deinem Wohnungspartner gesagt. »Auf dich verlass ich mich nicht. Bloß wenn er hält«, du deutetest auf mich, »nur bei ihm.«

»Das ist nicht persönlich gemeint«, lächelte ich den Mitbewohner an, »wir sind einfach schon trainiert darin.« Ich stützte dich unterhalb der Hüften ab.

»Ihr seid schlicht verrückt.« Der Mitbewohner schüttelte den Kopf und widmete sich wieder dem Fernseher. Du warst fertig mit Pinkeln. Ich übergab mich noch mal. Auf dem Weg ins Bett bist du wieder umgefallen, aber ich erwischte dich, gerade noch, wir fielen beide auf den Boden. »Ich hab's gewusst, du hältst mich«, hast du gelacht. »Siehst du«, du versuchtest wieder hochzukommen, »ich habe überhaupt keine Angst mehr vorm Fallen.«

Es gibt hier zwei Jungen in deinem Areal, die mit einem Tennisball nach den Grabsteinen werfen. Ich glaube, ich habe die Spielregeln kapiert. Wenn sie den Grabstein eines Offiziers treffen, ist das ein Punkt für sie. Treffen sie den Grabstein eines einfachen Soldaten, ist das ein Punkt für den Friedhof. Sie haben deinen Grabstein getroffen, der Ball prallte ab und sprang mir direkt in die Hand. Ich hielt ihn fest. Einer der Jungen näherte sich zögernd. »Bist du der Friedhofswächter?«, fragte er. Ich schüttelte den Kopf. »Dann gibst du uns den Ball zurück?« Er kam einen Schritt näher. Ich hielt ihm den Ball hin. Er kam noch ein bisschen näher an den Grabstein heran, mit wachsamen Augen. »Oh«, rief er seinem Freund zu, der weiter weg stand. »Was ist das, ein OLt?«, fragte der aus der Entfernung. Der mit dem Ball zuckte mit den Schultern. »Entschuldigung«, fragte er mich, »OLt, ist das ein Offizier oder bloß ein Soldat?«

»Natürlich ein Offizier«, sagte ich. »Das ist die Abkürzung für einen stellvertretenden Kompaniechef, Oberleutnant.«

»Ist einer!«, schrie er und schleuderte den Ball in die Luft, »Acht Sieben.« Sein Freund rannte zu ihm, schrie: »Wir haben die Grabsteine geschlagen! Wir haben sie geschlagen!«, und die beiden begannen, Luftsprünge zu machen und zu brüllen, als hätten sie mindestens die Weltmeisterschaft gewonnen.

## *Die traurige Geschichte der Familie Ameise*

für Mosche

Das Städtchen bestand im Prinzip aus einer einzigen langen Hauptstraße. Zwanzig Häuser auf jeder Seite. Vor jedem der Häuser war ein Holzzaun, so dass man, nahm man einen Stock und rannte los, das ganze Städtchen auf einmal durchqueren konnte, während die Stockspitze an den Holzlatten entlangstreifte und einen ungeheuren Krach machte. Und das war es auch, was die Kinder die meiste Zeit taten. Wenn man auf der linken Straßenseite in Richtung Norden lief, war das letzte Haus an der Straße, das mit den letzten Zaunlatten, nach denen der Stock in deiner Hand dann abglitt, das Haus von Ciconia Schweig. Die meisten Kinder bevorzugten zum Rennen die linke Seite, denn auf der rechten wohnte Nechemia Hirsch, der ein bisschen verrückt war und manchmal mit einem Gewehr herauskam, sie anschrie, sie seien »Türken«, und drohte, auf sie zu schießen. Die beste Laufrichtung jedoch war von Norden nach Süden, denn wer rechts lief, kam an einem der beiden interessantesten Häuser des Städtchens zum Stillstand und hatte bei beiden gute Aussichten, etwas zu essen zu bekommen. In einem wohnte Elias Kalb, der eine richtig schwarze Haut hatte und Locken auf dem Kopf, die sich wie Sprungfedern aufdrehten, und direkt ihm gegenüber lebte die Familie Ameise. Urs und Nechama Ameise mit ihrem Sohn Leo.

Urs Ameise war nicht nur der netteste Mensch im Städtchen, was unbestritten war, er war auch der ungewöhnlichste. Er hatte am ganzen Körper ein glänzendes Fell und obendrein eine verblüffende Nase, konnte ganz wunderbar tanzen und lustige Witze erzählen.

Am Freitagabend versammelten sich alle am Ende der Hauptstraße, Elias Kalb holte einen leeren Olivenkanister, trommelte darauf herum und machte blökende Geräusche dazu, als würde er gleich anfangen zu röhren, und Urs Ameise begann mit seinem Tanz. Das war schon was, jeden Freitag tanzte er, und man wurde es nie müde. Seine Bewegungen und das Fell, das im Licht der Fackeln glitzerte, sogar die Zunge, die ihm aus dem Mund hing, tanzte, als hätte sie ihr Eigenleben. Das war wirklich was. Die Erwachsenen nahmen die Kinder auf die Schultern, damit ihnen nichts entging, und alle klatschten im Takt dazu. Wenn Urs und Elias ihren Auftritt beendet hatten, spielte Columbus Grünberg auf seiner Geige, und alle tanzten. Und beim Hora-Tanz schloss sich Urs Ameise dem Kreis an, und die anderen sahen neidisch, wie die Hände der Tänzer an seiner Seite in seinen riesigen haarigen Pranken verschwanden. »Das ist, als ob du Handschuhe anziehst«, erzählten nachher die, die schon in den Genuss gekommen waren, »das ist ein irrer Spaß.«

Manchmal organisierten Urs und Elias Kalb solche Abende auch mitten unter der Woche, und alle tanzten fast bis zum Morgen durch, auch die Kinder. Zu jener Zeit gab es noch keine Schule in dem Städtchen, niemand hatte je davon gehört, und es war allen ganz egal, wenn die Kinder lange schliefen.

Das alles änderte sich mit dem Tag, an dem Alexander Expander in die Stadt kam. Er kam natürlich von Nirgendwo. Denn für die Leute im Städtchen war überall, wo nicht das Städtchen war, nirgendwo. Alle wussten, dass es noch Orte außerhalb des Städtchens gab, wie Minsk, Rosch Pina oder das türkische Folterlager nördlich von Izmir, bloß war noch nie einer von ihnen dort gewesen, außer vielleicht Nechemia Hirsch. Alexander Expander traf gegen zehn Uhr morgens in der Stadt ein, und Wolf Kasterstein, der mit seinem Stecken gerade an den Zaunlatten von Ciconia Schweigs Haus entlang in südlicher Richtung rannte, stieß mit ihm zusammen und brachte ihn in einer Pfütze zu Fall. Wolf entschuldigte sich und versuchte, ihm beim Aufstehen zu helfen, aber Expander blieb in der Pfütze sitzen und brüllte Wolf und die anderen Kinder an, sie seien Rowdys, ihr Platz sei in der Schule oder ansonsten im Gefängnis. Er schrie so laut, dass Nechemia Hirsch mit seinem Gefängniswächtergewehr herauskam und ihm androhte, wenn er nicht den Mund halte, werde er ihn mit seinem Muslim-Killergewehr erschießen. Aber Expander hörte nicht auf, ganz im Gegenteil, seine Stimme kletterte eine Oktave höher, er fing an zu jammern, dass er nicht den ganzen Weg von Bern hierher zu Fuß gemacht habe, nur um von einer Horde Barbaren wie ein Tier umgebracht zu werden. Und Hirsch, der den Ruf des reizbarsten Menschen in der Stadt hatte, und das zu Recht, machte sich daran, Schießpulver in den Rachen seines berüchtigten Gefängniswächtergewehrs zu füllen.

Zu seinem Glück weckte Expanders Geschrei Columbus Grünberg, der an dem Tag lange schlief. Er schnappte Hirsch das Gewehr aus der Hand, und es gelang ihm sogar, Expander zu beruhigen und ihn aus der Pfütze zu holen. Expander wurde sofort zu Ciconia Schweigs Haus transportiert, wo man ihm ein Paar trockene Hosen gab und Kaffee mit Sahne machte.

Expander war entsetzt, als er vernahm, dass dieses Städtchen, in das es ihn verschlagen hatte, nicht nur keinen Namen, sondern auch keine Schule hatte. Jeder kultivierte Mensch, erklärte Expander, sei über so etwas entsetzt, und besonders er, der ein bekannter Pädagoge in Bern gewesen war. Er forderte Columbus Grünberg auf, noch an diesem Tag eine Versammlung aller Bewohner des Städtchens einzuberufen. Und am Abend, es war ein Freitag, versammelten sich alle am Ortsende. Elias Kalb ließ seinen Olivenkanister zu Hause, und Urs Ameise tanzte nicht. Alle standen nur still da und hörten Expander zu, der nahezu eine Stunde lang sprach. Expander sagte, man müsse sofort einen Namen für das Städtchen beschließen und die Errichtung einer Schule, an deren Spitze er stehen werde. Dann sagte er siebenmal das Wort »Kultura«, dreimal »Levantiner«, fünfmal »Schimpf und Schande« und spickte den Rest mit allen möglichen Wörtern und Zitaten aus Sprachen, die kein Mensch verstand. Als er geendet hatte, bedachte er alle mit einem furchterregenden Blick, klatschte sich selbst Beifall, sagte noch zweimal »Kultura«, einmal »für die kommenden Generationen« und stieg vom Podium. Er begab sich mit stolzem Schritt zu Ciconia Schweigs Haus, und die Debatte wurde ohne ihn fortgesetzt. In Wirklichkeit war es kaum eine Debatte, es sprachen nur Hirsch und Columbus Grünberg. Hirsch sagte, man dürfe dem Türken keinesfalls zeigen, dass man Angst vor ihm habe, und von ihm aus könne man ihn wie einen Hund erschießen, wogegen Columbus Grünberg dazu riet, alles zu tun, was Expander gesagt hatte, denn wenn man es nicht genau so machte, wie Expander gesagt hatte, würde er ihnen ewig auf die Nerven fallen. Am Schluss schritten sie zur Abstimmung. Alle enthielten sich, denn sie begriffen nicht, um was es eigentlich ging, außer Nechemia Hirsch, der die Abstimmung demonstrativ boykottierte, und Columbus Grünberg, der für beide Vorschläge Expanders stimmte. Am nächsten Morgen wurde der Name des Städtchens offiziell verkündet, und man begann mit dem Bau der Schule dort, wo früher die alte Scheune war. Expander hatte vorgeschlagen, das Städtchen »Progress« zu nennen, denn er glaubte, dass Symbolik eine Lanze für den Aufbruch in eine wünschenswerte Wirklichkeit brach, und alle stimmten ihm zu, denn sie erinnerten sich nur zu gut daran, was Columbus Grünberg am Abend zuvor gesagt hatte. Columbus fertigte auch ein großes Namensschild an, das am südlichen Ortseingang aufgestellt wurde, und er versprach ein weiteres Schild für die Nordseite. Die anderen halfen beim Bau der Schule, bis auf Hirsch, der wie ein Adler die alte Scheune umkreiste und sich bisweilen auf sein altes Gefängniswächtergewehr stützte und Expander mit furchterregenden Blicken durchbohrte.

Der Bau der Schule dauerte zwei Wochen. Expander verbot alle Festlichkeiten während dieser Zeit, damit die Leute ihre Kräfte nicht verausgabten, aber er versprach ein kulturelles Ereignis nach Abschluss der Bauarbeiten. Am Abend der Festlichkeit zu Ehren der Fertigstellung des Baus verbot Expander Kalb, auf seinen Olivenkanister einzuschlagen, und Urs Ameise das Tanzen, deklamierte stattdessen drei Gedichte von Schiller und eines von Goethe und spielte auf Columbus' Geige eine Weise, zu der man unmöglich tanzen konnte und die irgendein toter Österreicher komponiert hatte. Danach nötigte er alle, ins Bett zu gehen, weil am nächsten Morgen ein Arbeits- und Studientag anbrach, der der erste einer glanzvollen Tradition werden sollte, die das Gesicht des Städtchens »Progress« von A bis Z verändern würde.

Die Schule nahm ihren Betrieb auf, und innerhalb weniger Wochen gewöhnte man sich sogar ein bisschen daran. »Du gewöhnst dich an alles, sogar an glühende Kohlen zwischen deinen Zehen«, sagte Nechemia Hirsch, dem sich die Zeit, die er in türkischer Kriegsgefangenschaft verbracht hatte, tief ins Gedächtnis eingegraben hatte. Er kam noch hin und wieder mit seinem Gefängniswächtergewehr auf den Schulhof, aber es war eher eine Art Pflichtübung als eine echte Drohung. Es gab viele Leute, die, anders als Hirsch, mit der Etablierung der Schule richtiggehend zufrieden waren, denn jetzt rannten die Kinder nicht mehr mit den Stöcken die Zäune entlang und versetzten alle Welt in Aufruhr. Den Unterricht selbst teilte Expander nach Tagen auf: Sonntag, Montag und Dienstag waren die Tage der »Kultur«, an denen die Kinder Gedichte in Sprachen, die sie nicht kannten, auswendig lernen mussten, und Mittwoch, Donnerstag und Freitag waren die Tage der »Wissenschaft« mit naturwissenschaftlichem Unterricht. Es war etwa drei Monate nach Schulbeginn an einem Freitag, dem letzten »Wissenschaftstag« der Woche, als die traurige Geschichte der Familie Ameise begann.

Freitag war der Tag der »Fauna und Flora«, und Expander widmete ihn jedes Mal einem Tier oder einer Pflanze, die er gründlich durchnahm. An diesem Freitag betrat Expander die Klasse mit einem Plakat, das er entrollte und mit Reißzwecken an der Tafel befestigte. Die Schüler erblickten verwundert Urs Ameises Gesicht, das ihnen von dem Plakat entgegenlächelte. Sie verstanden den Zusammenhang zwischen ihm und einer Naturkundeunterrichtsstunde nicht gleich, aber Expander erklärte es ihnen. Er sagte, es handle sich um ein minderes Tier, ein vierbeiniges Säugetier, das sich von Ameisen ernähre. Leo Ameise, der in der letzten Bank saß, stand von seinem Platz auf und floh aus der Klasse, während ihm Tränen aus den Augen liefen. Nach einer Stunde kehrte er mit seinem Vater zurück. Urs Ameise betrat die Klasse, er sah wirklich wütend aus.

»Expander, ich möchte ein Wörtchen mit Ihnen reden«, zischte er.

»Nicht jetzt«, schnauzte Expander, »in einer Stunde, nach Unterrichtsschluss.« Urs Ameise nickte.

»Geh inzwischen wieder in die Klasse«, sagte er sanft zu Leo und ging hinaus. Leo wollte auf seinen Platz zurückkehren, aber Capra Leibovitsch ließ ihn sich nicht auf den Stuhl neben ihr setzen.

»Iiih, ich will nicht, dass du da sitzt«, sagte sie. »Geh raus und friss Ameisen mit deinem ekligen Vater.« Expander erteilte ihr eine Rüge, sie ließ Leo neben sich sitzen, rückte jedoch mit demonstrativer Ablehnung ihren Stuhl von ihm ab. Expander erläuterte die Vermehrungsgewohnheiten des Ameisenbärs, und alle starrten Leo höhnisch an.

»Deine Mutter kriecht also auf allen vieren, hä?«, flüsterte Centaurus Zviale Leo zu. »Haben sie dich so gemacht?«

Durchs Fenster sahen die Kinder, wie Leos Vater auf der Treppe saß, den Blick auf den Boden geheftet.

»Er sucht bestimmt Ameisen zum Fressen«, sagte Capra zu Wolf Kasterstein. Leo schwieg und starrte ebenfalls zu Boden. Am Schluss der Stunde rannten die Kinder aus der Klasse. Alle mieden Leos Vater, und Centaurus Zviale beschimpfte ihn sogar aus der Entfernung. Leos Vater sagte nichts, er wartete, bis alle Kinder das Klassenzimmer verlassen hatten, und ging dann hinein, um mit Expander zu sprechen.

»Ich verstehe das nicht, Herr Expander«, Urs Ameise schüttelte traurig den Kopf, »warum haben Sie das getan? Warum bringen Sie den Kindern diese ganzen Lügen über mich bei? Warum machen Sie meinem Jungen das Leben kaputt?«

»Lügen? Ha!«, sagte Expander mit geringschätziger, vor Wichtigkeit triefender Stimme und rollte das Plakat an der Tafel zusammen. »Es handelt sich um erwiesene wissenschaftliche Fakten, die Weltgrößen der Wissenschaft zusammengetragen haben.«

»Erwiesene Fakten?«, unterbrach ihn Urs Ameise verärgert. »Was faseln Sie da? Komme ich Ihnen so vor, als ginge ich auf allen vieren? Als ob ich Ameisen fräße! Sind Sie noch ganz bei Trost?«

»Schauen Sie, Herr Ameise, Sie können die Fakten nicht ignorieren. Sie haben ein Fell und eine außergewöhnlich lange Zunge, und außerdem Ihr Name, ›Urs Ameise‹ …«

»Columbus heißt ›Taube‹, und Sie bringen den Kindern trotzdem nicht bei, dass Grünberg durch die Luft fliegt und ihnen auf den Kopf scheißt, Ciconia heißt ›Storch‹, und sie baut auch kein Nest auf dem Schuldach«, explodierte Urs Ameise wieder. »Was Sie da sagen, sind weder Fakten noch sonst was. Das ist einfach Quatsch, der meiner Familie das Leben ruinieren wird, aber das rührt Sie überhaupt nicht. Nichts, was lebendig ist, rührt Sie, nur Ihre verdammte ›Wissen-Schaft‹ und diese ganzen deutschen Dichter, die vor zweihundert Jahren gestorben sind …« Urs Ameise schnaufte ein paarmal tief und wischte sich mit seinem pelzigen Handrücken über die Augen.

»Sie unterbrechen mich die ganze Zeit«, zischte Expander mit beherrschter, aber wütender Stimme, »und verschließen sich hartnäckig vernünftigen Argumenten. Ich sehe überhaupt keinen Sinn in einer Debatte über ...« Diesmal war es nicht Urs Ameise, der Expander das Wort abschnitt, sondern das Geschrei der Kinder, das von draußen hereindrang. Leos Vater rannte sofort hinaus. Im Sand wimmelte ein Schwarm von Kindern. Urs Ameise betrachtete sie ein paar Sekunden lang ruhig, bis Capra Leibovitsch, über die sein Schatten fiel, ihn bemerkte und einen Warnschrei ausstieß. Die Kinder rannten auf und davon. Nur Leo blieb übrig. Er lag im Sand, die Hosen halb heruntergezogen, das Hemd zerrissen. Während der Unterredung seines Vaters mit Expander hatten ihn die Kinder in den Sand geworfen und ihm Ameisen in die Kleider gesteckt.

»Komm, wir gehen.« Urs Ameise hielt Leo seine Hand hin und half ihm aufzustehen. Er warf einen letzten Blick auf das Schulhaus. Durch die offene Klassenzimmertüre sah er, wie Expander das aufgerollte Plakat verschnürte. »Komm, wir gehen nach Hause, Sohn«, er legte seine Hand auf Leos Schulter, »hier kann man sowieso mit niemandem reden.« Sie schlugen den Heimweg ein. Die Fellbüschel am Arm seines Vaters kitzelten Leo angenehm am Hals.

*Die Freundin des Affen*

In der Nacht träumte Lukatsch wieder, er sei im Dschungel. Springt von Baum zu Baum, frisst Bananen, bumst alle Äffinnen. »Kommt, ihr Feiglinge«, provoziert Lukatsch die anderen Affen, sein üppiges Fell glänzt in der Sonne.

»Kommt, und Onkel Lukatsch wird euch zeigen, wie der Hase läuft.« Doch die anderen Männchen klüngeln zusammen und bleiben in ihren Verstecken, weil sie wissen, dass es sich nicht lohnt, sich mit Lukatsch anzulegen.

Lukatsch erwachte aus dem Traum mit gewaltigen Kopfschmerzen. Die Wunden auf seinem Körper brannten wie die Hölle. Ein Teil sonderte klebrigen Eiter ab, offenbar hatte er im Schlaf wieder daran gekratzt. Er stieg aus dem Käfig, versperrte die Tür hinter sich und begab sich eilig ins Versuchslabor Nummer drei (Hautkrebsforschung). Er war stolz auf seinen Arbeitsplatz. Während die Mehrheit der anderen Tiere bedeutungslosen Versuchen wie in Labor Nummer zwei (Kosmetik) und vier (Augenmuskelschwäche) dienten, nahm Lukatsch an einem wirklich wichtigen Experiment teil. Die Injektionen erhielt er von Irene. »Hör auf, an den Wunden zu kratzen, Lukatsch«, sagte Irene. »Das macht es nur noch schlimmer.« Lukatsch hörte auf. Irene mochte er von allen Assistentinnen am liebsten. »Sag mal«, fragte er, während sie ihm das Serum einspritzte, »wenn die Versuchsreihe beendet und dieses Krebsheilmittel gefunden worden ist, glaubst du, sie geben mir Urlaub? Ich habe schreckliche Sehnsucht nach dem Dschungel.« Irene zog die Nadel aus seiner Schulter, er sah, dass sie traurig war. »Keine Bange, Irene«, versuchte er sie zu beruhigen, »ich werde nicht für lange Zeit wegfahren, du kennst mich doch, ich bin ein Arbeitstier, nach einem Monat Urlaub werde ich schon die Wände hochklettern. Wenn ich zurückkomme, melde ich mich freiwillig für den Alzheimer-Versuch, und dann können wir weiter zusammen arbeiten.« Irene umarmte ihn und begann zu weinen, und Lukatsch wusste nicht so recht, was er tun sollte. »He, ich habe eine Idee«, flüsterte er, während er ihren Nacken streichelte. »Vielleicht nimmst du auch Urlaub, und wir fahren zusammen in den Dschungel? Dann kann ich dir zeigen, wo ich aufgewachsen bin. Die Familie, die Landschaft. Es wird dir wahnsinnig gefallen. Dort ist alles ganz grün.« Irene antwortete nicht und weinte weiter, aber ihre Tränen versiegten allmählich. Als sie aufgehört hatte zu weinen, löste sie ihre Arme von Lukatsch, trat einen Schritt zurück und lächelte. »Sicher komm ich mit dir mit«, sagte sie. »Dieses Jahr müssen sie mir einfach Urlaub geben.«

»Wie schön«, freute sich Lukatsch und blickte in ihre noch nassen Augen. »Es wird herrlich dort«, versprach er, »du wirst schon sehen, es wird herrlich für uns.«

*Der schwere Wind*

Um drei Uhr kamen sie vom Arbeitseinsatz im Hauswirtschaftsbereich zurück, schleppten ihre Füße zu Za'afranis Zimmer, das sich direkt an die Unterkünfte der ausländischen Volontärinnen im Kibbuz, der Chicks, wie sie sie nannten, anschloss. Sie gingen langsam, mit müdem Gang, die Sohlen schlurften über den Boden. Der Südwind fuhr auf sie los, blies ihnen Sand ins Gesicht, doch sie blinzelten nicht einmal. Ihre Augen waren noch immer halb geschlossen. Der Morgenkaffee hatte ihnen die Lider halb hochgeklappt, und dort waren sie stecken geblieben wie verrostete Garagentüren. Zwanzig Minuten brauchten sie, um diese achthundert Meter zu überwinden, manchmal sogar länger. Vielleicht wegen des Windes, vielleicht aber auch wegen der schweren Arbeitsschuhe, die an ihren Füßen hingen, Schuhe, die aussahen, als wögen sie Tonnen.

In Simons Zimmer fielen sie auf die Seegrasmatratzen, die After aus alten Lagerbeständen gestohlen hatte, benetzten den Staub, der sich in ihrem Hals angesammelt hatte, mit ein paar Bier, so dass er zu Schlamm wurde, und hörten Musik, viel Musik, hauptsächlich die »Doors«.

Der Wind pochte an ihre Fenster, manchmal sogar an die Tür, und das mit der rabiaten Sprunghaftigkeit, die den südlichen Winden eigen ist. Aber niemand hatte die Kraft, aufzustehen und ihm zu öffnen. So ruhten sie sich bis zum Abend aus. Am Abend nützten sie die Gelegenheit, wenn der Wind sich aufmachte, um jemand anderen zu terrorisieren, und gingen ein bisschen nach draußen. Sie fuhren nach Jotvata, gingen zu den Chicks oder spielten einfach nur Whist auf dem Matratzenlager, das Magled auf dem Dach über Binars Zimmer improvisiert hatte. Sie saßen oft dort und reichten die ganze Zeit Zigaretten herum, die Magled für sie mit langsamen, aber gekonnten Handgriffen rollte. Der Geruch dieser Zigaretten haftete ihnen auch noch am nächsten Morgen an, ein schwerer Geruch, der bis in die Haarwurzeln eindrang und nicht mehr weichen wollte. Nicht, dass sie sich sonderlich bemüht hätten, ihn loszuwerden, Jim Morrison mochte ja in der Badewanne gestorben sein, aber das war noch lange kein Grund für sie, sich zu waschen. Vielleicht war es dieser Geruch, der sie während dieser langen Morgenstunden daran hinderte, mit dem Wind abzuheben, genau er, und nicht die Sechzehntonnenschuhe.

Es war irgendein Mittwochabend, als das Ganze begann, verrückt zu werden. Alles wegen des Windes, der in jener Nacht früh von seinen Terrorkampagnen andernorts zurückkehrte. Sie waren gerade auf dem Dach, ließen die Zigarette kreisen und hörten »Strange Days«, als der Wind mit einem Schwung an ihnen vorbeistob, ihnen die Karten hochwirbelte, das lange Haar von Binar und Sandra zerzauste und Magled die brennende Zigarette aus der Hand klaute. Sie sammelten die davongeflogenen Teile ein und stiegen vorsichtig vom Dach.

Bereits auf halbem Weg spürten sie, dass der Wind sie nicht mehr traf, und als sie hinaufblickten, sahen sie, dass er auf dem Dach tobte, die Bierflaschen umwarf, wie wild geworden im Kreis herumhüpfte und an der Zigarette zog, die Magled gedreht hatte. Einen Zug um den anderen, ein junger, durchgedrehter Wind, der Zigarettenrauch vermengte sich mit dem ausgelaufenen Bier.

Der Bierschaum, der in den Mundwinkeln des Windes auftauchte, wirkte von unten wie der Schaum vorm Mund eines Tobsüchtigen. »Das nimmt ein böses Ende«, murmelte Magled halb zu sich selbst. »Stoff mit Bier zu mixen, das geht nicht gut.« Und zwei Minuten später plumpste der Wind vom Dach, wobei er Binars Hängematte mitriss und den einzigen Stereorekorder der Arbeitseinheit in seine Einzelteile zerlegte. Niemand unternahm etwas, durch ihre halbgeschlossenen Augen glotzten alle den Wind an, der ausgelaugt auf dem Boden lag. Schließlich sagte Simon: »Man kann ihn nicht so liegen lassen, bringt ihn zu mir ins Zimmer.« Drei Leute mussten ihn gemeinsam schleppen, so schwer war er.

Die ganze Nacht schnarchte der Wind auf Simons Matratze, und auch noch den ganzen nächsten Vormittag. Als sie mittags vom Kücheneinsatz kamen, war es still draußen, bis auf die Schnarchlaute aus Simons Zimmer. Es kostete sie trotzdem zwanzig Minuten, um das Zimmer zu erreichen. Simon machte eine Kanne starken schwarzen Kaffee und gab ihn dem Wind zu trinken. Der fühlte sich den ganzen Abend äußerst elend und kotzte auch ein wenig, eine Art kleinen Strudel zusammengepresster Luft, den man nicht wegputzen musste. Es war das erste Mal für ihn gewesen, dass er geraucht und getrunken hatte, er fühlte sich hundeelend, blieb auch die nächste Nacht noch bei Simon und ging nirgendwo anders hin, um Terror zu machen. Simon redete in dieser Zeit viel mit ihm, man könnte sagen, sie freundeten sich regelrecht an bei dieser ganzen Geschichte. Er brachte dem Wind sogar Whistspielen bei, und schon beim ersten Spiel mit Binar und Magled zerriss er sie in der Luft. Und am Tag darauf ging er mit ihnen zum Dienst, fuhr mit ihnen zusammen nach Jotvata, rollte sogar eine Zigarette, und Magled sagte, dass er, seinem Talent nach zu schließen, bestimmt in einer früheren Reinkarnation Mitglied der Pionierjugendbrigade gewesen sei. Binnen einer Woche erinnerte sich schon keiner mehr daran, dass er früher nicht mit ihnen zusammen gewesen war. Simon gelang es sogar, ihn offiziell in der Arbeitseinheit neben ihnen unterzubringen, damit der Kibbuz keine Probleme machte, und für einen Kasten Bier organisierte er ihm die Protektion des Sekretärs, damit er nicht auf ihr Kontingent ging. In weniger als einem Monat hatten sich alle an dieses Bild gewöhnt, er zusammen mit dem Rest der Truppe, wie sie gemeinsam vom Arbeitseinsatz zurückkehrten, mit den halbgeschlossenen Augen und diesem schleppenden Gang. Es war komisch, daran zu denken, dass er ihnen erst vor ein paar Wochen noch Sand ins Gesicht geblasen hatte.

## *So unheimlich gut*

Itzik saß auf der Bettkante, nur in Schlafanzughosen und Cowboystiefeln, und sah verwundert aus dem Fenster. Draußen schien die Sonne. Er fühlte sich übertölpelt. Das Glück sollte heute kommen, vor fünf Minuten erst hatte er eine Geheimdienstinformation erhalten, und er saß hier einfach wie ein blöder Klotz auf dem Bett und tat nichts. Er erinnerte sich an das Mal davor, als das Glück gekommen war, wie sein Vater ihm unbekümmert die Tür geöffnet hatte und er, ein kleiner, blasser Junge, am Küchentisch saß, bunte Papiere aufklebte und überhaupt nichts fürchtete.

Sein Körper begann zu zittern. Es darf nicht hereinkommen, flüsterte er, es darf einfach nicht. Wenn es ihm gelänge, es draußen zu halten – dann würde alles gut. Er sprang vom Bett auf, rannte zur Kommode und begann, sie in Richtung Tür zu schieben. Als die Tür völlig verbarrikadiert war, holte er das Jagdgewehr aus seinem Versteck und fing an, ihm Patronen reinzustopfen. Diesmal würde er bereit sein. Es würde nicht wie damals sein, in seinem Elternhaus. Aus ihm würden sie keinen dümmlich grinsenden Zombie machen, der Seifenopern im Fernsehen liebt, oder einen Marquez, der bei jeder Gelegenheit seine Mutter abknutscht. Wo ist meine kugelsichere Weste, schrie er sich selbst an, wo ist sie? Heilige Affenscheiße. Er wühlte im Schrank unter dem Waschbecken, bis er sie fand, zog ein Unterhemd an und die Weste darüber. Dann befestigte er die Eishobel und Schlachtmesser so in der Kaminöffnung, dass die Schneiden nach oben standen. Wenn sie so schlau waren, sollten sie doch durch den Schornstein kommen. Er könnte sie noch ein, zwei Dinge zum Thema Glück lehren. Fünf Jahre im Club Med. Fünf Jahre der reine Wahnsinn. Mit einem Mädchen, das er liebt, Oral-Anal-Sex, Geld wie Heu. Er hatte es in der vollen Härte durchgemacht. Er wusste, was das hieß. Wenn Großmutter nicht gestorben wäre, säße er dort heute noch fest.

Zuerst kam die *Gelegenheit*. Die schicken sie immer zuerst, wie einen beduinischen Fährtenleser. She is expendable. Entbehrlich. Sie klopfte an die Tür. Dann probierte sie die Klinke, die unter Strom stand. Der Schlag schickte sie betäubt zu Boden. Und dann, erst dann schlug Itzik mit dem Gewehrkolben das Fenster ein und steckte den Lauf hinaus. »Denk an was Nettes«, zischte er, und dann zog er den Abzugshahn durch. Denk an was Nettes, bitch, den ganzen Weg ins Paradies. Ich gebe nicht kampflos auf. Ich bin nicht mein Vater. Mich zerrt ihr nicht hinaus, auf einen Laster mit Walt-Disney-Luftballons und Postern, ein idiotisches Grienen von Ohr zu Ohr. Er schoss, direkt in die kaputte Visage der *Gelegenheit*.

Plötzlich erinnerte er sich an das, was Greenberg gesagt hatte, über ihren Trick mit den Kabelsendern. Verfickte Affenscheiße. Er saß hier wie ein x-beliebiger Amateur und beschäftigte sich mit Leichen, den Rücken zur Familienserie, als hätte er noch nie davon gehört, was Kabel-TV damals, ’87 in Seattle, mit dem Untergrund der *Depression* gemacht hatte. Was für eine Dummheit! Er drehte sich um und donnerte dem Fernseher eins über, eine Sekunde bevor Cosby Lisa küsste. Nicht den Kopf verlieren, flüsterte er vor sich hin. Auf keinen Fall, verlier bloß nicht den Kopf.

Er dachte gerade an Somalia, als er ein Rascheln in den Sträuchern hörte. Es war der *Reingenuss* mit Takeaway-Pizzen und Pornoheftchen, der sich in die Hecke gedrückt vorwärtsbewegte. Es gelang Itzik nicht, ihn aufs Korn zu nehmen. Der *Reingenuss* seinerseits versuchte, nicht näher zu kommen.

»Hey, Süßer, ich hasse es, wenn meine Pizzen kalt sind«, schrie er. Aber er erhielt nicht einmal eine Antwort. Über der Hütte flogen jetzt Helikopter mit riesigen Lautsprechern, die full volume optimistische Schnulzenlieder und Technoreißer von sich gaben. Er verschloss die Ohren und erinnerte sich an das Haus zum Gedenken der Juden von Wolhyn, an brustamputierte Frauen, an die Homeless People, die im New Yorker Frost vor Kälte zitterten. Obwohl er ein klein wenig lächelte, blieb die Musik draußen. Aber etwas war faul an der ganzen Geschichte. Es schien alles zu leicht. Die Helikopter. Der *Reingenuss* in der Hecke – das musste ein Ablenkungsmanöver sein. Das Dach, fluchte er plötzlich, es muss das Dach sein. Er jagte aufs Geratewohl ein paar Kugeln in die Dachziegel. Etwas fiel den Schornstein herunter und wurde von den Klingen aufgespießt. Es war der *Erfolg*. In seiner Hand hielt er ein Bündel Lottoscheine. Itzik übergoss ihn mit einem Kanister Benzin und warf das Streichholz in die geziegelte Kaminnische. Der Körper entzündete sich sofort, die Gewinnscheine folgten. Die Flammen verzehrten sie, lange bevor sie in der Hütte auseinanderflattern konnten. Das Zimmer war jetzt von Rauch erfüllt, in den sich ein anderer Geruch mischte, der Geruch nach heißen Maiskolben, nach dem Eis von früher, nach der Mutter, die kam, um den Gutenachtkuss zu geben. Gas. Er robbte auf dem Boden, versuchte, an die ABC-Kampfausrüstung zu kommen. Aids, dachte er. Leute missbrauchen Kinder rund um die Welt, genau in diesem Augenblick. Kinder. Sie sind so lieb, wie gerne hätte ich welche, mit einer Frau. Die mich liebt. Folterungen in den Kellern des Geheimdienstes – alles schon versucht. Keine Chance. Das Lächeln wurde immer breiter, drohte ihn zu verschlingen. Drei Gefühle, die er nicht identifizieren konnte, hatten ihn schon eingekreist, nahmen ihm die kugelsichere Weste ab, wischten mit etwas Speichel die Nummer auf seinem Arm weg. Sie vertauschten sein »WHY?«-Unterhemd mit einem »DON'T WORRY, BE HAPPY«. Keine Angst, alles wird gut, versuchte er sich Mut zu machen, während sie ihn hinausschleiften. Sie wird dort sein. Sie wartet auf dich, es wird euch gutgehen. Ihr werdet ein Auto haben. Vor lauter Erwartung fühlten sich seine Knie wie Wackelpudding an. Es wird euch so gutgehen, verfickte Affenscheiße, so unheimlich gut.

Die Tränen hatten sich bereits verflüchtigt. Die Bäume draußen waren grün. Und der Himmel. Nicht zu heiß und nicht zu kalt. Ein Laster, geschmückt mit Simpson-Bildern und Kreditreklame, wartete an der Treppe auf ihn.

*Ein Geburtstag ohne Zauberer*

Im November ’93 schlug Dov Ganichovsky im Wirtschaftsmagazin von Kol Israel 2 eine Reform des Immobiliensteuergesetzes vor. Meine Mutter, die auch noch mit dreiundfünfzig Jahren eine betörende Schönheit war, begann, die Füße am Boden nachzuschleifen. Ihr Lächeln blieb das Gleiche, auch ihre Umarmungen, sie hatte noch viel Kraft in den Armen, aber wenn sie ging, waren ihre Füße einfach nicht mehr gewillt, sich wirklich vom Boden abzuheben. Auf den Röntgenbildern konnte man, wenn man sich anstrengte, schwarze Würmer erkennen, die sich in ihre Nieren bohrten. Mein Geburtstag war nicht mehr weit, ein Datum, das ganz leicht zu merken ist, der 21.12. Ich wusste, sie würde wie jedes Jahr etwas Besonderes für mich vorbereiten.

Der Winter ’93 war wohl der kälteste Winter meines Lebens. Ich lebte allein, schlief in Trainingshose und Socken. Jede Nacht stopfte ich das Sweatshirt mit äußerster Sorgfalt tief in die Hose hinein, damit mein Rücken nicht bloßlag, wenn ich mich im Schlaf im Bett umdrehte. Das Projekt für Kanal 2 war gerade geplatzt, und bei der Zeitung genehmigten sie mir keine Gehaltserhöhung, meine Exfreundin gondelte durch die Stadt und erzählte allen, ich sei ein Homo und impotent. Ich wachte mitten in der Nacht mit einer fauligen Ausdünstung unter den Achselhöhlen auf. Ich rief dann bei ihr an, deckte als Vorsichtsmaßnahme den Hörer auch beim Wählen mit der Hand ab, und wenn sie dranging – legte ich auf. Ich war mir sicher, dass ich damit schreckliche Rache an ihr nahm.

Meinen Geburtstag verschoben wir um einen Tag, denn am Abend des Einundzwanzigsten schickten sie mich von der Zeitung aus zu einer Sternwarte, um tausend Wörter über einen Meteoritenschwarm zu bringen, der einmal in hundert Jahren unseren Himmel streift. Ich hatte über einen Siedler aus Kirjat Arba schreiben wollen, der am Kopf verletzt wurde und jetzt vor sich hin vegetiert, aber man erklärte mir, das sei nicht mein Bereich. Mein Bereich ist, genau gesagt, das Vermischte. Jede Woche soll ich auf den Seiten 16/17 der Beilage was Farbiges bringen, damit all jene, die es geschafft haben, die sicherheits-kriminell-wirtschaftspolitischen Berichte zu überstehen, ein Bonbon erhalten: ein Weltkongress von Veterinären, die Universalmeisterschaft im Skateboard, was Aufbauendes. Ich versuchte trotzdem, auf dem Siedler zu beharren, der einen Backstein an den Kopf bekommen hatte, ich identifizierte mich unheimlich mit ihm. Auch ihm hatten sie ein Projekt platzen lassen, und die Zukunft sah nicht rosig aus, aber der Redakteur blieb stur, und ich fuhr mit einem Fotografen, den ich überhaupt nicht kannte, zu der Sternwarte bei Hadera. Der Fotograf erzählte mir, er laufe schon seit einem Monat mit einer Wut im Bauch auf die Zeitung herum. Er hatte Fotos von der Leiche eines Soldaten gemacht, der in den besetzten Gebieten ermordet wurde, tatsächlich das Bild seines abgeschlagenen Kopfes, der auf einem Stock aufgespießt war, aber der Redakteur, der Holzkopf, war nicht gewillt, es zu veröffentlichen, sagte, das sei billig. »Bestimmt sagt er auch übers Lynchen, das sei billig.« Der Fotograf misshandelte die Gangschaltung des Leihwagens. »Bestimmt meint er auch,

Peckinpah gäb's im Dutzend billiger. Das Foto von diesem Soldaten, Almaquais, das ich geschossen habe, ist ein Bild fürs Museum – nicht für die Zeitung.« Ich versuchte mir auszumalen, was meine Mutter für mich zum Geburtstag veranstalten würde. Das Geschenk würde sicher aus einem neuen Aufnahmegerät oder einem Heizlüfter bestehen, das waren zumindest die Dinge, die ich am nötigsten brauchte. Für diesen Abend würde sie mir einen Karottenkuchen backen, meinen Lieblingskuchen. Wir würden ein bisschen herumsitzen, ein bisschen plaudern, mein Bruder würde eigens aus Ra'anana kommen. Mein Vater würde sagen, er sei furchtbar stolz auf mich, und mir ein Album mit schwarzen Seiten zeigen, auf die er die Reportagen geklebt hat, die ich geschrieben habe. Ich weiß nicht, warum, aber mir fiel auf einmal mein zehnter Geburtstag ein, wie die ganze Klasse ankam und meine Eltern einen Zauberer engagiert hatten.

Der Fotograf und ich erreichten die Sternwarte. Es war schrecklich kalt, und ich sollte für den Bericht Zitate von den Meteoritenliebhabern sammeln, die sich dort herumtrieben. Die Leute erzählten mir, es seien nicht einfach nur Hundertjahres-Meteore, sondern ein ganzer Schwarm, der nur einmal alle siebenhundert Jahre an der Erde vorbeikäme. Mein Aufnahmegerät funktionierte nicht, also musste ich alles per Hand notieren. »Was soll dieser Mist«, beschwerte sich der Fotograf, »in den besetzten Gebieten schlachten sich die Leute gegenseitig ab, und ich knipse Brillenschlangen in Parkas, die sich überm Teleskop einen abwichsen. Ich hoffe bloß, dass sich wenigstens diese Steine am Himmel gut aufnehmen lassen.«

Außer dem Kuchen würde meine Mutter Spaghetti machen, mein Lieblingsgericht, und Karottensuppe.

Und jedes Mal, wenn sie mit ihren müden Schritten in die Küche ginge, würde ich mir wünschen zu sterben. Die Meteore kamen angeflogen wie alle siebenhundert Jahre, und der Fotograf sagte, es sehe nach gar nichts aus, und in der Zeitung würde es noch weniger hermachen. In der ganzen langen Zeit kommen sie ein einziges Mal, sagte er, dann sollten sie doch wenigstens eine Show abziehen. Und ich dachte mir, wenn schon kein Zauberer, dann könnten uns doch stattdessen vielleicht diese Meteore zu Hause besuchen. Und alles verbrennen. Meine Mutter, meinen Bruder, die Würmer in ihrem Bauch, mich, mit meinen tausend Wörtern für Seite 16/17. Dann wären alle zufrieden, sogar meine Exfreundin würde in der Nacht besser schlafen. Wie an dem Geburtstag damals, als der Zauberer da war, der meinem Bruder und mir die ganze Zeit Münzen aus den Ohren schüttelte. Meine Mutter schwebte durch die Luft wie eine Ballerina auf dem Mond, und mein Vater lächelte und schwieg.

*Das Bild*

Nehmen wir an, jemand verspricht dir, er malt dir ein Bild. Irgendein Bild, kein bestimmtes. Du würdest ihm deine Wohnung für einen Monat überlassen, und dafür würde er dir ein Bild malen. Ihr macht keinen Vertrag oder so was, aber es ist trotzdem ein Geschäft wie jedes andere. Die Ausbeute ist, objektiv gesehen, optimal. Beide Seiten können zufrieden sein. Du nutzt das reiche Talent des Malers und er deine schätzenswerte Gabe, dich zu bestimmten Zeiten aus dem Land zu entfernen; einmal nach Thailand, einmal nach Japan und diesmal, nehmen wir an, irgendwas Solides. Frankreich, zum Beispiel, weißt du was? Paris.

Die große Frage, die jetzt gestellt werden muss, lautet – ist dieser Handel gerecht? Er ist sicher legal, denn er wurde mit beiderseitigem Einverständnis abgeschlossen. Aber ist er wirklich gerecht? Um ehrlich zu sein, das ist schwer zu sagen: Du sitzt auf den Champs-Élysées, trinkst einen kleinen Espresso, und inzwischen muss er dir wie irgendein Sklave ein Bild malen. Andererseits jedoch wäre die Miete – die er für eine vergleichbare Wohnung hätte zahlen müssen, wenn er sie für einen Monat gemietet hätte – viel höher als jeder Betrag, den er für ein von ihm gemaltes Bild hätte erzielen können. Immerhin, dieser Mensch kackt dir in dein Klo, schläft in deinem Bett, deckt sich mit deiner Decke zu, und nicht nur er, vielleicht auch noch alle möglichen Leute, die er nach Hause mitbringt. Du hast überhaupt keine Ahnung. Und zur selben Zeit hockst du in irgendeinem zweifelhaften französischen Hotel mit einer unsympathischen Angestellten am Empfang, die kein Wort Englisch versteht. Überhaupt, auch diese Champs-Élysées ist nicht so ganz das wahre Glück, mit der Julisonne, die dir auf den Kopf knallt, und Millionen japanischer Touristen. Wie du hier einen geschlagenen Monat herumbringen sollst – das weiß Gott allein. Ein hypothetischer Gott, versteht sich, denn es passiert ja nicht in Wirklichkeit.

Nehmen wir an, du bist gezwungen, nach zwei Wochen zurückzukehren. Dir wurde die Brieftasche gestohlen, oder du glaubst nur, man hätte sie dir gestohlen, hast sie aber eigentlich verloren. Sie ist dir rausgefallen, du hast sie fallen lassen – völlig egal. Das Geld ist weg, und du fährst heim. Das Abkommen besagte, »einen Monat«, und es stellt sich die Frage: Darfst du früher in die Wohnung zurückkehren? Allem Anschein nach ja, aber eigentlich nicht wirklich. Nehmen wir einmal den umgekehrten Fall an: Die Gegenseite bei dem Handel hat die Malutensilien verloren. Nein, das ist kein gutes Beispiel – hat ihr Talent verloren; wäre es deinerseits dann gerecht, zu verlangen, das Bild fertigzumalen? Der Vergleich hinkt in diesem Fall, denn Talent ist ein ungeheuer diffuser Begriff, mit dem intimere Bekanntschaft zu schließen dir noch nie gelungen ist, während eine Wohnung etwas ist, das im Grundbuch eingetragen ist, und französisches Geld etwas, das man problemlos von den Eltern bekommen kann. Jedenfalls – du bist wieder im Land, und ihr seid beide in der Wohnung. Ein Zimmer für dich, und das zweite für den Vertragspartner. In der Nacht begegnet ihr euch manchmal in Klonähe. Der Vertragspartner hat ein hübsches Gesicht und auch einen Körper, der dich heftig reizt. Nehmen wir an, du fühlst dich stark angezogen von ihm. Du schwitzt. Weißt du was? Wir machen es dir leichter: Nehmen wir an, der Vertragspartner ist eine Frau. Ein Mädchen mit einem sehr hübschen Gesicht und einem Körper, der dich reizt. Komm, ich mach ein Fenster auf, besser jetzt?

Wie in dem Witz mit der Gurke: die zweite Seite ist schöner. Schöner als die Bilder, die sie malt. Denn schön ist sie die ganze Zeit, aber Malen tut sie nur in Augenblicken, in denen sie nicht gerade schläft oder isst oder mit Männern bumst, die du nicht kennst, auf den Leintüchern, die du von deinen Eltern zum Geburtstag geschenkt bekommen hast. Weißt du was? Auf anderen Leintüchern, dafür aber mit Männern, die du kennst. Nein, ich sage nicht, mit wem, aber es sind welche, die du sogar sehr gut kennst.

Also, wo waren wir? Ah, Champs-Élysées. Du hast deine Brieftasche irgendwo verschmissen und bist nach Israel zurückgekehrt. Ihr habt euch arrangiert. Jeder hat sein eigenes Zimmer. Nur dass in diesem speziellen Fall ihr Zimmer auch deines ist. Und das Bild? Es juckt sie nicht gerade im Hintern, zu malen. Oder vielleicht doch, jedenfalls wäre es dir unangenehm, sie zu fragen. Aber all diese Männer, die mitten in der Nacht kommen und gehen. Sie bringen sie zum Schreien. Und du, du findest das schrecklich rücksichtslos. Denn wenn es dir gelänge einzuschlafen, würde dich das mit Sicherheit wieder aufwecken. Überhaupt, was ist das eigentlich für eine Art? Männer, die du kennst, und ich sage nicht, wer, bringen sie mitten in der Nacht zum Schreien, und in der Früh hat sie dann keine Kraft, das Bild zu malen, das sie dir rechtlich und moralisch laut Vertrag schuldet. Aus deiner Sicht ist alles klar, aber was sagst du zu ihr? Geh schlafen, damit du Kraft hast, das Bild zu malen, das du mir schuldest? Nie im Leben würdest du den Mut dazu haben, schon gar nicht, wo du zwei Wochen zu früh zurückgekommen bist. Außerdem, vielleicht malt sie ja, malt männliche Modelle, Männer, die du kennst. Zum Beispiel deinen großen Bruder. Mitten in der Nacht. Und wenn er sich ein bisschen bewegt, schreit sie ihn an, vor lauter Frust. Was malt sie? Es wäre äußerst lohnenswert, das herauszufinden. Du musst wissen, dass man dem Bild als solchem eine Menge über ihre Beziehung zu dir entnehmen könnte. Vielleicht ist sie ja auch in dich verliebt? Vielleicht war diese ganze Transaktion mit der Wohnung bloß ein Vorwand, um dir näherzukommen? Jedenfalls, wärst du bitte bereit, den Hals deines Bruders loszulassen? Er wird ein bisschen blau.

Also, wo waren wir? Blau. Am Ende stellt sich dann heraus, dass sie das Meer für dich malt. Nein, den Himmel. Oh, Verzeihung, du hast deinen Bruder gewürgt. Ach ja, wir sagten gerade, dass man aus einem Bild viel über den Charakter des Menschen lernen kann.

## *Mein bester Freund*

Mein bester Freund hat mir in der Nacht vor die Tür gepinkelt. Ich wohne im vierten Stock ohne Lift, eine Mietwohnung. Hunde machen das manchmal, um ihr Territorium zu markieren, um andere Männchen zu vertreiben. Aber er ist kein Hund, sondern mein bester Freund. Und außerdem war es nicht sein Territorium, sondern meine Wohnungstür.

Ein paar Minuten zuvor hatte mein bester Freund auf den Autobus gewartet. Er wusste nicht, was er tun sollte. Langsam, aber sicher begann ihn der Druck auf die Blase zu überwältigen. Er versuchte, dagegen anzukämpfen, vergegenwärtigte sich, dass der Autobus jeden Moment kommen konnte, nur war das, wie er sich erinnerte, bereits vor über zwanzig Minuten gewesen. Und dann fiel ihm plötzlich ein, dass ich, sein bester Freund, alles in allem nur ein paar hundert Meter weiter wohnte, in der Zamenhof 14, vierter Stock ohne Lift, Mietwohnung. Er verließ die Bushaltestelle und ging in Richtung meiner Wohnung. Es war nicht wirklich ein Gehen, er rannte fast. Und dann rannte er wirklich. Mit jedem Schritt wurde das Verkneifen schwieriger, bis er schon daran dachte, in irgendeinen Hof hineinzugehen und dort an die Mauer, einen Baum oder eine Gasflasche zu pinkeln. Als ihm dieser Gedanke kam, war er keine fünfzig Meter mehr von meinem Haus entfernt, und er kam ihm ein bisschen schweinisch und höchst schwach vor. Man kann meinem Freund viel Schlechtes nachsagen, aber ein schwacher Charakter ist er nicht. Also schleppte er den Gedanken noch die fünfzig Meter weiter mit und kletterte dann die vier Stockwerke bis zu meiner Wohnung hinauf, während seine Blase mit jeder Stufe mehr anschwoll, ein Ballon kurz vorm Zerplatzen.

Als er es endlich geschafft hatte und bei mir angekommen war, klopfte er an die Türe. Dann klingelte er. Und klopfte noch mal an die Türe. Heftig. Ich war nicht daheim. Ausgerechnet jetzt, wo er mich so dringend brauchte, hatte ich, sein bester Freund, es vorgezogen, in irgendeine Kneipe zu gehen, saß seelenruhig an der Theke und versuchte, jedes Mädchen, das hereinkam, dazu zu bewegen, mit mir nach Hause ins Bett mitzukommen. Mein bester Freund stand verzweifelt vor der Tür, er hatte sich blindlings auf mich verlassen, doch inzwischen war es zu spät. Er konnte sich keine vier Stockwerke abwärts mehr beherrschen. Das Einzige, was er tun konnte, war, mir danach auf einem zerknitterten Zettel ein »Entschuldige« zu hinterlassen.

Das Mädchen, das einwilligte, in jener Nacht mit mir nach Hause zu gehen, bereute es, als sie die Pfütze sah. »Erstens«, sagte sie, »ist das eklig. Da trete ich nicht rein. Zweitens, auch wenn du das aufwischst, der Geruch hängt schon im ganzen Haus. Und drittens«, fügte sie mit einem zarten Kräuseln ihrer Lippen hinzu, »wenn dein bester Freund dir vor die Türe pinkelt, dann sagt das etwas.« Und nach kurzem Schweigen fügte sie hinzu, »über dich«, und nach einer weiteren Pause, »und zwar nichts Gutes«. Mit diesen Worten ging sie. Sie war diejenige, die mir erzählte, dass Hunde so ihr Territorium markieren. Als sie es gesagt hatte, machte sie eine kleine Pause hinter dem Wort »Hunde« und warf mir einen vieldeutigen Blick zu, einen Blick, der mir hätte sagen sollen, dass zwischen meinem besten

Freund und einem Hund einige Ähnlichkeit bestand. Und nach diesem Blick ging sie. Ich holte einen Putzlappen vom Küchenbalkon und einen Eimer Wasser, und während ich aufwischte, summte ich »Krieger, zur Sonne« vor mich hin. Ich war ungemein stolz auf mich, dass ich mich beherrschen konnte und ihr keine Ohrfeige gegeben hatte.

## *Ich wünschte, sie wären tot*

In den Chanukka-Ferien schickten mich meine Eltern für eine Woche ins Ferienheim. Ich hasste es vom ersten Augenblick an, am liebsten hätte ich die ganze Zeit bloß geheult. Die anderen Kinder waren ununterbrochen fröhlich, und ich verstand nicht, warum, was mich nur noch mehr zum Weinen brachte. Den ganzen Tag trieb ich mich mit zusammengepressten Lippen zwischen den Gruppenräumen und dem Schwimmbecken herum, ohne ein Wort zu sagen, damit die Kinder nicht das Schluchzen in meiner Stimme hörten und anfingen, mich in die Mangel zu nehmen.

In der Nacht, nach dem Lichtausmachen, wartete ich ein paar Minuten und rannte dann zum öffentlichen Telefon, das neben dem Speisesaal war. Draußen regnete es, aber ich lief barfuß, nur im Trainingsanzug, durch die Pfützen. Die Kälte öffnete mir die Lippen, und aus dem Hals kam eine Art Wimmern, das überhaupt nichts mit meiner Stimme zu tun hatte. Es erschreckte mich furchtbar. Ich rief zu Hause an, und mein Vater nahm ab. Den ganzen Weg zum Telefon hatte ich gehofft, es würde meine Mutter sein, aber jetzt, mit der ganzen Kälte und dem Regen und diesem Wimmern im Hals, spielte es schon keine Rolle mehr für mich. Ich sagte ihm, er solle kommen und mich abholen, und dann kam ein richtiges Weinen heraus. Er wurde ein bisschen böse, fragte ein paarmal, was passiert sei, und gab mir dann meine Mutter. Ich weinte und konnte kein Wort herausbringen.

»Wir kommen gleich und holen dich«, sagte meine Mutter. Ich hörte, wie Vater etwas murmelte und Mutter ihm ärgerlich auf Polnisch antwortete. »Hörst du, Dandusch«, sagte sie wieder, »wir kommen und holen dich, warte in deinem Zimmer auf uns. Es ist kalt draußen, und du hustest. Warte in deinem Zimmer auf uns, wir sind gleich da.«

Ich legte den Hörer auf und rannte zum Tor, setzte mich auf den Bordstein und wartete darauf, dass sie kämen. Ich wusste, sie würden über eine Stunde brauchen. Ich hatte keine Uhr, also versuchte ich, die Zeit auf alle möglichen Arten im Kopf mitzuzählen. Mir war kalt und heiß zugleich, doch sie kamen nicht. Nach den Berechnungen, die ich im Geist anstellte, vergingen über zwei Jahrhunderte, die Sonne war schon aufgegangen, doch sie kamen nicht. Lügner. Sie haben gesagt, dass sie kommen. Dreckige Lügner, tot umfallen sollen sie. Ich weinte weiter, obwohl ich eigentlich gar keine Kraft mehr hatte. Zum Schluss fand mich einer der Gruppenleiter und brachte mich ins Schwesternzimmer. Sie gaben mir eine Pille, aber ich war nicht bereit, mit irgendjemandem zu reden.

Am Mittag kam eine Frau mit Brille und flüsterte der Schwester etwas ins Ohr. Die Schwester schüttelte den Kopf und flüsterte laut zurück: »Armer Kleiner. Anscheinend hat er es gespürt.«

Die Bebrillte gab der Schwester noch eine Antwort darauf, und die Schwester sagte wieder laut: »Wissen Sie, Frau Bela, ich bin eine gebildete Frau, nicht irgend so ein primitives Marktweib, aber es gibt Dinge, die nicht einmal die Wissenschaft zu erklären vermag.« Später kam mein großer Bruder, Eli. Er stand irgendwie krumm in der Türe und versuchte die ganze Zeit zu lächeln. Nachdem er ein paar Worte mit der Schwester gewechselt hatte, nahm er mich an der Hand, und wir gingen zum Parkplatz. Er forderte mich nicht einmal auf, ins Zimmer zurückzugehen und meine Sachen zu holen. »Mama und Papa haben versprochen, dass sie mich abholen kommen«, sagte ich halb weinend zu ihm.

»Ich weiß«, sagte er, ohne mich anzusehen, »ich weiß.«

»Aber sie sind nicht gekommen!« Ich fing zu weinen an. »Die ganze Nacht habe ich im Regen auf sie gewartet. Dreckige Lügner. Ich wünschte, sie wären tot.« Da drehte sich Eli plötzlich um und gab mir eine Ohrfeige. Keine Ohrfeige von der Sorte, die man einem Kind gibt, damit es den Mund hält. Eine Ohrfeige mit ganzer Kraft. Ich spürte, wie meine Füße den Boden verließen und ich leicht in die Luft gehoben wurde, und dann fiel ich. Ich war völlig überrascht. Eli war ein Bruder von der Sorte, die dir beibringt, wie man den Ball zuspielt, keiner von der Schlägersorte. Ich rappelte mich vom Asphalt auf. Mein ganzer Körper schmerzte, und in meinem Mund hatte ich den salzigen Geschmack von Blut. Ich weinte nicht, obwohl mir die Kinnbacken schrecklich weh taten. Aber Eli fing plötzlich an.

»Gottsverfluchter Scheißdreck«, sagte er, »so ein gottsverfluchter Scheißdreck, ich weiß überhaupt nicht, was ich tun soll.« Er setzte sich neben mich auf die Straße und begann zu weinen. Als er sich ein wenig beruhigt hatte, fuhren wir mit seinem Auto nach Tel Aviv zurück. Den ganzen Weg schwieg er. Wir kamen bei der Wohnung an, in der er wohnte. Er war gerade erst aus der Armee entlassen worden und hatte zusammen mit jemandem eine Wohnung gemietet.

»Deine Mutter«, sagte er, »das heißt unsere Mutter.« Er schwieg eine Minute lang. »Mama und Papa, weißt du«, versuchte er es noch einmal und verstummte.

Schließlich hatten wir beide genug davon. Ich hatte schon richtig Hunger, weil ich seit dem Morgen nichts gegessen hatte, also gingen wir in die Küche, und er machte mir ein Rührei.

## *Durch Wände*

Sie hatte so einen Ausdruck in den Augen, halb enttäuscht, halb ist-auch-schon-egal. Wie jemand, der entdeckt, dass er versehentlich Magermilch gekauft hat und nicht die Energie besitzt, zurückzugehen und sie umzutauschen. »Das ist furchtbar nett«, sagte sie und stellte den Kaktus in die Zimmerecke, und dann kam: »Schau mal, Joav, ich weiß nicht, ob du irgendwelche Absichten hast, es ist mir bloß wichtig, dass du weißt, dass ich hier mit jemand zusammenwohne.«

Früher war es mir schrecklich wichtig, dass meine Freundin hübsch war. Es war grundlegend für mich, dass sie klug war, dass wir verliebt waren und so weiter, aber ich wollte auch unbedingt, dass sie hübsch war. Ich las damals eine Menge Comics. Mein Held war Vision. Er konnte fliegen und durch Wände gehen. Sein Blick war tödlich. Vision war kein Mensch, er war ein Androide. Man sah ihm das nicht an, er hatte eine Freundin und so weiter. Er war etwas Besonderes, niemand, den ich je getroffen hab, sah aus wie er. Er hatte ein rotes Gesicht mit einem Schmuckstück mitten auf der Stirn und einen grünen Anzug. Völlig egal, was los war, Vision trug immer Grün.

Wir begegneten uns manchmal auf Partys, sie kam mit ihrem Freund. Er sah einigermaßen gut aus, aber er war wie alle, während sie niemandem ähnlich sah, den ich kannte. Wenn sie auf einer Party beieinanderstanden, daneben Dutzende von Leuten, wusste man sofort, wer die Hauptrolle spielte und wer die Statisten waren. Sie hatte mehr als diesen Kerl verdient, und ich wusste das. Ich hätte sie am liebsten geschüttelt, sie von dort weggezogen. Ich verstand nicht, weshalb ich schwieg.

Vision mochte vielleicht aus synthetischen Materialien hergestellt sein, aber er hatte eine Menge Gefühle. In einem der Heftchen weinte er sogar. Es war auf der letzten Seite, und darunter stand die Zeile: »Even an android can cry.« Er war super. Er war riesig. Er führte die »Avengers« an, die Gruppe der Superhelden. Einmal pinkelte ich gemeinsam mit ihrem Freund auf dem Klo in der Universität, einer neben dem anderen, und seine Pisse kam dunkelgelb heraus. Ich hätte ihn am liebsten umgebracht. Ich malte mir aus, wie ich ihn in der Kloschüssel ertränkte, ihn mit dem tödlichen Blick umbrachte. Aber ich tat es nicht. Ich machte gar nichts. Er schüttelte ihn ein paarmal ab, verfrachtete ihn wieder hinein und zog dann den Reißverschluss zu. Er drückte nicht einmal auf die Spülung. Als er sich die Hände gewaschen hatte, hielt er sie unter den Trockner. Ich hätte ihm den Kopf in den Spiegel rammen können, ins Waschbecken, gegen den Boden schlagen, Plätze hätte es zur Genüge gegeben. Er lächelte mich an, frei von jeglicher Angst, und verließ das Klo.

Ich war sauer. Auf mich selber. Richtig sauer. Fühlte mich mies. Ich wusste, dieses Gefühl würde niemals aufhören, wie Kopfweh, das nie vergeht. Ich betrachtete mich im fleckigen Spiegel gegenüber. Ich war etwas Besonderes, niemand, den ich je getroffen hatte, sah aus wie ich. Ich wollte mich selbst schütteln, mich selbst von dort wegziehen. Abschleppen. Ich wusste, ich verdiente mehr als das. Ich verstand nicht, weshalb ich schwieg.

Ronit hat im August geheiratet. Ihr Freund wurde ihr

Ehemann. Meine Eltern sagten, er sei wirklich okay, aber ich wusste es besser. Er würde für sie nicht durch Wände gehen. Ich auch nicht. Ich bin einmal durch eine Glasscheibe gegangen. Bei einer Studentendemonstration. Zwei Studenten warfen mich in ein Schaufenster. Ein paar Jahre später trafen wir uns auf der Straße. Sie hatte ein Baby. Sie fragte mich, woher die Narbe sei, fing an zu weinen. »O Gott«, sagte sie, »was sie mit deinem Gesicht gemacht haben.« Ich schaute das Baby mit meinem tödlichen Blick an. Es funktionierte nicht. Nach fünf Sekunden fing es ebenfalls an zu weinen. »O Gott, früher warst du so hübsch«, sagte sie und trocknete sich das Gesicht mit einer Windel ab. Sie achtete überhaupt nicht darauf, dass ihr Baby schrie. Früher wäre ich für sie durch Wände gegangen.

*Menstruationsbeschwerden*

Ich träumte in der Nacht, ich sei eine vierzigjährige Frau und mein Mann Oberst der Reserve. Nun leitete mein Mann ein Jugendfreizeitzentrum in einem Sozialviertel. Seine zwischenmenschlichen Beziehungen waren beschissen. Seine Untergebenen hassten ihn, weil er sie die ganze Zeit anbrüllte. Sie beklagten sich darüber, dass er sie wie Rekruten behandele.

In der Früh machte ich ihm immer Eieromelett, am Abend Schnitzel mit Püree. Wenn er guter Laune war, sagte er, das Essen sei hervorragend, aber er aß nie seinen Teller leer. Ungefähr einmal im Monat brachte er freitags verwelkte Blumen mit nach Hause, die ihm russische Kinder an irgendeiner Kreuzung mit überlanger Ampelphase verkauft hatten.

Ich träumte in der Nacht, ich sei eine vierzigjährige Frau und hätte Menstruationsbeschwerden, und es sei Nacht, und plötzlich stelle ich fest, dass mir die Tampons ausgegangen sind, ich versuche, meinen Mann aufzuwecken, der Oberst der Reserve ist, um ihm zu sagen, er soll zum Drogeriemarkt fahren oder wenigstens mich hinfahren, denn ich habe keinen Führerschein, und auch wenn ich einen hätte – das Fahrzeug ist von der Armee, ich dürfte sowieso nicht damit fahren.

Ich sagte ihm, es sei dringend, aber er war nicht meiner Ansicht. Er murmelte nur die ganze Zeit vor sich hin, sagte, das Essen sei beschissen, es sei unzumutbar für ihn, dass die Köche jede Woche heimführen, denn das sei eine Armee hier und kein Sommerlager. Ich legte ein mehrfach gefaltetes Tempo ein, versuchte, auf dem Rücken zu liegen und nicht zu atmen, ohne jede Bewegung, um nicht überzulaufen. Aber der ganze Körper schmerzte, und das Blut blubberte aus mir heraus, es klang wie ein defektes Abflussrohr. Es lief mir über die Lenden, die Beine, lief mir auf den Bauch hinauf. Das Tempotaschentuch wurde zu einer Art Pampe, die an Haaren und Haut klebte.

Ich träumte in der Nacht, ich sei eine vierzigjährige Frau und hätte die Nase voll von mir, von meinem Leben. Davon, dass ich keinen Führerschein habe, dass ich kein Englisch kann, dass ich noch nie im Ausland war. Das Blut, das an mir herunterlief, begann schon zu stocken, und ich hatte das Gefühl, dass es wie ein Fluch war. Dass diese Periode kein Ende nehmen würde. Ich träumte in der Nacht, ich sei eine vierzigjährige Frau und ich schlafe ein und träume, ich sei ein siebenundzwanzigjähriger Mann, der seine Frau noch mal geschwängert hat, sein Medizinstudium beendet und seine Frau mit dem Baby dazu zwingt, für seine Fachspezialisierung mit ihm ins Ausland zu gehen. Sie leiden schrecklich. Sie können kein Wort Englisch. Sie haben keine Freunde, es ist kalt draußen, Schnee. Und dann, an irgendeinem Sunday, nehme ich, der Mann, sie zu einem Picknick mit und lege eine Decke ins Gras, und sie öffnet die Körbe und breitet das Essen auf der Decke aus. Als wir mit dem Essen fertig sind, hole ich aus dem Kofferraum ein Jagdgewehr und erschieße sie wie Hunde. Die Polizei kommt zu mir ins Haus. Die besten Detektive der Polizei von Illinois versuchen, mir den Mord anzuhängen. Sie stecken mich in einen Raum, schreien auf mich ein, erlauben mir nicht zu rauchen, lassen mich nicht pinkeln gehen, aber ich werde so schnell nicht weich. Und mein Mann neben mir im Bett schreit die ganze Zeit: »›Damals‹ hat Egozi gesagt. ›Damals‹ hat er gesagt. Jetzt bin ich hier der Kommandant.«

## *Die Schule der Zauberer*

Das Abschlussfest der Zaubererschule werde ich nie vergessen. Der Direktor präsentierte die zehn erfolgreichsten Absolventen des Jahrgangs auf der Bühne, und jeder von ihnen führte ein Zauberkunststück vor. Eliav Morgenstein segelte wie ein Vogel über dem Elternpublikum, Elad Levant verwandelte Getreide in Sägespäne, und Avigail Pittsimmons, die zu der Zeit meine Freundin war, baute eine Brücke aus Streichhölzern zwischen der Bühne und der Ehrenloge, eine Brücke, die die Verbindung zwischen den Zauberern der Zukunft und dem Erbe der Zauberer vergangener Zeiten symbolisierte. Ich war sehr stolz auf sie, als sie das machte. Es war überhaupt ein besonderer Abend. Am Ende wurde jedem Einzelnen von uns ein Abschlusszeugnis und ein Button gegeben, auf dem stand: »Ich kann alles machen«, darunter das Datum unseres Studienabgangs. Auf der Rückseite war mit Goldbuchstaben das Motto der internationalen Zauberervereinigung eingraviert: »Der Himmel ist keine Grenze.« Ich liebe diesen Spruch. Während meiner ganzen vier Studienjahre hielt ich jeden Morgen mit dem Fahrrad vor dem Eingangstor der Zaubereruniversität und las diese Worte, die in riesigen Lettern auf dem Marmor angebracht waren. Es gab eine Menge Bettler dort, die jeden belästigten, Geld wollten und so weiter. Aber das machte mir nichts aus, ich verbrachte dort alle Zeit, die mir bis zum Unterrichtsbeginn verblieb, und prägte mir das Motto ein. Das gab mir viel Kraft.

Auf der Zaubereruniversität wurde ich zum Magisterstudiengang zugelassen, bei dem der Unterrichtsstoff größtenteils aus der praktischen Arbeit bestand. Wir saßen vor den »Ich-kann-alles-machen«-Computern und rasten die Menüs entlang und suchten nach einem neuen Zauber, um uns zu spezialisieren. Die meisten Schlüsselverzeichnisse waren alphabetisch, voll dichtgedrängter Zaubereien. Von »Äpfel, reifen« über »Brust, vergrößern (nur für Frauen)« bis »Zipfelmützen, füllen« war alles da. Man musste nur die Menüs durchgehen und auswählen.

Bei der feierlichen Zeremonie zur Verleihung des Magisters war niemand meinetwegen gekommen. Avigail und ich hatten uns gerade getrennt, und meine Eltern waren beide zwei Monate zuvor bei einem Flugzeugunglück ums Leben gekommen. Es war mein Vater gewesen, der mich zur Zauberei gedrängt hatte, schon als ich noch ein Kind war. Ich bedauerte es sehr, dass er mich auf der Bühne oben nicht mehr sehen konnte. Jeder der Absolventen durfte bei der Zeugnisverleihung etwas aus seiner Abschlussarbeit präsentieren. Amikam Schneidmann, zweifelsohne die große israelische Hoffnung auf dem Gebiet der klassischen Zauberei, zeigte, wie er tote Gegenstände zum Leben erweckte, Mahmud al-Me'iri gelang es, sich auf Miniaturgröße zusammenzufalten und mit Dingen zu sprechen, die es nicht gab. Ich tötete eine Kuh. Als ich mit dem Wagen aus dem Parkplatz hinausstieß, war ich zerstreut, und Rummms! Als die Kuh tot war, verwandelte sie sich wieder in eine Büroklammer.

Mit dem Magisterzeugnis in der Hand fuhr ich nach Amerika. In Amerika genießen Zauberer ein viel höheres Ansehen als hierzulande, und obendrein hatte ich in Israel niemanden mehr. Ich fuhr viel herum, reiste ständig zu neuen Orten. Zauberer arbeiten nicht, denn die Zauberei ist schließlich kein Beruf, sie reisen nur von Ort zu Ort und machen, was sie wollen. Ich vögelte viel herum, ich hatte großen Erfolg bei den Mädchen zu der Zeit. In jeder Stadt ging ich mit einer anderen aus. Außerhalb Israels haben Zauberer einen besonderen Glorienschein, wie bei uns die Piloten, und die Amerikanerinnen legen sich auch ohne speziellen Grund leicht flach.

Ich liebte keine von ihnen, bis auf Mercy. Ich traf sie in New York, in einer McDonald's-Filiale, wo sie als Kassiererin arbeitete. Nach zwei Tagen zogen wir zusammen, und sie kündigte. Wir bummelten den ganzen Tag durch die Stadt, wenn uns das Geld ausging, zauberte ich uns aus leeren Softdrink-Büchsen Scheine.

Es ging uns gut. Keinen Augenblick dachte ich daran, dass es einmal enden könnte.

Und dann gingen wir eines Tages in die Subway hinunter und kamen an einem Mann vorbei, der beide Beine amputiert hatte. Er saß in einer Ecke, und neben ihm lag eine leere Konservendose. Mercy bat mich, ihm zu helfen, also hob ich eine Diät-Colabüchse vom Boden auf und zauberte ihm daraus einen Hunderter hervor. Ich legte den Schein in die Dose. Der Invalide schien sehr zufrieden damit. Er schwenkte in einer Hand den Schein und klopfte sich mit der anderen begeistert auf seinen linken Beinstumpf.

Genau da fuhr unser Zug in die Station ein, aber Mercy weigerte sich einzusteigen. Sie sagte, das sei nicht genug. Ich suchte nach weiteren Dosen, fand aber keine. Mercy sagte, das sei es nicht, es gehe nicht um Geld, sie wolle, dass ich ihm seine Beine zurückgebe. Ich wusste nicht, was ich ihr sagen sollte; auf dem Gebiet der Invalidität bin ich wirklich schwach. Wenn es eine Krankheit oder ein Geburtsfehler gewesen wäre, hätte ich noch improvisieren können, aber auf dem Gebiet »Stümpfe, sprießen lassen« wusste ich rein gar nichts. Ich blickte den Krüppel an und er mich, und er sagte zu mir, »hey, nicht so schlimm. Du hast mir 'nen Hunni gebracht, das ist auch schon was.«

Auch ich empfand es so, aber Mercy kochte regelrecht vor Zorn. »Vielleicht gibt es trotzdem noch was, das ich für dich tun kann?«, fragte ich ihn, vor allem um Mercy zu beruhigen. »Für mich tun?« Der Krüppel lachte. »Doch, ich fahr voll auf den Knopf da ab, mit dem du am Jackett rumrennst. Würd'st du mir den rüberfahren?« Ich war nicht allzu glücklich über diese Idee, aber ich wollte Mercy nicht noch mehr erzürnen, also gab ich ihm den Button. Der Invalide steckte ihn sich an sein verdrecktes Hemd. »Schau mich an«, lachte er, »ich kann alles machen, Mensch. Ich bin ein verrückter Hurensohn, der alles machen kann.«

Auf dem Heimweg weinte Mercy und sagte, sie hasse mich, sie werde wieder bei den Hamburgers arbeiten und wolle mich nie mehr sehen. Am Anfang dachte ich, es sei nur ein kurzer Wutanfall, der ein, zwei Stationen später vorbei sei, und dann würden wir uns wieder umarmen und versöhnen. Ich irrte mich, am Union Square stieg sie aus, die Türen schlossen sich hinter ihr, und seitdem habe ich sie nicht mehr gesehen.

Ich fuhr bis zur Endstation, sammelte Dosen und Flaschen vom Boden auf und verwandelte sie in Geld. Als ich auf die Straße hinaustrat, hatte ich bereits über sechshundert Dollar in der Hand. Es war schon spät, nach zwei.

Ich ging in Richtung Manhattan zurück, auf der Suche nach Schnapsläden, die rund um die Uhr offen haben.

## *Ohne sie*

Was machst du an dem Tag, an dem die Frau deines Lebens stirbt? Ich fuhr nach Jerusalem und zurück. Es gab entsetzliche Staus, irgendein Filmfestival fing gerade an. Allein vom Stadtzentrum nach Scha'ar Hagaj zu kommen dauerte über eine Stunde. Der, mit dem ich fuhr, war ein junger Rechtsanwalt, außerdem Spezialist in irgendwelchen Kriegskünsten oder so. »Danke euch«, murmelte er den ganzen Weg vor sich hin, »danke allen Menschen, die mich gewählt haben, und meiner Mutter, ohne die ... ohne die.« Immer brach er bei »ohne die« ab, so ungefähr an die dreihundertmal.

Nach Scha'ar Hagaj wurde die Fahrbahn etwas breiter, der Verkehr begann zu fließen, und der Rechtsanwalt hörte mit dem Danken auf und warf mir Blicke zu. »Bist du okay?«, fragte er alle paar Sekunden: »Bist du okay?« Ich sagte ja. »Bist du sicher?«, beharrte er, »bist du ganz sicher?« Und ich sagte wieder ja. Ich war ein wenig beleidigt, dass er allen dankte, bloß mir nicht. »Dann erzähl doch was«, sagte er, »nichts von diesem Mist, den du erfindest, nein, etwas, das dir wirklich passiert ist.« Also erzählte ich ihm von der Ungeziefervernichtungskampagne.

Die Ungeziefervernichtung gab mir mein Hausherr als Gratiszugabe, er ergänzte das handschriftlich im Vertrag, ohne dass ich überhaupt darum gebeten hatte. Eine Woche später weckte mich ein junger Mann mit einem Plastikkanister und einem »Dr. Ungeziefer«-Kittel. Er erledigte die ganze Wohnung in vierzig Minuten und bat mich zu lüften, wenn ich am Abend heimkäme, und eine Woche lang nicht nass zu wischen. Als ob ich ständig den Boden wischen würde.

Als ich nach der Arbeit heimkam, war kein Boden mehr zu sehen. Alles war von einem Teppich aus Beinen bedeckt, die zur Decke ragten. Drei Lagen von Kadavern. Hundert, zweihundert auf jeder Bodenplatte. Ein Teil von ihnen hatte die Größe von Katzenjungen. Einer, mit weißgepunktetem Bauch, hatte die Größe eines Fernsehers. Sie rührten sich nicht. Ich bat einen der Nachbarn um eine Schaufel und begann, sie in Isramüllsäcke zu füllen. Als ich circa fünfzehn Säcke voll hatte, fing das Zimmer an, sich zu drehen. Der Kopf tat mir weh. Ich ging alle Fenster aufmachen und trat auf viele Kadaverteile. In der Küche fand ich einen, der von der Lampe herunterbaumelte. Das Insekt hatte offenbar gespürt, dass es an dem Gift sterben würde, und es vorgezogen, sich selbst zu erhängen. Ich machte das Kabel los, und der Kadaver fiel auf mich. Beinahe wäre ich hingefallen, er wog an die siebzig Kilo. Er hatte einen schwarzen Anzug ohne Taschen an und trug weder Ausweispapiere noch eine Uhr oder sonst was bei sich, nicht einmal Flügel. Er erinnerte mich an irgendwen, den ich einmal in der Armee gekannt hatte. Er tat mir schrecklich leid.

Die anderen brachte ich sackweise hinunter, aber ihm grub ich ein richtiges Grab. Anstelle eines Grabsteins legte ich einen Melonenkarton darauf, den ich im Müllhäuschen gefunden hatte. Eine Woche später kam der Junge von der Ungeziefervernichtung, um noch mal einen Giftdurchgang zu machen, aber ich schlug ihm den Küchenstuhl auf den

Kopf, und er zog ab wie ein Mann und fragte nicht einmal nach dem Grund.

Als ich mit der Erzählung fertig war, schwiegen wir beide. Und dann fragte ich ihn, ob es stimme, dass Rechtsanwälte ihre Klienten nicht anzeigen dürften, und er sagte ja. Ich bot ihm eine Zigarette an, aber er wollte keine. Ich schaltete das Autoradio ein, aber beim Rundfunk wurde gestreikt. »Sag mal«, fragte er schließlich, »wenn du nicht zum Festival gekommen bist, warum warst du dann überhaupt in Jerusalem?«

»Bloß so«, sagte ich, »eine, die ich kannte, ist gestorben.«

»Hast du sie bloß so gekannt, oder ist sie bloß so gestorben?«, hakte er nach, dann kam die La-Guardia-Ausfahrt, und er drehte das Steuerrad anstatt nach rechts nach links, und wir landeten auf einer Verkehrsinsel.

## *Hut mit Zauber*

Am Ende jeder Vorstellung ziehe ich einen Hasen aus dem Hut. Ich mache das immer am Schluss, weil Kinder Tiere lieben. Wenigstens liebte ich sie, als ich ein Kind war. Der Auftritt endet mit einem Höhepunkt: dem Augenblick, in dem ich den Hasen zwischen den Kindern herumgehen lasse und sie ihn streicheln und füttern können. Früher taten sie das tatsächlich; heutzutage sind sie etwas distanzierter, aber trotzdem hebe ich mir den Hasen für den Schluss auf. Das ist der Trick, den ich am liebsten habe, das heißt hatte. Meine Augen bleiben dabei die ganze Zeit auf das Publikum gerichtet, die Hand fährt in den Hut hinein, tastet sich tief ins Innere vor, bis sie die Ohren von Kazam findet, meinem Hasen. Und dann – »À-la-Kazim – à-la-Kazam!«, und ich befördere ihn schwungvoll heraus. Es überrascht, ganz abgesehen vom Publikum, auch mich jedes Mal wieder neu. Wenn meine Hand diese lustigen Ohren im Hut ertastet, fühle ich mich wie ein Zauberer. Und obwohl ich weiß, wie es funktioniert, mit dem versteckten Hohlraum im Tisch und allem, ist es trotzdem wie echte Magie.

Auch an jenem Schabbat in L. hob ich mir den Huttrick bis zum Schluss auf. Die Kinder auf diesem Geburtstag waren an meiner Zauberei nicht sonderlich interessiert. Ein Teil kehrte mir den Rücken zu und sah sich einen Film von Schwarzenegger auf Kabel an. Das Geburtstagskind war in einem anderen Zimmer und spielte mit einem neuen Videospiel, das es geschenkt bekommen hatte. Mein Publikum war auf etwa vier Kinder zusammengeschrumpft. Es war ein besonders heißer Tag, ich war völlig nass geschwitzt unter dem Anzug, ich wollte es rasch hinter mich bringen und nach Hause gehen. Ich übersprang die drei Seilkunststücke und ging direkt zum Huttrick über. Die Hand verschwand tief im Inneren, und die Augen versanken in denen eines dicken, bebrillten Mädchens. Der angenehme Kontakt mit Kazams Ohren war überraschend wie immer: »À-la-Kazim – à-la-Kazam!« Danach eine Minute im Arbeitszimmer des Vaters, und ich würde mich mit einem Scheck über dreihundert Schekel aus dem Staub machen. Ich zog an Kazams Ohren, und irgendwie fühlte er sich ein bisschen anders an, leichter. Die Hand flog in die Luft, die Augen waren immer noch aufs Publikum geheftet. Und dann – plötzlich diese Feuchtigkeit am Handgelenk, und das dicke Mädchen mit der Brille, das zu schreien begann. In meiner rechten Hand hielt ich Kazams Kopf, mit langen Ohren und weit aufgerissenen Hasenaugen. Nur den Kopf, keinen Körper. Den Kopf mit massenweise Blut. Die Dicke schrie weiter. Die Kinder, die mit dem Rücken zu mir saßen, drehten sich vom Fernseher weg und fingen an zu klatschen. Aus dem Zimmer nebenan kam der Junge mit seinem neuen Videospiel. Als er den abgetrennten Kopf sah, begann er, begeistert zu pfeifen. Ich spürte, wie mir das Mittagessen im Hals hochkam. Ich erbrach mich in meinen Zauberhut, und das Erbrochene verschwand. Die Kinder um mich herum tobten vor Vergnügen. In der Nacht nach dem Auftritt konnte ich nicht einschlafen. Ich untersuchte die Ausrüstung Dutzende Male. Es gelang mir nicht, eine Erklärung zu finden für das, was passiert war. Es gelang mir ebenso wenig, Kazams Körper zu finden. Am nächsten Morgen ging ich in den Zaubererladen. Auch dort hatten sie keine Erklärung dafür. Ich kaufte einen Hasen. Der Verkäufer riet mir, eine Schildkröte zu nehmen. »Hasen sind passé«, sagte er. »Jetzt gehen nur noch Schildkröten. Sagen Sie, es sei eine Ninja-Schildkröte, und sie werden vom Stuhl fallen.«

Ich kaufte dennoch einen Hasen. Auch ihn nannte ich Kazam. Daheim, auf meinem Anrufbeantworter, erwarteten mich fünf Nachrichten. Alles Auftragsangebote. Allesamt von Kindern, die bei der Vorstellung dabei gewesen waren. Bei einem bestand der Junge sogar darauf, dass ich ihm den abgetrennten Kopf daließe, wie auf dem Fest in L. Erst da fiel mir ein, dass ich Kazams Kopf nicht mitgenommen hatte.

Der nächste Auftritt war am Mittwoch. Der Geburtstag eines Zehnjährigen in Ramat-Aviv Drei. Die ganze Vorstellung hindurch war ich nervös. Unkonzentriert. Der Kartentrick mit den Königinnen ging daneben. Die ganze Zeit dachte ich nur an den Hut. Schließlich war es so weit: »À-la-Kazim – à-la-Kazam!« Der Blick, der sich ins Publikum bohrt, die Hand im Hut. Es gelang mir nicht, die Ohren zu finden, aber der Körper hatte genau das richtige Gewicht. Glatt, aber das richtige Gewicht. Und dann wieder die Schreie. Gebrüll und auch Applaus. In der Hand befand sich kein Hase, sondern ein toter Säugling.

Ich bin nicht mehr in der Lage, diesen Trick vorzuführen. Ich habe ihn früher geliebt, aber heute zittern mir die Hände, wenn ich nur daran denke. Ich stelle mir ständig die schrecklichen Dinge vor, die ich herausziehen könnte, die mich im Inneren des Hutes erwarten. Gestern habe ich geträumt, ich fasse mit der Hand hinein, und das Raubtiergebiss eines Ungeheuers schnappt zu. Es ist mir schwer begreiflich, wie ich einmal den Mut besessen habe, mit meiner Hand in diesen dunklen Raum hineinzufassen. Wie ich früher den Mut hatte, die Augen zu schließen, einzuschlafen.

Ich trete jetzt nicht mehr auf, aber das macht mir wirklich nichts aus. Ich verdiene kein Geld, aber auch das ist völlig in Ordnung. Manchmal ziehe ich noch den Anzug an, einfach so, daheim, oder untersuche im Tisch den geheimen Hohlraum unter dem Hut, aber das ist alles. Ansonsten rühre ich keine Zauberei mehr an, und abgesehen davon tue ich gar nichts. Liege nur im Bett und denke an den Hasenkopf und die Säuglingsleiche. Als wären es irgendwelche Hinweise in einem Rätsel, als versuchte mir jemand etwas zu sagen. Dass jetzt nicht die allerbeste Zeit für Hasen sei, und auch nicht für Säuglinge. Dass es nicht unbedingt eine gute Zeit für Zauberer sei.

*Buffalo*

Ich habe einen Freund, der fast ein Jäger ist. Das heißt, er hat ein Jagdgewehr mit Munition und allem, und er treibt sich viel in Gegenden herum, wo Tiere sind, nur schießt er nichts. »Manchmal«, sagt er zu mir, »kann ich stundenlang einem Reh oder einem Fuchs nachspüren, sogar tagelang. Und am Schluss, wenn ich das Tier gestellt habe, nähere ich mich ihm gegen die Windrichtung, damit es mich nicht wittert. Ich knie mich hin, schmiege meine Wange an den Gewehrkolben, löse die Sicherung, nehme es aufs Korn und ... das war's. Ich muss es nicht erschießen, um zu wissen, dass ich es kann«, sagt er, »ich stehe dann einfach auf und gehe. Was, meiner Meinung nach, anstelle des bloßen Massakrierens einen echten Sport daraus macht.« Er ist ein merkwürdiger Kerl, dieser Freund von mir, ich verstehe ihn ums Verrecken nicht. Sein großer Traum ist es, nach Amerika zu fahren und einer Büffelherde aufzulauern. Still dazuliegen in seinem Hinterhalt, mit dem speziellen Buffalojagdgewehr auf irgendeinen in diesem Meer von Büffeln zu zielen und zu ihm zu sagen »du gehörst mir«, und dann auf noch einen und noch einen. Im Kopf diese Gattung einfach vom Erdboden vertilgen. Der Grund, weshalb ich euch das erzähle, ist, dass gestern, als ich mit meiner Freundin nach Jad Elijahu ging, um das Derby zu sehen, irgendein unrasierter Mann neben mir saß, der so aussah, wie ein palästinensischer Araber aussehen könnte, wenn er als Aschkenase auf die Welt gekommen wäre. Und dieser Mann betrachtete die ganze Zeit die Leute ringsum und murmelte etwas. Erst als mir der Revolverlauf auffiel, der aus seiner Manteltasche herauslugte, verstand ich, was er sagte. Er zielte mit seiner Neun-Millimeter einfach auf verschiedene Leute, entsicherte die Waffe und sagte leise vor sich hin: »Du bist tot, und du und du auch.« Ein paar Kugeln später, als er diskret auch auf mich zielte, gab ich mir alle Mühe, gelassen zu lächeln und mir meinen Buffalo-Freund in Erinnerung zu rufen. »Du gehörst mir«, sagte er zu sich selber, ließ mich mit meinem verzerrten Lächeln stehen und hielt inne, um das Magazin zu wechseln. Auch ich hielt inne. Ich tat einen tiefen Atemzug, und ein seltsamer Keuchlaut entfuhr plötzlich meiner Kehle. Es ist nur ein Sport, versuchte ich mich zu beruhigen, niemand kommt dabei zu Schaden. Aber im Herzen wusste ich: wenn er versuchte, auch auf meine Freundin zu schießen, würde ich mich von meinem nummerierten Tribünenplatz erheben und ihm schlicht alle Knochen brechen.

## *Geduld*

Der Mann mit der größten Geduld der Welt saß auf einer Bank am Diezengoff-Platz. Niemand saß neben ihm, nicht einmal Tauben. Die Installationsrohre der öffentlichen Bedürfnisanstalt nebenan gaben derart donnernde und befremdliche Geräusche von sich, dass es schlicht unmöglich war, sie zu ignorieren. Der Mann mit der größten Geduld der Welt hielt eine Zeitung in der Hand und tat so als ob.

Er las nicht wirklich, er wartete auf etwas. Niemand wusste, worauf.

Ein englisches Boulevardblatt hatte demjenigen, der herausfand, worauf er wartete, zehntausend Pfund Sterling geboten, aber bisher war es niemandem gelungen. In dem einzigen Interview, das er je zu geben bereit war, hatte der Mann mit der größten Geduld der Welt dem Korrespondenten des Senders CNN gesagt, er warte auf viele Dinge, aber das sei hier nicht der Ort, um sich näher darüber auszulassen. »Wo wäre denn dann der Ort dafür?«, hakte der energische Journalist nach, aber der Mann mit der größten Geduld der Welt antwortete nicht, sondern wartete nur schweigend auf die nächste Frage. Wartete und wartete und wartete, bis sie schließlich ins Studio zurückschalteten.

Leute aus aller Welt pilgerten zu ihm, um sein Geheimnis zu erkunden. Hyperaktive Broker, hysterische Studenten, Künstler, die sich vor lauter Ungeduld in Erwartung der fünfzehn Minuten, die ihnen Berühmtheit versprachen, selbst verstümmelt hatten. Der Mann mit der vielen Geduld wusste nicht, was genau er ihnen sagen sollte. »Rasiert euch«, stieß er schließlich hervor, »rasiert euch mit heißem Wasser, das ist unheimlich beruhigend.« Und alle Männer stürzten wie die Geisteskranken in die Badezimmer und verpassten sich tausend Schnitte. Die Frauen sagten, er sei ein Chauvinist. Seine Antwort sei eine potentielle Antwort, die de facto jeder Tochter Evas die Fähigkeit abspreche, einen Zustand der Ruhe herzustellen.

Frauen fanden auch, dass er sehr hässlich sei. Laurie Anderson schrieb sogar ein Lied über ihn. »Ein hässlicher Chauvi mit viel Geduld«, so hieß das Lied. »Seine Bio-Uhr drängt es nach nirgendwo«, lautete die Refrainzeile.

Der Mann mit der größten Geduld schlief mit halbgeschlossenen Augen auf der Bank ein. Er träumte von Meteoren, die mit dem dumpfen Lärm von Autobussen auf dem Erdboden zerschmettern, von Vulkanen, die mit dem grauenhaften Getöse von Abwasserrohren ausbrechen, träumte, wie ein Mädchen, das er schon seit langen Jahren liebte, sich zu Vogelgezwitscher von ihrem Mann trennt. Zwei Meter von ihm entfernt versuchte ein Taubenpärchen, sich gegenseitig die Augen auszuhacken. Sie stritten nicht einmal um etwas zum Fressen, einfach nur so, ohne Grund. »Rasiert euch«, empfahl ihnen der Mann im Schlaf, »rasiert euch mit heißem Wasser, das ist unheimlich beruhigend.«

## *Sommer sechsundsiebzig*

Im Sommer sechsundsiebzig führten wir im Haus eine Generalsanierung durch und bauten eine zusätzliche Toilette ein. Diese Toilette war Mutters Privatklo, mit grünen Kacheln, weißen Vorhängen und einer Art kleinem Zeichenbrett, das man zum Kreuzworträtsellösen auf die Knie legen konnte. An der Tür des neuen Klos gab es kein Schloss, denn es war allein für Mutter, und jemand anderes durfte es sowieso nicht betreten.

Wir waren sehr glücklich in diesem Sommer. Meine Schwester, die die beste Freundin von Rina Moores war, der Miss Universum, heiratete einen netten Zahnarzt, der aus Südafrika eingewandert war, und zog nach Ra'anana. Mein großer Bruder wurde vom Militärdienst entlassen und erhielt Arbeit als Sicherheitsbeamter bei der El-Al. Mein Vater verdiente haufenweise Geld mit Ölbohraktien und stieg als Teilhaber im Luna- Park mit ein. Und ich nötigte andauernd alle, mir Geschenke mitzubringen.

»Andere Menschen – andere Träume«, stand auf dem ausländischen Warenkatalog, aus dem ich mir die Überraschungen aussuchte. Es gab alles dort, vom kartoffelschießenden Revolver bis zur lebensgroßen Spiderman-Puppe. Und jedes Mal, wenn mein Bruder nach Amerika flog, ließ er mich aus dem Prospekt etwas auswählen. Die Kinder im Viertel schätzten mich wegen meiner neuen Spielsachen und hörten in allem auf mich. Am Freitagnachmittag ging die ganze Klasse immer in den Le'umi-Park und spielte Baseball, mit dem Schläger und der Kappe, die mir mein Bruder mitgebracht hatte. Und ich war der absolute Star, denn Jeremy, der Mann meiner Schwester, hatte mir beigebracht, angeschnittene Bälle zu werfen, mit denen keiner zurechtkam.

Um mich herum konnten die schrecklichsten Dinge passieren, aber sie berührten mich nicht. In der Ostsee fraßen drei Matrosen ihren Kapitän auf, der Mutter von einem Jungen aus meiner Schule wurden die Titten abgeschnitten, Dalits Bruder starb bei einem Unfall auf Wehrübung. Einat Mozer, das hübscheste Mädchen in der Klasse, willigte, ohne sich auch nur irgendwie mit den anderen Mädels zu beraten, ein, meine Freundin zu werden. Mein Bruder sagte, er warte nur auf meinen Geburtstag, um mir eine Auslandsreise mit ihm zum Geschenk zu machen. Inzwischen kutschierte er mich und Einat samstags regelmäßig in seinem blauen Prinz zum Luna-Park, und ich sagte jedes Mal zu den Betreibern, ich bin der Sohn von Schwarz, und dann ließen sie uns alles umsonst benutzen.

An den Feiertagen fuhren wir zu Großvater Reuben in Zichron, und er drückte mir so fest die Hand, dass ich weinte, und schrie mich an, ich sei verwöhnt und müsse lernen, die Hand wie ein Mann zu drücken. Er sagte zu meiner Mutter, sie hätte mich schlecht erzogen, mich nicht so erzogen, wie es fürs Leben nötig sei. Und Mutter entschuldigte sich immer und sagte, sie habe mich schon erzogen, nur gleiche das heutige Leben eben nicht mehr dem von früher. Heutzutage müsse man nicht mehr wissen, wie man Molotowcocktails aus Spiritus und Nägeln bastelt oder wie man für ein Brot jemanden umbringt, es genüge zu lernen, wie man genießt. Aber Großvater blieb hartnäckig. Kniff mich ins Ohr und flüsterte, um zu wissen, wie man genieße, müsse man auch wissen, was Kummer sei. Sonst sei es wertlos. Und ich versuchte es, nur war das Leben damals, im Sommer sechsundsiebzig, eben so schrecklich schön, und sosehr ich mich auch anstrengte, es gelang mir einfach nicht, mir irgendwie Kummer zu bereiten.

*Sehnsucht nach Kissinger*

Sie sagt, ich liebe sie nicht wirklich. Ich würde nur sagen, dass ich sie liebe, glauben, dass ich sie liebe, täte es aber nicht. Ich habe schon von Leuten gehört, die sagen, dass sie jemanden nicht lieben – aber für jemand anderen eine Aussage treffen, ob er die oder den liebt? Das ist mir noch nicht untergekommen. Um ehrlich zu sein, es geschieht mir recht; wer mit Stinktieren ins Bett geht, sollte nicht jammern, wenn seine Kinder stinken. Ein halbes Jahr dröhnt sie mir schon den Kopf voll, steckt nach dem Vögeln den Finger in die Möse, um nachzuprüfen, ob ich auch wirklich gekommen bin, und ich, anstatt mich irgendwie dazu zu äußern, sage zu ihr, »ist schon in Ordnung, Süße, wir haben alle unsere kleinen Unsicherheiten«. Und jetzt möchte sie, dass wir uns trennen, weil sie beschlossen hat, dass ich sie nicht liebe. Was soll ich ihr sagen? Wenn ich sie anschreie, dass sie verblödet ist und aufhören soll, mir auf den Geist zu gehen, wäre das nur ein Beweis für sie. »Mach was, das mir beweist, dass du mich liebst«, sagt sie. Was will sie denn, was soll ich denn tun? Was? Wenn sie es nur sagen würde. Aber das tut sie nicht. Wenn ich sie wirklich liebte, müsse ich das auch so wissen. Sie ist immerhin bereit, mir entweder einen Hinweis zu geben oder zu sagen, nein, falsch. Eines von beiden, ich kann es mir aussuchen. Da habe ich zu ihr gesagt, sie soll mir sagen, was nicht in Frage kommt, dann wissen wir wenigstens irgendwas. Ihre Andeutungen würde ich sicher nicht kapieren.

»Was es nicht ist«, sagt sie, »es ist nicht etwas, das irgendwie mit Selbstverstümmelung zusammenhängt, ein Auge herausreißen oder ein Ohr abschneiden, denn damit verletzt du jemanden, den ich liebe, und damit indirekt auch mich. Und jemanden zu verletzen, der einem nahesteht, ist ganz bestimmt kein Liebesbeweis.« Um ehrlich zu sein, nie im Leben würde ich mir selbst etwas antun, auch wenn sie das nicht gesagt hätte. Worin besteht überhaupt der Zusammenhang zwischen Liebe und Mir-selbst-ein-Auge-Herausreißen? Und was soll ich denn tun? Das will sie mir nicht verraten, nur so viel, dass es nicht gut wäre, wenn ich es meinem Vater oder meinen Geschwistern antäte. Ich gebe es auf und sage mir, nichts zu machen, da wird mir nichts helfen. Und ihr auch nicht. Wer gedopten Bimbos Rätsel aufgibt, wird am Ende mit gebrochenen Knochen aufwachen. Aber später dann, als wir gerade vögeln und sie mir ihren konzentrierten Blick tief in die Pupille bohrt – (sie macht beim Vögeln nie die Augen zu, damit ich ihr nicht die Zunge von jemand anderem in den Mund stecken kann) –, begreife ich es plötzlich, in einer Art Erleuchtung. »Ist es meine Mutter?«, frage ich, aber sie weigert sich, mir eine Antwort darauf zu geben.

»Wenn du mich wirklich liebst, dann weißt du das selber.« Und nachdem sie ihre Finger, die sie aus der Möse gezogen hat, eingehend geprüft hat, rutscht ihr heraus: »Und dass du mir nicht mit einem Ohr oder einem Finger oder so was ankommst. Ich will ihr Herz, hörst du? Das Herz.«

Ich fahre mit dem Messer den ganzen Weg nach Petach Tikva, zwei Autobusse. Ein Messer von eineinhalb Metern Länge besetzt einen ganzen Doppelsitz. Ich musste eine Fahrkarte dafür kaufen. Was tue ich nicht alles für sie, was würde ich nicht alles für dich tun, mein Augapfel? Die ganze Hauptstraße runter bin ich mit dem Messer auf dem Rücken wie irgendein selbstmörderischer Araber zu Fuß gelatscht. Mutter wusste, dass ich komme, sie hatte mir etwas zu essen gemacht, mit höllischen Gewürzen, wie nur sie es kann. Ich esse und schweige, nicht ein einziges böses Wort. Wer die Kaktusfrüchte mitsamt den Stacheln verschlingt, sollte sich nicht wundern, wenn er Hämorrhoiden hat. »Und wie geht es Miri?«, fragt Mutter. »Geht es ihr gut, der Lieben? Steckt sie ihre dicken Finger immer noch in die Möse?«

»Gut«, sage ich zu ihr, »wirklich gut. Sie hat dein Herz verlangt. Weißt du, um zu wissen, ob ich sie liebe.«

»Bring ihr das von Baruch«, Mutter lacht. »Sie wird es nie im Leben merken.«

»Uff!«, sage ich aufgebracht. »Wir sind nicht auf dem Trip mit diesen ganzen Lügen. Miri und ich haben es mit der Aufrichtigkeit.«

»Gut«, seufzt Mutter, »dann bring ihr meines, ich möchte nicht, dass ihr euch meinetwegen streitet, wobei mir einfällt: wie steht es mit deinem Beweis deiner dich liebenden Mutter gegenüber, dass du sie auch ein bisschen lieb hast?« Zornig werfe ich Miris Herz auf den Tisch. Weshalb glauben sie mir nicht? Warum stellen sie mich ständig auf die Probe? Und jetzt noch mal mit zwei Autobussen zurückfahren, mit diesem Messer und Mutters Herz. Und sie ist bestimmt nicht zu Hause, wird wieder zu ihrem früheren Freund zurückgegangen sein. Nicht, dass ich jemandem die Schuld daran gebe, außer mir selbst.

Es gibt zwei Sorten von Menschen, die, die gerne an der Wand schlafen, und die, die gerne neben denen schlafen, die sie aus dem Bett schmeißen.

*Die Hohlmenschen*

Als ich ein kleiner Junge war, kamen immer alle möglichen Leute zu uns nach Hause und klopften an die Tür. Vater schaute durch das Guckloch, machte aber nicht auf. Sie klopften an der Tür, klopften wie wild, ich hatte ein bisschen Angst vor ihnen. Aber mein Vater kam immer zu mir, legte sich neben mich auf den Teppich, mit dem Rücken gegen die Seitenwand des Klaviers gelehnt, und nahm mich ganz fest in die Arme. »Hab keine Angst«, flüsterte er, »es gibt nichts, wovor man Angst haben muss, das sind bloß die hohlen Leute.« Und dann flüsterte er mir weiter ins Ohr: »Schiffmann, mach die Tür auf. Wir wissen, dass du da bist«, und eine Sekunde später wiederholten die Leute Vaters Worte, nur laut. Und dann umkreisten sie ein paarmal das Haus und versuchten, die Rollläden von außen zu öffnen, und mein Vater murmelte mir leise ins Ohr, und sie murmelten ihm draußen nach wie ein Echo. »Siehst du«, flüsterte Vater wieder, »es gibt nichts, wovor man Angst haben muss. Es sind die Hohlmenschen, ohne Körper, ohne alles, einfach nur Stimmen.« Und er flüsterte weiter: »Wir kommen wieder zurück, Schiffmann, dann kriegst du Ärger.« Und sie sprachen es ihm nach. Sie kamen wirklich immer wieder, die Hohlmenschen, aber wir versteckten uns immer.

Meine Mutter starb ohne Stimme, aber mit ihrem Körper, und wir gingen zu ihrer Beerdigung. Wir brachten auch einen Mann mit, der sie beweinte, und mein Vater zeigte mir ganz genau in einem Buch, welches Weinen es war, denn auch dieser Mann war einer von ihnen.

Danach war eine Woche lang Ruhe, aber dann kamen sie wieder. Wir verkrochen uns wieder in einer Ecke, manchmal sagte mein Vater, was sie sagen würden, und manchmal ich. Und heimlich wunderte ich mich darüber, dass ich einmal solche Angst gehabt hatte, denn heute werden meine Worte von ihnen zurückgeworfen wie Tennisbälle, die von der Wand abprallen. Einfach so, wirklich ganz einfach.

Auch mein Vater starb in der Ecke neben dem Klavier, während ich ihn in den Armen hielt, so wie er es getan hatte, als ich noch Angst hatte. Er schwieg, als wir ihn ins Grab hinunterließen, und er schwieg, als der Mann auf die Art weinte, die ich schon aus dem Buch kannte, und er schwieg auch noch weiter, als wir ihn mit Erde zudeckten. Und ich schwieg ihm nach, denn letztendlich war offenbar auch ich einer von ihnen.

## *Eine fremde Sprache*

Zu seinem einundfünfzigsten Geburtstag kauften wir Vater eine Pfeife. Vater bedankte sich, aß den Kuchen, den Mutter gebacken hatte, und küsste alle. Dann ging er ins Bad, um sich zu rasieren. Er gehörte zu den fanatischen Rasierern, zu denen, die dreimal über jede Partie drübergehen und nachher total glatt herauskommen, ohne irgendeinen Kratzer. In meinem ganzen Leben habe ich nie gesehen, dass Vater sich auch nur ein einziges Mal geschnitten hätte.

Es gibt Leute, die können Französisch oder Italienisch, alle möglichen Sprachen. Leute, die das durch Korrespondenz oder in Konsulatskursen gelernt haben. Mein älterer Bruder zum Beispiel hat einmal Deutsch im Goethe-Institut gelernt. Du weißt nie, wann dir eine Fremdsprache von Nutzen sein kann. Nicht nur auf einem Auslandstrip, manchmal kann sie dir effektiv das Leben retten. Zum Beispiel meine Mutter und die deutsche Sprache im Holocaust, das ist ein wundervolles Beispiel dafür.

Wenn mein Vater dreimal über alle Gesichtspartien gegangen war, fing er an, seinen Nacken zu bearbeiten. Die Klinge war nicht dazu gedacht, und die Hälfte der Zeit musste er damit verplempern, die dicken Haarstoppeln abzustreifen, die sich hemmend auf die Rasierklinge auswirkten. Es war eine schwierige und undankbare Aufgabe, er wollte unbedingt, dass ich ins Bad kam und es mir von ihm schildern ließ. Er wollte mir irgendwas darüber sagen, dass er, hätte er nicht meine Mutter geheiratet, sicher nach

Skandinavien gefahren wäre, sich in irgendeinem gottverlassenen Wald eine Hütte gebaut hätte und abends dort auf dem Balkon sitzen und eine Pfeife rauchen würde.

Meine Freundin verlangte einmal von mir, ich solle ihr in einer anderen, exotischen Sprache sagen, dass ich sie liebe. Aber sosehr ich es auch versuchte und probierte, sosehr ich überlegte und grübelte, es gelang mir nicht, mich an irgendwas zu erinnern. »Ist Hebräisch nicht gut genug?«, versuchte ich es. »Oder die Be-Sprache unserer Kindheit? Die Sprache von Mibelch und Hobenibeg? Und wenn ich es zweimal sage? Wenn ich es ganz echt meine?« Es war nicht gut genug. Sie beruhigte sich nicht mehr, sie schrie bloß und schrie. Es kann immer mal wieder passieren, dass sie sich so benimmt. Schließlich warf sie mir irgendeinen schweren Aschenbecher mit dem Logo einer Versicherungsgesellschaft an den Kopf, das Blut lief mir über die Stirn. »Lieb mich, lieb mich«, schrie sie. Und ich versuchte mich mit aller Gewalt an Wörter zu erinnern, die mir die russischen Kollegen bei der Arbeit beigebracht hatten, aber alles, was mir einfiel, waren Flüche.

Fünfmal ging mein Vater über den Nacken. Als er damit fertig war und mit der Hand darüber fuhr, war der Nacken mindestens so glatt wie Hals und Wangen. Der Grund dafür, dass er diese Hütte im skandinavischen Wald bauen wollte, war im Prinzip die Stille. Mein Vater liebte die Stille sehr. Wenn mein Bruder und ich als Babys weinten, quälte ihn das derart, dass er uns manchmal am liebsten einfach erwürgt hätte. Er nahm eine Dose Spezialkleber aus dem Schrank unter dem Waschbecken und ein dünnes Holzstäbchen, das wie ein Eisstiel aussah. Er tauchte das Stäbchen in die Blechdose und begann, die Paste auf seinen Nacken aufzutragen. Es war eine komplizierte Aufgabe, denn er konnte die Fläche, die er bestrich, nicht sehen, was in etwa so war, als streiche man Butter auf eine Scheibe Brot mit der Schmierseite nach unten. Aber mein Vater setzte sich nicht unter Druck und bestrich seine Nackenscheiben mit größter Geduld und Präzision. Während er das tat, summte er ein ungarisches Kinderlied vor sich hin, das in etwa so ging: »Wer ist der Schönste? Wer ist der Schönste? Der mit den schwarzen Augen, der ist der Allerschönste.« Und nach dem Aschenbecher am Kopf verließ sie mich. Bis heute habe ich nicht verstanden, warum. Aber man muss nicht immer alles verstehen, um daraus zu lernen. Um zu lernen, dass etwas wichtig ist. Meine Mutter, zum Beispiel, sagte zu dem deutschen Offizier, er solle sie nicht töten. Es würde sich für ihn lohnen, denn wenn er sie nicht töte, würde sie freiwillig mit ihm schlafen. Und das war weitaus seltener in der damaligen Zeit als eine Vergewaltigung. Und dann, während sie zugange waren, zog sie ein Messer aus ihrem Gürtel und schlitzte ihm die Brust auf. Haargenau so, wie sie die Hühnerbrüste aufschlitzte, die sie für uns zur Feier des Schabbats mit Reis füllte.

Mein Vater drückte den Stöpsel in die Badewanne und drehte den Wasserhahn auf, nicht zu heiß und nicht zu kalt. Lauwarmes Wasser. Dann legte er sich mit hochgerecktem Hals in die Wanne und versuchte, mit der Hand an die Wasserhähne zu kommen, aus der Rückenlage heraus. Die Hähne waren zu hoch. Mein Vater lockerte die Halsmuskeln und ließ es geschehen, dass der Nacken an der Badewannenwand festklebte. Er versuchte mit aller Gewalt, den Kopf zu heben, aber es gelang ihm nicht. Der Prospekt, der der Klebepaste beilag, hatte versprochen, kein Wasser der

Welt könne diesen Kleber wieder lösen. Und der Stöpsel – Vater hatte Schuhe an. Ich möchte euch mal sehen, wie ihr einen Badewannenstöpsel mit zugeschnürten Schuhen herauszieht. Zur gleichen Zeit waren mein Bruder und ich in meinem Zimmer in einen Streit vertieft. Ich sagte, das Geschenk habe meinem Vater sehr gefallen, aber mein Bruder sagte, nein. Wir kamen zu keinem entscheidenden Schluss, denn bei meinem Vater kann man nie wissen. Glug-glug-glug, murmelte das Wasser auf Skandinavisch in den Badewannenhähnen vor sich hin. »Nor Got weiß«, brüstete sich mein Bruder mit seinem Deutsch, »nor Got weiß.«

*Der Stoff, aus dem die Träume sind*

Die Regale um uns herum waren zum Bersten voll mit dem Stoff, aus dem die Träume sind. Sechshundert normale Schachteln, hundertachtzig Jumbopackungen und dreitausend Fläschchen »Flash« als Portionspackungen. Es war dunkel. Nacht. Amir Me'iri stand hinter der Theke und weinte wie ein kleines Kind. »Wir sind geliefert«, sagte er, »Keret, wir sind einfach fertig.« Er tat mir schrecklich leid in diesem Moment. Er hatte keine Zukunft. Er hatte nicht einmal eine Gegenwart. Ich versuchte, ihn mir in fünf Minuten vorzustellen, aber da war nichts, einfach gar nichts. Um die Wahrheit zu sagen, wenn ich diese Übung an mir selbst durchexerziert hätte, hätte ich ebenso schwarzgesehen. In meiner Eigenschaft als fünfzigprozentiger Geschäftspartner saß ich mit meinem Hintern genau im gleichen Loch. Das erste Mal, dass wir mit diesem Stoff in Berührung kamen, war auf Ko Samui. Ein Thailänder verkaufte uns eine Tube für zwanzig Baht, wir waren sicher, es sei Sonnencreme. Als der Thai sah, dass Amir sich die Schultern damit einschmierte, rastete er aus. »No good«, schrie er in seinem eigenwilligen Englisch und wedelte mit den Händen. »Put on eyes«, er deutete auf seine Augen, »only on eyes.« Amir hörte auf ihn und strich ein bisschen auf seine Lider, ich ebenfalls. »Now you close eyes and dleam«, befahl der Thai. Wir schlossen die Augen. Wir blieben wach, aber die Träume kamen. Wir schliefen nicht, aber sie kamen ganz einfach. Keine Visionen oder so was, einfach Träume pur. Amir träumte sofort davon, wie er den Stoff nach Israel bringen, einen Haufen Kies abzocken und sich einen roten Mazda Cabriolet kaufen würde. Ich träumte von dir, wie du am Telefon zu mir sagst, dass unser ganzes letztes Gespräch vor meiner Abreise ein Irrtum war, dass eigentlich ich derjenige bin, den du wirklich liebst, und dieser Jura-Referendar nur nebenbei läuft. Und dass dir bei der Unterhaltung damals einfach was durcheinandergeraten ist, du es jetzt aber begriffen hast. Und natürlich schreckliche Sehnsucht. Und ich überhaupt nicht nach Thailand hätte fahren müssen.

Wir schlugen die Augen auf, ringsherum war immer noch Ko Samui. »Vely good, ha?«, sagte der Thai. Wir kauften ihm die ganze Kiste ab und blieben noch zwei Wochen in Ko Samui. Zwei Wochen, in denen ich im Kopf Bilder entwarf, wie ich zu dir zurückkomme und alles gut wird. Ich arrangierte sie der Reihenfolge nach. Wann die Umarmung fällig war, wann halb lachendes Weinen. Wann dieser Lackaffe eintreffen würde, um seine Sachen aus der Wohnung abzuholen, ich wäre wahnsinnig nett zu ihm, bringe ihm einen Saft, helfe ihm, die Doppelmatratze auf dem Dachträger seines Peugeots festzubinden. Amir saß neben mir und stellte in Gedanken Berechnungen an. »Wir werden Millionäre«, sagte er alle paar Minuten, »Väter der Millionäre. Lotto Toto ist eine Armenküche gegen das, was bei uns in der Kasse klingeln wird.«

Und jetzt sind wir hier, und Amir weint wie ein Baby. »Futsch«, murmelt er und schlägt gegen die Theke, »das ganze Geld, das wir hatten, futsch.« Ganz zu schweigen von dem Geld, das wir nicht hatten. »Woher hätten wir das wissen sollen, eh?«, sagt er. »Woher hätten wir wissen sollen, dass der Stoff nur bei uns funktioniert? Das ist nicht fair, einfach nicht fair.« Keine Ahnung, wieso, aber so war es einfach. Auf uns wirkte das Zeug wie ein Zaubermittel, aber bei anderen Leuten rührte sich rein gar nichts. Sie strichen sich die Paste auf die Lider und warteten, aber es kam nichts. Genauso gut hätten sie sich Erbsenbrei draufschmieren können. Nur mir und Amir kamen sofort Träume.

Irgendwann hörte Amir auf zu weinen und schlief ein. Einfach so, halb im Stehen, mit dem Kopf auf der Theke. Ich zog die Einladung zu deiner Hochzeit aus der Hosentasche. »Dieser thailändische Hurensohn«, murmelte Amir im Schlaf, »dieser aberwitzige Hurensohn. Wie der uns verarscht hat.« Ich schob die Einladung in die Tasche zurück, ging zu einem der Regale und holte einen Riesentiegel herunter. Ich strich eine dicke Lage auf die geschlossenen Lider und lächelte. Aber nichts passierte. Genauso gut hätte es Erbsenbrei sein können. Ich zog es trotzdem vor, die Augen geschlossen zu lassen. Ich erinnerte mich an den Referendar, Verzeihung, schon Rechtsanwalt, der wahnsinnig nett war, als ich zu euch nach Hause kam. Wie er mir half, die Sachen die Treppen hinunterzutragen. »Tot umfallen soll er«, zischte Amir in die Resopaltheke, »verrecken soll er, Amen. Zu seinem Begräbnis bringe ich Mixed Pickles mit.«

## *Das Mädchen auf dem Kühlschrank*

### ALLEIN

Er erzählte ihr, dass er einmal eine Freundin hatte, die das Alleinsein liebte. Und das war schrecklich traurig, denn sie waren Freunde, und Freunde zu sein bedeutet per Definition, zusammen zu sein. Aber sie war prinzipiell gern alleine. Also fragte er sie einmal: »Warum? Liegt es an mir?«

Und sie sagte zu ihm: »Nein, es hat überhaupt nichts mit dir zu tun, es liegt an mir, es hat mit meiner Kindheit zu tun.« Er begriff es nicht so recht, diese Geschichte mit der Kindheit, und um sie etwas besser zu verstehen, versuchte er, etwas Vergleichbares in seiner Kindheit zu finden, fand jedoch nichts. Je länger er darüber nachdachte, desto mehr schien ihm seine Kindheit wie ein Loch im Zahn eines anderen – nicht gesund, aber auch nicht allzu quälend, jedenfalls nicht für ihn. Und dieses Mädchen, das das Alleinsein liebte, entzog sich ihm die ganze Zeit, und das alles wegen seiner Kindheit. Es nervte ihn furchtbar. Schließlich sagte er zu ihr: »Entweder du erklärst es mir, oder wir hören auf, Freunde zu sein.« Und sie sagte, okay, und sie hörten auf, befreundet zu sein.

### OGAT ZEIGT SYMPATHIE

»Das ist schrecklich traurig«, sagte Ogat. »Traurig, aber auch aufregend.«

»Danke«, sagte Nachum und trank von seinem Saft. Ogat sah, dass er ein bisschen weinte, und wollte ihn nicht bedrängen, aber schließlich konnte sie der Versuchung doch nicht widerstehen und fragte: »Dann weißt du also bis heute nicht, was in ihrer Kindheit sie veranlasste, dich zu verlassen?«

»Sie hat mich nicht verlassen«, korrigierte Nachum sie, »wir haben uns getrennt.«

»Was du nicht sagst«, sagte Ogat.

»Nicht ›was ich nicht sage‹«, insistierte Nachum, »das ist mein Leben. Für mich zumindest sind diese Details von Bedeutung.«

»Und du weißt bis heute nicht, welches Ereignis in ihrer Kindheit das Ganze ausgelöst hat?«, fuhr Ogat fort. »Es ist nicht das Ereignis, das die Sache ausgelöst hat«, korrigierte Nachum sie wieder, »du bist es.« Und nach kurzem Schweigen fügte er hinzu: »Doch, es war was mit dem Kühlschrank.«

## NICHT NACHUMS GESCHICHTE

Als Nachums Freundin klein war, brachten ihre Eltern keine Geduld für sie auf, denn sie war klein und energiegeladen, während sie schon alt und ausgelaugt waren. Nachums Freundin versuchte immer, mit ihnen zu spielen, mit ihnen zu reden, aber das entnervte sie nur noch mehr. Sie hatten keine Kraft. Sie hatten nicht einmal genügend Kraft, ihr zu sagen, sie solle den Mund halten. Stattdessen hoben sie sie immer hoch, setzten sie auf den Kühlschrank und gingen zur Arbeit oder wohin sie eben gehen mussten. Der Kühlschrank war schrecklich hoch, und Nachums Freundin konnte nicht hinunterklettern. Und so kam es, dass sie den Großteil ihrer Kindheit auf dem Kühlschrank verbrachte. Es war eine unheimlich glückliche Kindheit. Während andere Leute von ihren großen Brüdern mörderische Prügel bezogen, saß Nachums Freundin auf der Kühlschrankkante, sang vor sich hin und zeichnete kleine Bilder in die Staubschicht, die sich dort oben angesammelt hatte. Die Aussicht war sehr schön, und sie hatte es angenehm warm unterm Po. Und nun, inzwischen um einiges älter, sehnte sie sich heftig nach dieser Zeit, nach dem Alleinsein zurück. Nachum verstand ihren Kummer sehr gut, und einmal versuchte er sogar, sie auf den Kühlschrank zu setzen, aber es war nicht dasselbe. »Das ist eine schrecklich schöne Geschichte«, flüsterte Ogat und berührte leicht Nachums Hand.

»Ja«, murmelte Nachum und zog seinen Arm weg, »aber nicht meine.«

Der Schwarze legte den Eisblock auf den verdreckten Fußboden des Umkleideraums. Er hob die Bank an zwei Beinen hoch und benützte die beiden anderen, die noch auf dem Boden standen, als Scharnier. O'Brian betrachtete den Schwarzen aus einer Ecke des Raumes, ein dünner Blutstrom lief ihm aus dem linken Nasenloch. »Ich hätte den Itaker, diesen Angeber, fertigmachen können«, sagte er und zog die Nase hoch. »In der dritten Runde, als ich reinkam mit dem …«

»Leg den Kopf nach hinten«, befahl der Schwarze, eine erloschene Zigarette im Mund. O'Brian bog gehorsam den Hals nach hinten, lehnte seinen Kopf an den Stahlschrank. Der Schwarze rückte den Eisblock so zurecht, dass er genau da lag, wo die Bankbeine gestanden hatten, bevor er sie hochgehoben hatte. Er stellte den Eisblock aufrecht zwischen seine abgetragenen Lederschuhe und ließ die Metallbeine der Bank kraftvoll auf ihn niedersausen. Der Block zersplitterte in Dutzende Stückchen, die über den verdreckten Fußboden schlitterten.

»Boinggg!«, rief O'Brian, machte eine kleine Bewegung mit der linken Hand und schlug mit der Rechten geradewegs auf das Kinn eines imaginären Gegners: »Dieser Schlag hätte ihn alle machen müssen«, stellte er fest. »Das Ganze war perfekt, die Täuschung, der Einstieg, die Hüftbewegung …«

»Hör auf, dich die ganze Zeit zu bewegen, und leg den

Kopf nach hinten«, sagte Clancy verärgert. »Der Kampf ist vorbei. Jesus, schau dich an, alles voller Blut.«

O'Brian warf den Hals ungestüm nach hinten, sein Kopf knallte an eine der Stahlschranktüren. Die Wucht des Schlages ließ ihn für einen Moment das Gesicht verzerren. »Willst du mal was Komisches hören?«, sagte er. Clancy zog eine ramponierte Zündholzschachtel aus seiner Gesäßtasche und zündete sich die Zigarette an. »Willst du was wirklich Komisches hören, eh, Clancy?«, sagte O'Brian und schlug wieder mit seinem Kopf gegen die Stahltüre.

»Jesus, ja doch. Ich will was Komisches hören«, flüsterte Clancy und schloss die Augen. »Tu mir bloß den Gefallen und leg den Kopf zurück. Jesus, du bist ganz voll Blut.«

»Also, hörst du?«, fuhr O'Brian fort, »an dem Tag vor dem Kampf, als sie uns in die Halle zum Wiegen gebracht haben, da ist ein Mädchen gekommen, um Bilder von uns zu machen, eine Blondine, großer Busen, lange Beine. Und der Itaker sagte die ganze Zeit zu ihr und zu jedem, der in der Nähe war, wie er mich in vier Runden auseinandernehmen würde. Wie er mit mir den Ringboden aufwischen würde, und lauter solches Zeug. Und die ganze Zeit, während er redete, hampelte er auf der Stelle herum. Zeigte auf mich. Hob die Hände hoch, als hätte er diesen verfluchten Kampf schon gewonnen. Und ich schweige und schaue sie an. Und sehe, dieses ganze Gerede von dem Itaker macht keinen Eindruck auf sie ...«

Der Schwarze kroch auf allen vieren auf dem Boden herum, sammelte die Eisstückchen ein und legte sie auf ein Handtuch, das er auf einer der Bänke ausgebreitet hatte. »Und dann kommt die Blondine zu mir her, um mich zu fotografieren. Und ich sage nichts, schaue bloß in ihre blauen

Augen. Und sie hebt die Kamera und geht damit dicht an mich ran. Aber ich schaue weiter genau dorthin, wo ihre Augen waren, als ob ich sie durch die Kamera sehen könnte, und während der ganzen Zeit schreit der Itaker mit seinem dämlichen Organ: ›Du bist tot, hörst du mich, Schneemann? Tot bist du.‹ Und da lässt sie auf einmal den Fotoapparat sinken, mit einer ziemlich plötzlichen Bewegung, und fragt mit so einer Betroffenheitsstimme: ›Hast du nicht vor, ihm zu antworten?‹ Und ich schaue sie mit dem beinhärtesten Blick an, den ich habe, und sage: ›Reden ist gratis, Miss, was ich zu sagen habe, sage ich im Ring.‹ Kein schlechter Satz, eh, Clancy? Ein bisschen abgelutscht, aber echt nicht schlecht. Und da lächelt sie mich mit dem bezauberndsten Lächeln der Welt an und streckt mir ihre Hand hin. ›Ich muss mich entschuldigen‹, sagt sie zu mir, ›ich hab mich nicht einmal vorgestellt. Debbie, Debbie Rodman.‹«

Der Schwarze hatte alle Eisstückchen vom Boden aufgesammelt und kam wieder auf die Beine, musterte deprimiert seine Hose, die stellenweise klatschnass war. »Also, ich trockne meine Hand an der Hose ab und drücke ihre so zart, wie ich kann. ›O'Brian‹, sage ich zu ihr, ›oder Schneemann. Was Ihnen lieber ist.‹ Und die ganze Zeit plärrt der Itaker von der anderen Seite des Raums: ›Ich werd dich schlachten, ich zerleg dich zu Fischgräten, hörst du mich, Schneemann? Vier Runden, und du wirst die Bretter küssen.‹ Und da spanne ich, um ein bisschen Eindruck bei ihr zu schinden, die Armmuskeln an und sage zu ihr: ›Weißt du, Debbie, warum sie mich im Ring den Schneemann nennen?‹ Und sie schaut mich mit dem unschuldigsten Blick der Welt an und sagt: ›Nein, warum? Weil du im Juni schmilzt?‹«

Der Schwarze näherte sich O'Brian und reichte ihm das

Handtuch. Das meiste Eis war bereits geschmolzen, und als O'Brian es entgegennahm, sah er nur ein paar Klumpen in einem Handtuch, von dem trübes Wasser heruntertropfte.

»Hast du mich gehört, Clancy?«, sagte O'Brian und warf seinen Hinterkopf wieder gegen die Schranktüre. »›Weil du im Juni schmilzt?‹ Findest du das nicht komisch?«

»Das ist komisch, sehr komisch ist das, Jesus. Wenn du bloß damit aufhören würdest, deinen Kopf gegen die Tür zu knallen. Der Schrank wird am Ende noch mehr Schaden bei dir anrichten als Donelli.«

Clancy warf den Zigarettenstummel auf den nassen Boden, faltete das Handtuch zusammen und legte es auf O'Brians Nase. »Drück fest drauf«, befahl er O'Brian und wischte sich die Hände an seinen grauen Hosen trocken. »Und hör auf, dich ständig zu bewegen. Jesus, du bist überall voll mit Blut.«

»Schmilzt im Juni«, flüsterte O'Brian vor sich hin, presste das Handtuch auf seine Nase und schloss die Augen. »Ich weiß nicht, was du dazu sagst. Ich finde das sehr komisch.«

Italo winkte mit der linken Hand, und das aufreizende Trommeln brach ab. Er atmete einmal tief ein und schloss die Augen. Als ich ihn so gespannt auf der kleinen hölzernen Plattform stehen sah, in dem glitzernden Kostüm, fast berührte er die Zeltdecke, schien mir plötzlich alles klar. Ich würde mein Zuhause verlassen und zum Zirkus gehen! Ich würde einer der fliegenden Santinis werden, wie ein Teufel durch die Luft wirbeln und mich mit den Zähnen an den Seilen des Trapezes festhalten!

Italo überschlug sich zweieinhalbmal in der Luft, und in der Mitte der dritten Umdrehung ergriff er den ausgestreckten Arm Enricos, des Jüngsten der Santinis. Das Publikum sprang auf die Füße und klatschte erregt Beifall, Vater griff nach meiner Popcornschachtel und warf sie in die Luft, salzige Schneebrösel landeten auf meinem Kopf.

Es gibt Kinder, die müssen nachts von daheim weglaufen, um zum Zirkus zu gehen, aber mich fuhr mein Vater im Auto hin. Er und meine Mutter halfen mir, meine Sachen in einen Koffer zu packen. »Ich bin so stolz auf dich, Sohn«, sagte mein Vater und umarmte mich einen Moment, bevor ich an die Türe des Wohnwagens von Papa Luigi Santini klopfte. »Lass es dir gutgehen, Ariel-Marcello Santini. Und denk auch jedes Mal, wenn du hoch oben über den Zirkusboden fliegst, ein bisschen an Mutter und mich.«

Papa Luigi öffnete mir die Tür in glitzernden Kostümhosen und einer gestreiften Schlafanzugjacke. »Ich will bei euch mitmachen, Papa Luigi«, flüsterte ich, »ich möchte auch ein fliegender Santini sein.« Papa Luigi musterte kritisch meinen Körper, befühlte interessiert die Muskeln meiner dünnen Arme und ließ mich schließlich eintreten. »Viele Kinder wollen fliegende Santinis sein«, sagte er nach ein paar Sekunden Schweigen, »warum glaubst du, dass ausgerechnet du dafür geeignet bist?« Ich wusste nicht, was ich antworten sollte, biss mir auf die Unterlippe und sagte keinen Ton. »Bist du tapfer?«, fragte mich Papa Luigi. Ich nickte. Papa Luigi näherte seine Faust blitzschnell meinem Gesicht. Ich rührte mich keinen Millimeter, ich blinzelte nicht einmal. »Hmm ...«, sagte Papa Luigi und strich sich übers Kinn. »Und geschickt?«, fragte er. »Du weißt ja, dass die fliegenden Santinis für ihre Geschicklichkeit bekannt sind.« Ich nickte wieder und biss heftig auf meine Unterlippe. Papa Luigi streckte die rechte Handfläche aus, legte eine Hundert-Lire-Münze hinein und beugte sich mit seinen silbrigen Augenbrauen zu mir vor. Es gelang mir, die Münze zu schnappen, bevor er die Hand schließen konnte. Papa Luigi nickte anerkennend mit dem Kopf. »Dann bleibt also nur noch die letzte Prüfung«, sagte er mit seiner donnernden Stimme, »der Beweglichkeitstest. Du musst mit durchgestreckten Beinen deine Schuhe berühren.« Ich lockerte meinen Körper, nahm einen langen Atemzug und schloss die Augen, genau wie es Italo, mein Bruder, bei der Vorstellung getan hatte. Ich beugte mich hinunter und streckte die Hände aus. Ich sah die Fingerspitzen, die sich wenige Millimeter von meinen Schnürsenkeln entfernt befanden, konnte sie fast berühren. Mein Körper war gespannt wie ein Seil, das jeden Moment zerreißt, doch ich gab nicht auf. Vier Millimeter trennten mich noch von der Familie

Santini. Ich wusste, ich musste sie überbrücken. Und dann, plötzlich, hörte ich das Geräusch. Ein Klang, als zerbrächen Holz und Glas gleichzeitig, heftig und wirklich ohrenbetäubend. Vater, der offenbar draußen im Auto gewartet hatte, kam erschreckt von dem Lärm im Laufschritt in den Wohnwagen. »Bist du in Ordnung?«, fragte er und versuchte, mir beim Aufrichten zu helfen. Ich konnte nicht mehr aufrecht stehen. Papa Luigi hob mich mit seinen kräftigen Armen auf, und zusammen fuhren wir alle ins Krankenhaus.

Auf dem Röntgenbild fanden sie einen Diskusriss zwischen den Wirbeln L2 und L3. Als ich die Aufnahme gegen das Licht hielt, konnte ich auf der durchsichtigen Wirbelsäule einen schwarzen Fleck sehen wie ein Tropfen Kaffee. Auf dem braunen Umschlag des Bildes stand mit Kugelschreiber geschrieben: »Ariel Fledermaus.« Kein Marcello, kein Santini – nur eine krumme, hässliche Beschriftung. »Du hättest die Knie beugen können«, flüsterte Papa Luigi und wischte mir eine Träne aus dem Auge. »Du hättest sie ein klein wenig beugen können. Ich hätte kein Wort gesagt.«

*Stillgestanden!*

Plötzlich konnte ich es. Ich sagte »Stillgestanden!«, und alle Leute blieben stehen, einfach so, mitten auf der Straße. Autos hielten an, Fahrräder, sogar diese kleinen Knattertöfftöffs der fliegenden Boten verharrten an Ort und Stelle. Und ich schlenderte zwischen ihnen durch und suchte mir die hübschesten Mädchen aus. Ich sagte zu ihnen, sie sollten die Einkaufstüten abstellen, oder holte sie aus dem Bus, nahm sie mit in meine Wohnung und vögelte sie, bis es rauchte. Es war herrlich, es war einfach super. »Stillgestanden!«, »Komm!«, »Leg dich hier aufs Bett!«, und dann rumms-bumms! Die Mädchen, die bei mir durchliefen, waren *der* Stoff für Illustrierte, ich fühlte mich herrlich. Ich fühlte mich wie der King. Bis meine Mutter anfing, sich einzumischen. Meine Mutter sagte, sie sei nicht so ganz glücklich bei dieser Geschichte. Ich sagte ihr, da gebe es nichts, worüber man nicht glücklich sein könne. Ich sage den Mädchen, sie sollten mitkommen, und sie kamen, und ich vergewaltigte sie nicht, nichts in dieser Richtung. Aber meine Mutter sagte: »Nein, nein. Gott bewahre! Diese ganze Sache hat nur so etwas äußerst Unpersönliches. Abgeschottetes. Ich weiß nicht, wie ich dir das erklären soll, aber ich habe so ein Gefühl im Bauch, dass du zu den Mädchen keine Beziehung herstellst.« Da sagte ich meiner Mutter, sie könne sich ihre Gefühle im Bauch sonstwohin stecken. Ich sagte zu ihr, sie könne machen, was sie wolle, und ich genauso. Ich sagte zu ihr »Stillgestanden!« und ließ sie mitten auf der

Reinesstraße im strömenden Regen stehen. Ich war furchtbar sauer, dass sie sich in mein Leben einmischte.

Von da an war nichts mehr dasselbe. Es störte mich plötzlich, was sie gesagt hatte, das mit der Beziehung. Ich vögelte weiter, aber ich spürte keine Beziehung, es war alles kaputt. Am Anfang dachte ich, es seien die Geräusche. Also sagte ich den Mädchen, »Geräusche machen«. Und sie machten alle möglichen Geräusche: Mickymaus, Presslufthammer, Politikerimitationen. Es war ein Albtraum, ein echter Horrortrip. Ich musste ihnen tatsächlich die Geräusche vormachen, die ich von ihnen hören wollte. »Ah, ah«, »das tut so gut«, »stärker« und Ähnliches. Und sie wiederholten das beim Vögeln, aber immer mit meiner Intonation. »Oi, oi, bitte nicht aufhören. Ich komme«, sagten sie, während sie mit glasigem Ausdruck in den Augen auf dem Rücken lagen. Ich wusste, sie logen, und das ärgerte mich so, dass ich sie am liebsten erwürgt hätte. »Wenn du es nicht meinst, dann sag's nicht«, schrie ich ein paarmal, und danach stand er mir schon nicht mehr. Es war die Depression, die reine Depression.

Aber dann kapierte ich endlich, was das Ganze in die Hosen gehen ließ. Mein Problem war, dass ich mich darauf versteifte, direkt zu sein. Irgendwann kam ich drauf, und ab da fing ich an, ihnen allgemeinere Dinge zu sagen wie: »Tut so, als ob's euch unheimlich gefällt«, und wenn das Gefühl, dass sie mir was vormachten, mich zu stören begann, dann sagte ich einfach: »Amüsiert euch!« Es war super, einfach super. Sie schrien. Sie zerkratzten mir den Rücken. Sie sagten: »Du bist Spitze.« Könnt ihr euch das vorstellen? Models, Stewardessen, Ansagerinnen vom Nachtprogramm der Militärwelle bei mir im Bett, die *mir* sagen, dass ich der Größte bin.

Doch dann begann mich an der Geschichte zu stören, dass sie nur mitkamen, weil ich es ihnen sagte. Plötzlich kam es mir, mit einem Schlag, so ein bssst im Hirn. Ich ging an der Ecke Reines-Gordonstraße vorbei. Dort stand immer noch meine Mutter mit diesem entschuldigenden Ausdruck im Gesicht, genau da, wo ich sie zurückgelassen hatte, und auf einmal fiel der Groschen: Das ist es nicht. Das wird es nie sein. Denn keines von diesen Mädchen, von ihnen allen zusammen, schätzt mich wirklich. Keine will mich wegen dem, was ich wirklich bin. Und wenn es nicht wegen meiner Persönlichkeit ist, dass sie mitkommen, dann ist es schlicht wertlos. In diesem Moment beschloss ich, damit aufzuhören und mit den Mädchen richtig was anzufangen. Es war niederschmetternd, es war ein Fiasko, echt eine schlimme Zeit. Mädchen, die ich auf der Straße gevögelt hatte, während sie an einem Briefkasten lehnten, waren plötzlich nicht bereit, ihre Telefonnummer herauszurücken. Sie fingen an, mir unangenehme Dinge zu sagen, zum Beispiel, dass ich aus dem Mund stänke, dass ich sie nicht anmache oder dass sie einen Freund hätten. Es war Frust, der reine Frust. Aber ich wollte so unbedingt eine echte Beziehung, und so groß die Versuchung auch war, zum Herumvögeln von früher zurückzukehren – ich gab nicht nach.

Nach drei Monaten, die eine einzige Quälerei waren, traf ich mitten auf der Ibn Gavirol dieses irre Fotomodell aus der Cider-Werbung. Ich versuchte, sie anzusprechen, versuchte, sie zum Lachen zu bringen, rannte ihr mit Blumen in der Hand nach, aber sie schaute nicht einmal in meine Richtung. Am Stadtpark wartete ein Mazda Cabriolet mit einem israelischen Take-away-Fast-food-Model auf sie. Sie machte Anstalten, mit ihm wegzufahren. Ich wusste nicht, was ich tun sollte, und ohne es so richtig zu merken, schrie ich: »Stillgestanden!« Sie stand still. Alle standen still. Ich betrachtete all die Menschen, die um mich herum erstarrt waren. Und sie: schön wie in der Werbung. Ich wusste nicht, was tun. Einerseits konnte ich nicht, ich konnte sie schlicht nicht gehen lassen. Andererseits, wenn sie mit mir zusammen wäre, dann sollte es bloß wegen meiner Persönlichkeit sein, wegen des Inneren, und nicht wegen irgendwelcher Befehle.

Und dann war sie da, die Lösung. Wie eine echte Erleuchtung. Ich nahm ihre Hand in meine, blickte ihr in die Augen und sagte: »Lieb mich wegen meiner Persönlichkeit, wegen dem, was ich wirklich bin.« Anschließend nahm ich sie mit nach Hause in die Wohnung und vögelte sie wie ein Irrer. Und sie schrie und zerkratzte mir den Rücken und sagte: »Tu es, ojaoja, besorg's mir«, und liebte mich, liebte mich echt. Nicht bloß so – sondern wegen dem, was ich wirklich bin.

## *Exklusiv*

Ich brach damals gerade eine Wand durch.

Alle Journalistinnen sind Nutten, und ich brach eine Wand durch. Es war ungefähr vier Monate her, dass sie mich verlassen hatte. Am Anfang hatte ich gedacht, diese Renovierungsarbeiten würden mich beruhigen, aber bislang hatten sie nur bewirkt, dass ich noch gereizter wurde. Die Wand, die ich durchbrach, war die zwischen Wohn- und Schlafzimmer. Während ich sie Stein für Stein abtrug, hatte ich die ganze Zeit den Balkon im Rücken, aber ich erinnerte mich dennoch, man muss etwas nicht sehen, um sich daran zu erinnern, und ich erinnerte mich, wie wir an den Abenden immer dort draußen gesessen hatten.

»Sieh mal«, sagte sie zu mir, »eine Sternschnuppe. Jetzt muss man sich etwas wünschen. Na«, sie küsste mich auf den Hals, »wünsch dir was.«

»Gut«, ich beugte mich, »dann wünsche ich mir was.«

»Was hast du dir gewünscht?« Sie schlang ihre Arme um mich. »Sag's, sag's.«

»Dass es immer so bleibt wie jetzt.« Ich strich ihr mit der Hand übers Haar. »Eine leichte Brise vom Meer. Wir beide zusammen auf dem Balkon.«

»Nein«, sie boxte mich weg, »das ist kein guter Wunsch. Wünsch dir etwas anderes, etwas nur für dich.«

»Okay, okay«, lachte ich, »wenn du bloß zu boxen aufhörst. Eine FZR 1000. Ich wünsche mir eine Yamaha FZR 1000.«

»Ein Motorrad?« Sie sah mich erschüttert an. »Du hast einen Wunsch frei, und du wünschst dir ein Motorrad?«

»Ja«, sagte ich, »und was hast du dir gewünscht?«

»Das verrate ich nicht«, sie versteckte ihr Gesicht in meinem Pullover. »Wenn man es verrät, geht es nicht in Erfüllung.«

Aber wenn nicht, dann vielleicht schon. Zwei Monate später zog sie nach Tel Aviv, um bei einer Tageszeitung zu arbeiten, nicht mehr bei dem Lokalblättchen von Hadera. Sie sagte mir nichts, sie verschwand einfach. Ihre Eltern wollten mir ihre Adresse nicht geben. Sie sagten, sie ließe mir ausrichten, sie wolle nicht mit mir reden. »Warum?«, fragte ich ihren Vater. »Habe ich sie beleidigt? Habe ich ihr was getan?«

»Ich weiß nicht«, er zuckte mit den Schultern, »das soll ich ausrichten, hat sie mir gesagt.«

»Sagen Sie mir, Herr Berosch«, sagte ich wütend, »kommt Ihnen das normal vor, dass Ihre Tochter und ich zwei Jahre lang befreundet sind, und plötzlich, einfach so, ohne Grund, will sie nicht mehr mit mir reden? Finden Sie nicht, dass ich irgendeine Erklärung verdiene?«

»Das ist nicht fair, Eli«, sagte ihr Vater, während er sich auf die Türklinke stützte, die ganze Unterhaltung spielte sich an ihrer Wohnungstür ab, »das ist wirklich nicht fair.« Er strich sich mit der freien Hand über die Glatze. »Ich bin nicht derjenige, der dich verlassen hat, weißt du. Ich habe dir doch nie was getan, oder? Ich habe es nicht verdient, dass du in einem solchen Ton mit mir redest.« Er hatte recht. Er hatte schlicht und einfach recht. Ich entschuldigte mich und ging. Plötzlich kam er mir vor wie ein armer Tropf. Dann versuchte ich, sie über die Redaktion zu erreichen. Aber sie wollten mir ihre Privatnummer nicht geben, und in der Redaktion war sie nie. Also hinterließ ich ihr eine Nachricht, hinterließ tausend Nachrichten, aber sie rief nicht an. Nach ein paar Monaten begann ich zu renovieren. Leute schrien. Zwischen einem Schlag und dem nächsten gegen die Wand drang es plötzlich zu mir durch, dass draußen Leute schrien, nicht weit von meinem Haus. Ich trat auf die Straße hinaus. An der Kreuzung, dreißig Meter von mir entfernt, lagen zwei Menschen auf dem Straßenpflaster, und nicht weit davon eine Frau, sie rannte schreiend in meine Richtung, verfolgt von einem Mann mit grüner Wollmütze. Etwa zehn Meter von mir entfernt holte er sie ein, packte sie an den Haaren. Und plötzlich sehe ich die Spitze eines Messers vorn aus ihrem Hals herauskommen. Und Blut, tonnenweise Blut. Sie bricht in die Knie, der Mann zieht seinen Arm nach hinten weg, und die Klinge ist einfach verschwunden. Die Frau liegt nun auf dem Bürgersteig. Und der mit dem Messer schaut mich an und geht ein Stückchen auf mich zu, aber langsam. Ich will davonrennen, aber meine Beine rühren sich einfach nicht. Er kommt immer näher, mit kleinen, irgendwie zögernden Schritten, als seien wir Kinder, die »eins-zwei-drei-eingefroren!« spielen. Ich sagte mir die ganze Zeit: irgendwas stimmt hier nicht. Was geht er denn so langsam? Der Frau ist er doch wie ein Psycho hinterhergerannt. Ich stehe hier in meinen Hausschuhen, und er hat ein zwanzig Zentimeter langes Messer in der Hand, wovor hat er Angst? Und dann sehe ich, wie er vom Bürgersteig auf die Straße tritt und ganz langsam versucht, um mich herumzugehen. Während ihm meine Augen folgen, gerät der Hammer in meiner Hand in mein Blickfeld, der Fünf-Kilo-Vorschlaghammer.

Ich mache einen Schritt in seine Richtung und haue ihm den Hammer auf den Kopf.

Er rührte sich nicht. Ich setzte mich auf den Gehsteig. Der Krämerfritze kam und brachte mir eine Cola. Ich fuhr mit der Hand in die Tasche meiner Trainingshose, wollte zahlen. Er wehrte ab, ließ nicht zu, dass ich das Geld herausholte. »Vergiss es«, sagte er, »das geht auf mich.«

»Um Himmels willen, Gadi«, sagte ich, »lass mich zahlen.« Aber er beharrte darauf und ließ meine Hand nicht los.

»Dann schreib es an«, gab ich schließlich nach. Ich hatte Durst und wollte dieser ganzen Geschichte ein Ende machen, bevor ich trank und zum Verhandeln noch in der Lage war.

»Okay, okay«, sagte er, »dann schreib ich's an.«

Die Fotografen trafen als Erste ein, noch vor der Polizei. Auf Motorrädern, zwei mit einer 600F und einer mit einer Harley. Mit ihren langen Haaren und den Tätowierungen sahen sie wirklich wie Hell's Angels aus. »Wären Sie bereit, bitte den Hammer in die Hand zu nehmen, so in Drohhaltung, für eine Aufnahme?«, bat mich der mit der Harley. Ich sagte nein.

»Vielleicht doch?«, machte er einen Versuch. »Wegen der optischen Wirkung, das macht viel mehr her.«

»Fotografier ihn vor dem Laden«, sagte Gadi, »das ist doch nicht schlecht, oder? Glaub mir, von der Optik her steckt das deinen Hammer in die Hosentasche.« Dann traf die Polizei ein und danach die Presse. Alle Journalisten sind Hurenböcke.

Von allen Zeitungen kamen sie, aber ich war nicht bereit, mit ihnen zu reden. Auch vom Fernsehen, vom Radio kamen sie. Ich sagte nicht einmal nein zu ihnen, ich hielt nur die Hand hoch und drehte ihnen den Rücken zu. Die Fernsehleute gingen zu Gadi, und fast alle folgten ihnen, nur der eine von der Zeitung *Chadaschot* ging mir weiter auf den Geist. »Hey du, Glasauge«, schrie ich einem der Journalisten zu, der gerade versuchte, einem Polizeibeamten sein Mikrophon in den Hals zu stopfen, »komm mal, komm her.« Der Brillenträger ließ den Beamten mitten im Satz stehen und kam zu mir. »Bist du von der Zeitung *Jediot?*«, fragte ich.

»Ja, doch«, sagte er aufgeregt und versuchte, das Bandgerät in Betrieb zu setzen.

»Warum willst du mit ihm reden und mit mir nicht?«, entrüstete sich der Windbeutel von der *Chadaschot.* »Weil es mir so passt, okay, ja?« Ich war mit meiner Geduld am Ende. »Weil deine Zeitung Kacke ist. Ist doch scheißegal, warum. Würdest du jetzt bitte die Fliege machen?« Ich bedeutete dem Brillenträger, mit mir etwas zur Seite zu treten, aber der von der *Chadaschot* heftete sich an unsere Fersen. »Das ist wegen der Auflage«, sagte er in gekränktem Ton, »nur wegen der Auflage, du Egomaniker. Willst groß rauskommen, was? Damit die ganze Bande sieht, dass du ein Mann bist. Du Macho, du Mörder, du kotzt mich einfach an.« Er spuckte aus und ging.

»Gut«, sagte der andere von der *Jediot,* »zuerst möchte ich Sie fragen ...«

»Zuerst hörst du zu«, sagte ich. Ich nahm ihm das Mikrophon aus der Hand und drückte auf Stop. »Du gehst jetzt zu deinem Redakteur und sagst ihm, dass ich bereit bin, euch ein Exklusivinterview zu geben. Exklusiv, hörst du? Ich werde nicht mit dem Fernsehen reden, nicht mit den Kabelsendern, nicht mit der *Ma'ariv*, mit nichts und niemand. Unter der Bedingung …«

»Wir zahlen kein Geld«, unterbrach mich der Brillenträger, »das ist eine Grundregel bei uns, wir zahlen den Interviewpartnern nichts.«

»Hör mir mal eine Sekunde zu, du Affenarsch«, brauste ich auf, »ich will kein Geld von dir. Ich will nur den Interviewer bestimmen, hörst du? Sag deinem Chef, ich sei bereit, mich interviewen zu lassen, aber nur von Daphna Berosch.«

»Berosch«, der Bebrillte kratzte sich am Kopf, »diese Neue? Aber die ist dafür nicht zuständig.«

»Nicht zuständig, nicht zuständig. Sag ihm, ich bin nur bereit, mich von ihr interviewen zu lassen.«

»Entschuldigen Sie«, sagte der Bebrillte, »ich weiß, das hat jetzt nichts damit zu tun, aber haben Sie vielleicht zufällig meine Reportage über den Mafioso Aslan gelesen?«

»Daphna Berosch«, sagte ich noch einmal und ließ ihn stehen.

Um in meine Wohnung zu gelangen, musste ich jetzt den Menschenauflauf umgehen, der sich um Gadi gebildet hatte. Alles schrie und brüllte, und er stand mittendrin und wedelte mit den Händen, es sah so aus, als amüsierte er sich ziemlich gut. Zwei Soldaten mit einem Mikrophon, die etwas später eingetroffen waren, versuchten sich durch den Kreis zu drängen, aber es gelang ihnen nicht. Einer der beiden, der größere, wurde vom Ellbogen eines Kameramannes von einer der ausländischen Fernsehstationen im Gesicht erwischt. Sofort lief ihm Blut aus der Nase, und aus seinen zuschwellenden Augen spritzten nur so die Tränen. Ich beschloss, mich in die entgegengesetzte Richtung zu begeben und über die Parallelstraße zur Wohnung zu gehen, auch wenn das ein längerer Umweg war. »Egomaniker«, schrie der von der *Chadaschot* hinter mir her. Sie kam. Ich wusste, sie würde kommen. Im schwarzen Mini und mit Bubikopf. »Willst du einen Kaffee?«, fragte ich, bemüht, gelassen zu klingen. »Soll ich Wasser aufsetzen?« Sie schüttelte den Kopf, setzte sich an den Tisch und holte ein kleines Aufnahmegerät aus der Tasche. Auf dem Tisch lagen überall Verputzbrocken. Mit dem halben Wanddurchbruch mitten im Raum sah die Wohnung wie nach einem Bombenanschlag aus. »Vielleicht doch?«, fragte ich. »Ich werde mal Wasser aufsetzen.« Die verneinende Kopfbewegung wurde gereizter und schärfer. »Interview«, die Worte drangen aus ihrem Hals, als würde sie daran ersticken, »ich bin wegen eines Interviews gekommen.« Sie legte das Aufnahmegerät auf den Tisch.

## INTERVIEW (1)

Warum?

Dürfte ich fragen, weshalb genau du mich verlassen hast?

Zuck nicht mit den Achseln, antworte mir, das mindeste, das ich verdient habe, ist eine Antwort. Ich will dich nicht beleidigen. Jetzt ganz sicher nicht. Aber das gehört nicht hierher.

Beleidige mich, du Fotze, mach doch. Beleidigender als das, was du dir bisher geleistet hast, kann es gar nicht mehr werden.

Weil du eine Null bist, okay? Weil du eine Null bist. Weil du nichts willst. Gar nichts. Nichts wissen, nicht erfolgreich sein, nichts sein. Nur auf deinem Hintern sitzen und sagen, wie gut es ist, dass wir zusammen sind. Gut ist, wenn man etwas unternimmt, sich anstrengt, um etwas zu erreichen, aber du? Du kannst nicht einmal träumen. Du bist kein Mensch, du bist ein Garnichts. Das Einzige, wozu du fähig bist, ist, auf diesem Balkon zu sitzen, mich zu umarmen und zu sagen »ich liebe, ich liebe, ich liebe«. Ich bin kein Bärchen und kein Goldpüppchen, weißt du. Und im Gegensatz zu dir habe ich etwas größere Träume, als lang zu schlafen.

Liebst du mich noch?

Liebst du mich ein bisschen?

Hast du mich überhaupt einmal geliebt?

Genug, nicht weinen. Ich hör auf, hab schon aufgehört, da, schau. Du kannst jetzt die Fragen stellen.

### INTERVIEW (2)

Was hast du zur Zeit des Vorfalls auf der Straße gemacht?

Nichts.

Warst du irgendwohin unterwegs?

Nein. Ich war nirgendwohin unterwegs. Ich habe einfach Geschrei gehört, da bin ich hinaus, um nachzusehen.

Und der Hammer?

Ich habe ihn ihm auf den Kopf gehauen. Gott, wenn ich versuche, mich daran zu erinnern, scheint das so weit weg, wie in einem Film.

Ja, aber wieso hattest du einen Hammer in der Hand?

Ich war am Renovieren. Ich breche hier die Wand durch zwischen Wohn- und Schlafzimmer.

Hast du ihn genau gesehen, bevor es passierte? Konntest du sein Gesicht sehen?

Ja, er hatte ein etwas rundes Gesicht und große braune

Augen, so wie deine. Und er hatte irgendwie einen verzerrten Mund, als sei etwas nicht in Ordnung. Als ob er Verstopfung hätte, Schmerzen.

Was ging dir durch den Kopf, als du mit dem Hammer auf ihn einschlugst?

Nichts.

Sag nicht nichts. An etwas hast du gedacht. An nichts. Ganz einfach nichts.

Ich habe mit Gadi vom Laden geredet. Er hat mir gesagt, dass der Araber nicht in deine Nähe gekommen ist, dass er Angst hatte, als er dich mit dem Hammer sah, dass er versuchte, dir auszuweichen, wegzulaufen, und trotzdem hast du ihm den Schädel zerschmettert. Du hättest warten können, weißt du, du hättest einfach an Ort und Stelle bleiben können, und er wäre davongerannt. Das ist wenigstens das, was der Eli, den ich gekannt habe, getan hätte.

Ich habe an dich gedacht.

Draußen war der Lärm eines Motorrads zu hören. »Das ist der Fotograf«, sagte sie, »er heißt auch Eli.«

»Was für ein Motorrad hat er?«, fragte ich.

»Seit wann versteh ich was von Motorrädern?« Sie lachte.

»Nur so«, sagte ich, »ich dachte, du weißt es vielleicht zufällig.«

»Eine FZR 1000«, antwortete sie, »er hat eine Yamaha FZR 1000, wie in den Wünschen.«

»Weißt du, wenn ich es dir damals nicht verraten hätte, hätte ich jetzt auch eine.«

»Ich weiß«, sie lächelte, »entschuldige.«

# *Gaza Blues*

Weissmann hatte einen trockenen Husten, der klang wie der Husten eines TBC-Kranken, den ganzen Weg hustete er nur und spuckte in Papiertaschentücher. »Das sind die Zigaretten«, sagte er in entschuldigendem Ton, »sie bringen mich einfach um.« Am Kontrollpunkt Erez parkten wir das Auto an einer Tankstelle. Dort wartete ein Taxi mit örtlichem Kennzeichen auf uns. »Hast du daran gedacht, die Formulare mitzubringen?«, fragte Weissmann und spuckte einen gelben Klumpen auf den Asphalt. Ich nickte. »Auch die Vollmachten?«, insistierte Weissmann. Ich sagte, ja, auch die.

Wir mussten nichts zum Fahrer sagen, er wusste Bescheid und brachte uns direkt zu Fadids Büro. Es war Ende Mai, und die Straßen waren überflutet, offenbar ein Problem mit der Kanalisation. »Scheißstraße«, beschwerte sich der Fahrer, »alle drei Wochen sind die Reifen hin.« Ich begriff, dass er von Anfang an an einer Aufbesserung des Wucherpreises arbeitete.

Wir betraten Fadids Büro, Fadid drückte uns die Hand. »Darf ich vorstellen«, sagte Weissmann zu ihm, »das ist Niv, er wird von unserem Büro ausgebildet. Er ist gekommen, um hier was zu lernen.«

»Mach die Augen auf, Niv«, sagte Fadid in gestochenem Hebräisch zu mir, »mach die Augen weit auf und sieh dich um, es gibt hier vieles zu lernen.« Fadid bat uns in sein Büro.

»Setz dich hierher«, sagte er zu Weissmann und deutete

auf den Ledersessel hinter dem Schreibtisch, »und das«, er zeigte auf einen kleinen Holzschemel in der Ecke des Zimmers, »das ist der Stuhl für den Übersetzer. Ich komme um zwei zurück, fühlt euch wie zu Hause.« Ich setzte mich auf das Ledersofa im Büro und ordnete die Formulare auf dem niedrigen Tisch daneben in fünf verschiedene Stapel. Währenddessen traf auch der Übersetzer ein. »Es gibt vier Kläger«, sagte er, er hieß Mas'ud oder so ähnlich, »zwei für das Auge, einer für den Fuß und einer für die Eier.« Das Unterschreiben der Formulare plus Interview sollten pro Akte nach Weissmanns Theorie etwa zwanzig Minuten in Anspruch nehmen, was besagte, dass wir uns in maximal eineinhalb Stunden auf den Rückweg machen konnten. Weissmann ließ ihnen vom Übersetzer die üblichen Fragen stellen und rauchte wie ein Schlot. Ich ließ sie die Formulare zur Aufhebung der ärztlichen Schweigepflicht und die Vollmachten unterschreiben und klärte jeden mit Hilfe des Dolmetschers einzeln darüber auf, dass wir für den Fall, dass es zu einer Anklageerhebung käme, einen Betrag berechnen würden, der sich zwischen fünfzehn und zwanzig Prozent bewegte. Einer von ihnen, der einäugig war, setzte seine Unterschrift mit dem Daumen darunter wie im Film. Der, der an den Hoden verletzt war, fragte am Schluss des Gesprächs auf Hebräisch, ob diese Klage den Geheimdienstler, der ihn in die Eier getreten hatte, ins Gefängnis bringen würde. »Ich weiß den Namen von ihm und fürchte mich nicht, auch vor Gericht auszusagen«, sagte er. »Steve, verdammt soll sein Vater sein, so haben sie ihn genannt.« Der Dolmetscher rügte ihn auf Arabisch, dass er hebräisch gesprochen hatte. »Wenn du selber mit ihnen reden willst«, sagte er, »dann braucht ihr mich nicht, dann kann ich gehen.« Ich kann ein bisschen Arabisch, ich habe es in der Schule gelernt.

Binnen einer Stunde und zehn Minuten saßen wir bereits wieder in einem Taxi, das uns zum Kontrollpunkt Erez zurückbrachte. Fadid hatte uns zum Mittagessen eingeladen, aber Weissmann erklärte ihm, dass wir es eilig hätten.

Weissmann hörte den ganzen Weg nicht auf, zu husten und in sein Taschentuch zu spucken. »Das nicht gut, Herr«, sagte der Fahrer zu ihm, »du musst zu Doktor gehen. Der Mann von meiner Schwester ist Doktor. Wohnt hier nahe.«

»Danke, ist schon okay, ich bin daran gewöhnt«, Weissmann versuchte ihm zuzulächeln, »das kommt alles von den Zigaretten, sie bringen mich so langsam um.« Dann redeten wir lange Zeit nichts, ich dachte an das Volleyballtraining, das ich um fünf hatte. »In drei Fällen haben wir eine Chance«, sagte Weissmann plötzlich, »außer bei dem mit den Eiern. Im Verlauf der drei Jahre, die er nach dem Verhör im Gefängnis war, gibt es keinerlei Eintragungen über seine Verletzung. Beweis mal einer, dass sie das vor dreieinhalb Jahren mit ihm angestellt haben.«

»Aber du nimmst ihn trotzdem an?«, fragte ich.

»Ja«, sagte Weissmann gepresst, »ich habe nicht gesagt, dass ich ihn nicht nehme, ich habe nur gesagt, wir haben keine Chance.« Er versuchte, im Autoradio einen Sender zu finden, aber es kamen nur atmosphärische Störgeräusche. Daraufhin versuchte er, etwas zu summen, aber nach ein paar Sekunden wurde es ihm zu langweilig, er zündete sich eine Zigarette an und fing wieder an zu husten. Dann fragte er mich wieder, ob ich daran gedacht hätte, sie alles unterschreiben zu lassen. Ich antwortete mit Ja. »Weißt du«, sagte er plötzlich zu mir, »ich hätte als Schwarzer geboren werden sollen. Jedes Mal, wenn ich von hier zurückfahre, sage ich mir das – Weissmann, du hättest als Schwarzer geboren werden sollen. Nicht hier, irgendwo weit weg, vielleicht in New Orleans.« Er öffnete das Autofenster und schnipste die Zigarette hinaus. »Billy, so hätte ich heißen sollen, Billy Whiteman, das ist ein guter Name für einen Sänger.« Er räusperte sich, als wollte er gleich etwas singen, aber als die Luft in seine Lungen fuhr, kam eine keuchende Hustenserie heraus. »Siehst du das?«, sagte er, als er damit fertig war, und hielt mir das gebrauchte Tempo, in das er hineingehustet hatte, vor die Nase, »das habe ich produziert, stark, eh? Billy Whiteman und die Bedrückten‹, so hätte meine Band geheißen. Wir hätten nur Blues gesungen.«

# DER BUSFAHRER, DER GOTT SEIN WOLLTE

## *Die Geschichte vom Busfahrer, der Gott sein wollte*

Das ist die Geschichte von einem Busfahrer, der nie bereit war, die Autobustür für Leute zu öffnen, die sich verspäteten. Dieser Fahrer wollte für niemanden die Tür aufmachen. Nicht für die verklemmten Gymnasiasten, die parallel zum Bus mitliefen und ihn traurig anstarrten, ganz sicher nicht für gereizte Leute in Parkas, die heftig an die Bustür klopften, als ob sie ja eigentlich rechtzeitig eingetroffen wären und er derjenige wäre, bei dem was nicht in Ordnung war, und nicht einmal für alte Frauen mit braunen, mit Lebensmitteln vollgestopften Packpapiertüten, die ihm mit zittriger Hand nachwinkten. Doch es war nicht aus Bösartigkeit, dass er die Tür nicht mehr aufmachte, denn dieser Fahrer hatte auch nicht einen einzigen Funken Böses im Leib, es war aus Ideologie. Die Ideologie des Fahrers besagte, dass es, mal angenommen, die Verzögerung durch das Einsteigenlassen von jemandem, der zu spät kommt, dauert eine knappe halbe Minute, und der Mensch, der draußen vor dem Autobus bleibt, versäumt deswegen eine Viertelstunde seines Lebens, der Gesellschaft gegenüber immer noch gerechter ist, ihm die Tür nicht aufzumachen, denn diese halbe Minute verliert ja jeder einzelne Fahrgast im Autobus. Und, mal angenommen, im Autobus sind sechzig Leute, die niemandem was getan haben und rechtzeitig an ihrer Haltestelle eingetroffen sind, dann verlieren sie zusammengerechnet eine halbe Stunde, was schlicht das Doppelte von einer Viertelstunde ist. Das war der einzige Grund, weswegen der Fahrer nie die Tür öffnete. Er wusste, dass die Fahrgäste nicht die leiseste Ahnung von diesem Grund hatten, ebenso wenig wie die, die hinter ihm herrannten und ihm signalisierten, er solle aufmachen. Er wusste auch, dass die meisten dachten, er sei eben einfach ein mieser Knallkopf, und für ihn persönlich wäre es viel, viel leichter gewesen, sie einsteigen zu lassen und von ihnen ein Dankeslächeln zu ernten. Nur dass der Fahrer bei der Wahl zwischen einem Dankeslächeln und dem Wohl der Gesellschaft überhaupt keinen Zweifel hegte, dass für ihn das Wohl der Gesellschaft Vorrang hatte. Der Mensch, der wohl am meisten unter der Ideologie des Fahrers zu leiden hatte, hieß Edi, bloß dass er, im Gegensatz zu anderen Leuten in dieser Geschichte, nicht einmal den Versuch unternahm, dem Bus nachzulaufen, weil er viel zu träge und verzweifelt war. Dieser Edi war Hilfskoch in einem Pub, das sich »Biss-Tro« nannte, das Äußerste an Wortspiel, was der dumme Besitzer zu fabrizieren geschafft hatte. Das Essen dort war nicht überwältigend, aber Edi selber war ein netter Mensch, so nett, dass er, wenn ihm ein Gericht nicht so wahnsinnig gut gelungen war, es manchmal selbst an den Tisch brachte und sich dafür entschuldigte. Es war bei einer dieser Entschuldigungen, dass er dem Glück begegnete, oder zumindest der Chance auf das Glück, in Form eines Mädchens, das dermaßen lieb war, dass es versuchte, das Roastbeef, das er gemacht hatte, ganz bis zu Ende aufzuessen, damit er sich nicht schlecht fühlen würde. Dieses Mädchen wollte ihm zwar weder ihren Namen sagen noch ihre Telefonnummer geben, aber sie war süß genug, einzuwilligen, sich mit ihm am nächsten Tag um fünf an irgendeinem Ort zu treffen, den sie auch gleich ausmachten, beim Dolphinarium, um genau zu sein.

Edi hatte eine Krankheit, eine Krankheit, wegen der er schon ziemlich viele Dinge im Leben versäumt hatte. Sie war nicht von der Sorte, die dir die Polypen anschwellen lässt oder so was, aber sie hatte bei Edi trotzdem schon eine Menge Schaden angerichtet. Diese Krankheit ließ ihn immer zehn Minuten zu lang schlafen, und da konnte kein Wecker irgendwas dagegen machen. Wegen ihr kam er auch ständig zu spät zur Arbeit im »Biss-Tro«, wegen ihr und wegen unseres Fahrers, ebendem, der immer das Wohl der Gesellschaft über positive Bestärkungen auf persönlicher Ebene stellte. Nur dass Edi dieses eine Mal, weil es um das Glück ging, beschloss, die Krankheit zu besiegen und, anstatt einen Mittagsschlaf zu machen, wach zu bleiben und fernzusehen. Um ganz sicherzugehen, nahm er sich sogar selber in die Zange, stellte nicht eine Uhr, sondern drei, und beauftragte dazu auch noch den telefonischen Weckdienst. Doch seine Krankheit war hoffnungslos unheilbar, und Edi schlief wie ein Baby vor dem Kinderkanal ein und wachte total durchgeschwitzt inmitten des ohrenbetäubenden Schrillens der abertrillionen Wecker auf, zehn Minuten zu spät. Er verließ das Haus in den Kleidern, in denen er geschlafen hatte, und begann, in Richtung Bushaltestelle zu laufen. Er konnte sich schon gar nicht mehr daran erinnern, wie man rannte, und seine Füße verhedderten sich jedes Mal ein bisschen, wenn sie den Bürgersteig verließen. Zum letzten Mal in seinem Leben war er gerannt, bevor er entdeckt hatte, dass es möglich war, die Turnstunden zu schwänzen, was ungefähr in der sechsten Klasse gewesen sein musste, nur dass er diesmal, im Gegensatz zu jenen Turnstunden, mit aller Kraft rannte, denn diesmal hatte er ja auch was zu verlieren, und die ganzen Schmerzen in der Brust und das Pfeifen wegen der Nobels, der Zigaretten, waren eine Kleinigkeit für ihn bei der Verfolgung des Glücks. Es war eigentlich alles eine Kleinigkeit für ihn, außer unserem Fahrer, der gerade die Tür zumachte und anfing, aus der Haltestelle auszuscheren. Der Fahrer sah Edi im Spiegel, aber, wie schon gesagt, er hatte eine Ideologie, eine logische Ideologie, die sich vor allem auf das Bestreben nach Gerechtigkeit und auf eine einfache Rechnung stützte. Bloß dass Edi diese Rechnung egal war, dass er zum ersten Mal in seinem Leben wirklich rechtzeitig ankommen wollte und er deswegen weiter dem Autobus nachlief, obwohl er keine Chance hatte. Und da beschloss Edis Glück mit einem Mal, ihm zu Hilfe zu kommen, allerdings nur halbwegs, denn hundert Meter nach der Haltestelle war eine Ampel, und die schaltete, eine Sekunde bevor der Autobus sie erreichte, auf Rot um. Edi gelang es, den Autobus einzuholen und sich bis zur Tür des Fahrers vorzuschleppen. Er klopfte nicht einmal an die Glasscheibe, so wenig Kraft hatte er noch übrig, schaute den Fahrer nur mit nassen Augen an und fiel auf die Knie, keuchend und würgend. Das erinnerte den Fahrer an etwas, etwas von früher, aus der Zeit, bevor er Autobusfahrer werden wollte, als er noch Gott sein wollte. Diese Erinnerung war ein klein bisschen traurig, denn der Fahrer wurde am Schluss doch nicht Gott, gleichzeitig aber auch fröhlich, denn er war Autobusfahrer geworden, was das Zweitliebste war, was er gewollt hatte. Und plötzlich fiel dem Fahrer ein, wie er sich einmal selber versprochen hatte, dass er, wenn er am Ende Gott sein würde, ganz gnädig und barmherzig sein und alle seine Geschöpfe erhören würde, und als er Edi von den Höhen seines Fahrersitzes herab auf dem Asphalt knien sah, konnte er einfach nicht anders und machte ihm trotz aller Ideologie und einfacher Rechnung die Tür auf. Und Edi stieg ein und sagte nicht einmal danke vor lauter Luftmangel.

Am besten, man hört hier mit dem Lesen dieser Geschichte auf, denn obwohl Edi rechtzeitig am Dolphinarium-Strand eintraf, konnte das Glück am Ende doch nicht kommen, denn sie hatte ja einen Freund. Bloß weil sie eben so lieb war, war es ihr unangenehm gewesen, Edi das zu sagen, und sie hatte es vorgezogen, sich zu drücken. Edi wartete auf der Bank, die sie ausgemacht hatten, fast zwei Stunden. Während er dasaß, hing er deprimierenden Gedanken über das Leben nach, und danach schaute er sich auch noch den Sonnenuntergang an, der relativ gelungen war, und ihm fiel der Muskelkater ein, den er demnächst kriegen würde. Auf dem Rückweg, als ihm wirklich bloß noch danach war, endlich nach Hause zu kommen, sah er von weitem seinen Autobus an der Haltestelle stehen und die Fahrgäste aussteigen, und er wusste, auch wenn er die Kraft und die Lust gehabt hätte zu rennen, er hätte ihn nie im Leben erwischt. Also ging er langsam weiter, spürte bei jedem Schritt ungefähr eine Million müder Muskeln, und als er schließlich bei der Haltestelle ankam, sah er, dass der Bus immer noch da war und auf ihn wartete. Und der Fahrer, trotz des ganzen zornigen Gemurmels und lautstarken Drängens der Fahrgäste, wartete darauf, dass Edi einstieg, und berührte das Gaspedal nicht eher, als bis er einen Sitzplatz gefunden hatte. Und als sie anfuhren, warf er Edi im Spiegel ein trauriges Zwinkern zu, was die ganze Angelegenheit fast schon wieder erträglich werden ließ.

## *Nimrods Wahnsinns-Runde*

### MIRONS VERSTAND SETZT AUS

Bei allem, was Mirons Problem angeht, sind die Meinungen, wie man so schön sagt, geteilt. Die Ärzte glauben, es sei irgendein Trauma aus der Wehrdienstzeit, das ihm plötzlich wieder ins Hirn hochgeschwappt ist, wie so ein Klumpen, der unversehens in der Kloschüssel schwimmt, nachdem du längst runtergespült hast. Seine Eltern beharren darauf, dass das alles von den Pilzen kommt, die er in Fernost verdrückt hat und die ihm das Hirn in eine Quiche verwandelt haben. Der Typ, der ihn dort gefunden und nach Israel zurückgebracht hat, sagt, dass es wegen irgendeiner Holländerin war, die er in Dharamsala getroffen hatte und die ihm das Herz brach. Und Miron selber behauptet, dass es praktisch Gott ist, der das ganze Schlamassel anrichtet. Hockt sich ihm aufs Hirn wie eine Fledermaus, sagt so zu ihm, dann das Gegenteil, ganz egal was, Hauptsache streiten. Laut Miron war Gott nach der Erschaffung der Welt gut ein paar Millionen Jahre total friedlich. Bis plötzlich Miron auftauchte und anfing, Fragen zu stellen, und Gott anfing, unter Druck zu geraten. Denn Gott kapierte schnurstracks, dass Miron, im Gegensatz zum Rest der Menschheit, kein Trottel ist. Und dass es schon ausreicht, ihm bloß einen halben Spaltbreit wo aufzumachen, damit er dir eins reinwürgt, und Gott, das ist ja bekannt, liebt es zwar ungemein auszuteilen – aber nicht einzustecken, und das Letzte, was er gebrauchen kann, ist Kontra, und noch dazu von einem wie Miron, und ab der Sekunde, wo er das gespannt hatte, machte er Miron die ganze Zeit wahnsinnig, schickte ihm ganze Hundertschaften von Problemen, von schlechten Träumen bis hin zu Mädels, die ihn nicht ranließen, alles bloß, damit er zusammenbrechen würde.

Die Ärzte baten Uzi und mich, ihnen ein bisschen mit Mirons Geschichte zu helfen, denn wir drei kennen uns praktisch seit der Stunde Null. Sie stellten uns alle möglichen Fragen über die Armee, darüber, was mit Nimrod passiert ist. Aber an das meiste erinnerten wir uns nicht mehr, und auch den wenigen Rest sagten wir nicht, denn die Wahrheit ist, dass sie nicht übermäßig nett wirkten und wir von Miron ein paar Geschichten über sie zu hören kriegten, die echt schon an der Grenze für eine dieser Tatsachensendungen von Ilana Dajan waren. Als wir ihn nachher besuchten, flehte uns Miron an, dass wir ihm eine Hummusstulle von dem gemeinen Typen im Kerem-Viertel mitbringen sollen, denn das Essen würde ihn hier am meisten fertigmachen. »Schon seit drei Wochen bin ich jetzt hier«, rechnete er uns vor, »und dazu die vier Monate Fernost. Das macht fast ein halbes Jahr ohne Hummus. Ich schwör's euch, so was wünsche ich nicht mal meinen Lieblingsfeinden.«

Also fuhren wir los, um ihm was zu bringen. Der gemeine Schurke war nicht bereit, uns eine Portion im Pita zum Mitnehmen zu machen. »Nur mit Teller«, zischte er mit satanischer, halb gelangweilter Bösartigkeit, »das hier ist kein Kiosk.« Also bestellten wir mit Teller und füllten das Pita selber mit dem Hummus. Als wir zurückkamen, war Mirons Mutter da. Sie begrüßte Uzi, aber nicht mich. Sie redet schon seit Jahren nicht mehr mit mir, unter Berufung darauf, dass ich ihrer Version nach ihren Sohn auf Drogen gebracht habe. Den Hummus haben wir ihm nicht gegeben, solange sie da war, weil wir Angst hatten, sie würde uns bei den Ärzten anschwärzen oder so was. Also warteten wir, bis sie ging. Inzwischen war der Bohnenpüreeteil von der Füllung kalt geworden, aber das rührte Miron nicht, der sich schlicht auf das Pita stürzte. Drei Tage danach entließen sie ihn. Die Ärzte sagten, er habe ganz erstaunlich auf die medikamentöse Behandlung angesprochen. Miron beharrt weiter darauf, dass es wegen des Hummus war.

## UZI VERLIERT IHN

Im Juni fuhren ich und Miron in den Sinai. Auch Uzi sollte eigentlich mitkommen, aber er versetzte uns in letzter Sekunde wegen irgendeines Treffens mit so einem Deutschen von einer High-Tech-Gesellschaft in Düsseldorf, der für Uzis Firma eventuell ein Millionenprojekt an Land ziehen konnte. Es hätte eine Art feierliches Ereignis werden sollen, weil Miron nicht mehr als richtig verrückt galt, und Uzi fühlte sich nicht so ganz wohl mit seiner kindischen Gewinngeilheit, also versprach er, gleich nach dem Termin zu uns zu stoßen.

»Ich wette mit dir, um was du willst, dass er nicht kommt«, sagte Miron zu mir, »ich schließe eine doppelte Wette mit dir ab: erstens – dass er nicht kommt, und zweitens – dass er innerhalb von drei Monaten die Süßkartoffel heiratet.« Ich wollte mit Miron um gar nichts wetten, denn alles, was er sagte, klang zwar betrüblich, aber ziemlich wahr. »Die Süßkartoffel« war der Kode für Uzis Nervensäge von Freundin, die auch ganz stark in diesen ganzen fiktiven High-Tech-Geschäften drin war, die Uzi so liebend gern betrieb. Ich erinnere mich, dass er uns einmal gefragt hat, warum wir sie »Süßkartoffel« nennen, und Miron etwas in der Richtung zu ihm sagte, dass sie eine Schale hätte, innen drin aber süß wäre. Uzi hat uns das nicht wirklich abgenommen, aber gefragt hat er seitdem nicht mehr.

Wenn das Leben ein Fest ist, dann ist der Sinai ganz zweifellos der Chill-out. Sogar ich und Miron, die wir schon tagtäglich praktisch nichts tun, konnten die viertelzombiehafte Ruhe des Ortes schätzen. An unserem Strand waren eine Menge Freakinnen, und Miron versuchte ihnen die ganze Zeit mit dieser Nummer von einem, der viel in Fernost war, zu kommen, was sogar ein wenig funktionierte. Ich hatte keine Kraft dazu und auch nicht die Koordination, ich rauchte einfach säckeweise Gras, glotzte ins Wasser und rang mit mir, ob ich am Mittag Pfannkuchen bestellen oder irgendeinen Fisch riskieren sollte. Ich beobachtete auch Miron ein bisschen von weitem, schaute, ob mit ihm echt alles wieder in Ordnung war. Er hatte noch so komische Aussetzer zurückbehalten, wie zum Beispiel, dass er stur neben unsere Hütte schiss, weil er zu faul war, bis zum Restaurant zu gehen. Aber die Wahrheit ist, dass er solche Dinger auch schon gebracht hatte, bevor er durchdrehte.

»Es sieht mir ganz danach aus, dass bei dieser Kleinen mit dem Piercing was drin ist für mich«, sagte er eines Nachts zu mir, als wir vom Strandrestaurant zurückkamen. »Jetzt mal ehrlich, ist sie nicht schnucklig?« Wir beide saßen total zugedröhnt da und glotzten ins Meer.

»Weißt du«, sagte ich zu ihm, »bei dieser ganzen Geschichte, wo du in der Klinik warst, da weiß ich, dass ich und Uzi auf cool gemacht haben, aber du liebe Zeit, du hast uns vielleicht ganz schön was gestresst.«

Miron zuckte die Achseln: »Das war irgendwie ziemlich komisch, plötzlich habe ich angefangen, Stimmen zu hören – Reden, Lieder. Wie so ein kaputtes Radio, wo du nicht weißt, wie man es abstellt. Das macht dich ganz verrückt, du bist nicht mehr fähig, auch nur für eine Sekunde klar im Kopf zu sein. Ich sag's dir, ich hatte das Gefühl, als ob jemand versucht, mich wahnsinnig zu machen. Bis es plötzlich aufhörte.« Miron nahm den mageren Rest vom Joint und drückte ihn im Sand aus. »Ich werde dir noch was sagen«, fügte er hinzu, »ich weiß, dass sich das ein bisschen abartig anhört, aber ich glaube, es war Nimrod.«

Am nächsten Tag, entgegen allen Prophezeiungen, kam Uzi daher. Schade, dass ich nicht mit Miron gewettet hatte. Sowie Uzi seine Tasche in der Hütte abgestellt hatte, schleifte er uns zum Restaurant, um irgendwelche Calamari zu verdrücken, und erzählte uns, dass der Deutsche am Ende ein viel größerer Dummbeutel gewesen sei, als er erwartet habe, und wie glücklich er sei, hier bei uns, seinen besten Freunden, im Sinai, dem ihm allerliebsten Ort auf der ganzen Welt, zu sein. Danach klapperte er energetisch den Strand ab, titulierte alles, was sich bewegte, mit »Brüderchen!« und umarmte jeden Beduinen oder Ägypter, der nicht schnell genug die Fliege machte. Als er das langsam über hatte, versteifte er sich darauf, mit uns Backgammon zu spielen, und nachdem er uns beide geschlagen hatte, zerlegte er auch noch einen Beduinen, der infolge der bitteren Niederlage gezwungen war, hinter seinem kahlköpfigen Kontrahenten den Strand entlangzuschlurfen und zu schreien: »Nehmt euch in Acht, Mädels, Abu-Gara, der große Vater aller Glatzköpfe, ist stark.« Miron versuchte, Uzi mit einem Joint zu beruhigen, aber das machte ihn bloß noch durchgedrehter. Er versuchte aggressiv, eine vierzigjährige amerikanische Touristin anzubaggern, gab eine Sekunde später auf, aß drei Pfannkuchen, sagte zu Miron und mir, dass er ganz wild war auf die Ruhe hier, bestellte Kebab und schlug vor, ob wir drei nicht vielleicht mit seinem neuen Beduinenfreund, der sich als Taxifahrer entpuppte, ins Kasino nach Taba fahren sollten. Miron war strikt dagegen, weil er glaubte, er hätte durchaus gute Aussichten bei der einen mit dem Piercing, aber gegenüber Uzis schottendichter Energie hatte Mirons Triebhaftigkeit keine Chance. »Ein echter Witz«, sagte er zu mir, als wir ins Taxi einstiegen, »der Typ ist komplett wahnsinnig.«

Im Kasino in Taba schlugen Abu-Gara, großer Vater aller Glatzköpfe, und der Beduine gnadenlos zu. Sie gingen von einem Tisch zum anderen, hinterließen gebrochene Croupiers und verbrannte Erde. Zwischendurch stopfte sich Uzi Riesenbrocken von Appelpie und fetter Prinzregententorte in den Rachen. Miron und ich saßen duldsam am Rand und warteten darauf, dass er ermüdete. Aber die Wahrheit ist, dass er mit jedem Augenblick bloß noch mehr aufdrehte. Nachdem Uzi und der Beduine damit fertig waren, das Kasino vorzuführen und sich den Gewinn zu teilen, fuhren wir mit dem Taxi zur Grenzstation. Ich und Miron erwähnten Uzi gegenüber, dass wir zu den Hütten zurückkehren sollten, aber er wollte absolut nichts davon hören. Von seiner Warte aus gesehen war es noch total früh, und es war überhaupt kein Problem, wenn wir in irgendeinen oder zwei Nachtklubs nach Eilat rübergehen und nachher zurückkehren würden. Bevor sie sich trennten, gab er dem Beduinen seine Visitenkarte, und sie küssten sich so in etwa an die achtzigmal. Miron versuchte noch, den Beduinen zu bequatschen, dass er uns an den Strand zurück mitnahm und Uzi seine Abenteuer allein weiterbetreiben ließ. Aber der Beduine schimpfte uns aus und sagte, einen so wunderbaren Freund wie Abu-Gara mitten in einer Vergnügungstour im Stich zu lassen sei eine große Schande, und auch er selber sei ganz wild darauf, mit uns weiterzumachen, bloß sei es ihm verboten, die Grenze zu passieren. Und danach küsste er uns auch noch, stieg ins Taxi ein und verschwand. Als Uzi das Rundendrehen reichte, gingen wir ins »Yacht-Pub« und von dort in irgendein Hotel, das »Blue irgendwas« hieß, und erst dann, nachdem Miron und ich Uzis Vorschlag, Amüsiermädchen aufs Zimmer einzuladen, zweimal strikt abgelehnt hatten, wälzte sich Uzi auf den Bauch und fing an zu schnarchen. Ab dieser Tour im Sinai fing Uzis Firma an, vom Wahnsinn betrieben zu werden. Außer dem deutschen Trottel fand Uzi noch zwei Blödmänner – einen Amerikaner und einen Inder –, und es sah aus, als ob er auf dem besten Weg wäre, die Welt in der Luft zu zerreißen. Miron sagte, das beweise bloß, wie verrückt diese ganzen Geschäftsleute seien. Denn Tatsache war, dass Uzi, seitdem er nicht mehr dicht im Kopf war, immer ausgekochter wurde. Manchmal versuchten wir noch, ihn an den Strand oder zum Snooker abzuschleppen, aber auch wenn er mitkam, war er die ganze Zeit dermaßen damit beschäftigt herumzuposaunen, wie sehr es ihm doch gefalle und wie viel Spaß wir zusammen hätten, und Nachrichten von seinem Handy runterzuziehen, dass dir nach einer Stunde mit ihm schlicht die Lust zum Leben abhandenkam.

»Mach dir keine Sorgen, das vergeht schon wieder«, versuchte ich, Miron zu beruhigen, während Uzi in irgendein transatlantisches Konferenzgespräch vertieft war, ganz genau dann, als er an der Reihe war mit Aussetzen.

»Klar doch«, sagte Miron im fachmännischen Ton eines Exverrückten, »und wenn das wirklich die Runde macht, bist du jetzt nach ihm dran.«

### MEINE WERTE PERSON DREHT DURCH

In der Früh wachte ich völlig verstört auf. Ich wusste nicht einmal, von was, presste den Rücken an die Matratze und versuchte, mich so wenig wie möglich zu rühren, bis ich begreifen würde, wovor ich solche Angst hatte. Aber während die Zeit verging, ohne dass es mir gelang herauszufinden, was es war, wurde die Furcht bloß noch größer. Und ich, immer noch starr im Bett, sagte zu mir, in der zweiten Person, im gelassensten Ton, den ich draufhabe: »Beruhig dich, Mensch, beruhig dich. Das ist nicht in Wirklichkeit, das ist nur in deinem Kopf.« Aber der Gedanke, dass dieses Ding, was immer es auch sein mochte, bei mir im Kopf drin war, machte es bloß noch tausendmal grusliger. Ich beschloss, mir selbst meinen Namen vorzusagen, ein paarmal am Stück. Das würde mich sicher beruhigen. Nur dass auch mein Name plötzlich nicht mehr da war. Das sprengte mich allerdings in die Höhe. Ich kroch durchs Haus, suchte Rechnungen, Briefe, irgendwas mit meinem Namen drauf. Ich machte die Eingangstür auf und schaute sie von der anderen Seite an, da war ein oranger Aufkleber, auf dem stand: »Mögest du ein irres Leben haben!« Im Treppenhaus hörte man Kinder lachen und Schritte näher kommen, ich machte die Tür zu und lehnte mich dagegen. Kein Stress, in einer Minute werde ich mich erinnern –

oder auch nicht, vielleicht hatte ich ja überhaupt nie einen Namen. Wie auch immer, das war nicht der Grund, warum ich so schwitzte und dass mir der Pulsschlag demnächst den Schädel sprengen würde, das war es nicht, es war etwas anderes. »Beruhig dich«, flüsterte ich mir selber wieder zu, »beruhig dich, wie immer du auch heißt. Das kann nicht mehr lang so weitergehen, das wird gleich vorbei sein.«

Als es sich ein wenig beruhigt hatte, rief ich Uzi und Miron an und verabredete mich mit den beiden am Meer. Es sind alles in allem vierhundert Meter von meiner Wohnung aus, und ich erinnerte mich problemlos an den Weg, bloß dass die ganzen Straßen auf einmal anders aussahen und ich gezwungen war, stehen zu bleiben und anhand der Schilder nachzuprüfen, ob sie es wirklich waren. Nicht nur die Straßen, alles sah anders aus, sogar der Himmel war irgendwie zerquetscht und niedrig.

»Ich hab's dir gesagt, dass du an die Reihe kommst«, sagt Miron und lutscht das Rote von seinem dreifarbigen Stieleis weg, »zuerst bin ich verrückt geworden, danach Uzi.«

»Ich bin nicht verrückt geworden«, protestiert Uzi, »das war bloß so, ich war vielleicht ein bisschen hyper.«

»Wie du's auch nennst«, fährt Miron fort, »jetzt bist du an der Reihe.«

»Auch Ran ist nicht verrückt«, Uzi beginnt sich warmzulaufen, »warum setzt du ihm solche Dinger in den Kopf?«

»Ran?«, frage ich. »So heiße ich?«

»Weißt du was«, lenkt Uzi ein, »vielleicht ein bisschen verrückt. Fahr einen Bissen rüber.« Miron gibt ihm das Eis in dem klaren Bewusstsein, dass er nie wieder etwas davon zu sehen kriegen wird.

»Sag mal«, fragt er, »wie es bei dir angefangen hat, hast du da im Kopf nicht noch jemanden gespürt?«

»Ich weiß nicht«, zögere ich, »vielleicht.«

»Ich sag dir eins«, flüstert Miron, als sei es ein Geheimnis, »ich hab ihn gespürt, er hat mir Sachen gesagt, die bloß er wusste. Ich bin sicher, es ist Nimrod.«

## NIMRODS WAHNSINNSTOUR

Bis zum Alter von zwölf war Nimrod ein echter Scheißtyp. Die Sorte von Stänkernörgelnervknabe, den du, wenn er nicht dein bester Freund wäre, schon längst volle Pulle verdroschen hättest. Und dann eines Tages, kurz vor seiner Bar-Mizwa, machten sie ihm Einlagen in die Schuhe, und plötzlich war der Typ einfach wie ausgewechselt. Die Wahrheit ist, dass Miron, Uzi und ich vorher schon Freunde von Nimrod gewesen waren, aber jetzt, wo er auch nett wurde, wurde das sogar langsam angenehm.

Nachher, im Gymnasium, gingen Uzi und ich auf den allgemeinen Zweig, und Miron und Nimrod waren extern und viel am Meer. Dann kam der Wehrdienst. Miron wurde ein halbes Jahr vor uns eingezogen, und bis wir ankamen, war er schon genügend durchorganisiert, um dafür zu sorgen, dass wir alle in der gleichen Einheit im Regierungsviertel, praktisch im Stadtzentrum dienten. Nimrod nannte das den NbM-Klub – Nah-bei-Mama-Klub.

Die meiste Zeit taten wir nichts, außer in der Kantine herumzuhängen, mit Beschwerden über unsere Vorgesetzten zu drohen und um fünf nach Hause zu gehen. Ansonsten ging Uzi Wellenreiten beim »Sheraton«, ich onanierte zwanghaft, Miron machte Kurse an der offenen Universität, und Nimrod hatte eine Freundin. Nimrods Freundin war echt Klasse, und weil wir anderen außer ihm alle Jungfrauen waren, war sie für uns sogar Quadratklasse. Ich erinnere mich, dass ich Miron einmal fragte, was er, rein hypothetisch, tun würde, wenn sie, mal angenommen, zu ihm nach Hause käme und wollte, dass er es ihr besorge. Und Miron sagte, er wisse es nicht, aber was er auch täte, er würde es danach immer sein Leben lang bereuen, was eine hübsche Antwort ist, doch so wie ich ihn kenne, hätte er garantiert die Option verfolgt, sie zu nageln und es zu bereuen, anstatt dem zweiten.

Aber bei Nimrod war es nicht einmal Geilheit, er war einfach verliebt in sie. Sie hieß Neta, ein Name, den ich bis heute mag, und sie war Sanitäterin in der Ambulanzstation. Nimrod sagte einmal zu mir, er könne stundenlang neben ihr im Bett liegen, ohne sich zu langweilen, und dass die Stelle, wo er am allerliebsten von ihr berührt wurde, die Stelle an der Fußsohle war, wo es bei allen gewölbt, aber bei ihm flach war.

Wir schoben zweimal im Monat Wache in der Kaserne und einmal alle zwei Monate am Schabbat, und Nimrod drehte es immer so hin, dass das auf den Stationsdienst von Neta fiel, so dass sie sogar bei den Wachschichten zusammen waren. Nach eineinhalb Jahren verließ sie ihn. Es war so eine unverständliche Trennung, nicht einmal sie konnte richtig erklären, warum, und Nimrod hörte auf, sich darum zu kümmern, wie ihn die Wachschichten trafen. Eines Schabbats blieben Miron, Nimrod und ich zusammen übrig. Uzi hatte es geschafft, sich exakt da irgendeinen Dispens zu erschwindeln. Wir hatten Wache auf der gleichen Patrouille – Miron zuerst, Nimrod als zweiter und ich als dritter. Aber noch bevor ich Nimrod ablösen konnte, kam irgendein Offizier aufgeschreckt in den Wachraum und sagte, dass der auf Patrouille sich eine Kugel in den Kopf gejagt hatte.

### DIE ZWEITE RUNDE

Beim zweiten Mal, als bei Miron der Verstand aussetzte, war es schon viel angenehmer. Wir sagten keinen Ton davon zu seinen Eltern, und ich zog einfach zu ihm, bis er es hinter sich hatte. Die meiste Zeit war er ruhig, saß in einer Ecke und schrieb für sich so eine Art Buch, das, auf lange Sicht, die Bibel ersetzen sollte. Manchmal, wenn das Bier im Kühlschrank oder die Zigaretten alle waren, verfluchte er mich kurz und inbrünstig und behauptete, ich sei praktisch ein Teufel, in Gestalt eines Freundes zu ihm geschickt, um ihn zu malträtieren. Aber davon abgesehen war er echt erträglich. Uzi dagegen nahm seine Periode anhaltender Zurechnungsfähigkeit äußerst schwer. Obwohl er es nicht zugab, schien es, als ob ihm seine blühende internationale Firma einfach komplett zum Hals heraushängen würde. Irgendwie hatte er, wenn er auf seinem Wahnsinnstrip war, viel mehr Kraft, alle möglichen knochentrockenen Papiere zu schreiben und zu öden Terminen zu gehen. Und jetzt, wo er einen Funken mehr bei Verstand war, griff dieses ganze Teil von wegen Businessman weniger gut. Trotzdem sah es auch so ganz danach aus, dass seine Firma demnächst an die Börse gehen würde und er dabei, ohne mit der Wimper zucken zu müssen, ein paar Millionen abstauben würde. Mir kündigten sie mal wieder bei einer weiteren Arbeit, und Miron, in einem geläuterten Augenblick des Mangels an

Bier und Nobels, behauptete, er sei derjenige, welcher dafür gesorgt habe, dass sie mich rauswarfen, mit Hilfe seiner erhabenen geistigen Kräfte. Ich weiß nicht, vielleicht sind ja alle diese Arbeiten generell nichts für mich, und ich muss einfach geduldig drauf warten, dass Uzi reich wird und mir ein bisschen was rüberwachsen lässt.

Das zweite Mal, als Uzi abzudriften begann, bewies endgültig, dass es sich hier um eine Art Runde handelte, und ich fing schon an, unter Druck zu geraten, weil ich wusste, dass ich als Nächster an der Reihe war. Miron, der sich wieder beruhigt hatte, hielt weiter daran fest, dass es mit Nimrod zusammenhing. »Ich weiß nicht, was er genau will, vielleicht dass wir ihn rächen oder so was. Aber auf jeden Fall, solange wir das nicht tun, was immer es auch ist, kommt es mir nicht so vor, dass es aufhören wird.«

»Was denn rächen?«, fragte ich Miron ernsthaft. »Nimrod hat sich umgebracht.«

»Woher weißt du das«, beharrte Miron, »vielleicht haben sie ihn ermordet? Außerdem kann es sein, dass es ja nicht wirklich ums Rächen geht. Dass es einfach was ist, was wir tun sollen, damit er Ruhe findet. Weißt du, wie in diesen Gruselfilmen, wo sie irgendeinem eine Fressbude aufs Grab stellen, und bis sie die dort nicht weggeräumt haben, kann sein Geist nicht zur Ruhe kommen.«

Am Schluss endete es damit, dass ich und Miron nach Kirjat-Schaul fuhren, um nachzuschauen, ob nicht irgendein Halunke versehentlich Mineralwasser und Cola auf dem Grab von Nimrod verkaufte. Der einzige Grund, warum ich überhaupt einwilligte, mit Miron dort hinzugehen, war der Druck, dass demnächst ich an der Reihe war. Die Wahrheit ist nämlich, dass von uns dreien ich die am allerwenigsten angenehme Wahnsinnstour abkriegte. Nimrods Grab war genauso wie vorher. Schon seit sechs Jahren waren wir nicht mehr dort gewesen. Früher rief uns seine Mutter an den Jahrestagen immer an. Aber mit diesen ganzen Militärrabbinern und alle Jahre wieder zusammenbrechenden Tanten kamen wir nicht so wahnsinnig gern. Ständig sagten wir uns, wir würden an einem anderen Tag kommen, eine Art Gedächtnistag von unserer Runde, bloß verschoben wir es die ganze Zeit. Das letzte Mal, als wir davon redeten, sagte Uzi, dass es eigentlich jedes Mal, wenn wir zusammen zum Snooker gehen oder in einen Film oder einfach in irgendein Pub, auch ein Gedächtnistag für Nimrod ist, denn wenn wir drei zusammen sind, auch wenn wir nicht direkt an ihn denken, ist er da.

Es kostete Miron und mich so gegen eine Stunde, das Grab zu finden, es sah sogar ziemlich gepflegt aus, sauber, mit ein paar Steinchen darauf verstreut zum Beweis, dass es jemand noch vor kurzem besucht hatte. Ich studierte die Daten auf dem Grabstein und dachte daran, dass ich in Nullkommanix gleich die dreißig voll hätte, während Nimrod noch nicht mal neunzehn war. Das kam mir komisch vor, denn irgendwie ist er immer so in meinem Alter, wenn ich an ihn denke, und dabei habe ich doch eigentlich fast schon eine Glatze, und er ist beinah noch ein Kind. Auf dem Weg hinaus legten wir die Kartonkäppchen in ihre Schachtel beim Tor zurück, und Miron sagte, viel würde ihm jetzt nicht mehr einfallen, aber man könnte immer noch eine Séance abhalten. Außerhalb des Friedhofs, auf der anderen Seite des Zauns, stand ein dicker pelziger Kater, der an einem Stück Fleisch kaute. Ich schaute ihm zu, und als ob er es spürte, hob er seinen Blick von dem Fleisch, sah mich an und lächelte. Es war ein fieses Lächeln, triefend vor Boshaftigkeit, und er machte sich wieder über das Fleisch her, ohne den Blick von mir zu wenden. Ich spürte, wie die Angst begann, durch meinen Körper zu rieseln, von der Gehirnrinde bis ins Knochenmark. Miron fiel gar nicht auf, dass mit mir was nicht in Ordnung war, er redete einfach weiter.

»Beruhig dich, Ran«, sagte ich zu mir, und die Tatsache, dass ich mich an meinen Namen erinnerte, beglückte mich zu Tränen, »atme tief durch, fall mir nicht auseinander. Was immer es auch ist, es geht gleich vorbei.« Exakt in derselben Minute, in irgendeinem stinkigen Anwaltsbüro in Petach Tikva, kniff Uzi davor, ein Geschäft zu unterschreiben, das einer geheimnisvollen polnischen Investorengruppe dreißig Prozent der Anteile seiner Firma für den Preis von eineinhalb Millionen Dollar übertragen hätte. Man muss sich das mal vorstellen, wenn er nur noch ein Viertelstündchen auf seiner Wahnsinnstour geblieben wäre, hätte er uns und seine Süßkartoffel auf irgendeine Kreuzfahrt in die Karibik mitnehmen können, doch so fuhr er nun mit dem 54er Linientaxi von Petach Tikva mit einem Knallkopf von Fahrer zurück, der unter keinen Umständen die Klimaanlage anmachen wollte.

## TRI-LI-LI-LI-LA

Als uns Uzi mitteilte, dass er die Süßkartoffel heiraten wollte, versuchten wir fast gar nicht erst, mit ihm zu diskutieren. Irgendwie hatten wir gewusst, dass das kommen würde. Uzi log uns vor, dass es seine Idee gewesen und hauptsächlich deswegen wäre, damit er bei der Bank einen Kredit für eine

Wohnung rausschinden könnte, die er sowieso in irgendeinem Moschav bei Netanja zu kaufen vorgehabt hätte.

»Wie kannst du sie denn heiraten?«, redete Miron dagegen, allerdings ohne so rechte Begeisterung. »Du liebst sie doch nicht mal.«

»Wie kannst du sagen, dass ich sie nicht liebe?«, protestierte Uzi. »Wir sind schon seit drei Jahren zusammen, und weißt du, dass ich sie nicht ein einziges Mal betrogen habe?«

»Das kommt nicht daher, dass du sie liebst«, sagte Miron, »das ist einfach, weil du es nicht auf die Reihe kriegst.« Wir spielten gerade Snooker, und Uzi zermalmte uns beide mit den gezielten Stößen von einem, der entschlossen ist, das Maximum aus dem wenigen an Glück rauszuholen, das ihm geblieben ist, und zwar schnell, bevor es ganz vergriffen ist. Auf der Spielfläche war nur noch die schwarze Kugel übrig, und Uzi war an der Reihe. »Komm, wir machen eine Wette«, schlug ich Uzi in einem Akt der Verzweiflung vor, »wenn du die Schwarze jetzt reinschießt, dann hören ich und Miron für immer und ewig damit auf, sie ›Süßkartoffel‹ zu nennen, und wenn du danebentriffst, dann lässt du diese ganze Geschichte mit der Heirat für ein Jahr sausen.«

»Ich bin nicht bereit, um Dinge zu wetten, die was mit Gefühl zu tun haben«, sagte Uzi und ließ die schwarze Kugel mit einem lässigen Stoß ins nächste Loch rollen. »Und außerdem«, lächelte er, »geht das gar nicht mehr, wir haben die Einladungen drucken lassen.«

»Wieso hast du ihm überhaupt so eine Wette vorgeschlagen?«, moserte Miron mich hinterher an. »Das war doch ein kinderleichter Stoß.«

Bis zum Hochzeitstermin schaffte es Uzi, noch zweimal

durchzudrehen, und beide Male sagte er, er würde alles abblasen, bereute es aber nachher gleich wieder. Ich blieb inzwischen weiter bei Miron wohnen. Jetzt, wo wir uns die meiste Zeit auf Wahnsinnstour befanden, war es viel bequemer zusammenzuwohnen. Und außerdem hatte ich auch nicht wirklich das Geld, mir eine Wohnung zu mieten. Miron klaute Uzi ein riesiges Paket Hochzeitseinladungen, und wir machten Filter für unsere Joints daraus.

»Wie kannst du eine heiraten, deren Mutter Tirza heißt?«, sagte er jedes Mal zu Uzi, wenn wir uns zusammen einen Joint reinzogen, doch Uzi starrte bloß an die Decke und lachte sein bekifftes Lachen. Die Wahrheit ist, dass sogar ich, wo ich in dieser Angelegenheit auf Mirons Seite stand, gefühlsmäßig mitkriegte, dass das kein echtes Argument war.

Drei Tage vor der Hochzeit machten wir eine Séance. Wir kauften so ein himmelblaues Brett, ich schrieb alle Buchstaben mit schwarzem Filzstift drauf, und Miron holte eine gläserne Kaffeetasse von der ordinärsten Sorte aus der Küche und sagte, das sei eine Tasse, die er schon so lange habe, noch von zu Hause her, dass Nimrod sicher mal aus ihr getrunken habe. Wir machten die Lichter in der Wohnung aus und stellten die Tasse in die Mitte des Bretts. Jeder legte einen Finger drauf, und dann warteten wir. Nach fünf Minuten reichte es Uzi, und er sagte, er müsse scheißen, machte die Lichter im Wohnzimmer an, fand irgendeine Sportzeitung von vor einer Woche und sperrte sich damit im Klo ein. Ich und Miron rauchten inzwischen eine Zigarette. Ich fragte Miron, mal angenommen, es würde funktionieren und das Glas würde sich bewegen, was denn seiner Meinung nach dann passieren würde. Und Miron regte sich auf und sagte, es hätte eben nicht, hätte noch nicht funktioniert, aber bloß, weil Uzi von allem und jedem so schnell gelangweilt war, hieß das noch lange nicht, dass es nicht gehen würde. Nachdem Uzi endlich wieder aus dem Klo herausgekommen war, machte Miron noch mal die Lichter aus und bat uns alle um Konzentration. Wir legten wieder den Finger hin und warteten. Nichts passierte. Miron beharrte darauf, dass wir es weiter versuchten, und keiner hatte so recht die Kraft dazu, sich mit ihm anzulegen. Nach ein paar weiteren Minuten fing die Tasse an, sich zu bewegen. Anfangs langsam, aber innerhalb von wenigen Sekunden gewann sie an Tempo und tobte über das ganze Brett. Miron ließ seinen Finger drauf, während er mit der zweiten Hand sämtliche Buchstaben mitschrieb, wo die Tasse sich aufhielt. T-r-i-l-i-l-i-l-i-l-a summte sie vor sich hin und ließ sich beruhigt auf dem Ausrufezeichen in der rechten Ecke nieder. Wir warteten noch ein bisschen, aber es passierte nichts. Uzi machte das Licht an. »Tri-li-li-li-la, ha?«, sagte er entnervt. »Sind wir hier vielleicht in der Krabbelgruppe? Du hast es bewegt, Miron, also spiel mir jetzt nicht Agent Mulder vor. Tri-li-li-li-la? Nicht alle arschverfickten Tassen im Schrank, na gut. Ich bin todmüde, ich bin heute um sieben aufgestanden, ich gehe zu Liras zum Schlafen.« Liras, so hieß die Süßkartoffel, und sie wohnte total in der Nähe. Miron starrte weiter die Seite mit den Buchstaben an, die er aufgeschrieben hatte, auch nachdem Uzi gegangen war, und ich las ein bisschen in der Sportzeitung, die Uzi mit aufs Klo genommen hatte, und als ich sie ganz ausgelesen hatte, sagte ich zu Miron, ich würde jetzt dann umfallen. Miron sagte, in Ordnung, er hätte bloß vorher gern, dass wir dieses Teil mit der Tasse noch mal versuchten, denn so viel er auch darüber nachdenken würde, dieses Tri-li-lili-la sagte ihm überhaupt nichts. Also löschten wir wieder das Licht und stellten die Tasse hin. Diesmal begann sie sich praktisch direkt gleich zu bewegen, und Miron notierte die Buchstaben. L-a-s-s-t-m-i-c-h-n-i-c-h-t-a-ll-e-i-n, sprach die Tasse, und dann blieb sie wieder stehen.

### AUF EIN GLÜCKLICHES ENDE

Die Hochzeit selbst war erschütternd, mit einem Rabbiner, der dachte, er sei Komiker und DJ in einem, der den Schmalztopf Brian Ferry und den Honigknödler David Daor auflegte. Miron lernte dort sogar eine kennen, mit einer etwas ätzenden Stimme, aber toller Figur. Nach der Zeremonie unter dem Brautbaldachin gelang es ihm auch noch, Uzi für eine Sekunde zu stressen, als er ihm nämlich sagte, das Glas, das er während der Session unter seiner Sohle zerbrochen hatte, wäre Nimrods Glastasse aus der Séance gewesen. Ich fing mir inzwischen eine weitere von meinen Panikattacken ein und kotzte im Klo so um die zwei Kilo Spinatböreks aus.

Noch in derselben Nacht flogen Uzi und die Süßkartoffel in die Flitterwochen auf die Seychellen. Ich und Miron saßen auf dem Balkon und tranken Kaffee. Miron hatte jetzt ein neues Ding drauf, wenn er nämlich Kaffee kochte, machte er immer auch einen Nescafé für Nimrod in der Tasse von der Séance mit, die er dann auf den Tisch stellte wie den Becher für den Propheten Elias an Pessach, und wenn wir ausgetrunken hatten, schüttete er sie ins Spülbecken. Miron äffte den DJ nach, und ich lachte. Die Wahrheit ist, dass wir beide hochgradig traurig waren. Man kann es als chauvinistisch, besitzergreifend, egozentrisch, mit einer Menge Namen bezeichnen, aber dieses ganze Teil mit der Hochzeit saß uns zwanzig Tonnen schwer im Nacken. Ich bat Miron, mir irgendein Kapitel aus diesem Buch von ihm vorzulesen, an dem er schreibt, wenn er verrückt ist, das die Bibel ersetzen soll. Die Wahrheit ist, dass ich ihn schon eine Million Mal mindestens darum gebeten habe und er immer nicht wollte. Wenn er verrückt ist, hat er Angst, dass man ihm die Ideen klaut, und wenn er zurechnungsfähig ist, geniert er sich schlicht.

»Um Himmels willen«, sagte ich zu ihm, »lies halt nur irgendein Kapitelchen vor, wie so eine Art Geschichte vor dem Einschlafen.« Und vor lauter Depression willigte Miron ein und zog seine vollgekritzelten Blätter aus dem Schuhfach. Bevor er auf einer Seite zu lesen anfing, sah er mich an und sagte: »Du weißt, dass jetzt bloß noch wir beide übrig sind. Das heißt, Uzi wird unser Freund bleiben und das alles, aber er ist nicht mehr in Nimrods Wahnsinnsrunde.«

»Woher willst du das wissen?«, protestierte ich, obwohl ich im Innersten schon davor gespürt hatte, dass dem so war. »Hör mal zu«, sagte Miron, »sogar Nimrod weiß, dass es unpassend ist, einfach über jemand Verheirateten herzufallen. Dass er uns wahnsinnig macht, ist auch nicht immer gerade passend, aber die Wahrheit ist, dass er nicht zu uns gekommen wäre, wenn er nicht gewusst hätte, dass wir im Grunde unseres Herzens damit einverstanden sind. Nichts zu machen, er hat sich auf uns verlegt, Ran, nur ich und du sind übrig, wir werden abwechselnd wie die Brezen Wochenschichten fahren, wie beim beknackten Küchendienst in der Armee.«

Miron nahm den Papierhaufen in die Hand und räusperte sich wie ein Nachrichtensprecher, dem mitten im Text was in den Hals geraten ist.

»Und wenn einer von uns plötzlich gehen würde?«, fragte ich.

»Gehen?« Miron hob verwirrt den Kopf von seinen Seiten. »Wohin?«

»Ich weiß nicht«, lächelte ich, »bloß so. Stell dir mal vor, dass mich morgen auf der Straße die schärfste Tussi meines Lebens anmacht und wir uns verlieben und heiraten. Dann geht es so aus, dass du fulltime mit Nimrods Wahnsinnstour zurückbleibst, allein.«

»Allmächtiger«, Miron kippte mit einem Schluck den Rest vom Kaffee runter, »was für ein Glück, dass du hässlich bist.«

## *Gespritzter aus der Hölle*

Es gibt in Usbekistan irgendwo ein Dorf, das haben sie haargenau auf die Öffnung der Hölle gebaut. Die Erde dort ist schrecklich schlecht für Landwirtschaft, auch die Mineralien sind nicht besonders, und das bisschen Geld, das die Leute überhaupt zusammenkratzen können, kommt hauptsächlich vom Tourismus. Und wenn ich Tourismus sage, meine ich nicht alle möglichen reichen Amis in Hawaiihemden oder dauerlächelnde Japse, die alles fotografieren, was sich bewegt. Was hätten die auch überhaupt in irgendeinem abgelegenen Kaff in Usbekistan zu suchen. Der Tourismus, von dem ich rede, ist ein Binnentourismus. Der binnenste, wo gibt.

Die Leute, die da aus der Hölle kommen, sind sehr unterschiedlich, es ist schwierig, ein genaues Profil zu liefern. Dicke und Dünne, mit Schnurrbart und ohne, eine äußerst bunt gemischte Gesellschaft. Wenn es etwas gibt, das sie alle gemeinsam haben, dann ist das höchstens, wie sie sich benehmen. Sie sind ziemlich still, höflich. Sind immer exakt mit dem Geld. Versuchen nie, den Preis zu drücken. Und sie wissen immer schrecklich gut, was sie wollen, es gibt fast keine Dilemmas. Kommen herein, fragen wie viel. Bitte einpacken, nicht einpacken, und das war's. Sie sind alle so eine Art Augenblicksgäste. Bleiben nur einen Tag und kehren wieder in die Hölle zurück. Und nie wird man den gleichen Gast zweimal sehen, denn sie kommen nur einmal alle hundert Jahre raus. So ist das, generell. So wie man in der Rekrutenausbildung am Schabbat um drei geht, wie man sich bei der Wache jede runde Stunde fünf Minuten hinsetzen darf, so steht den Bewohnern der Hölle einmal in hundert Jahren ein freier Tag zu. Wenn es irgendwann überhaupt einen Grund dafür gab, so erinnert sich heute keiner mehr daran, es ist schon mehr so eine Art Status quo.

Anna arbeitete im Kramladen ihres Großvaters, seit sie sich erinnern konnte. Außer den Dorfbewohnern gab es nicht gerade massenhaft Kunden, aber alle paar Stunden kam immer irgend so einer herein, der nach Schwefel stank und eine Schachtel Zigaretten verlangte oder Schokolade oder was auch immer. Zum Teil wollten sie Sachen, die sie offenbar nie kennengelernt hatten und von denen sie nur von irgendeiner anderen armen Sünderseele gehört hatten. Und so sah Anna, wie sie mit einer Dose Cola kämpften, den Käse mitsamt dem Plastik zu essen versuchten und lauter solche Sachen.

Manchmal versuchte sie, mit ihnen zu reden, aber sie konnten nie Usbekisch oder wie immer man die Sprache nennt, die sie sprach. Und am Schluss ging es immer so aus, dass sie auf sich selbst deutete und »Anna« sagte und sie auf sich selber und irgendwas wie Klaus oder Su-Jong oder Nissim murmelten, zahlten und ihrer Wege zogen. Manchmal sah sie sie auch nachher, am Abend, durch die Straßen wandern oder auf irgendeinem Gehsteig sitzen, in die Nacht starren, die viel zu schnell über sie hereinbrach, und am nächsten Tag sah sie dann nichts mehr von ihnen. Ihr Großvater, der die Sorte Krankheit hatte, dass er nicht mehr als eine Stunde pro Nacht schlafen konnte, erzählte ihr immer, wie er sie gegen Morgen wieder in die Öffnung hinuntersteigen sah, die wirklich und wahrhaftig nicht weit weg von ihrem Balkon war. Von diesem Balkon aus hatte er auch ihren Vater, der kein schlechter Bösewicht gewesen war, in die Öffnung hinuntersteigen sehen, völlig besoffen, irgendein besonders ordinäres Lied grölend. Noch neunzig und ein paar Jahre, dann müsste auch er eigentlich für einen Tag zurückkehren.

Es ist komisch, aber man kann sagen, dass diese Leute das Interessanteste in Annas Leben waren. Ihre Gesichter, die lustigen Kleider, und wenn sie Vermutungen anzustellen versuchte, was sie wohl Schreckliches gemacht haben mussten, um in die Hölle zu kommen. Denn die Wahrheit ist, dass davon abgesehen wirklich nichts passierte. Manchmal, wenn sie sich im Laden langweilte, versuchte sie, den nächsten Sünder zu erfinden, der zur Tür hereinkommen würde. Immer versuchte sie, ihn sich sehr schön oder lustig auszudenken. Und alle paar Wochen konnte es tatsächlich mal vorkommen, dass irgendein bombenscharfer Typ hereinschneite oder einer, der sich darauf versteifte, eine Konservenbüchse essen zu wollen, ohne sie vorher aufzumachen, und dann konnten sie und ihr Großvater hinterher ein paar Tage lang darüber reden.

Eines Tages kam ein Junge an, der dermaßen hübsch war, dass sie ganz einfach wusste, dass sie ihn haben musste. Dieser Junge kaufte Weißwein, Mineralwasser und alle möglichen scharfen Gewürze, und sie, anstatt ihm die Rechnung zu machen, zerrte ihn an der Hand mit zu sich nach Hause, und er, ohne ein Wort zu verstehen, folgte ihr und versuchte es mit allem, was ihm möglich war, und in einem Stadium, als beiden bereits klar war, dass er einfach nicht konnte, umarmte ihn Anna und schenkte ihm das größte Lächeln, das sie zur Verfügung hatte, damit er verstand, dass es nicht wirklich was ausmachte. Aber es half nichts, er weinte bis zum Morgen. Und von dem Augenblick an, als er ging, betete sie jede Nacht darum, dass er noch einmal käme und alles gut würde. Mehr für ihn betete sie als für sich. Als sie das ihrem Großvater erzählte, lächelte der und sagte, sie habe ein gutes Herz.

Zwei Monate nachdem er weggegangen war, kam er zurück. Betrat den Laden und kaufte ein Sandwich mit Pastrami, und als sie ihn anlächelte, lächelte er zurück. Ihr Großvater sagte, es könne nicht der eine sein, denn es sei bekannt, dass sie nur einen Tag in hundert Jahren herauskamen, bestimmt sei es sein Zwilling oder so was, und auch sie war sich nicht hundertprozentig sicher. Jedenfalls, als sie dann miteinander schliefen, lief es sogar richtig gut, und er schien glücklich, und sie war es auch. Und plötzlich begriff sie, dass sie vielleicht trotz allem doch nicht nur für ihn gebetet hatte. Danach ging er in die Küche und fand die Tüte, die von damals liegen geblieben war, mit dem Wasser und den Gewürzen und dem Wein, und er nahm sie und mixte für Anna und sich irgendwie einen Drink zusammen, der sowohl spritzig und scharf als auch kalt und gleichzeitig noch Wein war, eine Art Gespritzter aus der Hölle.

Am Ende der Nacht, als er sich anzog, um zu gehen, bat sie ihn, es nicht zu tun, doch er zuckte die Achseln mit der Geste von jemandem, dem keine Wahl bleibt. Und nachdem er gegangen war, betete sie darum, dass er ein drittes Mal käme, falls es wirklich er gewesen sein sollte, und wenn nicht, dass einer käme, der ihm ähnlich genug wäre, damit sie sich wieder täuschen könnte. Und ein paar Wochen danach, als sie anfing, sich zu erbrechen, betete sie darum, dass es ein Kind würde. Aber es war bloß ein Virus. Zu der

Zeit fingen die Leute im Dorf gerade davon zu reden an, dass man plane, die Öffnung zu beseitigen, sie von innen her zu verschließen. Anna machte dieses Gerede große Angst, doch ihr Großvater sagte, das seien nur Gerüchte von gelangweilten Leuten.

»Da brauchst du dir keine Sorgen zu machen«, lächelte er sie an, »diese Öffnung existiert schon so lange Zeit, dass kein Teufel oder Engel es jemals wagen würde, sie zu schließen.«

Und sie glaubte es, bis auf eine Nacht, wie sie sich erinnerte, wo sie plötzlich, einfach so, nicht einmal im Schlaf, das Gefühl gehabt hatte, dass es die Öffnung nicht mehr gab, und im Nachthemd nach draußen rannte und dann sehr froh war, als sie entdeckte, dass sie noch da war. Und dann, erinnerte sie sich, gab es eine gewisse Minute, wo sie hineingehen wollte. Sie fühlte sich, als würde sie hineingezogen, von der Liebe zu jenem Jungen oder aus Sehnsucht nach ihrem Vater, der kein schlechter Bösewicht gewesen war, oder vielleicht am allermeisten davon, dass sie nicht allein in diesem langweiligen Dorf bleiben wollte. Sie presste ihr Ohr an die kalte Luft, die aus der Öffnung schlug. Von weitem konnte sie so ein Geräusch wie von schreienden Menschen oder strömendem Wasser hören, man konnte einfach nicht sagen, von was. Es war wirklich von weit her. Am Ende ging sie wieder ins Bett zurück und schlief, doch ein paar Tage danach verschwand die Öffnung tatsächlich. Die Hölle gab es weiterhin dort unten, aber keiner kam mehr raus.

Mit dem Verschwinden der Öffnung wurde es schwieriger, ein Auskommen zu finden, und auch viel ermüdender und stiller. Sie heiratete den Sohn der Besitzer des Fischladens, und die beiden Läden wurden zusammengelegt. Sie bekam ein paar Kinder, und sie liebte es, ihnen Geschichten zu erzählen, hauptsächlich von diesen Leuten, die früher einmal in den Laden gekommen waren und nach Schwefel rochen. Diese Geschichten machten den Kindern Angst, und sie fingen immer an zu weinen. Aber trotzdem, ohne dass sie so recht begreifen konnte, warum, beharrte sie weiter darauf, sie zu erzählen.

## *Die Gebärmutter*

An meinem fünften Geburtstag entdeckten sie bei meiner Mutter Krebs, und die Ärzte sagten, man müsse ihr die Gebärmutter herausschneiden. Das war ein trauriger Tag. Wir fuhren alle zusammen in Vaters Subaru ins Krankenhaus und warteten, bis der Arzt mit Tränen in den Augen aus dem Operationssaal herauskam. »In meinem ganzen Leben habe ich noch nie so eine schöne Gebärmutter gesehen«, sagte er und nahm den weißen Gesichtsschutz ab, »ich fühle mich wie ein Mörder.«

Meine Mutter hatte wirklich eine schöne Gebärmutter. So schön, dass das Krankenhaus sie dem Museum stiftete. Und am Schabbat fuhren wir eigens dorthin, und mein Onkel fotografierte uns neben ihr. Mein Vater war damals bereits nicht mehr im Lande. Er ließ sich von Mama am Tag nach der Operation scheiden. »Eine Frau ohne Gebärmutter ist keine Frau. Und ein Mann, der bei einer Frau bleibt, die keine Frau ist, ist selbst kein Mann«, sagte er zu meinem Bruder und mir, eine Sekunde bevor er in ein Flugzeug nach Alaska stieg. »Wenn ihr einmal groß seid, werdet ihr das verstehen.«

Der Raum, in dem Mamas Gebärmutter ausgestellt wurde, war ganz finster. Die einzige Lichtquelle kam von der Gebärmutter selbst, die mit einer Art sanftem Schein leuchtete, wie das Innere von Flugzeugen bei Nachtflügen. Auf den Fotos sah sie nicht gerade überwältigend aus, wegen den Blitzlichtern, aber als ich sie in echt sah, verstand ich genau, warum der Arzt geweint hatte.

»Ihr seid von da gekommen«, sagte mein Onkel und deutete darauf, »wie Prinzen habt ihr da drinnen gelebt, das könnt ihr mir glauben. Was für eine Mutter ihr gehabt habt, was für eine Mutter.«

Am Ende starb meine Mutter, alle Mütter sterben am Ende. Und mein Vater wurde ein berühmter Polarforscher und Walfischjäger. Die Mädchen, mit denen ich ausging, waren immer beleidigt, weil ich ihnen in die Gebärmutter linste, sie dachten, das sei eine gynäkologische Verirrung und nicht gut für die Romantik. Aber eine von ihnen, eine, die wirklich ordentlich gebaut war, willigte ein, mich zu heiraten. Unsere Kinder prügelte ich viel, gleich vom Säuglingsalter an, denn ihr Weinen regte mich auf. Und sie lernten ihre Lektion tatsächlich und stellten im Alter von neun Monaten oder darunter auf Dauer das Weinen ein. Am Anfang nahm ich sie an ihren Geburtstagen mit ins Museum, um ihnen die Gebärmutter ihrer Großmutter zu zeigen, aber sie waren überhaupt nicht beeindruckt, und meine Frau regte sich darüber auf, also begann ich langsam und allmählich, sie stattdessen in synchronisierte Filme mitzunehmen.

Eines Tages schleppten sie mir das Auto ab, und nachdem der Polizeiparkplatz wirklich genau daneben lag, machte ich einen Abstecher ins Museum. Die Gebärmutter war nicht an ihrem normalen Platz, sie hatten sie in irgendeinen Nebenraum voller alter Bilder verlegt, und als ich sie aus der Nähe betrachtete, sah ich, dass sie komplett mit irgendwelchen grünen Punkten überzogen war. Ich fragte den Wärter, weshalb sie keiner saubermachte, aber der zuckte nur mit den Schultern. Ich flehte den Zuständigen für die Ausstellung an, wenn er das Personal nicht habe, sie doch wenigstens von mir reinigen zu lassen. Aber der Zuständige weigerte sich böswillig und sagte, ich dürfe keine Exponate berühren, da ich nicht vom Stab sei. Meine Frau sagte, das Museum habe hundertprozentig recht, und überhaupt erscheine es ihr abartig, eine Gebärmutter in einer öffentlichen Einrichtung auszustellen, und noch dazu an einem Ort, wo Kinder herumliefen. Ich dagegen konnte an nichts anderes denken. In meiner Seele wusste ich, wenn ich nicht in das Museum einbrechen, sie dort stehlen und mich ihrer annehmen würde, würde ich aufhören, das zu sein, was ich bin. Wie mein Vater in jener Nacht, auf der Treppe des Flugzeugs, wusste ich genau, was ich zu tun hatte.

Zwei Tage darauf nahm ich den Laster von der Arbeit und traf kurz vor der Sperrstunde am Museum ein. Die Räume waren verödet, aber auch wenn ich jemanden getroffen hätte, hätte mich das nicht beunruhigt. Diesmal war ich gewappnet, und außerdem hatte ich auch noch einen ausgezeichneten Plan. Das einzige Problem, auf das ich stieß, war, dass die Gebärmutter selbst verschwunden war. Der Zuständige für die Ausstellung war ziemlich überrascht, mich zu sehen, aber als ich ihm den Lauf meines neuen Jericho-Revolvers tief in den Schlund steckte, spuckte er schleunigst die Information aus. Die Gebärmutter war einen Tag zuvor an einen jüdischen Wohltäter verkauft worden, der sie in eines der jüdischen Gemeindezentren in Alaska schicken wollte. Auf dem Weg war sie mitten im Meer gekidnappt worden, von einigen Mitgliedern der lokalen ökologischen Front. Die Front ließ eine Mitteilung an die Presse los, in der es hieß, der Platz einer Gebärmutter sei nicht in Gefangenschaft, und daher habe man beschlossen, sie im Schoße der Natur freizusetzen. Diese ökologische Front galt, laut Berichten der Agentur Reuter, als extrem und gefährlich und agierte allein von einem Piratenschiff aus, das ein pensionierter Walfischjäger befehligte. Ich dankte dem Zuständigen und steckte den Revolver ins Futteral zurück.

Den ganzen Nachhauseweg über standen die Ampeln auf Rot. Ich segelte zwischen den Spuren, ohne überhaupt die Spiegel zu Hilfe zu nehmen, angestrengt bemüht, den Klumpen loszuwerden, der beschlossen hatte, sich in meinem Hals einzunisten. Ich versuchte, mir Mamas Gebärmutter in einem grünen Feld voller Tau auszumalen oder im Ozean schaukelnd, inmitten von Delphinen und Thunfischen.

## *Rabin ist tot*

Gestern in der Nacht ist Rabin gestorben. Eine Vespa mit Beiwagen hat ihn überfahren. Der Fahrer der Vespa wurde schwer verletzt und verlor das Bewusstsein, und eine Ambulanz kam und brachte ihn ins Krankenhaus. Rabin rührten sie nicht einmal an, so mausetot war er, absolut nichts mehr zu machen. Also nahmen ich und Tiran ihn mit und begruben ihn bei mir im Hof. Danach weinte ich, und Tiran zündete sich eine Zigarette an und sagte zu mir, ich solle damit aufhören, denn es würde ihn nerven, aber ich hörte nicht auf, und eine Minute später weinte er auch. Denn sosehr ich Rabin geliebt habe, er hat ihn sogar noch mehr geliebt. Dann gingen wir zu Tiran nach Hause, und im Treppenhaus wartete ein Polizist, der Tiran verhaften wollte, denn der Fahrer der Vespa mit dem Beiwagen, der schon wieder zu Bewusstsein gekommen war, hatte den Ärzten im Krankenhaus geflüstert, dass Tiran ihm ein Brecheisen auf den Helm gedonnert hatte. Der Polizist fragte Tiran, warum er weinte, und Tiran sagt zu ihm: »Wer weint hier, du Polypenpsychoarsch?« Der Polizist haute ihm saftig eine runter, und Tirans Vater kam heraus und verlangte die Personalien von dem Polizisten, aber der wollte sie ihm nicht geben, und innerhalb von fünf Minuten kamen bald an die dreißig Leute zusammen. Der Polizist sagte zu ihnen, sie sollten sich beruhigen, und sie meinten zu ihm, er solle sich doch selber beruhigen, und fingen an zu drängeln, und fast gab es wieder Prügel. Am Schluss ging der Polizist weg, und Tirans

Vater setzte uns beide ins Wohnzimmer, gab uns Sprite und sagte zu Tiran, er solle ihm erklären, was los sei, und zwar schnell, bevor der Polizist mit Verstärkung zurückkäme. Tiran sagte ihm also, dass er jemandem ein Brecheisen draufgedonnert hatte, aber der habe es verdient, und dass der ihn bei der Polizei angeschwärzt hatte. Tirans Vater erkundigte sich, wofür genau derjenige es verdient hätte, und ich habe gleich gesehen, dass er sauer war. Also erzählte ich ihm, dass derjenige mit der Vespa angefangen hatte, denn zuerst fuhr er mit dem Beiwagen über Rabin drüber, und dann beschimpfte er uns und gab mir auch noch eine Ohrfeige. Darauf fragte Tirans Vater ihn, ob das stimme, und Tiran gab keine Antwort, nickte bloß mit dem Kopf. Ich sah ihm an, dass er sein Leben für eine Zigarette gegeben hätte, aber Angst hatte, vor seinem Vater zu rauchen.

Rabin haben wir am Rabin-Platz gefunden. Wie wir aus dem Autobus ausgestiegen sind, haben wir ihn gesehen. Er war damals noch ganz klein, und er zitterte vor Kälte. Ich und Tiran und noch ein Mädchen, das wir dort trafen, eine Oberstadttussi, zogen los, Milch für ihn suchen. Aber in der »Espresso-Bar« wollten sie uns keine geben, und in der »Burger-Ranch« hatten sie keine, weil sie peinsam koscher sind. Am Schluss fanden wir einen Mini-Markt in der Frischman-Straße, wo man uns eine Tüte und einen leeren Cottagecheesebecher dazu gab, in den wir ihm die Milch reingossen, und er schlürfte sie mit einem Schluck weg. Die Oberstadttussi, die Avischag hieß, sagte, wir sollten ihn »Schalom« taufen, weil Rabin für den Frieden gestorben sei, und Tiran nickte zustimmend mit dem Kopf und bat sie um ihre Telefonnummer, worauf sie zu ihm sagte, er sei echt lieb, aber sie habe einen Freund bei der Armee, und nachdem sie gegangen war, streichelte Tiran den Kleinen und sagte, nie im Leben würden wir ihn »Schalom« nennen, denn »Friede« sei ja wohl ein Name für Saftärsche, »Rabin« würden wir ihn taufen, und die andere konnte von ihm aus ruhig mit ihrem Soldaten vögeln gehen, denn sie hatte ja vielleicht ein ganz hübsches Gesicht, aber ein total verbogenes Gestell.

Tirans Vater sagte zu ihm, er habe Glück, dass er minderjährig sei, aber diesmal würde auch das vielleicht nichts nützen, denn mit dem Brecheisen zuzuschlagen sei nicht wie Kaugummiklauen beim Krämer. Tiran schwieg weiter, und ich hatte das Gefühl, gleich würde er wieder zu weinen anfangen. Also sagte ich zu Tirans Vater, dass das alles wegen mir war, denn als Rabin überfahren wurde, rief ich nach Tiran und sagte es ihm. Und der Vespafahrer, der am Anfang eigentlich ganz nett gewesen war und dem es leidtat, fragte mich, was ich da herumschrie. Und erst als ich ihm erklärte, dass unser Kater Rabin hieß, erst da verlor er die Nerven und gab mir eine Ohrfeige. Und Tiran sagte zu seinem Vater: »Dieser Scheißkerl hält nicht am Stoppschild, überfährt uns den Kater, und danach schallert er Sinai auch noch eine, was willst du, soll ich vielleicht still danebenstehen?« Tirans Vater gab keine Antwort, zündete sich eine Zigarette an, und ohne eine Affäre daraus zu machen, steckte er Tiran auch eine an. Und Tiran sagte, es sei am besten, ich würde mich jetzt nach Hause verziehen, bevor die Polizisten kämen, damit wenigstens ich nicht in der Sache mit drin sei. Worauf ich zu ihm sagte, das sei unangebracht, aber auch sein Vater bestand darauf.

Bevor ich zu mir raufging, blieb ich einen Moment an Rabins Grab stehen und dachte daran, was wohl passiert wäre, wenn wir ihn nicht gefunden hätten, wie sein Leben dann ausgeschaut hätte. Vielleicht wäre er vor Kälte erfroren, aber mit höchster Wahrscheinlichkeit hätte ihn jemand anders mit nach Hause genommen, und dann wäre er auch nicht überfahren worden. Alles im Leben ist eine Frage des Glücks. Sogar der Originalrabin wäre, hätte er nach dem Lied für den Frieden noch ein bisschen gewartet, anstatt sofort von der Bühne runterzugehen, noch am Leben, und statt ihm hätten sie Peres erschossen, so haben sie es zumindest im Fernsehen gesagt, oder wenn die eine an seinem Platz nicht einen Freund bei der Armee gehabt und Tiran ihre Telefonnummer gegeben hätte und wir Rabin »Schalom« genannt hätten, dann wäre er zwar auch überfahren worden, aber es hätte wenigstens nicht mit Prügeln geendet.

## *Heute ist Geburtstag*

Der Autobus hält, der Fahrer lächelt dich an, die Fenster spiegeln, und du hast Kleingeld. Von den Einzelsitzen in der linken Reihe ist der letzte, den du am liebsten magst, frei, wie für dich reserviert, der mit der Glasscheibe dahinter. Der Autobus fährt an, die Ampeln haben grüne Welle für ihn, und der Junge, der Kerne knabbert, sammelt die Schalen in einer Tüte ein.

Der greise Fahrkartenkontrolleur will heute keine Karte sehen, er tippt nur kurz an den Schirm seiner Mütze und sagt mit freundlicher Stimme: »Einen schönen Tag noch.«

Und es wird wirklich ein schöner Tag. Denn heute ist Geburtstag. Du bist klug, hübsch, und das Leben liegt vor dir. Noch vier Stationen, dann ziehst du an der Schnur, und der Fahrer wird anhalten, eigens für dich.

Du steigst aus dem Autobus aus, ohne dass dich jemand schubst, und die Tür wird sich erst schließen, nachdem du dich ein Stück weit entfernst hast. Und der Autobus wird losfahren, die Leute werden sich über dich freuen, und der Junge, der die Kerne gegessen hat, wird dir mit der Hand nachwinken, bis er verschwindet, ohne Anlass oder Grund.

Wer braucht schon einen Grund, heute ist Geburtstag, und am Geburtstag passieren lauter nette Sachen. Und der Welpe, der jetzt auf dich zurennt, wird mit dem Schwanz wedeln, wenn du ihn berührst, sogar Hunde riechen Fest-tage.

In eurer Wohnung werden Leute im Dunkeln warten,

hinter den hübschen Möbeln, die du selbst ausgesucht hast. Wenn du die Tür aufmachst, werden sie aufspringen und dich überraschen. Genau, wie es bei Überraschungspartys zu sein hat.

Alle werden sie da sein, die Menschen, die du liebst, die allerallerliebsten und die allerwichtigsten. Und sie bringen Geschenke mit, die sie gekauft oder sich ausgedacht haben. Geschenke mit Pfiff und auch nützliche Dinge.

Die Lustigen werden erheiternd sein, die Klugen bereichernd, sogar die Melancholiker werden dir ein echtes Lächeln schenken. Das Essen wird überwältigend sein, hinterher werden Maulbeeren serviert, gefolgt von einem Vanille-Milkshake von der Lokalität in der Stadt, wo er am besten schmeckt.

Sie werden eine CD von Keith Jarrett auflegen, und alle werden zuhören, eine Platte von Satie, und keiner wird traurig sein. Und die allein sind, werden sich an diesem Abend in Gemeinschaft fühlen, und keiner wird fragen: »Wie viel Zucker?«, denn sie kennen sich ja alle schon.

Am Schluss werden sie gehen, und die, von denen du es wolltest, werden dich küssen, und die anderen – dir die Hand drücken. Und nur er wird bleiben, der Mann, mit dem du zusammenlebst, schön und verständnisvoller denn je.

Wenn du möchtest, liebt ihr einander, oder er massiert deinen Körper mit einem Öl, das im Laden nach einem besonderen Rezept zubereitet wurde. Und wenn du es möchtest, wird er die Halogenlampe dimmen, und ihr werdet eng umschlungen ganz still dasitzen und auf den Sonnenaufgang warten.

Und an diesem bezaubernden Abend werde auch ich da sein, Vanille-Milkshake trinken, ein echtes Lächeln lächeln, überwältigendes Essen zu mir nehmen. Und bevor ich gehe, werde ich dich – falls du es wolltest – küssen, oder vielleicht drücke ich dir einfach so nur die Hand.

Am Holocausttag wurden alle Klassen in die Turnhalle gebracht. In der Halle hatte man eine Art improvisierte Bühne hergerichtet, und dahinter an der Wand schwarze Pinbretter befestigt mit den Namen der Konzentrationslager und Bildern von Stacheldraht. Als wir die Halle betraten, bat mich Sivan, ihr einen Platz freizuhalten. Ich besetzte zwei Plätze für uns. Sivan setzte sich neben mich, es war ein bisschen eng auf den Bänken. Ich legte den Unterarm auf mein Bein, und mein Handrücken berührte ihre Jeans. Ihre Jeans war dünn, irgendwie angenehm, und ich hatte das Gefühl, als hätte ich direkt ihren Körper berührt.

»Wo ist Scharon?«, fragte ich. »Ich habe ihn heute nicht gesehen.« Meine Stimme war ein klein bisschen zittrig. »Scharon ist bei den Marinetests«, sagte Sivan stolz, »er hat schon fast alle Stufen bestanden, er hat bloß noch irgendein Aufnahmegespräch.«

Von weitem sah ich Gilead im Durchgang auf uns zukommen.

»Weißt du, dass er beim Abschlussfest einen Preis als hervorragender Schüler kriegen soll? Der Direktor hat es schon angekündigt.«

»Sivan«, sagte Gilead, der jetzt ganz bei uns angelangt war, »was machst du denn hier? Diese Bänke sind echt unbequem. Komm, ich hab dir einen Platz auf den Stühlen hinten aufgehoben.«

»Ja«, Sivan lächelte mich entschuldigend an und stand auf, »hier ist es wirklich eng.« Sie ging, um sich mit Gilead hinten hinzusetzen. Gilead war Scharons bester Freund, sie spielten zusammen in der Auswahlmannschaft der Schule Basketball. Ich betrachtete die Bühne und atmete tief durch, mein Handteller war immer noch schweißnass. Ein paar Unterstufler kletterten auf die Bühne, und die Zeremonie begann. Nachdem alle Schüler die üblichen Sachen vorgetragen hatten, stieg ein ziemlich alter Mann in einem Bordeauxpullover auf die Bühne und erzählte von Auschwitz. Es war der Vater von einem der Schüler. Er redete nicht so arg viel, eine Viertelstunde ungefähr. Danach kehrten wir in die Klassen zurück. Als wir rausgingen, sah ich Schulem, unseren Schulwart, auf der Treppe vom Krankenzimmer sitzen und weinen.

»He, Schulem, was ist los?«, fragte ich.

»Dieser Mann in der Halle«, sagte Schulem, »ich kenne ihn, ich war auch beim Sonderkommando.«

»Du warst bei einem Kommando? Wann?«, fragte ich, denn ich konnte mir unseren mageren, kleinen Schulem bei keiner Kommandoeinheit vorstellen, aber wer weiß, vielleicht.

Schulem wischte sich die Augen mit den Handflächen ab und stand auf: »Nicht so wichtig«, sagte er zu mir, »geh, geh in die Klasse. Es ist wirklich nicht wichtig.«

Am Nachmittag ging ich ins Einkaufszentrum. Am Falafelstand traf ich Aviv und Zuri.

»Hast du's gehört«, sagte Zuri zu mir, den Mund voller Falafel, »Scharon hat das Aufnahmegespräch heute bestanden, nach der Einberufung hat er noch irgendein kleines Ausleseverfahren, und er ist bei der Flotte. Weißt du, was das heißt, bei der Marine zu sein? Die suchen sich einen von tausend aus ...«

Aviv begann zu fluchen, das Pita war ihm unten aufgeplatzt, und das ganze Tehina und die Salatsoße tropften ihm über die Hände.

»Wir haben ihn gerade im Schulhof getroffen. Er und Gilead haben dort rumgetobt, Bier und das ganze Zeug.« Zuri grinste und erstickte halb, ein Stück Tomate und Pita flogen ihm aus dem Mund. »Du hättest sie sehen sollen, wie sie auf Schulems Fahrrad Crashkurs gefahren sind, wie die Kinder. Scharon war dermaßen glücklich, dass er diese Teststufe bestanden hat. Mein Bruder hat gesagt, dass es gerade beim persönlichen Gespräch die meisten schmeißt.«

Ich ging zum Schulhof, aber dort war niemand. Schulems Fahrrad, das immer am Geländer neben dem Krankenzimmer angehängt war, war verschwunden, auf der Treppe lagen hingeworfen eine zerlegte Kette und ein Patentschloss von Jardeni. Am nächsten Morgen, als ich in die Schule kam, war das Fahrrad immer noch nicht da. Ich wartete, bis alle in der Klasse waren, und dann ging ich zum Direktor und erzählte es ihm. Der Direktor sagte, ich hätte das Richtige getan und niemand würde von unserem Gespräch erfahren, und bat die Sekretärin, mir einen Verspätungszettel auszustellen. An dem Tag passierte nichts, auch nicht am Tag danach, aber am Donnerstag betrat der Direktor mit einem Polizisten in Uniform die Klasse und bat Scharon und Gilead hinaus.

Sie taten ihnen gar nichts, verwarnten sie bloß. Das Fahrrad konnten sie nicht zurückbringen, denn sie hatten es irgendwo weggeschmissen, aber Scharons Vater kam extra in die Schule und brachte Schulem ein neues Rennrad. Schulem wollte es zuerst nicht annehmen. »Am gesündesten ist es doch, zu Fuß zu gehen«, sagte er zu Scharons Vater. Aber Scharons Vater bestand darauf, und am Schluss nahm es Schulem. Es war lustig, Schulem auf einem Rennrad fahren zu sehen, und ich wusste, dass der Direktor recht gehabt und ich wirklich das Richtige getan hatte. Niemand hatte einen Verdacht, dass ich es erzählt hatte, so dachte ich jedenfalls damals. Die nächsten beiden Tage gingen vorbei wie immer, aber am Montag, als ich zur Schule kam, wartete Sivan im Hof auf mich.

»Hör mal, Eli«, sagte sie zu mir, »Scharon hat herausgefunden, dass du derjenige warst, der das mit dem Fahrrad verpetzt hat, du musst von hier verschwinden, bevor er und Gilead dich erwischen.«

Ich bemühte mich, mir meine Angst nicht anmerken zu lassen, ich wollte nicht, dass Sivan sah, dass ich Angst hatte.

»Schnell, hau ab«, sagte sie. Und ich setzte mich in Bewegung. »Nein, nicht da«, sie zog mich am Arm. Die Berührung ihrer Hand war kühl und angenehm. »Sie werden vom Tor her kommen, du gehst also besser durch das Loch im Zaun hinter den Baracken.« Und die Freude darüber, dass sich Sivan so um mich sorgte, war sogar größer als meine Angst.

Hinter den Baracken erwartete mich Scharon. »Du brauchst nicht mal dran denken«, sagte er, »du hast keine Chance.« Ich drehte mich um. Hinter mir stand Gilead. »Ich habe immer gewusst, dass du ein Würstchen bist«, sagte Scharon, »aber ich hätte nie gedacht, dass du der Typ für einen Petzer bist.«

»Warum hast du uns hingehängt, du Dreckstück?« Gilead stieß mich hart, ich flog gegen Scharon, und der schubste mich wieder von sich weg.

»Ich werd's dir sagen, warum er uns verpetzt hat«, sagte Scharon, »weil unser Eli nämlich ein dreckiger Neidhammel ist. Er schaut mich an und sieht, dass ich ein besserer Schüler bin als er, dass ich sportlicher bin als er und dass ich eine Freundin habe, die das hübscheste Mädchen von der ganzen Schule ist, während er noch eine erbärmliche Jungfrau ist, und das frisst ihn von innen auf.« Scharon zog seine Lederjacke aus und reichte sie Gilead rüber. »Na siehst du, Eli, du hast es geschafft, du hast mich drangekriegt«, sagte er, öffnete das Armband seiner Taucheruhr und steckte sie in die Hosentasche, »mein Vater denkt, ich sei ein Dieb, fast hätten sie mir eine Anzeige bei der Polizei angehängt. Den Vorzugsschüler werde ich wohl nicht mehr kriegen. Bist du jetzt zufrieden?«

Ich wollte zu ihm sagen, dass es nicht deswegen war, sondern wegen Schulem, dass auch er in einer Kommandoeinheit gewesen war, dass er wie ein Kind geweint hatte am Holocausttag. Stattdessen sagte ich: »Das ist es gar nicht … ihr hättet ihm das Fahrrad nicht klauen sollen, das hat überhaupt keinen Sinn. Ihr habt keine Ehre.« Während ich redete, zitterte mir die Stimme.

»Hörst du, Gilead, dieser wehleidige Stinker will uns erklären, was Ehre ist. Ehre heißt, Freunde nicht zu verpetzen, du Scheißkerl«, sagte Scharon und ballte seine Hand zur Faust. »Ich und Gilead werden dir jetzt mal beibringen, was Ehre ist, auf die harte Tour.«

Ich wollte weg dort, fliehen, die Hände heben, um mein Gesicht zu schützen, aber ich war wie gelähmt vor Angst. Und plötzlich kam von irgendwoher eine Sirene, ich hatte komplett vergessen, dass heute der Tag der Gefallenen war. Scharon und Gilead standen beide stramm. Ich schaute sie an, wie sie dort standen wie Schaufensterpuppen, und auf einmal verschwand meine ganze Angst. Gilead, der verkrampft mit geschlossenen Augen dastand und Scharons Jacke in der Hand hielt, wirkte auf mich wie ein überdimensionaler Kleiderständer. Und Scharon, mit seinem mörderischen Blick und der geballten Faust, sah plötzlich aus wie ein kleiner Junge, der versucht, irgendeine Pose nachzumachen, die er einmal in einem Actionfilm gesehen hat. Ich ging zu der Lücke im Zaun und schlüpfte seelenruhig hinaus, während ich Scharon leise hinter mir zischen hörte: »Wir reißen dir den Arsch schon noch auf.«

Aber er rührte sich keinen Millimeter vom Fleck. Ich machte mich auf den Heimweg, ging auf der Straße zwischen den wie zu Wachsfiguren erstarrten Menschen durch, und die Sirene umgab mich mit einem unsichtbaren Schutzschild.

## *Kein Mensch*

Davidoff, der Fahrer des Regimentskommandeurs, war der Erste, der ihn bemerkte. »Da ist Ärger im Anmarsch«, sagte er und erhob sich von der leeren Ausrüstungskiste, auf der er saß.

»Ist doch bloß ein Offizier vom Grenzschutz, Davidoff«, schnappte Stein, völlig auf das Backgammon-Brett konzentriert.

»Weißt du, was das heißt?« Davidoff blieb stehen, ließ keinen Blick von dem Offizier in der komischen olivgrünen Uniform.

»Nein, weiß ich nicht«, zischte Stein ungeduldig. »Vielleicht setzt du dich gefälligst wieder hin? Du bist dran.«

»Das heißt, dass sie jemanden von uns requirieren, ›Mannschaftsverstärkung‹ nennen sie das, das passiert nicht zum ersten Mal.«

»Dann requirieren sie halt jemanden, Big Deal, was. Jetzt würfle schon, Davidoff.«

»Für dich ist das vielleicht kein Big Deal, aber für den armen …«, fing Davidoff an, aber Stein unterbrach ihn: »Ich schwör dir, Davidoff, wenn du nicht endlich die verdammten Würfel schmeißt, dann geh ich hier und jetzt zum Kommandeur der Luftwaffe und verlange, angefordert zu werden. Vielleicht schaff ich's mit denen wenigstens, ein Spiel zu Ende zu bringen.«

»Weißt du, Stein«, Davidoff löste seinen Blick von dem Offizier der Grenzeinheit, »manchmal kannst du ein solcher Idiot sein. Ein Tag mit denen«, und er deutete auf den Offizier, »und du würdest anders reden. So was wie diese Typen vom Grenzschutz hast du noch nie kennengelernt, die fressen dich bei lebendigem Leib. Und noch dazu einen Aschkenasensaftheini wie dich«, Davidoff gluckste in sich hinein, »dich würde man mit der Spachtel von der Stoßstange ihres Patrouillenjeeps abkratzen müssen.«

»Ich seh schon, das Spiel kriegen wir heute nicht mehr fertig.« Stein stand gereizt vom Spielbrett auf, eine Sekunde bevor Schahrabani schwitzend daherkam und sagte, der Kommandeur rufe ihn zu einer Unterredung.

»Diese Typen vom Grenzschutz sind eine andere Sorte Militär, ihr Hirn ist komplett anders als unseres. Gestört, gewalttätig, undiszipliniert.« Der Luftwaffenkommandeur bohrte sich mit dem Kugelschreiber im Ohr herum. »Und gerade deswegen bin ich verpflichtet, jemanden zu schicken, der ein guter Soldat ist und nicht auf ihre Provokationen reagiert, und nicht irgendeinen Hitzkopf wie Ackermann oder Schahrabani, der bestenfalls im Gefängnis landen würde und schlimmerenfalls im Krankenhaus.«

Stein packte seine Sachen und stieg mit dem Offizier in den Jeep. Auf dieses Kompliment hätte er vorzüglich verzichten können.

»Nicht so schlimm, ist ja bloß für eine Woche«, versuchte er sich zu ermutigen. Von weitem schnitt ihm Dere'i ein teilnahmsvolles Gesicht: Herzliches Beileid!

»O. k., welches blöde Vieh hat mir das Kommandomesser geklaut?«, fragte der haarige Gnom, der splitternackt im Zelt herumlief.

»Reg dich ab, Sansuri, ich hab's bloß für eine Sekunde genommen, um mir was vom Isolierband runterzuschneiden.« Ein schwarzer, verschwitzter Soldat hielt ihm ein monströses Messer mit einem Kompass im Griff hin. Sansuri schnappte blitzschnell nach dem Messer und legte im gleichen Atemzug dem Schwarzen die Klinge an den Hals.

»Schafik, du Beduinenknallkopf. Wenn du mir noch einmal was mit deinen Schwitzhänden anlangst, ramm ich dir dieses Messer in deinen schwarzen Hintern, kapiert?« Der Offizier, der das Zelt betrat, ignorierte den Vorfall. »Dein Bett ist dort«, er deutete zum Zeltende, »wie, hast du gesagt, heißt du?«

»Stein, Schmulik Stein«, murmelte Stein.

»Dein Bett ist dort, Stein«, er deutete wieder auf das gleiche Bett. »Wir gehen in zwei Stunden auf Patrouille, halt dich bereit.«

Als er an den Patrouillen mit den Steinschleudermaschinen der Luftwaffeneinheit teilgenommen hatte, war es immer zu Zusammenstößen gekommen. Sie hatten es nicht geschafft, auch nur eine Straße zu passieren, ohne dass ihnen irgendein Steinbrocken um die Ohren flog. Aber jetzt, vom Jeep des Grenzschutzes aus, schien Gaza wie eine Geisterstadt. Sie waren zu viert im Wagen. Sansuri fuhr, und außer Stein war auch der schwitzende Schwarze dabei und noch ein Rothaariger. Der Rothaarige zog einen Bubblegum aus der Tasche seiner Kampfmontur, steckte ihn in den Mund und spuckte das Papier aus.

»He, Tscherkesse, schmeiß einen Kaugummi rüber«, verlangte Sansuri, der ihn im Spiegel verfolgt hatte.

»Aus«, lächelte der Rothaarige und entblößte dabei verfaulte Zähne.

»Arschverfickte Scheiße«, Sansuri spuckte einen feuchten

Klumpen über die Seitenwand des Jeeps, »der erste Arab, den wo ich heute erwische, ist echt arm dran!«

Der zweite Jeep überholte sie, ein dürrer, narbiger Soldat saß am Steuer, neben ihm der Offizier. Hundert Meter weiter vor ihnen bewegte sich schwerfällig ein alter Araber den Gehsteig entlang. Stein sah, wie der Narbige wild das Lenkrad herumriss, mit beiden Vorderrädern auf den Gehsteig hinauffuhr und den Alten rammte. Der Alte flog ein paar Meter und blieb mit dem Gesicht nach unten bewegungslos liegen.

»Der Stumme hat heut die Krise«, griente Sansuri, »hast du gesehen, wie er ihn durch die Luft befördert hat?« Stein begriff nicht so ganz, was passiert war, er drehte sich um, sah den Körper auf dem Bürgersteig, den lachenden Sansuri und den kaugummikauenden Tscherkessen. Er versuchte, diese ganzen Bilder zu einer logischen Wirklichkeit zu verbinden, doch es gelang ihm nicht. Der zweite Jeep hielt an der Ecke einer der Gassen, Sansuri stoppte sofort hinter ihm. Stein sprang aus dem Jeep, rannte zu dem Stummen und packte ihn am Hemd. »Du hast ihn absichtlich überfahren, du Irrer, du hast mit Absicht einen Menschen überfahren, er hat dir überhaupt nichts getan.«

Der Tscherkesse umklammerte Stein von hinten mit eisernem Griff und zog ihn von dem Stummen weg.

»Er hat keinen Menschen überfahren«, korrigierte Sansuri, »er hat einen Arab überfahren, was tobst du also rum wie ein Gestörter?«

Stein spürte den Atem des Tscherkessen warm und ekelerregend auf seinem Hals und wusste, wenn er den Mund aufmachen würde, um zu antworten, würde er in Tränen ausbrechen.

»Das Dach dort.« Der Offizier, der alles, was passiert war, komplett ignorierte, deutete darauf. »Da ist jemand droben, ich will, dass Sansuri und der Tscherkesse ihn runterholen.«

Der Tscherkesse ließ Stein los. Er und Sansuri verschwanden in einer Seitengasse, die an das Haus grenzte, auf dessen Dach der Offizier gedeutet hatte. Nach zwei Minuten tauchten sie wieder auf, schleiften jemanden mit, dem sie die Hände hinten gefesselt und ein breites Isolierband über den Mund geklebt hatten.

»Ich hab ihm das Maul gestopft«, sagte Sansuri, »ich kann es nicht ausstehen, wenn sie's Schreien und Heulen anfangen.«

Der Stumme gab einen zustimmenden Grunzer von sich und nickte mit dem Kopf. Er näherte sich dem gefesselten Araber, tat so, als bückte er sich, doch plötzlich richtete er sich auf und stürzte sich auf ihn.

»Habt ihr was gefunden bei ihm?«, fragte der Offizier mit gelangweilter Stimme.

»Da!« Sansuri präsentierte stolz eine schwarze Bierflasche, um deren Hals ein vollgesogener Lumpen gebunden war. »Und Pflastersteine waren auch da.« Der Stumme fuhr fort, auf den Araber einzudreschen, der jetzt am Boden lag und ersticktes Stöhnen von sich gab.

»Es reicht!«, verlangte Stein und machte einen Schritt in seine Richtung. Der Stumme erhob sich von dem Araber, zog seine Keule aus der Montur und starrte Stein mit drohendem Blick an.

»Die Wahrheit ist, dass du langsam anfängst, mir ein wenig auf die Nerven zu gehen, Stein«, sagte der Offizier mit gleichmütiger Stimme, eine erloschene Zigarette im

Mundwinkel. Er steckte die zerknautschte Ascot-Packung in den Hüftbeutel zurück, suchte etwas in den Taschen seiner Kampfmontur, und als er nichts fand, redete er weiter: »Was bist du, Stein, das Rote Kreuz? Dieser Abschaum hat bloß einen Gedanken im Kopf – dich umzubringen. Das ist ihr einziger Grund zu leben. Bring das in deinen Schädel rein. Sie schauen vielleicht von außen aus wie wir, aber sie sind's nicht. Sie sind keine Menschen.«

Der gefesselte Körper krümmte sich auf dem Boden, Stein wollte hingehen, ihm helfen. Der Stumme versperrte ihm den Weg.

»Ich seh schon, du schnallst es einfach nicht«, fuhr der Offizier fort. »Na gut, wie sagt man doch, ›nichts ist besser als der eigene Augenschein‹. Tscherkesse, heb ihn auf«, er machte eine entsprechende Handbewegung. Der Tscherkesse richtete den Araber von rückwärts auf, hielt ihn fest, damit er nicht zusammensackte. Das Gesicht des Arabers war eine Mischung aus Blut und Dreck.

»Sansuri, das Messer.« Der Offizier streckte seine Hand aus, die erloschene Zigarette immer noch im Mund. Sansuri zog das Messer aus der Montur und legte es dem Offizier in die wartende Hand. Der Offizier prüfte das Messer kurz und klopfte mit dem Finger auf den Griff. »Der Kompass im Griff ist kaputt«, stellte er fest.

»Ja, ich weiß«, Sansuri nickte, »das ist alles die Schuld von diesem Beduinenknallkopf.« Er deutete auf den Schwarzen, dessen schweißdurchtränkte Uniform noch dunkler als die der anderen wirkte.

»Nicht so tragisch«, fuhr der Offizier mit seelenruhiger Stimme fort und riss das Hemd des Arabers auf, so dass die Knöpfe auf den Boden kullerten, und entblößte vor Steins

Augen eine behaarte Brust, die sich in schnellem Tempo hob und senkte.

»Nein!« Stein schaffte es, einen Schritt in Richtung des Offiziers zu machen. Der Stumme ließ die schwere Holzkeule auf seinen Nacken niedersausen, und Stein fiel zu Boden.

»Halt ihm den Kopf hoch«, hörte Stein den Offizier befehlen. »Nicht dem Arab, du Depp, dem barmherzigen Samariter«, hörte er den Tscherkessen feixen. Er war jetzt auf den Knien, der Stumme stützte ihn mit einer Hand unter der Achsel, mit der anderen Hand zerrte er ihm die Haare am Schädel nach hinten. Drei Meter von ihm entfernt näherte der Offizier das Messer dem Bauch des zitternden Arabers, und er konnte absolut nichts dagegen machen. Der Offizier schlitzte den Bauch mit einem schnellen Schnitt in der Mitte auf, und zusammengerollte Fahnen, Heftchen, Bonbons und Telefonmünzen ergossen sich auf die Erde.

»Rührt die Bonbons nicht an, sie sind vergiftet«, warnte der Offizier und gab Sansuri das Messer zurück. Der Tscherkesse entrollte eine der Fahnen, es war eine von der PLO. Sansuri und der Schwarze füllten sich die Taschen ihrer Kampfmonturen mit Telefonmünzen. Der Tscherkesse zog den Araber aus, der jetzt, nachdem er ausgeleert war, flach wie eine Zeltbahn war. Er faltete ihn exakt militärisch achtfach und legte ihn auf dem Reservereifen des Jeeps ab.

»He, Tscherkesse, sag mal, was willst du mit ihm machen?«, fragte Sansuri.

»Eine Mopedplane, einen Umhang, bei Allah, what do I know. Der ist garantiert zu irgendwas gut.« Der Tscherkesse zuckte die Schultern.

»Diese Tscherkessen sind dermaßene Sparbüchsen, das

ist echt der Hammer«, flüsterte Sansuri dem Schwarzen zu, die Taschen voller klimpernder Telefonmünzen.

Obwohl Stein den Schlag von der Keule des Stummen schon vor über fünf Minuten abgekriegt hatte, fand er, dass jetzt der richtige Zeitpunkt war, um ohnmächtig zu werden.

Stein wachte auf dem Bett im Zelt in Kleidern und Schuhen auf, sein Nacken schmerzte höllisch, und er war kaum in der Lage, den Hals zu bewegen. Alle schliefen jetzt. In der Dunkelheit stach die Phosphornadel des Kompasses am Griff des Messers von Sansuri heraus. Stein stand leise vom Bett auf, zog das Messer aus der Scheide und ging in die Richtung, die die Phosphornadel ihm wies.

## *Vom Zehrwert des Traums*

Mitten in der Nacht wachte ich auf, entsetzt, das Gesternach dabei zu erwischen, wie es den Traum fraß, den ich von dir geträumt hatte. Ich sprang wütend aus dem Bett und hieb ihm mit aller Kraft eins auf die Nase. Das Gesternach ließ die Reste des Traums fallen, aber ich gab nicht nach und schlug es weiter. Auch als es unters Bett kroch und seine konkrete Form verlor, ließ ich nicht ab davon, auf jenen plumpen Schatten einzuprügeln. Schließlich hörte ich auf. Erschöpft und verschwitzt sammelte ich die Reste des Traums ein. Es hatte mir nicht viel übrig gelassen, nur die schwarzen Trainingshosen, die du getragen hast, dein müheloses Lächeln und eine Berührung zwischen uns, ich weiß nicht, welche – vielleicht eine Umarmung. Das Gesternach hatte alles drum herum weggefressen und bloß diesen kahlen Rest zurückgelassen. Ich blieb auf dem Boden liegen, nur in meinen Unterhosen und mit dem Schweißfilm, den ich auf der Haut trug, in stiller Verzweiflung. Stunden geduldigen Schlafs, immer darauf wartend, dass ein Traum käme. Und jetzt – nichts, ja noch schlimmer als nichts, nur ein vereinzelter Geschmackstropfen, in meinen Mund geträufelt, von einer Flut, die nicht mehr da war. Unter dem Bett war gedämpftes Schluchzen zu hören. Es war das Gesternach. Am Anfang dachte ich, es seien Tränen des Schmerzes – schließlich hatte ich den Schatten grausam geschlagen, doch es lag keine Spur von Schmerz in dem Heulen, das es erhob. Ich probierte die Tränen des Gesternachs, die auf den

Zimmerboden flossen, und sie schmeckten süß auf meiner Zunge – das Gesternach weinte vor Glück, und seine Tränen erzählten mir von dem herrlichen Geschmack des Traums, der jede Faser seines nicht vorhandenen Körpers erbeben ließ. Sein Schluchzen offenbarte mir all die langen Nächte, in denen es leer unter meinem Bett gewartet hatte und sich von den Brocken meiner Träume nährte. Brechreizerregend langweilige und apathische Träume, an denen es langsam und mangels Wahl kaute, Träume von Schmerz, Verlust und Angst, die es vollständig aufzuzehren versuchte, um meinen Schlaf zu schonen, und die ihm so häufig schmerzhaft im Hals stecken blieben. Jede Nacht hatte das Gesternach Stunde um Stunde Gleichgültigkeit und Leid in sich hineingewürgt, hatte meinen Schlaf glatt und dunkel belassen, und heute Nacht war ihm endlich der Lohn vergönnt, sein rasender Hunger beruhigt worden, und für eine Weile hatte es eine Alternative zur Leere erfahren. Sein Körper kannte nun mehr als das Nichts. Gleich würde die Sonne aufgehen, und die Schattenhand meines Partners glitt unter dem Bett hervor, deutete zur Mitte des Zimmers, auf die Stückchen des Traums, die mir geblieben waren: eine Trainingshose, ein Lächeln, eine berauschende Berührung, über deren Natur ich nichts wusste, und die verblassenden Finger des Schattens schienen zu sagen: Schau her, mein Freund, ich hab von dem Guten auch dir etwas übriggelassen.

## *Kochi*

Es war so schrecklich leicht, ihn zum Reden zu bringen. Hatte er allerdings erst angefangen, konnte man ihn nicht wieder stoppen. Das Schießen hielt die ganze Zeit an, und ich fing langsam an zu glauben, dass uns die Terroristen nicht im Interesse irgendeiner nebulösen politischen Sache zu erwischen versuchten, sondern schlicht aus dem vehementen Drang heraus, Kochi dazu zu bringen, den Mund zu halten. Kochi erzählte uns, dass die Syrer den Terroristen beibringen, auf die Antennen unserer Funkgeräte zu schießen, denn daneben befänden sich immer die Offiziere. Er schwor beim Leben seines Großvaters (der 42 in Gdansk gestorben war), dass es einmal eine Hasenart gegeben hatte, deren Schwänze haarscharf wie Antennen aussahen und die von der verantwortungslosen Kampftechnik der Terrororganisationen und ihresgleichen fast ausgerottet worden waren.

»Ich hab's in der Universalenzyklopädie gelesen«, fügte Kochi hastig hinzu, um jeden Zweifel bei uns zu zerstreuen. Das Schießen setzte keinen Moment aus. Zion, der in einer Ecke lag, hatte seine Ohren mit den Händen bedeckt.

»Ich glaube, er hört Walkman während des Gefechts, Kommandeur, und das Hemd hängt ihm auch aus der Hose. Man könnte ihm eine Beschwerde dafür verpassen«, sagte Kochi in ernstem Ton.

»Sei still, Kochi, ich versuche zu denken.«

»Kommandeur, ich habe eine wunderbare Idee, um die

Moral in der Einheit zu heben«, überging Kochi meine Bitte.

»Ruhe, ein bisschen Ruhe«, flehte Zion teils mich, teils Kochi und halb die Terroristen an.

»... Wir machen das Imitationsspiel, wer von den Kameraden will anfangen?«, fuhr Kochi mit seiner didaktischen Stimme fort.

Meir, der Buchari, der viel Blut verloren hatte, begann zu zittern, und wir hatten nicht einmal einen Erste-Hilfe-Kasten.

Kochi fing an, hysterisch zu schreien: »Blender, der Buchari macht Blender nach!«

Zion sprang aus der Ecke, in der er saß, in Kochis Richtung und verpasste ihm eine Ohrfeige.

»Es reicht wohl nicht, dass wir in feindlichem Gebiet festsitzen ohne Funkgerät oder Verbandszeug und Meir uns unter den Händen wegstirbt, nein, wir müssen uns auch noch deine Hirnwichsereien und abartigen Lügen über verschissene Hasen anhören ...«

»Lügen, du nennst mich einen Lügner?«, flüsterte Kochi beleidigt. »Damit du es weißt, Zion, ich könnte euch alle retten, dich, Zohar und Blender. Aber wegen dem ...«, Kochi fuchtelte ihm mit anklagendem Finger vor der Nase herum, »... allein wegen dem werde ich euch sterben lassen.«

Draußen ging die Schießerei weiter, und ich fragte mich langsam, warum die Terroristen nicht auf das Gebäude vorrückten und uns irgendeine Granate unterjubelten, wir hatten schon seit zwanzig Minuten keinen Schuss mehr abgefeuert. Zion schien meine Gedanken gelesen zu haben, er wechselte das Magazin, zielte genau und schoss Kochi eine Kugel zwischen die Augen.

»Zion, bist du wahnsinnig? Du hast ihn umgebracht!«, schrie ich entsetzt.

»Schau, was du getan hast, du Geistesgestörter«, auch Kochi schrie, offenbar bereit zu sterben, auf keinen Fall jedoch damit einverstanden, den Mund zu halten.

Ich blickte in Kochis blutüberströmtes Gesicht. »Das ist wie ein schlechter Traum«, flüsterte ich.

»Das ist wie ein schlechter Traum«, imitierte Kochi meine Stimme, »was meinst du, dass du im Zeltlager aufwachst und entdeckst, dass du deinen Schlafsack nass gemacht hast? Dieser Hurensohn hat mich umgebracht.« Das stand außer Diskussion. Die Kugel hatte ihm den Schädel püriert, und uns allen war klar, dass kein menschliches Wesen eine solche Verletzung überleben konnte.

»Warte, wart nur, du verdammtes Dreckstück, mein Onkel ist Oberstleutnant beim Militärgericht, ich werde schon noch sehen, wie deine Mutter zur ›Sensation des Abends‹ interviewt wird, nachdem du zu lebenslänglich verknackt worden bist«, heulte Kochi, krümmte sich in der Ecke zusammen und fing endlich an, sich wie ein Fasttoter zu benehmen.

Zion war der Hysterie nahe. Ich wusste, dass wir uns ergeben mussten. Ich trat hinaus und schwenkte das weiße, mit Blutflecken verzierte Unterhemd, das ich Meir ausgezogen hatte, der weiter vor sich hin zitterte. Zion kam hinter mir heraus, leicht gebückt, mit fliehendem Blick.

Am Anfang sah ich niemanden, bloß die Antenne ihres Funkgeräts hinter irgendeiner Düne. Aber innerhalb einer Sekunde entdeckte ich, dass es keine Funkgeräte waren. Hinter dem Sandhaufen trat ein Hase mit einem antennenähnlichen Schwanz hervor, eine rauchende Kalaschnikow in Händen.

»Kumpels, wir haben Mist gebaut, es sind Israelis!«, schrie er. Drei weitere Hasen tauchten hinter der Düne auf, sie hechteten zum Jeep und fuhren davon.

»Ich glaub's nicht, ein sprechender Hase«, flüsterte Zion. Wir kehrten in das Gebäude zurück, und Zion rüttelte Kochi behutsam. »Kochi, es tut mir schrecklich leid, dass ich dich einen Lügner genannt habe, es gibt wirklich solche Hasen, und auch, dass ich dich umgebracht habe.«

»Nicht so schlimm«, sagte Kochi, »wir waren alle etwas angespannt.«

Meir zitterte weiter.

## *Terminal*

Hans und ich hatten nichts gemeinsam, außer der Tatsache, dass wir beide an Gehirnkrebs litten. Er war ein verschrumpelter alter Mann, der gebrochen Hebräisch sprach, und ich war ein dicker, großgeratener Sabre, der die Vierzig noch nicht voll hatte. Ungeachtet dessen, und obwohl wir noch nicht mal seit einem Monat Zimmergefährten waren, fühlten wir uns wie alte Freunde.

››Das ist, weil du und ich jeder ein Terminalkranker sind«, erklärte mir Hans. Ich liebte sein gebrochenes Hebräisch, zusammen damit, dass er mich »Terminalkranker« nannte, als würde ich an irgendeinem lärmenden Flughafen warten, von dem ich gleich zu einem ganz anderen Ort abheben würde.

Wir spielten immer Schach. Hans hatte früher einmal in der Auswahlmannschaft der Universität Mainz gespielt und sogar die Universitätsmeisterschaft 1935 gewonnen. »Aber jetzt, wegen dem Cancer im Kopf, bin ich, wie sagt man, idiotisch.«

Ich? Ich war auch vorher schon ein Idiot. Manchmal vergaß Hans, dass er an der Reihe war, und saß einfach so da, starrte in die Luft, und dann weckte ich ihn auf. »Pardon«, entschuldigte er sich dann und beeilte sich, einen Zug zu machen. Auch ich litt während des Spiels an Blackouts, manchmal vergaß ich sogar, wie man die Figuren bewegte, hauptsächlich den Springer, und Hans brachte es mir mit seiner charakteristischen Geduld wieder in Erinnerung.

Doktor Arad sagt, das Phänomen der Vergesslichkeit sei vollkommen natürlich in den fortgeschrittenen Stadien von Gehirntumoren, was mich sicherlich beruhigen soll.

Man sagt immer von den Jeckes, sie seien nüchterne Menschen, aber zumindest was Hans anging, stimmte das nicht. Der Mensch war schlicht ein Dichter. Einmal erzählte er mir von Bergen-Belsen: »Es war der Tag, an dem sie Anna und den kleinen Karl nahmen. Ich weiß einfach nicht, was in noch einem Moment passiert. Als Anna und ich in Mainz waren, habe ich immer gewusst, was wird passieren. Ich habe geschaut auf die Uhr und habe gewusst: Noch fünf Moment und kommt die Tram, noch vierzig Moment und umarme ich Anna, mache dem kleinen Karl Spaß, alles muss sein ordentlich. Und plötzlich ich auf einem Bett, allein, weiß gar nichts mehr, was wird. Ich will mich selber töten, nur um bei etwas zu sein sicher.«

Hans erstarrte einen Moment, blickte auf die Wand ihm gegenüber, und für einen Moment dachte ich, es sei wieder ein Anfall und dass er ganz vergessen hätte, wovon er redete.

Doch er fuhr fort: »Und dann ich sehe ihn an der Wand, my shadow, wie sagt man, eh … Schatten. Und ich schau auf ihn und weiß ich, dass der Schatten immer wird bei mir sein. Dass immer weiß ich, was er wird tun, und ihn können sogar Deutsche nicht nehmen.«

Hans hob seine Hand und musterte mit Interesse den riesigen Schatten an der Wand, der die gleiche Bewegung ausführte, er sah mich an und lächelte. »Zauber«, flüsterte er auf Deutsch.

Hans' Lage war schlimmer als meine, und wenn es nötig war, leerte ich ihm die Urinflasche aus. »Pardon«, entschuldigte er sich immer, als ob er für seine Krankheit etwas könnte. Die Wahrheit ist, dass das Leeren der Urinflaschen die Aufgabe von Ascher, dem Pfleger, war, dass dieser Hurensohn es jedoch vorzog, nur einmal am Tag vorbeizuschauen und bei dieser Gelegenheit auch gleich die Laken zu wechseln. Ich zischte immer irgendeinen Fluch, wenn dieser Scheißkerl endlich in unserer Abteilung ankam, doch ausgerechnet Hans verteidigte ihn. »Sei nicht bös, Zvi, er ist junger Mensch, hat noch viel Leben, und wir sind schon am End.«

Einmal fragte mich Hans, was der Name Zvi bedeutete. Ich wusste nicht, wie ich es ihm erklären sollte. Am Ende zeigte ich ihm das Bild des springenden Hirsches von der israelischen Post, das auf den Umschlag eines der Briefe gestempelt war, die ich erhalten hatte. »Ah, Hirsch, ein schönes Tier, aber gibt nicht viele jetzt, das Tier ist fast extinct.« Ich sagte zu ihm, dass Gehirnkrebskranke, die Schach spielen, auch ein Fast-extinct-Tier seien, und er betrachtete wieder das Bild des Hirsches auf dem Umschlag, während auf seinem Gesicht ein sanftes Lächeln spielte.

Komisch, die ganze Zeit, wo wir zusammen waren, war mir der Tod gegenwärtig, der im nächsten Augenblick kommen und mich holen konnte. Nie überlegte ich mir, dass eben dieser Tod auch Hans heimsuchen könnte. In meiner Restgehirnmasse tauchte der Gedanke nicht auf, dass ein Mensch, der derart lustig redet, sterben konnte. Als es geschah, war ich ganz ruhig. Ich weinte nicht, ich schrie nicht, gar nichts. Bis Ascher ankam.

»Wie hieß der Alte, der gestorben ist?«, fragte er. »Doktor Arad braucht das für den Totenschein, die Schwestern haben wieder mal die Papiere verloren, und keiner erinnert sich daran, wie er hieß. Ich glaube, es war Hindisheim, Hindesstreim, so was Ähnliches.«

Mir fiel ein, was Hans über den Schatten gesagt hatte, ich schaute an die Wand, hob meine rechte Hand in die Luft, wie Hans. Der verräterische Schatten widersetzte sich mir und zog es vor, seine Hände um den Hals eines anderen Schattens zu legen. Nicht einmal auf ihn war Verlass. Ascher schrie und gurgelte. Ich hörte Stimmen anderer Leute. Ich fuhr fort, den aufsässigen Schatten anzuschauen. Meine rechte Hand schwebte noch immer in der Luft. Ich wollte mich selbst töten. Meine Lippen formten ein Wort, dessen Bedeutung ich nicht kannte.

»Zauber«, flüsterte auch ich.

*Das Backgammon-Monster*

(Für Uzi, den größten aschkenasischen
Backgammon-Spieler aller Zeiten)

»Pasch«, schrie das Backgammon-Monster wie ein verwundetes Tier, seine Stimme barg Drohung und Flehen. »Pasch«, rief es wieder. Die Passanten verharrten auf der Stelle, und die Köpfe einer Reihe neugieriger Nachbarn tauchten in den Fenstern auf. Die ganze Straße erstarrte. Der einzige Ton, der zu hören war, war das Klappern der Würfel. »Pasch«, wiederholte das Backgammon-Monster zum dritten Mal, diesmal mit Flüsterstimme, berührte mit der geschlossenen Hand die Kippa auf seinem Kopf und warf die Würfel mit vollkommener Konzentration auf den Rand des Spielbretts, als hätte es ein unsichtbares Ziel im Auge. Noch bevor die Würfel auf dem Brett zum Stillstand kamen, wusste Lior, dass er verloren hatte.

»Vier-vier«, zischte das Ungeheuer, »du schuldest mir eine Waffel«, stand vom Tisch auf und begann, die Tomaten aufzuräumen.

»Ich bin überhaupt nicht glücklich darüber, dass unser Lior sein ganzes Taschengeld für Glücksspiele verplempert«, beklagte sich Liors Mutter. »Es würde gar nichts schaden, wenn er in irgendeine Gruppe ginge. Saras Janiv spielt Harmonika, der Sohn von den Steins macht einen Computerkurs, und bloß mein Sohn muss seine Nachmittage bei primitiven Spielen mit einem kriminellen Gemüsehändler verbringen …«

»Du übertreibst, Siva, David ist ein religiöser Mensch, ganz sicher kein Verbrecher, und ich finde überhaupt nichts Schlimmes dabei, wenn man ein bisschen spielt …«, versuchte Liors Vater, ihren Redefluss zu unterbrechen.

»Kein Verbrecher? Kein Verbrecher, sagst du? Nimmt einem kleinen, unschuldigen Jungen seine allerletzten Groschen ab, und diese scheußliche Narbe, die er übers halbe Gesicht hat, was glaubst du wohl, woher die kommt, vom Rasieren?«

»Also wirklich, Siva, es ist von einem anständigen und freundschaftlichen Spiel die Rede. Verlier doch um Himmels willen nicht völlig jedes Maß. Alles in allem handelt es sich hier um Waffeln.«

»Wenn es so anständig ist, wie kann es dann sein, dass unser Lior nicht ein einziges Mal gewinnt …« Und so fort und so weiter.

Der Tag erschien allen wie ein ganz normaler Tag. Die Sonne schien, ein leichter Wind ging, nichts Außergewöhnliches, doch Lior wusste, es war ein besonderer Tag. Jener Dienstag wirkte nicht vielversprechender als andere Tage, warum sollte der dritte Schöpfungstag auch plötzlich zweimal so gut sein, Gras und Kraut, Riesensache, was. Aber die Würfel in seiner Hand wisperten in einem fort sechssechs, und die Steine auf dem Brett arrangierten sich wie auf Bestellung. Eine Frau betrat den Laden und verlangte eine Gurke.

»Es gibt keine Gurken«, bestimmte das Backgammon-Monster, »es ist geschlossen.«

»Aber hier sind Dutzende von Gurken, und es ist erst fünf …«

»Werte Dame«, schrie das Backgammon-Monster, die

Ader mitten auf seiner verschwitzten Stirn drohte zu platzen, »es wird jetzt gespielt. Geschlossen.«

»Mein Sohn müsste heute aus dem Pfadfinderlager zurückkommen, und er liebt Gurkensuppe so, besonders bei dieser Hitze …«, versuchte es die Frau mit einer anderen Taktik.

»Geschlossen!«, wiederholte das Backgammon-Monster, den Blick auf das Spielbrett konzentriert, seine linke Hand streichelte unwillkürlich den Griff des Melonenmessers.

»Stimmt ja, Herr David«, lenkte die Frau ein, »es schadet ihm nichts, wenn er Schnitzel isst. Die Kinder heutzutage sind viel zu verwöhnt.« Die Frau ging, und die rollenden Würfel fuhren fort, sich Liors Willen zu fügen, und ein neuer Geruch offenbarte sich ihm im Raum des Ladens, der sich über die Zwiebeln und Kohlrabi erhob, der Geruch des Sieges.

»Pasch«, brüllte Lior mit seiner dünnen Stimme und fuchtelte mit geballten Händen vor dem niedergeschlagenen Gesicht des Ungeheuers herum. »Pasch«, befahl er den gehorsamen Würfeln noch einmal. Die Würfel kreiselten eine Sekunde um ihre Achse, als erwögen sie den Versuch zu rebellieren, doch am Ende besannen sie sich und blieben stehen. »Fünf-fünf. Und verdreifacht, türkischer Marsch!«, zischte Lior. »Du schuldest mir drei Waffeln.« Und damit stand er auf, um in eine Zwetschge zu beißen.

»Pass einen Moment für mich auf den Laden auf«, bat das Monster und trat gebückt, mit hängenden Schultern, aus der Ladentür, und zurück kam einfach David, mit zwei Egosi- und einmal Ta'ami-Waffeln.

»Du hast heute echte Glückstreffer gelandet, aber das

wird nicht immer so für dich laufen«, versuchte es David. Doch da halfen ihm alle Tricks mit der Ader auf der Stirn oder der Kippa als Glücksbringer nichts. Das Backgammon-Monster war für immer verschwunden.

*Schuni oder*
*der zwergenhafte Unterschied*

Das erste Mal, als er ihnen begegnete, war in der Nacht, als Michal ihn verließ. Er bat sie zu bleiben, sie könnten doch versuchen, darüber zu reden, doch sie packte weiter wortlos ihre Sachen in die große Tasche.

»Ich würde ja gerne drüber reden«, sagte sie, als sie bereits in der Tür stand, »ich würde gerne über eine ganze Menge Dinge reden. Aber da ist niemand zum Reden. Du meinst es nicht ernst, Meir. Einfach nicht ernst.«

Er leerte eine Flasche Goldstar, und dann beugte er sich nach vorn, stützte den Kopf auf dem Tisch auf und wollte einschlafen. Plötzlich begann er still zu weinen.

»Sag mal, bist du übergeschnappt?«, hörte er eine heisere Stimme nicht weit weg von sich. »Heult wegen einem Mädchen? Und noch dazu wegen so einem Luder? Sei froh, dass sie gegangen ist.«

Meir weinte weiter, er hatte nicht mal die Kraft, den Kopf zu heben.

»Du meine Güte, hör auf damit. Ein Wort von dir, und Schuni organisiert dir auf der Stelle drei schwedische Freiwilligenzwerginnen, die Schlange stehen, um dir einen zu blasen.« Und gleich darauf noch eine Stimme: »Du liebe Zeit, Zafrani, mach uns keine Schande.«

Es gelang Meir, den Kopf zu heben, und er sah, dass vor ihm auf dem Tisch zwei Zwerge mit Bommelmützen, Militärhosen und hohen Schuhen standen und zwei weitere auf der Schachtel Nobels dösten, die auf dem Tisch lag.

»Mut, Brüderchen, nur Mut«, wandte sich der mit der heiseren Stimme an ihn, er trug einen Ring im Ohr.

»Wer bist du?«, fragte Meir.

»Wer ich bin? Hast du das gehört, Schuni, er fragt, wer ich bin!«, sagte der Heisere in beleidigtem Ton. Er zog eine zwergenhafte Zigarettenschachtel aus der Tasche seiner Kombimontur, schnipste eine Zigarette heraus und zündete sie sich mit einem winzigen Benzinfeuerzeug an. »Sag ihm, wer ich bin«, befahl er dem anderen.

»Wieso, das ist Zafrani«, sagte der zweite, der von der Frage überrascht schien, »er ist der Sekretär von unserer Arbeitskompanie im Kibbuz.«

»Ach so«, sagte Meir, »bedaure, war mir entfallen.« Früher konnte ich fünf Biere kippen, ohne mit der Wimper zu zucken, dachte er sich, jetzt reicht ein Bier und hallo!

»Und ich bin Schuni«, stellte sich der zweite zur Sicherheit vor, »ich arbeite im Wirtschaftsbereich. Und das ist After und das Salzmann«, er deutete auf die beiden Schläfer, »willst du Whist spielen?«

»Klar«, sagte Meir und schwenkte seinen Kopf nach rechts und links, »klar.« Zafrani weckte einen von den schlafenden Zwergen auf, und Schuni teilte die Karten aus. Zafrani setzte sich auf Meirs Feuerzeug und Schuni auf die Kante der Nobels-Schachtel. Salzmann saß zwischen ihnen im Türkensitz auf dem Boden und döste alle paar Minuten ein. Meir fiel es schwer, die Minikarten zu halten, und noch schwerer, zu lesen, was draufstand. Siehst du, was du mir angetan hast, Michal, dachte er sich im Stillen, ein Whistspiel mit Zwergen, du hast mich im wahrsten Sinne des Wortes verrückt gemacht.

»Du denkst immer noch an sie«, sagte Schuni, als Meir

an der Reihe war, aber nicht spielte, »du bist nicht auf das Spiel konzentriert.«

»Mädels sind Gift«, murmelte Zafrani mit belegter Stimme, »man muss sie unter irgendeinem Pilz vögeln und danach sofort zum Teufel schicken. Wenn man sie zu lange bleiben lässt, vergiften sie dir die Seele.«

Um fünf Uhr morgens gingen die Zwerge heim. »Wir kommen morgen wieder«, versprachen sie. Meir schlief sofort ein, nachdem sie gegangen waren, wachte um sieben Uhr abends auf und entdeckte, dass er einen Tag Arbeit versäumt hatte. Jetzt werden sie mich auch noch rausschmeißen, dachte er, wie konntest du mich bloß verlassen, Michal, wie? Er zog ein Bier aus dem Kühlschrank und fing an, gefrustet daran zu nuckeln.

»He, übrigens«, hörte Meir wieder Stimmen, »schau mal, was wir mitgebracht haben.« Meir hatte bereits drei Bier intus und schaffte es kaum, die Augen zu öffnen. Schuni und Zafrani marschierten auf ihn zu, von einem Ohr zum anderen grinsend, jeder mit einer Kiste in Größe einer Streichholzschachtel in der Hand, und aus den Kisten ragten klitzekleine Flaschenhälschen. »Tu mir nen Gefalln«, sagte Zafrani, »un schmeisses Bier innen Kühlschrank.« Meir hob die Miniaturkästen behutsam hoch und stellte sie ganz vorsichtig in den Kühlschrank. Sie spielten ein bisschen Karten, diesmal Poker. Danach tranken sie ein paar Bierchen, und Schuni erzählte eine lustige Geschichte, wie sie einen von der Truppe »Jung-Maccabi« bei der Grundausbildung verarscht hatten. »Kommt morgen auch«, sagte Meir zu ihnen.

»Na klar kommen wir, aber klar«, sagte Zafrani und deutete auf das Zwergfeuerzeug, das am Ende des Tisches lag, neben Meir, »ich muss es morgen doch zurückgewinnen.«

Sie kamen am nächsten Tag und auch in der Nacht darauf, und sie veranstalteten allerlei Scherze zusammen. Einmal setzten sie Salzmann zwei Stunden in der Nobels-Schachtel gefangen und schrien ihm die ganze Zeit von draußen zu, er solle ja nicht herauskommen, weil es einen atomar-biologisch-chemischen Angriff gebe. Und zu seinem Geburtstag brachten sie Meir ein Hemd mit dem Namen ihres Arbeitskommandos und dem Bild von zwei vögelnden Ameisen darauf, und am Unabhängigkeitstag bereitete ihnen Meir eine Überraschung und reparierte ihnen ihr Doppelkassettendeck, das kaputtgegangen war, als After es vom Tisch hatte fallen lassen.

Eines Abends rief Michal an, sagte, sie komme jetzt, denn sie müsse mit ihm reden.

»Ich hatte schreckliche Sehnsucht«, flüsterte sie, als er die Tür öffnete, »wenn du nicht heiraten willst, dann brauchst du nicht, es soll so sein, wie du möchtest. Hauptsache, wir sind zusammen.« Sie schliefen miteinander. Und als er in der Früh aufstand, warteten in der Küche schon Michal und das Frühstück auf ihn. Alles war ganz wunderbar, bis er den Kühlschrank öffnete, um Milch für den Kaffee herauszuholen, und entsetzt feststellen musste, dass die Bierkästen der Zwerge aus dem Fach verschwunden waren. Bestimmt haben sie Michal gesehen und sich aus dem Staub gemacht, dachte er traurig. Wenn sie das Bier mitgenommen haben, werden sie sicher nicht mehr wiederkommen. Er kehrte niedergeschlagen an den Tisch zurück und trank den Kaffee mit kleinen, betrübten Schlucken.

»Ach ja«, sagte Michal zu ihm, nachdem sie mit dem Abspülen und Geschirrabtrocknen fertig waren, »diese Zündholzschachteln, in denen du die Augentropfen aufbewahrst, sind aus dem Fach gefallen, als ich die Butter rausholte, und die Gläser sind zerbrochen, da hab ich sie in den Mülleimer geworfen.«

»Was, das Bier?« Meir sprang auf die Füße.

»Nein, nicht das Bier, Dummkopf, diese Fläschchen, die du in …«

»Willst du mir damit sagen, du hast alle vier Kästen zerbrochen?«, fuhr ihr Meir wutschäumend dazwischen. »Du bist doch nicht dicht im Kopf, Meir«, sagte Michal und warf zornig das Geschirrtuch aufs Spülbecken, »einfach nicht ganz dicht.«

»… alle vier Kästen«, sagte Zafrani und hielt sich gefrustet seinen Turban.

»Dieser Fick ist uns echt teuer zu stehen gekommen«, murmelte After mit gebrochener Stimme, »ich hoffe, er war's wert.«

»Scheiß auf die ganzen Biere, Hauptsache, sie ist weg«, sagte Schuni und stellte einen kleinen, in Silberpapier gewickelten Klumpen zur Schau, den er aus der Tasche seiner Kombimontur gezogen hatte, »ich hab hier nämlich echt guten Stoff.« Und die Zwerge und Meir brachen in anerkennendes Gejohle aus.

»Ist doch wirklich gut, dass sie gegangen ist«, sagte Zafrani zu ihm, während Schuni den Stoff aufbereitete, »Mädels sind Gift.«

## *Chubeisa*

Es gibt einen Ort, der heißt Chubeisa, nicht weit weg von Tel Aviv. Man hat mir gesagt, dass die Leute dort schwarz angezogen und immer und ewig glücklich sind.

»Ich glaube nicht an dieses ganze Geschwätz«, sagte mein bester Freund zu mir, womit er eigentlich sagen wollte, dass er nicht glaubte, dass es glückliche Menschen gibt. Viele Menschen glauben das nicht. Also kletterte ich in den Autobus, der nach Chubeisa fährt, und hörte während der ganzen Strecke auf meinem Walkman Kriegslieder. Die Leute in Chubeisa sterben nie in Kriegen. Die Leute in Chubeisa gehen nicht zum Militär. Ich stieg am Hauptplatz aus dem Autobus aus. Die Leute von Chubeisa empfingen mich sehr nett. Aus der Nähe konnte ich ganz leicht feststellen, dass sie wirklich glücklich sind. Sie tanzen viel in Chubeisa und lesen dicke Bücher, und ich habe dort in Chubeisa an ihrer Seite getanzt und auch die dicken Bücher gelesen. Und ich habe ihre Kleider angezogen, dort in Chubeisa, und in ihren Betten geschlafen. Und ich habe ihre Speisen gegessen und ihre Babys geküsst, auf den Mund, dort in Chubeisa. Drei volle Wochen lang. Aber Glück ist nicht ansteckend.

## *Für nur 19,99 Schekel (inklusive Mehrwertsteuer und Versandkosten)*

Nachum stieß ganz zufällig auf die Anzeige, irgendwo zwischen dem Tageshoroskop und den Werbeannoncen der Sexläden.

»Hast du dich einmal gefragt, was der Sinn des Lebens ist?«, fragte die Anzeige. »Warum wir hier überhaupt existieren?« Und antwortete gleich darauf: »Die Antwort auf dieses quälende Problem ist momentan in deiner Reichweite, sie befindet sich in einem kleinen, aber ganz erstaunlichen Buch, das dir in klarer, flüssiger Sprache den Grund deiner Existenz auf Erden erklären wird. Das Buch, auf erlesenem Papier gedruckt und von hinreißenden, anschaulichen Farbfotografien begleitet, wird dir in angemessen eleganter Verpackung ins Haus geschickt, für nur 19,99 Schekel!«

Es gab auch ein Foto von einem bebrillten Menschen, der in das Büchlein hineinsah, mit einem glücklichen Lächeln auf dem Gesicht, und über seinem Kopf, genau an der Stelle, wo sich seine Gedanken befinden mussten, stand in Fettdruck: »Das Büchlein, das dein Leben enthält!« Nachum war ungemein beeindruckt von dem Foto in der Anzeige, der Mann darauf sah wirklich sehr glücklich aus, und er war auch fasziniert von seinen Schultern. Er erinnerte etwas an das lächelnde Muskelpaket aus dem Inserat: »Ein Herkules-Körper für dreißig Sekunden Aufwand pro Tag, dank einer brandneuen Formel, für nur 29,99 Schekel! (inklusive Mehrwertsteuer und Versandkosten).« Und man stelle sich vor, hier wurde ihm der Sinn des Lebens angeboten, und noch dazu für zehn Schekel weniger!

Nachum klebte mit zitternden Händen die Marke auf den Umschlag, er wusste, die nächsten Tage würden ihm länger werden als sonst. Der Sinn des Lebens war ein Problem, das ihn schon immer gequält hatte, und obwohl sein Leben auf annehmbare Weise angenehm und glücklich war, hatte er immer empfunden, dass etwas darin fehlte, aber jetzt, in wenigen Tagen, würde seine Welt ganz werden. Als er versuchte, seinen Vater an dem Gefühl der prickelnden Neugier, das in ihm brodelte, zu beteiligen, stieß er auf Schwierigkeiten.

»Idiot, du bist schlicht ein Idiot. Jedes Mal, wenn irgendein Schwindler ein paar Lirot machen will, braucht er bloß eine Anzeige zu veröffentlichen, und mein beschränkter Sohn schickt ihm postwendend Geld.«

»Aber Papa, das sind keine Schwindler«, versuchte Nachum, seinem Vater den Irrtum begreiflich zu machen, »es steht sogar in der Anzeige, dass ich, wenn ich nicht zufrieden bin, das Büchlein innerhalb von vierzehn Tagen zurückschicken kann, und das Geld kriege ich zurück, abzüglich der Versandkosten natürlich.«

Nachums Vater grinste wild, sein wütender Gesichtsausdruck begann einem anderen Platz zu machen, einer Art blankem Wahnsinn. Er legte seine Hand auf Nachums Schulter und flüsterte mit hinterlistiger Stimme: »Weißt du, was? Komm, wir schmieren sie aus. Wir lesen das Büchlein zusammen, und nachdem wir den Sinn des Lebens begriffen haben, schicken wir's ihnen zurück, und so verarschen wir sie, was sagst du dazu?« Nachum, obwohl er dachte, dass es höchst unanständig wäre, sagte gar nichts, weil er seinen Vater nicht erzürnen wollte. Doch die Hand auf seiner Schulter wurde erdrückend, anscheinend war es seinem Vater gelungen, selbsttätig wütend zu werden. »Du debiles Stück«, schrie er, »ich werd dir zeigen, was der Sinn des Lebens ist, du Hirnamputierter«, brüllte er, während er sich abstrampelte, um seinen Schuh auszuziehen.

»Lass den Jungen in Ruh.« Seine Mutter eilte Nachum zu Hilfe und versuchte, sich zwischen ihn und seinen Vater zu stellen.

»Junge?«, krächzte Nachums Vater wie irrsinnig, während er drohend seinen Hausschuh schwenkte. »Im August wird er achtundzwanzig!«

»Dann ist er halt ein bisschen naiv«, wimmerte seine Mutter, »na, und wenn schon?«

Auch Nachums Freunde dachten, dass es einfach nur Blödsinn war, sogar Ronit, und so, ohne jemanden, der mit ihm das Gefühl der ungeduldigen Erwartung geteilt hätte, wartete Nachum eben allein mit Ungeduld. Der Zettel für das Päckchen traf nach drei Tagen ein, und Nachum gelang es, ihn den Händen seines Vaters zu entreißen, der versuchte, ihn im Verlauf eines seiner Amokanfälle zu verschlucken. Als er das Päckchen dann in der Hand hielt, verließ ihn die Geduld, er riss sofort das braune Einwickelpapier auf, gleich am Postamt, und begann, das Büchlein auf dem Nachhauseweg zu lesen. Das Geheimnis der menschlichen Existenz erschloss sich ihm, wurde ihm klarer mit jeder Seite, die er las. Das wunderbare Büchlein war in verständlicher, einfacher Sprache geschrieben, und Nachum begriff alles beim ersten Lesen (außer einem Abschnitt, bei dem er die hinreißenden Farbfotos zu Hilfe nehmen musste, die wirklich anschaulich waren). Als er das Haus erreichte, in dem er wohnte, wusste er zum ersten Mal in seinem Leben, warum er sich auf dieser herrlichen Welt befand, warum wir alle uns hier befinden, und dieses Gefühl erfüllte ihn mit einem überirdischen Glück, in das sich ein bisschen Kummer mischte über all die Jahre, in denen er gezwungen gewesen war, in Unwissenheit zu leben. Wild entschlossen, anderen so weit wie möglich jene qualvollen Augenblicke der Verwirrung zu ersparen, stürzte Nachum die Treppen hinauf, während ihm allein der Gedanke, dass er innerhalb weniger Sekunden das Geheimnis der Existenz mit seinen Eltern teilen würde, Freudentränen in die Augen trieb. Tränen, die innerhalb kurzer Zeit zu Tränen der Frustration wurden. Sein Vater brüllte, er sei nicht gewillt, sich an dieser lächerlichen Farce zu beteiligen. Und seine Mutter hörte sich zwar seine Erklärungen an, betrachtete die Bilder und nickte mit dem Kopf, aber ihre glasigen Augen und ihr leeres Nicken zeugten davon, dass sie nur versuchte, es Nachum recht zu machen, und in Gedanken überhaupt nicht bei dem Büchlein war.

Die Stunden nach der Lektüre des Büchleins verbrachte er in frustriertem Kummer. Ein kurzes Blättern in der Zeitung erinnerte ihn daran, wie fremd doch das Wesen der Existenz der Mehrheit der Menschen auf der Welt war. Die ganzen Kriege, Morde, die ökologischen Schäden, sogar die fallenden Aktien an der Börse kündeten von Ignoranz, von Irrtümern, die das Ergebnis eines grundlegenden Unverständnisses des Wesens der Existenz waren. Irrtümer, die man so leicht hätte korrigieren können, wäre man nur bereit gewesen zuzuhören. Aber niemand war bereit, weder Familienangehörige noch Freunde, nicht einmal Ronit. Nachum spürte, wie ihn die Verzweiflung packte. Doch mit einem Mal, genau über der breiten Angebotspalette zinsloser Darlehen, stieß sein Blick auf eine bekannte Gestalt, ebenjener bebrillte, breitschultrige Mensch, nur dass er in der vorliegenden Anzeige mit einem älteren, ernstblickenden Mann sprach, der seinen Worten aufmerksam zu lauschen schien.

»Hören dir die Menschen nicht zu?«, fragte die Anzeige. »Bekannte oder Arbeitskollegen ignorieren deine Worte? Wir haben die Lösung. Für 19,99 Schekel schicken wir dir eine lehrreiche Broschüre, die dich unterweisen wird, wie man den unzugänglichsten Menschen in einen aufmerksamen Zuhörer verwandelt.« Nachum konnte sein Glück kaum fassen. Haargenau jetzt, wo er an der Schwelle zum Aufgeben gewesen war, drehte sich das Rad. Die Tage des Wartens auf die Broschüre vergingen in stürmischer Hoffnung, und nach vier endlos langen Tagen hielt er das Päckchen in seinen Händen. Mit angehaltenem Atem las er die lehrreichen Grundsätze, die in der Broschüre präsentiert wurden, und als er sie zu Ende gelesen hatte, ging er vollkommen sicher zu seinem Vater, in dem Wissen, diesmal würde er ihm zuhören.

Die Dinge entwickelten sich in schwindelerregendem Tempo. Nachum kannte die existentielle Wahrheit und wusste, wie man die Menschen zum Zuhören brachte. Der Sinn des Lebens ging von Mund zu Mund, von Freund zu Freund. Es fällt schwer, Nachums Freude zu schildern, als er in die leuchtenden Augen seiner Mutter blickte, als er das glückliche Lachen all seiner Freunde hörte, besonders das von Ronit.

Doch nicht alles verlief ganz glatt. Eine Anzahl junger Orthodoxer, darunter der Enkel des Rabbi von Dudlweis, kam zu Nachums Haus und verlangte aus seinem Munde zu hören, was der Sinn des Lebens sei. Nachum erklärte es ihnen mit Freuden, und danach servierte er ihnen sogar Himbeersaft. Sie dankten ihm höflich und gingen ihrer Wege. Nachum maß diesem Vorfall keine allzu große Wichtigkeit bei. Viele Fremde suchten in jenen Tagen sein Haus auf, und er hatte bei den Jungen nichts Außergewöhnliches festgestellt.

Doch als sich am nächsten Tag Massen von Orthodoxen vor seinem Haus zusammenscharten und den Hof überschwemmten, während sie Lieder im Stile von »Teufelssohn, dein Schädel soll gespalten werden – jauchzen und jubeln wird das Volk Israel auf Erden« und »We Shall Overcome« absangen, wusste Nachum, dass er in Schwierigkeiten war. Es gelang ihm, aus seinem Haus zu entkommen, und er fand einen Unterschlupf in einem verlassenen Schutzraum unweit Ronits Haus. Ronit brachte ihm jeden Morgen eine Anzahl belegter Brote und eine Thermoskanne mit Kaffee. Die Brote wickelte sie in Zeitungspapier ein, und daraus gelang es Nachum zu erfahren, dass der Enkel des Rabbi von Dudlweis einen Massenauszug von Schülern aus den Jeschivas in Bnei-Brak organisiert hatte, mit dem Argument, dass keine Notwendigkeit mehr bestand, in den heiligen Schriften nach der Wahrheit zu forschen, jetzt, wo sie offen zutage lag. Die orthodoxe Gemeinde sah in Nachum den alleinigen Verantwortlichen für die ganze Situation. Und als ob die Lage nicht schon ausreichend verzwickt gewesen wäre, gelang es seinem Vater, dessen Verständnis für den Sinn des Lebens seinen Charakter nicht wesentlich verändert hatte, sie noch komplizierter zu gestalten. Durch das Abwerfen von Blumentöpfen auf die Köpfe der orthodoxen Demonstranten und mittels eines unkonventionellen Gebrauchs von Zwergkarottenkonserven verfrachtete er den Vorsteher der Dudlweis-Gemeinde auf die Intensivstation.

Nachum wollte den Rabbi der Dudlweis-Gemeinde beruhigen, ihm klarmachen, dass der Sinn des Lebens, den er erklärte, nicht zwingenderweise antireligiöse Botschaften beinhaltete. Im Gegenteil. Er pflegte doch schließlich selbst an jedem Jom Kippur zu fasten, hatte bei seiner Bar-Mizwa feierlich aus der Thora vorgetragen und hatte sogar ein Rennrad bekommen wie jeder gute jüdische Junge. Aber jedes Mal, wenn er den Rabbi von der öffentlichen Telefonzelle aus anrief, die nahe bei dem Schutzraum gelegen war, ließ ihn der gar nicht erst ausreden, murmelte bloß Gebete, stieß Hilferufe auf Jiddisch aus und unterbrach hastig das Gespräch. Nachum begann, in rabenschwarzer Bitterkeit zu versinken, die Berichte über die Belagerung seines Hauses und die öffentliche Missbilligung durch die allgemeine Rabbinerschaft, dazu die Feuchtigkeit im Schutzraum und seine heftige Sehnsucht nach der Küche seiner Mutter hinterließen allmählich ihre Spuren bei ihm. Aber genau in diesem Stadium, in dem es schien, als wäre alles verloren, kam die Revolution in Gestalt eines Thunfischbrots vom Dienstag daher. Auf dem Zeitungsstück, in das das Brot eingeschlagen war, tauchte ein umfassendes Interview mit dem Vorsteher der Dudlweis-Gemeinde auf, der sich von dem Konservenschlag erholt hatte und aus dem Krankenhaus entlassen worden war, und genau über dem Interview befand sich eine Annonce, die Nachums Aufmerksamkeit auf sich zog. In der Anzeige erschien unser bebrillter, starker Ihrwisstschonwer, nur dass er diesmal in einer unangenehmen Lage war, denn ihm gegenüber stand ein bärtiger Riese, der mit drohender Gebärde eine dem Aussehen nach scharfe Axt in den Händen hielt. Der Bebrillte hielt seinen Blick durchdringend auf ihn gerichtet, was durch einen gestrichelten Pfeil betont war.

Die Anzeige besagte Folgendes: »Hast du Feinde? Leute wollen dir Schaden zufügen? Keine Sorge! Für 19,99 Schekel kannst du unser neues Anleitungsbüchlein ›Vom Feind zum Freund, in sieben leichten Lektionen‹ erwerben und lernen, negative Energien in positive umzupolen, und all das mit Hilfe eines Blicks!«

Nachum beeilte sich, das Geld zu schicken, und das erbetene Päckchen blieb nicht lange aus. Nachum verschlang das Büchlein gierig und machte sich rasch daran, die Grundsätze, die in der Broschüre vorgestellt wurden, an den Ratten im Schutzraum zu trainieren, die innerhalb weniger Sekunden zu seinen Busenfreunden wurden. Nachum rasierte sich mit dem kalten Wasser im Schutzraum und versuchte, so gut er konnte, seine Kleider zu glätten. Er erstand eine Kippa im nächsten Laden und machte sich auf den langen Weg zur Residenz des Rabbi von Dudlweis. Trotz seiner Versuche, nicht aufzufallen, zog Nachum aus Gründen, die ihm unklar blieben, vermehrte Aufmerksamkeit auf sich. Bei der Wohnstatt des Rabbi von Dudlweis versuchte die Menge, ihn zu lynchen, doch seine Freunde, die Ratten, die es sich nicht hatten nehmen lassen, ihn zu begleiten, sprangen in die Bresche. Der Rabbi trat auf den Balkon seines Hauses, um zu erkunden, welch eine Bewandtnis es mit dem Aufruhr hatte, und tatsächlich bedurfte es nur eines einzigen Blickes, um ihm das Missverständnis klarzumachen. »Haltet ein«, donnerte er von den Höhen des Balkons herab, »seht ihr nicht, dass ihr vor euch den Messias, Sohn des David, habt, in dessen Munde das Wort Gottes ist?« Und die Menge schaute und sah. An jenem Abend gab es ein großes Gelage, bei dem Nachums Vater und der Vorsteher der Gemeinde von Dudlweis Arm in Arm tanzten und sich auch Nachums Freunde, die Ratten, einen Rausch antranken.

Von hier bis dahin, den Sinn des Lebens der restlichen Menschheit auf der Welt zu erklären, war es nur noch ein kurzer Weg. Das Geheimnis des Wesens der menschlichen Existenz verbreitete sich in schwindelerregendem Tempo, und Nachum ließ sich dazu überreden, es höchstpersönlich in einer Folge von Auftritten in »Night-Line« zu erklären. Sämtliche Staaten der Welt entledigten sich ihrer Waffen, ein Teil machte seine Schwerter zu Pflugscharen, und andere erfanden sogar noch bessere Verwendungsmöglichkeiten dafür. Nachum verbrachte den Großteil seiner Zeit mit der Pflege der Tomatenbeete im Gemeinschaftshof des Hauses, in dem seine Eltern wohnten, voll Stolz darauf, dass auch er irgendwie einen gewissen Anteil am Glück der ganzen Welt hatte. Doch ein Gedanke quälte ihn trotz allem. Der Gedanke an den Tod. Früher hatte er Nachum nicht gestört. Aber nun, wo alles so ganz wunderbar war, versetzte ihn der Gedanke an den Tod in Schrecken. Wie freute sich Nachum da, als sein Vater seine Aufmerksamkeit auf eine Anzeige lenkte, die in einer der Tageszeitungen erschien, in der der breitschultrige Bebrillte, der jünger denn je aussah, versprach: »... eine Farbbroschüre, die dir den Weg zum ewigen Leben weisen wird, für fünfzehn Sekunden Aufwand pro Tag zum Trainieren der Ringmuskeln, für nur 39,99 Schekel.«

»Hast du das gesehen?«, zischte Nachums Vater höhnisch. »Ein kleines bisschen Erfolg, und schon schießen die Preise in den Himmel.«

## *Der Bumerang*

Manchmal verließ Vater für ein paar Tage das Haus, packte eine Anzahl von Dingen in so eine Art braune Plastiktasche, auf der »Adidas« stand, und verschwand. Wohin geht Papa?, fragte ich Mutter immer. »Nach Be'er-Scheva«, antwortete sie ungeduldig. Und was macht er in Be'er-Scheva? »Uff, wie viel Fragen du heute hast«, zürnte sie, »geh Hausaufgaben machen.« Also ging ich Vater fragen.

»Wohin ich gehe?«, sagte Vater. »Ich weiß es nicht mehr so ganz genau. Wohin, hat Mama gesagt, gehe ich?« Nach Be'er-Scheva.

»Ach ja, stimmt. Plötzlich fällt es mir wieder ein«, lächelte Vater, »ich gehe tatsächlich nach Be'er-Scheva.« Aber was machst du in Be'er-Scheva?, fragte ich.

»Was hat Mama denn gesagt, dass ich machen würde?«, forschte Vater nach. Ich zuckte mit den Schultern. Sie wollte es nicht verraten, ist es ein Geheimnis?

»Natürlich ist es ein Geheimnis«, flüsterte Vater, »ein ganz strenges Geheimnis, aber ich will dir was sagen, ich bin bereit, es dir ins Ohr zu flüstern, wenn du schwörst, es niemandem zu verraten.« Ich schwor. »Ah«, sagte Vater, »es reicht nicht, einfach nur so zu sagen ›ich schwöre‹, man muss bei etwas schwören.« Also gut, ich schwöre bei meiner Mutter.

»Bei deiner Mutter?«, lachte Vater. »Na gut, was immer das auch wert ist. Komm her.« Ich näherte mich ihm, und er flüsterte mir ins Ohr: »Ich gehe nach Be'er-Scheva, um Fische zu fangen.« Fische fangen?

»Schsch …«, brachte mich Vater zum Schweigen und legte mir seine Hand über den Mund, »nicht so laut.« Fischen?, flüsterte ich. Aber wie? Du hast doch gar keine Angel.

»Eine Angel ist was für Epigonen«, sagte Vater, »ich fische sie mit den Händen.« Aber was sind Epigonen? Und was machst du mit den Fischen, nachdem du sie gefangen hast? Und warum fängst du sie überhaupt?

Vaters Gesicht wurde ernst. »Das sind wirklich gute Fragen«, sagte er, »aber ich kann sie dir nicht beantworten, außer vielleicht die mit den Epigonen. Sie sind einfach zu geheim.« Aber ich werde es niemandem verraten. Ich schwöre bei Mama und bei Zion auf einmal.

»Sogar bei Zion?«, sagte Vater und pfiff anerkennend. »Sogar bei Zion Schemesch?« Ich nickte mit dem Kopf. »Wenn das so ist, dann bin ich sicher, dass du nichts verraten wirst«, sagte Vater, »aber man könnte dich entführen und dir eine Wahrheitsdroge spritzen, die dir die Geheimnisse aus dem Kopf saugt, ohne dass du es überhaupt merkst.« Wer, fragte ich, wer könnte mich entführen?

»Die Epigonen«, flüsterte Vater. Mutter kam ins Zimmer. »Wann gehst du?«, fragte sie und zündete sich eine Zigarette an.

»Jetzt«, sagte er und hob die Tasche auf. »Vergiss nicht«, er blinzelte mir zu und legte einen Finger auf die Lippen, »kein Wort!« Kein Wort, sie werden nichts aus mir rauskriegen, sogar wenn sie mir alle Drogen der Welt spritzen.

»Welche Drogen?«, fragte Mutter und heftete einen durchdringenden Blick auf Vater. »Was für einen Mist setzt du dem Jungen in den Kopf?«

»Nicht einmal Mama«, lachte Vater und ging. Ich wusste, er verließ sich auf mich.

Zwei Tage, nachdem Vater weggefahren war, kam Zachi. Zachi kam immer, wenn Vater weg war. Meistens kam er ganz spät in der Nacht an, wenn er dachte, ich sei schon im Bett, und blieb dann zum Schlafen da. Zion Schemesch hat gesagt, er würde garantiert meine Mutter bumsen. Zion ist vier Jahre älter als ich und versteht was von solchen Dingen. Und was macht man da?, fragte ich Zion. »Nichts«, sagte er, »so ist das mit den Weibern, immer wollen sie einen Schwanz, und ein Schwanz ist ein Bumerang.« Warum? Warum wollen sie immer?

»So ist das eben«, sagte Zion, »alle Weiber sind Nutten. Das liegt in ihrem Charakter. Sogar meine Mutter ist so.« Aber warum ist ein Schwanz ein Bumerang? Und was hat das überhaupt damit zu tun, dass sie Nutten sind?

»Ich weiß nicht«, zuckte Zion die Schultern, »mein Bruder sagt das immer. Ich glaube, das heißt, dass man nichts dagegen machen kann.« Also machte ich nichts.

Ich habe Zachi immer gehasst. Ich weiß nicht, warum, sogar obwohl er mir bei den paar Mal, als er in der Früh kam, immer Schokolade mitbrachte und sich die ganze Zeit einschmeichelte. »Was gibt's Neues, junger Mann?«, fragte Zachi, wenn ich die Tür aufmachte. »Ist Mama zu Hause?«, fragte er. Ich nickte mit dem Kopf. »Und Papa?«, fragte er und durchforschte mit seinem Blick die Wohnung. Nein.

»Wo ist er?«, fragte er, während er in die Wohnung hineinspähte. »Weggefahren?« In dem Augenblick begann ich, misstrauisch zu werden. Wenn er gekommen war, um Mama zu bumsen, wieso fragte er dann plötzlich nach Vater? Ich gab keine Antwort. Mutter kam aus der Küche, Zachi stellte seine schwarze Ledertasche auf den Boden und trat auf sie zu. Sie war furchtbar überrascht, ihn zu sehen.

»Was machst du denn hier?«, sagte sie. »Bist du verrückt geworden?«

»Ich habe meiner Frau gesagt, dass ich ins Krankenhaus fahre«, sagte Zachi, »ich musste dich sehen.«

»Bist du wahnsinnig?«, fragte meine Mutter noch einmal. »Was, wenn Menachem hier wäre?«

»Dann hätte ich gesagt, dass ich dir Medikamente mitgebracht habe«, sagte Zachi, »na und?« Er näherte sich Mutter und ergriff ihre Hand: »Darf ein Arzt vielleicht seine Patientin nicht mehr besuchen?« Mutter versuchte, ihre Hand aus seinem Griff zu befreien, aber nicht wirklich mit aller Kraft. Er ließ nicht los.

»Und was ist mit dem Jungen?«, flüsterte sie.

»Der Junge?«, sagte Zachi. »Ich habe ihm Schokolade mitgebracht.«

Als sie ins Schlafzimmer gegangen waren und die Tür hinter sich geschlossen hatten, machte ich seine Tasche auf. In der Tasche waren alle möglichen Flaschen und Notizbücher, aber ganz tief unten, in einem Geheimfach, war die Spritze mit der Droge. Ich hielt die Spritze mit zitternden Händen fest und rannte zur Schlafzimmertür.

Sie war zugesperrt, und ich fing an, mit Gewalt daran zu hämmern. Mama, Mama, pass auf!, schrie ich. Sag ihm nichts. Es vergingen ein paar Minuten, und dann öffnete Mutter keuchend die Tür.

»Was ist los?«, fragte sie wütend. Es ist wegen Zachi, schrie ich, er will dich nicht wirklich bumsen. Das ist bloß ein Vorwand. Er ist eigentlich ein Epigone. Hier ist die Spritze. Er hat sie in der Tasche gehabt. Sag ihm nichts. Sag ihm nichts.

Mutter war auf einmal ganz erschrocken, und auch Zachi tauchte plötzlich in der Tür auf.

»Wie hast du denn diesen Blödsinn erfunden?«, brüllte Mutter und begann mich zu schütteln. Ich habe ihn nicht erfunden, das hat Papa gesagt. Ich fing an zu weinen. »Papa? Wo ist er?«, fragte Zachi. Sogar wenn du mich umbringst, sag ich nichts, du Epigone.

Zachi packte seine Tasche und verließ fluchtartig die Wohnung, mit den Schuhen in der Hand und alle Hemdknöpfe noch offen. Die Spritze blieb bei mir. Mutter versuchte hinterher noch einmal, mich auszufragen, aber ich sagte ihr gar nichts mehr, denn ich sah, dass sie nicht wusste, was ein Epigone ist, und begriff, dass Vater es ihr nicht erzählen wollte, was ganz gut mit dem zusammenpasste, was Zion gesagt hatte, über den Charakter der Weiber, die immer einen Bumserang wollen.

Als Vater zurückkam, redete Mutter ein bisschen mit ihm, und er wurde schrecklich wütend auf sie deswegen, weil sie einen Epigonen ins Haus gelassen hatte. Ich weiß es, denn er gab ihr eine Ohrfeige und schmiss seine braune Tasche aus dem Fenster. Ich habe nicht genau gehört, was sie sagten, denn sie hatten die Tür zugemacht, aber seitdem ist er nicht mehr weggefahren. Er hat mir selber gesagt, dass er nicht mehr wegfahren würde, noch am gleichen Abend.

»Man kann deine Mutter auch nicht einen Augenblick allein lassen«, sagte er zornig. Aber was wird mit den Fischen?

»Welche Fische?«, sagte er mit müder Stimme. Nu, Papa, die Fische in Be'er-Scheva.

»Reicht's dir nicht langsam, einem ständig auf den Geist zu gehen?«, brauste Vater auf. »Geh Hausaufgaben machen.«

## *Der Sohn des Chefs vom Mossad*

Der Sohn des Chefs vom Mossad wusste nicht einmal, dass er der Sohn des Chefs vom Mossad war. Er dachte, sein Vater sei ein Erdreichabfuhrunternehmer. Und wenn sein Vater jeden Morgen die verkürzte Beretta aus der unteren Schublade zog und eins nach dem anderen der .38er »Spezial«-Geschosse im Magazin überprüfte, dachte er, das sei deswegen, weil sein Vater viel mit Arabern aus den besetzten Gebieten arbeitete. Der Sohn des Chefs vom Mossad hatte lange, dünne Beine und einen komischen Namen. Er hieß Gregor, nach einem Freund seines Vaters, der im Sechs-Tage-Krieg gefallen war, und wenn man ihn im Sommer in kurzen Hosen auf seinen zwei dünnen, blässlichen Stelzenbeinen daherschwanken sah, hätte man denken können, dass sie im nächsten Moment unter ihm zusammenbrechen würden. Und auch dieser Name, »Gregor«. Er sah so überhaupt nicht wie der Sohn des Chefs vom Mossad aus, dass man manchmal dastehen und sich fragen konnte, ob das nicht ein weiterer Trick seines Vaters, des Mossadchefs, war, um seine wahre Identität zu tarnen.

Es gab Tage, an denen der Mossadchef nicht aus dem Haus ging, und andere, an denen er erst ganz spät zurückkehrte. An diesen Tagen, wenn er zurückkam, lächelte er den Sohn des Chefs vom Mossad und dessen Mutter müde an und sagte: »Fragt nicht, was ich für einen Tag gehabt habe.« Und sie fragten nicht, sondern fuhren fort, fernzusehen oder die Hausaufgaben zu machen. Auch wenn sie gefragt hätten, hätte er ohnehin nicht geantwortet.

Der Sohn des Chefs vom Mossad hatte eine Freundin, die hieß Gabi. Sie redeten über alles miteinander. Gabi und er redeten meistens, wenn sie auf dem Boden in seinem Zimmer lagen. Sie lagen in der Form eines T, wobei Gabis Kopf auf dem Bauch des Sohns des Chefs vom Mossad ruhte. Gabis Mutter starb, als sie noch ein Baby war, aber sie erzählte Gregor, dass sie sich echt daran erinnerte, wie sie sie an ihrer Brust gestillt hatte. Die am weitesten zurückliegende Erinnerung des Sohns des Chefs vom Mossad stammte aus dem Alter von ungefähr zweieinhalb Jahren. Ohrenbetäubendes Gehupe erschütterte das Auto, und sein Vater saß in aller Seelenruhe wie ein Buddha hinter dem Steuerrad. »Von mir aus hupen sie bis morgen, Aviva«, sagte er mit seiner ruhigen Stimme, »am Ende geben sie's auf«, und: »Von mir aus kann er auch bis morgen heulen, am Ende gibt er's auf.«

Gabi hatte davor einen Freund gehabt, der Simon hieß. Simon war einmal mit ihnen in der gleichen Schulklasse gewesen, aber er flog Anfang der Siebten raus und fing an, bei seinem Vater zu arbeiten, denn er hatte einen Ziegelstein auf die stellvertretende Direktorin geworfen. Simons Vater war auch ein Erdreichabfuhrunternehmer, und er konnte den Mossadchef nicht ausstehen. »Die ganze Zeit reden sie über die Ausschreibungen, bei denen seine Firma den Zuschlag gekriegt hat«, sagte er einmal zu Simon, »aber ich hab ihn nie auf einem Bulldozer sitzen und auch nur ein einziges Projekt ausheben sehen.«

Simon und sein Vater dachten, es handle sich hier um eine Intrige, dass die Firma des Mossadchefs von staatlichen Ministerien Gelder für Projekte erhielt, die sie überhaupt nicht machte. Ein Gedanke, der ganz entschieden der Realität entsprang. Wenn man dem die Tatsache hinzufügt, dass der Sohn des Chefs vom Mossad Simon die Freundin ausspannte, ist es ganz leicht zu verstehen, warum Simon den Sohn des Chefs vom Mossad mörderisch hasste.

Einmal ging der Sohn des Mossadchefs in die Sportanlage am Jarkon zum Basketballspielen. Er ging mit seinem Freund Samson. Samson war groß und stark und schwieg die ganze Zeit. Viele Leute dachten, Samson schweige, weil er ein Dummkopf sei. Das stimmte nicht. Er war zwar nicht gerade die Leuchte seiner Generation, doch ein Idiot war er auch nicht. In gewisser Hinsicht hätte es viel besser gepasst, wenn anstatt seines echten Sohns Samson der Sohn des Chefs vom Mossad gewesen wäre. Seine Gelassenheit und Gemütsruhe waren nur einige der Eigenschaften, die ihn zum idealen Kandidaten für die Rolle des Sohns des Chefs vom Mossad machten. Und tatsächlich hatte der Mossadchef Samson sehr ins Herz geschlossen. Wenn Samson zu ihnen nach Hause kam, klopfte ihm der Mossadchef freundschaftlich auf die Schulter und sagte: »Was gibt's Neues, junger Mann?« Und Samson lächelte immer und schwieg weiter. Das war eine außergewöhnliche Geste. Der Mossadchef hatte zum Beispiel niemals dem Sohn des Chefs vom Mossad auf die Schulter geklopft. Er klopfte auf niemandes Schulter außer auf die von Samson und auf die des Vizechefs des Nachrichtendienstes, und auch das bloß, weil sie beide zusammen im Offizierslehrgang gewesen waren und einander eine zweistellige Anzahl von Malen das Leben gerettet hatten.

Als es anfing, dunkel zu werden, hörten sie auf zu spielen, und der Sohn des Chefs vom Mossad machte sich auf den Heimweg. Samson blieb als Letzter auf dem Platz, um Korbwürfe zu üben, wie immer.

Der Sohn des Chefs vom Mossad ging durch den Abenteuergarten und betrachtete die alten Installationen. Es war niemand da, denn es war wirklich schon gleich dunkel. Niemand war da außer Simon, der auf dem Rand des Sandkastens saß und aussah, als hätte er zu viel getrunken. Simon war an jenem Abend äußerst deprimiert, sowohl weil er einen der Bulldozer seines Vaters ruiniert hatte, hauptsächlich aber auch, weil er entdeckt hatte, dass seine Schwester mit einem ihrer arabischen Arbeiter vögelte. Er hatte schon fünf Bier gekippt und spürte, dass er nahe daran war, zu kotzen. Der Sohn des Chefs vom Mossad ging ganz nah an Simon vorbei, ohne überhaupt zu merken, dass es Simon war, denn sein Gesicht lag im Dunkeln, während das Gesicht des Sohns des Chefs vom Mossad beleuchtet war.

»Du hast mir gerade noch gefehlt«, sagte Simon und packte den Sohn des Chefs vom Mossad am Hemd. »Du hast mir gerade noch gefehlt«, wiederholte er und zog ein Springmesser aus seiner Hosentasche. Das Messer machte ein Geräusch wie »schnapp«, und die Klinge sprang heraus. Und der Sohn des Chefs vom Mossad schloss die Augen und schwankte auf seinen langen Beinen. Simon freute sich so ungemein, den Sohn des Chefs vom Mossad Angst haben zu sehen, dass ihm das Kotzen sofort verging. In seinem Kopf jagten sich Dutzende Ideen, wie er den Sohn des Chefs vom Mossad in Grund und Boden erniedrigen könnte.

»Weißt du«, log er dem Sohn des Chefs vom Mossad vor, »Gabi erzählt immer besonders gern, wie klein dein Pimmel ist, warum lässt du nicht die Hosen runter, dass ich es mir selber anschauen kann?« Und nachdem Simon ihn gezwungen hatte, Hose und Unterhose auszuziehen, nahm er ihm auch das Hemd weg. Simon verknotete die Kleider um einen großen Stein, warf sie in den Jarkon, ging nach Hause und erwachte am nächsten Morgen mit schrecklichem Kopfweh. Der Sohn des Chefs vom Mossad war gezwungen, nackt auf seinen Stelzen nach Hause zu hüpfen, damit ihn schließlich sein Vater, als er die Tür aufmachte, fassungslos anstarren konnte. Sein Vater verlangte von ihm, sofort und auf der Stelle alles zu erzählen, was passiert war. Er erzählte ihm also von dem Messer und von Simon. Sein Vater fragte, ob ihn Simon denn überhaupt angerührt und ob er versucht hätte, sich zu wehren, und ob sich auch Samson ausgezogen hätte, denn der Sohn des Chefs vom Mossad hatte vergessen, ihm zu sagen, dass Samson zum Trainieren auf dem Spielfeld zurückgeblieben war. Nachdem er mit seinem Verhör fertig war, sagte der Mossadchef: »Gut, du kannst dich anziehen gehen.« Und setzte sich wütend hinter seinen Schreibtisch. Der Sohn des Chefs vom Mossad ging nackt ins Bett, zog sich die Decke über den Kopf und begann zu weinen. Seine Mutter, die während der ganzen Zeit, als er von seinem Vater verhört worden war, nur dagestanden und geschwiegen hatte, kam und streichelte ihn, bis er zu weinen aufhörte und sie dachte, er sei eingeschlafen. Danach hörte er seinen Vater im Wohnzimmer zum ersten Mal in seinem Leben schreien. Doch durch die Decke hindurch drang nur ein Teil der Worte, wie »wegen dir«, »nicht einmal einen Kratzer«, »nein, ich übertreibe nicht« und »Samson, zum Beispiel«.

Am Morgen danach prüfte der Mossadchef die Kugeln im Magazin der Beretta und legte die Pistole in die Schublade zurück. Dann fuhr er seinen Sohn zur Schule. Den ganzen Weg sprachen sie, wie immer, kein Wort. Um zwei Uhr war der Sohn des Chefs vom Mossad mit dem Mittagessen fertig und sagte, er gehe Basketball spielen. Am Abend, als der Sohn des Chefs vom Mossad zurückkam, lächelte er seinen Vater und seine Mutter müde an und sagte: »Fragt nicht, was ich für einen Tag gehabt habe«, und sie fragten nicht. Hinterher, als sein Vater aufs Klo ging und seine Mutter schon schlief, legte er die Pistole an ihren Platz in der unteren Schublade zurück. Auch wenn sie gefragt hätten, hätte er ohnehin nicht geantwortet.

*Jordan*

Noch bevor er den Geheimkode auf der Tastatur seines Wandsafes zu Ende gedrückt hatte, spürte Jordan, dass etwas nicht in Ordnung war. Etwas in seinem Hinterkopf sagte ihm: »Flieh, Jordan, solange du noch kannst.« Doch zwölf Jahre angestrengter Arbeit für den Mossad bewirkten, dass er sich seinem sechsten Sinn gegenüber mit gleicher Skepsis verhielt wie den anderen Sinnen gegenüber. Aber seine Sinne hatten ihn noch nie getrogen. Der Safe war leer. Die drei Akten der »Ausge-xten« und seine Wildledertasche mit den Schnappschließen waren verschwunden. Zum ersten Mal, seitdem man seine Eltern vor seinen Augen getötet hatte, gestattete es sich Jordan zu erbleichen.

»Nur keine Panik«, befahl ihm die Stimme im Hinterkopf, »denk nach, denk nach, denk nach.« Aber die Denkarbeit war nahezu unmöglich, solange die Stimme in seinem Hinterkopf noch nachklang.

»Niemand wusste die Kombination außer meiner Frau Jamima«, versuchte Jordan die Liste der potentiellen Verdächtigen einzuschränken, »und sie habe ich im November gekillt, nach diesem Fiasko mit dem Süßstoff im Kaffee.« Jordan stand ratlos vor dem leeren Safe. Für den Fehler, den er im November begangen hatte, wurde er jetzt damit gestraft, dass er mit einer blanken Verdächtigenliste zurückblieb. Oder hatte er etwa jemanden vergessen? Jordan erinnerte sich daran, was ihm Chalmisch bei der Grundausbildung beigebracht hatte (bevor er als eingeschleuster

Agent der »Roten Khmer« entlarvt wurde): »Vertrau keinem Menschen, nicht einmal dir selbst!« Und mit einem Mal wurde alles sonnenklar.

»Ich habe die Akten gestohlen«, flüsterte er ungläubig vor sich hin, »es passt schließlich alles zusammen: Ich wusste die Kombination, ich hatte die Gelegenheit. Und überhaupt, wer außer mir hätte ein Interesse daran, die Wildledertasche mit den Schließen zu stehlen?« Nach dem ersten Schock beschloss Jordan, dass er zu handeln hatte, und zwar schnell. Er überraschte sich selbst von hinten, überwältigte sich flink und fesselte sich an den Stuhl.

»Wer hat mich geschickt, ha?«, schrie er sich selbst wütend an. »Red schon, du Stinker!«

»Sag mal, bist du komplett übergeschnappt?«, erwiderte er verwirrt. »Ich bin's, das heißt, du bist es, Jordan, mach mich los.«

»Maul halten, du Verräter!« Jordan gab sich selbst eine Ohrfeige.

»Ich ein Verräter?« Er war überrascht. »Du meine Güte, Jordan, hast du Gehirnerweichung? Du kennst mich seit meiner Geburt. Du weißt, dass ich die Heimat niemals verraten werde.«

Jordan tat so, als wäre er überzeugt, und band sich los. »S'il vous plaît, tafadal«, bot er sich selbst eine Zigarette an.

»Schukran«, antwortete er.

»Ah, jetzt hab ich dich erwischt, du Sohn einer arabischen Hündin«, erhitzte sich Jordan.

»Um Himmels willen, wie redest du denn über Mama?«, stellte er sich naiv.

»Geh mir nicht mit Mutter auf den Geist, du Maulwurf.

Wenn du kein Spion bist, warum hast du dann auf Arabisch geantwortet?«

»Weil du auf Arabisch angefangen hast, du Idiot. Schließlich haben wir Arabisch zusammen in der Grundausbildung gelernt«, sagte Jordan verletzt zu sich selbst. Es lag ein hoher Grad von Aufrichtigkeit in seinen Worten.

»Vertrau ihm, er sagt die Wahrheit«, flüsterte ihm die Stimme im Hinterkopf mit leichtem russischem Akzent zu, »er ist schließlich du. Du musst ihm vertrauen.«

»Ich muss gar nichts, außer mein Leben für die Heimat opfern«, zischte Jordan sich selbst zu. »Außer ... Moment, Moment mal, was heißt das, ein leichter russischer Akzent?« Er streckte flink die Hand nach seinem Hinterkopf aus und zog einen klitzekleinen Zwerg mit einer Kosakenmütze heraus.

Während Jordan den gefesselten Zwerg in seinem Susita, der israelischen KGB-Verschnittkiste, zum Verhör im Stabsquartier fuhr, packte der Zwerg ganz von selber aus. »Schau«, sagte er, »seit Glasnost gibt es überhaupt keine Arbeit mehr, alle Spezis im KGB sterben vor Langeweile. Also haben wir beschlossen, wie sagt man auf Hebräisch, nu ... Spannung zu erzeugen. Ich habe die Akten durchstöbert, wer der Agent mit dem niedrigsten IQ auf der Welt ist und ...«

Jordan hörte nicht bis zum Schluss zu. Er zog den Zigarettenanzünder im Wagen heraus, warf den sowjetischen Zwerg in die Öffnung, steckte den Anzünder wieder an seinen Platz zurück und drückte drauf. Nach dreißig Sekunden hörte der Zwerg auf zu schreien. Jordan machte eine Kehrtwendung und fuhr wieder nach Hause.

»Ich mag ja ein bisschen schwach sein, was den Teil mit

den ›Formen‹ in der Psychometrie angeht«, sagte er zu sich selbst, »aber von da bis zu der Äußerung, ich sei der Agent mit dem niedrigsten IQ auf der Welt, also wirklich!«

»Weißt du«, sagte er mit gekünstelter Liebenswürdigkeit zu sich selbst, »ich hab mal einen grusinischen Agenten gekannt, der nicht bis drei zählen konnte …« Er schenkte sich im Spiegel ein charmantes Lächeln. Insgeheim traute er sich noch immer nicht ganz.

Ihn erschossen sie wie einen Hund, und mir gaben sie eine Ohrfeige. So ist das immer – die Männer erschießen sie wie Hunde, und die Frauen kriegen eine Ohrfeige. »Ich hab nicht das Herz, dich umzubringen, sogar wenn du's verdient hättest«, sagte ihr Anführer zu mir, der ganz überraschenderweise der kleinste von allen war. »Wir werden dich nicht mal vergewaltigen«, fügte er hinzu, und ich sah in seinen Augen, dass er sich für weiß Gott wie anständig hielt, doch ich, anstatt ihm für seine demonstrative Gentlemangeste zu danken, fing zu heulen an. Es ist schwer, eine Frau zu sein, mit all diesen Ohrfeigen, mit all diesen Männern, die verlorengehen. Wenn du ein Mann bist, holt man dich einmal mitten in der Nacht aus dem Bett, schleift dich auf die Straße hinaus, »krachbumm!«, und es ist vorbei. Aber wenn du eine Frau bist, hat es nie ein Ende.

»Das ist ganz natürlich, dass du weinst«, sagte er und streichelte mir den Kopf, »das kommt von dem Schock.« Und danach noch einmal: »Wir werden dich nicht mal vergewaltigen. Obwohl du's verdienst.« Dann gingen sie. Es war nicht aus Angst, Männer haben vor nichts Angst. Vielleicht bin ich nicht großzügig genug. Ich holte den Spaten aus dem Werkzeugschrank und grub ein Loch an einer Stelle, wo die Erde weich war. Es kostete mich drei Stunden und brachte mir Blasen an den Händen ein. Es ist schwierig, ein Loch zu graben, das groß genug ist, um einen Menschen aufzunehmen, und noch dazu so einen Riesen wie meinen

Mann. Ich schleifte seine Leiche zum Loch, aber mir blieb nicht mehr genügend Kraft, um ihn mit Sand zu bedecken, also deckte ich ihn mit unserem geblümten Federbett zu und stellte die Espressomaschine darauf, die wir von den Kindern zum letzten Hochzeitstag bekommen haben, damit die Decke nicht im Wind davonfliegt. Das ist ein alter Trick, meine Mutter hat es so gemacht, als mein Vater starb. Hinterher ging ich in die Küche und holte aus dem Kühlschrank den Karton mit dem Saft der Mythen heraus, trank zwei Gläser, und danach entfuhr mir so ein kleiner Rülpser, ein Frauenrülpser. Wenn er rülpste, wackelte das ganze Haus. »Du benimmst dich wie ein Schwein«, sagte ich immer zu ihm, und er lachte. Ich ging ins Bett, aber es fiel mir schwer, ohne Mann einzuschlafen, und dazu noch ohne das Federbett in einer so kalten Nacht. Als ich endlich eingeschlafen war, träumte ich, dass man uns mitten in der Nacht aus dem Haus holt und mich wie ein Hündin erschießt und dass es einmal im Leben er ist, der mit der Ohrfeige und dem »wir vergewaltigen dich nicht«, dem Grab und dem Saft der Mythen allein sitzen bleibt, und das erregte mich dermaßen, dass ich vollkommen nass aufwachte, wie es nur Frauen können.

## *Der Pflasterstein*

Es gibt einen Pflasterstein in der Feinbergstraße, Ecke Palmenallee. Er ist ganz leicht zu erkennen, hat so einen kleinen Flecken in braunrötlicher Farbe und ist ein bisschen höher als die restlichen Pflastersteine in der Straße. Deshalb fühlst du dich, wenn du darauf stehst, ein bisschen höher, als du dich vorher gefühlt hast, und manchmal ist dieses bisschen ganz genau das bisschen, das gefehlt hat. Aber ich tue dem Pflasterstein Unrecht, wenn ich nur von seinen äußerlichen Eigenschaften spreche. In ihm steckt noch viel mehr als das. Dies ist der Pflasterstein, auf dem ich mich befand, als ich ein einziges Mal in meiner Kindheit »meinen Mann stand«. Und ihr könnt mir glauben, ein Pflasterstein, dem es gelingt, einen feigen, weichlichen kleinen Jungen wie mich dazu zu bringen, mutig zu sein, muss etwas Besonderes sein.

Ich erinnere mich an den Augenblick, als ich darauf trat, an den Wandel, der mich mit einem Schlag überkam. Ich spürte die Kraft, die von ihm ausging, über die Beine hochsteigen und sich in den übrigen Gliedern ausbreiten. Die ganze Angst, die in mir war, verschwand. Ich wusste, solange ich auf ihm stehe, kann alles, was ich mache oder sage, nur gelingen. Das Ganze spielte sich im Bruchteil einer Sekunde ab, aber so ungeheuer vieles veränderte sich in mir in jenem Augenblick. Sogar meine piepsige Stimme hallte mir anders im Ohr, tiefer, autoritativer, Sicherheit vermittelnd. Ich denke mir immer gerne, dass es auch für den Pflasterstein ein besonderer Augenblick war. Ich bin zwar sicher, dass viele Leute Mut und Kaltblütigkeit entdeckt haben, als sie auf jenem Pflasterstück standen, doch es fällt mir schwer zu glauben, dass die Veränderung, die mit ihnen vorging, so extrem war wie bei mir. Bis heute danke ich dem Schicksal, dass es in jenem Augenblick die Wahl traf, mich darauf zu stellen, ich möchte mir gar nicht auszudenken versuchen, was passiert wäre, wenn ich damals auf einem anderen Pflasterstein stehen geblieben wäre. Nehmen wir an, auf dem links davon.

Ich stelle mir vor, dass in den Augen der vielen, die Zeugen des Vorfalls waren, dieser plötzliche Mut, den ich an den Tag legte, an einen bestimmten Zeitpunkt geknüpft schien. Eine Art wundersamer Augenblick, der kommt und vergeht. Ein Moment des Zaubers, der sich nicht rekonstruieren lässt. Wollte Gott, auch ich könnte so denken. Vielleicht würde dieses Gefühl von Frustration, das mich ständig quält, dann verschwinden. Aber es fällt schwer, nicht wütend zu werden, wenn du mit absoluter Sicherheit weißt, dass alle Prüfungen, die du nicht bestanden hast, alle schiefgelaufenen Einstellungsgespräche, alle Liebeserklärungen, die nicht erhört wurden, ein völlig anderes Ende gefunden hätten, wenn du sie bloß auf diesem Pflasterstein hättest machen können. Doch wen zum Teufel könnte ich an der Ecke Feinberg/Palmen schon treffen?

*Julia*

Die Soldaten entschuldigten sich bei ihr dafür, dass sie mich erschossen hatten. Es war schließlich dunkel gewesen, die Grenze war nah, und das Aluminiumrohr, das ich trug, sah genau wie ein Gewehr aus. Wenn ich wenigstens auf ihre Rufe reagiert hätte, aber ich hatte sie, wie üblich, ignoriert. Und sie weinte so wunderschön, das irgendwie jungfräuliche Weinen eines Menschen, der sein ganzes Leben nur Gutes erfahren hat.

Sie erzählten ihr von den drei Kugeln, die mich trafen, zwei davon an der Basis der Wirbelsäule, von dem Schmerzensschrei, den ich ausstieß ... Nein, es hat mir überhaupt nicht weh getan, aber ich zog es vor, so zu tun als ob, wie all die Male, als ich die Worte »Ich liebe dich« flüsterte und im Herzen »Püree« sagte, genau wie es all diese Frauen taten, bevor ich dich getroffen habe.

Die Tränen flossen ihr aus den Augen, streichelten ihre zarten, hohen Wangenknochen, glitten den wohlgeformten Hals hinunter. Und der Offizier, der Jüngere der beiden, legte ihr eine Hand auf die Schulter, wie um sie zu stützen, ihre Unterlippe zitterte, sie konnte sein Verlangen spüren.

Es hat so viele Symbole in der Welt rings um uns gegeben, die uns nur mittels der Liebe verständlich waren: das Mondlicht – Traum, der Schmerz – Wirklichkeit, und ihr Treffpunkt auf meinem gebrochenen Nasenbein. Jetzt sagen sie mir gar nichts mehr.

Als Kind träumte ich viel von Engeln mit narbigen Gesichtern, die mich haufenweise mit Scheiße zudecken. Auch heute liebe ich es nicht, begraben zu werden.

Sie kehrt vom Begräbnis zurück, streift den Regenmantel ab, schließt die Schiebetür in der Küche, dichtet den verbleibenden Schlitz zwischen Tür und Fußboden ab, ich bin unfähig, sie anzuschauen. Sie öffnet den Gashahn, setzt sich bequem in eine Ecke des Raums, löst ihr zusammengebundenes Haar, lehnt den Rücken an die Wand. In sechzehn Minuten, wenn sie sterben wird, wird unsere Liebe verschwinden. Wenn ich da wäre, könnte ich in mein abgenutztes Weinen ausbrechen.

## *Arkadi Hilwa fährt mit der Nummer fünf*

»Hurensohn«, zischte der Dicke und schlug mit der Faust hart auf die Bank der Autobushaltestelle, auf der er saß. Arkadi fuhr fort, sich die Bilder in der Zeitung anzuschauen, wobei er die Worte darum herum gänzlich ignorierte. Die Zeit verstrich langsam. Arkadi hasste es, auf den Autobus zu warten.

»Hurensohn«, sagte der Dicke wieder, diesmal mit lauter Stimme, und spuckte auf den Gehsteig, dicht vor Arkadis Füße.

»Redest du mit mir?«, fragte Arkadi etwas überrascht und sah von der Zeitung hoch, um dem alkoholtriefenden Blick des Dicken zu begegnen.

»Nein, ich rede mit meinem Arsch«, brüllte der Dicke. »Aha«, sagte Arkadi und widmete sich wieder der Zeitung. In der Zeitung war ein Farbfoto von Bergen zerfetzter Leichen auf dem Rathausplatz. Arkadi blätterte sich weiter in Richtung Sportteil durch.

»Klar rede ich mit dir, du Irrer.« Der Dicke erhob sich von der Bank und stand über Arkadi.

»Aha«, sagte Arkadi, »das habe ich mir anfangs auch gedacht, aber du hast gesagt, dass ...«

»Egal, was ich gesagt habe, du stinkiger Arab.«

»Russe«, beeilte sich Arkadi, sich hinter dem momentan nicht angegriffenen Zweig seiner Familie zu verstecken, »meine Mutter ist aus Riga.«

»Aber klar«, sagte der Dicke ungläubig, »und dein Vater?«

»Aus Nablus«, gab Arkadi zu und wandte sich wieder der Zeitung zu.

»Zwei Seuchen in einer Person«, sagte der Dicke. »Was werden sie noch alles erfinden, um uns die Arbeit zu klauen?«

In der Zeitung war das Bild von gerösteten kurdischen Zwergen, die aus den Schlitzen eines riesigen Toasters herausgeschnellt wurden, und der neugierige Arkadi bedauerte für einen Moment, dass er geschworen hatte, die Schrift unter den Bildern nicht zu lesen.

»Steh auf«, sagte der Dicke. Arkadi hatte endlich den ersehnten Sportteil erreicht, wo das Bild eines Schwarzen zu sehen war, der vom Reifen eines Korbs herunterhing, und Dutzende junger Leute tanzten rote Fahnen schwenkend um ihn im Kreis herum. Arkadi konnte der Versuchung nicht widerstehen und schielte auf die Bildüberschrift: »Der Erneuerungsprozess des Poal-Teams schaltet einen Gang höher.«

»Ich hab dir gesagt, du sollst aufstehen«, wiederholte der Dicke.

»Ich?«, fragte Arkadi.

»Nicht mein A…, ja, du«, sagte der Dicke. Arkadi stand auf. Der Schwarze, den sie an den Korb gehängt hatten, hatte zwei Saisons an der Hochschule von North Carolina gespielt, bevor er in der Ussischkin aufgehängt wurde, so viel erschloss sich Arkadi noch während des Aufrichtens, wobei er seinen Prinzipien ein weiteres Mal abtrünnig wurde. Es war fünf Uhr, und der Autobus war noch immer nicht da. Der Ministerpräsident hatte in einer Rede im Radio Ströme von Blut versprochen, und der Dicke war um einen Kopf größer als er. Er rammte dem Dicken ein Knie in die Eier und ließ sofort einen Schlag mit dem Brecheisen nachfolgen, das er zwischen den Seiten der Zeitung versteckt hielt. Der Dicke fiel auf den Boden und begann zu heulen: »Araber! Russen! Zu Hilfe!« Arkadi zog ihm noch eins mit der Stange über den Schädel und ließ sich wieder auf der Bank nieder. Der Autobus kam um sieben Minuten nach fünf.

»Was ist mit ihm?«, deutete der Fahrer mit dem Kopf auf den Dicken, der auf dem Gehsteig lag.

»Er kommt nicht«, sagte Arkadi.

»Das kann ich auch gerade noch sehen«, sagte der Fahrer, »aber sollte man ihm nicht besser helfen oder so was?«

»Er ist Epileptiker«, sagte Arkadi, »am besten ist es, ihn nicht anzufassen.«

»Wenn er Epileptiker ist, woher kommt dann das ganze Blut?«, forschte der Fahrer.

»Was weiß ich?« Arkadi zuckte mit den Achseln. »Von der Rede des Ministerpräsidenten im Radio.« Er steckte die Monatskarte wieder in die Tasche zurück und setzte sich nach hinten neben einen Alten mit Baskenmütze und Brille, der ein Kreuzworträtsel löste.

»Bulbul«, sagte der Alte.

»Singvogel (sechs Buchstaben)«, posaunte Arkadi.

»Hat jemand mit dir geredet, du stinkiger Arab?«, spuckte der Alte.

»Lieblingsspruch vom Grenzschutz (siebenunddreißig Buchstaben)«, sagte Arkadi, ohne zu zögern.

»Nicht schlecht für einen Fellachen«, murmelte der Alte anerkennend.

»Ich liebe Kreuzworträtsel«, erwiderte Arkadi und senkte bescheiden den Kopf.

Als Arkadis Haltestelle kam, nahm der Alte die Baskenmütze vom Kopf und riss die Schnur ab, die hinten herausbaumelte: »Da nimm, junger Mann, nimm ein Geschenk von mir.«

»Danke, Opa«, Arkadi nahm die Kappe und kletterte flink auf den Gehsteig hinunter. Der Autobus entfernte sich, und Arkadi, mit eingeübter Bewegung, warf die Mütze in den grünen Mülleimer und legte sich flach auf den Boden. Die Explosion erfolgte innerhalb weniger Sekunden und deckte Arkadi mit Abfall zu.

Arkadi eilte zu dem marmorverkleideten Gebäude, in dem er und seine Familie wohnten, lief die Treppe hinauf, immer zwei Stufen auf einmal, und erreichte schnaufend das Dach. Im Zelt saß seine Großmutter Natascha und schaute sich im Fernsehen das kommunale Studienprogramm an. In einer der Sendungen wurde ein blondes Model im Bikini gezeigt, das auf dem Rücken in einem Strom von Blut schwamm, der sich die Arlosorov-Straße hinunterwälzte.

»Das ist kein echtes Blond«, beschwerte sich Großmutter Natascha und deutete auf das Model, »sie ist wasserstoffgebleicht.« Seine Mutter betrat das Zelt mit einem Korb Wäsche in den Händen.

›Wo warst du?«, fragte sie aufgebracht. »Wir haben dich den ganzen Vormittag gesucht. Diese Irren mit dem Parkplatzplan haben Großvater heute am zentralen Busbahnhof gekreuzigt.« Arkadi malte sich im Geiste aus, wie er das Model im Fernsehen bumsen würde. »Ich will, dass du zur Beerdigung kommst, dass du uns nicht wieder ausreißt wie bei Papas Beerdigung, hörst du?« Es störte ihn nicht, dass ihr Haar gefärbt war, sie gefiel ihm. »Arkadi? Hörst du überhaupt, was ich sage?«, fragte seine Mutter aufgebracht und begann, auf Russisch zu fluchen.

»Redest du mit mir?«, fragte Arkadi und blickte sie einen Moment an.

»Nein, ich rede mit Gott«, sagte seine Mutter und stieß weitere Flüche aus.

»Aha«, sagte Arkadi und schaute wieder in den Fernseher. Das Bild auf dem Schirm wanderte nun über den unteren Körperbereich des Models. Das glänzende Blut umströmte ihn, ohne an ihm haftenzubleiben. Es gab auch eine Schrift darüber und ein Logo der Stadtverwaltung, aber Arkadi schaffte es, der Versuchung zu widerstehen, und las es nicht.

## *Keine Politik*

In der Ecke des Balkons, neben dem fleckigen Bild von Demis Roussos, saß ein beängstigender Glatzkopf, den niemand kannte, aß Oliven und versuchte, mit den Kernen die Tonnenanlage im Hof zu treffen.

»In meinem Café darf über alles geredet werden, außer über Politik«, bemerkte der Rumäne zu dem Tisch neben der Tür, »redet über Sport, pikante Angelegenheiten, sogar Sex, bloß nicht über Politik. Das verdirbt allen den Appetit.«

Man sagt, dass einmal, als das Café gerade aufgemacht hatte – damals waren noch die Briten im Land –, irgendein Revisionist Ben-Gurion einen »Zwerg« nannte und es einen solchen Aufruhr gab, dass nicht ein einziger Tisch heil stehen blieb.

»Bei mir ist es so, dass mir auch Sex den Appetit verdirbt, außerdem, keiner kommt hier wegen dem Essen her«, erboste sich Davidoff leise, aber alle respektierten den Rumänen, also fingen sie an, über die Mücken zu reden, die alle stachen, außer die Frau von Herrn Mietzenmacher, in deren Nähe sie sich nicht einmal wagten. Der Glatzkopf in der Ecke tat einen Huster, so einen dramatischen. Und als ihn alle ansahen, begann er zu reden.

»Die ganzen Parteien sind Betrüger und Feiglinge, das könnt ihr mir glauben«, sagte er mit donnernder Stimme, »schaut euch zum Beispiel die Religiösen an, verarschen den ganzen Staat hintenrum, und nachher lachen sie uns noch ins Gesicht.« Es wurde still im Café, und hinter der Espressomaschine war das Klirren einer zerbrechenden Tasse zu hören. Davidoff grinste genüsslich in sich hinein: »Der Rumäne hat wieder eine Tasse zerbrochen.«

»Augenblick mal, hab ich recht oder nicht?«, fuhr der Glatzkopf in provokativem Ton fort und wedelte zum Zeichen der Bekräftigung mit der Tageszeitung, die er unter der Serviette versteckt hatte. »Erst heute steht in der Zeitung was über irgendeine Million Dollar, die an eine Jeschiva gegangen ist, die es gar nicht gab, also eine fiktive, und zur gleichen Zeit wohnen Leute, die sich den Arsch in Entwicklungssiedlungen aufreißen, in Zelten ...«

»Verehrter Herr, es ist eines der ungeschriebenen Gesetze dieser Einrichtung hier, sich nicht mit ...«, eröffnete Herr Mietzenmacher, unter Anwendung jenes archaischen Stils, den er sich zugelegt hatte, als er noch im Innenministerium arbeitete.

»Gib Ruh, Mietzi, lass den Menschen sich doch ein bisschen aussprechen.« Davidoff legte ihm eine Hand auf die Schulter und verkniff sich ein boshaftes Lächeln. Der Glatzkopf deutete mit der Hand eine Dankesgeste in Davidoffs Richtung an, aß noch eine Olive, warf den Kern vom Balkon und fuhr fort: »Und es sind nicht nur die Religiösen, alle sind es. Eine korrumpierte Regierung haben wir ...« Der Rumäne tauchte hinter der Theke auf und begann, Kurs auf den Glatzkopf zu nehmen, stützte sich unterwegs auf die Tische, mit roter, schwitzender Stirn, seine dürren Arme wirkten haariger denn je.

»... Glaubt mir, wenn es von mir abhinge, würde ich alle hundertsechzig Knessetabgeordneten liquidieren«, tönte der Glatzkopf mit herausfordernder Stimme weiter. »Aber es gibt bloß hundertzwanzig«, heizte Davidoff die Atmosphäre noch mehr auf.

»Zuerst töten wir vierzig«, grinste der Glatzkopf, »und wenn sie an ihrer Stelle neue ernennen, versetzen wir allen hundertzwanzig einen Schlag.«

»Ich fordere Sie auf, das Café sofort zu verlassen«, befahl der Rumäne mit splitternder Stimme, sein längliches Gesicht war von dunklen Borsten geziert, die bisher allen entgangen waren.

»Was ist dein Problem, Opa?«, zischte der Glatzkopf und steckte sich noch eine Olive in den Mund. »Man redet ein bisschen über Politik, ja und? Schließlich leben wir in diesem Staat, und da soll man kein Wort sagen dürfen?«

»Ich fordere Sie auf, sofort, auf der Stelle zu gehen«, krächzte der Rumäne, triefend vor Schweiß, auf einen Stuhl gestützt, und die Tropfen fielen von seiner behaarten Stirn und tränkten seinen dicken Bart.

»Hier wird ein Unglück passieren«, murmelte Herr Mietzenmacher und versuchte zum zweiten Mal, sich von seinem Sitz zu erheben.

»Um Himmels willen, Mietzi, setz dich hin und iss dein Eis, bevor ein Milkshake daraus wird«, sagte Davidoff und zwang Herrn Mietzenmacher mit seinem befehlenden Ton zurück auf den Stuhl.

»Das Problem mit unserem Staat ist, dass es Leute wie dich gibt«, fuhr der Glatzkopf fort und steckte den Olivenkern in die Schürzentasche des Rumänen, »die daran gewöhnt sind, zu schweigen und Scheiße zu fressen. Glaub mir, wenn ihr schon vor dreißig Jahren das Maul aufgemacht hättet, säßen heute keine solchen Korruptlinge in der Knesset.«

Die Stuhllehne zerbrach unter dem Gewicht des Rumänen, doch er blieb stehen, ein leises Knurren brach aus seinem speichelsprühenden Mund.

»Diese ganzen Gaunereien haben schon damals angefangen. Jeder, der ein bisschen was von Geschichte weiß, wird dir sagen, dass Ben-Gurion …«

»O-o!«, stieß Davidoff einen gekünstelten Warnruf aus. Der Rumäne gab nun ein Knurren von sich, das einem das Blut gefrieren ließ, und sprang in die Luft, seine Fangzähne rissen ein Stück aus der Schulter des Glatzkopfes. Innerhalb weniger Sekunden war es vorüber.

»Glaub mir, seit dem einen damals, der vor zwei Jahren an Sukkot über das Embargo geredet hat, habe ich den Rumänen nicht mehr so scharf gesehen«, grinste Davidoff. »Schäm dich«, schalt ihn Herr Mietzenmacher und ging, um dem Rumänen behilflich zu sein, der auf dem Boden saß, sein Gesicht mit der blutgetränkten Schürze verhüllte und leise wimmerte.

»Ich weiß nicht, was mit mir los war, ich bin wirklich zum Tier geworden«, klagte der Rumäne, »das kommt noch von Transsylvanien, immer, wenn sie über Politik reden …« Er begann zu weinen.

»Ich weiß, ich weiß«, beruhigte ihn Herr Mietzenmacher und strich ihm über den Kopf. »Und du«, rief er in Davidoffs Richtung, der seine Eindrücke mit den anderen Tischgästen austauschte, »begrabe diesen glücklosen Elenden im Hof.«

»Ich hab den Kaffee noch nicht ausgetrunken«, versuchte sich Davidoff zu drücken, »soll ihn jemand anders begraben.«

Herr Mietzenmacher starrte ihn mit anklagendem Blick an.

»Schon gut, schon gut«, Davidoff erhob sich von seinem Stuhl, »dass ich bloß keine Flecken auf das Lacoste kriege, ich hab's gerade erst vor einer Woche gekauft«, zischte er und krempelte die Ärmel hoch.

*Ein Araber mit Schnurrbart*

Ein Araber mit Schnurrbart stieg in den Autobus ein. Auch wenn nichts Arabisches an ihm gewesen wäre, auch wenn er überhaupt kein Araber gewesen wäre, man hätte es sofort am Schnurrbart sehen können. Die Schnurrbarthaare gehen bei Arabern immer nach unten, während die Schnurrbarthaare von normalen Leuten hauptsächlich zur Seite wachsen. Der Araber hielt einen großen Korb in der Hand, ging rückwärts im Durchgang nach hinten, die ganze Zeit auf die Fahrbahn vorne konzentriert, als ob er der Fahrer wäre (Nava sagt, Arabs dürfen keine Autos fahren, und wenn man es ihnen überhaupt erlaubt, dann nur Peugeots, denn die haben ein weicheres Blech).

Er ging also im Durchgang rückwärts, ohne an irgend jemand anders zu denken, und plötzlich stieg er mir auf den Fuß (auf den Fuß, nicht auf den Schuh, richtig auf den Fuß). Da schrie ich ihn an: »Schau doch, wo du hingehst, du stinkiges Arabstück«, und auch: »Du Hurensohn einer räudigen Ururgroßmutter« auf Arabisch (für den Fall, dass er kein Hebräisch verstand). Der Araber redete so ganz schleimscheißerisch, mit lauter Bs statt Ps, bat in einem fort um Verzeihung und küsste mir die Hand, und ich hatte schreckliche Angst, dass er ein Schlachtermesser im Korb hatte, das er herausziehen würde, um mich damit abzustechen. Ich bin einer dieser Typen, denen ständig solche Sachen passieren, das ist so eine Art Pech, von dem ich von Kindheit an verfolgt bin. Mein Vater hat immer gesagt, das sei weder Pech, noch würde es mich verfolgen, das liege alles in den Genen, und man bräuchte bloß ein bisschen Familiengeschichte zu studieren, um zu sehen, dass Mutters Familie mindestens fünf Generationen zurück chronisch schwachsinnig sei. Und Mutter antwortete immer darauf: »Und ich bin die schwachsinnigste von allen, dass ich mir einen Ehemann wie dich hab aufhängen lassen.« Und Vater sagte dann immer: »Na, na, na, ist ja wahnsinnig komisch.« Aber solche Sachen bringen sie nicht mehr. Sie sind beide tot. Schon lang. Rattengift. Nava hat zu mir gesagt, das sei wahnsinnig komisch, an Rattengift zu sterben, während der ganzen Beerdigung hat sie sich in die Hosen gepieselt vor Lachen, was heißt hier gepieselt, ein richtiger Fleck war in der Hose. Ich warte bloß darauf, dass ihre Eltern sterben, egal an was, sogar am Herzinfarkt, da werde ich ihr dann am Friedhof eine Aufführung hinlegen.

Der Araber sagte also: »Verzeihung, Verzeihung, Verzeihung«, und sein ganzer Schnurrbart stach mir in die Hand. Sie haben Schnurrbärte aus Draht. Vor lauter Angst sagte ich zu ihm: »Los, los, mach, dass du mir aus den Augen kommst, du stinkiges Stück.« Da ging er und setzte sich ans Ende des Autobusses. Sie setzen sich immer ans Ende, damit sich der Mensch die ganze Fahrt über fragen muss, ob sie sich mit dem Messer anschleichen werden oder nicht, und sich in einem fort umdrehen muss, bis es ihm in den Hals schießt. Doch sie schleichen sich nie an. Der Gipfel der Unschuld, und wer hat nachher das Reißen im Hals? Leute wie du und ich, und sie sind fein raus.

»Das kommt alles davon, weil wir nicht streng genug mit ihnen sind«, sagte ich zu einem Kerl, der mir gegenüber auf den Sitzen gegen die Fahrtrichtung saß. Es war mir wichtig, mich mit ihm anzufreunden, denn falls der Araber von hinten das Messer aus dem Korb ziehen würde, dann würde er mich warnen. Aber er war schlicht ein Unsympath und schrie, alle seien Arschlöcher und wir würden zu einem Staat von Rassisten. Er schrie und fluchte, und danach schrie er gleich noch mal rum, der Speichel sprühte ihm aus dem Mund, wie bei einem Verrückten. Und alles, was er sagte, hatte überhaupt nichts mit der Angelegenheit zu tun. Von mir zu sagen, ich sei ein Rassist, das ist das Blödsinnigste von der Welt. Das ist, wie wenn man von einem Pfirsich sagt, er sei debil, oder von einer Halogenleuchte, sie habe ein Scheißleben. Das ist völlig irrelevant. Ich habe keine Meinung zu Themen wie Politik oder Rassismus, ebenso wenig wie ich eine zu Themen wie Chauvinismus und Feminismus habe. Bloß nie eine Meinung, das ist Prinzip bei mir. Für Meinungen muss man in sich gefestigt sein. Und ich? Wenn das Begräbnis von Navas Eltern kommt und ich mich vor lauter Lachen anpinkeln muss, weiß ich nicht mal, wo der Fleck in der Hose auftauchen wird.

## *Neunzig*

Im Fernsehen sagten sie, dass das Militärgericht den Araber, der die Soldatin umgebracht hat, zum Tode verurteilt hat, und sie zeigten alle möglichen Leute, die was dazu sagten, und deshalb endete das Nachrichtenjournal erst um halb elf, und »Detektive in der Nacht« wurde nicht gesendet. Papa ärgerte sich grässlich darüber und zündete sich seine stinkende Pfeife in der Wohnung an, obwohl das verboten ist, weil es mein Wachstum behindert. Er schrie Mama an, dass wegen ihr und wegen solchen Wahnsinnigen wie ihr, die die Partei der rechten »Erneuerung« gewählt haben, unser Land wie der Iran aussehe, was das Land ist, aus dem die ganzen Perser kommen. Und Papa sagte, das würden wir noch teuer bezahlen, und ganz abgesehen von dem Schaden für unsere moralische Stärke, wo ich nicht sicher bin, ob ich weiß, was das ist, würden auch die Amerikaner nicht stillschweigend darüber hinweggehen.

Am nächsten Tag in der Schule redeten sie mit uns darüber, und Zion Schemesch sagte, wenn man einen Menschen aufhängt, steht ihm der Schwanz wie in den Pornos, worauf ihn die Lehrerin Zila aus der Klasse warf, und dann erklärte sie uns, dass die Meinungen bezüglich der Todesstrafe auseinandergingen und dies eine Herzensangelegenheit sei. Und Zachi, der Depp, der schon zweimal sitzengeblieben ist, lachte und sagte, das sei ja wohl eine Sache im Herzen der Arabs, wenn es zu schlagen aufhören würde, und wozu man sie am Hals aufhänge, worauf die Lehrerin ihn auch aus der Klasse warf. Und die Lehrerin sagte, sie sei nicht bereit, sich weitere törichte Reaktionen anzuhören, und würde mit dem normalen Unterricht fortfahren, und sie rächte sich auch an uns und gab uns massenhaft Hausaufgaben auf.

Nach der Schule stritten die größeren Jungen darüber, ob einer, wenn man ihn aufhängt, daran stirbt, weil er erstickt oder weil er sich den Hals bricht. Und danach wetteten sie um Schokomixtüten, schnappten sich eine Katze und hängten sie am Basketballpfosten auf, und die Katze kreischte ziemlich, und am Schluss brach sie sich wirklich den Hals. Aber Miki, dieser Geizkragen, wollte die Schokomixtüten nicht kaufen, und er sagte, das sei bloß deswegen, weil Gadi absichtlich heftig am Körper der Katze gezogen habe, und er wolle das noch mal bei einer neuen Katze sehen und dass sie ja keiner anlangte. Aber alle wussten, dass es deswegen war, weil er ein Geizkragen ist, und sie haben ihm das Geld mit Gewalt abgenommen. Dann wollten Zvi und Nissim Zion Schemesch verprügeln, weil er ein Lügner ist und der Katze der Schwanz gar nicht gestanden ist. Und Michal, die vielleicht das hübscheste Mädchen von der ganzen Schule ist, kam zufällig da vorbei und sagte, wir seien alle miteinander widerlich und wie Tiere, und ich ging und kotzte an den Rand, aber nicht wegen ihr.

## *Gott, der Zwerg*

»Am Anfang schuf Er das Fest« – und als es zu ersterben begann, fing Gott, der Zwerg, an, alle möglichen Zaubertricks aufzuführen, damit die Gäste nicht nach Hause liefen und ihn mutterseelenallein zurückließen. Er nahm drei klitzekleine Kugeln und legte eine Jongliernummer hin, bei der er eine ganze Reihe verblüffender Kunststücke vollbrachte. Und ein Teil von den Gästen, die bereits auf dem Weg nach draußen gewesen waren, zogen ihre Mäntel wieder aus und ließen sich nieder, um Gott, dem Zwerg, bis zum Höhepunkt seines Auftritts zuzuschauen. Jetzt zauberte er bereits nicht mehr mit drei, sondern mit vier Kugeln. Er warf sie in perfekten geometrischen Bögen, fing sie hinter seinem Rücken und zwischen den Beinen auf. Dann brachte er eine fünfte Kugel mit ins Spiel, und das Publikum hielt den Atem an. Aber an dieser Stelle hörte er nicht auf, sondern fügte noch eine Kugel hinzu, noch hundert und noch eine Milliarde, und mit drei Milliarden Kugeln in der Luft gelang es ihm, mit geschlossenen Augen zu jonglieren, ohne dass ihm eine einzige davon auf den Boden gefallen wäre. Und während er dann mit zwanzig Billiarden Kugeln jonglierte, schaffte er es, auf seiner Stirn ein randvolles Glas Bier zu balancieren, ohne einen einzigen Tropfen zu verschütten. Und die ganzen blasierten Gäste, die andauernd so Sprüche in der Art wie »Big deal, was, kann ich auch« oder »Ich hab mal nen Schwarzen in Vegas gesehen, der ihn lässig in die Tasche steckt« losgelassen hatten, mussten zugeben, dass er schon etwas Besonderes war.

Am Schluss haben alle davon profitiert – die Gäste wegen der überwältigenden Vorstellung, wir wegen der Welt, die uns so erschaffen wurde, und Gott, der Zwerg, der auf die Art nicht allein bleiben musste.

## *Wie Fledermäuse*

Manchmal denke ich an ihn, und dann habe ich schreckliche Sehnsucht. Hauptsächlich in der Nacht. Ich schlafe nicht so besonders gut ein. Im Sommer ist es mir zu heiß, im Winter zu kalt. Nie ist es genau richtig. Es gibt auch Tiere, die nicht schlafen. In der Nacht gehen sie auf die Jagd, aber ich stehe in der Nacht nicht mal auf, um Pipi zu machen. Ich gehe auch nicht an den Kühlschrank. Ich habe ihm einmal erzählt, dass ich mich vor Kakerlaken fürchte. Danach nahm er mich den ganzen Sommer, jedes Mal, nachdem wir miteinander geschlafen hatten, auf den Rücken und lud mich in der Dusche oder auf der Toilette ab, wie ein Taxi, und ich umschlang fest seinen Rücken und kam hin, wo immer ich nur wollte. Meine Mutter sagt, dass er mich deswegen verlassen hat. Weil ich so apathisch bin, vor mich hin lebe, als sei mir alles egal, ihm trotz all den Lächeln, die er mir schenkte, all der Dinge, die er tat, nie gesagt habe, dass ich ihn liebe, dass das meine Strafe dafür sei, dass ich nicht fähig bin, mich wie ein normaler Mensch zu benehmen. Meine Mutter sagt, schon als kleines Mädchen hätte ich nie danke gesagt. Immer schnappte ich mir die Geschenke, die man mir brachte, und rannte davon. Einmal habe ich sogar unsere Nachbarin Metuka in die Hand gebissen, weil sie die Tüte mit dem Rock nicht loslassen wollte, den sie mir genäht hatte, bevor ich nicht danke gesagt hatte. Zahava sagt, das ist alles Blödsinn, reine Erfindung von Mutter, dass sie uns bloß aus lauter Langeweile den Geist tötet, jetzt, wo sie nicht mehr in der Stadtverwaltung arbeitet und den ganzen Tag zu Hause herumhängt. Aber Mutter hat recht. Ich habe ihm wirklich nie gesagt, dass ich ihn liebe, obwohl wir es so gut zusammen hatten, und erst jetzt, wo er nicht mehr da ist, würde ich es vielleicht sagen, aber jetzt ist es wirklich nicht mehr wichtig, denn zu wem denn. Offenbar ist nie alles zusammen möglich. So ist das. Wie die Fledermäuse. Wenn du schon fliegen kannst, dann wirst du blind geboren, und wenn du sehen kannst, dann bist du eben bloß eine Maus in einem schmutzigen Keller. Das ist auch der Grund, weshalb ich auf einer Wohnung in einem hohen Stockwerk bestanden habe. Vor ihnen fürchte ich mich wirklich, hundertmal mehr als vor Kakerlaken. Auch davor, dass sie mich beißen, hauptsächlich jedoch vor ihrem Pfeifen in der Dunkelheit. Beim Militär, wo ich ihn getroffen habe, hatten wir manchmal Nachtwache. Ich lag immer auf dem Feldklappbett und hörte die Mäuse fiepen. Ich sah die Bewegung der Schatten an der Decke und den Wänden. Die ganze Zeit hatte ich das Gefühl, dass die Mäuse eigentlich an der Decke liefen und deswegen vor Angst quietschten, und gleich würde jemandem auffallen, dass das unlogisch und nicht in Ordnung war, und er würde die Welt wieder in ihren eigentlichen, richtigen Zustand zurückversetzen, und dann würden mir die Mäuse von oben direkt aufs Bett herunterfallen. Und ich war so froh, dass er kam und zu mir ins Bett kroch. Ich war wirklich froh. Wenn er mich umarmte, fand ich es angenehm, die Luft aus seinem Mund warm auf meiner Schulter zu spüren, das Fiepen hörte auf, und ich sagte auch nichts. Jetzt muss ich bestimmt daran denken, was ich in der Nacht träume, doch wie gesagt, ich träume nicht wirklich, denn ich schlafe auch nicht so richtig. Und Zahava sagt wieder, ich muss mich zusammenreißen, und wenn ich nicht zur Gedenkfeier komme, würden seine Eltern schrecklich gekränkt sein, doch mich kümmern seine Eltern eigentlich nicht so recht, ein ganzes Jahr ist schon vergangen, und ich habe es nicht einmal gemerkt, und Mutter sagt, das sei die Strafe des Himmels, weil ich vor nichts Achtung hätte, und Zahava schreit sie an, sie solle den Mund halten.

Sie sind sehr klein, die Gräber hier, als hätte man Katzen oder Zwerge darin begraben, und mit den ganzen Blumen darum herum, dem Sand und dem Marmor könnte man denken, es seien gar keine Gräber, sondern einfach Blumentöpfe. Sein Grab ist das kleinste auf dem Friedhof, vielleicht das allerkleinste auf der Welt. Und der hübscheste von allen Besuchern ist irgendein Freund von ihm, ein Hauptmann, den ich gar nicht gekannt habe, und er ist in der Uniform der Luftwaffe gekommen, obwohl Jotam erst etwa zwei Jahre nach seiner Ausmusterung gestorben ist, und er nimmt mich im Auto mit nach Hause, nachdem die Gedenkfeier zu Ende ist, und kommt auch noch auf einen Kaffee zu mir mit hinauf. Es ist fast schon dunkel, und ich spiele mit seinem einzigen Achselstück. Es hat einen blauen Grund, und darauf ist eine Fledermaus abgebildet. Er berührt mich am Nacken, ziemlich sanft, und sagt: »Ich denke die ganze Zeit an ihn.« Und ich denke die ganze Zeit, wenn er mir doch den Gefallen täte und still sein würde oder wenn ich nichts fühlte, aber sagen würde, ich würde ihn lieben, und die ganze Zeit denke ich an Fledermäuse.

Der Feldwebel nahm Alons nylonverpacktes Verbandszeug und stopfte es in den Eimer. Luftblasen tauchten auf der Wasseroberfläche auf. Der Feldwebel ignorierte sie und fuhr fort, das Verbandszeug auf den Boden hinunterzudrücken, mit einem geringschätzigen Lächeln im Gesicht. Alon gelang es nicht, sich des Gefühls zu erwehren, dass der Feldwebel, ohne jeden Grund, versuchte, sein Verbandszeug zu ertränken, sein Verbandszeug ganz persönlich.

Der Strom der Blasen versiegte. Der Feldwebel zog seine Hand aus dem Eimer und musterte höhnisch die nasse Leiche: »Das nennst du Nylon, Chasin? In dem Plastik ist ein tassengroßes Loch.« Der Feldwebel näherte seine Visage Alons Gesicht und sagte mit lauter Flüsterstimme: »Hast du mal das Loch eines Mädchens gesehen, Chasin?«

Alon hatte einmal das Loch eines Mädchens gesehen, er hatte es sogar viele Male gesehen, nur hatte er diesen geliebten nackten Körper niemals mit dem Wort in Verbindung gebracht.

»Ich hab dich was gefragt, Chasin.« Alon hatte das Gefühl, als würde der Feldwebel in sein Gehirn eindringen und sie gegen ihren Willen, gegen seinen Willen ausziehen. Er würde nicht zulassen, dass er ihm auch das zerstörte. Nein.

»Ich hör dich nicht, Chasin.«

»Nein, Feldwebel.«

»Nicht so tragisch, ist ja nicht deine Schuld, dass du eine Fehlgeburt bist. Wenn du deine Mama recht schön darum bittest, zeigt sie dir vielleicht, wo du rausgekommen bist. Lugassi, mit so einer Visage wie deiner würd ich lieber nicht lachen.«

Er wandte sich wieder Alon zu, einen Geierblick in den Augen: »Kommt mir das so vor, Chasin, oder weinst du tatsächlich?«

»Nein, Feldwebel.«

»Chasin, du bist ein erbärmlicher Mensch, ein erbärmlicher Soldat und ein erbärmlicher Nylonisierer!« Der Feldwebel schrie jetzt, und Speicheltropfen sprühten Alon ins Gesicht. Die Berührung mit ihnen war ätzend wie Säure. Eine Säure, die alles frisst. »Einen Mann kann ich nicht aus dir machen, dazu wäre auch Gott nicht imstande, aber ich werde einen Soldaten aus dir machen. Morgen früh möchte ich alle Unterwäschepaare von dir einzeln in Nylon verschweißt sehen, und diesmal ordentlich. Und weißt du, warum, Chasin?« Der Feldwebel legte an Lautstärke noch zu. »Weil gutes Nylon ein untrennbarer Bestandteil eines guten Soldaten ist. Da grinst du sicher, Bogamelski«, der Feldwebel wandte sein Gesicht mit gereizter Sprunghaftigkeit in Bogamelskis Richtung, »das passt zu einem beschränkten Rekruten wie dir, zu grinsen, wenn ich was über Nylon erkläre. Ich möchte dich mal grinsen sehen, wenn du im Libanon durch den Zaharani watest und sich deine ganzen Hosen mit Schlamm und Scheiße von Arabs füllen. Und wenn du dann daherkommst, um deine Hosen und Unterhosen gegen saubere und trockene auszuwechseln …«, der Feldwebel trat an Bogamelskis Bett, öffnete den Rucksack, der darauf lag, und setzte einen künstlich überraschten Gesichtsausdruck auf, »wirst du entdecken, dass wegen deines schlechten Nylons auch die nass sind, das wird dich dann sicher auch erheitern, du Niete, wenn du mit einer Tonne Dreck in der Unterhose rumläufst, wie ein Baby, das in die Hosen geschissen hat.

Bogamelski hat die Bedeutung des Nylons herabgewürdigt, und deshalb wird er heute Nacht zwei Stunden mehr Wache schieben. Rekrut vom Dienst, aufschreiben. Gibt es hier noch einen Klugscheißer, der meint, dass Nylon nicht wichtig ist?« Der Feldwebel ließ seinen Blick langsam über die Gesichter der Soldaten der Abteilung wandern.

Alon würdigte es nicht herab. Das Nylon stellte seine einzige Überlebenschance dar.

In der gleichen Nacht verschweißte Alon seine Kleider in Nylon. Er spürte, wie er mit jedem Stück besser wurde. Als er mit dem letzten Unterhemd fertig war, musterte er befriedigt sein Werk. Er war bereit.

Alon schloss sanft die Augen und begann, sich selbst in Nylon zu verpacken.

Beim Morgenappell war der Feldwebel gereizter denn je und brummte allen Strafen auf. Als er bei Alon anlangte, packte er ihn am Hemdkragen, brachte sein Gesicht dicht an sein Ohr und wiederholte immer wieder den gleichen Satz mit seinem Brüllorgan.

Alon lauschte dem Klang der Speicheltropfen, die auf der Nylonschicht zerplatzten, ihr wilder Rhythmus erinnerte ihn an Regentropfen, die ohnmächtig auf ein gespanntes Plastikdach trommeln. Nicht ein einziger Tropfen traf ihn.

Am Abend war er gezwungen, fünfzig Minuten zu kriechen, wobei er schreien musste: »Ich bin eine Schlange, ich bin ein Betrüger«, weil er dem Feldwebel versichert hatte, dass seine Waffe sauber sei, und der irgendwo ein wenig Schmierfett gefunden hatte. Als Chasin wieder auf den Beinen stand, entdeckte er zu seiner Freude, dass kein einziger Tropfen Schlamm an ihm klebte.

Das Nylon hatte standgehalten.

Es gab ein einziges Mal, wo Chasin dachte, das Nylon sei nicht perfekt. Es war beim Wochenendfreigang. Zwei Wochen vor Beendigung der Rekrutenzeit, als sie sagte, die Armee hätte ihn verändert, etwas anderes aus ihm gemacht, dass er vor ihren Küssen zurückschreckte, ihrer Berührung auswich. Wie hätte er ihr den synthetischen Geschmack in seinem Mund erklären können, die künstliche klebrige Berührung ihres Körpers, das erstickende Gefühl? Für einen Augenblick meinte er das Geräusch von Luft zu hören, die durch irgendein verborgenes Loch in der Plastikhülle brach. Aber es war nur der raschelnde Luftzug der Tür, die sich hinter ihr schloss. Er wollte weinen, doch er hatte keine Tränen in den Augen. Was war der Sinn einer hermetischen Nylonschicht, wenn man sowieso von innen nass war?

Er betrachtete sich im Spiegel, das glänzende Abzeichen der Einheit, die gestärkte Ausgehuniform, das Rasiermesser, das er in der rechten Hand hielt. Er näherte das Rasiermesser der Ader, die sich an seinem Hals abzeichnete. »Die Rekrutenzeit ist zu Ende«, flüsterte er, »das Nylon kann aufgetrennt werden.«

»Bittdichgarschön, Gilbert, geh und red mit ihnen. Du bist Gendarm, auf dich werden sie hören.« Ich setzte die leere Kaffeetasse auf dem Tisch ab, mein Fuß tastete darunter herum, versuchte, die Holzpantinen zu finden.

»Wie oft muss ich dir das noch erklären, Oma? Ich bin kein Gen ... Polizist, ich bin Soldat, Söldner, ich habe ihnen nichts zu sagen, weshalb sollten sie denn auf das hören, was ich zu sagen habe?«

»Weil du groß bist wie ein Haus und weil du eine Gendarmen-Uniform hast ...«

»Soldat, Oma.«

»Gut, Soldat, ist doch unwichtig. Geh zu ihnen mit deiner Pistole und sag, wenn sie noch einmal auf unseren Mispelbaum klettern, wirfst du sie in den Kerker, erschießt sie, irgend so was, Hauptsache, sie hören auf, zu uns in den Hof zu kommen ...« Großmutters trübe Augen waren jetzt wässrig und blutunterlaufen, sie hasste diese Kinder wirklich. Sie war ein bisschen entgleist, die alte Dame, aber wegen der Achtung, die ich vor ihr habe, sagte ich, in Ordnung.

Am Abend hörte ich sie auf dem Baum, ich zog mir kurze Hosen und ein ärmelloses Hemd an und sagte zu Großmutter, ich ginge hinaus, um mit ihnen zu reden. »Nein«, sie verstellte mir den Weg zur Tür, mit meiner gebügelten Ausgehuniform in den Händen, »so gehst du nicht zu ihnen hinaus, zieh die Uniform an.«

»Lass das, Oma«, sagte ich und versuchte, an ihr vorbeizukommen. Sie lehnte sich starrsinnig an die Tür, hielt die Uniform in ihren ausgestreckten Händen. »Uniform«, bestimmte sie.

Ich ging die Eingangstreppe hinunter, während sie hinter mir herhüpfte, ich hätte gern gewusst, wo ich mich am besten verkriechen sollte, ausstaffiert wie ein Mustersoldat, nicht einmal das Abzeichen der Einheit hatte sie mir erlassen.

»Gilbert, du hast was vergessen«, flüsterte sie mit ihrer knarrenden Stimme und reichte mir die Uzzi, geladen, mit Magazin drin. Wenn mein vorgesetzter Offizier mich jetzt mit der Waffe in der Hand gesehen hätte, hätte ich zwei Wochen Bau gekriegt. Ich riss ihr die Maschinenpistole aus der Hand, holte das Magazin heraus und schob sanft den Ladehebel zurück, und aus dem Rachen fiel eine Kugel ins Gras.

»Wozu bringst du mir denn das Ding, bist du wahnsinnig? Es sind bloß Kinder!« Ich gab ihr die Pistole zurück, sie drückte mir die Waffe stur wieder in die Hand.

»Das sind keine Kinder, das sind Bestien«, stellte sie mit Entschiedenheit fest.

»Gut, Großmutter, ich nehme sie«, ich unterdrückte einen Verzweiflungsseufzer und küsste sie auf die Wange, »und jetzt geh ins Haus zurück.«

»Oh, mon petit gendarme!« Großmutter klatschte vergnügt in die Hände. Voller Genugtuung über ihren kleinen Sieg hüpfte sie die Treppe hinauf.

»Soldat!«, rief ich ihr nach, ich bin nicht irgend so ein lausiger Polizist, und ging die Treppe hinunter.

Die Kinder auf dem Mispelbaum fuhren fort, Lärm zu veranstalten und Zweige abzubrechen. Ich hatte vor, das

Hemd auszuziehen, die Uzzi darin einzuwickeln und sie in einem der Büsche zu verstecken, so dass ich mehr oder weniger normal aussehen würde, wenn ich zu ihnen käme. Aber Großmutters Gesicht, das durch die Vorhänge spähte, hielt mich davon ab. Ich trat an den Baum, packte einen der Jungen, der gerade den Stamm hinaufkletterte, am Hemd und warf ihn auf die Erde. »Dallidalli, alle sofort runter vom Baum, das ist ein privater Hof«, brüllte ich.

Es herrschte etwa eine Sekunde lang Stille, und danach erfolgte die Antwort von einem der hohen Äste: »Mamma mia, willst du uns umbringen, Onkelchen Soldat?« Eine verfaulte Mispel schlug auf meinem Kopf auf. Der Junge, den ich hinuntergeworfen hatte, stand auf und blickte mich verächtlich an. »Stubenhengst«, zischte er, »mein Bruder bei der Golani-Patrouille wird dir den Arsch aufreißen, dass du dich nicht schämst, so herumzulaufen, mit dem Abzeichen einer Putzkolonnen-Einheit?« Er machte ein speichelndes Geräusch und spuckte mir aufs Hemd. Ich zog ihm mit der flachen Hand eins über den Kopf, kräftig genug, um ihn umzuwerfen. Woher wusste dieser kleine Stinkpimmel überhaupt etwas über militärische Abzeichen?

»Hast du gesehen, wie der Hurensohn Miron geschlagen hat?«, schrie jemand aus dem Baum.

»Sag mal, du Homo, was fehlt dir eigentlich, dass du am Freitagabend in der Uniform rumspazierst, hast du kein Geld für eine Levi's?«, schrie ein anderer.

»Wenn er so versessen drauf ist, Soldat zu sein, dann spielen wir doch Intifada, damit ihm nicht langweilig wird«, brüllte der Erste, und die beiden auf dem Baum fingen an, mich mit Mispeln zu bewerfen. Ich versuchte hinaufzuklettern, doch das war furchtbar umständlich mit der Maschinenpistole und der ganzen Montur. Plötzlich erwischte mich ein Steinbrocken an der Schulter, es stellte sich heraus, dass noch einer in den Büschen steckte. »PLO«, schrie derjenige und zeigte mir den Stinkefinger. Diese Kinder waren wirklich hirngeschädigt. Bevor ich dazu kam, ihn zu verfolgen, stand der andere auf, der mich angespuckt hatte, mit völlig dreckverschmiertem Gesicht, trat mir in die Eier und setzte zur Flucht an. Ich sah rot und griff ihn mir mit drei Schritten. Ich zerrte ihn am Hemd rückwärts, er fiel hin, und ich begann, ihm eine Abreibung zu verpassen. Der eine, der den Steinbrocken geschmissen hatte, sprang mir auf den Rücken, die beiden anderen kletterten vom Baum herunter und kamen ihm zu Hilfe. Sie klebten wie die Zecken an mir, einer von ihnen landete einen Biss in meinen Hals. Ich versuchte, sie abzuschütteln, und wir fielen alle zusammen in den Dreck. Ich prügelte rücksichtslos auf sie ein. Aber sie besaßen die Tollkühnheit von diesen Kobolden, so viel sie auch abkriegten, sie gaben nicht auf. Ich hielt in jeder Hand einen, den dritten würgte ich zwischen den Beinen, und plötzlich haute mir dieser Miron, der offenbar ihr Anführer war, einen Stein an den Kopf. Die Welt vor meinem Gesicht begann sich zu drehen, ich spürte, wie mir das Blut über die Stirn floss. Ich hörte eine Salve von Schüssen, und mir fiel auf, dass ich die Uzzi schon längst nicht mehr bei mir hatte, offenbar war sie heruntergefallen, als wir uns im Dreck rollten.

»Lasst meinen Enkel in Ruh, ihr Bestien«, hörte ich den schweren Algier-Akzent meiner Großmutter, »sonst mach ich euch den Garaus, wie den Karpfen in der Badewanne.« Ich wusste nicht, ob es Wirklichkeit war oder ob ich träumte.

»Nehmt euch in Acht vor ihr, die Alte ist meschugge«, hörte ich Mirons Stimme und spürte, wie sich alle Hände von mir lösten.

»Und jetzt ab, marsch, tout de suite«, hörte ich Großmutter kommandieren und dann das Geräusch trappelnder Füße im Dreck.

»Schau, wie sie dir die Gendarmenkleider schmutzig gemacht haben«, ich fühlte Großmutters Hand auf meiner Schulter, »und auch eine solche Wunde am Kopf haben sie dir gemacht«, lamentierte sie weiter. »Na ja, nicht weiter tragisch, ich werd dir die Wunde zumachen, und die Kleider werd ich waschen, bis sie wieder wie neu sind. Und Gott, der Allmächtige, der wird sich schon dieser kleinen Teufel annehmen. Komm rein, Gilbert, es wird langsam kalt.«

Ich rappelte mich auf die Beine, die Welt um mich drehte sich weiter, stand keinen Moment still.

»Sag mal, Oma«, fragte ich, »wo hast du eigentlich gelernt, ein Magazin einzulegen und so zu schießen?«

»Oh, das ist aus dem Film von Jacques Norris, den sie bei uns im Kabel gezeigt haben. Bevor der Schurke aufgehört hat, Filme zu machen und mit dem Geld davon ist«, erinnerte sich Großmutter plötzlich erbost. »Morgen ziehst du die Gendarmenuniform an und machst auch bei ihm einen Besuch.«

»Oma«, zischte ich wütend, meine Stirn brannte höllisch. »Pardon, Gilbert, Soldat«, entschuldigte sich Großmutter und hüpfte weiter die Treppe hinauf.

»Iss eine Banane«, drängte sie mich. Will nicht.

»Nu, Kuschkusch. Zeig dem Onkel, wie du eine Banane isst.« Soll der Onkel eine Banane fressen, ich bin fertig damit, für immer.

»Sie entschuldigen, Frau Dr. Gonen, aber das ist wirklich eine Frechheit. Mich den ganzen Weg von Sydney herzuschleppen, bloß um ihn mit geschlossenen Augen im Käfig sitzen und mit den Schultern zucken zu sehen … Meine Zeit ist, wie Ihnen bekannt sein dürfte, sehr teuer. Und ich liebe es nicht, wenn man sie mit Vorwänden vergeudet …«

»Es tut mir leid, Professor Strom, ich weiß wirklich nicht, was in ihn gefahren ist. Mir scheint, er hat Angst vor diesem ganzen Aufruhr, er ist Fremde nicht gewohnt. Wenn Sie bereit wären, ein paar Minuten draußen zu warten, bin ich sicher, dass es mir gelingt, ihn zu besänftigen.« Sei dir nicht so sicher, Süße, sei dir da nicht so sicher.

»Fünf Minuten«, sagt er, und ich höre, wie sich Schritte entfernen, »fünf Minuten.«

Die Tür wird geschlossen, der Schlüssel dreht sich im Schloss um.

»Um Himmels willen, Schätzchen«, sie beginnt, mein Fell zu streicheln, »rede mit dem Onkel, zeig ihm, wie klug du bist.« Ihre Hand berührt jetzt meine Eier, und das Glied wird steif. Doch ich mache meine Augen nicht auf.

»Wirklich, Schätzchen«, sie fährt fort, mich zu streicheln,

»tu's für mich, sonst streichen sie uns das Projekt.« Schweigen.

»... Und dann können wir nicht mehr zusammen sein.« Dann eben nicht, ich habe meine Ehre. Sie streichelt mich schneller. Ungemein angenehm. Aber ich öffne die Augen nicht, sage kein Wort, gebe nicht nach.

»Die fünf Minuten sind um, Doktor Gonen.« Ich höre die Stimme von der anderen Seite der Tür. Ich öffne die Augen einen Spalt. Sie hat es bemerkt, hört auf, mich zu streicheln, und nähert mir ihr Gesicht.

»Wenn du es so willst, dann sollst du's so kriegen«, flüstert sie. Sie nimmt ihre Haarspange ab, das Haar löst sich, fällt ihr auf die Schultern. Sie zerwühlt es. Sie ist schön.

»Viele Professoren hier werden sich freuen, dir den Kopf aufzusägen und einen Blick in dein Gehirn zu werfen«, sagt sie, »ich bin fertig mit dir, von heute an gehörst du ihnen.«

»Doktor Gonen«, wiederholt seine Stimme von draußen, er versucht sich an der Klinke der abgesperrten Tür. »Professor Strom«, flötet sie durch die Tür und dreht den Schlüssel, »aber bitte, ich heiße Jael.« Bevor sie die Tür aufmacht, öffnet sie den obersten Knopf an ihrer Bluse. »Jael«, wiederholt die Stimme auf der anderen Seite der Tür.

Ihre Lippen bewegen sich, ganz leise, aber ich höre es. »Beschränkter Affe«, sagt sie.

## *Die Nacht, in der die Autobusse starben*

Ich wartete auf der Bank an der Haltestelle, in der Nacht, in der die Autobusse starben. Studierte die Löcher, die in die Streifenkarte geknipst waren, versuchte zu überlegen, wonach sie aussahen. Es gab ein Loch, das sah aus wie ein Hase, das hatte ich am liebsten. Die anderen, egal wie lange ich sie auch betrachtete, fuhren fort, wie Löcher auszusehen.

»Über eine Stunde warten wir jetzt«, murrte der dösende Alte. »Die Busgesellschaften soll der Teufel holen. Wenn es um Geld von der Regierung geht, sind sie blitzschnell, aber bis sie kommen, kann man seine Seele aushauchen.« Der Alte war mit seiner Litanei fertig, rückte die Mütze auf seinem Kopf zurecht und schlief weiter.

Ich lächelte seine geschlossenen Augen an und kehrte zu den Löchern zurück, die weiterhin wie Löcher aussahen, wartete geduldig auf eine Veränderung. Ein verschwitzter Junge rannte an der Haltestelle vorbei. Unterm Laufen wandte er uns seinen Blick zu und schrie keuchend mit heiserer Stimme: »Es gibt nichts mehr zum Warten, die Autobusse sind tot, alle.« Er rannte weiter, und als er sich schon von uns entfernt hatte, hielt er an, stützte die linke Hand in die Seite und wandte uns wieder sein Gesicht zu, als ob er vergessen hätte, uns etwas Wichtiges zu sagen. Die Tränen auf seinen Wangen glitzerten wie Schweißtropfen. »Alle!«, brüllte er mit hysterischer Stimme, drehte sich um und rannte weiter.

Der Alte erwachte erschrocken: »Was wollte er, der Meschuggene?«

»Nichts, Großvater, nichts«, murmelte ich. Ich hob den Rucksack vom Boden auf und begann, die Straße entlangzumarschieren.

»He, Bürschchen, wo gehst du hin?«, schrie mir der Alte nach.

Neben der alten Schokoladenfabrik warteten ein Junge und ein Mädchen an der Haltestelle, machten diese Fingerspielchen, deren Regeln ich nie kapiert habe.

»He«, rief der Junge in meine Richtung, ihr Daumenballen berührte seinen flachen Handteller, »weißt du, was mit den Bussen los ist?« Ich zuckte die Achseln. »Vielleicht ist ein Streik«, hörte ich ihn zu ihr sagen, »du bleibst besser bei mir heut Nacht, es ist schon spät.«

Ich rückte den Riemen meines Rucksacks zurecht, der mir in den Rücken schnitt. Die Autobushaltestellen waren die gesamte Hauptstraße entlang verwaist, anscheinend waren alle verzweifelt und nach Hause gegangen. Die Tatsache an sich, dass die Autobusse nicht gekommen waren, hatte sie überhaupt nicht gestört. Ich setzte meinen Weg nach Süden fort.

In der Lincoln-Straße sah ich die erste Leiche verkrümmt auf dem Rücken liegen. Schwarze Bremsflüssigkeit verdeckte mit ihrer undurchdringlichen Färbung die gespaltene Windschutzscheibe. Ich kniete mich hin und wischte mit dem Hemdsärmel die verschmierte Scheibe ab. Es war der 42er. Ich hatte es eigentlich nie geschafft, mit ihm zu fahren. Ich glaube, er kommt von Petach Tikva oder von so wo. Ein ausgeleerter Autobus, der rücklings mitten auf der Lincoln liegt – ich konnte mir selbst nicht erklären, was daran so traurig war.

Im zentralen Busbahnhof lagen Hunderte von ihnen, ganze Bäche von Benzin strömten aus ihren aufgerissenen Leibern, ihre Eingeweide ergossen sich über die verödeten schwarzen Asphaltstraßen. Dutzende Leute saßen dort, gebrochen, in der Hoffnung auf das Brummen eines Motors, suchten mit tränenden Augen nach einem sich drehenden Rad. Einer mit der Mütze eines Fahrkartenverkäufers lief zwischen ihnen herum und versuchte, Mut zu machen: »Das ist bestimmt bloß hier, in Haifa gibt es sie noch in rauen Mengen, sie werden gleich kommen, das wird schon.«

Doch allen war klar, auch ihm, dass kein einziger Bus übrig geblieben war.

Man erzählte mir, der Milkshake-Verkäufer habe sein Dreirad in Brand gesteckt und sei nach Hause gegangen, die Kassetten in den umliegenden Ständen seien vor Schmerz zerbrochen, dass sogar die Soldaten, die mit müden Augen warteten, bei ihrer Rückkehr nach Hause nicht lächelten, sogar sie waren traurig.

Ich fand eine verlassene Haltestellenbank, legte mich hin und schloss die Augen. Die Löcher in der Streifenkarte in meiner Tasche sahen immer noch einfach wie Löcher aus.

## *Gulliver auf Isländisch*

Am ersten Tag, als ich hier ankam, überfiel mich die Angst. Die Uhr zeigte noch nicht einmal vier Uhr nachmittags, aber die Sonne war schon längst untergegangen. Sie schalten hier die Straßenlaternen schon um zwei, halb drei ein, und während der kurzen Zeit, wenn die Sonne überhaupt scheint, sind die Farben verblichen wie auf einer alten Fotografie.

Schon seit fünf Monaten wandere ich nun hier allein mit dem Rucksack auf dem Rücken herum, sehe Schnee, Fjorde und Eis. Die Welt hier ist vollkommen weiß getüncht und in der Nacht tiefschwarz. Manchmal muss ich mich selbst daran erinnern, dass es nur eine Urlaubsreise ist. »Hier«, sage ich, »schau her, Lemming!« Und ich zwinge mich dazu, die Kamera herauszuholen. Aber wie viel kann man schon fotografieren? Im Innersten meines Herzens fühle ich mich wie ein Exilant.

Ich blase dampfende Wolken aus meiner Mundhöhle auf die dicken Fäustlinge, Dämpfe, die oberflächlich die Kälte vertreiben. Aber die Kälte, die entflieht, lauert in der Luft und kehrt in der Sekunde wieder, in der sich der Dampf verflüchtigt hat. Die Kälte hier ist nicht wie in Israel. Es ist eine Kälte jenseits aller Temperaturen. Eine hinterhältige Kälte, die durch alle Schichten kriecht und dich von innen gefrieren lässt.

Ich gehe weiter die Straße entlang. Auf der linken Seite ist ein kleiner, hellerleuchteter Bücherladen. Schon seit einem halben Jahr habe ich kein Buch mehr gelesen. Ich betrete den Laden, mir wird warm dort, angenehm. »Verzeihung«, frage ich, »haben Sie Bücher auf Englisch?« Der Verkäufer schüttelt den Kopf und studiert weiter seine Zeitung mit den hässlichen Buchstaben. Ich habe es nicht eilig, wieder zu gehen. Schlendere die Bücherregale entlang. Betrachte die Buchrücken. Rieche den frischen Papiergeruch. Im Ladeninneren steht an einem der Regale eine Nonne. Von hinten sieht sie für einen Augenblick wie der Tod in Bergman-Filmen aus. Doch ich fasse Mut, nähere mich dem Nachbarregal und werfe einen verstohlenen Blick auf sie. Sie hat ein schmales, schönes Gesicht. Sehr schön. Das Buch, das sie in der Hand hält, kenne ich. Ich identifiziere es an dem Bild auf dem Einband. Sie stellt das Buch an seinen Platz zurück und wendet sich einem anderen Regal zu. Ich beeile mich, es herauszuziehen. Das Buch fühlt sich noch warm an in meiner Hand. Es ist Gulliver, Gulliver auf Isländisch, aber trotzdem immerhin Gulliver. Der Einband ähnelt dem der hebräischen Ausgabe. Wir hatten ihn daheim. Ich glaube, mein Bruder hat ihn als Geschenk von jemandem erhalten. Ich zahle an der Kasse bei dem Verkäufer, der darauf beharrt, mir das Buch in Geschenkpapier einzupacken. Er klebt ein rosa Schleifenband auf das Blümchenpapier und kräuselt es mit der Scherenschneide. Warum eigentlich nicht? Das ist ein Geschenk an mich selbst.

Als ich aus dem Laden trete, reiße ich hastig das Einwickelpapier auf, nehme den Rucksack ab und lehne ihn gegen eine Straßenlaterne, setze mich auf den schneebedeckten Bürgersteig und fange an zu lesen. Das Buch kenne ich sehr gut, und auch wenn ich etwas davon vergessen haben sollte, bringen es mir die Bilder schnell wieder in Erinnerung. Das Buch ist dasselbe Buch, die Worte sind die gleichen Worte. Auch wenn ich sie selbst erfinde. Und Gulliver auf Isländisch ist immer noch Gulliver, ein Buch, das ich schrecklich liebe. Vor lauter Aufregung fange ich zu schwitzen an, das ist das erste Mal, dass ich schwitze, seit ich hier angekommen bin.

Ich befreie mich von meinem klobigen Mantel und den feuchten Fäustlingen, die das Umblättern der Seiten erschweren. Die ersten beiden Bücher waren großartig, auch das dritte ist ein echter Genuss für mich. Aber seine letzte Reise war zweifellos die beeindruckendste von allen. Jene edlen Houyhnhnms, wie sie hatte ich immer sein wollen. Als Gulliver gezwungen ist, sie zu verlassen und zu den Menschen zurückzukehren, konnte ich gar nicht aufhören zu weinen.

Als ich das Buch fertig gelesen habe, bemerke ich, dass die Laterne nicht mehr brennt. Im Scheinwerferlicht eines vorbeifahrenden Autos sehe ich neben mir eine Gestalt in Schwarz. Die Lichter gefrieren auf der Stelle, aber die Kälte hat schon lange aufgehört, mich zu quälen. Die Gestalt wendet sich mir zu. Er ist es, da ist kein Irrtum möglich bei der Sense, dem Skelettgesicht. Von hinten erschien er mir im Moment tatsächlich wie eine Nonne.

## *Kochi 2*

Zion wird in zwei Wochen vom Militär entlassen. Er hat uns zu einem Fest bei ihm im Kibbuz eingeladen. Kochi hat mir geraten, irgendeine Ausrede zu erfinden, weshalb ich nicht auf das Fest gehen kann.

»Alle Kibbuzniks sind Kannibalen«, ließ er, wie gewöhnlich, seinen geisttötenden Schwachsinn ab. »Sie fressen sich dort gegenseitig, ohne jede Rücksicht. Wenn sie nicht dermaßen diskret wären, wäre das schon längst nach außen gedrungen. Fehlt dir bloß noch, dass sich jemand besäuft, meint, du bist der Kibbuzsekretär, der ihn beim Wachturnus beschissen hat, und zack, findest du dich im Verdauungssystem von irgendeinem dicklichen Arbeiterparteifritzen wieder.« Seit dem Zwischenfall im Libanon war er endgültig unerträglich geworden. Besonders diese Geschichte mit dem Brief an den Kommandeur der Einheit.

In den ersten Wochen nach dem Zwischenfall im Libanon lief er immer durchs Lager, schob ständig den Finger in das Loch, das er im Kopf hatte, rein-raus, und schrie: »Ich bin tot, wowww… ich bin tot.« Schlomo, der Koch, fiel in Ohnmacht, als er ihn sah, und danach reichte er beim stellvertretenden Kommandeur das Formular Nr. 55 ein, in dem er schrieb, er sei nicht bereit, in einer Einheit mit Leichen zu dienen, denn er sei ein Kohen, aus dem Stamm der Priester. Nachdem Akiva Schlomo beruhigt und Kochi aufgefordert hatte, seinen Unfug einzustellen, reichte Kochi ein offizielles Gesuch beim Kommandeur der Einheit ein, in dem er verlangte, als Gefallener der israelischen Armee anerkannt zu werden, was ihn dazu berechtigen würde, vom Wachdienst befreit zu werden. Amichai, der Kommandeur, kriegte die Krise, als er das Gesuch las, und füllte gegen Kochi ein Beschwerdeformular aus wegen Verunglimpfung offizieller Bestimmungen oder so was. Bei der Verhandlung wurde Kochi zu vierzehn Tagen Bau verurteilt. Kochi fing an zu toben.

»Du weißt wohl nicht, mit wem du's zu tun hast. Der Super ist mein Freund. Dafür wirst du noch bezahlen«, schrie er. Joni, der Feldwebel, und ich mussten ihn aus dem Raum schleifen. Amichai, der Kommandeur, bat mich, über jedes außergewöhnliche Verhalten von Kochi Bericht zu erstatten. Zwei Tage nachdem er aus der Haft entlassen worden war, beschmierte Kochi den Patrouillenjeep mit Erdnussbutter, mit der Behauptung, das würde die Kamele des Feindes verwirren. Ich sagte keinen Ton davon zu Amichai. Wozu sollte ich mir Ärger einhandeln, Kochi brächte es fertig, dass sogar mein Name falsch geschrieben wird.

Heute hat er mir traurig erzählt, dass er einen Kranz mit schwarzer Schleife an die Eltern von Meir, dem Buchari, im Namen der Einheit geschickt hat. »Ich habe solche Sehnsucht nach ihm«, flüsterte er und wischte sich eine Träne aus dem Auge.

»Aber Meir ist doch nicht tot, er hat bloß eine andere Einstufung gekriegt. Er ist heute der Fahrer von irgendeinem Brigadegeneral im Regierungsviertel«, erinnerte ich Kochi. Kochi wollte sich nicht trösten lassen. »Jetzt hör auf zu heulen, Meir lebt«, ich schüttelte ihn heftig an den Schultern.

»Dann lebt er eben, dann lebt er, ja und?«, schrie Kochi frustriert. »Es wäre viel schöner, wenn er im Libanon gestorben wäre. Ein Chef-Chauffeur«, zischte er verächtlich, »diese Bucharis haben keinen Funken Ästhetik im Leib. Ich hätte ihn erwürgen sollen, bevor der Schützenpanzertrupp uns aufgelesen hat.«

»Von was ist Kochi eigentlich die Abkürzung«, versuchte ich mit Gewalt, das Gesprächsthema zu wechseln.

»Von Kochava. Meine Eltern wollten immer eine Tochter«, stieg Kochi bereitwillig darauf ein. Er schloss die Augen und ruckelte leicht mit seinem Hinterteil. Ich wusste, gleich würde er zu singen anfangen. Er macht das manchmal. Überhaupt ist er stark beeindruckt von arabischen Filmen.

»Als ich noch ein kleiner Junge war,
schlug mich mein Vater, der Antipath,
eine Tochter wünscht' er sich immerdar,
dieser Vater der perversen Art ...«

Und seine Lieder zogen sich hin, oft über eine Stunde, und zwischendrin tanzte er auch noch. Ich konnte nicht mehr, ich ging, um mit Akiva über eine Versetzung zu reden. Er zeigte mir einen Artikel in der Zeitung, der von Zion berichtete. Zion wurde als vermisst erklärt.

»Verschwunden, wie vom Erdboden verschluckt«, flüsterte Akiva und zwinkerte mir höchst bedeutsam zu. Ich floh ins Zelt und kroch samt den Kleidern ins Bett, sogar die Schuhe ließ ich an. Ich zog die Decke über den Kopf, machte die Augen zu und versuchte zu schlafen.

Heute Nacht werde ich wieder davon träumen, dass Kochi zur Fremdenlegion geht und alle Algerier zum Judentum übertreten und nach Israel einwandern. So ist das immer.

## *Das Problem mit der Hybris*

Als Odeon fünf Jahre alt war, sah er vom Fenster der Kutsche seines Vater aus einen blinden Mann des Weges gehen. In seinem Gesicht mit den ausgepickten Augen lag so viel Schmerz, dass der kleine Odeon zu weinen anfing. Der Blinde, so erzählte man ihm, herrschte einst über Theben und war stark und weise. Doch das Schicksal erwies sich als vielfach stärker und listiger. Seine ganze Jugendzeit hindurch hörte Odeon zahlreiche Geschichten über kluge und kühne Herrscher, die ein furchtbar grausames Schicksal erlitten. Odeon schien es manchmal, dass jeder herausragenden Gestalt, von der er gehört hatte, ein grausames Ende beschieden war. Odeon, der ein nicht weniger kühner und listiger Herrscher war als jene tragischen Figuren, vermochte sich nicht des Gefühls zu erwehren, dass auch ihn ein ähnliches Schicksal erwartete. Um befähigt zu werden, das schreckliche Ende zu überlisten, das er fürchtete, bemühte sich Odeon zu verstehen, was im Verhalten jener Giganten es gewesen war, das zu einem solch tragischen Ende geführt hatte. Er widmete sein Leben dem Studium aller Fakten des Lebens und des Sterbens jener tragischen Figuren und versuchte, den ihnen gemeinsamen Stempel zu finden. Nach Jahren angestrengter Arbeit, während denen er sein Königreich vernachlässigte, fand Odeon die Antwort – der gemeinsame Nenner all jener tragischen Gestalten war der Stolz, der sie zu dem Empfinden verleitet hatte, sie seien imstande, gegen die Götter, gegen das Schicksal aufzubegehren. Odeon hatte des Öfteren gespürt, dass sich solcher Stolz auch in ihm selbst regte. Doch jetzt, da er die unglücksschwangeren Auswirkungen begriff, trug er immer Sorge, ihn niederzuschlagen. Er gab diesem Stolz den Namen »Hybris«. Und jedes Mal, wenn er spürte, dass er auszubrechen und ihn zu beherrschen drohte, wiederholte er sich diesen Namen und beschwor die Gestalt Ödipus' mit den ausgepickten Augen herauf, und die Hybris zerfiel zu Staub. Odeon lebte ein glückliches langes Leben ohne Verrat und Leid. Und während er auf seinem Totenbett lag, umringt von all seinen vielen Lieben, wusste er endlich, dass er verwirklicht hatte, was noch keinem vor ihm gelungen war – seinen Trieb zu überwinden. »Hybris«, flüsterte er und starb. Hermes führte ihn in Ehren in die Welt der Toten, und Odeon schritt aufrecht und stolz hinter ihm her. Ab und zu schien ihm, als erstickte der vor ihm schreitende Hermes ein Kichern, doch das war nichts weiter als Einbildung.

In der Unterwelt wurde ihm ein Ehrenplatz zugeteilt. Links von ihm saß Antigone und rechts Ödipus, dessen leidende Gestalt sich von Kindheit an in sein Gedächtnis eingegraben hatte. Alle paar Minuten betrat ein geflügelter Bote die Halle, eilte auf einen der neben ihm Sitzenden zu und flüsterte ihm mit lauter Stimme etwas ins Ohr.

»Das Royal British Theatre will im Dezember ein Stück über dich aufführen«, flüsterte der Bote Ödipus zu, »mit Kenneth Branagh in der Hauptrolle.«

»Kenneth Branagh wird mich spielen«, murmelte Ödipus vor sich hin, als könnte er es kaum glauben, und ein großes Lächeln breitete sich auf seinem Gesicht aus.

»Ein Theaterstück über dich ist in den Lehrplan der

Schulen in Schottland aufgenommen worden«, flüsterte der Bote der beglückten Antigone zu. »Fünfhunderttausend Schüler werden mein Schicksal beweinen«, sagte sie ganz bewegt und vergoss Freudentränen.

Und Odeon saß auf seinem Stuhl. Lauschend und vergessen, erstarrt in seinem schrecklichen Schicksal. Gibt es ein schrecklicheres Schicksal für einen tragischen Helden, als langweilig zu sein und vergessen zu werden? Und als ob sein Leiden nicht schon groß genug gewesen wäre, kam der Bote etwa einmal alle tausend Jahre zu ihm und vermeldete ihm einen weiteren unbekannten Post-Modernisten, der eine grässliche Geschichte über ihn geschrieben hatte.

*Schriftstellerneid*

Die Dame in der Gepäckaufbewahrung wirkt überrascht, als ich an den Schalter komme und ein Gepäckstück aufgeben will. Ich komme ihr sicher seltsam vor. Schweißtropfen glänzen auf meiner Stirn mitten in der Dezemberkälte, mein einziges Gepäck – ein Buch, das ich in der Hand trage, einen Finger noch zwischen den Seiten, nach Art eines provisorischen Lesezeichens. Sie versucht, mir das Buch aus der Hand zu nehmen, aber obwohl ich es bereits losgelassen habe, bleibt mein Finger zwischen seinen hartnäckigen Reißwolfzähnen gefangen. Ich zerre mit aller Kraft meinen Arm weg, das Buch bleibt in ihren Händen zurück.

»›Homo Faber‹, was für ein wunderbares Buch«, sagt sie und tut so, als ob nichts passiert wäre. Ich lecke mir das Blut von meinem verletzten und gelähmten Finger ab, Wörter sind verräterische Geschöpfe. »Ein wunderbares Buch, vor allem das Ende, finden Sie nicht auch?«, versucht sie es wieder, während sie mir den Gepäckschein reicht.

»Ich weiß nicht. Ich bin noch nicht beim Schluss angelangt.« Ich wende ihr den Rücken zu und gehe in Richtung Bahnsteig.

Er steht am Ende des Bahnsteigs, trägt einen schwarzen Anzug, ist größer, als ich ihn mir vorgestellt habe. Ich wische mir mit der linken Hand den Schweiß von der Stirn, ich habe kein Taschentuch oder Halstuch zur Verfügung, meine Rechte steckt tief in der Manteltasche. Nur fünfzehn Schritte liegen zwischen uns, und ich tue sie.

»Herr Frisch?«, frage ich, er wendet mir sein Gesicht zu, sieht genauso aus wie auf dem Einband von »Mein Name sei Gantenbein« des Tartakover-Verlags.

»Ja«, erwidert er höflich, »womit kann ich Ihnen behilflich sein, Herr …?« Es verstreichen einige Sekunden des Schweigens, meine rechte Hand befindet sich immer noch in der Manteltasche, ein unhöfliches Gebaren, fast levantinisch. Ich unternehme nichts dagegen, senke nur beschämt den Blick. Das gemeinsame Schweigen dauert an, und es ist meine Aufgabe, es zu beenden. Es ist an mir, mich vorzustellen, die Hand aus der Tasche zu nehmen und sie ihm zur Begrüßung zu reichen oder, wahlweise, den Revolver herauszuziehen und zu schießen. Schießen, das ist zweifelsohne vorzuziehen. Ich ziehe den Revolver heraus und drücke den Abzug. Er bricht zusammen, und als er auf dem Boden liegt, gebe ich noch drei Kugeln auf ihn ab, um sicherzugehen.

So wie dieser Hurensohn zu schreiben verstand, werde ich niemals schreiben können. All diese Wörter, mit denen ich ringe und die ich nie bezwingen kann, sind bereitwillig bei ihm angekrochen, schwanzwedelnd wie dressierte Hündchen, haben sich zu perfekten Sätzen geformt, genau wie er es wollte. Dieser irrwitzige Schweizer war sicher nie imstande, überhaupt zu begreifen, wie das ist, wenn ein Mensch acht Monate lang an einem Werk arbeitet, sich jeden Tag aufs Neue dafür abrackert, sein Herz und seine Eingeweide ausschüttet. Acht elendigliche Monate, und wofür? Für eine weitere mittelmäßige Geschichte. Und wie hätte er es auch verstehen können? Er hat die Klassik schließlich aus dem Ärmel geschüttelt. So ist das mit den Schweizern, alles geht ihnen ganz leicht von der Hand, wie könnte man da anders, als sie zu hassen? Sie wissen nicht, was Krieg ist, essen ständig Schokolade, haben in ihrem ganzen Leben keine einzige Wehrübung gemacht.

Vom Zugfenster aus sehe ich einen Schwarm von anzugtragenden Bürgern ihrer Wege eilen, sie überspringen seinen Körper und laufen weiter. Niemand hat es beachtet, dass man ihn erschossen hat, auf diesen Straßen sterben die Genies wie die Fliegen, an die hundert täglich. Bis zur Endstation gelingt es mir, in dem Kreuzworträtsel alle Begriffe einzusetzen, die ich weiß, die anderen sind ohnehin auf immer für mich verloren.

Ich steige aus dem Zug aus und betrete einen Buchladen. Im Regal steht ein Buch von Salinger mit einem hässlichen Einband, belauert mich in höchster Spannung, den Rücken zum Sprung gewölbt. Und bevor ich begreife, was geschieht, befindet es sich bereits in meiner Hand, mit eingespreizten Krallen, auf Seite sieben, und ich versuche angestrengt, mich zu befreien, den Angriff zurückzuschlagen, zu fliehen, alles, bloß nicht lesen, doch am Ende gebe ich mich geschlagen. Dieser Salinger, noch so ein Schuft, dem werde ich nächste Woche auch einen kurzen Besuch abstatten.

*Kochi 3*

Zu seinem Entlassungsfest brachten wir Kochi ein Buch als Geschenk mit, »Der Busfahrer, der Gott sein wollte« von Etgar Keret.

»Ein Scheißbuch«, Kochi verzog das Gesicht, »außer zwei … 'tschuldigung, drei Geschichten ist der ganze Rest Mist. Heute kann jeder Idiot ein Buch in irgendeinem Zwergverlag rausbringen und bündelweise die Scheine dabei rausblättern, alles aus irgendeinem infantilen Glauben heraus, dass ihm das irgendwann einmal einen Fick einbringt.«

Die Wahrheit ist, dass Kochi ziemlich recht hat, und der einzige Grund, warum Akiva das Buch gekauft hat, war der, dass es im Sonderangebot war.

»Weißt du, Zohar, ich kenn diesen Etgar persönlich, der ist so ein Schnulli, der macht alles, was ich ihm sage, willst du mal sehen?«

»Lass das, Kochi, komm, wir essen den Kuchen und brechen die Zelte ab, es ist echt schon spät«, flehte ich.

»Nu, Zohar, das ist mein Fest, lass mir doch ein bisschen Spaß. Du wirst sehen, wie ich ihn zur Schnecke mache.« Kochi fing an, an der Decke zu gehen und die Einheit von Handlung und Zeit zu verletzen, mittels allerlei teuflischer Tricks.

»Um Himmels willen, Kochi, hör auf. Am Ende wird uns das zwei Zlotys kosten.«

Kochi fuhr fort, absichtlich den Handlungszusammenhang zu zerstören: »Keine Bange, Zohar, dieser Etgar ist ein Waschlappen, ich kenn ihn doch nicht erst seit heute, der wird uns nie den Hahn

## *Sisyphus*

Jede Woche die gleiche Geschichte. Freitag, Viertel nach vier, ich habe schon die Sportkluft an, Jakov wird in fünf Minuten vorbeikommen, um mich abzuholen, und da muss sie sagen: »Vielleicht gehst du heute nicht? Du weißt, wie gekränkt Vater ist, wenn du nicht zum Schabbatsegen bleibst.«

Und jedes Mal muss ich ihr wieder von vorne erklären, wie ich die ganze Zeit Überstunden mache wie der letzte Esel, um das Altersheim von ihrem Vater zu bezahlen, und dass der Freitagnachmittag die einzige Zeit ist, die mir bleibt, um Freunde zu sehen, ein bisschen Fußball zu spielen, die Sorgen ein wenig zu vergessen.

Aber jede Woche muss sie wieder sagen: »Vater fragt, ob ich denn Witwe sei, dass ich keinen Mann am Tisch sitzen habe.«

Und ich sage immer zu ihr, sie solle ihrem alten Intriganten ausrichten, sie sei verwitwet, und wenn er wolle, dass der Mann seiner Tochter wieder lebendig würde, dann solle er aufhören, uns in einem fort die Penunze auszusaugen und von seiner Fünf-Sterne-Seniorenresidenz an einen Ort mit normaleren Preisen übersiedeln.

Doch diese Kuh muss immer sagen: »Glaub mir, Mosche, mit einem Ehemann wie dir ist man besser gleich eine Witwe.«

Ich rege mich jedes Mal wieder auf, knalle die Tür hinter mir zu, und dann denke ich während des ganzen Spiels daran, an den Streit und an sie, an diese ganze Scheiße, nicht genug damit, dass sie mich bei der Arbeit damit füttern, ich muss sie auch noch zu Hause fressen, und schon geht mir der ganze Spaß beim Spiel flöten. Aber das ist es noch nicht mal. Was am allerätzendsten ist, das ist, dass ich jede Woche wieder nach Hause zurückkomme, wie gerade extra, und sie im Treppenhaus mit verquollenen Augen auf mich wartet.

»Papa ist heimgegangen«, sagt sie zu mir, »Papa ist nicht mehr.« Und ich, den Kopf noch beim Spiel, brauche erst mal ungefähr fünf Minuten, um zu kapieren, dass ihr Vater nicht nach Hause gegangen ist, sondern dass er einfach krepiert ist. Jede Woche wieder muss dieser Alte mitten beim Abendessen an einer Fischgräte ersticken. Meiner Frau unter den Händen wegsterben.

»Er hat gekrächzt, und ich wusste nicht, was ich tun sollte«, weint sie und umarmt mich. »Wenn du hier gewesen wärst, hättest du vielleicht noch was machen können«, muss sie unbedingt immer noch dazusagen, »du bist schließlich ein Krankenwagenfahrer, du verstehst was von solchen Sachen.«

Und diese Worte durchbohren mich wie ein Messerstich. Danach renne ich die ganze Woche mit einem beschissenen Schuldgefühl herum, jedes Mal wieder, wie ein Vollidiot, ich lern's nie.

## *Schlomo-Homo-Wichserprolo*

Die Vertretung sagte zu allen, sie sollten sich paarweise aufstellen, und nur Schlomo-Homo-Wichserprolo blieb allein übrig.

»Ich werde deine Partnerin sein«, sagte die Vertretung und gab ihm die Hand. Und so gingen sie im Park spazieren, und Schlomo-Homo sah Boote auf dem künstlichen Teich, eine riesige Orangenskulptur und auch einen Vogel, der ihm auf die Mütze schiss.

»Scheiße pappt an Scheiße«, schrie Juval von hinten, und alle Kinder lachten.

»Beachte sie nicht«, sagte die Vertretung und wusch ihm die Mütze an einem Wasserhahn ab. Danach kam ein Eisverkäufer vorbei, und alle kauften Waffeleis bei ihm. Schlomo-Homo aß ein dreifarbiges Stieleis, und nachdem er damit fertig war, steckte er den Stiel in einen Spalt zwischen den Wegplatten und tat so, als wäre er eine Rakete. Die anderen Kinder tobten auf der Wiese herum, und nur er und die Vertretung, die eine Zigarette rauchte und ziemlich müde aussah, blieben auf dem Spazierweg.

»Frau Lehrerin, warum hassen mich die Kinder?«, fragte Schlomo-Homo-Wichserprolo sie.

»Woher soll ich das wissen«, die Lehrerin zuckte mit ihren hängenden Schultern, »ich bin schließlich bloß die Vertretung.«

## *Die mysteriöse Abwesenheit des Alon Schemesch*

Am Dienstag kam Alon Schemesch nicht zur Schule, und als die Lehrerin Nava die Schablonen austeilte, gab sie Jacki zwei, da er der beste Freund von Alon Schemesch ist und auch ihre Familien sich kennen und an den Wochenenden zusammen Ausflüge machen, es also das allernormalste war, dass er ihm die Hausaufgaben bringen würde.

»Und Jakov, vergiss nicht, Alon von der ganzen Klasse gute Besserung zu wünschen«, befahl sie. Jacki, der leicht kriminell ist, machte mit dem Kopf eine Bewegung zu ihr hin, so viel wie: Dallidalli, jetzt zieh schon Leine. Doch die Lehrerin dachte, das heiße ja.

Am Mittwochmorgen kam auch Jacki nicht. »Er hat sich sicher angesteckt«, zirpte unsere Streberin Aviva Kranatenstein.

»Wieso das denn, die beiden haben sich garantiert samt ihren Familien davongemacht, um am See Genezareth zu grillen«, sagte Meir Sovan.

»Ruhe, Kinder«, forderte die Lehrerin Nava, »wer von euch möchte unseren kranken Freunden freiwillig die Hausaufgaben bringen?«

»Ich bring sie Alon«, meldete sich Juval, »er wohnt nicht weit weg von mir.«

»Und ich Jakov«, platzte Dikla hastig heraus, bevor jemand anders was sagen konnte. Alle wissen, dass sie auf Jacki steht.

»Und ich Jakov«, äffte Meir Sovan ihre Stimme nach, und alle lachten.

»Es gibt nichts zu spotten über den aufrichtigen Wunsch, einem kranken Freund zu helfen. Ich werde selbst anrufen und mich nach den Kranken erkundigen.«

»Welcher aufrichtige Wunsch, sie ist tödlich geil drauf zu vögeln«, flüsterte Gafani laut und flog aus der Klasse. Am nächsten Morgen kamen auch Juval und Dikla nicht. »Bei den anderen weiß ich's nicht«, sagte Sovan, »aber Juval kommt nicht wegen der Geographieprüfung, da wett ich mit dir, um was du willst.«

»Vielleicht sind sie an Typhus erkrankt, in den Lesebüchern steht, dass die Pioniere sehr darunter gelitten haben ...«, setzte Aviva Kranatenstein an, aber Gafani drohte, er würde ihr alle Hefte verbrennen, also hielt sie den Mund.

»Ich habe versucht, zu Hause bei den Kranken anzurufen, aber es hat sich niemand gemeldet«, sagte die Lehrerin Nava. »Mir wird keine andere Wahl bleiben, als sie daheim aufzusuchen. Und inzwischen untersage ich euch, die Kranken zu besuchen, bis ich mich vergewissert habe, dass sie keine gesundheitliche Gefährdung darstellen.« Nach der Schule traf sich die ganze Klasse im König-David-Park am Maulbeerbaum.

»Wer ist die denn, dass sie meint, sie kann uns sagen, ob wir unsere Freunde besuchen oder nicht?«, schrie Meir Sovan.

»Die hält sich wohl echt für was«, erhitzte sich auch Gafani, »schon aus Prinzip gehen wir alle heute Jacki besuchen. Und ohne Ausreden, Kranatenstein, beim Leben meiner Mutter, wenn du nicht kommst, verschluck ich deine ganzen ach so wunderbaren Filzstifte.«

Am Ende konnte ich nicht kommen, weil meine Mutter einen Zettel hinterlassen hatte, dass der Kühlschrankmensch kommen müsste und sie erst spät zurückkommen würde. Also blieb ich sauer zu Hause. Ich wusste, Gafani würde mir glauben, aber sicher gäbe es welche, die sagen würden, ich sei ein Feigling.

Am Freitag kamen bloß ich und Michel, der Franzmann, zur Schule. Nicht einmal die Lehrerin kam. Michel, der Franzmann, sagte, gestern habe ihm niemand mitgeteilt, dass er in den König-David-Park kommen soll, also sei er nach Hause gegangen. Wir stellten den Abfalleimer auf den Tisch und spielten den ganzen Vormittag Käsekästchen mit Kreiden.

Seitdem ist schon eine Woche vergangen, und ich und Michel sind unheimlich gute Freunde geworden. Er bringt mir alle möglichen Franzmänner-Spiele bei, und wir haben einen Höllenfez. Meine Mutter sagt, es sei wirklich eine Unverschämtheit, was in der Schule passiert, und sie will die Eltern zusammentrommeln, aber außer bei Michel zu Hause meldet sich nirgends wer, und auch den Direktor zu erreichen gelingt ihr nicht. Die Sekretärin hat ihr erzählt, dass er vor drei Tagen angerufen und gesagt habe, er käme in der Früh ein bisschen später, weil er die Lehrerin Nava besuchen wollte, und seitdem hat man nichts mehr von ihm gehört. Meine Mutter nimmt diese ganze Geschichte sehr ernst, schreibt in einem fort Briefe an das Schulreferat und raucht.

»Keine Angst, Frau Abada«, versucht sie Michel die ganze Zeit zu beruhigen, »sie sind garantiert alle zum Grillen an den See gefahren.«

Kann sein, dass er recht hat, ich weiß es wirklich schon

nicht mehr, aber vielleicht hat auch Aviva Kranatenstein recht gehabt, und sie sind alle am Typhus gestorben.

»Ich erinnere mich genau daran, was ich gesagt habe: Zuerst bittest du den Feldwebel um Erlaubnis, und erst danach, wenn er einverstanden ist, gehst du in die Kantine runter.«

»Aber Sie haben mir ausdrücklich gesagt …«

»Ich erinnere mich ganz genau daran, was ich gesagt habe, Hirsch«, unterbrach ihn der Kompanieführer und lächelte, »was möchtest du also damit sagen? Dass ich ein Lügner bin?« Das Lächeln auf seinem Gesicht war giftiger Hohn, und Joav und er wussten beide, dass er log, und er und Joav wussten beide, dass er es nicht beweisen konnte, und Joav und er wussten beide, dass es nichts gab, was Joav dagegen tun konnte, und er noch viel besser als Joav. Es hatte Tage gegeben, an denen Joav nicht aufgegeben hätte. Etwas getan hätte. Er hätte vielleicht sein Gesicht abgewandt, als gäbe er nach, als wäre er am Gehen, und es ihnen dann schnell heimgezahlt, mit dem Gewehr, mit dem Kolben, direkt in die höhnische Visage. Einmal, auf einem Ausflug mit den Pfadfindern, brach er einem Jungen die Nase, der einen Kompass geklaut hatte. Nicht seinen Kompass, den von jemand anderem. Er hasste Diebe, und Lügner noch viel mehr.

»Nu, du sagst also, dass ich ein Lügner bin, Hirsch? Ich warte auf eine Antwort.«

»Nein, Kompanieführer, ich habe mich offenbar geirrt, Kompanieführer.« Jene Tage waren jetzt fern, sehr fern.

Das Eingeständnis reichte nicht, er erhielt eine Stunde Nachtwache, um seinen Irrtum zu büßen.

Die Stunde, in der er die Wachschicht hatte, war zwischen zwei und drei. Eine verfluchte Stunde. Der Kompanieführer kam zur Kontrolle. Fand ihn am Eingang der Hütte, zitternd vor Kälte. »Du wirst schon noch, Hirsch«, er klopfte ihm auf die Schulter, »du bist ein bisschen eingebildet, aber ich werd aus dir schon noch einen Menschen machen.«

»Ja, Kompanieführer«, lächelte ihn Joav gezwungen an und fuhr fort, sich selbst einzubläuen, dass das die Armee war und er den Mund zu halten hatte, dass es überhaupt nichts brachte, wenn er Ärger machte. Der Kompanieführer betrachtete das aufgesetzte Lächeln auf seinem Gesicht und war stolz auf ihn wie auf einen dressierten Hund, der gelernt hat, ein neues Kunststück vorzuführen. Der Engländer kam und löste ihn eine Viertelstunde vor der Zeit ab. Der Engländer war wirklich in Ordnung. Als er eintraf, weinte Joav vor lauter Scham. Und als Joav ihn sah, schämte er sich noch mehr, und die Tränen, anstatt zu versiegen, strömten nur noch stärker.

»Du brauchst nicht zu weinen«, sagte der Engländer und starrte in den Boden, »du hast das Klügste gemacht, was man tun kann, haargenau das Richtige.« Und danach: »Ich geh mal pinkeln.« Er verschwand im Schatten und kam erst zurück, nachdem Joav mit dem Weinen fertig war. Der Engländer war wirklich in Ordnung.

Beim Morgenappell verkündete der Kompanieführer, dass Joav heute der Rekrut vom Dienst sei, und zu Joav sagte er vor allen anderen, er hoffe doch, er würde sich bewähren. Joav sagte: »Jawohl, Kompanieführer«, und:

»Nein, Kompanieführer«, und: »Die Zeiten ausrufen, Kompanieführer?« Er hatte auch keine Nachtwache, denn der Rekrut vom Dienst hat keine Wache. Und am Freitag fuhr er nach Hause, während alle anderen dablieben, denn so wurde es gehandhabt. Als er die Kompanie verließ und zum Tor ging, hatte er das Gefühl, als würde er bestraft, als schickte man ihn in die Verbannung, und diesen ganzen quälenden Schabbat zu Hause verfluchte er sich für diesen beschämenden Urlaub. Als er am Sonntag zurückkehrte, brachte er dem Engländer die »Jerusalem Post« mit, die er am zentralen Busbahnhof gekauft hatte, und Baumann, der im Bett über ihm schlief, wie erbeten einen Schwamm für seine Achselstücke an der Uniform. Am Dienstag, bevor sie zum Schießstand aufbrachen, schickte ihn der Kompanieführer Zigaretten holen, und er rannte wie ein Hündchen zur Kantine und kehrte mit einer Packung Nobels zurück. Zack, zack, in drei Minuten, und all das, ohne dass jemand die Zeit ausgerufen hätte.

»Hier sind die Zigaretten, Kompanieführer.« Er gab ihm keuchend das Päckchen und das Wechselgeld. »Wunderschön, Hirsch.« Der Kompanieführer versenkte die Münzen in seiner Hemdtasche und zog ein Plastikfeuerzeug heraus. »Willst du eine Zigarette?«, fragte er. »Nein, Kompanieführer.«

»Dann eben nicht«, lächelte der Kompanieführer und zündete sich die Zigarette im Mund an, »ist auch besser so.«

Joav sah die Kompanie mit dem Feldwebel an der Spitze zum Übungsgelände hinuntergehen und setzte sich in Bewegung, um ihnen zu folgen.

»Hirsch!«, schrie ihm der Kompanieführer hinterher. Joav drehte sich um. »Hast du nicht was vergessen?«, fragte ihn der Kompanieführer. Joav ließ einen schnellen Blick über sich gleiten, die Waffe war da, auch der Plastikhelm, er war ein wenig verwirrt. Er wusste nicht, was er vergessen hatte. »Das Wechselgeld, Hirsch, das Wechselgeld«, sagte der Kompanieführer ungeduldig.

»Aber ich hab's Ihnen gerade vor einer Minute gegeben …«

»Du hast mir gar nichts gegeben, Hirsch. Vielleicht schaust du mal besser in deinen Taschen nach, oder du rennst zur Kantine und schaust nach. Vielleicht hast du's dort vergessen.«

»Aber …«, setzte Joav wieder an.

»Du hast nichts gelernt«, der Kompanieführer schüttelte mit künstlicher Enttäuschung den Kopf, »nichts hab ich dir in dem Monat beibringen können. Ich möchte, dass du jetzt zur Kantine rennst und innerhalb von drei Minuten mit dem Wechselgeld wieder da bist.«

»Aber …«, versuchte es Joav.

»… und nimm dich in Acht vor mir, Hirsch«, fuhr der Kompanieführer fort, Joav komplett übergehend, »denn wenn es was gibt, was ich wirklich hasse, dann sind das Diebe«, ein niederträchtiges Lächeln erschien auf seinem Gesicht, »Lügner und Diebe.«

Und Joav bläute sich weiter ein, dass das die Armee war und alle hier Scheiße fraßen, erinnerte sich mühsam immer wieder selbst daran, dass er genau das Richtige tat.

Doch es hatte Tage gegeben, an denen Joav nicht nachgegeben hätte, er erinnerte sich daran, Tage, an denen er ganz genau das Allerdümmste gemacht hätte. Er wandte sich in Richtung Kantine, während seine Hände mit aller Kraft den schweren Kolben des Gewehrs umklammerten.

*Ein Wiegenlied für die Zeit*

Jeden Abend, nach den Segenssprüchen und dem Essen, gingen wir ohne Widerrede ins Schlafzimmer, krochen in die Betten, deckten uns mit den groben Steppdecken zu und warteten.

Mutter kam mit leisem Schritt, ging von Bett zu Bett, strich mit der Hand über die Decken, ließ jeden Kniff und jede Falte verschwinden, milderte mit ihren Fingerspitzen die Berührung der rauen Decke. Nachdem sie die Betten abgeschritten hatte, setzte sie sich auf die Kante eines Bettes, berührte den Kopf des Glückspilzes, der darin lag, und begann, langsam eine eigenartige Melodie zu summen. Ihr monotoner Rhythmus, der mit dem der Pendeluhr verschmolz, dauerte eine Weile an. Ganz allmählich wurde der Takt von Mutters Lied noch langsamer, sie dehnte die Wörter, zog die Töne in die Länge, und mit dem Lied verlangsamte sich auch die Schwingung des Pendels. Wir blickten gebannt auf den Sekundenzeiger, der immer länger verweilte, auf das Pendel, das seine Schwingung verlangsamte bis zum absoluten Stillstand, bis der letzte Ton auf Mutters Lippen gefror.

Jede Nacht starrten wir betäubt auf die Zeiger. Es liegt eine magische Schönheit in der schlafenden Zeit. Ich kann nicht erklären, wie wir uns fühlten, nicht einmal für mich selbst. Es ist kein Raum für Erklärungen in einer Welt bar der Zeit, doch es war, als wären wir für einen Augenblick imstande, das Leben so zu sehen, wie es ist, rein und klar, ungetrübt von Bestrebungen und Wünschen. Ich kann nicht sagen, dass ich am Morgen, wenn ich zur Schule aufstand, klüger oder verständiger gewesen wäre. Aber irgendwie, sogar schon als Kind, spürte ich, dass Mutters Lied mir eine Art Ruhepause verschaffte, in klarem Bewusstsein, ohne Befürchtungen und Angst, frei von Begierden und trügerischen Gedanken. Ich erinnere mich an das letzte Lied, das Mutter sang, während sie unter einer zerknitterten Decke lag. Es gab niemanden, der die Falten geglättet hätte. Wir standen alle um ihr Bett herum, lauschten ihrer verbrauchten Stimme, wie sie Worte dehnte, die wir nicht kannten, einmal noch. Unsere Tränen sickerten langsam durch die Luftschichten, erreichten am Ende schließlich den Boden. An jenem Abend schloss die Zeit ihre Augen, schlief jedoch nicht ein für uns. Und als das Lied vor seinem Ende abbrach, kehrte sie zurück und schlug mit verblüffender Geschwindigkeit zu. Ich weiß nicht, wonach wir uns mehr sehnen, nach dem Lied oder nach Mutter. Doch ich weiß, dass wir alle seitdem versuchen, die Zeit einzuschläfern.

Der Einzige, dem das gelang, für immer, war mein ältester Bruder Jakov. Vor zwei Jahren wurde er bei einem Streit am Platz der Uhr erstochen. Ahuva und Vered haben beide geheiratet, Ahuva ist Kindergärtnerin, und Vered hat eine ausgezeichnete Stelle bei der Krankenkasse, aber auch bei ihnen spüre ich die Sehnsucht, den Versuch, das vertraute Lied heraufzubeschwören.

Und ich? Ich versuche manchmal, das Lied in der Früh, wenn ich im Autobus zur Arbeit fahre, vor mich hin zu singen, oder im Büro, wenn ich länger bleibe, Überstunden mache. Doch meine digitale Uhr ist von dem Wiegenlied, das ich ihr vorsinge, nicht beeindruckt. Vielleicht ist es deswegen, weil ich die Worte nicht verstehe. Oder vielleicht habe ich nicht genügend Geduld.

## *Ich und Ludwig töten Hitler ohne Grund (oder Berliner Frühling)*

»Noch eine Wurst?«, bot Ludwig großzügig an.

»Danke, ich bin schon satt.« Ich klopfte mir auf den Bauch.

»Satt«, wiederholte Ludwig das zauberhafte Wort, »seit Ewigkeiten hab ich dieses Wort schon nicht mehr gehört.« Er betrachtete die Kabanossi, die auf dem nackten Tisch lag, liebevoll wie einen alten Freund, der ihm dazu verholfen hatte, ein angenehmes Kindheitserlebnis zu rekonstruieren, und seine Hand glitt mit einem nostalgischen Streicheln über die Wursthaut.

Draußen waren hin und wieder Einschläge von Granaten zu hören, und wer sein Gesicht an die Fensterscheibe drückte, konnte die brennende französische Kirche sehen, die Straßenlaternen, die wie eingenickte Wachposten herumlagen. Ludwig löste sein Gesicht vom Fensterglas, und ein Fettfleck blieb an der Stelle zurück, wo seine Nase es berührt hatte.

»Die Drecksrussen werden nicht aufhören, solange in Berlin noch ein einziger Stein auf dem anderen steht«, zischte er wütend, wobei sein Blick durch den Raum wanderte, auf der Suche nach etwas, das man hätte zertrümmern können, aber da war nichts, abgesehen von dem Tisch, den zwei Stühlen und dem Wurstzipfel. Ludwigs Blick blieb daran hängen. Er lächelte.

»Nach einer solchen Wurst braucht der Mensch ein Bier«, trällerte er fröhlich vor sich hin. »Aber es gibt keins.« Er zuckte mit den Schultern, als wäre es ihm plötzlich eingefallen.

»Vielleicht machen wir einen Spaziergang«, schlug Ludwig vor, »das erleichtert den Verdauungsprozess.« Wir halfen einander in die Mäntel. Ludwig verschwand im angrenzenden Zimmer und kam mit einem alten Jagdgewehr in der Hand zurück.

»Ich hab's von meinem Großvater Günter zum siebzehnten Geburtstag bekommen«, sagte er mit glänzenden Augen, »vielleicht können wir dafür eine Flasche Wein kriegen oder ein paar Bier.«

Wir traten auf die Straße, und es war, als wären wir an einem fremden Ort ausgesetzt worden. Die Straße war zu hässlich, als dass es Berlin hätte sein können, das Wetter zu kalt für Ende April. Ludwig klemmte das Gewehr unter seine Achsel und zog ein Paar gefütterte Wollfäustlinge an.

»Beim Gehen wird uns schon warm werden«, flüsterte er in hoffnungsvollem Ton. Wir marschierten die Allee hinunter, Ludwig blies konzentriert auf seine Handschuhe, als könnte der Dunst, der seinem Mund entwich, die Löcher in den durchgescheuerten Fäustlingen stopfen. Die wenigen Straßenlaternen, die noch standen, funktionierten nicht, doch die brennenden Gebäude ringsherum warfen genügend Licht für uns ab. Ludwig blieb an einem Plakat stehen, auf dem der Führer zu sehen war. Er deutete darauf und sagte stolz: »Wir sind in die gleiche Schule in Linz gegangen, er war zwei Klassen unter mir.« Sein Blick streichelte das Gewehr, das wie vergessen immer noch unter seiner Achselhöhle klemmte, und in seinen Augen tauchte wieder der nette nostalgische Ausdruck auf. »Es war am Ende von dem Jahr in Linz, als mir Opa Günter das Gewehr gab. Ich war damals mit Anna zusammen, das erste Mädchen, das ich je angerührt habe«, Ludwig musterte seine Fingerspitzen, die durch die zerschlissene Wolle herauslugten, »Adolf war in sie verliebt, brachte ihr immer Blumen, Süßigkeiten, selber gemalte Bilder. Mich erbarmte der Junge, er war so klein, reichte Anna gerade bis hierher«, Ludwig hielt seine linke Hand waagrecht in Kinnhöhe, »außerdem war er jünger als wir, wirklich ein Bub. Damals hatte er noch nicht diesen lächerlichen Schnurrbart«, Ludwig deutete auf das Plakat, »es hatte was ungemein Pathetisches, wie er Anna nachstellte, obwohl sie ihn immer mit Geduld und Achtung behandelt hat. Eines Tages kam sie, um mir ein Bild zu zeigen, das er von ihr gemalt hatte. Sie hielt das Bild neben ihr Gesicht, es hatte so gut wie keine Ähnlichkeit mit ihr. Anna war zwar hübsch, aber die Figur auf dem Bild war viel mehr als das, sie war vollkommen, eine Göttin, wie die Walküren, von denen wir im Deutschunterricht gelernt hatten. Anna weigerte sich, mich das Bild in die Hand nehmen zu lassen, sagte, sie würde mich verlassen, sie liebe Adolf.« Ludwig stieß einen Seufzer aus, und ich konnte nicht umhin, die verpuffende Wolke seines Atemdampfes zu verfolgen.

»›Du bist ein prächtiger Junge, Ludwig‹, hat sie gesagt, ›überhaupt nicht dumm, aber phantasielos. Adolf dagegen‹, und ihre Augen leuchteten, ›Adolf ist ein Künstler.‹ Den ganzen Nachmittag verbrachte ich auf dem Speicher, mit dem neuen Gewehr, das mir Opa geschenkt hatte, und malte mir aus, wie ich ihn töte, sie, mich selber.« Ludwig richtete das Gewehr auf ein unsichtbares Ziel. »Bumbum!«, drang aus seinem Mund das Geräusch von Schüssen. »Und sie hat gesagt, ich hätte keine Phantasie«, er schenkte mir ein trauriges Lächeln. Wir gingen noch ein paar Schritte weiter, als Ludwig unvermittelt stehen blieb. »Künstler«, er spuckte das Wort mit Verachtung aus. »Ich werd dir mal was über Kunst erzählen«, fügte er mit wütender Stimme hinzu, »der Bruder meiner Mutter, Siegfried, machte Skulpturen aus gelbem Käse, der Idiot konnte stundenlang daran herumschnitzen. Jedes Mal, wenn er zum Essen kam, formte er etwas anderes: ein Pferd, eine Taube, einen Mexikanerhut. Meine Mutter stellte die Kunstwerke immer auf unserem Büfett zur Schau, und nach drei Tagen stanken sie dermaßen und waren so schimmlig, dass man sie zum Teufel hauen musste.« Ludwig trat nach einem Laternenpfahl, der auf dem Boden lag, und das Gewehr rutschte ihm aus der Achselhöhle und fiel auf den Gehsteig. Er bückte sich, um es aufzuheben. Als er sich aufrichtete, trafen seine Augen die meinen. »Käse muss man essen«, bemerkte er in entschiedenem Ton.

Beim Betreten des Alexanderplatzes stießen wir auf eine Leiche. Ludwig drehte sie ungeschickt auf den Rücken und versuchte, an einer Stelle einen Puls zu finden, wo nie einer schlug. Es war der Leichnam einer jungen Frau, ihr Kleid war blutdurchtränkt. Auch jetzt noch, nach ihrem Tod, war ihr Gesicht verzerrt vor Schmerz. Ludwig lehnte das Gewehr an einen der Häuserzäune und lud sich das Mädchen auf die Arme. Es gab keinen Platz, wo wir sie hätten begraben können.

Ludwig setzte sie behutsam auf dem Rücksitz eines offenen Volkswagens ab, der nicht weit von dort geparkt stand. Er breitete seinen Mantel aus und deckte den geschundenen Leib damit zu. Dann ging er zurück, um das alte Gewehr zu holen, und wir setzten unseren Spaziergang fort.

»Siehst du, was für ein seltsamer Abend«, sagte Ludwig

mit zitternder Stimme, umschlang mit den Armen seine Hüften, als versuchte er, damit die Kälte auszusperren. »Ich habe dem jungen Fräulein meinen Mantel gegeben und weiß nicht mal ihren Namen. Zum Teufel«, Ludwig fuhr fort zu erfrieren, »nicht einmal die Farbe ihrer Augen weiß ich.«

Neben den Trümmern des Opernhauses fand Ludwig drei Flaschen Zwetschgenwasser und einen Betrunkenen. Der Betrunkene trug einen gefütterten Abendanzug, die Flaschen – leer.

»Entschuldigen Sie mich bitte, geehrte Herren«, verbeugte sich der Betrunkene, wobei er fast das Gleichgewicht verlor. »Hätten Sie vielleicht etwas dabei, das zur Linderung des teuflischen Schmerzes angetan ist, der in meinem Kopf pocht?«

»Ich habe nur ein Paar Handschuhe und ein Gewehr«, antwortete Ludwig, während er enttäuscht eine der leeren Flaschen begutachtete. Der Betrunkene versuchte, das Kaliber des Gewehrs mit seinen Fingern abzuschätzen.

»Nein, es ist zu klein«, er schüttelte den Kopf, »offenbar hat der Himmel befohlen, dass ich weiterleide.« Der Betrunkene lehnte sich mit seinem Rücken an eine Straßenlaterne und glitt in Sitzposition, angestrengt bemüht, die Ruinen des Opernhauses mit verrutschtem Blick zu prüfen.

»Der Zustand der öffentlichen Gebäude in Berlin ist wirklich schändlich«, stellte er fest. Seine linke Hand zerrte an meiner Hosenfalte. »Bitte, erinnern Sie mich doch morgen daran, einen scharfen Brief an den Stadtrat zu schreiben.«

Ludwig hielt sich immer noch an der Flasche fest, hatte jedoch bereits jedes Interesse daran verloren. »Wir gehen jetzt schon fast eine geschlagene Stunde spazieren und haben noch keine lebende Menschenseele getroffen.« Das nervöse Beben, das seinen Körper durchlief, ließ erkennen, dass ihm das Mädchen einfiel.

»Gewiss«, sagte der Betrunkene, »Sie sind keinem Menschen begegnet, da alle im Konzert der Philharmonie sind.«

»Wovon reden Sie«, zürnte Ludwig, »die Philharmonie hat seit über zwei Jahren nicht mehr gespielt.«

»Aber die Kanonen«, deutete der Betrunkene zum Himmel hinauf, »ich war sicher, dass sie wieder 1812 spielen.« Ludwig zerschmetterte frustriert die leere Flasche. »Es gibt keinen Menschen in dieser Geisterstadt«, flüsterte er und blickte mich an, »sogar du bist durchsichtig.« Ich hielt prüfend meine Handfläche gegen die Flamme, die die französische Kirche verzehrte, er hatte tatsächlich recht.

»Ars longa, vita brevis«, sagte der Betrunkene traurig.

»Verzeihung?«, fragte Ludwig, einen verwirrten Blick in den Augen.

»Nein, nein«, beharrte der Betrunkene ritterlich, »ich habe mich zu entschuldigen.«

Ein hustender Laut von einer Gestalt, die über einen Cafétisch gebeugt stand, ließ mich und Ludwig in die Höhe fahren. Merkwürdig, wie still sich Berlin anhören konnte, nachdem man sich an den Lärm der Bomben gewöhnt hatte. Während Ludwig in Richtung des Cafés schritt, fuhr er sich mit der Hand übers Haar, wie eine letzte, nervöse Vorbereitungsmaßnahme vor einem wichtigen Treffen. Der Mann an dem Cafétisch trug einen Regenmantel in modischem Cremeton. Sein ordentlich glattrasiertes Gesicht schien auf irritierende Weise bekannt, seine kleinen Augen waren auf ein mit Figuren beladenes Schachbrett vor ihm konzentriert.

»Interessant, sehr interessant«, murmelte er in sich hinein, »wie könnte Weiß in drei Zügen matt gesetzt werden?«

Ludwigs Augen verengten sich etwas, während er versuchte, sich zu erinnern, und plötzlich erhellte ein Lächeln sein Gesicht, und er rannte freudig auf den Manteltråger zu.

»Adolf, du bist's, ich hab dich momentan gar nicht erkannt ohne diesen blöden Schnurrbart«, lachte Ludwig und legte den Finger an seine Oberlippe wie einen scherzhaften Schnurrbartersatz. »Im Ernst, Adolf, du weißt nicht, wie froh ich bin, ein bekanntes Gesicht in dieser leeren Stadt zu treffen. Ich spaziere schon seit über einer Stunde durch die Straßen und bin keiner lebenden Menschenseele begegnet, als ob die ganze verfluchte Stadt Verstecken mit mir spielte.«

Hitler musterte weiterhin interessiert das Schachbrett, die meisten anderen Tische in dem Café waren umgekippt, zahlreiche Schachfiguren lagen auf dem Boden verstreut. »Adolf, ich bin's, der Ludwig aus Linz, warum sagst du nichts zu mir?« Ludwig berührte leicht die Schulter des Manteltrågers.

»Das ist wirklich ein höchst verwickeltes Problem«, murmelte Hitler vollkommen versunken und knetete mit der rechten Hand seinen Nacken.

»Ist wohl unter deiner Würde zu antworten, ha?«, zischte Ludwig wütend. »Dann werde ich dich nicht mit Konversation belästigen, Führer«, das letzte Wort sprühte mit übertrieben betonten Silben aus seinem Mund, »alles, was du zu tun hast, ist zuzuhören.«

Ludwig stützte sich auf sein Gewehr und begann mit verträumter Stimme zu sprechen: »Ich hatte einen kleinen Bruder, Karl, du hast ihn nicht gekannt, er war begabter als ich.

Meine Eltern haben ihn auf die Uni nach Wien geschickt, aber nachdem das Vermögen meiner Familie den Bach hinunterging und wir gezwungen waren, nach Deutschland zu emigrieren, hörte Karl mit dem Studium auf und begann, Gelegenheitsarbeiten anzunehmen. Zu Kriegsbeginn meldete er sich sofort freiwillig zur SS und wurde innerhalb kurzer Zeit zum Offizier ernannt. Vor seiner Einberufung war er immer fröhlich gewesen, ein Lächeln im Gesicht, ein Pfeifen auf den Lippen – der lebendige Geist eines jeden Festes. Aber nun«, Ludwig schüttelte traurig seinen Kopf, »nun lief er mit ausdruckslosem Gesicht durch die Straßen, wie ein Zombie. Vor drei Monaten hat er sich mit seinem Dienstrevolver erschossen, und das alles wegen dir, du Scheißkerl«, Ludwigs Stimme war von Tränen durchdrungen, »alles wegen dir.«

»Ich muss zugeben«, murmelte Hitler, »dass das Problem fast unlösbar erscheint.«

Ludwig schaute ihn mit feuchten, zornigen Augen an. »Scheißkerl«, zischte er wieder, und sein altes Gewehr gab einen Schuss ab.

»Das ist komisch«, sagte ich zu Ludwig, während ich das Schachbrett studierte, »wie kann man denn matt setzen, wenn bei den Figuren auf dem Brett gar kein König dabei ist?«

»Komm, wir gehen heim«, flüsterte Ludwig, »ich bin müde.« Wir marschierten schweigsam. Beim Verlassen des Alexanderplatzes wischte sich Ludwig sein feuchtes Gesicht mit dem Handrücken ab.

»Ich entschuldige mich für diese beschämende Szene im Café«, Ludwig senkte den Kopf, »ich weiß nicht, was in mich gefahren ist, es war so eine Art Amokanfall, der meinen Körper im Griff hatte. Und dieser ganze Blödsinn, den ich geredet habe, ich habe doch nicht mal einen Bruder.«

»Er hat viele üble Sachen gemacht, er hat den Tod verdient«, versuchte ich, ihn aufzumuntern.

»Vielleicht«, sagte Ludwig, »aber deswegen hab ich ihn nicht erschossen.«

Wir gingen noch ein paar Schritte weiter in der Bombenstille, als Ludwigs Kehle ein verzerrtes Lachen entfuhr. »Ich hatte einen kleinen Bruder, Karl ...«, imitierte er seine eigene Stimme, »und da sagt sie noch, ich hätte keine Phantasie.«

An einer Hauswand hing ein Plakat mit dem Bild des Führers, ich verglich es mit meiner Erinnerung an den Mann im Café.

»Du hast recht, Ludwig«, sagte ich, »ohne den Schnurrbart sieht er wirklich besser aus.«

## *Hans' tödliches Lächeln*

Ich versuche nicht, dir Angst einzujagen oder so was, ich war sogar einer der ganz wenigen im Viertel, die nicht an Hans' tödliches Lächeln glaubten. Ich erinnere mich noch daran, wie ich in die Zentral-Schule kam und zum ersten Mal Zwicka, den Irren, traf, dessen richtiger Name eigentlich Zwicka Appelfeld ist, den aber alle Zwicka, den Irren, nennen, nach seinem Vater Aharon, dem Irren, dem hinterfotzigen Krämerfritzen. Und Zwicka hat mir Hans gezeigt, der das Rahmengeschäft »Wien« hatte, nach dem Namen des Landes, aus dem er kommt. Zwicka sagte, Hans sei ein Sohn des Teufels und wenn ihn jemand lächeln sähe, würde er auf der Stelle tot umfallen. »Und deswegen zwingt sich Hans, der überhaupt kein schlechter Mensch ist, nie zu lächeln und schon gar nicht zu lachen, aber es ist trotzdem besser, zur Sicherheit, ihm nicht ins Gesicht zu schauen.«

Ich weiß nicht, woher diese Geschichte stammte, aber alle glaubten sie, was auch unheimlich leicht war, denn Hans lächelte wirklich nie. Mein Vater sagte, das sei ein bösartiges Ammenmärchen, und meine Mutter sagte, er sei ein einsamer Mensch, was fast das Gegenteil von einem Teufel ist. Und auch ich habe gedacht, dass es nicht stimmt, und sogar Roni Badichi, der der Größte in der Klasse ist und vor nichts Angst hatte, dazu überredet, mitzukommen und Hans zum Lachen zu bringen, um allen zu zeigen, dass dieses Teufelsgerede schlicht eine Lüge war.

»Ich komm nicht mit euch mit«, sagte Zwicka, der Irre,

»nicht mal, um von weitem zuzuschauen. Mein Bruder sagt, dass bei den Veranstaltungen am Unabhängigkeitstag vor vier Jahren am Ordea-Platz in Ramat-Gan, als der Komiker Dubi Gal einen Witz erzählt hat und Hans sich nicht beherrschen konnte und so ein klein bisschen gelacht hat, zwei Leute auf der Stelle tot umgefallen sind und noch fünf andere, die den Lacher bloß von weitem gehört haben, mit Malaria ins Beilinson eingeliefert wurden, was so was wie Grippe ist, bloß dass es nie vorbeigeht.«

Am Schluss gingen wir allein, denn alle anderen Jungen fürchteten sich vor den Geschichten von Zwicka, dem Irren, und sagten, sie würden im Schulhof auf uns warten. Wir betraten Hans' Laden, dort war ein Bild von einem Mann ohne Kleider, dem Nägel in den Händen steckten, und Landkarten von Ländern, die es überhaupt nicht gibt, und ein Gobelin mit einer Frau, die zum Ausruhen dasitzt, hinter der sich aber ein Ungeheuer anschleicht, und viele Holzstücke von Rahmen, die garantiert jemand zerbrochen hat. Hans kam auf uns zu und fragte: »Womit kann ich den jungen Herren dienen?«

Mir fiel gleich auf, dass er schrecklich lustig redete, sogar für einen Einsamen, und dass er uns mit so einem beängstigenden Blick anschaute, und der Bauch begann mir furchtbar weh zu tun. Ich wollte fast schon die Flucht ergreifen, aber Roni hielt mich an der Hand fest und erzählte den Witz, wie wir es ausgemacht hatten. Das heißt, ich wollte, dass wir den Witz mit dem Franzosen und dem Engländer erzählten, die ein Flugzeug klauen, aber Roni bestand darauf, dass wir was Ordinäres erzählen mussten, weil die Erwachsenen sonst nie lachen würden. Während Roni den Witz erzählte, sah mir Hans direkt in die Augen. Und ich wusste, jetzt sterbe ich. Und mein Vater würde allein auf den Taborvolksmarsch gehen müssen, denn Mama wollte zwar schrecklich gerne, aber sie hatte Migräne, und ich wurde furchtbar traurig. Deswegen merkte ich gar nicht, dass Roni schon am Ende von dem Witz angekommen war. Und als er sagte: »... und dann hat Jossi zu seinem Vater gesagt, ›mit dem Pferdearsch‹«, musste er mir einen Stoß verpassen, damit mir wieder einfiel, dass ich lachen sollte, das heißt, nach unserem Plan mussten wir über den Witz lachen, auch wenn wir ihn schon kannten, um Hans leichter zum Lachen zu bringen. Hans machte fest seinen Mund zu und wurde rot im Gesicht, und ich begriff, dass er sich anstrengte, nicht zu lachen, um uns zu retten. Ich wollte davonrennen, aber ich konnte mich nicht rühren. Und dann gab Hans Roni eine Ohrfeige und schrie: »Ihr Banditen, macht, dass ihr rauskommt!« Und wir ergriffen beide die Flucht und hörten nicht zu rennen auf, bis wir den Schulhof erreicht hatten.

Zwicka, der Irre, sagte, wir hätten bloß Glück gehabt, dass es Hans geschafft hat, sich das Lachen zu verbeißen, und er half Roni auch, das Teufelsgift von der Ohrfeige unter dem Wasserhahn im Hof abzuwaschen. Danach gingen wir uns Schokomixtüten im Krämerladen kaufen, und sein Vater beschiss uns wieder mit dem Wechselgeld.

*Alisa*

An meinem achtzehnten Geburtstag brachte mich mein Bruder zu einer Nutte.

»Wenn du nicht selber was für dich tust«, sagte er, »bleibst du dein Leben lang eine Jungfrau.« Wir nahmen Vaters Auto und fuhren zum Nuttenstrand. Während der ganzen Fahrt sang er ordinäre Lieder und gab mir Ratschläge, die seiner Erfahrung entsprangen. Er ist sogar noch hässlicher als ich, mein Bruder. Sein ganzes Gesicht ist fettig und voller weißlicher Eiterpusteln. Nicht mal einen einzigen geschlossenen Pickel findest du bei ihm. Sein erstes Mal war auch mit einer Nutte, sagte er. Einen Tag vor der Einberufung fuhr er mit ein paar Kameraden zum Nuttenstrand und beschloss, das sei keine Affäre. »Nach einem Fick sieht die Welt plötzlich ganz anders für einen aus«, sagte er und überholte fröhlich einen Müllaster. »Schau mich an, zum Beispiel«, lächelte er seinem ebenfalls lächelnden Abbild im linken Seitenspiegel des Wagens zu und kratzte mit dem Finger die Schale eines Kerns weg, die ihm am Schneidezahn klebte, »schau mich an, zum Beispiel …«

Mein Bruder hielt am Strand und gab mir dreihundert Schekel (»Es kostet weniger, aber damit du was in der Tasche hast, sicher ist sicher«). Ein Kondom. Er gab mir noch ein paar allerletzte Tipps, und dann wollte er noch, dass ich sie wiederhole, um sich zu vergewissern, dass ich zugehört hatte. Als ich aus dem Auto ausstieg, zitterten mir die Knie, ich konnte kaum stehen vor lauter Aufregung, aber irgendwie schaffte ich es den Abhang hinunter, der zum Strand führt.

Der Sand am Strand fühlte sich so abgrundtief unter den Füßen an, dass ich befürchtete, meine Kraft würde nicht dazu reichen, meinen Fuß wieder herauszuziehen, ich hatte nicht einmal genügend Kraft, es zu versuchen. Ich war wie auf der Stelle festgenagelt. Das Meer hörte sich plötzlich derartig laut und gereizt an, ich bekam Angst, es würde mich verschlingen.

»Hast du Feuer?«, hörte ich eine kleine Stimme neben mir flüstern. Ich versuchte, mich in die Richtung umzudrehen, aber meine Puddingbeine ließen mich im Stich, und ich fiel in den Sand.

»Alles in Ordnung mit dir?«, kam die Stimme wieder, und eine mollige Hand, von klingelnden Armreifen überzogen, half mir beim Aufstehen. Die Hand half mir auch dabei, den Sand von den Kleidern abzuputzen. Und mir war das schrecklich unangenehm, denn ich hatte die ganze Zeit einen Ständer und fürchtete, sie würde es merken. Am Ende gelang es mir, den Blick aus dem Sand zu heben und sie anzuschauen. Sie hatte ein hübsches Gesicht, meine Nutte, rundlich, aber wirklich richtig hübsch. Und ihre großen grünen Augen sahen mich ganz direkt an.

»Tut mir leid«, sagte ich, »ich habe kein Feuer, ich rauche nicht.«

»Ach, schon gut«, lachte sie, »ich auch nicht, ich mach das bloß, um das Eis zu brechen.« Sie kam noch einen Schritt näher und strich meinen Hemdkragen glatt.

Mein Bruder hat mir erklärt, dass Nutten immer wollen, dass man schnell macht, weil sie ja noch auf andere Kunden warten, aber sie war überhaupt nicht so, und nachdem alles erledigt war, hielt sie mich weiter in den Armen und redete mit mir, als ob sie es nirgendwohin eilig hätte und ich der Einzige auf der Welt wäre. Alisa erzählte mir ein bisschen von ihren Eltern. Ihr Vater war Matrose und ihre Mutter Hausfrau. Ihr Vater prahlte immer damit, dass sein Vater Kapitän eines berühmten Schiffes war, das im Meer unterging, aber im Hafen glaubte ihm kein Mensch. Alisa aber schon, denn in ihrer Familie gab es eine Tradition von verwirrten Männern. Sie war schrecklich nett und schlug mir vor, zusammen dort zu schlafen, auf den Sonnenaufgang zu warten. Sie erzählte mir, dass die Sonnenaufgänge an diesem Küstenstrich das Schönste auf der Welt seien. Aber mit einem Mal sprengte mich das Gehupe von einem Auto in die Höhe.

»Das ist sicher mein Bruder«, murmelte ich, »er wartet auf mich.« Und plötzlich fiel mir alles wieder ein, was mein Bruder zu mir gesagt hatte, wie zum Beispiel das … Ich öffnete meine schwitzende rechte Hand, in der das Kondom schlummerte, in der unangebrochenen Verpackung.

»Beruhig dich«, flüsterte Alisa, »es wird nichts passieren. Ich nehme die Pille.« Sie zog zwei neue Hundert-Schekel-Scheine aus ihrer abgewetzten Lederbörse. »Du warst wunderbar«, sie drückte sie mir in die schweißfeuchte Hand, »und jetzt lauf, damit er sich keine Sorgen macht.« Ich küsste sie und versprach, in der nächsten Woche wiederzukommen. Als ich oben auf der Böschung angelangt war, drehte ich mich um, und wir winkten einander zum Abschied zu. Sie hatte offenbar beschlossen, auf den Sonnenaufgang zu warten. Ein paar Dutzend Meter von mir entfernt, auf der Kuppe eines Kalksteinhügels, saß ein Hase, ich weiß nicht, was er im Maul hatte, von weitem sah es aus wie eine Zigarre.

»Du warst spitze«, zwinkerte mir der Hase zu, und ich fühlte mich stolzgeschwellt. Ich lief zum Wagen, mein Bruder saß hinter dem Steuerrad und drückte auf die Hupe. Als er mich bemerkte, stieg er aus und eilte auf mich zu.

»Was hast du denn so lang gebraucht?«, fragte er. »Ich hab mir schon Sorgen gemacht. Nu, hast du gefickt?«

Alisa hat gesagt, es sei nicht schön, das zu sagen, man müsste »miteinander ficken« sagen, denn das sei etwas, was man zusammen macht und nicht nur einer dem anderen. Ich nickte bejahend.

»Ein echter Mann!« Er schlug mir auf die Schulter und hielt mit großem Zeremoniell die Fahrertür für mich auf. »Von heute an kann dich niemand mehr einen Jungen schimpfen.« Und ich chauffierte uns nach Hause. Im Radio interviewten sie einen Mann, der den Ärmel-Kanal im Schmetterlingskrauler durchschwommen hatte, um Geld zur Förderung des Friedens auf der Welt zu mobilisieren. Und ich dachte bei mir, wie recht mein Bruder doch gehabt hatte und wie die Welt, nachdem man einmal miteinander gefickt hat, plötzlich ganz anders aussieht.

## *Geburtstagstütchen*

Die ganze Klasse wartete auf Na'amas Geburtstag. Ihre Party ist immer was ganz schrecklich Besonderes. Vor zwei Jahren war der Geburtstag im Le'umi-Park, und wir spielten Schatzsuche mit Tretbooten, und letztes Jahr haben sie ihn im Skateland gemacht, und ein Typ, der auch ein Freund ihres Vaters ist, kam und sang Lieder und verteilte an alle Autogramme. Na'amas Vater ist ein unheimlich wichtiger Mann, immer fein angezogen mit Krawatte, läuft mit einer James-Bond-Tasche rum. Rafi hat gesagt, er sei so was wie Regierungspräsident oder Parlamentsabgeordneter, aber das kann nicht sein, denn er ist noch furchtbar jung, und in der Knesset müssen sie alt sein. Er ist schrecklich nett, Na'amas Vater, er hat immer so ein breites Lächeln im Gesicht, und blond ist er auch, und ständig hat er Witze auf Lager oder Horrorgeschichten. Na'ama hat mir einmal im Geheimen erzählt, dass ihr Vater viel ins Ausland fliegt, aber nicht einfach in Länder wie Frankreich oder London. In geheime Länder mit Namen wie Kolumbien und Botofo ... irgend so was. Und dass er dort wichtige Dinge macht und man ihm dafür eine Million Geld zahlt, und alle seine Freunde aus der Arbeit reden in lustigen Sprachen und bringen Na'ama haufenweise Geschenke mit. Mein Vater ist überhaupt nicht geheimnisvoll. Er hat einen Schuhladen in der Herzl-Straße. Und seine Freunde reden Hebräisch und bringen mir nie Geschenke mit. Hauen einem bloß auf die Schulter, dass es weh tut, und sagen, ich sei schon ein richtiger Mann, oder fragen mich, wie es in der Schule geht und solchen Schwachsinn.

Na'amas Geburtstag war dieses Jahr bei ihr zu Hause. Sie hat ein irrsinnig tolles Haus mit drei Stockwerken und einem Schwimmbecken mit einer Rutsche ins Wasser und einem eigenen Tor fürs Auto, so eins, das per Fernbedienung aufgeht. Und Na'amas Vater war echt spitze drauf und ließ uns das Tor auf- und zumachen. Und als Juval und Miron unseren Streber Elad ins Wasser schubsten und er total nass aus dem Becken kam, lachte er mit allen zusammen und ging uns nicht auf den Geist wie mein Vater, der immer sagt, dass man nicht herumtoben darf. Und danach sagte er zu ihrer pinipinischen Hausangestellten, sie solle draußen im Hof den Tisch decken, weil die Sonne scheine, und dann kamen auch zwei Spaßmacher, die uns unterhielten und Wettbewerbe organisierten. Na'ama sagte mir im Geheimen, der Basketballspieler Miki Berkovic würde nachher kommen und vielleicht auch noch Dalik vom Kinderprogramm, der ihren Vater noch aus der Schule kannte. Die Pinipinin brachte einen gigantisch riesenhaften Geburtstagskuchen mit Wunderkerzen. Na'ama nahm mich heimlich beiseite und zeigte mir das Haus. Sie haben drei Klos, jedes so groß wie das Bad bei uns daheim. Und neben jedem ist eine Art kleiner Springbrunnen, den du anwerfen und anschauen kannst, damit dir beim Scheißen nicht langweilig wird.

Auf dem Rückweg in den Hof sah ich Na'amas Vater mit zwei Leuten an der Tür reden, er hatte eine Zigarette im Mund und sah irgendwie krank und traurig aus. »Wenn ihr bloß noch zehn Minuten warten könntet, meine Tochter hat Geburtstag. Ich sage den Kindern nur, dass die Party früher zu Ende ist … Ich möchte ihr den Tag nicht ruinieren.« Und die Leute an der Tür machten eine zustimmende Kopfbewegung, und der Dickere sagte: »O. k., wir werden in zehn Minuten anfangen, wir warten inzwischen im Auto.« Ich und Na'ama stahlen uns in den Hof zurück. Elad war dort, noch nasser als vorher, Miron hatte ihn noch mal ins Wasser geschmissen. Der Kuchen war fast aufgegessen, es waren bloß noch Krümel übrig. Na'amas Vater kam in den Hof raus, er hatte Schweißtropfen auf der Stirn, aber abgesehen davon sah er wieder besser aus als vorher, und er lachte und juxte wieder. Hinter ihm kam die Pinipinin mit einem Tablett, auf dem ein ganzer Haufen von Geburtstagsüberraschungstütchen lag, solche mit Popeye-Bildern. Am Anfang wollten wir sie nicht nehmen, denn Geburtstagstütchen sind eigentlich was für Babys. Aber Na'amas Vater sagte, es seien keine gewöhnlichen Tütchen, drinnen sei ein besonderer Zauber, den er aus dem Ausland mitgebracht habe. Was man zu tun habe, sei, das Tütchen ungeöffnet mit nach Hause zu nehmen und es in der Nacht unters Kissen zu legen und an irgendein Geschenk zu denken, das man sich wünsche, und morgen früh müsse man das Tütchen ungeöffnet zurückbringen und Na'amas Vater sagen, an welches Geschenk man gedacht habe. Und Na'amas Vater würde das Tütchen seinem privaten Zauberer bringen, der aus jedem Tütchen die Geschenke herausholen würde. Und am kommenden Schabbat sollten wir alle zu ihnen ins Haus kommen, und auf jeden würde sein Geschenk warten. Wir fielen alle über die Tütchen her, und jeden, der eines hatte, erinnerte Na'amas Vater daran, dass es verboten war, hineinzuschauen oder es herzuzeigen, denn sonst würde der Zauber verschwinden.

Als wir Na'amas Haus verließen, grüßte ich hübsch ordentlich die Männer in dem Auto, die zugestimmt hatten, noch zehn Minuten zu warten, damit wir die Geschenke bekommen konnten. Miron wollte ihnen eine Tüte Wasser aufs Auto schmeißen, die er vorher bei Na'ama im Haus gefüllt hatte, aber Miki überzeugte ihn davon, dass es sich nicht lohnte. Also leerte Miron die Wassertüte stattdessen über Elad aus. Elad sagte, das sei alles Blödsinn, so was wie Zauber gebe es in Wirklichkeit gar nicht und er würde das Tütchen jetzt aufmachen, um zu sehen, was drin war, und fertig. Miron riss ihm das Tütchen aus der Hand und sagte, wenn Elad den Zauber auf den Kopf hauen wolle, dann würde er seins auch mit dazunehmen, so würde er nämlich zwei Geschenke kriegen. Elad weinte und wollte das Tütchen zurückhaben, und Miron briet ihm mit der flachen Hand eins über und sagte, wenn Elad ihn bei seinen Eltern verpetze oder so was, dann würde er echt Prügel beziehen.

Heute Nacht werde ich das Tütchen unters Kopfkissen legen und von einem Skateboard mit einem Elba-Brett träumen, und sogar wenn es Zauber gar nicht gibt, werde ich es als Geschenk kriegen, denn Na'ama hat mir im Geheimen gesagt, dass man sich auf ihren Vater immer verlassen kann.

## *Katzenstein*

In der Hölle setzten sie mich in einen Topf kochenden Wassers. Mein Fleisch verbrühte und versengte, meine Haut überzog sich mit Blasen, und ich konnte nicht aufhören, vor Schmerz zu brüllen. Es sind dort riesige Fernsehbildschirme aufgehängt, auf denen du alles verfolgen kannst, was im Paradies geschieht. Du schaust hin, und es tut weh, du bist neidisch, und es tut noch mehr weh. Ich glaube, ich habe ihn dort kurz gesehen, wie er Golf oder Cricket oder so was spielte. Es war eine Art Close-up auf sein Lächeln, und gleich danach kam ein anderes Bild, auf dem ein Paar zu sehen war, das sich liebte.

Einmal, nachdem wir zusammen geschlafen hatten, sagte meine Frau zu mir: »Sieben Jahre bist du jetzt schon bei denen, hechelst dir die Seele aus dem Leib für sie, bringst ständig Arbeit mit nach Hause, und jetzt, wo der Augenblick der Wahrheit gekommen ist, sind sie nicht bereit, dir eine Dauerstellung zu geben. Und weißt du, warum? Weil du dich nicht zu verkaufen verstehst. Schau dir beispielsweise Katzenstein an.«

Ich schaute mir beispielsweise Katzenstein an. Mein ganzes Leben habe ich mir beispielsweise Katzenstein angeschaut. Ich ging duschen, und es gab kein warmes Wasser, der Boiler war kaputt. Ich duschte mich mit kaltem Wasser. Katzenstein hat garantiert einen Sonnenkollektor für Warmwasser.

Im Gymnasium nahmen sie mich nicht in den mathematischen Zweig auf. Meine Mutter machte eine komplette Affäre daraus, weinte andauernd und sagte, aus mir würde nichts werden. Ich versuchte, ihr zu erklären, dass es schwer war, für diesen Zweig zugelassen zu werden, dass es bloß zehn Prozent gelang, nur den Klügsten.

»Ich habe im Laden heute Miriam Katzenstein getroffen«, sagte meine Mutter mit weinerlicher Stimme. »Ihr Sohn ist angenommen worden. Der Sohn von Miriam Katzenstein ist klüger als mein Sohn? Nie im Leben. Er strengt sich bloß mehr an. Und du tust mir das wie gerade zum Fleiß an. Du bringst mich noch ins Grab.«

Wohin ich auch ging, immer war er da, damit man mich mit ihm vergleichen konnte – in der Klasse, im Viertel, am Sportplatz, in der Arbeit, überall. Katzenstein, Katzenstein, Katzenstein, und noch mal Katzenstein. Nicht, dass er irgendeine Intelligenzbestie gewesen wäre oder so was. Ein durchschnittlicher Junge, kein Genie, weder herausragend athletisch noch besonders schlau. Genau wie ich, nur eine Spur erfolgreicher. Eine Spur und noch eine Spur und noch eine ... Die Hölle.

Ich kündigte meine Arbeit aus eigenem Antrieb. Das kostete mich viel Streit mit meiner Frau, aber am Ende fand sie sich damit ab. Wir zogen in eine andere Stadt, weit weg. Ich arbeitete dort als Versicherungsvertreter. Ich hatte gar keinen schlechten Erfolg. Ungefähr sieben Jahre lang sah ich nichts von ihm. Es ging mir gut, wir bekamen ein Kind. Mein Großvater in der Schweiz verstarb inzwischen und hinterließ mir ein großes Vermögen. Auf dem Rückflug von Basel sah ich ihn in der ersten Klasse sitzen. Als ich ihn bemerkte, war es schon zu spät. Das Flugzeug begann bereits, auf der Startpiste zu beschleunigen. Ich wusste, mich erwarteten fünfeinhalb besonders lange Stunden.

Neben mir saß irgendein Rabbi, der unaufhörlich redete. Doch ich hörte kein Wort. Meine Augen klebten fünf geschlagene Stunden lang an Katzensteins Nacken.

»Schau dir dein erbärmliches Leben an. Du bist ein hohler Mensch, ohne Werte«, kritisierte mich der Rabbi und bestand darauf, Vergleiche anzuführen. Ich trank Orangensaft, und Katzenstein bestellte einen Jack Daniels.

»Schau dir beispielsweise …«, sagte der Rabbi. Wollte ich nicht. Ich stand auf und rannte in den hinteren Teil des Flugzeugs. Die Stewardess bat mich, an meinen Platz zurückzukehren. Ich weigerte mich.

»Mein Herr, wir werden in wenigen Minuten landen. Ich fordere Sie auf, an Ihren Platz zurückzukehren und den Sicherheitsgurt anzulegen, genau wie …« Sie sagte am Schluss zwar »wie die übrigen Flugpassagiere«, doch in ihren Augen sah ich Katzenstein. Ich drehte am Griffhebel der Flugzeugtür und drängte sie gewaltsam mit meiner Schulter weg. Beruhigt wurde ich hinausgesogen, ließ die Hölle hinter mir zurück.

In der jenseitigen Welt gilt Selbstmord immer noch als Kapitalverbrechen, und all mein Flehen half mir nichts. Als sie mich in die Unterwelt schleppten, sah ich Katzenstein und die übrigen Passagiere mir zum Abschied vom Fenster des Reisebusses zuwinken, der sie ins Paradies brachte. Das Flugzeug war bei der Landung zerschmettert, etwa eine Viertelstunde, nachdem ich hinausgesprungen war, eine ganz seltene technische Störung, mit der Wahrscheinlichkeit eins zu einer Million. Wenn ich nur die Spur Geduld gehabt hätte, noch ein paar Minuten auf meinem Hintern sitzen zu bleiben, wie alle übrigen Passagiere, beispielsweise Katzenstein.

*Rohre*

Als ich in die siebte Klasse vorrückte, kam ein Psychologe in die Schule und machte Eignungstests mit uns. Er zeigte mir zwanzig verschiedene Bilder, eins nach dem anderen, und fragte mich, was nicht stimme. Für mich sahen sie alle völlig in Ordnung aus, aber er blieb hartnäckig und zeigte mir wieder das erste Bild mit dem Kind.

»Was stimmt nicht an dem Bild?«, fragte er mit müder Stimme. Ich antwortete ihm, das Bild sei völlig in Ordnung. Da wurde er furchtbar sauer und sagte: »Siehst du denn nicht, dass das Kind auf dem Bild keine Ohren hat?« Die Wahrheit ist, dass ich jetzt, wo ich das Bild noch mal anschaute, tatsächlich sah, dass das Kind keine Ohren hatte. Aber das Bild erschien mir immer noch völlig in Ordnung. Der Psychologe stufte mich unter »leidet an gravierenden Wahrnehmungsproblemen« ein und schickte mich in eine Schule für Schreinerhandwerk. In dieser Schule stellte sich heraus, dass ich eine Allergie gegen Sägespäne hatte, und ich wurde in den Schweißer-Zweig versetzt. Ich war gar nicht mal schlecht in dem Beruf, aber er gefiel mir nicht. Um die Wahrheit zu sagen, mir gefiel überhaupt nichts so besonders. Als ich mit der Schule fertig war, fing ich an, in einer Rohrfabrik zu arbeiten. Mein Chef war ein Ingenieur von der technischen Hochschule. Ein heller Kopf. Wenn du dem ein Bild von einem Kind ohne Ohren gezeigt hättest oder so was Ähnliches, der wäre eins, zwei, drei draufgekommen.

Nach Arbeitsschluss blieb ich immer in der Fabrik und baute mir so gekrümmte Rohre zusammen, die wie zusammengeringelte Schlangen aussahen, und da ließ ich immer Murmeln durchrollen. Ich weiß, das klingt idiotisch, ich hatte nicht mal Spaß dran, aber ich machte trotzdem damit weiter.

Eines Abends baute ich eine Röhre zusammen, die wirklich kompliziert war, mit einer Menge Krümmungen und Windungen, und als ich die Murmel durchrollen ließ, kam sie auf der anderen Seite nicht mehr heraus. Am Anfang dachte ich, sie sei in der Mitte stecken geblieben, aber nachdem ich es mit noch ungefähr zwanzig weiteren Murmeln probiert hatte, begriff ich, dass sie einfach verschwanden. Ich weiß, dass alles, was ich sage, ein bisschen blöd klingt und dass alle wissen, dass Murmeln nicht verschwinden, aber als ich ihnen zuschaute, wie sie auf der einen Seite der Röhre hineinrollten und auf der anderen nicht herauskamen, kam mir das nicht mal seltsam vor, es schien mir einfach völlig in Ordnung. Und da beschloss ich, mir eine große Röhre zu bauen, genau nach diesem Modell, und durchzukriechen, bis ich verschwände. Als ich über diese Idee nachdachte, wurde mir dermaßen fröhlich zumute, dass ich zu lachen anfing, ich glaube, es war das erste Mal in meinem Leben, dass ich lachte. Von diesem Tag an begann ich, an dem Riesenrohr zu arbeiten. Jeden Abend arbeitete ich daran, und am Morgen versteckte ich die Teile immer im Lager. Es dauerte zwanzig Tage, um die Konstruktion fertigzustellen, und in der letzten Nacht kostete es mich fünf Stunden, um sie zusammenzumontieren, sie besetzte ungefähr die halbe Halle.

Als ich das Werk, das nun vollendet meiner harrte, so betrachtete, fiel mir meine Soziologielehrerin ein, die einmal gesagt hatte, dass der erste Mensch, der einen Stock gebrauchte, nicht der Stärkste seines Stammes war und auch nicht der Klügste, die brauchten keine Stöcke, sondern einfach der, der einen Stock mehr als alle anderen benötigte, um zu überleben und seine Schwäche zu verdecken. Ich glaube nicht, dass es irgendeinen Menschen auf der Welt gab, der lieber verschwinden wollte als ich, und deswegen erfand ich die Röhre. Ich und nicht dieser helle Ingenieur vom Technikum, der die Fabrik leitet. Ich fing an, in die Röhre zu kriechen, wobei ich nicht wusste, was mich auf der anderen Seite erwartete, vielleicht würden dort Kinder ohne Ohren sein, die auf einem Berg von Murmeln saßen, vielleicht. Ich weiß nicht genau, was geschah, als ich einen bestimmten Punkt in der Röhre passierte, ich weiß bloß, dass ich jetzt hier bin.

Ich glaube, ich bin jetzt ein Engel, das heißt, ich habe Flügel und so einen Ring über dem Kopf, und es gibt hier noch Hunderte wie mich. Als ich hier ankam, saßen sie da und spielten mit den Murmeln, die ich einige Wochen vorher durch die Röhre hatte rollen lassen.

Ich habe immer gedacht, dass das Paradies ein Ort für Leute ist, die ihr ganzes Leben lang gut waren, aber so ist das nicht. Gott ist viel zu gnädig und barmherzig, um eine solche Entscheidung zu treffen. Das Paradies ist einfach ein Ort für die, die wirklich nicht in der Lage waren, auf Erden glücklich zu sein. Man hat mir hier erklärt, dass Menschen, die sich umbringen, wieder auf die Erde zurückkehren, um ihr Leben von neuem zu leben, denn die Tatsache, dass sie in einem Lebenszyklus nicht zufrieden waren, besagt nicht, dass sie ihren Platz nicht in einem anderen finden werden, aber solche, die für die Welt wirklich nicht taugen, finden ihren Weg hierher, wobei jeder seinen eigenen Weg ins Paradies hat.

Es gibt hier Piloten, die, um hierherzugelangen, einen Loop haargenau an einem bestimmten Punkt im Bermudadreieck ausgeführt haben. Es sind Hausfrauen da, die durch den hinteren Teil ihres Geschirrschranks gegangen sind, um hier anzukommen, und Mathematiker, die im Raum topologische Verzerrungen gefunden haben und denen es darüber gelungen ist, sich bis hierher durchzuschlängeln. Wenn du also dort unten wirklich nicht glücklich bist und alle möglichen Leute zu dir sagen, dass du an gravierenden Wahrnehmungsproblemen leidest, dann such dir deinen Weg hierher, und wenn du ihn gefunden hast, bring Karten mit, wir haben die Murmeln nämlich schon ziemlich satt.

## *Verrückter Kleber*

Sie sagte zu mir: »Rühr das nicht an«, und ich fragte: »Was ist das?«

»Das ist Klebstoff«, sagte sie, »ein spezieller Superkleber.« Und ich fragte: »Wozu hast du den gekauft?«

»Weil ich ihn brauche«, stellte sie fest, »ich habe eine Menge Dinge zu kleben.«

»Es gibt doch gar nichts zum Kleben«, regte ich mich auf, »ich versteh nicht, wozu du diesen ganzen Schwachsinn kaufst.«

»Aus dem gleichen Grund, aus dem du mich geheiratet hast«, antwortete sie wütend, »um Zeit totzuschlagen.« Ich wollte nicht streiten, also schwieg ich. Auch sie schwieg.

»Ist er gut, dieser Kleber?«, fragte ich. Sie zeigte mir das Bild auf der Packung, auf dem jemand zu sehen war, der verkehrt herum von der Decke herunterhing, nachdem man ihm etwas von dem Klebstoff auf die Schuhsohlen geschmiert hatte.

»Es gibt keinen Kleber, der es fertigbringt, jemanden so festzukleben«, sagte ich, »es ist verkehrt rum fotografiert worden, er steht in echt auf dem Boden. Sie haben einfach einen Kronleuchter am Boden festgemacht, damit es so aussieht, als sei es die Decke. Man sieht es sofort am Fenster von dem Zimmer, der Rolloschalter zeigt in die falsche Richtung, siehst du?« Ich deutete auf das Fenster auf dem Bild, sie schaute nicht hin. »Schon acht«, sagte ich, »ich muss flitzen.« Ich hob meine Aktentasche auf und küsste sie auf die Wange. »Heute komme ich später heim, weil …«

»Ich weiß«, unterbrach sie mich, »Überstunden.«

Ich rief Michal vom Büro aus an. »Ich kann heute nicht kommen«, sagte ich, »ich muss früh nach Hause.«

»Warum?«, fragte Michal. »Ist was passiert?«

»Nein … eigentlich doch. Ich glaube, sie hat einen Verdacht.« Es herrschte langes Schweigen, ich konnte Michals Atem am anderen Ende der Leitung hören.

»Ich verstehe nicht, warum du mit ihr zusammenbleibst«, flüsterte sie schließlich, »ihr macht nichts zusammen, ihr streitet euch nicht mal mehr. Ich bin außerstande zu begreifen, was euch dazu treibt, weiterzumachen, es gelingt mir einfach nicht zu kapieren, was euch zusammenhält. Ich versteh das nicht«, sagte sie noch einmal, »ich versteh's einfach nicht …«, und begann zu weinen.

»Nicht weinen, Michalein«, sagte ich zu ihr. »Hör mal«, log ich, »es kommt gerade jemand rein, ich muss aufhören. Ich komme morgen, versprochen. Dann reden wir drüber.«

Ich kehrte früh nach Hause zurück. Ich sagte Schalom, als ich die Wohnung betrat, aber niemand antwortete mir. Ich ging von Raum zu Raum. Sie war nirgends. Auf dem Tisch in der Küche fand ich die völlig leere Klebstofftube. Ich versuchte, einen der Stühle zu verrücken, um mich darauf zu setzen. Er bewegte sich nicht. Ich versuchte es wieder. Nicht einmal einen Millimeter. Sie hatte ihn am Boden festgeklebt. Der Kühlschrank ging nicht auf, auch ihn hatte sie zugeklebt. Ich verstehe nicht, warum sie diesen ganzen Unfug angestellt hat, sie war doch immer in Ordnung, ich weiß nicht, was in sie gefahren ist. Ich ging ins Wohnzimmer, um zu telefonieren. Vielleicht war sie zu ihrer Mutter gegangen. Der Hörer ließ sich nicht abnehmen, auch ihn hatte sie angeklebt. Ich trat wütend gegen den Telefontisch und verstauchte mir fast den Fuß. Der Tisch bewegte sich keinen Millimeter. Da hörte ich sie lachen. Das Lachen kam von irgendwo über mir. Ich hob den Kopf, und dort war sie, hing kopfüber, die barfüßigen Sohlen mit der hohen Wohnzimmerdecke verbunden. Ich betrachtete sie entsetzt.

»Sag mal, bist du übergeschnappt?«, fragte ich. Sie antwortete nicht, lächelte bloß. Ihr Lächeln wirkte so natürlich, wie sie da verkehrt herum hing, als dehnten sich die Lippen mühelos allein durch die schiere Zugkraft.

»Keine Angst, ich hol dich runter«, sagte ich und holte die Bücher aus dem Regal. Ich stapelte ein paar Enzyklopädie-Bände aufeinander und kletterte auf den Haufen.

»Es wird vielleicht ein bisschen weh tun«, sagte ich und versuchte, auf dem Stapel mein Gleichgewicht zu bewahren. Sie lächelte weiter. Ich zog mit aller Kraft, aber nichts passierte. Ich stieg vorsichtig von dem Bücherstapel herunter.

»Keine Angst«, sagte ich, »ich werde von den Nachbarn aus anrufen, um Hilfe zu holen.«

»In Ordnung«, lachte sie, »ich gehe nirgendwohin.« Ich lachte auch. Sie war so hübsch und derart unlogisch, wie sie da verkehrt herum von der Decke hing. Ihr langes Haar baumelte offen nach unten, ihre Brüste waren geformt wie ein Pärchen perlender Wassertropfen unter dem weißen T-Shirt. So schön. Ich stieg auf den Bücherstapel und küsste sie. Ich spürte, wie ihre Zunge die meine traf, wie die Bücher unter meinen Füßen wegrutschten und ich selbst in der Luft schwebte, nichts berührend, nur noch an ihren Lippen hing.

Etgar Keret

**Plötzlich klopft es an der Tür**

Stories

Aus dem Hebräischen von Barbara Linner

272 Seiten. Gebunden

Wenn Sie noch nie Etgar Keret gelesen habe,
dann tun Sie es jetzt!

Er sieht die Zeichen der Zeit vor allen anderen. Er kennt nicht nur die Realität gut, sondern auch die Phantasie, und weiß beide sehr genau zu unterscheiden. Die Gratwanderung zwischen Tragik und Komik ist bei ihm nicht nur eine dahingesagte Floskel. Keret kondensiert ein ganzes Leben in ein paar Sätzen, so witzig, unerwartet, einfallsreich. Er entlarvt Klischees, Nostalgien und Sehnsüchte, mit wilden Ideen und großer menschlicher Tiefe.

Und falls Sie ihn schon kennen, wissen Sie ja,
wovon wir reden.

»Etgar Keret ist ein Genie.«
*New York Times*

»Von all den großartigen Büchern,
die Keret geschrieben hat, ist das sein allerbestes.«
*Jonathan Safran Foer*

S. Fischer

fi 1-049521 / 1